DONNA BOYD

Das Haus der Wölfe

Buch

Drei brutale Morde an hochgestellten Persönlichkeiten lähmen ganz New York. Die Opfer sind so grausam zugerichtet, daß Nicholas Devoncroix, der in einem engen Verhältnis zu allen dreien zu stehen scheint, in aller Öffentlichkeit Vergeltung am Täter schwört. Sein Vater, der charismatische Alexander Devoncroix, Inhaber der weltweit verzweigten Finanz- und Industrieholding Devoncroix Corporation, sieht sich gezwungen, seinem Sohn die Wahrheit zu gestehen: Diese Morde sind Racheakte unter Werwölfen, und er selbst ist einer ihrer Anführer ...

Alles begann mit einer ungewöhnlichen Liebesgeschichte im Paris des Jahres 1897. Die schöne Tessa LeGuerre versucht Alexander zu töten, weil er ihren Vater im amerikanischen Dschungel dem Tod überlassen hat. Doch Tessa verliebt sich in den faszinierenden Mann und wird in Alexanders außergewöhnliche Welt eingeführt – in die Welt der Werwölfe. Tessa ist wie verzaubert. Sie will mehr von Alexander erfahren, von seiner Familie, seinem machthungrigen, für sie in Leidenschaft entbrannten Bruder Denis, möchte Alexanders Liebe, seinen Körper. Aber die körperliche Liebe zwischen Mensch und Werwolf ist tödlich. Elise, Alexanders machthungrige Frau und die Herrscherin des Clans, und ihr Schwager Denis wittern ihre Chance und locken Tessa in eine für alle Beteiligten lebensbedrohliche Situation.

Autorin

Donna Boyd lebt in einem viktorianischen Haus im Herzen der Blue Ridge Mountains, USA. »Das Haus der Wölfe« ist ihr Debütroman, für den sie von Lesern und Kritikern in Amerika mit Anne Rice verglichen und enthusiastisch gefeiert wurde: »Nach diesem Buch werden die Leser süchtig sein nach Donna Boyds Werwölfen!« (Publishers' Weekly)

DONNA
BOYD

Das Haus der Wölfe

Roman

Aus dem Amerikanischen
von Joachim Peters

BLANVALET

Die amerikanische Originalausgabe erschien unter dem Titel
»The Passion« bei Avon Books,
The Hearst Corporation, New York.

Umwelthinweis:
Alle bedruckten Materialien dieses Taschenbuches
sind chlorfrei und umweltschonend.

Blanvalet Taschenbücher erscheinen im Goldmann Verlag,
einem Unternehmen der Verlagsgruppe Bertelsmann

Deutsche Erstveröffentlichung Juli 1999

Umschlaggestaltung: Design Team München
Umschlagmotiv: J. W. Alexander
Satz: deutsch-türkischer fotosatz, Berlin
Druck und Bindung: Graphischer Großbetrieb Pößneck
Verlagsnummer: 35124
Lektorat: SK
Redaktion: Barbara Gernet
Herstellung: Heidrun Nawrot
Made in Germany
ISBN 3-442-35124-3

1 3 5 7 9 10 8 6 4 2

Wir wollen das gleiche wie die Menschen: Sex und Macht. Im Unterschied zu den Menschen aber sind wir von Natur aus eher befähigt, beides zu erreichen. Dies ist unsere größte Stärke und unsere größte Schwäche zugleich.

MARCUS QUELQUOIS, WERWOLF, 1583

»Warum machen wir eigentlich nicht mehr Jagd auf Menschen?«
»Viel zu einfach!«

EIN STAMMTISCHWITZ, ZIRKA 1990

Passion:

1) eine machtvolle Leidenschaft wie z. B. Liebe, Freude, Haß oder Zorn
2) Hingabe; sich einlassen auf etwas (lat. passus = Schritt)

Prolog

Begonnen haben soll das alles mit dem Massaker in New York, also fange ich am besten dabei an. Aber eigentlich reicht unsere Geschichte sehr viel weiter zurück, bis zu den eisglatten Felsen und den stinkenden Höhlen der Frühgeschichte – wohin dich die Erinnerung entführt, wenn du mitten in der Nacht schreiend aufwachst und kaum mehr weißt, was du einmal warst. Es ist die Geschichte des Urwalds und der blubbernden Sümpfe, wo der Tod erbarmungslos und das Leben grausam war, und der Evolutionsprozeß zweifellos mit unseren Überlebensinstinkten in Konflikt geraten sein muß.

Einige von uns – von euch übrigens auch – glorifizieren die Wunder der Natur wie Fanatiker, die mit glasigen Augen eine Rückkehr in den Zustand angeblicher Reinheit und Unschuld fordern. Das beweist aber lediglich, daß diejenigen, welche die Freuden eines Lebens in Harmonie mit der Natur preisen, zu einem solchen Leben nie gezwungen waren. Die Natur ist böse. Natur bedeutet Streit, Gewalt Verrat; Würmer, die sich durch die Haut bohren, um sich in den Eingeweiden zu vermehren; giftige Stacheln; Schlangen, die sich im Kampf winden, bis jede am Gift der anderen krepiert. Die Natur hat uns beigebracht, das Fleisch vom Knochen zu reißen und das Blut auszusaugen – übrigens mit dem größten Vergnügen. Möchten Sie wirklich in dieses Stadium zurück? Ich nicht.

Doch in jenem finsteren Wirrwarr raubtierhafter Begierden liegen unsere – eure und meine – gemeinsamen Wurzeln, die einer einzelnen Zelle im Urschlamm entsprungen sind und sich nun einen gemeinsamen, knorrig-krummen Zweig auf dem gewundenen Baum des Lebens teilen. Als Historiker weiß ich, wovon ich spreche, auch wenn es auf beiden Seiten dieses Baums Leute gibt, die Derartiges energisch abstreiten. Es ist wahrhaft kein Wunder, daß wir im Laufe der Jahrtausende ein so intensives gegenseitiges Interesse entwickelt haben, bis wir geradezu fasziniert voneinander waren – und daß wir, jeder auf seine Weise, in heldenhaftem Kampf unser Bestes gegeben haben, um jenen finsteren Urwald, jene windgepeitschte Ebene und eisbedeckte Höhle weit, sehr weit hinter uns zu lassen.

Ich kenne die Natur genauso wie die Zivilisation. Letztere ist unverzichtbar.

Wenn Sie das begriffen haben, können Sie vielleicht eher verstehen, was mich bewog, diese Chronik zu verfassen. Natürlich hatte ich mit härtestem Widerstand zu kämpfen. Und ob ich alt genug werde, um die Geschichte ganz bis zum Ende zu erzählen, steht freilich in den Sternen. Aber zum Glück war ich schon immer eine Kämpfernatur, und ehrlich gesagt bin ich froh, endlich mal wieder etwas gefunden zu haben, wofür sich der Einsatz lohnt.

Die Lust auf einen guten Kampf ist natürlich eine der sichtbarsten Gemeinsamkeiten von uns allen.

Meine Gegner werfen mir vor, durch diese Schrift ein uraltes Schweigegelübde zu brechen. Die Menschen werden das lesen, entrüsten sich – und was wird dann aus uns? Was, frage ich mich, stellen die sich denn vor? Vielleicht Bauern mit Fackeln in den Händen, die im Mondschein das Schloß stürmen? Oder Pfähle, die durch Hunderttausende von Herzen getrieben werden? Nicht, daß uns solch finstere Kapitel in unserer miteinander verflochtenen Vergangenheit unbekannt wären; doch das pathetische Gejammer dieser Konservativen ist einfach zu absurd, als daß man es ernst nehmen könnte.

Noch mehr angst machen mir die Liberalen mit ihrer ach so nüchternen Einschätzung der Lage. Sie warnen vor dem totalen Chaos, aber derart berechnend und belustigt zugleich, daß man meinen könnte, sie freuten sich irgendwie darauf. Im sicheren Gefühl eigener Überlegenheit haben sie kein bißchen Angst. Vielleicht bräuchte ich mir darüber keine Gedanken zu machen. Ihr Menschen schon eher.

Natürlich gehöre ich keinem der beiden Lager an. Was mich anbelangt, ist bereits ein weitaus heiligeres Gelübde gebrochen worden als das des Schweigens. Also schreibe ich diese Chronik nieder, auch wenn ich dabei im Namen der Zivilisation womöglich mein Leben aufs Spiel setze.

Liest du das, Mensch? Ich hoffe doch. Denn jetzt kommt die Wahrheit.

Ich bin ein Werwolf. Weil es die Gattung Mensch gibt, gibt es auch die Gattung Wolf. Warwoof, wehrwulf, waerul, varulv, garwall, garoul, warou, loup-garou. Werwolf. Im Laufe der Jahrhunderte hat man uns viele Namen gegeben, und keiner davon ist zutreffend, denn wir sind weder Wolf noch Mensch, sondern eine ganz eigene Art. Und wir sind schon seit Urzeiten mitten unter euch.

Kennst du mich, Mensch? Solltest du eigentlich. Wir saßen erst gestern zusammen im Taxi. Vielleicht hast du mich auch letzte Woche beim Mittagessen im Le Cirque 2000 gesehen oder meinen Namen im Wirtschaftsteil gelesen. Ich war auch derjenige, der quer durch die verräucherte Kneipe deine Tochter angelächelt hat, bis ihr Herz so laut klopfte, daß sie fast den Verstand verlor. Ob ich sie mit zu mir genommen habe, als sie sich an mich heranmachte und ihre nicht mehr ganz so unschuldigen Finger über meinen Oberschenkel gleiten ließ? Aber klar doch.

O ja, ich kenne deine Welt, Mensch! Ich kenne und liebe sie, und fühle mich in ihr wie zu Hause. Man könnte sogar sagen, ich beherrsche sie. Meine Art hat jahrhundertelang Verschlagenheit, Geschick und Ehrgeiz in eine für beide Seiten nützliche Beziehung investiert, und es würde mich sehr traurig stimmen, sollte all das umsonst gewesen sein. Denn vielleicht verhindert das, was du von mir erfahren wirst, die erwählte Katastrophe. Indessen könnte es auch das Gegenteil bewirken.

Unter uns ist es üblich, laut die Geschichten unserer Artgenossen zu singen und unsere Geheimnisse weiterzugeben. Die vorliegenden Seiten enthalten zahlreiche Enthüllungen und die Erlebnisse von Helden, deren Taten womöglich nie laut besungen werden. Deshalb sollen diese Zeilen für sie sprechen. Hör ihnen gut zu, Mensch. Und dann urteile erst.

ERSTER TEIL

New York, New York

Die Gegenwart

1

Wie ein Geistergefährt tauchte der Wagen aus dem Nebel auf und hielt an der Bordsteinkante vor dem großen Gebäude aus braunem Sandstein in der Fifth Avenue. Um drei Uhr morgens schläft sogar diese Straße, und die von kaltem Novembernebel durchdrungene Stadt schien wie eine ferne Erinnerung ihrer selbst. Das Licht der Straßenlaternen war gedämpft wie der Verkehrslärm, die Fensterläden waren geschlossen. Abzugsöffnungen bliesen ihren Dampf auf Gehsteige. Die Kreaturen der Nacht zogen sich in die Schatten zurück und gaben keinen Laut von sich. Eine undurchdringlich wirkende Stille reduzierte die Stadtlandschaft auf ein Plakatbild, das einst vielleicht lebendig gewesen sein mochte. Die Nacht schien irgendwo zwischen dieser Welt und der nächsten zu schweben, und das einzige, was sie greifbar machte, war ihr Gestank.

Nachtdunst und alte Auspuffgase, Gummireifen, verfaulende Lebensmittel, menschlicher Urin; die abgestandenen Tagesdüfte von teuren Lederschuhen und weichen Handschuhen, Körperlotion, Chanel-Parfüm, feuchter Wolle und totem Pelz. Die Markierung eines kürzlich vorbeigekommenen Katers, das Häufchen eines kleinen Hundes, die ungewaschene Kleidung eines Obdachlosen. Das abweisende Eisentor, das das Sandsteingebäude und seine kleine rechteckige Rasenfläche von der Straße trennte, der herbe Geruch der Angst eines Menschen, der es kürzlich passiert hatte. Kiefernnadeln. Vermodernde Blätter. Feuchter Stein. Blut. Und jenseits dieses Tors lag Tod, überall.

Der Fahrer roch ihn, als er aus dem Wagen stieg, um seinen Fahrgästen die Tür zu öffnen, und hielt unwillkürlich einen Augenblick inne. Als er aber den hinteren Schlag erreichte, hatten seine Züge wieder die gewohnte, sorgfältig einstudierte Neutralität angenommen. Er drückte den Griff auf und stand kerzengerade dienstbeflissen stramm.

Die beiden Männer, die herausstiegen auf das rauchgraue Pflaster, hätten zu jeder Tages- und Nachtzeit Aufmerksamkeit erregt. Beide waren groß und schlank, und bewegten sich mit bewundernswert ökonomischer Grazie. Der erste sah wie der Ältere der beiden aus. Er trug dunkle Handschuhe und einen Wollmantel, der in der Taille von einem Gürtel zusammengehalten wurde. Sein dichtes weißes Haar fiel ihm bis auf die Schultern. Sein Gesicht war zerfurcht, die Haut goldbraun und die Brauen ebenso schlohweiß wie sein Haar. Die Augen leuchteten in einem bestürzend hypnotischen Blauviolett, und jedem, der unmittelbar in sie hineinblickte, verschlug es minutenlang die Sprache.

Der blonde und geschmeidige Jüngere hatte sein Haar im Nacken mit einem Lederband zusammengebunden. Seine Züge waren streng und aristokratisch, die Iris seiner Augen wies dasselbe Blau wie die seines Begleiters auf, nur eine Spur dunkler. Er trug einen langen, locker sitzenden Kaschmirmantel italienischer Machart und hielt in einer Hand ein Paar Handschuhe aus Ziegenleder. Unter normalen Umständen strahlte er genau die Art von moschusduftendem, vitalem Sex-Appeal aus, der so geheimnisvoll wie gefährlich und gleichsam auf der Zunge fühlbar war. Heute nacht aber blickten seine Augen eiskalt, und die Atmosphäre von Gefahr brachte die Luft um ihn herum zum Knistern.

Selbst im hellen Licht des Tages, wenn die jetzt leere Straße von menschlichem Leben und Verkehrslärm vibrierte, wären diese Herren unmöglich zu übersehen gewesen. Augenbrauen würden nach oben schnellen, Sätze blieben unvollendet, und kleine Schritte rückwärts machten ihnen den Weg frei. Köpfe wendeten sich um, neugieriges Starren folgte ihnen, Gedanken stockten für ein oder zwei Sekunden und gerieten dann in Vergessenheit. Später würde wohl der eine oder andere eine Bemerkung über ihre außergewöhnliche Körpergröße oder ihr eindrucksvolles Auftreten machen – und es dabei bewenden lassen.

In dieser dunklen, unwirklichen Stunde des Morgens aber nahm niemand von ihnen Notiz. Und doch schien die Nacht den Atem anzuhalten, bis sie verschwanden.

Der Ältere blieb mit versteinertem Gesicht vor dem Eisentor stehen und fixierte das Sandsteingebäude, das sich wie eine schwarze Radierung gegen die Nacht abhob. Der Jüngere zögerte noch und ließ seinen Blick über den Bürgersteig schweifen. Mit zwei langen Schritten holte er nun seinen Begleiter ein, und gemeinsam schritten sie durch das Tor.

Der Gestank kam ihnen beinahe unerträglich vor.

Am unteren Ende der Steintreppe legte der Jüngere seine Hand auf den Arm seines Begleiters. Seine Muskeln verkrampften sich, sein Herzschlag war laut und schwer. Seine Nasenlöcher weiteten sich und sogen die Gerüche ein, und die ebenfalls geweiteten dunklen Pupillen zeugten von der schrecklichen Erkenntnis, die soeben seine Geruchszentren erreicht hatte. Durch Lippen, die so steif waren, daß sie sich kaum dabei bewegten, flüsterte er: »Das darf doch nicht wahr sein.«

Alexander Devoncroix' Miene blieb unverändert. Seine Züge, sein Mund und selbst die Wimpern hätten ebensogut aus Granit gehauen sein können. Er stieg die Stufen hinauf.

Sein Sohn folgte.

Ihre Sehfähigkeit hatte sich in einer Zeit entwickelt, als Jäger im Zwielicht im Vorteil gewesen waren, und oft genug sahen sie ohne künstliche Beleuchtung besser als mit. Die Lichter im Haus waren jedoch an, wenn auch respektvoll gedimmt, und warfen ein helles Rechteck auf die Veranda, bevor sich die Tür hinter den beiden Männern schloß. Doch kein künstliches Licht war nötig, um die Einzelheiten dessen zu enthüllen, was heute nacht hier geschehen war.

Blutspritzer klebten auf der Eichentäfelung des Foyers und verdunkelten den blaßblauen Aubussonteppich. Das Blut roch kalt, dunkel und geronnen. Sie traten durch den Bogen in den Korridor, wo ein weiterer, hellerer Blutfleck auf der weißen Seidentapete von einem Kampf zeugte. Blutspritzer auch an der Decke. Blutige Fingerabdrücke auf der glänzenden elfenbeinfarbenen Türeinfassung. Der dumpfe Geruch aus der Todeskammer zog sie unwiderstehlich an.

Einst, zu Zeiten der Rockefellers und Astors, war der Raum ein sonnendurchfluteter Empfangssaal gewesen, mit hohen Lichtfenstern, kunstvollen Stuckdecken, an denen Wolken- und Cherubim-Fresken prangten, sowie zwei marmorverkleideten offenen Kaminen. Die Deckengemälde gab es noch immer, ebenso wie die Marmorkamine; und die Sammlung sorgfältig ausgesuchter und geschmackvoll arrangierter Antiquitäten verlieh dem Raum eine Atmosphäre subtiler Eleganz und Wärme, der die Jahrzehnte nichts anhaben könnten. Heutzutage aber wurde dieser Prunksaal als Vorzimmer zu den Büros und Labors von Research Concepts verwendet, einer Tochtergesellschaft der Devoncroix Corporation. Und heute nacht bot er ein veritables Schlachtfeld.

Andere waren bereits da: Fährtensucher, Leute von der Spurensicherung und das Putzteam. Ehrfurchtsvoll wichen sie zur Seite, als die beiden hochrangigen Persönlichkeiten eintraten; überall hing der Geruch von Entsetzen, Wut und Erstaunen, vermischt mit dem von Gewalt und Verwesung, in der Luft, so daß es nahezu unmöglich war, eine Trennlinie zwischen der Brutalität des Vorgefallenen und dem allgemeinen Schock zu ziehen, das seine Entdeckung ausgelöst hatte.

Ein schweres Bücherregal war umgeworfen worden, und so lagen nun Camus und Tolstoj und Milton in heillosem Durcheinander auf dem Boden. Eine schwarz gewordene Blutlache auf dem imposanten Eichenschreibtisch war geronnen, während noch der letzte Tropfen an der Kante hing. Zerbrochene Lampen, umgeworfene Stühle. Unmittelbar oberhalb der Wandtäfelung befand sich neben abgebröckeltem Stuck ein dunkler Fleck, wo jemand gegen die Wand geschleudert worden war.

Der widerwärtig süßliche Geruch nach Mensch erregte Übelkeit. Er hing überall.

Die drei Leichen, die im Tod wieder ihre ursprüngliche Gestalt angenommen hatten, lagen, unterschiedlich schwer verstümmelt, gekrümmt auf dem Boden. Der Jüngere kniete neben der ersten, einer weiblichen, nieder und strich ihr sanft über den dichten kastanienbraunen Pelz. »Moria«, sagte er sanft. Ihr Genick war durchgebissen, ihre Kehle zerfetzt, beide Vorderbeine gebrochen und blutbespritzt. Sie hatte alles andere als einen leichten Tod gehabt.

Unter dem Nordfenster lag Tobias, ein mächtiger schwarzer Wolf, zu Lebzeiten einer der brillantesten Biochemiker seiner Zeit. Sein Rückgrat quetschte sich widernatürlich gegen die Wand, und rosa Gedärme quollen aus einer Wunde, die in seinem Bauch klaffte.

Rene war trotz seiner leichten, altersbedingten Sehschwäche ein begabter Forscher gewesen, dem drei der wichtigsten Entwicklungsprojekte der Firma unterstanden. Er mußte als erster gestorben sein; ein einziger Schlag hatte seinen Schädel zerschmettert.

Der Geruch des Menschlichen strömte aus ihren Fellen und dem Teppich, und schwebte wie ein Pesthauch über allem. Spritzer von Menschenblut hatten sich mit dem ihren vermischt.

Der Blonde tauchte seine Finger in das Blut an Morias Schnauze und hielt sie sich unter die Nase; er zwang sich einzuatmen, damit ihm keine noch so kleine Nuance des verhaßten Geruchs entging. Bilder wirbelten durch seinen Kopf, so abstoßend, daß er erschauerte. Mit heiserer Stimme sagte er: »Mensch! Wie konnte ein Mensch so etwas nur tun?«

Er stand auf und suchte den Raum nach Details ab, die ihm womöglich entgangen waren. Seine fiebrigen Augen schleuderten wilde Blicke um sich. Das Blut in seinen Adern war kalt wie der Haß, pulsierte aber heiß genug, um auf seiner Haut ein Brennen zu erzeugen. Er schrie: »Kein menschliches Wesen kann so etwas auf dem Gewissen haben!«

Vor Wut und Schmerz zitterte er. Die anderen im Raum spürten seinen Zorn und rochen die beißende Ausdünstung seines Grimms; ein mitfühlendes Zucken durchfuhr sie, das sie nur mühsam unter Kontrolle halten konnten. Er blickte sie an, einen nach dem andern, die Wachen, die Fährtensucher, schließlich Alexander selbst, als wollte er eine Antwort oder wenigstens einen Widerspruch erzwingen; sie alle aber schwiegen, wie nicht anders zu erwarten. Nur in Alexanders Augen entdeckte er so etwas wie Sympathie, aber zu wenig, und viel zu spät.

Keuchend und mit marmorbleichem Gesicht ließ er sie alle stehen, die Luft hinter ihm war wie elektrisch geladen. Er stürmte hinaus zum hinteren Teil des Hauses, zum französischen Portal, das in den kalten, dunklen Garten führte, und krachte durch es hindurch mit einem kräftigen Fußtritt, der das Schloß zum Bersten brachte, die Angeln herausriß und Glassplitter wie Nieselregen über Teppich und Hof verteilte; wie im Fluge erreichte er den dunklen, gepflasterten Innenhof, wo er die Arme hob, den Kopf zurückwarf und einen fürchterlichen Schrei ausstieß, der das Mark der Erde zu erschüttern schien.

Im Luxushochhaus zwei Blöcke weiter gingen Lichter an, und hysterisch verbellten Hunde mit glasigen Augen Schatten an der Wand. Das Gellen schreckte einen Mann am Lexington Square auf, der in einem Eingang geschlafen hatte und nun mit pochendem Herzen in die Nacht starrte. Am anderen Ufer des East River wimmerte in seinem Bett ein kleines Mädchen, das aus seinem Traum gerissen worden war, und eine Frau, der es plötzlich eiskalt in der Brust wurde, erwachte jäh in den Armen ihres Mannes. Straßenkater duckten sich mit gesträubtem Fell, und Ratten, die nicht davor zurückschreckten, in U-Bahn-Tunneln an Schuhleder zu nagen, flüchteten sich eilends in ihre finsteren Löcher. Die Nacht hielt den Atem an und wand sich unter seinem Schmerz, als der Schrei in der Leere widerhallte.

Er ließ Arme und Kopf sinken, und blieb noch eine Zeitlang im Schatten des Wintergartens stehen, bis das Zittern nachließ.

Seine Name lautete Nicholas Antonow Devoncroix, und er stand an der Spitze eines so gewaltigen Industrie- und Finanzimperiums, daß kein Unternehmen weltweit völlig unabhängig von ihm operieren konnte. Wären die Devoncroix Corporation und ihre Zulieferbetriebe auf einmal nicht mehr da, würde dies auch den Zusammenbruch der wichtigsten Konzerne, Banken und Aktienmärkte der Welt bedeuten; der Stand der Technik fiele um ein halbes Jahrhundert zurück, die Forschung stagnierte, Wissenschaft und Kunst kämen zum Stillstand. Sowohl im übertragenen Sinne wie in der Praxis galt er als der Anführer von ungefähr einer halben Million der hellsten, innovativsten Köpfe, die unser Planet je gesehen hat; er allein trug die Verantwortung für ihr seelisches, geistiges und körperliches Wohlergehen. Devoncroix jun. war ein Werwolf, und die da so grausam Hingemetzelten gehörten zu ihm. Den Verlust empfand er wie die Amputation eines seiner Gliedmaßen.

Erst nach längerer Zeit hob er den Kopf, um der Person hinter ihm zu verstehen zu geben, daß er sich ihrer Gegenwart bewußt war. In der Dunkelheit erklang eine sanfte, nachdenkliche Stimme: »… Mörder alle, bis wir sagen / Nicht zu töten schwör' ich heute? … nicht zu töten.«

Die Zeilen stammten aus einem Kinderlied, das jedes Werwolfjunge mit halbwegs entwickelter Sprechfertigkeit auswendig aufsagen konnte. Oft genug hatte Nicholas sich gedacht, daß genau das den entscheidenden Unterschied zwischen ihnen und den Menschen ausmachte: was sie ihren Kindern beibrachten. Jetzt aber glaubte er das nicht mehr.

Langsam drehte Nicholas sich um. Ein fernes, von irgendwo reflektiertes Licht fiel auf sein Gesicht und verlieh ihm einen außerirdisch anmutenden Schimmer. Seine Augen glühten wie Kohlen. Leise korrigierte er: »Falsch.«

Alexander schwieg, und seinem reglosen Gesicht war nicht zu entnehmen, was er fühlte.

»Wir haben den Blutgeruch. Meine Fährtensucher finden ihn bis Sonnenaufgang!« Nicholas' Augen verengten sich zu Schlitzen. »Und die Freude, ihn zu töten, werde ich mir nicht nehmen lassen.«

»Seit mindestens fünf Jahrhunderten hat – außer in Notwehr – keiner von uns mehr einen Menschen getötet«, äußerte Alexander in neutralem Tonfall.

»Ist das vielleicht keine Notwehr?« schrie Nicholas, erregt auf den hinter ihnen liegenden Schauplatz des Gemetzels weisend. »Um Himmels willen, das waren Wissenschaftler, Forscher, *Menschenfreunde*! Man hat sie ohne Vorwarnung, ohne Grund ermordet. Was sage ich, nicht nur ermordet, sondern ...« Seine Stimme wurde ein heiseres Krächzen, und eine Hand ballte sich zur Faust, als er die Worte aussprach. »... bestialisch zugerichtet. Regelrecht ausgeweidet. Erwartest du vielleicht, daß ich das einfach ignoriere?«

»Und wie willst du die Exekution eines Menschen den Behörden erklären, die diesen als Mörder suchen?« gab Alexander zu bedenken.

»Was interessiert die denn ein Toter mehr oder weniger?« zischte Nicholas verächtlich. »Sollen sie es nur wagen, uns zur Rechenschaft zu ziehen. Oder zweifelst du vielleicht daran, daß noch der Schwächste von uns mit einem guten Dutzend vertrottelter Polizisten fertig würde?«

Alexander nickte. »Also bringst du die Polizisten um. Und danach diejenigen, die nach den Polizisten suchen. Dann würdest du töten, um die zu schützen, die vorher getötet haben, schließlich weil irgendein Mensch dich geärgert hat, und am Ende nur noch um des Tötens willen. Wo soll das hinführen?«

Nicholas runzelte böse die Stirn und machte eine wegwerfende Handbewegung. »Dein übertriebener Kommentar ist völlig irrelevant. So weit würde es nie kommen, und wenn schon – was hätte das zu bedeuten? Haben wir nicht lang genug unsere Toten versteckt, unsere Geheimnisse für uns behalten? Haben wir etwa nicht schon viel zu oft ein Auge zugedrückt, wenn Menschen sich wie wilde Tiere aufführten? Vielleicht haben die Brüder des Verdunkelten Mondes ja doch recht, und es wird Zeit, das Kräfteverhältnis endlich mal zurechtzurücken.«

»Alles nur wegen des Verbrechens eines Einzeltäters?« Nicholas' Augen sprühten. »Eines Menschen, der einmal einen Schritt zu weit ging. Sein Fehler!«

Das Gesicht des Älteren blieb düster, und diesmal dauerte sein Schweigen noch länger. Als er dann zu sprechen begann, gab er sich Mühe, jede Anklage zu vermeiden – aber es wollte ihm nicht gelingen. »Ist ein Moralkodex einmal gebrochen, läßt sich nichts mehr reparieren. Überleg dir genau, was du tust, bevor du uns alle in einen Krieg verwickelst.«

»Er hat doch den Krieg erklärt!« schrie Nicholas. »Es ist soeben geschehen, begreifst du das nicht?«

»Ich glaube«, erwiderte Alexander ruhig, »daß du im Begriff bist, deine Gefühle über deinen Verstand siegen zu lassen.«

Nicholas atmete scharf ein und langsam wieder aus. Noch bevor er zu sprechen begann, drang sein lauter gewordener Herzschlag dem anderen Werwolf ins Ohr. »Du warst ein weiser und mitfühlender Herrscher«, sagte er steif. »Vielleicht bin ich keines von beiden. Aber genau wie du werde auch ich tun, was die Umstände erfordern.«

Zerbrochenes Glas knirschte unter seinen Füßen, als er mit langen, beherrschten Schritten auf den Eingang zusteuerte. Als er gerade an Alexander vorbeigehen wollte, sagte der mit ruhiger Stimme: »Es war kein Mensch.«

Ruckartig drehte sich Nicholas zu ihm um und baute sich vor ihm auf. Seine Nasenflügel weiteten sich, und in seinen Augen loderte für eine Sekunde ein Feuer schockierter Ungläubigkeit auf, bevor sie wieder zu Eis erstarrten. »Du bist wohl verrückt geworden, alter Mann«, knurrte er. »Der menschliche Geruch erfüllt das ganze Haus. Selbst du kannst ihn unmöglich *nicht* bemerkt haben. Du versuchst doch nur, mich von dem abzubringen, was ich tun muß – wie du ganz genau weißt ...«

Schroff entgegnete Alexander: »Ein Mensch war hier im Raum, und drei von uns sind tot – also muß der Mensch der Mörder sein, nicht wahr? Mein Sohn, der Narr, der junge, dumme Werwolf, seiner eigenen Unfehlbarkeit so sicher, daß er das Naheliegendste nicht mehr sieht!« Mit unverhohlener Verachtung in der Stimme forderte er den Jüngeren auf: »Geh es noch einmal durch, hoher Herr, aber diesmal mit Verstand statt mit Vorurteilen. Dann wirst du begreifen, daß du in zweierlei Hinsicht geirrt hast.«

Nicholas starrte ihn an; während allmählich seine Wut und Trauer ihre lähmende Macht über seine Sinne verloren, drang der Geruch der Wahrheit zu ihm durch. Ein Gefühl der Demütigung mischte sich mit Entsetzen und füllte das Vakuum, das seine geschwundene Selbstsicherheit hinterlassen hatte.

Das Geräusch seines eigenen Pulses wie Meeresrauschen im Ohr, verließ er den Raum und trat in den Korridor hinaus. Er folgte der Geruchsspur von Blut und Gewalt, die für ihn genauso klar zu erkennen war wie eine Fährte im Schnee. Der letzte Leichnam lag im Schatten vor einer Wand, die zerbrochene Lampe, die er im Fallen mitgerissen hatte, nicht weit von ihm entfernt. Zögernd trat Nicholas näher und kniete sich neben den Kadaver.

Der Leichnam war männlich, aber Nicholas kannte ihn nicht. Sein Pelz sah zerzaust und fleckig aus, die Schnauze spitz, die im Tod halb offenen Augen gelb. Er verströmte einen barbarischen Geruch, der von einem rauhen Leben in der Wildnis zeugte – und davon, daß er sich von lebenden Wesen ernährt hatte. Nicholas verschlug es den Atem, denn er kannte keine solche Kreatur in seinem Rudel. Das Blut von allen drei Opfern befand sich auf seinem Pelz, in seinen Nägeln, zwischen seinen Fängen. Er selbst war den Verletzungen erlegen, die ihm der Kampf eingebracht hatte; Blut aus der zerfetzten Milz blähte seinen Bauch, und eine gebrochene Rippe ragte ihm aus dem Brustkorb. Er mußte noch eine Zeitlang weitergekämpft haben, obwohl er schon wußte, daß er sterben würde; so wichtig war ihm der Tod der anderen gewesen. Nicholas hatte seinen Geruch nur deshalb nicht bemerkt, weil der Gestank des Menschen ihn überlagerte. Aber das war natürlich keine Entschuldigung.

Ein Werwolf also, der ohne erkennbaren Grund seinesgleichen tötete! Welcher Wahnsinn hatte ihn gepackt? Wie kam so etwas zustande? Vielleicht war Nicholas' vorschnelle Verurteilung des Menschen und die Tatsache, daß er die Möglichkeit eines anderen

Täters gar nicht erst in Betracht gezogen hatte, ja doch irgendwie entschuldbar; denn das hier – diese Raserei, dieses sinnlose Abschlachten Unschuldiger durch einen Artgenossen ... das hatte es noch nie gegeben. Es lag jenseits jeder Vorstellungskraft.

Und doch war es unbestreitbar geschehen. Der Kopf dröhnte Nicholas angesichts dessen, was er da sah und als die Wahrheit zu akzeptieren begann; indessen rief die Erkenntnis seines gewaltigen Irrtums in seinem Magen ein kaltes Gefühl des Ekels hervor. Mit rauher Stimme fragte er: »Wer ist diese Kreatur? Was kann ihn zu so einer Ungeheuerlichkeit getrieben haben?«

Auf seine Frage folgte eine lange Pause. Zum ersten Mal kam Nicholas der Gedanke, daß die ganze Angelegenheit seinen Vater womöglich ebenso mitgenommen hatte wie ihn, wenn nicht noch mehr. Doch als der ältere – und, wie sich eben herausgestellt hatte, auch der stärkere – Werwolf behielt er seine Gefühle für sich. So sollte es auch sein.

»Ich kenne ihn«, sagte Alexander schließlich leise, und seine überraschenden Worte ließen Nicholas schnell zu ihm aufblicken. Der Vater sah unerbittlich aus wie immer, doch in seinen Augen spiegelten sich dunkel Erinnerung, Schmerz oder sogar Grauen. »Er stammt aus einer vergangenen Zeit ... die ich längst für begraben hielt. Seinen Namen weiß ich nicht, aber mein Gedächtnis meldet sich ...«

Es schien ihn einige Anstrengung zu kosten, sich wieder auf die Gegenwart zu konzentrieren. Sein Blick und seine Stimme wurden schärfer. »Was seine Absicht anbelangt ... vielleicht wollte er nur erreichen, daß du einen Menschen für seine Verbrechen verantwortlich machst. Das wäre ihm ja auch beinahe gelungen, nicht wahr?«

Nackter Horror kroch durch Nicholas' Adern und verwandelte für einen langen, schmerzhaften Augenblick seine Haut in Eis, ließ den Atem in seinen Lungen gefrieren. Vor wenigen Minuten noch war er bereit gewesen, sich ebenso wild zu gebärden wie dieser Killer und alles, was er kennen- und schätzen gelernt hatte, zugunsten blanker Blutgier wegzuwerfen ... und *er hatte sich geirrt.*

Eine einzige vorschnelle, falsche Annahme hatte ihn dazu gebracht, der Menschheit den Krieg zu erklären, Jahrhunderte von Erziehung und Zivilisation, mühsam erworbener Selbstbeherrschung einfach abzuschütteln und Wissenschaft, Wirtschaft, Kunst mit Füßen zu treten – wegen eines einzigen Irrtums! Weil es einfacher war, jahrhundertealten Vorurteilen zu glauben als auch nur einen Moment lang gründlich zu überlegen; weil im Augenblick tiefsten leidenschaftlichen Engagements sich doch immer das urzeitliche, primitive Raubtier durchsetzt.

Die Scham über sein Versagen breitete sich tief in seinem Innersten aus.

Langsam erhob Nicholas sich, diesmal sorgsam darauf bedacht, sich sein aufgewühltes Seelenleben nicht anmerken zu lassen. »Der Mensch«, beharrte er mit ruhiger gewordener Stimme. »Warum sollte ein Mensch sich an so etwas beteiligen? Wer ist er, und was hatte er hier zu suchen?«

»Kein Mensch, du Dummkopf«, wiederholte Alexander schroff und mit wachsender Ungeduld. »Halte dich an den reinen Blutgeruch, und dann sag mir, was du wahrnimmst.«

Verunsichert blickte Nicholas sich um und folgte seiner Nase zu einem Blutspritzer an der Wand, der stark nach Mensch roch. Er galt als mächtigster Vertreter des Rudels, und doch hatte er sich heute schon zweimal geirrt. Wie ein Werwolfjunges, das sein Lehrgeld bezahlen mußte, kam er sich vor: wütend, so gedemütigt worden zu sein, aber zugleich demütiger geworden, weil er die Lektion redlich verdient hatte.

Er tauchte seine Finger in den Blutspritzer und führte sie an die Nase. Menschlich, eindeutig. Menschliches Blut, und doch ... Erschrocken beroch er seine Finger noch einmal.

Dann sah er zu Alexander auf. »Werwolf«, flüsterte er.

Alexanders Miene verriet keine Regung.

»Ist da vielleicht noch einer?« fragte Nicholas. Der Geruch an seinen Fingern, vermischt mit Menschengestank, war weder der des barbarischen Mörders noch der von Moria, Rene oder Tobias. Dieser Werwolfgeruch wich von allen ab, die er je gekannt hatte, roch kaum mehr nach seinem Stamm … aber er *war* von einem Werwolf. Doch in dieser Nacht hatte Nicholas jeder Mut zu weiteren Schlußfolgerungen verlassen.

»Nicht noch einer«, sagte Alexander nur.

In der pulsierenden Stille bemerkte Nicholas das sanfte Trommeln von Blut in den Adern des Älteren, die Expansion und Kontraktion seiner Lungenflügel unter seinen gleichmäßigen Atemzügen. Er hörte auch die gedämpften Bewegungen der Werwölfe nebenan, die sich um die Toten kümmerten; vernahm das schmerzhafte, ekelerregende Knistern von Blut, das auf Wunden trocknete, sowie die Kontraktion von Muskeln und Sehnen beim Einsetzen der Totenstarre. Obwohl nun seine Lippen die Worte keineswegs formten, hörte er doch, wie seine unausgesprochene Frage die Stille im Raum zerriß.

Mit festem Blick erklärte Alexander: »Das ist kein Trick. Du hättest es schneller merken müssen. Ich hab's gleich wahrgenommen, als ich in das Haus kam.«

Ungeduldig fragte Nicholas: »Wie hat er das gemacht? Wie kommt diese Kreatur zu einem solchen Blut? Von welchem Wesen stammt es, von einem Menschen oder von einem Werwolf?«

»Von beiden«, lautete der Bescheid.

Begleitet vom Nebel und dem unheimlichen, von der Feuchtigkeit gedämpften Widerhall ihrer eigenen Schritte eilten sie die Fifth Avenue hinunter. Mehrere Häuserblocks weiter polterte ein Müllwagen, der den säuerlichen Gestank seiner Ladung und den müden, in Flanell gehüllten Schweiß seiner Mannschaft verströmte. Weit weg heulte eine Sirene, die aber nicht in ihre Richtung kam.

Nicholas hatte das Gebäude verlassen, ohne weitere Anweisungen zu geben oder sich umzudrehen. Seine Leute beherrschten ihren Job; sie würden tun, was zu tun war, und sonst gar nichts, bis sie von ihm weitere Instruktionen erhielten.

Etliche Häuserblocks lang verharrte Nicholas in Schweigen. Soeben hatte er sich schon voreilig geäußert und als der Dumme erwiesen. Nun schwieg er, um diese Tatsache dem Älteren gegenüber einzugestehen, und ordnete die unzähligen einander widersprechenden, halb ausgegorenen Gedanken, die ihm durch den Kopf schwirrten.

Dann begann er zu sprechen. »Haben sie Genforschung betrieben? Rene und die anderen – haben sie diesen halben Werwolf selbst gemacht?«

Seine Stimme war angespannt, und die Sentenz eines menschlichen Philosophen ging ihm nicht aus dem Kopf: *Blickst du in einen Abgrund, so blickt der Abgrund auch in dich.* Er hatte in den Abgrund geblickt, und das, was ihm da entgegenschaute, war das erste, was ihm in den achtunddreißig Jahren seines Lebens auf Erden angst machte.

Alexander klang jetzt sehr nachdenklich: »Das wäre eine zu einfache Erklärung, oder? Außerdem beruhigend, denn was ein Mensch – oder Werwolf – in einem Labor erzeugt, kann auch wieder rückgängig gemacht werden. Der Gedanke ist somit weitaus angenehmer, als die Möglichkeit einzuräumen, daß das Ungeheuer in der Tat ein Produkt der Natur – oder womöglich überhaupt kein Ungeheuer – sein könnte.«

Nicholas schob die Hände tiefer in die seidengesäumten Taschen seines Mantels. Der Nebel schmeckte rauchig und schwer, während er, fast wie ein Barriquewein, durch seine Kehle rann, und es kam ihm wieder diese brodelnde Menschenstadt mit all ihrem Schmutz und ihren Schwächen, ihrem Glanz und ihrem Charme zu Bewußtsein. Seltsam, daß ihm ausgerechnet in einem solchen Augenblick so etwas einfiel. Seltsamer noch, daß er das alles nach wie vor zu schätzen wußte.

Wohlüberlegt und bedächtig meinte er schließlich: »Eine Kreuzung zwischen Mensch und Werwolf hat die Natur ausgeschlossen. Es sind zwei völlig unterschiedliche Arten, die sich nicht vertragen.«

»Trotzdem ist es geschehen«, beharrte Alexander.

Erneut atmete Nicholas die kalte, dicke Luft ein, hielt seinen Herzschlag im Zaum. Er lauschte dem Klang ihrer Schritte, dem verstohlenen Sprung einer Katze auf ein nahes Dach, den Seufzern und drängenden Bewegungen eines Mannes, der etwa vier Stockwerke weiter oben seine Geliebte im Bett zur Seite schob. Das Lauschen nahm ihn völlig in Beschlag. Nachdem er über einen angemessen respektvollen Zeitraum geschwiegen hatte, sagte er mit entschiedenem Nachdruck: »Das ist unmöglich.«

Er spürte das Lächeln des anderen in der Dunkelheit – weniger amüsiert als geduldig und vielleicht auch ein wenig traurig. »Und jetzt willst du mir noch weismachen, edler Nicholas, daß du nie zusammen mit einem menschlichen Weib die Freuden des Fleisches genossen hast.«

Nicholas runzelte die Stirn und zog die Schultern hoch. »Ich verstehe nicht, inwieweit das relevant ...«

»O doch! Sie sind unglaublich verführerische kleine Biester, und schließlich ist verbotenes Spielzeug immer noch das begehrteste.«

»Was du da unterstellst«, meinte Nicholas zögernd, »spottet jeder Logik. Kein Werwolf könnte je in seiner natürlichen Gestalt mit einem Menschen verkehren, geschweige denn ein Kind zeugen – das ist einfach physisch *unmöglich.*«

Nun war es an Alexander zu schweigen. Nicholas sah, wie sich die heißen Wolken seines Atems mit dem Nebel vereinigten und hörte das Rauschen in seinen Ohren. Er beherrschte sich und blieb äußerlich ganz ruhig.

»Wozu diese ungeheuerlichen Spekulationen?« hakte Nicholas etwas später nach. »Was soll das?«

»Ich spekuliere nicht«, berichtigte Alexander nüchtern und ohne die geringste Änderung im Tonfall. »Es ist eine Tatsache, daß ein natürlicher Mischling existiert. Und ich weiß auch, um wen es sich handelt.«

Nicholas war es, als hörte die Welt auf, sich zu drehen. Und danach würde nie wieder etwas so sein wie zuvor – nicht das Ticken einer Uhr, der Kreis eines Rads, die Laufbahn eines Sterns. Nicht das Leben eines Menschen oder Werwolfs oder sonst eines Wesens, das durch die Lüfte flog, im Wasser schwamm oder auf dem Boden unseres Planeten wandelte.

Blickst du in einen Abgrund ...

Sie passierten Gebäude mit geschlossenen Läden, stille Sandsteinhäuser und Ampeln, die sich auf dem glänzenden Asphalt spiegelten. Zuletzt überquerten sie die Straße und bogen auf einen Fußweg ein, auf dem sie immer tiefer in jenen Schlund der Finsternis eintauchten, der sich Central Park nannte.

Etwas atmete in einer Ballung schwarzer Schatten östlich ihres Weges – ein Mensch mit glänzenden Augen und dem Geruch von Erbrochenem auf der Haut. Er hatte ein Messer in der Tasche, und sein beschleunigter Puls ließ darauf schließen, daß er überlegte, ob sie für ihn als Beute in Frage kamen. Als sie sich näherten, zog er sich jedoch tiefer in die Schatten zurück und lockerte den Griff seiner Hand um das Heft. Aus seinen Poren strömte der Geruch nackter Angst. Nicholas war fast ein wenig enttäuscht von seiner Feigheit.

Er witterte eine Gruppe von Angehörigen seiner eigenen Art, die in fröhlichem Spiel über die weiten Wiesen am See tobten, und drehte sich automatisch zu ihnen um; ihre Gegenwart tröstete ihn ein wenig. Es wäre ausgesprochen ungewöhnlich gewesen, in einer solchen Nacht keine Werwölfe anzutreffen, die das herrliche Stück Wildnis genossen, das sie für sich im Herzen der Stadt errichtet hatten – und doch empfand Nicholas ihre Anwesenheit als angenehme Überraschung, beinahe als Omen. Mit einer Intensität, die vorübergehend alles andere in den Hintergrund drängte, sehnte er sich danach, sich ihnen anzuschließen, seine lästige Menschengestalt abzustreifen und jegliches Bewußtsein moralischer Wahlmöglichkeiten, jedes übergeordnete Wissen und jede so schwer auf ihm lastende Verantwortung kurzerhand aus seinem Kopf zu verbannen. Er wollte nur noch durch die Nacht jagen, den Nebel einsaugen und ganz einfach sein.

Doch seine ausgelassenen Stammesbrüder traten bald gegenüber unmittelbareren, weniger angenehmen Wahrnehmungen in den Hintergrund. Jemand schlief mit fauligen Zähnen und kaputter Leber im Gebüsch. Ein anderer durchwühlte knapp einen Kilometer vor ihnen einen Papierkorb. Die nächtlichen Laute der Tiere im Zoo übertönte ein anderes tierisches Geräusch, gedämpft und verzweifelt: ein weibliches Wesen, das sich vergebens gegen die Gewalt wehrte, die ein männliches Exemplar ihrer eigenen Art ihr gerade antat. Ihre Kräfte ließen allmählich nach, und Nicholas fragte sich, ob diese Nacht für sie das Ende wäre, ob sie, vergewaltigt und ermordet, bei den Käfern und Spinnen in den Büschen landen würde.

»Was sind das doch für jämmerliche, unnütze Kreaturen«, murmelte er in den Nebel. »Wie konnten wir es so weit kommen lassen?«

Ein trockenes, müdes Lächeln spielte um Alexanders Lippen. »Die Frage zu beantworten würde mehr Zeit erfordern, als uns heute nacht zur Verfügung steht.«

Die Lichter der Großstadt wurden vom Nebel und den letzten, sich widerspenstig an ihre Zweige klammernden Blättern der Ahorne und Ulmen geschluckt.

Immer tiefer tauchten sie in die Schwärze ein, in eine Stille, die so dicht war, daß selbst ihre eigenen Schritte absorbiert wurden, in eine Finsternis, in der sich nur die Augen von Werwölfen zurechtfanden. Die wenigen menschlichen Fährten, die noch in der Luft hingen, waren alt und schwach und durchdrungen von Verwirrung und Unbehagen.

Die Wege, die sie nun beschritten, wiesen keine menschlichen Spuren von Spaziergängern mehr auf, und diejenigen unter ihnen, die sich dennoch hierher verirrten, schienen das zu spüren und kehrten deshalb schnell wieder um.

Sie drangen durch ein Gewirr immergrüner Sträucher und hoher Büsche, vorbei am Gluckern eines gemächlich dahinfließenden Baches. Nicholas versuchte, den Wirrwarr seiner Gedanken zu sortieren.

Irgendwie war ein Mischwesen aus Werwolf und Mensch zustande gekommen, wenn er seinem Vater Glauben schenken durfte. Es existierte nicht nur, sondern wurde auch von einem ihm unbekannten wilden Werwolf entdeckt – von dem, der die Wissenschaftler bei Research Concepts angegriffen hatte.

Wollte er diesen Mischling töten oder ihn befreien? Waren Rene und Moria und Tobias beim Versuch gestorben, das Monster zu verteidigen, oder hatten sie lediglich um ihr Leben gekämpft? Was hatte der Bastard dort überhaupt zu suchen, und was war aus ihm geworden? Ganz offensichtlich mußte er verletzt sein, doch gab es keine Leiche, keinen Geruch nach Tod in seinem Blut. Taumelte er womöglich in diesem Augenblick, verwundet und gefährlich, durch New Yorks Straßen? Oder hatte er sich irgendwohin zum Sterben zurückgezogen?

Und warum – für ihn die wichtigste Frage schlechthin – hatte Nicholas das sichere Gefühl, daß sein Vater auf all diese Fragen und auf noch viel mehr die Antworten wußte? Wieso enthielt er sie ihm vor?

Inmitten der Schatten ringsum türmte sich einer noch tiefer und schwärzer auf. Er schien aus dem Nichts zu kommen und ihnen den Weg zu versperren, massig und majestätisch, wild und kraftvoll. Es war ein steinerner Wolf, die Augen zu Schlitzen verengt, die Zähne gefletscht, gemeißelt aus längst nachgedunkeltem Marmor und auf einer zweieinhalb Meter hohen Granitsäule postiert. Seit über hundert Jahren bewachte er diese Abgeschiedenheit, und jedesmal, wenn es Nicholas hierher verschlug, überrann ihn ein ehrfürchtiger Schauder.

Als Alexander sich auf die Bank unter der Statue setzte, deutete nur eine gewisse Steifheit seiner Knie auf sein Alter hin. Er war einhundertunddreißig Jahre alt und hatte, sofern er gesund blieb, noch zwanzig weitere vor sich.

Nicholas nahm neben ihm Platz. Er spürte die Kälte des Steins durch seinen Mantel und die Stille der Nacht in den Knochen. Ein Zitat über den ›dunklen November der Seele‹ kam ihm in den Sinn, und er grübelte darüber nach, woher es stammte. Die menschlichen Dichter ließen ihm heute absolut keine Ruhe.

»Ist es vielleicht eine Prüfung?« fragte er mit leiser Stimme, als er das Schweigen nicht mehr ertragen konnte. Er wollte es endlich wissen. »Dann bin ich bereits durchgefallen. Ich hatte unrecht, als ich dem Menschen die Schuld gab und die Fakten nicht kontrollierte. Obendrein stellte ich die völlig falschen Fragen. Das war

Zeitverschwendung. Diese – Kreatur, die du als Menschenmischling bezeichnest und die der Schlüssel zu allem ist, entwischt uns gerade. Ich hätte ihn selbst verfolgen sollen. Du sagtest es schon: Meine Wut hat mein Urteilsvermögen getrübt.« An dieser Stelle schwankte seine Stimme erstmals für den Bruchteil einer Sekunde. »Es waren meine Leute. Meine Freunde ... sie hätten nicht sterben dürfen.«

Alexander erklärte: »Das hier ist einer der ersten Orte, die ich aufgesucht habe bei meiner Ankunft als junger Mann in den Vereinigten Staaten. Die Statue stand damals schon und zeigte mir, daß dieser Ort uns gehörte. Seinerzeit gab es Tausende solcher verwilderter Flächen in allen größeren Ballungszentren der Welt. Unglückseligerweise mußte ich mit ansehen, wie im Laufe des Jahrhunderts unsere Reviere immer weniger wurden und die Entfernung zwischen ihnen immer größer. Natürlich wäre es am einfachsten, die Menschen dafür verantwortlich machen, aber damit lägen wir falsch. Es ist unser eigenes Versagen.«

»Wir haben nicht genug Wachsamkeit walten lassen.«

»Genau. Weil uns der Fortschritt wichtiger wurde als das Überleben.« Nach einer Pause fuhr Alexander fort: »Ja, es war eine Prüfung, aber sie stammt nicht von mir. Und du hast mich wirklich sehr enttäuscht. Nach all unseren Erkenntnissen in diesem Jahrhundert – und nach all meinen Bemühungen und denen deiner Mutter – hätte ich nie gedacht, daß du so mir nichts, dir nichts in unser altes Feindbild vom Menschen zurückfallen würdest. Aber das mag unser Instinkt sein, nicht wahr? Ich frag' mich, ob wir ihn je in den Griff bekommen werden.«

Nicholas schwieg. Wie ein eiskalter Schraubstock preßte ihm grenzenlose Scham seine Schläfen zusammen; denn er begriff allmählich, welchen Preis sie alle für sein vorschnelles Urteil beinahe bezahlt hätten. Er hatte sich geirrt. Obwohl er es hätte besser wissen müssen, hatte er die Situation völlig falsch eingeschätzt – ein Fehler, den er sich nie verzeihen würde! Es gab keine Ausrede, keine Entschuldigung. Und drei seiner Leute waren endgültig tot.

Wiederum ergriff Alexander das Wort: »Seit Jahrtausenden beherrschen wir diesen Planeten. Und noch nie hat es einen Rudelführer gegeben, der nicht bei der einen oder anderen Gelegenheit in eine Krise geriet, bei der unser Schicksal, ja unser Überleben auf dem Spiel stand. Deine Mutter und ich haben gegen Ende des vergangenen Jahrhunderts einen solchen Engpaß gemeistert. Und jetzt, unmittelbar vor der Jahrtausendwende, werdet ihr, Menschen wie Werwölfe, dasselbe durchmachen. Eure Entscheidungen werden den Fortgang der Geschichte bestimmen. Ich kann nur raten, euch gut zu überlegen, was ihr tut.«

»Du hast mir die Macht übergeben, *mon père*«, erwiderte Nicholas steif. »Du kannst sie mir ja wieder nehmen.« Das war die mechanisch einstudierte Antwort des jungen, angehenden Herrschers gegenüber seinem erfahrenen Vorgänger, wann immer es zwischen beiden Unstimmigkeiten gab.

Nicholas meinte es aufrichtig ... und auch wieder nicht. Die Rachgier war ein gefährliches, seltsames Motiv, das ihn für alles blind machen konnte, worauf es ankam – selbst für das Wohlergehen des Rudels. Vielleicht stellte diese Einsicht die wichtigste Lektion dar, die sein Vater ihm heute erteilt hatte.

Mit einem Hauch von Ironie entgegnete Alexander: »Im Augenblick bin ich wirklich nicht erpicht auf deine Macht, vielen Dank! Und erst recht nicht auf deine Konsequenzen.«

Wieder Schweigen. In der Ferne hasteten Menschen umher. Sirenengeheul. Müllwagen.

Kaum hörbar fragte Nicholas: »Aber wie ... wie hast du von der Existenz dieses Wesens erfahren, und warum war es hier?«

»Weil«, antwortete Alexander müde, »ich es mir zuzuschreiben habe. Ich war derjenige, der die Menschenfrau ins Rudel eingeführt hat.«

Fünf Jahre davor hatten sie Nicholas Devoncroix im Rahmen einer Zeremonie, zu der Werwölfe aus aller Welt ins Zentrum der Devoncroix, Alaska, angereist waren, offiziell zum Nachfolger ihres Rudelführers designiert. Als jüngster Sproß der Herrscherfamilie, die seit über einem Jahrtausend die Macht in Händen hielt, war seine Wahl keine Überraschung, aber auf die Zeremonie kam es an. Sie waren ein Volk der Rituale, der Traditionen und der langsamen, aber stetigen Veränderung. Überraschungen mochten sie nicht, und plötzliche Umwälzungen waren ihnen ein Greuel.

Nicholas versuchte gar nicht erst darüber nachzudenken, was eine Wende dieser Größenordnung für das Rudel bedeuten würde.

Von Geburt an war Nicholas auf seine Rolle vorbereitet worden. Seine schulische Ausbildung hatte er an einem renommierten Institut in der Schweiz erhalten, aus dem überdurchschnittlich viele Wissenschaftler, Staatsmänner und Künstler hervorgingen und das kein menschliches Wesen je betreten hatte; anschließend hatte er erfolgreich in Princeton, Oxford und Cambridge studiert. Mit dreiundzwanzig war er bereits Präsident einer der lukrativsten Firmen der Devoncroix Corporation geworden; als Fünfundzwanzigjähriger hatte er die Satellitentechnologie perfektioniert, auf der das gesamte weltumspannende Kommunikations- und Sicherheitssystem des Rudels beruhte. An seinem dreißigsten Geburtstag war das Firmenvermögen auf über zweiunddreißig Milliarden Dollar gestiegen.

Von ihrem Anwesen in Alaska aus – einer weitläufigen, größtenteils in Felsen eingeschlossenen Anlage, die zugleich als Firmenhauptquartier und als symbolische Heimat der Vorfahren des gesamten Rudels fungierte – hatte Nicholas die ganze Welt bereist, von den Regenwäldern des Amazonas bis zu den Gebirgszügen Zentralchinas, um das Geschäft des Regierens ebenso kennenzulernen wie das Rudel, über das er herrschen sollte. Er hatte in Wimbledon gesiegt, in einem Versuchsflugzeug die Schallmauer durchbrochen und im Alleingang Kilimandscharo und Mount Everest bezwungen. Außerdem hatte er komplizierte Verträge zwischen Menschen miteinander im Krieg liegender Länder ausgehandelt – natürlich jeweils zum Nutzen des Rudels – und gefährliche Streitereien zwischen gegnerischen Clans innerhalb seiner Untertanen geschlichtet. Obwohl er theoretisch erst nach dem Tod seines Vaters die Oberherrschaft übernehmen sollte, war er in jeder anderen, praktischen Hinsicht bereits jetzt der Rudelführer. Die anderen liebten und respektierten ihn, und es galt als sicher, daß Nicholas Devoncroix die schöne Tradition der progressiven, wohlwollenden Leitung fortführen würde, die seine Vorfahren vor über tausend Jahren begründet hatten.

Jetzt aber, unter dem kalten Schatten des steinernen Wolfs, fühlte Nicholas eine Leere in der Magengegend. *Ich habe versagt. Drei meiner Leute sind von einem Artgenossen umgebracht worden. Ein Ungeheuer, ein Mischling zwischen Mensch und Werwolf, steckt hinter dieser Katastrophe, und ich wußte nicht einmal von seiner Existenz. Das Rudel hat sich darauf verlassen, daß ich es beschützen würde, aber ich habe versagt. Später wird man schreiben, daß der Anfang vom Ende in dieser Nacht, an diesem Ort stattfand.* Vielleicht war der Stein ja schon vor längerer Zeit ins Rollen geraten, doch nun mußte er mit einer echten Tragödie fertig werden. Und darauf war er nicht vorbereitet.

Alexander sah die Leere in Nicholas' Blick, bevor dieser sie vor ihm verbergen konnte. Da es als Zeichen der Schwäche galt, wenn ein Anführer Selbstzweifel offenbarte – auch wenn dieser Anführer noch gar nicht an der Macht war und auch wenn er es nur seinem Vater gegenüber tat –, ging letzterer höflich darüber hinweg.

Als er dann im Plauderton zu sprechen begann, klang es, als sei seine Geschichte allenfalls nebensächlich. »Ich lebte damals in Paris – im Grunde der einzige Ort, der für einen jungen, ehrgeizigen Werwolf in Frage kam. Natürlich lag meine Heimat weit weg von jener sorglosen Metropole, tief im kalten, schwarzen Herzen Sibiriens, aber ich hatte mich wohl schon ziemlich weit von meinen Ursprüngen entfernt.« Er räusperte sich.

»Da ich mich viel in Gesellschaft von Menschen aufhielt, erntete ich oft Kritik. Aber sie waren derart amüsante, köstliche Wesen, mit so geheimnisvollen Philosophien und so leichten Freuden ... Ich liebte das Winterpalais in Petersburg, die Intellektuellen von Paris, die Theater Londons, die großen Ballsäle in Florenz und Venedig. Da gab es einen Zug, der hieß Orient-Express ... aber das ist eine andere Geschichte.« Nicholas lauschte seinem Vater gebannt.

»Die Zeiten waren noch sehr viel einfacher, die Grenzen zwischen Mythos und Realität noch nicht so scharf gezogen. Damals konnte man an das Unmögliche glauben, und zwar Werwölfe ebenso wie Menschen – denn die Zäune, die unsere Welten voneinander trennen, wurden erst im Laufe dieses Jahrhunderts errichtet. In vieler Hinsicht war die gute alte Zeit irgendwie unschuldiger; die Greuel der Frühzeit lagen so weit zurück, daß man sie als Legenden empfand, während die Moderne der weltumspannenden Kommunikation und des unbegrenzten Wissens, das jede Magie und Hoffnung zerstört, noch in die Zukunft gehörte.« Wieder folgte eine Pause.

»Es war kurz vor der Jahrhundertwende, als der alte Führer Sancerre plötzlich an einem Gehirnschlag starb und als designierte Nachfolgerin eine junge, unvermählte Königin hinterließ, die ganz und gar unerfahren und auf ihre Aufgabe nicht vorbereitet war. Klar, daß das Rudel in einen unsäglichen Zustand geriet – reif für eine Übernahme – auch wenn es damals nicht viel zu übernehmen gab ... Heute«, fuhr Alexander fort, »sind wir in über einhundert Unternehmen vertreten, von der Elektronikindustrie bis zur Filmbranche. Wir verfügen über Büros und Vertreter in allen größeren Städten sämtlicher Industrienationen und haben die meisten Finanzmärkte der Welt, die Technologie und natürlichen Ressourcen unter Kontrolle. Aber gegen Ende des letzten Jahrhunderts steckte in weiten Teilen Europas die industrielle Revolution noch in den Kinderschuhen, so daß man im Grunde erst von einem Anfang sprechen konnte. Wir ahnten noch nicht, welches Potential die Zukunft bringen würde; zwar waren wir über die ganze Welt verstreut, aber zerstritten: jeder nur an seinen kleinen Egoismen und seinem persönlichen Vermögen interessiert. Die junge Königin erbte das größte dieser Vermögen, und so war so mancher ehrgeizige Werwolf – übrigens auch ich – hinter ihr her, hinter ihrer Macht und ihrem Reichtum. Allmählich sah es aus, als wäre sie voll und ganz damit ausgelastet, sich gegen ihre Freier zur Wehr zu setzen. Sie tat mir fast schon leid ...«

Alexander spürte wohl, daß Nicholas allmählich ungeduldig wurde, im Schutz der Dunkelheit huschte der Anflug eines Lächelns über sein Gesicht. »Soll ich aufhören?« fragte er angelegentlich.

Nicholas atmete einmal tief durch, dann noch einmal. Er dachte an menschliche Dichter und Philosophen und an die Gefahren, denen jene ausgesetzt sind, die Ungeheuer jagen.

»Ich denke«, gestand er langsam nach kurzem Zögern, »heute nacht habe ich mich schon einmal zu voreilig verhalten. Und wenn ich dir jetzt nicht zuhöre, ringe ich womöglich mein restliches Leben lang mit Fragen, auf die ich nie eine Antwort bekomme.«

Sein Vater nickte, auch wenn nicht auszumachen war, ob dies eine Geste der Zustimmung oder lediglich der Nachdenklichkeit war. »Und wenn ich gar nicht die Antworten liefern kann, die du erwartest?«

In der Dunkelheit ließ der Sohn den Blick nicht von ihm und erwiderte in der angemessenen Weise: »Dann stelle ich nicht die richtigen Fragen. Der Mischling, Vater ... wer ist es? Sag es mir.«

Alexander starrte vor sich hin. Seine Züge verloren sich im Schatten des Wolfsmonuments, und nach einiger Zeit nahm er den Faden wieder auf.

»Vielleicht überrascht es dich zu hören, daß es sich um eine Liebesgeschichte handelt«, sagte er lächelnd. »Andererseits, wenn man die großen Zusammenhänge bedenkt, scheint es mir manchmal, als liefe, was Werwölfe und Menschen angeht, letztlich alles darauf hinaus ...«

Zweiter Teil

Paris

1897

[Menschen] sind in ihrem Innersten Wilde wie wir – und genau das ist unverzeihlich.

Frederick Petrow, Werwolf, 1648

Größe erreicht der Mensch nur, wenn er aus Leidenschaft handelt.

Benjamin Disraeli, Mensch, 1844

Tessa

2

Tessa LeGuerre hatte den Mord an Alexander Devoncroix schon seit zehn Jahren geplant. Ihr war klar, daß sie nie eine bessere Chance bekommen würde als die, die sich ihr in der Nacht des Oktobermonds bot.

Sechs Monate zuvor trat sie ihren Dienst als Stubenmädchen in jenem Haushalt an, was sich als unerwartet einfach herausstellte; mit ihrer Leidensgeschichte – sie hatte sich zu Recht als Waise, jedoch zu Unrecht als eine völlig mittellose vorgestellt – erregte sie das Mitgefühl des Majordomus. Obendrein hatte sie sich die Mühe gemacht, vor ihrem Vorstellungsgespräch die beiden obersten Knöpfe ihrer baumwollenen Bluse abzureißen, um ein paar provozierende Quadratzentimeter Haut vor ihm offenzulegen – und das alles nur, um hinterher zu erfahren, daß das Objekt ihrer List gänzlich immun gegen die Verführungskünste junger Mädchen war, zugeknöpft oder nicht. Ganz entzückend fand er hingegen ihr Französisch mit englischem Akzent, was er ihr gegenüber bei der Einstellung ausdrücklich erwähnte. So einfach war das.

Danach mußte sie nur noch den scharfen Blicken von Madame Crollière, der Haushälterin, aus dem Weg gehen, die stets eine kurze Reitpeitsche mit sich führte und ihre Hausmädchen für Knitterfalten in der Bettwäsche oder eine feuchte Schüssel mit einem harten Schlag auf die Knöchel zu züchtigen pflegte; im übrigen verwendete sie jede freie Minute darauf, alles in Erfahrung zu bringen, was von dem Haus Devoncroix wissenswert war.

Tessa verfügte über einen scharfen Verstand sowie ein ausgezeichnetes Gedächtnis, und schon nach wenigen Tagen hatte sie sich sämtliche Korridore des Pariser Stadthauses mit seinen dreiundzwanzig Zimmern eingeprägt, sämtliche Kämmerchen, Nischen und Verstecke, die verborgensten Treppchen und Winkel, wo sich ein menschlicher Körper verbergen konnte; sie wußte, welche Scharniere dringend geölt werden mußten und welche Stufen knarrten. Sie fand den schnellsten, lautlosesten Weg von ihrer Schlafkammer unter dem Dach zum Gemach ihres Herrn heraus, und schon bald gelang es ihr; die Strecke zurückzulegen, ohne ihre schlafenden Gefährtinnen zu wecken. Zusätzlich prägte sie sich jede Einzelheit jenes Raumes ein, von den Kunstwerken an den Wänden bis zum Teppich auf dem Fußboden, die gestärkten weißen Hemden in der Wäschekommode und die schweren Anzüge im Schrank, die Rasierwässer und Pomaden in seiner Ankleide, die Lederwaren und Seidenstoffe, sogar die edelsteinbesetzten Manschettenknöpfe. Sie fand jedes Möbelstück im Dunkeln, wußte um die defekte Klinke am Fenster und um die schwergängige Türangel. Jeden einzelnen Schritt der betreffenden Nacht hatte sie in Gedanken wieder und wieder durchgespielt, bis die Ausführung ihres Plans kaum mehr war als eine Ausweitung ihrer Phantasie; ein Fehler oder eine falsche Einschätzung schien völlig ausgeschlossen.

Also entwendete sie ein Messer aus der Küche – eine hochwertige, zwanzig Zentimeter lange Klinge aus gehämmertem Stahl mit einem soliden Griff aus Eschenholz. Esche, so hatte sie gehört, war für derartige Dinge am besten geeignet, und sie wollte schließlich kein Risiko eingehen. Sie verbarg das Messer an der Innenkante ihrer Matratze, wo man es nur finden konnte, wenn man wußte, daß es da war. Lavalier, der Küchenchef, veranstaltete ob seines Verschwindens einen gewaltigen Wirbel und versetzte das Küchenpersonal tagelang in Angst und Schrecken, bis er die Angelegenheit schließlich einem Untergebenen in die Schuhe schob und diesen prompt entließ. Das Messer wurde durch ein neues ersetzt, wenngleich Lavalier immer klagte, das neue schneide auch nicht annähernd so perfekt wie das alte, aber im wesentlichen war die Sache damit erledigt.

Tessa hatte ihren Plan und das Messer; überdies kannte sie die Mittel und Wege zum Erfolg. Was ihr zu ihrer großen Enttäuschung fehlte, war das Opfer.

Der Herr des Hauses weilte nicht in Paris, als sie in seinen Haushalt eintrat, und sollte erst um die erste Oktoberwoche zurückkehren. Obschon Geduld nicht zu ihren Tugenden zählte, nutzte Tessa die Zeit, weiter an ihrem Vorhaben zu feilen, ihre Stellung zu festigen und die Ohren offenzuhalten. Schließlich hatte sie zehn Jahre gewartet, und auf ein paar Monate mehr oder weniger kam es nun auch nicht mehr an.

Wie es in den Haushalten der besseren Gesellschaft zuging, war Tessa nicht unbekannt; denn sie hatte selbst ein recht kosmopolitisches Leben geführt, bis der Tod ihres Vaters – sehr zum Leidwesen Tessas – ihre Mutter zwang, mit ihr wieder in das heimatliche Cornwall zu ziehen. Der Luxus aber, in dem Alexander Devoncroix lebte, beeindruckte sie doch. Selbst die Mädchen in der Spülküche trugen jeden Tag der Woche frische Kleidung und weiße Schürzen, die in der Sonne gebleicht werden mußten. Sogar im Keller gab es einen Kohleofen, und in jedem Kamin brannte ein Holzfeuer, selbst wenn die betreffenden Räume nicht genutzt wurden, weil der Besitzer, wie es hieß, ein wohlig warmes Heim ohne Zugluft zu schätzen wußte.

Das Haus wies jeden erdenklichen Komfort auf. Die Kammern der Bediensteten waren ebenso mit Gaslicht ausgestattet wie die riesigen Kronleuchter im Treppenhaus und der gesamte Weg zum Ballsaal im dritten Stock. Jedes Schlafzimmer hatte seine eigene Sanitäreinrichtung. Durch Drehen einer Kurbel wurde in den Keller Wasser gepumpt, das ein kompliziertes Boilersystem erhitzte und nach oben leitete. Die marmornen Badezimmer waren so ziemlich das Dekadenteste – und Faszinierendste –, was Tessa je zu Gesicht bekommen hatte. Alle Gästezimmer hatten Klappen, in die der Gast nur seine schmutzige Wäsche zu werfen brauchte; diese landete auf schnellstem Wege in der Waschküche, wo eine der fünf rund um die Uhr beschäftigten Mägde sich auf der Stelle ihrer annahm. Und mit einem Zug an einer quastengeschmückten Kordel konnte jeder Gast auch einen kleinen Lastenaufzug in Gang setzen, der ihm alles Gewünschte auf sein Zimmer lieferte. Er brauchte nur noch das Tablett herauszunehmen und konnte sich dann in hedonistischer Abgeschiedenheit der Schlemmerei widmen.

Der Weinkeller des Hausherrn war bestens bestückt, seine Gastfreundschaft allseits berühmt. Selbst wenn er nicht durch Anwesenheit glänzte, waren nie weniger als zehn der Gästezimmer belegt. Alle im Personal wußten, daß seine Gäste manchmal etwas – milde und immer sehr taktvoll ausgesprochen – eigen waren. Doch das galt schließlich auch für den Hausherrn selbst.

Alexander Devoncroix rief ebenso Bewunderung wie Furcht hervor, uneingeschränkte Loyalität so wie unausgesprochenes Mißtrauen. Er sollte, so hieß es, ein geradezu unverschämt attraktiver junger Mann sein, der seine Zuhörer mit faszinierenden Geschichten in Bann zu schlagen wußte, ein ausschweifender Lebemann, Herzensbrecher und Charmeur, Abenteurer, Dichter und Bonvivant. Das waren die Attribute, die sie ihm mit lauter Stimme zuschrieben, mit dem nachsichtigen Stolz, den Diener oft gegenüber den Eigenschaften eines extravaganten Arbeitgebers empfinden, seien sie nun Tugenden oder Untugenden – besonders, wenn dieser Arbeitgeber zu Großmut gegenüber seinen Angestellten neigt, und ganz besonders, wenn seine hohe gesellschaftliche Stellung auch ein wenig auf ihre eigene Position abfärbt. All das bezweifelte Tessa keinen Augenblick. Doch noch aufregender – und, wie sie aus einem ganz bestimmten Grund wußte, noch wahrer – war das, was insgeheim über ihn geflüstert wurde.

Sie nannten ihn einen Teufel und einen Heroen, einen Zauberer und Kannibalen. Sie spielten auf seltsame Geräusche und unerklärliche Geschehnisse hinter verschlossenen Türen an, in dunklen Gärten und tiefen Wäldern während mondloser Nächte. Auf obszöne, außergewöhnliche, unnatürliche Dinge. Zwei verließen das Haus, und nur einer kam zurück. Die Spuren eines Menschen gingen in die Fährte eines Tieres über. Die Bettücher waren voller Tierhaare, obgleich es im Haus keine Hunde gab. Und was hatte es wohl mit der merkwürdigen Bauweise des Hauses selbst auf sich, den zahlreichen kleinen Klapptüren und grifflosen Fenstern, durch die kein erwachsener Mensch paßte? Sie flüsterten ein Wort: ›loup-garou‹. Gestaltwechsler. Werwolf.

Aus diesem Grund war Tessa gekommen.

Zum ersten Mal sah sie ihn – oder zumindest eine brauchbare Darstellung von ihm – in der Galerie im zweiten Stock des Hauses. Natürlich hingen im ganzen Haus wunderbare Gemälde. Ganz besonders schien der Hausherr die flämischen Meister zu schätzen, denn im Speisesaal und Studierzimmer nahmen die Rembrandts und Vermeers die besten Plätze ein. Tessa, die gerade soviel über Malerei wußte, daß sie über den Wert der Bilder nachdachte, bereitete es trotzdem Vergnügen, einfach durchs Haus zu streifen und die Kunstwerke zu bewundern.

Das fraglos auffälligste Porträt war so über dem Absatz im zweiten Stock plaziert, daß niemand es übersehen konnte, der die Treppe hinaufstieg, den Ballsaal betrat oder die Galerie aufsuchte. Tessa war nicht sonderlich überrascht zu hören, daß genau hier der Hausherr prangte – denn wie man ihr erklärt hatte, waren gewisse Kreaturen außergewöhnlich eitel. Nicht ahnen konnte sie hingegen, daß er so vieles an sich hatte, was diese Eitelkeit rechtfertigte.

Das lebensgroße Porträt zeigte einen jungen Mann vor dem parkähnlichen Gelände östlich des Palais. Gekleidet war er im ländlichen Stil: Er trug hohe Stiefel, ein gefälteltes Halstuch und eine offene Joppe über der Weste. Mit dem Ellbogen stützte er sich gegen die Mauer, und ein Bein stand leicht erhöht auf einem Sockel, der als Aufsteighilfe für Reiter diente. Er starrte den Betrachter mit einer Mischung aus Arroganz und Belustigung an, wobei seine aristokratischen Züge erstaunlicherweise zugleich entspannt und hellwach wirkten, und seine durchdringenden blauen Augen strahlten ein seltsam zynisches Funkeln aus, das selbst durch das unpersönliche Medium von Öl auf Leinwand zu spüren war. Vor allem fiel aber natürlich sein Haar auf: Es hatte die Farbe und den seidigen Glanz von kostbarem hellem amerikanischem Nerz, abgesehen von einem rund zwölf Zentimeter breiten, von der rechten Schläfe nach hinten bis zum Haarende verlaufenden Streifen in einem äußerst bemerkenswerten Weißgold. Ganz gegen die Mode trug er sein Haar lang und lose auf die Schultern fallend wie dichten glänzenden Satin, was aber Tessa nicht weiter verblüffte. Sie hatte gehört, daß das Haar solcher Wesen nicht geschnitten werden konnte. Das Gemälde sah irgendwie unwirklich aus, und Tessa nahm an, der Künstler habe sich die Freiheit genommen, den betreffenden Herren ein wenig zu schönen. Doch aus dem Klatsch der Bediensteten sollte sie erfahren – und es bald durch eigene Anschauung bestätigt sehen –, daß das Porträt seinem Original in Wahrheit nicht einmal gerecht wurde.

Der ungewöhnlichste Aspekt des Gemäldes jedoch war nicht das Porträt der abgebildeten Person oder das Talent des Künstlers, sondern der zweite Gegenstand, mit dem der Hausherr zusammen posierte. Unter Adligen in England wie in Frankreich gehörte es dazu, sich in Gesellschaft eines geliebten Haustiers abbilden zu lassen – eines Schoßhündchens, einer Dogge oder gar einer Katze. Alexander Devoncroix hatte sich entschieden, mit der Hand auf dem Kopf eines zottigen braunweißen Wolfs Modell zu stehen. Die Augen des Tiers waren so blau wie die seinen.

Als Tessa auf das Gemälde starrte, fühlte sie sich in seinem Schatten so klein und unbedeutend, daß es ihr eiskalt den Rücken hinunterlief. In diesem Augenblick erkannte sie endgültig, daß ihre Entscheidung hierherzukommen, richtig gewesen war.

Nach scheinbar endlosem Warten kehrte der Hausherr unter Fanfarenklängen und dem Geklirr von Zaumzeug in einer schwarzglänzenden, mit Gold verzierten Kutsche heim. Zwei dralle, verrückt gekleidete und noch extremer geschminkte Frauen hingen ihm an den Armen wie billiger Modeschmuck, was Tessa geflissentlich übersah. Allerdings verblüffte es sie – wenn auch nur ein wenig, denn schließlich hatte sie genug Klatsch und Tratsch aufgeschnappt –, welch ausnehmend gute Figur er dabei machte. Er war noch größer und kräftiger als auf dem Porträt, seine scharf geschnittenen Gesichtszüge noch lebhafter und seine meerblauen Augen noch heiterer. Das champagnerfarbene Haar mit seinem goldenen Glanz wirkte in der Realität noch faszinierender, und er stellte es schamlos zur Schau, während er ohne Hut durch den Sonnenschein spazierte. Seine Stimme war warm und auf angenehme Weise einschmeichelnd, was sie nicht erwartet hatte, und sein Lachen laut, unbeschwert und einladend, ebenfalls eine überraschende Beigabe.

Niemand jedoch, nicht einmal ihr Vater, hätte Tessa auf die unerklärliche Ausstrahlung, den beinahe unwiderstehlichen Charme Alexander Devoncroix' vorbereiten können. Er bewegte sich mit der Geschmeidigkeit und kraftvollen Eleganz altgriechischer Athleten, daß es eine wahre Freude war, ihn zu betrachten. Lachte er, schlug jedem in Hörweite das Herz höher; verfinsterte sich sein Blick – was äußerst selten vorkam –, schien sich auch der Himmel zu verdunkeln. In seiner Gegenwart war die Atmosphäre wie geladen mit ehrfurchtsvoller Erwartung, als sei Größe ein eigenes Element und er, Alexander Devoncroix, ihre Verkörperung. Oft genug hatte Tessa sich gefragt, wie die Menschen in seinem Haushalt ihn trotz des Wissens um seine ungeheuerliche Natur am Leben lassen konnten. Jetzt wußte sie, warum.

Sämtliche Bediensteten standen an jenem sonnigen Herbsttag in Reih und Glied, um ihn zu Hause willkommen zu heißen; sie bildeten ein doppeltes Spalier, das bis weit in den großen Saal hineinreichte und sich zur Haupttreppe erstreckte. Die hochrangigsten von ihnen waren so auf den Stufen plaziert, daß sein Blick zuerst auf sie fallen mußte, und Tessa – in der Hierarchie deutlich unterhalb des Salonpersonals, aber ein Stück über der Spülküche angesiedelt – stand in den Schatten des inneren Saals, wo sie sich darauf konzentrierte, die Füße gegeneinander zu reiben, damit sie ihr nicht einschliefen.

Er vertraute seine beiden Begleiterinnen dem Kammerdiener an, der mit ihm gekommen war, und begann in aller Ruhe die Reihe abzuschreiten. Dabei begrüßte er jedes Mitglied seines Haushalts einzeln und nahm sich die Zeit, mit vielen von ihnen lange Gespräche über Dinge zu führen, die während seiner Abwesenheit zu ihm gedrungen waren. Mitunter erkundigte er sich auch nach einem Familienmitglied oder dem Gesundheitszustand der betreffenden Person. Manch einer hätte eine so wohlwollende Besorgtheit um das persönliche Wohlergehen von Untergebenen – zumal von seiten eines Junggesellen – zweifellos bewundert; doch Tessa, deren Rücken schmerzte und deren Zehen unerträglich juckten, fand es nur extrem lästig. Bis er zu ihr kam.

Sie hatte gehofft, er würde sie übergehen oder gelangweilt sein, bis er zu den Stubenmädchen kam, und sie mit einem bloßen Nicken bedenken. Und in der Tat schien er weniger häufig haltzumachen, als er sich den niedrigeren Bediensteten näherte – abgesehen von der einen oder anderen koketten Bemerkung zu den hübschesten unter den Mädchen nannte er die Begrüßten praktisch nur noch beim Namen. Als er aber sie entdeckte, leuchtete sein Blick auf, und er sagte: »Ah, Poinceau, wen haben wir denn hier?«

Der neben ihm herlaufende Majordomus erklärte: »Ein neues Stubenmädchen, Monsieur, recht anstellig, aber noch in Ausbildung.«

Alexander Devoncroix streckte die Hand aus, nahm ihr Kinn sanft zwischen die Finger und drehte ihr Gesicht so, daß das Licht darauf fiel. Mit seinem sanften, wohlwollenden Lächeln schien er ihr jegliche Befangenheit nehmen zu wollen. *»Enchanté«*, murmelte er.

Dann ging er weiter, doch noch nach Tagen fühlte sie den warmen Druck seiner Finger auf ihrer Haut, sah sie dieses Lächeln und spürte sie die Süße seines Atems bei dem Kommentar *›enchanté‹*.

Er mochte ein Ungeheuer sein, aber was für ein attraktives! Und für einen flüchtigen Blick auf diese Art von Schönheit, auf diesen personifizierten Charme schlechthin, verzeihen Menschen so manches.

Ab seiner Ankunft fanden in ununterbrochener Folge Bälle, Bankette und Hauskonzerte statt – das Haus quoll über von Gästen. Der junge Herr spielte gern den Gesellschafter, und wenn er gerade einmal nicht empfing, war er selbst irgendwo eingeladen. Mit ziemlicher Wahrscheinlichkeit traf man zu jeder Tages- und Nachtzeit im Korridor einen umherwandernden Gast oder den Hausherrn selbst an, und selten schlief er allein. Es war ein einzigartig ausschweifendes Haus, aber darüber hatte man Tessa ja ins Bild gesetzt. Auch jene Gerüchte kannte sie, wonach sich angeblich Gruppen von ihnen im Freien versammeln und dann die ganze Nacht über verschwunden bleiben sollten; auch unheimliche Geräusche würden dann aus den Parks und Alleen, von Flußufern und dunklen Feldern herüberdringen. Tessa hörte keine derartigen Geräusche, doch stimmte es, daß der Hausherr zusammen mit mehreren seiner Gäste mehr als einmal aus seinem Schlafgemach verschwand und die ganze Nacht über weg blieb, um dann völlig unbemerkt zurückzukommen und im hellen Licht der Morgensonne seelenruhig in seinem Bett zu schlafen.

Daher bot sich Tessa zwischen einem gesellschaftlichen Ereignis und dem nächsten bis zu dieser Nacht des Oktobermonds keine günstige Gelegenheit, ihre Absicht zu verwirklichen. Die erste Welle von Abendgesellschaften und Hausgästen war vorüber, als ganz Paris und auch Monsieur Devoncroix eine kleine Verschnaufpause einlegten, um sich auf die Feriensaison vorzubereiten. Er war im Theater gewesen und anschließend bei einer Soiree im Hause des Marquis de Fortier; Tessa wußte dies, weil sie sich angewöhnt hatte, seine Einladungskarten zu inspizieren; ferner hielt sein Privatsekretär Crouchet sie für amüsant und konnte dazu verleitet werden, ihr Informationen zu beschaffen, die er ihr wahrscheinlich nicht geben sollte. Hellwach wartete Tessa, bis sie hörte, wie die Kutsche vor dem Haupteingang haltmachte. Mittels eines kurzen Blickes aus dem Fenster überzeugte sie sich, daß er allein das Haus betrat. Nun endlich war die richtige Nacht gekommen.

Sie holte das Messer aus dem Versteck und wartete, die Waffe an die Brust gedrückt, eine unendlich lange Stunde, um sicherzugehen, daß er auch wirklich schlief. Dann schlich sie sich so geräuschlos, wie sie es unermüdlich geübt hatte, ohne Licht den in ihrem Gedächtnis gespeicherten Weg die Treppe hinunter und durch den Korridor, der zum Schlafgemach ihres Herrn führte.

Dort hielt sie inne, die eine Hand auf der Türklinke, die andere vor ihrer Brust fest das Messer umklammernd; ihr Herz pochte triumphierend und aufgeregt angesichts ihrer Überzeugung, daß sie jetzt alle Fäden in Händen hielt – und auch aus Angst vor dem, was sie hinter jener Tür wohl vorfinden würde. Etwa ein Ungeheuer, das, niedergeduckt in der Dunkelheit, seine glühenden Augen auf sie richtete? Oder einen schönen jungen Mann, friedlich schlummernd und nicht ahnend, daß seine letzte Stunde geschlagen hatte? Vielleicht schlief er ja auch gar nicht. Er konnte sie gewittert haben und würde sich auf sie stürzen, sobald sie eintrat. Oder er war gar nicht da drin, und sie mußte in einer anderen Nacht noch einmal wiederkommen.

Dann beschloß sie, es beherzt anzugehen, denn sie mochte keinen Augenblick länger angsterfüllt vor seiner Tür stehen. Nach einem geräuschlosen Druck auf die gut geölte Klinke huschte sie über die Schwelle.

Aber kein Ungeheuer wartete auf sie.

Er lag splitternackt auf der Bettdecke, und silbrig schimmerten seine Gließmaßen im Mondlicht, das durch das offene Fenster hereinschien. Das eine Bein hatte er leicht angewinkelt, die Hände lagen locker neben ihm und sein dichtes Haar mit der bezaubernden blassen Strähne breitete sich wie ein Fächer über das Kissen aus. Seine Brust war seltsamerweise unbehaart wie sein ganzer Körper, und das selbst unter den Armen und an jener Stelle seines Unterleibs, wo sonst alle Erwachsenen Haare haben. Sein rosafarbenes Geschlecht lag halb auf einem Oberschenkel.

Auf dem zur Seite gewandten Gesicht teilten sich seine Lippen bei den tiefen, gleichmäßigen Atemzügen. Tessa roch den Wein, als sie sich ihm näherte; Wein und Moschus und den scharfen immergrünen Geruch, der sein Markenzeichen zu sein schien. Seltsam, aber sie hatte nie zuvor den Geruch eines Mannes bemerkt und fand ihn ausgesprochen angenehm. Aber Monsieur Devoncroix war ja auch kein gewöhnlicher Sterblicher. Genaugenommen war er gar kein Mensch.

Mit dieser Gewißheit – er ist kein Mensch, nein – nahm Tessa all ihren Mut zusammen und trat noch ein Stück näher, das Messer so heftig umklammernd, als wäre es eine Rettungsleine und kein Mordinstrument. Jetzt stand sie über ihm. Noch immer erwachte er nicht aus seiner alkoholbedingten Betäubung, noch immer bemerkte er sie nicht. *Also verfügt er doch nicht über die Zauberkräfte, die man ihm zuschreibt,* dachte sie mit einer gewissen Überheblichkeit.

Aber zauberhaft war er schon, wie er so auf der zerknitterten Decke lag; mit seinen strammen, schlanken Waden und den glatten, offenen Handflächen wirkte er wie die Skulptur eines italienischen Bildhauers. Ein wunderschöner, verletzlicher Apoll! Eine Strähne seines glänzenden Haars zog sich über die Kehle und flatterte bei jedem Atemzug – da, war da nicht der Puls zu sehen, in seiner Halsschlagader? Voller Leben. Und Kraft.

Sie erinnerte sich an sein Lächeln, an den zarten Griff seiner Finger nach ihrem Kinn. Seine Hände waren weich wie die eines Aristokraten, aber stark wie die eines Handwerkers. Seine Berührung hatte sie maßlos überrascht.

Tessas Herz schmerzte von der Wucht, mit der es sich gegen ihren Brustkorb warf, und das Messer in ihrer Hand fühlte sich glitschig an. Kein Mensch, erinnerte sie sich mit aller Macht. Das ist kein Mensch, sondern ein Ungeheuer, ein Killer …

Etwas linkisch bekreuzigte sich Tessa mit der rechten Hand, bevor sie beide Hände um das Heft des Messers legte. Sie würde es schon schaffen. Schließlich hatte sie ihr ganzes Erwachsenenleben damit verbracht, sich auf diesen Augenblick vorzubereiten.

Sie heftete ihren Blick auf die glatten Hügel seiner Brustmuskeln, auf das sanfte Auf und Ab bei jedem Atemzug, die festen Konturen der Rippen darunter, die glänzende Haut. Als sie das Messer hob, sah sie die Klinge im Rhythmus ihres Herzens vibrieren. Der Glanz des Mondlichts auf Stahl, die Wärme, die fast lebendige Wärme von hartem, hellem Eschenholz unter ihren Fingern. Sie hob es hoch – *das ist kein Mensch* – und stieß es tief hinab.

Da. Auseinanderklaffende Haut, krachender Knochen, reißendes Fleisch. Sie fühlte, wie der Stoß ihre Schultermuskulatur erschütterte, als sie ihr Ziel erreicht hatte – *ja! das Herz, ganz bestimmt das Herz!* – und schwankte, entsetzt über die Gewalt des Stoßes; im selben Augenblick öffneten sich schlagartig seine Augen, und sein Wut- und Schmerzgeheul erfüllte den Raum.

Was für ein grauenerregender Schrei das war! Er schien direkt aus dem Himmel zu kommen und in spiralförmigen Abwärtsbewegungen die Kälte des Weltalls in sich aufzusaugen, als hallte in ihm die ganze Pein verirrter Seelen wider – um klirrend in dem auf einmal winzigen Raum zu zersplittern wie Glasscherben auf einem Marmorboden. Tessa gefror das Blut in den Adern, und ihr Herz hörte auf zu schlagen. Als sie dann seine Augen erblickte, ihr scharfes klares Blau im Mondlicht, geweitet vor Schmerz und in Verwirrung verdüstert, da setzte auch ihr Atem aus. *Kein Mensch, das ist kein Mensch!* Sie trat einen weiteren Schritt zurück und stieß gegen die Wand.

Nackt, wie er war, sprang er aus dem Bett in den Stand, und auf wackligen Beinen packte er den Griff des Messers, um es sich unter gräßlichem Stöhnen aus der Brust zu ziehen. In hohem Bogen spritzte sein Blut aus der Wunde und besudelte Tessas Haar, ihr Gesicht und ihr weißes Nachthemd. Sie war völlig erstarrt, blinzelte nicht einmal. Jetzt ginge es mit ihr dahin!

Er verfluchte sie und schleuderte das blutige Messer von sich. Dann griff er nach ihr, verfehlte sie und strauchelte. Nach einer halben Drehung, als wollte er nach dem Klingelzug greifen, taumelte er gegen einen Marmortisch und warf ihn um, so daß Porzellan und Kerzenständer zu Boden krachten. Dann klammerte er sich an die Vorhänge und riß sie herunter.

Mittlerweile drangen Geräusche von unten herauf, denn schon sein erster Schmerzensschrei hätte selbst Tote wiederauferweckt. Er stürzte zur Tür, eine rote, nasse Faust gegen die blutende Wunde in seiner Brust gepreßt, das Gesicht eine Maske des Leids. Als er sie erreicht hatte, schob er mit dem ganzen Gewicht seines Körpers den Riegel vor – genau in dem Augenblick, als sein Kammerdiener rief: »Monsieur! Monsieur, geht es Ihnen gut?«

»Laß mich in Ruhe!« keuchte er. Sein Mund war nahe der Tür, doch die Anstrengung, die diese wenigen Worte ihm abverlangten, war unübersehbar. Mit großer Mühe stieß er sich ab und hinterließ dabei einen blutigen Streifen auf der hellen Seide, mit der die Tür verkleidet war. Dann fanden seine Augen, finster vor Zorn und Wut, sie wieder.

Jetzt war nichts Schönes mehr an ihm: sein herrliches Haar zerzaust und feucht von Blut und Schweiß, die Lippen fahl und blutleer, die feinen Gesichtszüge verzerrt. In seiner Nacktheit, blutverschmiert und schweißglänzend, sah er aus wie ein soeben aus der Hölle eingetroffener Teufel. Keine Spur von dem Renaissance-Engel, an den er sie zunächst erinnert hatte, wies er mehr auf, und sie war froh darüber – aber auch zu Tode erschrocken.

»Du verdammte menschliche Ausgeburt!« fluchte er durch zusammengebissene Zähne. »Dafür solltest du sterben, du verräterische Schlange. Ich sollte dir die Leber aufschlitzen und sie den Hunden vorwerfen. Ich sollte …«

Unter krampfartigen Schmerzen saugte er die Luft ein. Er drückte die Faust noch grimmiger gegen die blutende Wunde, preßte die Augen zu und hielt sich an der Wand fest, als seine Knie nachzugeben begannen.

Stirb doch, bitte, stirb endlich. Sie wußte, daß sie nicht den Mut hatte, die Worte auch nur zu flüstern, obgleich sie so laut in ihrem Kopf widerhallten, als hätte sie sie herausgeschrien. Doch weder hatte sie sie geäußert noch starb er.

Er hob den Kopf, die Augen immer noch geschlossen, und öffnete die Lippen, als wollte er sich das Atmen erleichtern. Die Hand, mit der er sich gegen die Wand stützte, ballte sich zur Faust, bevor die Kraft aus ihr wich und Tessa wieder dachte: *Ja, bitte, stirb doch* ... Doch er sackte nicht zu Boden, wie sie erwartet hatte; statt dessen schien der Schmerz, der sein Gesicht verzerrte, in intensive Konzentration überzugehen, um sich – ja, ganz ohne Zweifel – zu einem langgezogenen, bedächtigen, beinahe zufriedenen Einatmen zu entspannen.

Der Schmerz, der an seinen Muskeln gezerrt hatte, fiel sichtbar von ihm ab. Die verkrampften Sehnen seines Nackens glätteten sich, dann die zu Bündeln angeschwollenen Bänder von Schultern, Armen, Unterleib und Hüften. Die Oberschenkel streckten sich, die Waden wurden kräftiger, die verknoteten Hände öffneten sich. Er warf den Kopf zurück, und seine Arme hoben sich, als wollten sie für ein Wunder danken. Und tatsächlich war ein Wunder geschehen.

Tessa, die auf die Knie gesunken war, sah es zuerst in der Luft, roch es dann, schmeckte es, fühlte es tief unten in der Magengrube, in ihren Knochen, nein, in ihrer Seele. Hinterher war sie weder in der Lage, es zu beschreiben, noch erinnerte sie sich deutlich daran. Sie merkte, daß ein Gefühl der Ekstase von ihr Besitz ergriff, die große und wundersame Gewißheit, Zeugin von etwas zu werden, was jenseits aller menschlichen Vorstellungskraft lag.

Ob sie erschrocken war? Ja, aber im Sinne eines heiligen Schreckens, einer grenzenlosen Ehrfurcht, die alle Lebewesen vor dem empfinden, was sie an ihre eigene Bedeutungslosigkeit gemahnt. Doch kein Deut von Angst mischte sich in ihre Lähmung des Staunens, kein Finger der Furcht rührte an ihr Herz. Das war großartig, das war wunderschön. Warum sollte sie davor Angst haben?

Da war ein bebendes Licht, ein Tanzen von Energie, eine reine und starke Strahlung, die ihn in ihrem Bann hielt und doch zugleich von ihm auszugehen schien; ein anschwellender Wirbelwind von Kraft, der sozusagen die Essenz des Lebens aus Luft und Licht saugte und sie in etwas Großartigeres verwandelte, als sie es je gewesen war. Da gab es eine Explosion von Farben und stiller Freude, und einst Menschliches existierte nicht mehr.

Der Wolf fiel auf seine vier Pfoten, schüttelte sein glänzendes hellbraunes Fell und schaute Tessa unvermittelt an. Es war ein prächtiges Geschöpf, groß wie ein Mann, wenn nicht größer, mit einem weißgoldenen Streifen, der sich von seiner Schläfe nach hinten zog. Seine Augen funkelten eisblau, und an seinem Brustbein klaffte eine blutende Wunde, die auf dem hellen Pelz dunkle Flecken hinterließ.

Sie sah, wie seine Flanken vom schnellen Ein- und Ausatmen bebten wie bei einem getroffenen Tier. Es senkte den Kopf und kräuselte die Lippen über scharfen Fangzähnen. Dann bewegte es sich auf sie zu, und ein lautes Knurren erscholl. Jetzt wußte Tessa, daß sie Angst haben mußte, doch es war zu spät. Schon sprang er sie an.

Der Aufprall schleuderte sie zur Seite und anschließend mit solcher Wucht zu Boden, daß ihr die Luft wegblieb; ihre Lungenflügel weiteten sich und zogen sich endlose, quälende Sekunden lang nutzlos zusammen, während sich der Raum um sie drehte. Als sie wieder zu sich kam, lag sie ausgestreckt auf dem Rücken; das volle Gewicht seiner Vorderpfoten drückte sie zu Boden, sein heißer Atem versengte ihr das Gesicht. Speichel tropfte von seinen gefletschten Zähnen auf sie herab, und Blut aus seiner Wunde benäßte den dünnen Musselin ihres Nachthemds. Das Poltern seiner Wut drang wie ihr eigenes Grabgeläut in ihre Ohren, als sie in die Augen dieses Wolfs sah und dort nackte Rachsucht erblickte.

Seine Lippen bogen sich nach hinten, und mit einem furchterregenden Knurren sprang er ihr an die Kehle. Tessa hatte keine Zeit mehr zu schreien oder auch nur daran zu denken. Sie wartete nur noch darauf, daß sich die scharfen Fänge in ihr Fleisch bohrten, Blut spritzte und ihr Atem erstarb – aber dann passierte gar nichts.

Seine Augen waren kaum mehr als zwei Fingerbreit von den ihren entfernt. Die heißen Säfte seines Mauls benetzten ihren Hals, und vielleicht drückte auch etwas gegen sie, sei es ein Zahn oder seine Schnauze. Doch dann sah sie das Seltsamste von all den unglaublichen Dingen, die in dieser Nacht geschahen. Seine

Muskeln verhärteten sich, und in seinen Augen flackerte Unentschlossenheit. Der Instinkt der Bestie rang mit den höheren Mechanismen der Selbstbeherrschung, und die Vernunft blieb Sieger. Sie spürte noch, wie die Mühe, die ihn die Zurückhaltung kostete, seine Muskeln erbeben ließ, doch dann zog er sich von ihr zurück.

Er ließ sie am Leben.

Seine Flanken hoben und senkten sich, als er schwer atmend ein paar weitere Schritte zurückwich. Dann sackte er auf dem Teppich zusammen.

Tessa lag noch, wo er sie zurückgelassen hatte, und ihr verzweifeltes Schnappen nach Luft klang im plötzlich still gewordenen Raum wie ein Schluchzen; sie zitterte am ganzen Leib, konnte es nicht fassen, versuchte, sich an den Gedanken zu gewöhnen, daß sie noch lebte, wo sie doch eigentlich hätte tot sein müssen.

So wie er.

Der Schrecken fuhr in sie wie eine kalte Klinge, als sie zu ihm hinübersah. Er gab keinen Ton von sich, und sein Fell hatte allen Glanz verloren. Das immer noch nachsickernde Blut bildete auf ihm einen tiefroten Fleck und breitete sich auf dem hellen Teppich aus. Ihr stockte der Atem, als sie sah, wie sein Brustkorb fast aufgeben wollte.

Auf Händen und Knien kroch Tessa zu ihm. Verzweifelt versuchte sie, den Blutstrom mit der Hand zu stoppen. Sie strich über sein dichtes, grobes Fell. Es fühlte sich kühl an, und seine Atmung ging schwach. Als sie sanft seinen Kopf in ihren Schoß legte, wirkte er schlaff und leblos. Sie beugte sich zu ihm herab und wiegte ihn vor und zurück. »Stirb nicht«, flüsterte sie. »Um Himmels willen, bitte, stirb nicht.«

In diesem Augenblick wurde ihr klar, daß sie sich geirrt hatte. Die ganze Zeit über war sie einem schrecklichen Irrtum aufgesessen.

3

Tessa verließ das Zimmer nur kurz, und als sie im Nachthemd die Treppe hinunterstürzte, lenkten der Mondschein und ihr Gedächtnis ihre Schritte. In der Wäschekammer wühlte sie in Windeseile die Regale mit der Ausstattung durch und lud sich weiche Handtücher, Gazebandagen, Kampfer und Laudanum auf. Dann schnappte sie sich einen Teekessel aus der Küche, raffte ihre Röcke über den Knien zusammen und rannte, zwei Stufen auf einmal nehmend, wieder die Stufen empor.

Ein Eindringling hatte in ihrer Abwesenheit den Raum betreten. Es war Gault, der Kammerdiener des Hausherrn. Er trug einen roten Morgenrock, aber keine Pantoffeln, und sein dunkles, lockiges Haar fiel lose auf seine Schultern. Bis zu diesem Augenblick war Tessa nie aufgefallen, daß sein Haar mindestens so lang war wie das seines Herrn.

Er hatte den schlaffen Wolfskörper hochgehoben und auf das Bett gelegt; gerade beugte er sich über ihn. Sie knallte die Dinge, die sie mitgebracht hatte, auf einen Tisch und stürzte sich, nur mit dem kupfernen Teekessel bewaffnet, auf ihn.

»Finger weg!« schrie sie. »Wer hat Ihnen eigentlich erlaubt, hier reinzukommen?

Er wandte sich zu ihr und funkelte sie aus dunklen Augen an. »Und wer hat es *Ihnen* erlaubt, wenn man fragen darf? Was haben Sie da nur angestellt, Sie dummes Ding!«

Kurz vor ihm blieb sie stehen, den Kessel zum Schlag erhoben, schwer atmend vor Aufregung und Anstrengung. Sein Blick streifte durchs Zimmer, vom blutigen Messer in der Ecke über die Medizin auf dem Tisch zu den Blutflecken an ihren Händen und auf ihrem Nachthemd; als seine Augen sich nun verengten, wußte sie, daß er sich die Wahrheit zusammengereimt hatte. Und diese war für sie nicht unbedingt schmeichelhaft.

Einen Augenblick lang fühlte sie sich verunsichert. Er richtete sich auf, eiskalte Wut im verfinsterten Gesicht, und trat einen Schritt auf sie zu. Doch sie wich keinen Millimeter zurück, umklammerte den Teekessel noch fester und knirschte mit den Zähnen.

»Er hat die Tür vor Ihrer Nase verriegelt«, erinnerte sie ihn. »Also wird er nicht begeistert sein, wenn er merkt, daß Sie hier sind.«

Sie sah ein Flackern des Zweifels in seinen Augen. Ganz offensichtlich war er von seinem Herrn, insbesondere hinsichtlich des anderen Geschlechts, so manche Absonderlichkeit gewohnt; daher wußte er nun in dieser Situation nicht so recht, wie er sich verhalten sollte. Gault runzelte die Stirn. »Ich weiß zwar nicht, was für ein Spiel Sie treiben, aber jedenfalls haben Sie verdammtes Glück, daß seine Verletzung nicht allzu schwerwiegend ist. Und über Ihre Bestrafung zu entscheiden, ist natürlich nicht meine Sache.«

Mühsam schluckend hielt sie seinem Blick stand und erwiderte mit fester Stimme: »Es ist auch nicht Ihre Sache, sich hier einzumischen. Wenn Sie jetzt verschwinden, sage ich ihm vielleicht nicht, daß Sie hier waren.«

Einen Augenblick lang fürchtete sie seinen Protest. Er warf einen Blick auf den reglosen, schlaffen Körper des riesigen Wolfs auf dem Bett und schien das, was er da sah, nicht weiter bemerkenswert zu finden. Dann schaute er sie an.

»Er braucht Blutsuppe«, riet er kurzangebunden, »und zwar eine ganze Menge.«

Hatte sie ihn richtig verstanden? »Blut ... Suppe?«

»Frisches Huhn oder Ziege. Geben Sie Zucker und Branntwein dazu, und wärmen Sie es zum Trinken auf. Seine Wunde muß gesäubert werden ...«

Er wollte zum Bett, doch Tessa hielt ihn mit einem scharfen »Das kann ich selber!« auf.

Dafür erntete sie einen Blick, aus dem Verachtung und Skepsis sprachen. »Wenn ich fürchten müßte, daß Sie weiteres Unheil anrichten, würde ich Ihnen eigenhändig die Kehle aufschlitzen«, erklärte er ihr in genau dem kühlen Ton, in dem er sie hinsichtlich der Blutsuppe aufgeklärt hatte. »Ich werde ihm wie üblich morgen früh aufwarten. Sie sind wirklich eine Menschenhaut mit ungeheuer viel Glück.«

Als er den Raum verließ, kam Tessa erstmals der Gedanke, Gault könnte derselben bemerkenswerten Spezies angehören wie sein Herr. Doch das spielte für sie im Moment keine Rolle. Nach allem, was sie in dieser Nacht erlebt hatte, konnte sie so schnell nichts mehr aus dem Gleichgewicht bringen.

Rasch verriegelte sie die Tür hinter ihm, legte Kohle in dem Ofen nach und setzte den Teekessel auf.

Bewaffnet mit Gaze und Kampfer, näherte sich Tessa voller Bangen dem Wolf. Seine Augen waren zu schmalen Schlitzen verengt, aber verschwommen und nicht auf sie gerichtet. Zu ihrer Erleichterung reagierten sie nicht auf ihre Annäherung. Sie kniete neben dem Bett nieder und streckte behutsam eine Hand aus, um das vom Blut steife Fell um die Wunde zu teilen. Die Blutung hatte aufgehört, wofür sie dem Himmel inbrünstig dankte. Dann hielt sie inne. Sie traute ihren Augen nicht. An der Stelle der eben noch häßlich tiefen, klaffenden Wunde fand sie rosafarbenes, runzliges Fleisch vor, nur noch eine Nadelbreite vom endgültigen Sichschließen entfernt. Die Wunde war fast verschwunden.

Ein Laut drang aus seiner Kehle, ein Knurren oder Stöhnen, und er warf sich unruhig hin und her. Tessa trat rasch zurück. Seine Atemfrequenz hatte sich beschleunigt, und das machte ihr angst. »Was kann ich für Sie tun?« flüsterte sie in höchster Erregung. »Brauchen Sie etwas?«

Sie wünschte, sie hätte Gault nicht so kategorisch weggeschickt, und fragte sich, ob es nun wohl zu spät sei, ihn zurückzurufen. Er wußte sicher besser Bescheid. Doch der Herr hatte seine Anwesenheit nicht gewünscht; schließlich hatte er die Tür vor ihm verriegelt. War es etwa ein Fehler gewesen, diese stumme Abwehr zu respektieren?

Seine Atmung ging flach und schnell, ein hohes, dünnes Pfeifen begleitete sie. Tessas Magen verkrampfte sich vor hilfloser Verzweiflung; sie hielt sich die Ohren zu, um das Geräusch nicht mit anhören zu müssen. Und dann fiel es ihr wieder ein.

Noch einmal raste sie die Treppe hinab, riß die Riegel der Haustür auf und stürzte hinaus. In Windeseile überquerte sie den Hof und rannte zum Hühnerstall, wo sie sich zwei schlafende Hühner von ihren Sitzstangen schnappte und ihnen den Hals umdrehte, bevor sie auch nur ein Gackern von sich geben konnten. Sie verzog keine Miene, als sie ihnen die Köpfe abhackte und sie an den Füßen aufhängte, um das Blut in einen Eimer abzulassen. Dann holte sie noch mehr Federvieh.

So ging es weiter, bis der Eimer voll war; dann bereitete sie die Suppe genau nach Anweisung zu, mit starkem Branntwein und Unmengen braunen Zuckers. Dabei dachte sie die ganze Zeit darüber nach, ob Gault sie angelogen oder sie ihn vielleicht falsch verstanden haben könnte, oder sie womöglich die ganze unwahrscheinliche Geschichte von Anfang bis Ende nur träumte.

Anschließend schleppte sie die dampfende Brühe nach oben, wo er noch genau so dalag, wie sie ihn zurückgelassen hatte; seine azurfarbenen Augen beobachteten sie prüfend, und noch immer atmete er hastig und flach. Sie goß etwas von der Suppe in eine Untertasse und hielt sie vor sein Maul. Er hob ein wenig den Kopf und trank dann gierig.

Wieder und wieder füllte sie die Untertasse, beugte sich herab und richtete sich wieder auf, bis die Schmerzen in ihrem Rücken überhandnahmen und sie das Gefühl hatte, ihr Körper müßte jeden Moment in der Mitte auseinanderbrechen. Als er erneut eingedöst war, legte sie im Kamin Holz nach, strich ihm übers Fell und murmelte mit sanfter Stimme vor sich hin; als er wieder erwachte, brachte sie ihm noch mehr Suppe.

Kurz vor Tagesanbruch überwältigte sie die Erschöpfung, und Tessa nickte in ihrem Sessel ein.

Als sie unruhig auffuhr, blickte sie in die hellblauen, äußerst menschlichen Augen des Alexander Devoncroix. »Wer, zum Teufel, sind Sie denn?« fragte er stirnrunzelnd.

Tessa sprang hoch, warf dabei ihren Sessel um und stolperte ein paar Schritte zurück. Er stützte sich mit einem Ellbogen in seine Kissen, die unteren Extremitäten jetzt mehr oder weniger dezent von der Bettdecke verhüllt – auf seiner glatten, muskulösen Brust war an der Stelle des Messerstichs nur noch eine leicht rosa glänzende Stelle zu erkennen. Tessa konnte einfach nicht glauben, daß sie diese bizarre Verwandlung verschlafen hatte; für einen kurzen Augenblick völliger Orientierungslosigkeit fragte sie sich abermals, ob sie vielleicht von Anfang an geschlafen und all das, woran sie sich erinnerte, womöglich nur Halluzinationen waren ...

»Also, was ist?« hakte er nach. »Ich hab' dich was gefragt, Kleines.«

»Ich – Ich ...« Sie sah die Schüssel mit geronnenen Überresten der Blutsuppe, sah die Untertasse, aus der er getrunken hatte. Da lagen die blutbefleckten Handtücher, mit denen sie ihn gesäubert hatte, das Messer, das zerschlagene Porzellan. Sie schluckte, doch das einzige, was sie herausbrachte, war ein schwaches und nicht sonderlich geistreiches »Sie – Sie sprechen ja Englisch!«

Sein Stirnrunzeln verstärkte sich noch, falls das überhaupt möglich war. »Selbstverständlich. Sie etwa nicht?«

»Ich – ja, ich ...«

»Deinen Namen will ich wissen, verdammt noch mal!«

Statt sich einfach umzudrehen und davonzurennen, hielt sie mit allem Mut, den sie aufbringen konnte, die Stellung. Sie brachte es sogar fertig zu sprechen, und ihre Stimme klang dabei nicht annähernd so hohl oder so schwach, wie sie sich fühlte. »Mein Name ist Tessa. Ich – Sie waren verletzt, und ich ...«

»Und du bist diejenige, die versucht hat, mir ein Messer zwischen die Rippen zu stoßen, und vermasselt hast du's auch noch!« Er richtete sich im Bett auf und fuhr sich mit einer blutverkrusteten Hand durchs Haar. Als er seine Finger betrachtete, schnitt er eine Grimasse und fügte mit wachsender Ungeduld hinzu: »Wenn du das nächste Mal Mörderin spielen willst, Kleines, solltest du wenigstens genauer zielen.« Er unterdrückte ein Stöhnen und berührte vorsichtig seine Brust. »Ich fühle mich, als ob mich ein Pferd in die Seite getreten hätte.«

Theatralisch zuckte er zusammen, als er sich in die Kissen zurücksetzte, und rieb sich die so magisch verheilte Narbe. »Verdammt, ich brauch' unbedingt ein Bad und hab' keine Lust, mich jetzt mit dir abzugeben. Und halb verhungert bin ich auch. Wo treibt sich eigentlich mein Kammerdiener rum? Na los, hol ihn, Mädchen, statt rumzustehen und mich anzugaffen! Und mach dich erst mal sauber, das ist ja nicht auszuhalten. Komm in einer Stunde wieder. Und jetzt verschwinde, bevor ich noch *dich* zum Frühstück verspeise! Gault!« schrie er und beugte sich mißmutig vor.

Tessa rannte zur Tür, fummelte am Riegel herum und schob ihn zurück. Gault wartete bereits vor der Schwelle mit einer ganzen Armee von Dienern, jeder einen zugedeckten Teller beziehungsweise ein Tablett in der Hand oder einen Servierwagen vor sich, aus denen die unterschiedlichsten Gerichte dampften und den Korridor mit ihren Düften füllten. Der Kammerdiener grinste triumphierend, als wollte er ihr zu verstehen geben, daß er nur vor der Tür gewartet hatte, um sie vor ihrem Herrn zu blamieren. Und als sie mit pochendem Herzen und weit aufgerissenen Augen an ihm vorbeistrebte, trat er plötzlich einen Schritt vor und zischte sie mit gebleckten Zähnen an.

Tessa konnte den Schrei nicht bremsen, der ihr entfuhr, als sie davonrannte, und sein Gelächter verfolgte sie noch die ganze Strecke bis in ihr Dachkämmerchen hinauf.

Zweifellos hätte niemand Tessa aufgehalten, wenn sie in diesem Augenblick weggelaufen wäre. Und sicherlich hätte niemand – jedenfalls kein Mensch – ihr deswegen Vorwürfe gemacht. Doch diese Möglichkeit kam Tessa gar nicht in den Sinn. Sie hatte einen so großen Teil ihres Lebens damit zugebracht, den Mord zu planen, den richtigen Augenblick abzuwarten, auf den Erfolg zu hoffen und Nacht für Nacht alle Einzelheiten in ihrem Kopf durchzugehen, daß in ihrer Phantasie kein Platz geblieben war für ein Danach. Ob er nun überleben oder sterben würde – Tessa hatte sich keinerlei Fluchtweg zurechtgelegt.

Doch abgesehen davon würde sie ihn jetzt sowieso nicht im

Stich lassen können. Jetzt nicht mehr – nach alldem, was sie gesehen und erfahren hatte, mit all den unbeantworteten Fragen, die sich in ihr auftürmten.

Madame Crollière lief auf Tessa zu, als diese die Hintertreppe hochsprang, Wut im Gesicht und ihre kurze Reitpeitsche in der erhobenen Hand. »Da haben wir dich ja, du Streunerin! Du glaubst wohl, du kannst dich aus dem Bett schleichen und deine Pflichten vernachlässigen, um deine dreckigen kleinen Liebschaften zu pflegen – nicht in meinem Haushalt! Nicht mit mir! *Alors!*«

Als sie Tessas blutige Kleidung bemerkte, ihr zerzaustes Haar und ihre verstörten Augen, hielt sie inne. Madame Crollières Augen verengten sich, und ihre Nasenflügel buchteten sich merklich aus, als sie das Geschehene in Form des Geruchs erschnupperte. »Ah, dann warst das mit den Hühnern also du!« merkte sie mit einem selbstzufriedenen Schnaufen an. »... werd' ich Lavalier erzählen! Er ist schon ganz scharf darauf, einen Kopf rollen zu sehen, und keiner wird bedauern, wenn's der deine ist. Und falls du dir einbilden solltest, dich beim Herrn einschmeicheln zu können, dann laß dir gesagt sein, daß er sich solcher Schlampen, wie du eine bist, genauso schnell entledigt wie schmutziger Wäsche. Und bei *meinen* Mädchen dulde ich das ohnehin nicht, das hab' ich ihm auch schon mitgeteilt ...«

Tessa starrte sie an und sagte mit dumpfer Stimme: »Sie sind auch eine von denen, stimmt's?«

Wieder verengten sich die Augen der Haushälterin, obgleich ihr scharf geschnittenes Kinn leicht zu zucken schien, als amüsiere sie sich innerlich ganz köstlich. Ihre einzige Antwort bestand aus einem verächtlichen Naserümpfen. »Mach dich erst mal sauber, du dreckiges Stück, bevor dich noch jemand sieht. Ich laß mir nicht nachsagen, daß eines *meiner* Mädchen das ganze Haus verpestet. Und jetzt ab mit dir!«

Ein weiteres Mal hob sie drohend die Reitpeitsche, und Tessa floh in ihre Kammer.

Niemand hätte ihr Vorwürfe machen können, wenn sie gleich weitergerannt wäre.

Sie aber schrubbte sich den Kohlenstaub aus dem Gesicht und das Blut aus den Fingernägeln, zog sich eine saubere Bluse und Schürze über, band sich das Haar zurück. All das tat sie rein mechanisch, ohne sich Gedanken über ihre Beweggründe zu machen oder ihre nächsten Schritte. Sie stand vor dem Spiegel und inspizierte automatisch ihr Äußeres; doch das Gesicht, das ihr da entgegenblickte, war ihr fremd.

Das Mädchen, das sie kannte, hatte ein halbes Leben lang ihre Rache geplant, ihre Chance erkannt und die Gelegenheit ergriffen. Doch als sie nun die Ereignisse der Nacht vor ihrem inneren Auge Revue passieren ließ, schwappte eine derartige Welle des Entsetzens und der Verwirrung über sie, daß sie sich erst einmal setzen mußte. Was hatte sie nur getan? Welcher Wahnsinn hatte sie bewogen, die halbe Nacht mit der Pflege jenes Wesens zuzubringen, das zu töten sie ihr ganzes Erwachsenenleben lang beabsichtigt hatte? Er war böse, sie wußte das ganz genau; er *mußte* es einfach sein ... Und doch hatte er im Verlauf dieser wundersamen Verwandlung ganz und gar nicht böse gewirkt. Er war ein Wesen des Lichts und der Magie, der Kraft und der Schönheit gewesen, und sie, klein und ungeschickt und erdgebunden, war in Wirklichkeit die Böse gewesen. Wie leicht hätte er sie zerfleischen können, und doch hatte er sie am Leben gelassen; in diesem Augenblick war er keineswegs böse gewesen – sondern sie, die ihm im Schlaf ein Messer in die Brust gerammt hatte!

Doch wie konnten all diese Jahre der Überzeugung ein Irrtum gewesen sein? Wie konnten das unglaubliche Wunder, das sie vergangene Nacht erlebt hatte, und das Killerungeheuer, das sie die vergangenen zehn Jahre gehaßt hatte, ein und dasselbe sein? Ganz offensichtlich war sie dem Zauber dieser Verwandlung erlegen. Es gab keine andere Erklärung für ihre irrationale Angst um sein Befinden, für ihre Entschlossenheit, sein Leben zu erhalten. War es möglich, daß sie sich im Hinblick auf ihn die ganze Zeit über geirrt hatte? Oder irrte sie jetzt?

Jedenfalls konnte sie diesen Ort unmöglich verlassen ohne eine Antwort.

So kam es, daß Tessa genau eine Stunde später mit weichen Knien und bebender Brust ihre Schritte zurück zu den massiven Türen des Schlafgemachs ihres Herrn lenkte. Einen Augenblick blieb sie stehen, versuchte, ihre Atmung unter Kontrolle zu bringen, nahm ihren ganzen Mut zusammen und klopfte.

Sein durch die Tür gedämpfter Ruf forderte sie auf einzutreten.

Er lag ausgestreckt auf der Chaiselongue in einer sonnigen Ecke des Raums, umgeben von Stapeln von Serviertellern, auf denen nur noch winzige Reste von Knochen und Brotrinde lagen. Ein Krug mit dem Wein von seinen eigenen Gütern – die zu den angesehensten in ganz Frankreich zählten – stand halb leer neben seinem Ellbogen, und als sie eintrat, füllte er gerade schwungvoll sein Glas nach. Wie er in der kurzen Zeit, die sie weg gewesen war, so viel hatte essen können, war Tessa schleierhaft; doch offensichtlich hatte das Mahl ausgesprochen positiv sowohl auf sein leibliches Wohlbefinden als auch auf seine Stimmung gewirkt.

In dieser Zwischenstunde war das Blut von der Tapete gewaschen worden, auch wenn sie bei genauem Hinsehen noch schwache Flecken erkennen konnte; frische Bettwäsche fand sie vor, gereinigte Teppiche. Die Vorhänge waren geöffnet; die Sonne des Spätvormittags schien durch die hohen Fenster, beleuchtete die vergoldeten Spiegel und die dunkel getönten Meisterwerke und glitzerte in den Kristalltropfen der Leuchter. Die Verwandlung des Raumes schien ein Wunder, doch unglaublicher noch war die wundersame Genesung des Werwolfs, den sie zu töten versucht hatte.

Er trug eine graue Flanellhose und einen seidenen Morgenrock in einem kräftigen Blau, nur eine Schattierung dunkler als seine Augen. Ein elfenbeinfarbenes Tuch war zwanglos um seinen Hals geschlungen, die Enden ins Revers gesteckt. Sein glänzendes Haar hatte er nach hinten gebürstet und dort locker zusammengebunden; aus dem frischen Gesicht leuchteten lebhaft die Augen. Neben ihm stand Gault in einem pfauengrünen Jackett, ebensolcher Hose und einem magentaroten Hemd, die Arme vor der Brust verschränkt, ein hinterhältiges Funkeln im Blick.

Alexander bat sie zu sich mit der Hand, in der er das Weinglas hielt. Ein amüsiertes Lächeln huschte über seine Züge.

»Bist du also tatsächlich gekommen«, bemerkte er. »Gault und ich haben gewettet. Ich hab' gewonnen. Möchtest du vielleicht einen Schluck Wein?«

Tessa stand bewußt gerade und hatte die Hände, wie es sich gehörte, vor dem Körper gefaltet, um unabhängig vom Schicksal, das sie erwartete, wenigstens eine gute Figur zu machen. Gault ignorierte sie geflissentlich.

Alexander hatte sie auf französisch angesprochen, und so antwortete sie auch. »Nein, danke«, lehnte sie ab. »Aber es freut mich, daß Sie Ihre Wette gewonnen haben.«

Skeptisch blickte er zu ihr auf und nippte an seinem Glas. »Angeblich hast du Gault letzte Nacht hinausgeschickt ... das hätte ich nur zu gern gesehen.«

»Sie haben die Tür vor seiner Nase verriegelt«, erläuterte sie. »Ich dachte, Sie wollten ihn nicht im Zimmer haben.«

Alexander runzelte die Stirn und sah seinen Diener an, doch dessen Miene blieb unverändert und sein Blick mit einer – wie es ihr schien – ganz besonders bösartigen Intensität auf sie geheftet. »Hätte ich etwa riskieren sollen, daß es sich herumspricht, ich sei im Schlaf von einem Menschen überrascht worden – und noch dazu von einem kleinen Mädchen? Doch wohl kaum!«

Dann zuckte er die Achseln und verzog ungehalten die Brauen. »Aber ich hab's wohl nicht anders verdient. Es war meine eigene Schuld.«

Tessa hatte keine Ahnung gehabt, was sie in seinem Zimmer erwartete, aber diese reichlich banale Konversation kam nun doch überraschend. Sie war so verblüfft, daß sie ihn einen Moment lang nur anstarren konnte.

Wie ein Ungeheuer sah er definitiv nicht aus. Aber so hatte er ja auch nie ausgesehen.

Mit einer abrupten Geste und einem Gesichtsausdruck, in dem sich die Irritation zu vertiefen schien, befahl er ihr: »Setz dich. Ich krieg' sonst Nackenschmerzen.«

Jetzt sprach er Englisch und hatte damit schon zum zweiten Mal die Sprache gewechselt. Offenbar wählte er sein Idiom so willkürlich aus wie andere Männer ihre Taschentücher, je nach Lust und Laune.

Tessa blickte sich um, und da jede Oberfläche in der Nähe mit leeren Serviertellern, Schüsseln und Tassen vollgestellt war, holte sie vom anderen Ende des Raums einen kleinen Stuhl mit gerader Lehne und einem Sitzbezug aus blauem Samt. Sie stellte ihn einen guten Meter vor ihn, nahm Platz und faltete erneut ihre Hände.

Er sah ihr interessiert zu, sprach aber, als sie sich gesetzt hatte, nicht zu ihr, sondern zu seinem Kammerdiener. »Nun, Gault, wie finden Sie das? Wir haben da ein mörderisches Weibchen vor uns, das nicht nur keinerlei Reue bezüglich ihrer Tat zeigt, sondern es auch noch wagt, sich nach einem so abscheulichen Verhalten erneut in meinem Zimmer blicken zu lassen. Was machen wir nur mit ihr?«

»Haut abziehen«, antwortete Gault, ohne zu zögern. »An den Füßen aufhängen und über Buchenholzfeuer rösten.«

Tessa erblaßte und konnte nicht verhindern, daß ihr Blick erschrocken zu Gault schnellte, was sie umgehend bereute. Die boshafte Genugtuung auf seiner Miene ließ sie ganz schnell wieder zu Alexander schauen, der den kurzen Austausch mit einer gewissen Belustigung verfolgt hatte.

»Ich weiß nicht, Gault«, erwiderte er. »Das scheint mir doch ein wenig zu hart. Vielleicht ketten wir sie doch besser einfach im Keller an und lassen die Ratten ihre Arbeit verrichten.«

»Glatte Verschwendung«, meinte Gault.

Unerwartet sprach Alexander sie direkt an. »Du hast wohl kein bißchen Angst vor mir, was?«

Mit flauem Magen und schweißnassen Händen log sie: »Nein.« Als sie dann merkte, wie sein Blick schärfer wurde, fügte sie rasch ehrlicher hinzu: »Zumindest ... glaub' ich nicht, daß Sie mir die Haut abziehen oder mich im Keller anketten werden.«

»Und warum nicht?«

Tessa atmete tief durch, um sich etwas zu beruhigen, und versuchte, so unauffällig wie möglich ihre nassen Handflächen an der Schürze zu trocknen. Ihr Herzschlag pochte ihr laut in den Ohren, doch sein angsterfüllter Rhythmus verlangsamte sich etwas. »Mein Leben lag letzte Nacht in Ihrer Hand«, sagte sie und sah ihm in die Augen, »und Sie zogen es vor, es mir zu lassen.«

Sein Ausdruck blieb unverändert. »Vielleicht hab' ich's mir ja inzwischen anders überlegt.«

»Ich bin für Haut abziehen«, wiederholte Gault.

Alexander hielt sein Glas hin, um es auffüllen zu lassen, und sein taxierender Blick blieb dabei auf Tessa haften. »Ich weiß nicht recht«, zögerte er, während sein Diener ihm nachschenkte. »Vielleicht behalt' ich sie ja in meiner Nähe.«

»Wozu sollte das gut sein?« fragte Gault entsetzt und zog die Karaffe zurück.

»Für mein ganz privates Vergnügen«, zischte Alexander. »Das genügt doch, oder?«

Gault senkte den Blick.

Äußerst nachdenklich nippte Alexander an seinem Wein. »Vielleicht nehme ich sie als Haustier und erziehe sie.«

Gault schnaubte verächtlich. »Wirklich Zeitverschwendung! Die ist nicht erziehbar.«

Alexander zog die Brauen hoch. »Wollen wir wetten?«

Gault maß Tessa von Kopf bis Fuß, und sein Blick jagte ihr eine Gänsehaut über den Rücken.

»Was wollen Sie ihr denn beibringen?«

Wieder hob Alexander sein Glas. »Zunächst mal mehr Treffsicherheit.«

Gault grinste, und seine Fröhlichkeit wirkte in diesem Gesicht ausgesprochen bösartig.

Tessa begriff allmählich, daß ihr Anschlag auf das Leben ihres Herrn aus der Sicht der beiden eher ein schlechter Witz war als eine ernsthafte Bedrohung. Im Grunde hätte sie das beruhigen müssen, doch in Wahrheit fand sie ihre Belustigung furchterregender als alles, was sie mit ihr anstellten. Woher kamen diese Wesen bloß, und wie wenig wußte sie über sie! Da Alexander abrupt aufsprang, zuckte sie unwillkürlich zusammen. Er drehte eine Runde um ihren Stuhl und schaute aus seiner großen Höhe auf sie hinab – es kostete Tessa einiges an Selbstbeherrschung, um nicht wie ein kleines Kind den Kopf nach hinten zu biegen und seinen Bewegungen zu folgen. Ihr Herz raste, und die feuchte Kälte in ihrem Magen verursachte ihr Übelkeit.

»Also, meine Liebe«, fragte er nun, »was meinst du? Soll ich dich erziehen oder besser zum Mittagessen verspeisen?«

Tessa schluckte schwer und preßte die Hände in den Schoß, um das Zittern in ihrer Stimme zu unterdrücken. Aber sie sah nicht zu ihm auf. »Pardon, Monsieur, aber ich glaube nicht, daß Sie mich zum Mittagessen mögen. Und ich habe eine recht ordentliche Erziehung, kann in zwei Sprachen lesen und schreiben, kann Rechnen und ganz passabel Klavier spielen ...«

»Aber von uns weißt du nichts«, unterbrach Alexander scharf. »Du hast keine Ahnung, was du dabei warst zu vernichten – denn ich vermute, daß du mich töten wolltest und nicht nur kitzeln.«

Tessa flüsterte unwillkürlich und kaum vernehmbar: »Stimmt.«

Alexander hörte auf, um sie herumzutigern, und schnauzte sie an: »Was?«

»Sie sagte ›Stimmt‹«, kam Gault zu Hilfe.

»Was sie gesagt hat, weiß ich selber«, blaffte der Hausherr gereizt. »Ich will wissen, was sie gemeint hat.«

Tessa atmete tief durch. »Jetzt weiß ich, was Sie für einer sind!«

»Ach, tatsächlich?« Alexander ließ sich auf die Chaiselongue zurückfallen, und aus seinen sich verengenden Augen sprach eine gewisse Überraschung. »Das müßte meine Aufgabe ja eigentlich vereinfachen.« Er lehnte sich gegen die Kissen und schwang einen Fuß auf die Liegefläche. »Ich glaube doch, Gault, daß sie die Mühe wert ist. Ich behalte sie.«

»Das werden Sie bereuen«, warnte Gault.

»Zweifellos.« Er deutete auf das Chaos von Tellern und leeren Gläsern. »Du kannst uns jetzt allein lassen.«

Gault begann abzuräumen.

»Verrate mir doch mal, *chérie*«, wandte sich Alexander an Tessa, »was du im Moment denkst – bereust du dein Verbrechen? Überlegst du, was wohl mit dir geschehen wird? Wie sollte ich deiner Ansicht nach deine Untat bestrafen?«

Endlich faßte Tessa sich und blickte ihm beherzt in die Augen. »Was geschehen ist, tut mir unendlich leid«, sagte sie leidenschaftlich und war selbst erstaunt, daß sie damit hundertprozentig die Wahrheit sprach. Das verwirrte sie noch mehr.

Er nickte leicht zum Zeichen seiner Anerkennung. »Und warum tut es dir leid?«

Sie hatte einen Kloß im Hals, aber keine Antwort parat. Schließlich gestand sie: »Ich hab' noch nie, also ... ich hab' noch nie ein Messer so benutzt. Irgendwie – fand ich es unangenehm.«

Seine Augen blitzten. »Tatsächlich? Dann darf ich vielleicht dezent darauf hinweisen, daß auch ich die Angelegenheit nicht gerade als gemütlich empfand.« Plötzlich aber machte sich bei ihm Ernüchterung breit, und seine Stimme war kaum mehr als ein Knurren. »Das hättest du dir eigentlich überlegen können, bevor du mit dem Besteck auf mich losgegangen bist, Mädchen.«

»Ich dachte doch, Sie wären ein Ungeheuer«, erwiderte sie schuldbewußt.

Gault murmelte: »Manche würden dem nicht unbedingt widersprechen.«

Sein Herr warf ihm einen drohenden Blick zu, bevor er sich wieder Tessa vorknöpfte. Sein Tonfall war strenger geworden. »Also gut, es tut dir leid. Aber glaubst du, das reicht aus, um einer Strafe zu entgehen?«

Tessa zwang sich, ihm noch einmal in die Augen zu sehen. »Wenn ich geglaubt hätte, daß Sie mich aus Rache töten würden, wäre ich nicht zurückgekommen. Aber ich wußte natürlich, daß Sie ... ungehalten sein würden.«

Alexander bedachte Gault, der gerade mit einem Tablett voller Teller an ihm vorbeiging, mit einem Zwinkern, in dem sich Triumph und Belustigung mischten. »Siehst du? Ich hab' dir doch gesagt, das ist ein helles Köpfchen.«

Gault aber grunzte: »Intelligenz und Verschlagenheit sind zwei paar Stiefel, Monsieur. Sie werden diesen Tag noch bereuen.«

Mit lebhaftem Gesichtsausdruck wandte sich Alexander wieder Tessa zu. »Ganz recht, meine Liebe, ich bin ungehalten. Und auch in einem anderen Punkt liegst du richtig – ich werde dich wahrscheinlich dafür weder verspeisen noch töten. Aber du erwartest doch wohl nicht, daß ich den Vorfall einfach übergehe?«

Tessa holte tief Luft, blickte ihm tapfer in die Augen und sagte: »Ich erwarte meine Entlassung, Monsieur.«

Einen Augenblick lang reagierte er überhaupt nicht. Dann entfuhr ihm ein ersticktes Lachen, und erneut führte er sein Glas an die Lippen. »Hast du das gehört, Gault? Ein Dienstmädchen versucht, ihren Arbeitgeber umzubringen, und erwartet dafür seine Entlassung. Eine wahrhaft angemessene Erwartung, findest du nicht auch?«

»Und danach ziehen wir ihr endlich die Haut ab, *n'est-ce pas*?«

Alexander lächelte und ließ Tessa nicht aus den Augen, während er seinen Wein schlürfte. »Ich werd' drüber nachdenken.« Sein Getreuer stapelte das restliche Geschirr auf einen Servierwagen und verließ den Raum. Alexander mußte gesehen haben, wie die Anspannung von ihr abfiel, nachdem Gault gegangen war, denn erst danach ergriff er wieder das Wort.

»Was du hier erlebt hast, scheint dich nicht sonderlich zu berühren«, stellte er fest.

Nach Gaults Sticheleien und Alexanders gleichgültiger Grausamkeit lagen Tessas Nerven blank, und noch immer hatte sie keine Ahnung, was aus ihr werden würde. Mit dem Mut der Verzweiflung entgegnete sie: »So wenig wie Sie, Monsieur!«

Er zog eine Braue hoch. »Danke. Wenn ich auch zugeben muß, daß man mir nicht unbedingt häufig mit einem Küchenmesser zu Leibe rückt, denke ich doch, daß ich mich dafür ganz wacker gehalten habe. Und auch du wirst wohl kaum behaupten können, alle Tage so etwas zu erleben wie in den vergangenen Stunden.«

Tessa konnte ihre Neugierde nicht mehr beherrschen. »Warum sind Sie nicht gestorben?« sprudelte es aus ihr heraus.

Wieder zuckte eine Augenbraue ausdrucksvoll nach oben, als er zurückgab: »Lag da vielleicht eine Spur von Verbitterung in deiner Frage?«

»Aber nein, bitte glauben Sie mir, ich meinte doch nur ...« Doch dann sah sie sein Zwinkern, holte tief Luft und straffte die Schultern. »Ich meinte doch nur, daß Sie sich sehr ... hochmütig verhalten haben seit Ihrer Genesung. So, als wüßten Sie, daß Ihnen gar nichts passieren konnte. Stimmt es also? Sind Sie – oder Ihresgleichen – tatsächlich unverwundbar?«

»Wenn ich es nicht wäre, müßte ich ja wohl ziemlich verrückt sein, es ausgerechnet der Frau zu gestehen, die mich gerade ausmerzen wollte, oder?«

Sinnend betrachtete er sie einen Moment lang, und unter seinem Blick fühlte nun sie sich verwundbar, nackt – und doch zugleich auf merkwürdige Weise stark, als verleihe ihr schon die bloße Tatsache, daß er sich mit ihr abgab, eine gewisse Bedeutung. Dann sagte er ohne Übergang: »*Alors, chérie,* Schluß mit dem Geplänkel. Du interessierst mich. Ich werde deine Frage beantworten, wenn du die meine beantwortest.«

Tessa hatte keine Ahnung, was er meinte, aber sie nickte.

Er sagte: »Ich bin nicht unverwundbar. Du hast nur schlecht gezielt, das war alles. Wir haben zwar die Fähigkeit, schnell zu genesen, aber dieser ganze Unsinn, all diese Mythen – die silberne Pistolenkugel, der Pfahl durchs Herz – das ist reine Phantasie. Wenn ich mich über die Sache lustig mache, dann nur, weil mein Leben nie wirklich in Gefahr war ... sieht man einmal von der sehr realen Möglichkeit ab, daß ich ohne weiteres vor Scham über diese Peinlichkeit hätte tot umfallen können. Du hast mich übertölpelt, und das ist verdammt demütigend. Und natürlich ganz und gar unverzeihlich. Jetzt aber mußt du *meine* Neugier befriedigen. Du sagtest, du wüßtest, wer ich bin. Woher hast du das?«

Tessa befeuchtete die Lippen und kämpfte vorübergehend – nicht lange – innerlich mit der Wahrheit. Sie entschied sich für einen Kompromiß. »Ich habe Geschichten von Wesen wie Ihnen gehört und ihnen geglaubt. Deshalb hat es mich auch nicht allzusehr erstaunt, sie in der Realität anzutreffen. Aber sie dann doch ernsthaft mit eigenen Augen zu sehen, wie das hier der Fall ist ...« Sie rang um Worte, preßte eine geballte Faust an ihr Herz und kramte dann ihr bestes Französisch hervor. »Gegenüber einem derartigen Wunder ist bloßes Erstaunen geradezu lächerlich, und – und die Zaubereien vergangener Zeiten sind allenfalls ein schwacher Abklatsch dessen, was sich da ereignet hat.«

Als sie innehielt, pochte ihr Herz in ehrfürchtiger Erinnerung, und schon fürchtete sie, zuviel gesagt zu haben. Doch sein Gesichtsausdruck blieb auch weiterhin lediglich interessiert. »Zumindest trifft es einen Teil der Wahrheit«, kommentierte er. Und er mußte wohl das Aufflackern von Schuldbewußtsein in ihren Augen gelesen haben, denn wegwerfend fügte er hinzu: »Du fragst dich jetzt, wie ich darauf komme. Ich höre die Veränderung in deiner Herzfrequenz und rieche die innere Unruhe, die aus deiner Haut weicht. Du kannst mich anlügen, wenn du willst, aber ich werde es immer merken.«

Dann fragte er: »Weshalb glaubst du jetzt auf einmal, daß ich kein Ungeheuer bin? Warum hast du deine Meinung geändert?«

Tessa nahm einen erneuten Anlauf und sah ihm beherzt in die Augen. »Ich habe nie behauptet, meine Meinung geändert zu haben, Monsieur. Allerdings wünschte ich, ich *könnte* glauben, daß Sie nicht das Monster sind, für das ich Sie gehalten habe. Aber ... ich muß vorsichtig sein.«

Er stutzte einen Augenblick und lachte dann laut auf. »Du bist wirklich ein außergewöhnliches Mädchen!«

Bedächtig umkreiste er sie, das Glas in der Hand, und musterte sie von Kopf bis Fuß. Dann setzte er sich wieder, nippte an seinem Wein und runzelte die Stirn. »Was du getan hast, ist keine Kleinigkeit, und ich möchte nicht, daß du es auf die leichte Schulter nimmst. Nie im Leben bin ich dermaßen angegriffen worden, und das von einer völlig Fremden, der ich nie etwas zuleide getan habe. Im Grunde müßte ich sehr viel wütender auf dich sein, aber ich kann mir nicht helfen – ich frage mich die ganze Zeit nur, wie, zum Teufel, du das bewerkstelligt hast – und vor allem, warum?«

Tessa fürchtete, nach Beantwortung dieser Frage könnte ihr Gespräch vorüber sein – und damit auch ihre Chance, diese wundersame, furchterregende Kreatur kennenzulernen. Statt zu antworten, erkundigte sie sich deshalb ernsthaft: »Warum haben Sie mich nicht getötet, als Sie die Chance dazu hatten? Sie hatten das Messer in der Hand, warfen es aber weg. Und später, als Sie sich über mir erhoben ... da sprach die Mordlust aus Ihren Augen. Ich hab's genau gesehen.«

Verblüfft über ihre Beobachtungsgabe, kniff er kurz die Augen zusammen und durchlebte, nicht ohne einen Anflug von Bedauern, den Augenblick im Geiste noch einmal. »Ja«, murmelte er, »das ist richtig.«

Dann erklärte er überheblich: »Wir töten keine Menschen. Das widerspricht unserem Moralkodex – und außerdem wäre es reine Energieverschwendung. Auch Waffen benutzen wir nicht, weil wir das nie nötig hatten, und deshalb wirst du in diesem Haus auch keine Waffen finden – außer denen natürlich, die du selbst als solche benutzt.«

»Dann bin ich die einzige – das heißt, die anderen in diesem Haushalt, Gault und der ganze Rest, die sind alle – wie Sie?«

»Niemand ist wie ich.« Seine Augenbrauen wölbten sich verächtlich.

Doch kaum wollte sie sich erleichtert entspannen, hüstelte er vielsagend. »Viele meiner Bediensteten sind Menschen«, erklärte er, »mit Ausnahme des Führungspersonals, also Gault, Poinceau, Madame Crollière, Lavalier und anderen; es wäre schlicht unmöglich, Menschen zu finden, die ihre Arbeit so effizient verrichten würden, wie ich es erwarte. Menschen sind zwar recht amüsant, aber nicht übermäßig brillant und oft ziemlich faul.«

Er schien es zu genießen, ihre Reaktion auf diese Worte zu verfolgen. Tessa aber war noch zu überwältigt von all den Geschehnissen, um ihm zu widersprechen.

Dann strömten ihr wieder die Worte aus dem Mund, bevor sie über deren Bedeutung nachdenken konnte. »Aber – Ihre Diener. Wie könnten die *nicht* wissen, was Sie sind?«

Kaum hatte sie es ausgesprochen, wurde ihr bereits klar, wie dumm und irrelevant die Frage war. Doch statt sich über sie lustig zu machen, schien er die Angelegenheit ernsthaft zu überdenken, als hätte er sich nie zuvor damit befaßt. »Vielleicht wissen sie's ja«, meinte er schließlich achselzuckend. »Aber was würde das schon ändern? Sie sind sowieso nur Bedienstete.«

Die arrogante Selbstherrlichkeit dieser Aussage verletzte sie, und sie erwiderte: »Dann macht es Ihnen sicher auch nichts aus, wenn ich es den anderen erzähle. Vielleicht gebe ich's auch an die Zeitungen weiter, und an Comtesse de Crèle, die letzte Nacht Ihr Gast war, und an den Premierminister von England oder jeden, der mir in den Sinn kommt!«

Seine Augen verrieten erhöhte Wachsamkeit, auch wenn seine Miene weiterhin freundlich und leicht belustigt wirkte. »Erzähl es, wem immer du willst«, forderte er sie auf. »Auch wenn ich dir dann natürlich die Zunge abbeißen muß. Was allerdings die Comtesse anbelangt ...« Er nippte an seinem Wein und beobachtete sie. »... so dürfte sie etwas schwieriger zu beeindrucken sein, da sie zu uns gehört.«

Tessa starrte ein paar Sekunden lang ins Leere. Der Kommentar bezüglich des Abbeißens ihrer Zunge ging in der Enthüllung über die Comtesse verloren.

»Von Ihnen wußte ich es«, flüsterte sie vor sich hin. »Aber ... die anderen ...« Sie sah ihn bestürzt an und kam sich reichlich erbärmlich vor.

Mit herablassendem Lächeln nutzte er ihre Verwirrung: »Du hast also doch noch etwas zu lernen.«

Die Dimensionen der ganzen Angelegenheit verschlugen Tessa die Sprache.

»Natürlich möchte ich vermeiden«, fügte er hinzu, »daß du glaubst, ich sei absolut repräsentativ für meine gesamte Art. Ich bin den meisten haushoch überlegen, weißt du ...« Das Funkeln in seinen Augen war voller Charme, und Tessa schmolz dahin wie zweifellos unzählige andere vor ihr. »Doch um der Wahrheit die Ehre zu geben, hat man mich auch schon als allzu fahrlässig und leichtsinnig bezeichnet und als ...« Mit einem Achselzucken leerte er sein Glas. »... verrückt. Wofür du übrigens im Grunde dankbar sein müßtest. Wenn ich nicht ein bißchen aus der Art geschlagen wäre, brächte ich dir gegenüber jetzt wohl kaum soviel Nachsicht auf. Mein Großmut Menschen gegenüber gehört nämlich zu den Dingen, für die ich am häufigsten kritisiert werde.«

In vollem Ernst sagte Tessa: »Das freut mich aber!«

Er blickte kurz in sein leeres Glas und schwang dann die Füße auf den Boden. »Und nun, mein neugieriges Kätzchen, falls ich alle deine Fragen ausreichend klar beantwortet haben sollte ...« Er warf ihr einen fragenden Blick zu, und sie nickte zögernd. Dann stand er auf und durchquerte den Raum, um eine weitere Flasche Wein und eine Schale mit Konfekt von einem Silbertablett auf dem Schreibtisch zu holen. »Vielleicht wärst du jetzt so gut, eine *meiner* Fragen zu beantworten. Warum, verdammt noch mal, bist du mit einem Messer auf mich losgegangen? Was kann ich nur angestellt haben, um so was zu verdienen? Du kennst mich doch gar nicht.«

Obwohl sein Tonfall sanft und einschmeichelnd war, fühlte Tessa die Verwirrung hinter dieser Frage, vielleicht sogar eine Spur von Verletztheit. Die Kränkung beschäftigte ihn mehr als der Angriff selbst, der Grund dafür mehr als die Ausführung.

Tessas Schultern spannten sich an, und die Worte blieben ihr im Hals stecken. Obwohl sie den Augenblick hatte kommen sehen, traf er sie einigermaßen unvorbereitet. Sie wollte ihm nicht die Antwort erteilen, die er erwartete; ja, nicht einmal darüber nachdenken wollte sie; denn trotz aller Magie hatte sich an diesem einen Punkt nichts geändert.

Dennoch kam sie um die Wahrheit nicht herum. Zumindest schuldete sie dies jener Person, deren Tod sie zu rächen versucht hatte – aber auch sich selbst.

Sie sprach mit klarer, fester Stimme und beobachtete ihn dabei intensiv, als versuche sie jetzt zu verstehen, was sie in all den Jahren nicht eine Sekunde in Frage gestellt hatte. »Sie haben meinen Vater getötet.«

»Was?« Empörung loderte aus seinem Gesicht, und er riß ihr die Schale mit Süßigkeiten, die er ihr soeben hatte anbieten wollen, vor der Nase weg, schleuderte sie in die Weite. Die Schale zerbarst, und Glas sowie Schokolade regneten wie schimmerndes Konfetti zu Boden. »Das ist eine gemeine Lüge! In meinem ganzen Leben habe ich noch keinen Menschen getötet! Was nicht heißen soll«, fügte er unter stirnrunzelnder Rückbesinnung auf die Vergangenheit hinzu, während er sein Glas nachfüllte, »daß ich nicht hin und wieder gute Lust dazu verspürt hätte.«

Er kostete den Wein, schien mit ihm zufrieden und hielt einen Augenblick inne, um die besänftigende Wirkung dieser Substanz auf sein Gemüt abzuwarten. Dann holte er sich aus einer weiteren Schale mit Naschwerk ein Stück Marzipan, das er in ähnlicher Weise zu genießen schien.

Wenig später ging er, offenbar wieder bester Laune, zum Sofa zurück und machte es sich darauf bequem; er schlug die Beine übereinander und legte einen Arm auf die gepolsterte Rückenlehne. Sein Interesse an ihr schien nurmehr mäßig.

»Wer war dieser Vater von dir, den ich getötet haben soll?« hakte er nach.

Tessa preßte die Finger im Schoß zusammen. »Sein Name«, gab sie Auskunft, »lautete Stephen LeGuerre.«

Ihr Gegenüber erstarrte, und seine Augen schienen sich gleichzeitig mit der langsamen Erweiterung seiner Pupillen zu verfinstern, während er sie aufs Korn nahm. Das zu seinen Lippen erhobene Weinglas verharrte reglos in der Luft.

»Stephen?« krächzte er. »Du bist Stephens Tochter?«

Mit einer plötzlichen, pantherhaften Bewegung sprang er auf sie zu, so daß sie ihm, selbst wenn sie gewollt hätte, nicht hätte entkommen können und keine Zeit fand, es auch nur zu versuchen. Er beugte sich über sie, hielt ihr Gesicht fest zwischen seinen stahlharten Fingern und zog sie mit einem Ruck in den Stand. Seine Augen wirkten extrem konzentriert und schienen jeden einzelnen ihrer Züge in sich aufzusaugen, als gäbe es auf der Welt nichts Wichtigeres für ihn, als sich ihr Gesicht ins Gedächtnis einzubrennen – oder, andersherum, in seinem Gedächtnis etwas Ähnliches zu finden, das ihr entsprach. Sein fester Griff würde zweifellos rote Flecken auf ihrer Haut hinterlassen, sein Atem ging schnell und heiß. Das Zittern, das sie durchfuhr, war kein Zittern um ihre persönliche Sicherheit – darüber war sie längst hinweg –, sondern eine instinktive, urtümliche Reaktion darauf, einem so großartigen Wesen so nahe zu sein, von ihm im Griff gehalten zu werden, seiner Gnade ausgeliefert zu sein. Sie bekam keine Luft, und ihre Brust schmerzte beim Versuch, wieder Atem zu schöpfen.

Endlich lockerte sich die Umklammerung, und seine Augen nahmen einen sanfteren Ausdruck an. Sein geflüstertes »Ja« fühlte sich auf ihrer Haut an wie eine Liebkosung. Mit einem beinahe zärtlichen, verwunderten Blick sah er sie an. »Du bist Stephens Tochter. Jetzt sehe ich es.«

Er strich ihr zart mit der Hand übers Haar, um durch die Berührung der Erinnerung nachzuhelfen, die der Augenschein soeben bei ihm wachgerufen hatte; behutsam fuhr er mit den Fingerspitzen über die angeschwollenen Stellen, die sein Griff auf ihrer Haut hinterlassen hatte. Sein Blick schien sehr weit weg, sein Lächeln gleichermaßen von Freude und Leid erfüllt. »Stephen LeGuerre«, sagte er sanft, »war der erste Mensch, den ich je geliebt habe.« Wieder langte er nach seinem Glas und starrte mit dem Rücken zu Tessa ein paar Sekunden lang still und abwesend hinein. Dann drehte er sich plötzlich um, und die Vergangenheit brachte seine Augen zum Leuchten. »Wir waren schon als Kinder befreundet, hast du das gewußt? Sein Vater war auf dem Weingut meines Onkels Gerrard in Bordeaux beschäftigt, auf das man mich schickte, damit ich mir die Grundlagen des Weinbaus aneigne. Stephens Vater war ein sehr fähiger Mann – seine braunen, knorrigen Finger erinnerten mich immer an die Rebstöcke, mit denen er es zu tun hatte, und seine weit überdurchschnittliche Intelligenz war auch der Grund, warum mein Onkel Gerrard ihn eingestellt hatte ... Als Stephen erwachsen geworden war und sein Studium abgeschlossen hatte, erwies er sich als ein regelrechtes As und machte sich schließlich daran, unsere Weine nach England und in die Vereinigten Staaten zu exportieren. Ich denke, er hat dabei eine ganze Menge Geld verdient. Stephen und ich waren fast von Anfang an unzertrennlich. In meiner Jugend gehörte ich mehr zu der ernsthaften Sorte, auch wenn man mir das heute vielleicht nicht mehr ansieht« – der Schabernack leuchtete aus seinen Augen –, »und er hat mir das Lachen beigebracht. Er hat mich immer in die herrliche Welt zurückgeholt und mich alles gelehrt, was ich über die Menschen weiß ... hat mir erklärt, was Vertrauen bedeutet ... und Freundschaft.«

Nach dem letzten Wort wich das Lächeln langsam aus seinem Gesicht, und dunkle Schatten vertrieben das Funkeln aus seinen Augen. Ein weiteres Mal senkte er den Blick auf sein Weinglas, und plötzlich verkrampfte sich Tessas Herz – wegen der Erinnerungen, die sie nicht nachvollziehen konnte, wegen des Vaters, der ihr viel zu früh genommen worden war, und wegen der verblüffenden Zärtlichkeit dieses Wesens, das um ihn trauerte wie sie selbst ... und ihn doch auf dem Gewissen hatte.

Einen Augenblick später sah er sie wieder an, doch diesmal schien sein Lächeln verzerrt und gezwungen. »Er hat dir also von mir erzählt, stimmt's? Seiner Tochter. Er sprach oft von dir, und seine große Liebe zu dir ließ mich bald an allem zweifeln, was man uns bezüglich der Art und Weise beigebracht hat, wie die Menschen mit ihren Jungen umgehen. Er heiratete eine Engländerin, wenn ich mich recht erinnere; aber ich glaube, die Verbindung stellte sich nach einiger Zeit als nicht annähernd so perfekt heraus, wie er es erhofft hatte ... ich glaube, sie lebte nicht gern in Frankreich und er nicht gern mit ihr zusammen.«

Alexander spitzte kurz belustigt seine Lippen, bevor die Gegenwart ihn einholte. »Ich bitte um Verzeihung. Hoffentlich habe ich dich nicht verletzt. Geht es deiner Frau Mama gut?«

Seine unerwartete Höflichkeit brachte Tessa so aus der Fassung, daß es ihr nicht gelang, ihre Verblüffung zu verbergen. Flüchtig dachte sie an ihre Mutter – eine kleine vertrocknete Dame, an der die Stürme des Lebens ihr Spuren hinterlassen hatten und die ständig nach dem trachtete, was ihr versagt blieb. Schon als Kind hatte sich Tessa gefragt, wie es nur möglich gewesen war, daß eine so humorlose Person einen so hellen Kopf wie ihren Vater herumgekriegt hatte. Mittlerweile war ihr natürlich klargeworden, daß ihre Mutter einmal ein schönes Mädchen gewesen sein mußte, und sie bedauerte zutiefst, daß ihr Vater unfähig gewesen war, die enttäuschte Seele hinter jenen hübschen Augen zu erkennen. Sie wußte, ohne zu fragen – und hatte es immer schon gewußt –, daß ihr Vater nie und nimmer das Geheimnis des Werwolfs mit seiner Frau geteilt hätte.

Was würde ihre Mutter wohl denken, wenn sie sie jetzt sehen könnte?

»Völlig richtig«, bestätigte Tessa. »Sie haßte das Leben in Frankreich und kehrte nach Cornwall zurück, nachdem wir vom Tod meines Vaters erfahren hatten. Seither erzählte sie ihr ganzes Leben lang nur noch Schlechtes über Sie; sie warf Ihnen vor, Sie hätten uns meinen Vater weggenommen. Ich glaube, sie war schon immer eifersüchtig gewesen auf die viele Zeit, die er mit Ihnen verbrachte. Letztes Jahr starb sie in tiefer Verbitterung, und ich bezweifle, ob sie jemals glücklich gewesen ist. Sobald ich konnte, kam ich hierher nach Frankreich.«

Er nickte. »Dann bist du also eine Waise. Mein Beileid!« Dann flackerte erneutes Interesse in seinen Augen auf. »Und was hat dein Vater dir über mich erzählt?«

Tessa knetete ihre Hände. Noch immer fiel es ihr schwer, darüber zu sprechen. Jetzt ganz besonders. »Er nahm mich oft im Kinderzimmer auf seine Knie, wenn ich im Dunkeln weinend aufwachte, strich mir übers Haar und flüsterte mir phantastische Geschichten ins Ohr über seine Abenteuer mit einem Mann, der sich, wann immer er wollte, in einen Wolf verwandeln konnte. Und was für tolle Geschichten das waren, wenn er sie erzählte! Wie die Sonne die Turmspitzen und Minarette ferner Länder beschien …«

»Genau!« rief er aufgeregt. »Genau das haben wir gesehen. Wir sind zu seinem einundzwanzigsten Geburtstag im Zug und per Schiff nach Ägypten gefahren!«

»Und wie ihn einmal in den Wäldern Skandinaviens ein Bär überraschte und sein Freund Alexander ihn in wildem Kampf in die Flucht schlug ...«

»Ha!« lachte Alexander laut. »Das war eine glatte Lüge! Wir sind Hals über Kopf davongerannt und so lange gelaufen, bis wir an der deutschen Grenze waren.«

»Er berichtete auch«, fuhr Tessa fort, »wie dieses Wesen, dieses wunderbare Wesen, das abwechselnd die Gestalt eines Wolfs oder eines Menschen annahm, Geflüster selbst hinter Türen hören konnte, die eine halbe Provinz weit entfernt waren, und wie es allein am Geruch erkannte, wo jemand mit wem gewesen war und was er da getan hatte, auch wenn das alles eine Woche zurücklag ... wie es jede Sprache nach wenigem Hören akzentfrei sprechen und sich ganze Symphonien allein durch einen kurzen Blick auf die Noten einprägen konnte, die Philosophen zitierte und in Sekundenschnelle schwierige mathematische Berechnungen erledigte. Er erklärte mir, wie stark Sie waren, stark genug, um ein Haus aus seinen Fundamenten zu heben ...«

Alexander schnitt eine Grimasse. »Maßlos übertrieben! Genaugenommen sind wir nur etwa fünfmal so stark wie der durchschnittliche Menschenmann.«

Tessa nickte. »Und daß Sie in der Dunkelheit sehen und so schnell laufen können wie eine Lokomotive, und ...« Ihre Augenbrauen zogen sich ein wenig zusammen, als die Erinnerung wieder in ihr aufstieg – eine Erinnerung, die sie in all den vergangenen Jahren bewußt verdrängt hatte. »... daß Sie gütig waren. Für ihn waren Sie ...« Sie rang um das richtige Wort. »... zivilisiert.« Tessa sah zu ihm auf. »Er bezeichnete Sie immer als den zivilisiertesten Mann, den er jemals kennengelernt hatte.«

Die Umrisse von Alexanders Kinn waren deutlich zu erkennen, seine Miene wurde starr. Seine Stimme klang etwas heiser, als er fragte: »Ist das alles?«

Tessa schüttelte den Kopf. »Er hat mir erzählt ...« Sie griff sich an den Hals, als wohne dort die Trauer, und ihr Blick war verschwommen, als sie in die Vergangenheit schaute. »Er hielt mich immer in seinen Armen, und seine Augen leuchteten wie von einem inneren Feuer, wenn er zu mir sagte: ›Tessa, fürchte dich nie vor dem Unbekannten, dem Unglaublichen, dem Wunderbaren. Denn all diese Dinge sind Gottes Wege, uns mitzuteilen, daß es Hoffnung gibt ...‹ Er hat Sie geliebt, Alexander Devoncroix«, fügte sie melancholisch hinzu. »Und dafür mußte er sterben.«

Aus seinen Augen sprach ein Schmerz, wie sie ihn nie gesehen hatte, weder bei einem Menschen noch bei einem Tier. Ächzend fragte er: »Wer macht mir diesen Vorwurf? Wer hat dir diese gemeine Lüge erzählt?«

»Mit *Ihnen* ging er fort!« schrie sie. »Er wurde von einem Wolf getötet, sein Körper in der amerikanischen Prärie in Stücke gerissen! Meine Mutter hat mir das erzählt, aber im Gegensatz zu ihr kannte ich die Wahrheit – nämlich daß *Sie* dieser Wolf waren! Daß Sie – das Wesen, das willkürlich seine Gestalt verändern kann, der von meinem Vater so hochgeschätzte Freund – ihn am Ende verrieten und in Gestalt eines Wolfs töteten! Sie haben meinen Vater getäuscht und ihn glauben gemacht, Sie seien ein kultiviertes Geschöpf, und eine Zeitlang habe ich das auch geglaubt – aber das war alles eine ungeheuerliche Lüge. Ihr seid böse. Wir wissen das schon, seit es Menschen gibt; selbst die Kirche lehrt es uns. Ihr seid die Ausgeburt des Teufels, ihr reißt Babys aus ihren Wiegen und verschlingt sie lebendigen Leibes, ihr schlachtet in finsterer Nacht unschuldige Reisende auf den Straßen ab, terrorisiert das ganze Land – die Geschichten kennt doch jeder!«

Er betrachtete sie mit einer Mischung aus Wut und Belustigung. »Was für ein unglaublicher Unfug!«

»Natürlich betrachten die meisten Menschen diese Greuel als frei erfunden«, fuhr sie atemlos fort, »aber ich wußte es besser. Ich *wußte* schließlich, was Sie für einer waren. Und als wir die Nachricht bekamen, wie mein Vater gestorben war – mein Vater, der einem Ungeheuer vertraute! –, lag der Tatbestand ja wohl auf der Hand!«

Langsam schlossen sich seine Augen. Leiden zeichnete sich auf seinen Zügen ab, und einige Zeit verging, bis er sich wieder unter

Kontrolle hatte. »Tessa«, sagte er schließlich leise, »ich habe deinen Vater nicht getötet – sondern alles versucht, ihn zu retten.«

Allein das Pochen ihres Herzens, das in ihren Ohren widerhallte, erklang in der Stille des Raumes. Und dann begann Alexander mit seiner Geschichte.

»Das war unser letztes großes Abenteuer«, hub er an, und die Erinnerung ließ seine Stimme sanfter werden. »Wir fuhren über den Atlantik und besuchten die bekanntesten Sehenswürdigkeiten. Hoch oben in den Bergen von Montana zogen wir zu Fuß durch die Wildnis, sprachen über unsere Träume, starrten lange den Mond an in Nächten, die so klar waren, daß sie gleichsam in andere Sphären reichten.« Er atmete lange und tief ein, als wollte er die Luft von damals herholen und Tessa daran teilhaben lassen.

Dann fuhr er mit fester, beinahe unbeschwerter Stimme fort. »Natürlich sahen wir Wölfe, mehr als einmal, und bewunderten sie. Doch Wölfe sind, wie du zweifellos weißt, eine viel zu effiziente Spezies, als daß sie bewaffnete Menschen wie Stephen oder Werwölfe wie mich angegriffen hätten; kinderleicht wären wir mit ihnen fertig geworden. Also ließen sie uns ebenso in Ruhe wie wir sie.«

»In Wirklichkeit«, fuhr er mit flacher Stimme fort und nahm einen Schluck aus seinem Glas, »war es ein Rudel verwilderter Hunde, die die Indianer zurückgelassen hatten oder von einem Viehtransport oder aus einer von Weißen aufgegebenen Stadt stammten; eines Abends überfielen sie in der Dämmerung unser Lager, um sich das Wild zu schnappen, das Stephen gerade häutete. Ich tötete zwei von ihnen, brach ihnen das Genick, und trage noch heute die Narben der Bisse eines dritten an meiner Seite. Aber Stephen vermochte ich nicht zu retten.«

Der Raum war erfüllt von der schlichten Endgültigkeit dieser Erklärung, die Luft zum Schneiden dick. Die Zeit selbst schien in panischem Erschrecken über den Irrsinn all dessen zu erschaudern und im Nichts zu enden.

Und dann ein jähes Geräusch. Ein scharfes, hohes, nachklingendes Klirren, als der Stiel des Weinglases zwischen Alexanders

Fingern zerbrach und der Kelch auf dem Boden zerschellte. Wie Blut bildete der Wein Lachen auf den gebohnerten Dielen und befleckte die Ränder des Teppichs.

Hilflose Wut verzerrte Alexanders Gesicht zu einer Fratze, als er den unnützen Stiel des Weinglases an die Wand schleuderte. »Ich bin stark«, rief er. »Mensch und Tier verbeugen sich vor mir! Ich und meinesgleichen, wir beherrschen die Erde seit Jahrtausenden – und dennoch konnte ich Stephen nicht retten. Er starb einen sinnlosen, idiotischen Tod in der vergessenen Weite des unbewohnten Amerika, hilflos einer Meute von Hunden ausgeliefert, und *ich konnte ihn nicht retten!*«

Bäche von Tränen strömten über Tessas Wangen, und ein tiefes Schluchzen ließ ihre Brust erbeben. Sie weinte um Stephen, den Vater, den sie ihr ganzes Leben lang geliebt, aber erst in den vergangenen Minuten wirklich kennengelernt hatte. Sie beweinte sich selbst, das Kind, das sie gewesen und die Frau, die sie jetzt war, all die in Haß und Rachsucht vergeudeten Jahre, ihre unerfüllten Träume, die Lügen, denen sie geglaubt, und die Wahrheiten, die sie vergessen hatte. Doch am meisten galten ihre Tränen seltsamerweise Alexander – dem Schmerz, den er so ungeniert zu zeigen wagte, und der Verletztheit, die zu verbergen er sich nicht die geringste Mühe machte.

Aus seinen Augen sprachen dieselbe Trauer und Wehmut, die auch ihr Herz erfüllten.

Zögernd streckte Tessa ihm eine von Tränen und Unsicherheit zitternde Hand entgegen. Alexander ging zwei Schritte auf sie zu und sank auf die Knie, nahm sie in die Arme, vergrub sein Gesicht in ihrem Schoß. Seine Schultern bebten. »Tessa«, flüsterte er, »es tut mit leid. Für uns beide … es ist ein solcher Jammer.«

Sie hatte glauben wollen, daß er kein Ungeheuer war. Verzweifelt hatte sie sich gewünscht, die Geschichten ihrer Kindheit glauben zu dürfen. Jetzt durfte sie es wieder.

Sie näherte sich ihm, schlang ihre Arme um ihn, und so gaben sie sich gemeinsam ihrer Trauer hin.

Auf diese Weise gingen Tessa LaGuerre, Möchtegern-Mörderin, und Alexander Devoncroix, Werwolf, miteinander eine Verbindung ein, die ihr Leben verändern und das Schicksal ihrer beiden Gattungen beeinflussen sollte.

4

Die Welt, die sich Tessa nun eröffnete, war ebenso unglaublich wie logisch, so erstaunlich wie vollkommen der Natur entsprechend. Wenn sie sich überhaupt der Tatsache bewußt war, daß sie zu den extrem wenigen Menschen gehörte, die das Privileg besaßen, diese Welt kennenlernen zu dürfen, dann dachte sie jedenfalls nicht weiter darüber nach. Sie war viel zu sehr damit beschäftigt, all das in sich aufzunehmen und sich in jene Abenteuer zu stürzen, die diese Welt ihr bot.

»Ich kümmere mich jetzt um dich«, eröffnete Alexander ihr. »Stephen hätte das so gewollt. Aber das heißt noch lange nicht, daß du auf der faulen Haut liegen darfst. Ich habe dir ja gesagt, daß ich dich erziehen möchte, und das werde ich auch tun.«

»Was soll ich lernen?« fragte sie; inzwischen hatte sie begriffen, daß es sinnlos war, ihn auf ihre für ihre gesellschaftliche Stellung passende Ausbildung hinzuweisen, wenn er mal einen Entschluß gefaßt hatte.

»Alles.«

Er ordnete an, daß sie aus ihrer Schlafkammer in der Mansarde ausziehen und ein eigenes Zimmer im zweiten Stock bekommen sollte. Sie erhielt Bücher und schöne Kleider von ihm und hieß ›sein Mündel‹. Seine menschlichen Freunde hielten sie für seine Mätresse, wogegen Tessa, die das sehr schmeichelhaft und erhebend fand, nichts einzuwenden hatte. Darüber, was die anderen Werwölfe denken mochten, machte sie sich vorsichtshalber keine allzu großen Gedanken.

In ihrer kindlichen Begeisterung wurde sie nie müde nachzuforschen, wer unter seiner Dienerschaft, seinen Hausgästen und Bekannten ein Werwolf war. Dabei stellte sie sehr schnell fest, daß jeder sich vom anderen ebenso unterschied wie menschliche Individuen. Dies verblüffte sie, als müßten derart außergewöhnliche Wesen auf den ersten Blick anhand einer Art Aura oder etwas Ähnlichem erkennbar sein. Einige wie Alexander, der eine wahrhaft eindrucksvolle Erscheinung abgab und eine dominierende Präsenz ausstrahlte, waren aufgrund ihrer Erhabenheit leicht zu identifizieren. Bei anderen, so fand Tessa heraus, war diese Erhabenheit ein wenig undurchsichtiger.

Crollière etwa, die ewig verdrießlich dreinblickende Haushälterin, kam ihr hart und humorlos vor – obgleich Alexander darauf bestand, daß niemand aus seiner Spezies gänzlich ohne Humor und gerade dies eines derjenigen Merkmale von ihnen sei, die ihre intellektuelle Überlegenheit unter Beweis stellten. Poinceau galt als absolut brillant, effizient und Herr all dessen, was den reibungslosen Ablauf betraf. Gault erschien ihr grausam und gerissen, außerdem geistig wie körperlich sehr beweglich. Der Küchenchef Lavalier, exzentrisch und überdreht, stellte immer wieder sein Können unter Beweis. Und das war letztlich die Hauptgemeinsamkeit, die Tessa bei ihnen allen entdeckte: eine gewisse Genialität, sei es in ihrem jeweiligen Beruf oder in anderen Dingen, eine enorme Auffassungsgabe, Geschicklichkeit und subtile Macht über die Menschen in ihrer Umgebung, die sie von allen anderen unterschied. Das zweite, was sie – wie sie erfahren sollte – alle gemeinsam hatten, war eine unmißverständliche, wenn auch meist höflich kaschierte Verachtung ihr gegenüber.

Diese beiden Charakteristika zusammen – ihre unzweifelhaften Führungsqualitäten und die Geringschätzung ihrer Untergebenen – verursachten bei Tessa in ihrer Nähe ein Gefühl des Unbehagens, lange bevor sie dessen Ursache kannte. Sie fragte sich, wie viele Menschen in ihrem alltäglichen Umgang mit diesen Wesen dasselbe empfanden und sich nicht recht erklären konnten, woher diese Unsicherheit rührte. Als sie das einmal Alexander gegenüber erwähnte, reagierte er belustigt auf ihre Beobachtung; denn fast immer nahm er ihre Erkenntnisse mit derselben nachsichtigen Zustimmung auf, mit der man einem altklugen Kind begegnet.

»*Très bien, chérie,* du hast unser Geheimnis entdeckt.« Er hatte sich angewöhnt, mit ihr in einer Mischung aus Französisch und Englisch zu sprechen, wobei er rasend schnell zwischen beiden Sprachen hin- und herschaltete. Er behauptete, dies nur zu tun, um ihre sprachlichen Fähigkeiten und ihr Gehör zu schulen, doch Tessa wurde den Verdacht nicht los, er tue dies lediglich, um ihr damit wieder einmal seine angeborene Überlegenheit zu demonstrieren.

Augenzwinkernd rahmte er mit erhobenen Händen seine Warnung in die Luft: »Menschen, *attention*! Ein Leitfaden zur Identifizierung von Werwölfen auf der Straße! Sie sind cleverer als ihr und bescheren euch eine Gänsehaut. Befaß dich lieber mit was Nützlicherem, *petit chou*«, riet er. »Zum Beispiel mit folgender Frage: Wer von den drei griechischen Philosophen, die sich mit der Natur der Gesellschaftsreform befaßten, war ein Werwolf?«

Werwölfe, so hatte sie festgestellt, interessierten sich brennend für Philosophie und hatten allzeit einen grenzenlosen Vorrat an Zitaten und Streitgesprächen parat. Tessas Interesse an diesem Thema hingegen hielt sich eher in Grenzen, und so erwiderte sie verunsichert: »Das weiß ich nicht, und ich will es auch gar nicht wissen, und ich werde Ihnen nicht dabei helfen, Ihre alberne Wette mit Gault zu gewinnen. Vielleicht ist es unter Ihresgleichen ja üblich, sich den Kopf mit nutzlosem Wissen vollzustopfen; aber wenn Sie mich fragen, halte ich es für wichtiger zu wissen, wie man einen Hammelbraten zubereitet, als die Biologie von Schafen zu kennen!«

Er runzelte die Stirn. »Ich hab' dich nicht nach Hammelbraten gefragt, sondern nach Philosophen. Und da du es offensichtlich nicht weißt, verrate ich dir die Antwort und rate dir, sie dir gut zu merken: alle drei!«

Sie wußte nie, wann er sie aufzog, denn sein Humor war ebenso ausgefallen wie unvorhersehbar. So erklärte sie ihm mit einem arroganten Lüpfen der Augenbrauen, unbewußt einen seiner typischen Gesichtsausdrücke imitierend: »Mit dem Hammelbraten wollte ich, Monsieur, lediglich sagen, daß es aus meiner Sicht entschieden nützlicher ist, den Werwolf zu erkennen und zu verstehen, als ihn zu zitieren.«

Er schenkte ihr ein nachsichtiges Lächeln. »Ich weiß schon, was du gemeint hast, *chérie*. Aber selbst wenn es dir eines Tages gelingen sollte, jeden Werwolf, der dir über den Weg läuft, als solchen zu erkennen, so wirst du uns doch nie verstehen.«

Dennoch war Tessa fest entschlossen, es wenigstens zu versuchen. Und während Alexander weiterhin meinte, ihr sein Konzept von Erziehung überstülpen zu müssen und sie hin und wieder den halbherzigen Versuch unternahm, mit ihm zusammenzuarbeiten, war das einzige Gebiet, das sie wirklich interessierte, das Phänomen des Werwolfs. Und in dieser Hinsicht gab sie sich nie zufrieden.

Obgleich Tessas Anpassung an ihre neuen Lebensumstände keineswegs mühelos oder ereignislos verlief, stellte sie nicht einen Augenblick lang die Berechtigung ihres Tuns in Frage, und bald schon konnte sie sich gar kein anderes Leben mehr denken. Während Alexander ihr mitunter vorwarf, streitsüchtig und voreingenommen zu sein und oft so tat, als sei er böse auf sie, schlug er ihr nie einen Wunsch ab und erwies sich in fast jeder Hinsicht als nachsichtiger Vormund und guter Freund. Und Tessa, die sich noch immer so manchen Morgen nach dem Aufwachen fragte, warum sie nicht Hals über Kopf diesen absonderlichen Ort verließ, brauchte nur seine Stimme im Korridor zu hören oder einen flüchtigen Blick auf ihn zu erhaschen, und schon wußte sie wieder, warum. Wegen des Werwolfs, der in ihren Armen um einen für immer verlorenen Freund geweint hatte; wegen des Wesens, das sich nicht einmal an jemandem rächte, der versucht hatte, ihn heimtückisch im Schlaf zu ermorden. Weil sie nach allem, was sie nun wußte, kein anderes Leben als dieses mehr wollte und keinen anderen Platz auf der Welt als den an seiner Seite.

So kam es im Laufe der folgenden Wochen, während Tessa dabei war, sich in dieser seltsamen neuen Umgebung eine Nische zu schaffen, im Hause Devoncroix zu einer kaum merklichen Verschiebung der Machtverhältnisse, die der Hausherr weder ausdrücklich billigte noch offen kritisierte. Beklagte er sich bei Tisch über die Qualität des Fleisches, hielt Tessa dem Metzger eine Standpauke, noch bevor der Küchenchef sich zu ihm aufmachen konnte. War sein Kragen nicht steif genug oder ein Knopf seiner Jacke nicht richtig angenäht, war Tessa diejenige, die der Wäscherin unmißverständlich die Meinung sagte. Und als er mit der Planung für einen Ball mitten im Winter begann, übernahm Tessa sofort die Verantwortung für alle erforderlichen Arrangements.

In der Führung des Hauspersonals begann es zu gären, da das reibungslose Funktionieren eines Haushalts vollständig von der Einhaltung der Rangordnung abhing und Tessa auf dem besten Weg war, diese zu untergraben. Niemand riskierte jedoch eine direkte Auseinandersetzung mit ihr, da sie unübersehbar in der Gunst des Hausherrn stand und sie riechen konnten, wie Alexander seine schützende Hand über sie hielt. Über kurz oder lang aber kam dem Hausherrn die Situation zu Ohren, und so sah er sich gezwungen, mit Tessa ein paar ernste Worte zu wechseln.

»In einem gutgeführten Haushalt hat – ebenso wie in einer funktionierenden Gesellschaft – jeder seinen Platz und seine Aufgabe«, erklärte er streng. »Dem einzelnen sind entsprechend seiner Stellung bestimmte Pflichten auferlegt. Du hast weder eine Stellung noch Pflichten und deshalb auch kein Recht, dich in die Arbeit derer einzumischen, die an diese Hierarchie gewöhnt sind.«

Sie hörte ihn höflich an und meinte dann: »Das ist ja das reinste Feudalsystem.«

Er nickte. »Exakt! Ein System, das bei uns seit Zehntausenden von Jahren ganz wunderbar funktioniert.«

»Das *wir* hingegen vor Jahrhunderten abgeschafft haben!«

»*Et voilà!* Du siehst ja, welche Spezies heute die überlegene ist.«

»Ich verstehe das nicht. Wir schreiben das Jahr 1897, und Sie leben noch immer im Mittelalter!«

»So übel war das Mittelalter gar nicht«, erwiderte Alexander und zog ein finsteres Gesicht, um seine zunehmende Belustigung zu verbergen. »Damals gab's noch nicht so viele Menschen.«

Am Ende aber gestand Alexander ihr zu, daß sie eine sinnvolle Beschäftigung brauchte und Mädchen für alles wohl doch nicht ganz das Richtige war. So ernannte er sie kurzerhand zu seiner Privatsekretärin und übertrug ihr offiziell die Planung seines Balls im Winter, während er den Werwolf, der zuvor diese Aufgabe innegehabt hatte, auf einen Schreibtischposten in einer seiner Banken beförderte. Er überredete Tessa, mit seinem Personal etwas respektvoller umzugehen, und sein Personal, Tessa gegenüber etwas toleranter zu sein; dergestalt gelang es Alexander, dem schon der kleinste Konflikt an die Nieren ging, die Angelegenheit zu bereinigen.

Allein Gault war von der Lösung alles andere als überzeugt. »Menschen«, grummelte er finster, »machen nichts als Ärger, alle miteinander. Und Sie, mein feiner Herr, sind viel zu einfältig, um ihre Tricks zu durchschauen. Eines Tages werden die Ihr Untergang sein!«

Worauf Alexander begütigte: »Laß mir doch meine kleinen Torheiten und Vergnügen, alter Freund. Das Leben ist langweilig genug. Es wäre doch geradezu unerträglich, wenn ich absolut vollkommen wäre, *n'est-ce pas?*«

Auch wenn er es nicht immer zeigte, genoß Alexander dieses neue Exemplar in seinem Haus; es war auch schwierig, völlig gleichgültig zu bleiben gegenüber jemandem, der mit solcher Ergebenheit zu ihm aufschaute und derart fasziniert jede Einzelheit seines Lebens verfolgte. Tessa hängte sich an ihn wie ein Schatten im hellen Sonnenlicht, überhäufte ihn mit nicht enden wollenden Fragen, beobachtete mit großen Augen, denen nichts entging, jede seiner Bewegungen und sog von seinen Äußerungen jede einzelne Silbe in sich auf, als wäre dies der Nektar des Lebens. Mitunter war sie so lästig wie ein junges Hündchen, das, immer unter seinen Füßen, von einer Sache zur anderen sprang; aber zugleich konnte man ihr einfach nicht böse sein. Außerdem ähnelte sie in vieler Hinsicht ihrem Vater. Alexander hatte vorher nie gewußt, wie sehr er seinen Freund vermißte, und es tat ihm gut, wieder einen jungen Menschen um sich zu haben.

»Ich weiß nicht, wie ich Sie nennen soll«, verkündete sie eines Morgens, als sie ihm half, sein Pferd zu striegeln. Diese Arbeit überließ er nur ungern den Pferdeknechten, weil er sie mit der größten Freude selbst verrichtete, und Tessa hatte sich ihm gleich voller Begeisterung angeschlossen.

»›Monsieur‹ genügt vollkommen«, antwortete er fröhlich und ließ die Bürste in langen, sanften Bewegungen über die Flanke seines Pferdes gleiten. »*Mein Gebieter* wäre noch besser.«

»Nein, ich meine doch ... wie bezeichnet ihr euch eigentlich gegenseitig, Ihr Wesen von zweierlei Gestalt?«

Wie so oft brachte sie ihn damit zum Lachen. Er küßte seine Finger, hielt sie hoch und erklärte: »Wir bezeichnen uns als großartig, wunderbar, erhaben, außergewöhnlich, unübertrefflich ...«

Aber dann, weil ihre Frage ernst gemeint und er von ihrem Eifer gerührt war, soviel wie möglich über seine Art zu erfahren, erklärte er: »Jede menschliche Sprache hat ein Wort für uns, doch jedes Wort beschreibt nur einen bestimmten Aspekt unseres Wesens. Unsere eigene Sprache wird nicht mit der Zunge gesprochen und ist nur in Gestalt eines Wolfs zu verstehen – anhand von Gerüchen, Körperhaltungen und aus der Kehle kommenden Geräuschen –, wie wir selbst uns nennen, kann kein Mensch jemals verstehen. Es gibt kein Wort dafür. Vielleicht begreifst du jetzt, warum wir gegen keinen der Namen, mit denen ihr uns bezeichnet – ob ›loup-garou‹ oder ›Werwolf‹ – etwas einzuwenden haben; sie bedeuten uns nicht das geringste, aber für euch scheinen sie ihren Zweck zu erfüllen.«

Dann wollte sie noch wissen, welche seiner Bekannten Werwölfe seien und welche nicht, und wer von denen, die welche waren, zu seinem Ball kommen würden, und wie sie denn den Unterschied erkennen solle? Entnervt warf er die Arme in die Höhe.

In den nächsten paar Tagen lernte Tessa, einige Werwölfe am

Glanz ihrer Augen zu erkennen, an ihrem feingliedrigen Knochenbau und der Länge und Dichte ihres Haars, das, wie Alexander gestand, so rasch wuchs, daß es fast unmöglich war, immer frisch rasiert auszusehen. Sie erfuhr von der großen Liebe der Werwölfe zu Musik und Theater, und ihrer großen Anzahl, die als Künstler Karriere machten. Gelegentlich nannte Alexander den Namen eines berühmten Schauspielers, der Werwolf war, oder einer Operndiva oder eines Geigers, der das Publikum mit seinem Spiel zum Weinen brachte. Und obwohl Tessa wußte, daß es Alexander Spaß machte, sie in solchen Zusammenhängen ein wenig aufzuziehen, bezweifelte sie seine Aussagen in diesem Punkt nie wirklich.

Sie aßen gern, und selbst die Geringsten unter ihnen waren große Feinschmecker, obwohl die ganze Spezies außergewöhnlich schlank und energiegeladen schien. Ihr Geruchssinn war so hoch entwickelt, daß die Wäscherinnen Spezialseifen benötigten, um ihre Kleidung von Gerüchen zu befreien – die einem Menschen nie aufgefallen wären, ein Werwolf aber als unerträglich empfand. Ihr Sehvermögen, wenngleich aus menschlicher Sicht ganz außerordentlich, war ihr schwächster Punkt, und Kurzsichtigkeit wurde für viele zum Problem – obwohl, wie Tessa erfahren sollte, selbst der in dieser Hinsicht eingeschränkteste Werwolf in der Dunkelheit immer noch besser sah als der durchschnittliche Mensch am hellichten Tag.

Obgleich Alexander – ebenso wie, in geringerem Maße, auch Poinceau, die Crollière und selbst Gault – sie mit den unterschiedlichsten Angaben zu necken pflegte, gelangte Tessa nie zu einer klaren Vorstellung davon, wie viele von ihrer Art es gab oder wo sie zu finden waren. Und sie entwickelte auch keinen einfachen, narrensicheren Test, sie in einer Menschenmenge zu erkennen.

Mit jedem Tag, der verging, setzte Tessa weitere Details der Wahrheit über diese seltsamen Kreaturen zusammen, unter denen sie nun lebte, ohne aber jemals ein vollständiges Bild zu erhalten. So dauerte es Wochen, bis sie die eine Frage anbringen konnte, die ihr von Anfang an auf den Nägeln brannte.

Alexander hatte sie zu einem Spaziergang an der Seine mitgenommen. Es war ein klarer, sonniger Tag und gerade kalt genug, daß Tessa es genoß, in ihrem neuen, pelzbesetzten Mantel und dem dazu passenden Hut zu promenieren. Wie immer gefiel es ihr, zusammen mit Alexander gesehen zu werden – diesem attraktiven Mann, der soviel Persönlichkeit ausstrahlte, daß er überall die Blicke von Frauen wie Männern auf sich zog. Sie schmeichelte sich selbst mit dem Gedanken, daß auch er sich gern mit ihr sehen ließ, weil es ihm ganz offensichtlich gefiel, sie überall hin mitzunehmen, sei es in seiner offenen Kutsche oder auf dem Rücken einer schlanken kastanienbraunen Stute, die so gut zu seinem braunen Lieblingshengst paßte, oder mitunter auch in seiner jüngsten Errungenschaft, einem lärmenden Automobil. Allerdings hatte sie den Eindruck, daß er sie gleichermaßen gern ausführte, wie er in seinem Auto durch die Straßen von Paris gondelte: um aufzufallen.

Die beiden waren schon ein eindrucksvolles Paar – der hochgewachsene, langhaarige Werwolf und die zierliche Brünette – und zogen die Blicke all derer auf sich, die ebenfalls dies schöne Wetter nutzten, um zu sehen und gesehen zu werden. Eine Weile widmete sie sich wieder ihrem Zeitvertreib, herauszufinden, wer von denen, vor denen Alexander sich verbeugte und seinen Hut zog, ein Werwolf war und wer ein Mensch; doch er schien fest entschlossen, sie durcheinanderzubringen.

»Nein, *chérie,* es ist nicht die Länge des Haars oder die Form der Wangenknochen, oder ob einer größer ist als sein menschliches Gegenstück. Es ist lediglich eine Frage genetischer Überlegenheit, an der du nichts ändern kannst und die du mit Sicherheit nie wahrnehmen wirst. Und runzel nicht so die Stirn, das steht dir nicht!«

Trotzdem blickte sie düster drein, als er seinen Hut lüftete und sich vor zwei modisch gekleideten Damen, die in einer offenen Kutsche vorbeifuhren, tief verbeugte. »Sie irren sich, Monsieur«, begehrte sie auf. »Ich erkenne sogar sehr deutlich, welcher von Ihren Bekannten ein Werwolf ist und wer ein Mensch – nämlich daran, wie tief Sie sich verbeugen. Diese beiden beispielsweise gehören offensichtlich zu Ihrer Spezies, sonst würden Sie kaum ein solches Theater veranstalten.«

»Ha!« Seine Augen blitzten, als er seinen Blick von den Damen löste, die ihre Köpfe zusammensteckten und ihr Lächeln hinter perlmuttgeknöpften Handschuhen verbargen. »Schon wieder falsch. Das war die Marquise de Tourideau und ihre Schwester, die Herzogin, beide äußerst charmant, doch leider Menschen. Aber ihre Abendgesellschaften sind wirklich wunderbar.«

Tessa zog in ihrer Verunsicherung die Stirn immer mehr in Falten. »Na schön, vielleicht wären Sie dann so gnädig, mir das Geheimnis zu erklären. Woran kann ich sie erkennen?«

Er grinste. »Du mußt sie nicht erkennen, *chérie*. Du kannst nämlich davon ausgehen, daß sie *dich* immer erkennen werden.«

Sie sah sehr nachdenklich drein. »Waren Sie jemals in einen Menschen verliebt?«

Er lachte. »Was für erstaunliche Gedanken dir doch heute durch dein hübsches Köpfchen gehen! Das nächste Mal kaufen wir dir eine magische Brille, damit du die Leute besser durchschaust!«

Tessa blieb stehen, ließ seinen Arm los und sah ihm ins Gesicht. Der Wind, der vom Fluß aufstieg, verfing sich in ihren Röcken und legte seine kalten Finger auf die Stelle, wo ihre Kalbslederstiefel endeten und ihre seidenen Beinlinge begannen. »Waren Sie der Geliebte meines Vaters?« fragte sie.

Er schnitt eine Grimasse, als er auf sie hinabblickte. »*Chérie*, sprich bitte Englisch. Dein Akzent tut meinen Ohren weh.«

Wie gewünscht wiederholte sie die Frage. Sie wußte, daß er ihre Nervosität fühlen konnte, sie in ihrer Stimme bemerkte, in ihrem Herzschlag und sogar im Fluß ihres Blutes durch ihre Adern – aber die Frage hatte sie schon so lange gequält. Er jedoch spannte sie noch eine unermeßlich lange Minute auf die Folter, bevor er endlich den Mund aufmachte, und auch dann fiel die Antwort nicht so aus, wie sie es sich gewünscht hätte.

Alexander nickte einem gegenüber vorbeigehenden Paar zu und lüpfte vor der Dame den Hut. Sein Blick kehrte zu Tessas Augen zurück, die sie zum Schutz vor der blendenden Spätnachmittagssonne leicht zugekniffen hatte.

Nachsichtig begann er: »Was für eine eigenartige Frage! Man sollte meinen, du hättest nach all diesen Wochen, die du unter unseresgleichen verbracht hast, ein wenig dazugelernt – aber das wäre wohl doch zuviel erwartet. Ja, ich habe deinen Vater geliebt. Aber das ist nicht das, was du wissen willst, stimmt's? Du möchtest wissen, ob wir Sex miteinander hatten, und ich glaube nicht, daß ich dir diese Frage beantworten möchte. Du bist mir sowieso schon viel zu neugierig.«

»Sie bezeichnen Neugierde doch sonst immer als eine Tugend«, entgegnete sie.

»Bei einem Werwolf, ja. Bei einem Menschen ist sie lästig.«

»Dadurch, daß Sie mir die Antwort auf meine Fragen verweigern, machen Sie mich nicht weniger neugierig.«

Einen Augenblick lang blieb seine Miene undurchdringlich. Dann murmelte er: »Das ist wohl richtig.«

Seine Gesichtszüge entspannten sich, als er erklärte: »*Chérie*, wir machen keine Liebe mit Menschen, jedenfalls nicht in dem Sinne, wie du es meinst. Obwohl es gewisse Freuden gibt, die wir miteinander teilen, bedeuten uns diese Freuden nicht mehr als ein gutes Essen oder ein warmes Bad. Da die beiden Arten sich nie körperlich miteinander vereinen können, wäre Geschlechtsverkehr zwischen uns völlig absurd und, offen gestanden, auch ein wenig abstoßend. Das verstehst du doch sicher.«

Tessa verstand es nicht, jedenfalls nicht ganz, und ihre Neugierde war damit nur größer geworden. Merkwürdigerweise fühlte sie sich sowohl erleichtert als auch enttäuscht. »Sie finden mich also abstoßend, nicht wahr?« hakte sie nach.

Er lachte. »Nein, ich finde dich unmöglich – und unwiderstehlich! Aber jetzt hör auf mit deiner endlosen Fragerei, und mach dich nützlich. Erkläre mir, inwiefern die frühen Werke von Franz Schubert den Einfluß von Haydn und Mozart verraten und warum, sofern man von einem solchen Einfluß ausgehen kann, er trotzdem als Vater des deutschen Liedes gilt.«

Erneut klemmte er ihre Hand unter seinen Arm und setzte den Spaziergang fort. Tessa spürte, wie die kalte Luft ihre Nase rötete, die Sonne ihre Wangen wärmte und seine erregende Präsenz auf ihrer Haut ein Kribbeln auslöste. Und es fiel ihr sehr schwer, auf ihn böse zu sein. »Ich habe Ihre albernen Lektionen satt. Wieso muß ich diese Dinge wissen?«

»Damit du eine intelligente Konversation mit mir führen kannst.«

»Und wieso entscheiden Sie darüber, was eine intelligente Konversation ist und was nicht?«

Leise gluckste er vor sich hin. »Die Antwort liegt ja wohl auf der Hand.«

»Ich verstehe nicht, warum Ihnen die menschlichen Dichter und Maler und Musiker so wichtig sind. Sie haben doch nichts mit Ihnen zu tun.«

»Sie sind mir gar nicht wichtig. Aber ich bestehe darauf, daß du dich für sie interessierst.« Dann blieb er stehen, wandte sich zu ihr und blickte ihr ernst in die Augen. »Vor langer Zeit streifte unsere Art über die Berge und schlief in Höhlen; unser armes, primitives Leben bestand aus nichts anderem als Jagd und Schlafen, Kampf und Tod. Und dann entdeckten wir das hier.« Er legte seinen Zeigefinger an die Stirn. »Keine Klauen können das vernichten, keine Zähne können es verschlingen, und keine Menschen können es uns in Gefangenschaft mit Metallstöcken austreiben. Unser Intellekt ist unsere mächtigste Waffe. Ohne ihn wären wir für alle Zeiten in den Wäldern geblieben. Aber mit ihm haben wir die Pyramiden und die großen Kanäle gebaut, die Telegraphie und den Verbrennungsmotor erfunden und durch unsere Fernrohre ins Weltall geschaut. Wir haben große Gedanken gedacht, große Lieder gesungen und Kunstwerke geschaffen, die es noch lange geben wird, wenn euere Art schon vom Antlitz der Erde verschwunden sein wird. Wir haben die *Zivilisation* geschaffen und euch arme, ignorante Menschen mehr oder weniger gegen euren Willen mitgeschleppt. Das ist es, was einen Werwolf ausmacht, *chérie*, nicht sein Gesicht oder sein Auftreten oder seine elegante

Kleidung. Es ist in seinem Innern, und das wirst du niemals sehen können. Und gerade, weil du das nicht verstehst, werden wir immer so mitleidig auf eure Art herabschauen.«

Sie sah ihn finster an: »Ihr wollt die Pyramiden gebaut haben?«

Er gab einen Laut von sich, der halb ein Lachen und halb ein verärgertes Stöhnen war, und rollte seine Augen gen Himmel. »*Mon Dieu!* Ich werfe meine Perlen wirklich vor die Säue!«

Einen Augenblick lang schmollte sie, beleidigt über diesen Vergleich. Dann erwiderte sie: »Wenn das der Fall ist und ich sowieso nie so schlau werde wie ein Werwolf, dann versteh' ich nicht, warum ich meine Zeit mit deutschen Musikern vergeuden soll.«

Nach einigen Sekunden wich seine Enttäuschung einem resignierten Kopfschütteln, und seine Mundwinkel verzogen sich fröhlich. Er hakte sich erneut bei ihr ein. »Siehst du? Da haben wir's wieder! Jedesmal, wenn es so aussieht, als bestünde doch noch Hoffnung für euere Spezies, weigert sich so ein freches junges Ding, sich mit österreichischen Komponisten zu beschäftigen. Wie willst du je euer Los verbessern, wenn ihr nicht lernt, auf dem aufzubauen, was vor euch gewesen ist?«

»Also ich hab' genug von dem Zeug und will gar nichts verbessern. Und Belehrungen mag ich auch nicht mehr!«

»Du hast keine Wahl.«

»Ich könnte ja abreisen.«

»Und wohin?«

»Irgendwohin, wo ich nicht über griechische Philosophen oder tote Komponisten reden muß.«

Er hielt ihr einen behandschuhten Finger unter das Kinn und zwinkerte ihr zu. »Du gehst nicht weg, *chérie*. Du bist doch ganz hingerissen von mir.«

Hingerissen, wiederholte sie innerlich und mußte lächeln. Ja, das war's. Hingerissen!

Gute Zeiten hatten sie damals, jene hellen kalten Monate der Unschuld und Entdeckerfreude, als Tessa unter seiner Anleitung aufblühte und er vergnügt die Wahrheit, die Natur und seine ganz persönliche Geschichte durch ihre weit aufgerissenen, wissensdurstigen Augen untersuchte. Doch nur allzu rasch waren jene erfüllten, unbeschwerten Tage vorbei, und der Winter hielt Einzug.

Was Tessa anbelangte, begann es mit einem schweren, schwarz umrandeten Umschlag in der Morgenpost – obwohl ihr im Rückblick klarwurde, daß die Unruhe im Haushalt schon am Abend zuvor existierte, als Alexander das Essen hatte ausfallen lassen und mit der Anordnung, nicht gestört zu werden, sich in seinem Zimmer eingeschlossen hatte. Gault, Madame Crollière, Poinceau – sie alle, wurde ihr jetzt bewußt, waren mindestens von diesem Zeitpunkt an auffällig zerstreut gewesen, und über sie alle schien sich schon vor Eintreffen des schwarz umrandeten Kuverts ein Leichentuch gelegt zu haben.

Natürlich verstand sie die Bedeutung der schwarzen Umrandung. Sie verstand hingegen nicht das in goldener Farbe eingeprägte Zeichen in der Ecke – ein Kreis, bei dem die eine Hälfte verdunkelt war, der ganze jedoch durchschnitten von einem Pfeil. Instinktiv wußte sie, daß es sich um eine schlechte Nachricht handelte und eine sehr schwerwiegende noch dazu. Ohne sich um die übrige Post zu kümmern, brachte sie den Umschlag in Alexanders Zimmer. Seine prompte Reaktion auf ihr Klopfen ließ sie vermuten, daß er bereits wartete.

Er war längst wach und angekleidet, die Reste seines Frühstücks sauber auf einem Tablett neben dem Fenster abgestellt. Briefe schreibend saß er an seinem Schreibtisch. Einen ganzen Stoß davon hatte er schon fertig.

Ihr Herz klopfte vor Aufregung, als sie ihm die Sendung überreichte. Er nahm sie, ohne sich zu erheben, entgegen. Darinnen befand sich eine Karte, auf der ein einziges Wort geschrieben stand. Mit Mühe konnte Tessa es erkennen. *Sancerre.*

Wortlos steckte Alexander die Karte in den Umschlag zurück. In seinem Blick lag etwas Merkwürdiges, in seinen Augen eine gewisse Wildheit und eine seltsame Schärfe in seinem Profil, und doch verströmte er eine vollkommene Stille, eine fast übermenschlich wirkende Selbstbeherrschung.

Tessa flüsterte: »Ich – Ich weiß nicht ...« Sie räusperte sich und fuhr mit etwas festerer Stimme fort: »Ich weiß, daß Sie trauern, aber nicht, um wen …«

In Gedanken versunken, antwortete er: »Sancerre. Er war unser Rudelführer. Bei seinem Alter überrascht sein Tod nicht. Trotzdem ist es beklagenswert, und die Rituale müssen stattfinden.«

Fragen brannten in ihrer Brust – weshalb Rudelführer? Wer war dieser Sancerre, und was bedeutete sein Tod für Alexander? Um welche Rituale ging es, und wie sah ihr Vollzug aus? Es sprach jedoch für sie, daß sie sich jegliche Aufdringlichkeit verkniff und sogar den Blick senkte, damit Alexander nicht die vulgäre Neugier in ihren Augen entdeckte.

Sie sagte schlicht: »Was kann ich für Sie tun?«

Da lächelte er ihr zu und strich ihr über die Wange. Die Anerkennung in seinen Augen war die Mühe wert, die das Schweigen sie gekostet hatte, die hunderttausend drängenden Fragen nicht zu stellen.

»Tessa«, sagte er sanft, »ich wußte, daß ich mich auf dich verlassen kann.«

Dann wandte er sich wieder seinem Schreibtisch zu. »Unsere Leute werden aus ganz Europa zusammenkommen, um an der Zeremonie teilzunehmen. Diejenigen, die aufgrund zu großer Entfernung verhindert sind, gedenken auf ihre Weise an ihrem Wohnort des Verstorbenen. Dies hier sind meine Beileidsbezeigungen an die Familie; sie müssen mit der nächsten Post abgeschickt werden.«

»Aber …« Ihre Augen weiteten sich, als sie begriff. »Sie haben es gewußt. Schon bevor die Nachricht eingetroffen ist.«

»Natürlich haben wir es gewußt. Wir wissen das immer. Er war unser Anführer.« Sein Gesicht nahm einen ernsten Ausdruck an. »Tessa, ich lasse mein Haus heute nacht in deiner Obhut. Du mußt alle menschlichen Diener für heute zu ihren Familien nach Hause schicken. Sag ihnen, sie sollen ihre Türen verriegeln und bis zum Morgengrauen unbedingt daheim bleiben. Dasselbe gilt für dich. Hier im Haus betrauere das Ende einer Ära in der Stille deines Herzens ... geh heute nacht nicht nach draußen. Versprichst du mir das?«

Die Dringlichkeit in seinem Blick beeindruckte sie zutiefst, auch wenn sie nie auf den Gedanken gekommen wäre, aus welchem Grund auch immer sich einer seiner Anordnungen zu widersetzen. Auf der Stelle nickte sie feierlich und sagte: »Ich verspreche es.«

Sie sollte nie erfahren, warum er ihr dieses Versprechen abgenommen hatte, noch was unter dem damaligen Mond vor sich ging. Doch die Stadt der Lichter war dunkel in jener Nacht, und von irgendwo im Herzen des Landes erhob sich in den finstersten nächtlichen Stunden ein Schrei, ein Geheul, ein Wehklagen, das immer lauter wurde, je mehr es sich in die Länge zog, und menschliche Seelen erschauern ließ.

Einige, die ganz unvermittelt in kaltem Schweiß gebadet aus dem Schlaf erwachten, führten es auf den Wind zurück. Tessa aber wußte es besser. Tief unter ihrer Bettdecke in der weiten, stillen Leere von Alexander Devoncroix' Haus zusammengekauert, schloß sie ganz fest die Augen und fühlte mit den Trauernden.

Tage vergingen, bevor sich im Haushalt wieder so etwas wie Normalität einstellte. In dieser Zeit nahm Tessa alle ihre Fähigkeiten zusammen, um mit dem dagebliebenen Personal die Ordnung aufrechtzuhalten, und stellte nicht ohne Stolz fest, daß sich die Räumlichkeiten, als nach und nach die Führungskräfte wieder eintrafen, in demselben tadellosen Zustand befanden wie immer. Natürlich schien das niemand zu bemerken, und wäre es ihnen aufgefallen, hätten sie es nicht weiter kommentiert.

Jeder, Alexander eingeschlossen, war ungeheuer beschäftigt, und das mehr denn je. Tessa erfuhr, daß Monsieur neben seinen Weingütern und einem Lyoner Anwesen auch an mehreren Banken in Paris und anderswo beteiligt war. Das Ableben des Anführers Sancerre hatte anscheinend in mehreren Bereichen zu Streitigkeiten und Verunsicherung geführt, also mußte Alexander eine Krise nach der anderen bewältigen. Bislang hatte sie ihn nur als Lebemann gekannt, der sich vornehmlich um die Befriedigung seiner persönlichen Bedürfnisse kümmerte; diese neue Seite an ihm – entschlossen, energisch, gebieterisch – fand sie ebenso erstaunlich wie bewundernswert.

Einmal sprach er sie im Korridor gerade nur für die Länge eines Satzes an: »Hoffentlich sind die Einladungen für den Ball noch nicht abgeschickt, *chérie*, das wäre in der augenblicklichen Situation mehr als unpassend.«

»Natürlich. Aber ...«

Schon war er weg, ohne ihr zu sagen, wann er wiederkommen würde, und ohne den geringsten Vermerk, für den Ball einen neuen Termin anzusetzen.

Tessa hatte sich sehr auf dieses Ereignis gefreut und war nun einigermaßen enttäuscht; doch um sie herum liefen so viele interessante Dinge ab, daß sie kaum Schritt zu halten vermochte und gar nicht dazu kam, sich ihrem Bedauern zu überlassen. So verging fast eine Woche, bevor sie Gelegenheit bekam, mit Alexander zu besprechen, was zu ihr durchgesickert war.

Vor der ganzen Aufregung hatten sie es sich zur Gewohnheit gemacht, gemeinsam ihre morgendliche Schokolade zu trinken und den Tag zu planen. Tessa brachte ihm die Morgenpost, und er ging sie durch, nicht ohne über den jeweiligen Absender Kommentare abzugeben; sie bombardierte ihn mit Fragen, die er beantwortete, bis er die Geduld verlor und ihr kleinere Aufgaben zuteilte, die sie für die Stunden beschäftigen sollten, in denen er sich nicht um sie kümmern konnte.

Als sich dann die Lage so weit beruhigt hatte, daß sie ihre morgendlichen Gepflogenheiten wiederaufnehmen konnten, hatten sich unbeantwortete Karten und Briefe von fast einer ganzen Woche angehäuft. Sie trafen sich im sonnigen Frühstücksraum neben seinem Schlafzimmer, er in seinem Hausmantel und sie in einem preiselbeerroten Wollrock samt Hemdbluse mit weißem Kragen und Manschetten, die die Schneiderin ihr soeben genäht hatte. Dies war die erste Gelegenheit, die Sachen zu tragen, und sie hoffte, er würde es bemerken. Er sollte sie nicht enttäuschen.

»Das steht dir sehr gut, *chérie*«, rief er ihr zu und forderte sie auf, sich zu drehen, damit er den Schnitt sehen und beurteilen konnte, wie der Rock fiel. »Die Farbe bringt deine Wangen zum Leuchten. Wirklich hübsch!«

Sie wollte ihm sagen, daß das Glühen ihrer Wangen wohl eher auf seine Komplimente als auf das Rot des Stoffes zurückzuführen war, aber er würde dann ja nur lachen. Daher setzte sie sich ihm gegenüber an einen kleinen Tisch und goß ihm aus einer silbernen Kanne heiße Schokolade ein. Wie gewohnt wandte er sich den Morgenzeitungen zu. Er las unglaublich schnell und konnte oft schon nach einem kurzen Blick ganze Passagen zitieren.

Tessa ließ ihm noch einen Augenblick Zeit und fragte dann: »Ist jetzt draußen alles in Ordnung? Mit dem ... ah ... Rudel?«

»Schwer zu sagen« murmelte er, während er die Seiten umblätterte. »Diese Dinge sind unvorhersehbar, weil die ganze Vergangenheit mit hineinspielt. Für mich ist das alles wirklich verdammt lästig.«

Sie holte tief Luft. »Wollen Sie mir nicht erzählen – was in jener Nacht geschehen ist, als Sie mit den anderen weg waren?«

Er legte die Zeitung weg und sah sie an. »Manche Dinge«, unterrichtete er sie, »dürfen die Menschen nie erfahren. Nie!«

Nichts in seinem Tonfall und seiner ganzen Art ließen auch nur den geringsten Spielraum, das Thema weiter zu verfolgen. Tessa versuchte es deshalb auch nicht.

Ein paar Sekunden später nahm sie einen neuen Anlauf: »Aber was soll jetzt geschehen, wenn ihr keinen Anführer habt?«

»Wir haben einen«, erwiderte er abwesend, während er eine weitere Zeitung überflog. »Die junge Devoncroix-Königin wird diesen Platz ausfüllen, solange sie dazu in der Lage ist.«

Tessa rang aufgeregt nach Luft. »Aber *Sie* sind doch ein Devoncroix! Heißt das ...?«

Verneinend schüttelte er den Kopf. »Wir sind nicht verwandt. Vor langer Zeit gab es einen Kampf um die Thronfolge, und die Devoncroix blieben Sieger. Diejenigen Familien, die sich bei den neuen Herrschern einschmeicheln wollten, änderten daraufhin ihren Namen, um so ihre Loyalität zu bekunden. Wir sind eben Pragmatiker.« Er faltete die Zeitung zusammen und warf einen

Blick auf die Platte mit Kuchen, den der Koch gebacken hatte. »Ist das Pflaumenkuchen?«

Sie gab ihm ein Stück davon und zeigte ihm einen Stapel Einladungen. »Wenn Sie wollen, beantworte ich sie«, bot Tessa hilfreich an. »Sortieren Sie sie einfach nach Ja oder Nein.«

»Meine Liebe, wie bin ich nur ohne dich ausgekommen!«

»Kennen Sie die neue Königin?«

»Hm ... nur vom Tanzen.«

»Wie heißt sie?«

»Elise. Elise Devoncroix.«

»Den Namen hab' ich noch nie gehört.«

»Hättest du, wenn du die letzten zehn Jahre statt in England in Frankreich gelebt hättest! Sie ist während der Saison bei sämtlichen erlesenen Soireen vertreten und läßt nie eine Opernpremiere ausfallen. Natürlich hat sie sich jetzt aus der Gesellschaft zurückgezogen, aber vielleicht stell' ich sie dir im Frühjahr mal vor.«

»Gibt es eine Krönung?« fragte Tessa begierig. »Einen großen Ball, ein Fest ...«

Stillvergnügt lachte er in sich hinein. »Das ist ein bißchen komplizierter. Weißt du, die Erbfolge geht auf den Jüngsten über – sofern der Jüngste zum Herrschen ausreichend qualifiziert ist. Dadurch wissen wir, ganz ähnlich wie in den Monarchien der Menschen, traditionell schon sehr bald, wer unser nächster Anführer ist. Aber offiziell wird das erst bei der Ernennungszeremonie, wenn der alte Anführer praktisch zurücktritt und seinem Nachfolger Platz macht. Das hat Sancerre vor Jahren schon getan. Ohne Protektion von seiten des alten Herrschers aber ist der neue nie vor Konkurrenten sicher, bis sie – oder er – sich einen Gefährten sucht. Dann erst erfolgt eine Art Krönung – eine prunkvolle Angelegenheit, die sich über mehrere Tage hinzieht.«

»Dürfen auch Menschen daran teilnehmen?«

»Nein, *chérie*.«

Sie war enttäuscht und ließ es ihn deutlich spüren. »Ich versteh' sowieso nicht, wozu ihr überhaupt eine Königin braucht. Was gibt es denn schon zu tun für so eine Herrscherin?«

Er schaute hoch, als müsse er einen Augenblick nachdenken. »Interessante Frage«, merkte er an und schien tatsächlich von ihr überrascht. »Früher, als das Rudel noch klein war und in der Wildnis lebte, kam es natürlich auf eine starke Führung an. Aber heute fällt mir wahrhaftig – aus menschlicher Sicht, wenn du so willst – nichts besonders Verdienstvolles ein, was der Rudelführer tätigt. Trotzdem ...« – und nun lächelte er – »ist es genau wie in euren menschlichen Monarchien auch für uns wichtig, ein solches Oberhaupt zu haben.«

»Ja«, sagte er, als er ihr den Stapel Karten in seiner rechten Hand gab, und »Nein«, wobei er ihr die Karten in seiner Linken hinlegte.

Tessa nahm sie in Empfang und sah neugierig den ›Ja‹-Stapel der Einladungen durch, die er ihr überreicht hatte. »Welche davon werden in den Häusern von Werwölfen stattfinden? Wird die neue Königin bei einer dieser Gelegenheiten dabei sein? Darf ich auch kommen?«

Er antwortete nicht, was sie ja kannte. Geduldig begann sie, ihre Fragen zu wiederholen, doch er gebot ihr mit erhobener Hand zu schweigen.

Sein Gesicht war absolut reglos, als er – ohne Zweifel zum zweiten Mal – ein einzelnes Blatt in seiner Hand überflog. Als er fertig gelesen hatte, schwoll der Muskel in der hinteren Ecke seines Unterkiefers leicht an, ohne daß sich sein Ausdruck sonst geändert hätte. Und seine Stimme klang sanft, als er murmelte: »*Alors*. Ich kann nicht behaupten, daß das völlig unerwartet käme. Aber ebensowenig bin ich davon begeistert.«

Sorgfältig faltete er den Brief wieder zusammen, doch nicht, bevor Tessa die schwungvolle schwarze Unterschrift an seinem Ende erspäht hatte. *Denis Antonow.*

»Wer ist das?« wollte sie wissen. »Was ...«

»Mein Bruder«, gab Alexander Auskunft. Tessa glaubte eine Spur von Bitterkeit in seiner Stimme zu vernehmen, als er hinzufügte: »Er hat mich gebeten, ihm einen Besuch abzustatten.«

»Aber eure Namen ...«

»Das ist eine lange Geschichte.« Dann schob er die Sache achselzuckend beiseite. »Ich fürchte, meine Liebe, all diese freundlichen Einladungen mit dem größten Bedauern ausschlagen zu müssen. Such bitte Gault, und schick ihn umgehend her. Ach ja, noch was – im Keller befindet sich eine Kiste mit dem Cognac, den mein Bruder besonders gern mag; Poinceau weiß schon, welche. Er soll sie sofort zur Post befördern. Jetzt aber schnell, schnell, es gibt noch tausend Sachen zu tun, und ich habe keine Zeit zu verlieren.«

Alexander verließ Paris am nächsten Nachmittag; er hatte seine Reise mit einem Zug arrangiert, der in einer Stunde vom Gare de l'Est abfahren sollte. Weder Tessas Bitten noch ihr Schmollen oder Drohungen konnten ihn erweichen, sie mitzunehmen.

»Aber wo fahren Sie denn hin?« schluchzte sie. »Und wie lange bleiben Sie weg? Was soll ich nur die ganze Zeit über allein anfangen? Und was ist, wenn Sie mich brauchen? Wie wollen Sie ...«

Er brachte sie zum Schweigen, indem er einen Finger fest auf ihre Lippen legte. »*Mais, chérie,* wie kannst du nur so egoistisch sein? Wem sollte ich denn meinen Haushalt anvertrauen, wenn du mit mir kämst? Nein, nein, du mußt schon hierbleiben und dich um alles kümmern. Ich hab' keine Ruhe, wenn du mir das nicht versprichst.«

Sie blickte ihn skeptisch an, besonders, als sie sein Blinzeln sah, während er mit Gault Blicke wechselte. Doch bevor sie weiter protestieren konnte, wandte er sich an Poinceau, der in Wahrheit die volle Verantwortung für das Personal trug und dessen ruhig vorgetragenen Anordnungen sich alle – mitunter sogar Tessa – beugten. In einem gelassenen, melodiösen Französisch sagte Alexander: »Mein lieber Freund, diese junge Frau ist die Tochter eines Mannes, dem ich seit meiner Kindheit sehr verbunden war. Sie hat jetzt keine Familie mehr, und niemand kümmert sich um sie, wenn ich es nicht tue. Sie ist mein Mündel. Ich empfehle sie bis zu meiner Rückkehr deinem Schutz.«

Letzteres sagte er so klar und deutlich, daß alle im Saal versammelten Bediensteten es hören konnten. Poinceau, der Tessa gegenüber seit ihrer Ankunft bestenfalls gleichgültig gewesen war, schaute sie unverwandt an, bevor er seinen Blick wieder seinem Herrn zuwandte und nickte. Er hatte sein Versprechen gegeben. Andere – Madame Crollière beispielsweise, die sich schon seit Wochen danach sehnte, dieses impertinente kleine Menschlein in seine Schranken zu weisen und voreilig die Abwesenheit ihres Herrn als ideale Gelegenheit gekommen sah – knirschten mit den Zähnen; aber es gab keinen Zweifel, daß allesamt seinen Anordnungen ohne Wenn und Aber Folge leisten würden – ganz einfach, weil er es so wollte.

In dieser Hinsicht, so hatte Tessa festgestellt, waren die Werwölfe weitaus vernünftiger als die Menschen.

Dennoch hielt sie seinen Arm fest, als er sich zum Gehen wandte. »Wie können Sie mir das nur antun?« flehte sie abermals. »Wie können Sie mich hier allein zurücklassen?«

Er sah sie mit einer Mischung aus Zuneigung und Gereiztheit an. »*Chérie,* du bist die lästigste, aufregendste, komplizierteste, verwirrendste und bezauberndste junge Frau, die ich je getroffen habe. Wenn schon aus keinem anderen Grund, dann bitte ich dich, mich fahren zu lassen, damit ich einmal kurz verschnaufen kann!«

Als sich auf ihren Wangen unversehens Grübchen zeigten, lächelte er. »Na also! Schon besser!«

Er nahm ihr Kinn in die Hände, wie er es bei ihrem allerersten Zusammentreffen getan hatte. »Ich komm' zurück, bevor du auch nur Zeit hast, mich zu vermissen. Widme dich bis dahin deinen Studien, damit ich stolz auf dich sein kann!«

Und dann, eigentlich ohne Vorwarnung, beugte er sich zu ihr hinab und küßte sie zärtlich auf die Lippen. »Vorsicht, *chérie*«, flüsterte er ihr liebevoll zu. »Man sagt, der Kuß eines Werwolfs könne einen Menschen in den Wahnsinn treiben.«

Tessa gab keine Antwort. Sie stand noch immer wie angewurzelt da, als die Kutsche anrollte, die Fingerspitzen sanft auf die Stelle gelegt, wo seine Lippen die ihren berührt hatten, und schmeckte seinen Kuß noch bis weit in die Nacht hinein.

DRITTER TEIL

Sibirien

Winter 1897

Die Zivilisation ist unsere einzige Errungenschaft.

ALDRICH BAYLOR-LYNCHON, WERWOLF, 1643

Den Menschen findet man im Verstand, Gott in den Leidenschaften.

G. C. LICHTENBERG, MENSCH, 1765

Alexander

5

Vielleicht wird man mir die Tatsache vergeben, daß ich, sobald ich Paris verlassen hatte, kaum mehr an den Menschen Tessa dachte. Die Sorgen, die auf mich zukamen, beschäftigten mich zu sehr, als daß ich vergangenem Glück nachtrauern konnte – mit ein paar Ausnahmen jedoch: einem Daunenbett, einer Eröffnungsgala im Theater, dem Geschmack heißer Schokolade an einem frischen Morgen. Es gab Augenblicke, in denen ich mich fragte, ob ich je wieder in den Genuß solcher Annehmlichkeiten kommen würde.

Ich reiste mit der Eisenbahn in meinem Privatwaggon über die nebligen Felder und durch die rußgeschwärzten Städte Europas – nur eine Handvoll Diener warteten mir auf: mein Küchenchef, ein paar Burschen, die sich um das Gepäck kümmerten, und Gault, der mich mit Kartenspielen, Philosophieren und seiner ganz speziellen Art boshaften Humors unterhielt. Wie gewohnt versuchte ich, mir die Reise so angenehm wie möglich zu gestalten, und ich tat mein Bestes, nicht über die Zukunft nachzugrübeln. Gault stellte niemals ärgerliche Fragen, und genau das war der Grund, warum er unter der Dienerschaft mein engster Vertrauter geworden war.

Ich wußte sehr wohl, warum Denis mich zu sich gerufen hatte, und wollte mit niemandem darüber sprechen.

Die Politik unserer Spezies ist hochkompliziert, aber auf eine einzigartige Weise strukturiert. Zu einer Zeit, die uns heute nur noch in Liedern gegenwärtig ist, streifte ein gewaltiges Rudel durch Sibiriens vereiste Tundra, und viele glauben, daß wir alle von diesem Ur-Rudel abstammen. Sicher ist, daß über viele Jahrhunderte – vielleicht länger, als wir ahnen – die Führung des Rudels in den Händen der sibirischen Familie Antonow lag. Darüber, wie das Leben in jener längst vergangenen Zeit ausgesehen haben mag, will ich lieber nicht nachdenken; möge das Eingeständnis genügen, daß auch wir Werwölfe unser finsteres Zeitalter hatten, von dem man noch heute flüchtige Kunde erhält, wenn man tief genug in die Märchen der Menschen eintaucht. Wir aber erlebten eine unerhörte Entfaltung des Geistes und den Anfang dessen, was wir heute Zivilisation nennen – vielleicht konnte diese Entwicklung gar nicht konfliktfrei ablaufen.

Als vor rund zwölfhundert Jahren die menschliche Bevölkerung Europas noch vollauf damit beschäftigt war, in metallenen Rüstungen umherzureiten und alles niederzumetzeln, was ihr in die Quere kam; als die großen Kathedralen noch bloße Steinhaufen waren, die darauf warteten, zusammengefügt zu werden, und sich die Vorstellung von einer polyphonen Musik erst langsam verwirklichte, kam der entscheidende Moment in der Geschichte der Werwölfe, der heute allgemein als gewaltiger Schritt nach vorn angesehen wird: der erste Schritt in die bewußte Kultur, die wir mittlerweile so sehr genießen. Die russischen Antonows, die über ungezählte Jahrhunderte roh und gewalttätig regiert hatten, wurden von den französischen Devoncroix – damals bekannt als die Devan, Devon oder Devox – mit Hilfe einer Mischung aus Schläue, List und Beharrlichkeit gestürzt.

Im Gegensatz zu menschlichen Machtkämpfen, bei denen Tausende, wenn nicht gar Hunderttausende im Krieg ihr Leben lassen müssen, werden Auseinandersetzungen zwischen Werwölfen auf eine sehr viel effizientere und subtilere Weise entschieden. Da einem Anführer, der nicht imstande ist, sich selbst zu verteidigen, auch nicht der Schutz des Rudels anvertraut werden kann, braucht man, um in unserer Spezies an die Macht zu gelangen, lediglich ein einziges Individuum vom Thron zu stürzen. Traditionsgemäß muß die Herausforderung offiziell verkündet worden sein, der Kampf in aller Öffentlichkeit stattfinden und der Ausgang tödlich sein. Der Devoncroix wartete eine Verkettung günstiger Umstände zum richtigen Zeitpunkt ab und schlug erst zu, als sich der alte, starke Anführer auf Glatteis den Hals brach und einen noch jugendlichen, leicht zu besiegenden Erben hinterließ. Einer solchen Demonstration von Verstand und Geschick kann kein Werwolf seine Bewunderung versagen, darum stellte sich das Rudel unverzüglich hinter die Devoncroix.

In diesem Zusammenhang darf man allerdings nicht vergessen, daß die Antonows das Rudel durch die brutalsten Perioden der Weltgeschichte führten und somit unser Überleben garantierten; dank ihrer können wir uns nunmehr angenehmerer Zeiten erfreuen, die die Devoncroix einleiteten. Schließlich heirateten die beiden Linien untereinander, und noch weit mehr Werwölfe schlossen sich gerne der Familie der Devoncroix an – weshalb ein volles Drittel des Rudels den Namen Devoncroix oder eine Ableitung davon trägt –, während die Antonows zunehmend an den Rand gerieten.

Für manche von uns war es aber noch nicht vorbei. Ich bin ein direkter Nachfahre des herrschenden Antonow, der seinen Thron damals an jenen Devoncroix verlor, und mein Bruder ließ nie zu, daß ich das vergaß.

Zwölf Jahrhunderte lang forderte niemand mehr den Rudelführer heraus. Veränderungen um ihrer selbst willen gehören nicht zu unseren Vorlieben, und niemand hatte in dieser Epoche ernsthaft Grund gehabt, die Führungsrolle der Devoncroix in Frage zu stellen. Unübersehbar gab es allerdings gewisse Parallelen zwischen der Situation, die das Ableben des letzten Antonow geschaffen hatte, und den Umständen, die nach dem Tod von Sancerre Devoncroix im Jahr 1897 eintraten.

Obgleich es mir sehr widerstrebte, weil ich den langen, einsamen und mitunter auch gefährlichen Weg kannte, der mich auf der Schlußstrecke meiner Reise erwartete, ließ ich Gault und die anderen an unserem letzten Bahnhof der Zivilisation in St. Petersburg zurück, um mich von dort aus allein nach Sibirien durchzuschlagen. Aufgrund unseres hervorragenden Gehörs ist es nicht leicht, ein Geheimnis vor einem Werwolf zu bewahren, und in bezug auf Denis und seine Gefährten gab es gewisse Dinge, die nicht einmal Gault wissen durfte. Aus diesem Grund mußte ich meinem Bruder allein gegenübertreten.

Und so kam es, daß ich nur einen Tag lang die elegante, kosmopolitische Ausstrahlung jener schönsten aller Städte genießen und meinen Bauch mit ihren kulinarischen Köstlichkeiten füllen konnte – angesichts dessen, was vor mir lag, eine absolute Notwendigkeit –, bevor ich mich von meinen Dienern verabschiedete und unter einem berückenden Vollmond in die Wildnis aufbrach.

Unsere Fähigkeit, willkürlich unsere Gestalt zu wechseln und dadurch in relativ kurzer Zeit relativ große Entfernungen zu überwinden, ist natürlich einer unserer entscheidenden Vorteile gegenüber allen anderen Wesen dieser Welt. In Menschengestalt können wir uns die Technik zunutze machen, so daß Maschinen anstelle unseres Körpers Energie verbrauchen, was letzterem sehr zugute kommt. In Wolfsgestalt wiederum erreichen wir Orte, zu denen Maschinen nie gelangen oder sich niemals vorwagen würden, wo fliegende Wesen nisten und kriechende Kreaturen sich in die Erde graben – und uns jene, die uns an Schnelligkeit unterlegen sind, eben zur Nahrung werden. In dieser Gestalt sind wir beinahe unermüdlich und können tagelang ununterbrochen laufen – obgleich es nicht ganz ungefährlich ist, sich dem rauschähnlichen Zustand hinzugeben, der uns erfaßt, wenn wir uns allzu lange in dieser Weise vorwärtsbewegen; einige unserer Kuriere haben sich buchstäblich zu Tode gerannt.

Und doch gibt es nichts Phantastischeres, nichts Unwiderstehlicheres als die Verlockung einer Mondnacht und der offenen Landschaft; keine Vorfreude der Welt ist herrlicher als die, die uns zu Beginn eines langen Marschs erfaßt, bei dem wir nicht durch unsere menschliche Gestalt behindert sind.

Ich erinnere mich besonders an den Anfang jener Tour. Kaum hatte ich die Lichter der Großstadt hinter mir gelassen, legte ich bereits meine Kleider ab und packte sie ordentlich gefaltet in einen Lederbeutel, den ich unter einem Stein versteckte. Nach Erfüllung meiner Mission würde ich sie brauchen, wenn ich vor der Rückkehr in die Stadt wieder meine menschliche Gestalt annahm. Aber das ist eben eine der kleineren Unannehmlichkeiten des Lebens in der modernen Gesellschaft – man muß sich immer merken, wo man seine Utensilien verstaut hat.

Kein Gefühl auf Erden ist vergleichbar mit dem der kalten Nachtluft auf nacktem Fell, nachdem man wochenlang in diverse Schichten menschlicher Textilien gehüllt war. Ich genoß sie, reckte mich, sog sie ein wie kräftigen, dunklen Wein. Meine ganze Angst und die Bürde meines menschlichen Intellekts fielen schnurstracks von mir ab und wurden von der Nacht verschlungen. Voller Wonne warf ich den Kopf zurück, hob die Arme und überließ mich einfach meiner Natur.

Welche Worte kann ich nur finden, um diese Verwandlung zu beschreiben, dieses Wunder, das wir Leidenschaft nennen – ungezählte Generationen unserer Dichter und Sänger haben versucht, es in Verse zu kleiden, und ebensowenig die passenden Ausdrücke gefunden wie nun ich. Und doch verspüren wir immer wieder den Drang, den vergänglichen Augenblick festzuhalten, das Flüchtige in Worte zu fassen. Manchmal scheint es mir fast, als wollten wir die Menschen an diesem entscheidenden Punkt unserer Existenz teilhaben lassen, als könnten wir ihnen dieses Wunder erklären und sie – es verstehen. Natürlich ist das Unsinn, denn warum sollten wir so etwas wollen? Abgesehen davon ist es hoffnungslos. Und doch versuchen wir es immer wieder.

Die Leidenschaft der Verwandlung – sei sie nun ausgelöst durch Schmerzen, extreme Gefühle, bewußte Willensanstrengung oder die schlichte Entlassung unserer menschlichen Gestalt – ist stets ein großartiges Ereignis, gleichsam ein Ritual, das kein Außenstehender jemals erfassen kann. Genau das trifft gerade den Kern – daß es immer ein großartiges Geheimnis bleiben wird.

Das Feuer steigt vom Unterleib nach oben wie eine anschwellende Begierde, eine Welle der Intensität, die der Luft Impulse von

Energie entreißt und einen Wirbelwind reiner, unverfälschter Kraft entfacht. In diesem Moment des Übergangs, in dem wir zwischen zwei Welten schweben, tanzen ganze Universen auf unseren Fingerspitzen, und Engel verbeugen sich vor uns; wir sind weder Kreaturen des Himmels noch der Erde, sondern beider Herren und Meister. Wir sind der Wilde und der Gott, Bestie und Lichtwesen; wir sind die Essenz jeglicher Schöpfung. Die Leidenschaft in all ihren zahlreichen Bildern und philosophischen Darstellungen, mit den Vergleichen und Variationen Tausender von Leben, die darauf warten, erzählt zu werden, ist schlicht die Basis unserer Existenz – und damit sind wir die perfektesten Geschöpfe, die die Schöpfung je hervorgebracht hat.

Die Begierde, die Freude, die Sehnsucht vervielfachen sich, bis sie zu einer Explosion reinen Gefühls werden, zu einem Strudel des Lichts und der Farbe, der die Macht besitzt, die Gesetze von Gewicht und Materie außer Kraft zu setzen. In einem einzigen Augenblick, in der Zeit, die wie ein Blitz aufleuchtet, während eines Atemzugs ergreifen wir Besitz von dieser Macht. Wir gehen von einer Gestalt in eine andere über: Wir werden – wir herrschen!

Ich habe gehört – und keinen Grund, es zu bezweifeln –, daß die wenigen Menschen, denen das Privileg zuteil wurde, Zeugen der Leidenschaft zu werden, ihre eigene Art der Verzückung erfahren, von der viele nie wieder loskommen. Dies ist durchaus verständlich, und rückblickend fragte ich mich, ob das vielleicht bei Tessa der Fall gewesen war. Ich dachte an sie in jener kalten, hellen Nacht, als ich meine menschliche Gestalt abwarf und mich einmal mehr der Ekstase des puren Seins hingab. Ganz kurz zog sie durch mein Gedächtnis, um gleich wieder daraus zu verschwinden. Und von jenem Zeitpunkt an dachte ich an gar nichts mehr, bis ich den Wohnsitz meines Bruders erreichte, worüber ich sehr froh war.

Es war keine einfache Reise, nicht einmal in Gestalt eines Wolfs, und schon deshalb unternahm ich sie nicht allzuoft. Die gefrorene sibirische Tundra ist genauso unwirtlich, wie sie immer dargestellt wird; Winde fegen wie Flutwellen über sie hinweg und peitschen weitläufige Schneegestöber auf, die eine blendend helle Meile um die andere über die weiße Wüste getragen werden. Zeitweilig scheint die ganze Ebene ein Eigenleben zu entwickeln: Wirbel von Schnee, Strudel von Schnee, peitschende, beißende, flüsternde, kichernde, heulende, brüllende, donnernde Herden von Schnee. Zu anderen Zeiten, den schlimmsten Zeiten, ist die Welt so ganz und gar ohne Leben, Tag für Tag, Nacht für Nacht, daß man sich schon fragt, ob man nicht versehentlich über den Rand der Erde hinausgetreten und nun dazu verdammt ist, in alle Ewigkeit durch eine endlose, unbewohnte Ebene ziehen zu müssen.

Schon bald erlegte ich einen Elch, und ein- oder zweimal wühlte ich einen Bau von Schneehasen auf; doch je tiefer ich in die Wildnis und je höher in den Norden vordrang, desto seltener wurden Tiere; zuletzt mußte ich mich mit Baumrinde bescheiden mit Beeren, die die Vögel übriggelassen hatten, und gelegentlich einem bodenbewohnenden Nager. Der große Nachteil des Unterwegsseins in Wolfsgestalt ist der gewaltige Energieverbrauch, der damit einhergeht, und der entsprechende Kalorienbedarf; hätte ich mir nicht in den Tagen zuvor den Bauch vollgeschlagen, so wäre es fraglich gewesen, ob ich mit dem wenigen, was das Land an Nahrung bot, mein Ziel überhaupt erreicht hätte.

In den kältesten Stunden der Nacht schlief ich in Höhlen oder hohlen Baumstämmen, den Schwanz um die Nase gelegt, um die Luft vorzuwärmen, die ich einatmete; doch länger als ein paar Stunden ruhte ich nie. Die Landkarte in meinem Gedächtnis und die Notwendigkeit, warm zu bleiben, hielten mich in Bewegung, ganz zu schweigen vom Hunger, der mich gegen Ende der Reise wie keine andere Kraft vorwärts trieb. Doch trotz aller Unannehmlichkeiten, derer es viele gab, bereitete meine Unternehmung mir ein urtümliches Vergnügen von solcher Nachhaltigkeit und Intensität, daß alle anderen Erwägungen in den Hintergrund traten. Der Geschmack des Windes, die schneidende Kälte, das kaum wahrnehmbare Geräusch des verharschten Schnees unter jedem Schritt und sein scheinbar endloser Widerhall – nie ist das

Leben so wirklich wie hier, so dicht und massiv, daß man beinahe meint, es in Scheiben schneiden und während der langen, öden Wintermonate von seinen vielschichtigen Nährstoffen zehren zu können. In solchen Momenten wissen wir, was wir sind und *warum* wir es sind, deutlicher, als wir jemals wieder etwas wissen werden, und allein diese Erfahrung ist schon alle Mühen wert.

In jedem Buch mit illustrierten russischen Märchen werden Sie so einen Palast abgebildet finden wie denjenigen des Antonows in jenem eisigen Sonnenaufgang, als ich mit schmerzenden Füßen, ausgehungert und mehr als bereit, die Freuden der Wildnis hinter mir zu lassen, mein Ziel erreichte. Schnee zierte seine Türme wie Zuckerguß auf einem Kuchen, und die Morgensonne ließ seine Fenster in einem goldrosafarbenen Glanz erstrahlen. Das Glitzern von Eis auf Stein brachte den ganzen Bau zum Funkeln, als bestünde er aus Diamanten. Rauch stieg von einem guten Dutzend Schornsteine auf und schwängerte die Luft mit den Düften von geschäftigen Köchen, gebratenem Fleisch und häuslichem Frieden. Die Kundschafter meines Bruders hatten zweifellos schon seit Tagen meine jeweilige Position gemeldet, und so war alles für meine Ankunft vorbereitet. Noch nie erschien mir mein altes Zuhause so schön.

Meine Kindheitserinnerungen an diesen Ort beinhalteten ein baufälliges altes Schloß, zugig und staubig, mit bröckelndem Putz und verkratzten Tischplatten, labyrinthartigen Räumen und unzähligen Nischen und Winkeln. Natürlich war ich nicht hier aufgewachsen, denn zu Lebzeiten meines Vaters befanden wir uns bereits im Zustand der Hochzivilisation; neben dem Wohnsitz der Familie in Paris nannten sie auch ein Landgut in der Provence ihr eigen. Wir hatten Onkel, Tanten, Cousins und Cousinen in London, Amsterdam, Rom und sogar in Montreal und San Franzisko. Zu Jahrestreffen aber waren sie alle immer nach Hause in diesen Palast Antonow in seiner bröckelnden Pracht gekommen, um über seine Felder zu jagen, aus seinen Bächen zu trinken und auf seinen uralten Terrassen zu picknicken.

Solche Zusammenkünfte wurden im Laufe der Jahre weniger, die Abstände zwischen ihnen immer größer, das alte Gemäuer verfiel allmählich. Dann aber trat Denis auf den Plan und hatte dem Schloß seine ganze frühere Pracht wiedergegeben; nun bildete es ein Zuhause für Dutzende fleißiger, produktiver Werwölfe und Hauptquartier für viele hundert mehr. Diese Individuen waren nicht mit mir verwandt, und vieles an ihnen gefiel mir nicht, aber sie stellten jetzt Denis' Familie dar, sein Rudel. Und dies hier war noch immer mein Zuhause.

Vor drei Wochen hatte mich die Botschaft meines Bruders erreicht und ich wußte, daß er mich so schnell wie möglich sprechen wollte. Aber schließlich gibt es gewisse Prioritäten, und nicht einmal um seinetwillen konnte ich meinen Hunger unterdrücken, was er auch gar nicht von mir erwartete. Also stürzte ich mich auf das gebratene Wild, die mit heißer Milch vermischte Blutsuppe und schlief erst einmal vor einem unablässig brennenden Feuer anderthalb Tage durch. Erst als ich wieder meine menschliche Gestalt angenommen und den Anzug aus feinster Wolle angezogen hatte, den er dankenswerterweise für mich hatte bereitlegen lassen, suchte ich meinen Bruder in der weitläufigen Bibliothek auf.

Denis galt gemeinhin als Wilder, als roher Barbar, der die Gewalt dem Intellekt vorzog. Die Wahrheit aber sah etwas anders aus. Er war durchaus gebildet und so kultiviert, wie er es für nötig hielt. Die Tatsache, daß er sein Leben weitab von dem lebte, was wir als die zivilisierte Welt bezeichnen, entsprang seinen persönlichen Vorlieben und keiner echten Notwendigkeit; und daß er ein einfacheres – manche würden sagen, reineres – Leben bevorzugte, war eine Überzeugung, die umzusetzen die wenigsten den Mut hätten. Eigentlich war er ein Held seiner Zeit; die Geschichte aber wird ihn leider nie in diesem Licht zeigen.

Im Palast Antonow residierten meine Ahnen; allerdings verwahrloste er wie gesagt zwischenzeitlich, bis Denis sich in den Kopf setzte, ihn zu restaurieren. Ich war seit vielen Jahren zum ersten Mal wieder hier und bewunderte die polierten Steinfußböden und die Teppiche in leuchtenden Farben, die sie bedeckten, die riesigen Kamine, in denen das Feuer niemals erlosch, und die kunstvoll gearbeiteten Simse und Leuchter an den Wänden. Mochte er auch eine gepflegte Existenz im Prinzip verachten, so war mein Bruder doch kein Narr und durchaus bereit, das Beste, was sie zu bieten hatte, zu seinem Nutzen einzusetzen.

Überall widmeten sich Bedienstete emsig dem Polieren, Schrubben, Reparieren. Menschen gab es im Palast Antonow keine. Wie jede wahre Führungspersönlichkeit kannte Denis den Wert guter Arbeit, und er bot Werwölfen weit über den Bereich seines Palasts hinaus eine sinnvolle Beschäftigung. Hinsichtlich seines sibirischen Rudels hatte er denselben Ehrgeiz, dieselbe Entschlossenheit an den Tag gelegt wie bei der Restaurierung unseres Stammsitzes und aus diesem einstmals über weite Gebiete verstreuten, halbwilden Haufen von Einzelgängern sowie Eigenbrötlern eine Hausmacht geformt, auf die er sich verlassen konnte. Wie groß genau seine Anhängerschaft war, vermochte ich zuerst kaum zu durchschauen; doch ich war mir sicher, daß ich diesen Ort nicht verlassen würde, ohne es herauszufinden.

Denis empfing mich mit ausgebreiteten Armen, als ich die Bibliothek betrat, und wir hielten uns gegenseitig innig fest. Mein Bruder war ein ausgesprochen attraktiver Werwolf mit seinen knapp zwei Metern Größe, seiner wilden braunen Mähne und Augen in der Farbe des arktischen Himmels. Seine Stimme klang tief und gebieterisch; angesichts seiner kräftigen Hände und breiten Schultern brauchte er erst recht den Vergleich mit dem Riesen Atlas nicht zu scheuen. Er roch nach Schnee auf dem Pelz und sternenklaren Nächten, nach ungebändigtem Tatendrang und der Stärke des Jägers. Schon in seiner Nähe zu sein machte mich stolz, als verliehe mir unsere Blutsverwandtschaft Teilanspruch auf die Macht, die ganz allein ihm zu Gebote stand. Es war schön, zu Hause zu sein.

»Da bist du ja endlich, *mon frère!* Wir dachten schon, dich hätte ein Wildschwein gefressen!« Er sprach Französisch, weil ich das gewohnt war; doch nach einer Weile gingen wir, fast ohne es zu merken, ins Russische über, um schließlich bei einer Kombination beider Sprachen zu landen.

Denis trug ein langes, locker sitzendes Gewand aus weichem, schwerem Stoff, das am Kragen und an den Ärmeln mit rauhem Bärenpelz besetzt war. Diese Art Kleidung bevorzugte derjenige, der es gewohnt war, oft und ohne jegliche Hemmung die Gestalt zu wechseln. Und da in der alten Zeit nur die bestgenährten – und damit die mächtigsten – Werwölfe über die Freiheit verfügten, nach eigenem Gutdünken in eine andere Haut zu schlüpfen, war diese Hülle zugleich ein traditionelles Statussymbol. Wenngleich mein Geschmack in Sachen Mode ein wenig anspruchsvoller ist, muß ich doch zugeben, daß ihm der Umhang so gut stand wie kaum einem anderen Werwolf.

Zwei Mitglieder seines Rudels lagen in Wolfsgestalt vor dem Kamin, zu jeder Seite der Feuerstelle einer. Obwohl sie mit ihren ausgestreckten Vorderfüßen und reglosem Schwanz recht schläfrig wirkten, waren ihre Augen wachsam und ihre Ohren gespitzt; ich wußte, daß sie bei Bedarf schneller als der Blitz aufspringen konnten. Sie waren Denis' Kammerdiener und gewissermaßen auch seine Leibwächter; aber ihre Anwesenheit im Raum bedeutete keineswegs, daß man mich als Bedrohung empfand. Auch sie gehörten selbstverständlich zum Hofstaat. Nur unsere Rudelführer hatten solche Gefolgsleute.

Es gab auch noch andere in Wolfsgestalt, die im Raum ein und aus gingen oder durch die Korridore streiften. So etwas wäre in meinem Haushalt natürlich niemals in Frage gekommen, und doch fand ich die Tatsache, daß es hier niemanden störte, auf merkwürdige Weise stimulierend.

Der Kontrast zwischen dieser urtümlichen Atmosphäre und all den ledergebundenen Büchern, den goldgerahmten Gemälden und den plüschbezogenen Polstermöbeln war ziemlich frappierend. Aber das stellte eben Denis' Welt dar, und einen Augenblick lang verspürte ich ein heftiges Gefühl von Neid.

Er hatte uns Cognac eingegossen, und ich roch, daß Wildgeflügel am Spieß gegrillt wurde; mir lief schon das Wasser im Mund zusammen. Ich trank den Cognac und ließ mit einem Seufzer der Befriedigung die Vorteile an mir vorüberziehen, die es doch hatte, Menschengestalt annehmen zu können. Denis las mir diese Gedanken vom Gesicht ab und lachte.

»Du bist verweichlicht, kleiner Bruder«, meinte er und blinzelte mit seinen blauen Augen. »Das geht allen so, die sich in Gesellschaft von Menschen begeben, deren Gestank die Sinne vernebelt und deren unablässiges Geschwätz die Ohren betäubt. Aber nach einem oder zwei Monaten bei mir wirst du wieder ganz der alte sein.«

»Danke für diese Aussichten«, erwiderte ich und ging zum Feuer, um meine Hände zu wärmen. Noch immer steckte mir die Kälte der Tundra in den Knochen. »Aber die einzigen Sinne, die ich keinesfalls verlieren möchte, sind die, die es mir erlauben, einen guten Cognac zu genießen – ein Produkt der Zivilisation, von dem selbst du dich nicht ganz abgewandt hast, wie ich feststelle ...«

Er grinste und füllte mein Glas nach. »Na gut, aber dieser Göttertrank stammt weder von Menschenhand, noch wurden die Flaschen von solchen Kreaturen verkorkt. Die Ausdünstungen ihrer Haut hätten die Trauben verderben lassen, weshalb nur wir trinkbaren Cognac oder Wein herstellen!«

In dieser Hinsicht hatte er recht, auch wenn ich mich der Bemerkung nicht enthalten konnte, daß der Cognac, den er so sehr genoß, auch bei Menschen recht beliebt war. Überhaupt fand ich es immer schon interessant, daß menschliche Genießer immer diejenigen seltenen und exzellenten Weine vorziehen, die sie nicht selber hergestellt haben – ein Beispiel dafür, daß sogar Menschen Perfektion zu erkennen in der Lage sind, wenn sie ihr begegnen.

Denis betrachtete mich mit geübtem Blick und merkte an: »Du siehst gut aus. Auch wenn ich die Strecke in der halben Zeit bewältigt hätte.«

Ich sah mich nicht genötigt zu erklären, daß ich mir den größten Teil meiner Reise mit dem Luxus menschlicher Fortbewegungsarten erleichtert hatte; daraus wäre nur ein Streit entstanden, zu dem ich in meiner momentanen Zufriedenheit keine Lust hatte. Also sagte ich: »In Paris geht's ziemlich drunter und drüber. Ich mußte mich noch um einiges kümmern vor meinem Aufbruch.«

Sein Blick wurde schärfer, und er nickte. »Ich will natürlich alle Neuigkeiten hören. Aber setz dich erst mal.« Er wies auf einen großen marokkanischen Ledersessel, der in angenehmer Entfernung vor dem Feuer stand. »Iß ein bißchen Käse und sag mir, was du von ihm hältst. Ich hab' nicht oft Gelegenheit, für einen Pfau wie dich Gastgeber zu spielen.«

»Vermutlich spielst du überhaupt selten den Gastgeber«, frotzelte ich und schnitt mir etwas vom Käse ab. »Wer sollte dich hier schon finden?«

Denis saß mir gegenüber, ordnete die Falten seines Umhangs und streckte seine nackten, wettergegerbten Füße ans Feuer. Niemand in seinem Haushalt trug Schuhe, und sie schienen sich dabei alle ausgesprochen wohl zu fühlen.

Mein Bruder widersprach: »Hm, so weit ab vom Schuß leben wir gar nicht. Erst kürzlich, vor dem großen Schnee, kam ein menschlicher Schafhirt hier vorbei. Wir haben ihn zum Abendessen verspeist.«

Gerade wollte ich eine Scheibe Käse zum Mund führen, hielt dann aber mitten in der Bewegung inne und starrte ihn an. Wahrscheinlich glotzte ich wie ein neugeborenes Kalb. Denis konnte sich vor Lachen nicht mehr halten, und selbst seine beiden Leibwächter setzten sich zähnebleckend auf.

Ich runzelte die Stirn und schob den Käse in den Mund. »Wie sehr ich doch deinen wunderbaren Sinn für Humor vermißt habe, mein lieber Bruder. Was für ein Jammer, daß ich dich nicht mitnehmen und bei Empfängen herumzeigen kann!«

»Vorher werde ich auf jeden Fall rechtzeitig an meinen Manieren feilen. Wie findest du den Käse? Die Weibchen vom Hochtal haben ihn im Frühjahr gemacht.«

»Er ist ausgezeichnet«, bestätigte ich und ließ den Blick durch den Raum schweifen. »Jedesmal, wenn ich hierherkomme, staune ich wieder über das, was du aus dem Haus gemacht hast und noch immer machst. Das ist alles ...« – ich machte mit der Hand, in der ich mein Glas hielt, eine alles umfassende Geste – »äußerst eindrucksvoll.«

Er nippte an seinem Cognac und seine Augen funkelten genüßlich. »Aber wohl nicht eindrucksvoll genug, um dich dazu zu bringen, deine kosmopolitische Lebensweise aufzugeben, was?«

»Niemals«, versicherte ich ihm. »Mein Leben, mag es auch nicht so prunkvoll sein wie deines, läßt wenig zu wünschen übrig.«

»Mit Ausnahme der Freiheit deines Wesens«, bemerkte Denis, und sein Blick war plötzlich gar nicht mehr humorvoll.

Ich antwortete nicht, schaute aber auch nicht weg. Statt dessen schnitt ich mir ein weiteres Stück vom Käse und vom grobkörnigen, herzhaften Brot ab, das es dazu gab.

Einen Augenblick später zuckte Denis die Achseln und nippte dann mit der Bedächtigkeit des wahren Genießers an seinem Cognac. »Ist wohl auch in Ordnung so«, gestand er mir zu. »Es ist nie gut, unsere Kräfte zu sehr zu konzentrieren, und deine Anwesenheit in Paris war immer schon sehr wertvoll.«

Mit einem abrupten Themenwechsel, der ihm nicht entgehen konnte, sagte ich: »Hast du noch deinen alten Koch Isla? Ist er nicht längst in sein eigenes Herdfeuer gefallen?«

Denis' Augenwinkel zogen sich leicht zusammen – gerade so viel, um mir zu verstehen zu geben, daß er meine Taktik durchschaute. Doch er war großzügig genug – oder genügend auf den Zweck fixiert, zu dem er mich hatte kommen lassen –, um mir mein Ausweichmanöver zu verzeihen.

Feixend antwortete er: »Wenn du den alten Gauner nicht bis hierher riechen kannst, muß ich mir tatsächlich Sorgen um dich machen.«

Wir lachten, und das Gespräch drehte sich nun um neutrale Themen – Spiele, die wir uns als Kinder ausgedacht hatten, ehemalige gemeinsame Bekannte und harmlosen Rudelklatsch. Als wir zum Abendessen gerufen wurden, war die Flasche halb leer und ich schon ganz sentimental. Als dann nur noch Knochen auf unseren Tellern lagen und wir zwei Flaschen eines ausgezeichneten Weines – natürlich von meinen Gütern – geleert hatten, hatte ich mich wieder gefaßt, zufrieden und sehr froh darüber, hergekommen zu sein.

Denis legte mir den Arm um die Schulter und führte mich in die Halle. »Jetzt rück doch mal raus mit der Sprache, mein kleiner Bruder, was man in Paris heutzutage zum Zeitvertreib so alles macht? Ohne Bären, die man jagen, und ohne Menschen, denen man die Haut abziehen kann, muß es dort doch stinklangweilig sein.«

Allmählich fand ich seine Scherze über Menschen ein wenig ermüdend; aber ich weigerte mich, mir anmerken zu lassen, daß er mich damit ärgerte. »Das ist wirklich ein ernsthaftes Problem«, gab ich also zu, »aber irgendwie halten wir uns mit Theater, Opern, Konzerten und Museen über Wasser. Wenn die Langeweile unerträglich wird, gibt einer ein Fest für fünf- oder sechshundert der interessantesten Köpfe Europas ... Trotzdem war ich gezwungen, den letzten Sommer in Italien zu verbringen. Stell dir das mal vor – nichts zu tun als faul in der Sonne liegen, Wein trinken und frisches Fleisch genießen ...«

»Bäh«, spottete er und runzelte die Stirn. »Menschliche Zerstreuungen, menschliche Freuden! Dein Geist wird noch verfaulen, wenn du dich ständig solchem Unrat aussetzt, und irgendwann wirst du mir erzählen, daß es dir sogar Spaß macht.«

Diesmal war ich mir nicht sicher, ob er scherzte oder nicht, und das brachte mich etwas aus dem Konzept.

Wir betraten den großen Saal. Die Flammen der Leuchter flackerten in der Zugluft und warfen wild verzerrte Schatten an die Wände – ein riesiger Wolfskopf hier, eine schwankende menschliche Form dort, ein kauerndes wildes Tier von unbestimmter Gestalt in einer anderen Ecke. Das Schloß mit modernen Erfindungen zu beheizen oder zu beleuchten war praktisch unmöglich oder wäre zumindest ineffizient geblieben; und ich bezweifle, daß Denis Gaslicht oder Kohleöfen eingesetzt hätte, selbst wenn er es gekonnt hätte. Die strenge, mittelalterliche Ausstattung paßte zu diesem Ort, und selbst einer wie ich konnte sich hier wohl fühlen – eine Zeitlang jedenfalls. Es ist nie gut, sich zu weit von seiner Vergangenheit zu entfernen, weil man dann mal den Heimweg vergißt.

Das hatte zumindest mein Bruder mir immer wieder eingebleut.

Vor dem großen Fenster fand eine Balgerei über frisch erlegtem Fleisch statt; Geknurre, Geschnappe, der Geruch des Blutes einer Wildziege. Der Anblick, der Geruch, die Geräusche erregten mich und beschleunigten meinen Puls, und ich wurde wie von einem Magneten zum Fenster gezogen. Das Mondlicht erhellte die surreal anmutende Szene, die sich höchstens fünf Schritte vor mir abspielte: Zwei große Rüden, ein brauner und ein schwarzer, stritten sich um die Beute, die so frisch war, daß noch immer Dampf aus ihrer offenen Kehle stieg. Meine Nasenlöcher weiteten sich, um durch die Scheibe den Geruch zu erfassen, und vor Erregung spannte sich meine Bauchdecke. Ich war gesättigt und verspürte doch urplötzlich gewaltigen Hunger; Speichel füllte meinen Mund, und mein Magen verkrampfte sich vor Gier.

Und als der große Schwarze zähnefletschend und grollend zum Angriff überging, um den Braunen zu verjagen, und geschmeidige, wütende Körper sich im Kampf miteinander verschlangen, wilde Schreie durch die Nacht drangen, verengten sich auch meine Augen, und aus meiner Kehle drang ein unwillkürliches Knurren. Ich schmeckte den Pelz in meinem Maul, fühlte festes Fleisch unter meinem Biß nachgeben; meine Muskeln zuckten, als wollten sie sich dem Kampf anschließen, und mein Herzschlag raste wild und frei in Erwartung des Sieges.

Denis stand dicht neben mir, so daß sein kräftiger Geruch diese Orgie der Sinne ergänzte wie seine Hitze das Feuer in meinen Lenden. Er murmelte: »O ja, kleiner Bruder, heute nacht wollen wir schlemmen.« Seine Finger schlossen sich um meine angespannten Nackenmuskeln, und sein heißer Atem drang in mein Ohr wie das Geflüster einer Geliebten. Seine Finger massierten meinen Nacken, sein Herz schien mit dem meinen im Gleichschritt zu schlagen. Die Wildheit, die in mir anschwoll, hatte einen intensiv sexuellen Beigeschmack und wurde durch die Nähe eines so mächtigen Werwolfs wie Denis noch weiter angefacht, bis sie fast unkontrollierbar schien – das erregendste und gefährlichste Gefühl, das ich seit langem erlebte.

Die beiden kräftigen Kreaturen draußen vor dem Fenster prallten ein letztes Mal wütend mit Zähnen und Klauen aufeinander, bevor rosafarbener Schnee gegen die Scheibe spritzte und der Braune sich mit einer fellbedeckten Keule im Maul davonschlich. Der Schwarze blickte ihm noch einen kurzen Augenblick ziemlich desinteressiert nach, um dann seine Zähne in Muskeln und Knochen zu schlagen, und den Brustkorb der Ziege aufzureißen.

Als ich mich vom Fenster abwandte, ging mein Atem schnell, und mein Puls raste. Eine Frau stand vor mir und hielt einen Umhang in Händen. Er war schwarz, hatte eine Kapuze und war aus schwerer Wolle gewoben, um den eisigen Wind abzuhalten. Auf der linken Schulter verbarg sich ein Zeichen, das nur den geübten Augen eines Werwolfs auffiel, der nach ihm Ausschau hielt: ein Mond, schwarz auf schwarz.

Der Umhang gehörte mir. Ich hatte ihn bei meinem letzten Besuch hier getragen und schon viele Male zuvor.

Mein Fieber ließ allmählich nach.

Denis nahm den Mantel und hielt ihn mir lächelnd hin: »Komm«, sagte er, »gehen wir zu unseren Genossen.«

Es ist ungeheuer schwierig, den Rhythmus des eigenen Herzschlags oder den Geruch des vor Angst ausgeschütteten Adrenalins im Beisein eines so mächtigen Werwolfs wie Denis unter Kontrolle zu halten – vor allem in dem Zustand, in dem ich mich gerade befand. Ich hatte geglaubt, auf diesen Augenblick vorbereitet zu sein; jedenfalls tat ich seit meiner Abreise aus Paris kaum etwas anderes, als mich darauf vorzubereiten. Dennoch wußte ich, daß ich meinen Bruder nicht täuschen konnte, nicht vollständig jedenfalls und nicht für längere Zeit.

Er spürte das Abkühlen meines Blutes und nahm die leichte Veränderung in meinem Puls wahr, der, obgleich er sich nicht verlangsamte, vor Angst schwerer wurde. Ich befeuchtete meine Zunge und fand meine Stimme wieder.

»Nun«, sagte ich ruhiger, als ich es für möglich gehalten hätte, »ich fürchte, mit mir ist heute nacht nicht viel los. Mir tun von der Reise immer noch die Füße weh, und ein bißchen beschwipst bin ich auch. Lieber eine andere Nacht, einverstanden? Wir haben doch noch so viele vor uns.«

Ich sah, wie sein Blick schärfer wurde und seine Nasenlöcher sich weiteten, als er das Unbehagen auf meiner Haut roch. Doch schon nach wenigen Augenblicken lenkte er ein: »Aber natürlich!« Sein Ton war ebensowenig überzeugend wie meiner kurz zuvor. Wenn Werwölfe lügen, ist das ein recht jämmerliches Spektakel. »Ich hab' ganz vergessen, wo du dich bisher aufgehalten hast. Schlaf dich erst mal richtig aus, damit du wieder zu Kräften kommst. Ehe du dich versiehst, bist du wieder der alte.«

Anstelle des Umhangs gab er mir eine Lampe für den Weg nach oben. Dies war eine ungeheure Beleidigung, denn nur ein ganz mieser Werwolf braucht eine Lampe, um sich im Dunkeln zurechtzufinden. Ich aber nahm dankend an und freute mich, daß dies alles war, womit ich im Moment fertigwerden mußte.

6

Man könnte natürlich einwenden, daß mir kein Stein aus der Krone gefallen wäre, wenn ich in jener Nacht bei ihrer Jagd mitgemacht hätte. In der Tat wollte ein Teil von mir dies auch, und so saß ich noch lange im Schein des Feuers und lauschte den Geräuschen, die durch die frostige Weite zu mir drangen; ich strengte mich an, meine Anlagen zu unterdrücken. Der Rudellauf ist eine der anregendsten, befreiendsten und letztlich unverzichtbaren Elemente im Leben eines Werwolfs; warum war ich dann eigentlich hergekommen, wenn ich nicht die Freiheit nutzte, die dieser Ort mir bot – die Freiheit, mich voll und ganz meinen Instinkten zu ergeben?

Doch damals zerrte noch ein anderer Instinkt aus einer ganz anderen Quelle an mir. Es war die dünne, kaum hörbare Stimme der Vernunft, und sie flüsterte mir zu, auf der Hut zu sein. Mit einer Nüchternheit, die mich selbst erstaunte, gehorchte ich dieser Stimme.

Schon in Menschengestalt fällt es uns schwer, voreinander Geheimnisse zu haben, aber in Wolfsgestalt ist es uns praktisch unmöglich. Die Sprache der Körperhaltung, des Geruchs, des Blicks und der Atemfrequenz hat einfach keine Ausdrücke für Lügen und Falschheit. Die anderen hätten meine Unsicherheit gespürt, meine Verletzlichkeit erkannt, und es gab gewisse Intimitäten, die zu enthüllen ich noch nicht bereit war.

Daß mein Bruder mich eingeladen hatte, war kein Zufall. Hier handelte es sich um keinen gewöhnlichen Lauf, und diese Werwölfe waren auch keine gewöhnlichen Mitglieder des Rudels. Die diesmalige Jagd sollte eine Demonstration werden, das Töten ein Triumph der Teamarbeit. Danach würden sie wieder ihre menschliche Gestalt annehmen und ihre schwarzen Umhänge mit der Kapuze und dem Wappen des Verdunkelten Mondes überziehen. Sie würden sich auf einer windgeschützten Lichtung versammeln und ihre Deklaration in Worte fassen, und zwar in eine Kriegserklärung.

Das war mir klar.

Über diese Bruderschaft gibt es Unmengen von Legenden. Vermutlich waren sie in der einen oder anderen Form schon immer unter uns vorhanden. Man nannte sie abwechselnd Menschenhasser, Wolfsfreunde, Mondanbeter. Ihre Ziele und Weltanschauungen haben sich im Laufe der Zeit geändert, doch in aller Regel postulieren sie die Überlegenheit der Spezies Werwolf (wogegen man wenig einwenden kann) und fordern die Rückkehr zu einem Zustand, der dem Werwolf wieder die ihm von Natur aus zustehende Herrschaft über die Erde ermöglichen soll – welche Manipulationen auch immer dafür erforderlich sein mögen. Soviel ich weiß, haben sie nie Menschenfleisch verspeist oder versucht, sich mit einem Wolf zu paaren, und ich glaube kaum, daß ihre religiösen Tendenzen, sofern es sich um solche handelt, etwas mit Götzentum zu tun haben. In unserer ganzen Geschichte waren sie eine im verborgenen operierende Gruppe, die von vielen verachtet und von manchen gefürchtet wurde, jedoch in allen Teilen der Welt ihre Anhänger hatte.

Gegen Ende des neunzehnten Jahrhunderts war die Gruppe erstmals seit Olims Zeiten wieder an einem Ort zusammengekommen. Die Organisation unterhielt ihr Hauptquartier im Herzen Sibiriens, mit meinem Bruder Denis als Anführer.

Denis hatte immer schon ein Talent zur Überredung gehabt, eine Begabung, die Massen zu begeistern und große Ideen in klare Worte zu fassen. Darüber hinaus war er seit je ein Rebell, ja sogar Anarchist gewesen, und bereits mit zwanzig Jahren hatte er die Doktrin seiner finsteren Bruderschaft in jeder größeren europäischen Stadt gepredigt. Unsere Familie, der das ausgesprochen peinlich war, tat alles in ihrer Macht Stehende, um auf Distanz zu ihm zu gehen. Sancerre, der Rudelführer, war sogar so beunruhigt, daß er Denis' sämtliche Bewegungen von einem ganzen Kommando überwachen ließ. Denis begriff natürlich, daß ohne das Blut von Märtyrern die wenigsten Revolutionäre Erfolg hatten – wollte aber zu diesem Zweck sein eigenes Blut doch nicht gerne opfern.

Er war noch immer ein junger Werwolf, als er beschloß, wieder den Namen seiner Vorfahren anzunehmen und in die Gegend zurückzukehren, aus der wir stammen – und wo er und seine Anhänger, von Sancerres Warte aus, wenig Schaden anrichten konnten. Auch ich war jung und abenteuerlustig, als ich mich ihm anschloß – von der Persönlichkeit meines Bruders ebenso beeindruckt wie von dem, was mir als hoffnungslos romantische, wenn auch verlorene Sache erschien. Bei Werwölfen wie bei Menschen gibt es ein Alter, in dem Rebellion um der Rebellion willen so unvermeidlich wie unwiderstehlich ist, und die Anschauungen der Bruderschaft waren geeignet, das Herz eines jungen Kriegers zu entzünden. Meine Begeisterung für die Anarchie ließ schon bald nach – sobald ich in jenem Sommer nach Paris zurückkehrte und mich mit Stephen LeGuerre auf eine monatelange Reise durchs Mittelmeer begab –, aber für Denis galt das nicht. Und er konnte nie akzeptieren, daß uns um so weniger Gemeinsamkeiten blieben, je mehr Jahre uns voneinander trennten. Vielleicht habe ich auch nie ernsthaft versucht, es ihm begreiflich zu machen.

Wir waren Antonows, das Urgeschlecht, die rechtmäßigen Erben. Nur die alte Lebensweise paßte zu ihnen – sie entsprach der Weltanschauung der Bruderschaft. Was hätte ich dem entgegensetzen können?

Die Bruderschaft des Verdunkelten Mondes war schon immer eine geächtete Organisation gewesen. Die Strafe für die Zugehörigkeit zu ihr bestand in Verbannung – in unserer Kultur ein weitaus schlimmeres Los als der Tod. Doch dies war nicht der Grund, warum ich mich von ihr trennen wollte. Eher unterschieden sich unsere jeweiligen Überzeugungen: Es fiel mir einfach schwer, eine Philosophie zu vertreten, in deren Mittelpunkt ausdrücklicher Menschenhaß stand.

Mittlerweile war der Zeitpunkt gekommen, diese Tatsache meinem Bruder gegenüber offen, endgültig und bedingungslos einzugestehen – dem Werwolf, den ich in der ganzen Welt am meisten bewunderte und dem einzigen, dessen Beifall ich je gesucht hatte. Sicher konnte mir niemand vorwerfen, daß ich diesen unvermeidlichen Moment nicht so lange wie irgend möglich hinauszögerte.

Genau zwei Wochen lang konnte ich ihn vor mir her schieben. Dabei hatte ich einen unerwarteten Verbündeten: Denis' Einsamkeit. Es gibt eine alte Weisheit, die uns davor warnt, ein allzu gewagtes Spiel mit unserem Gestaltwechsel zu treiben; sie lautet: »Wer den Körper überstrapaziert, züchtet Würmer in der Seele.« Mit anderen Worten: Es ist schön und gut, die eigene Körperlichkeit zu genießen – den Mond zu jagen, sich im Gras zu rollen, dampfendes Fleisch von Knochen zu reißen –, aber wer es versäumt, auch seine menschliche Erkenntnis weiterzubilden, ist letztlich nur ein halber Werwolf. Denis lebte ein Leben, das vielen beneidenswert erschienen wäre: Er wechselte nach Lust und Laune die Gestalt, war niemandem verantwortlich und hatte sein Schicksal vollständig selbst in der Hand. Doch mit wem sollte er Schach spielen, Gedichte lesen oder über die Philosophien des Altertums diskutieren? Die Antwort lautete, zumindest für die nächsten vierzehn Tage: mit mir.

Denis war ganz begierig auf Nachrichten aus der Außenwelt und hatte mich seit meiner Ankunft mit Fragen bombardiert: Welches Theaterstück hatte ich gesehen? War ich in der letzten Saison in Wien gewesen, und hatte das Symphonieorchester Wagner gespielt? Wer tanzte die Hauptrolle in der diesjährigen *Giselle*, vielleicht unsere hervorragende Marguerite de la Théophile? Seltsame Interessen, möchte man meinen, für einen Werwolf, der *mir* bei meiner Ankunft vorgeworfen hatte, allmählich zu verweichlichen; aber Musik, Kunst, Theater – insbesondere Musik – sind nun einmal für einen Werwolf das Elixier des Lebens, Balsam für die Seele. Fast bemitleidete ich meinen Bruder dafür, daß er auf all das zu verzichten gezwungen war.

Ich konnte mir nicht vorstellen, daß er einen anderen Grund für sein Interesse an einem Leben haben könnte, das außerhalb seiner Reichweite lag. Dabei hätte ich es eigentlich ahnen müssen.

Zwei Wochen nach meiner Ankunft wachte ich an einem Morgen auf, der einfach zu schön war, um liegen zu bleiben. Ich roch schon ein reichhaltiges Frühstück mit heißer Milch und Kaninchenbraten, gekochten und gezuckerten, mit Fett verrührten Getreidekörnern, Ziegennierchen und gepökeltem Wildbret. Doch da lagen noch andere, eindringlichere Düfte in der Luft, und sie riefen mich nach draußen – frisch gefallener Schnee und Immergrün, ein plätschernder Bergbach, der Moschusduft einer Großkatze, ein Elch, der Zweige kaute. Werwölfe beim Spiel. Eis in tiefen Schatten und blaßrosa Sonnenschein auf Schnee. Es war ein Morgen zum Laufen.

Ich stieß die Tür auf und trat nackt auf einen Balkon hinaus, der mit pulvrigem Neuschnee bedeckt war. Die Kälte ließ meine

Hoden schrumpeln und meine Zehen taub werden, und die eisige Luft schnitt in meine Lungen. Schnee lag auf den Wipfeln der Bäume, einige kahl und die anderen mit langen grünen, weiß gepuderten Nadeln bestanden. Die Zweige stöhnten und flüsterten miteinander; kleine Lebewesen trippelten und schnatterten, während ihre Klauen auf der Suche nach einem Frühstück Schnee wegkratzten. Ich hörte das Schlagen eines Vogelflügels in zwei Kilometer Entfernung, während die Sonne, kaum mehr als ein Versprechen, in einem zitronengelben Nebel über dem Horizont schwebte. An einem solchen Morgen wurde die ganze Schöpfung neu geboren.

Auf dem Balkon erinnerte ich mich lächelnd daran, wie Denis und ich in unserem jugendlichen Leichtsinn versucht hatten hinunterzuspringen, während des Fallens die Gestalt zu wechseln und als Wolf auf dem Boden zu landen. Wir brachen uns beide mehr als einmal die Beine und hatten noch Glück dabei. Nur ein junger Werwolf konnte in seiner grenzenlosen Lebenslust auf einen solchen Unsinn verfallen und obendrein erwarten, das zu überleben.

Wohlig streckte ich mich in der Morgendämmerung, warf mit einem Freudenschrei meinen Kopf zurück und sprang vom Balkon. In Wolfsgestalt landete ich auf allen vieren und schrie meinen Sieg hinaus; mein Sturz war von der Schneedecke abgefangen worden. Dann rannte ich los, erfüllt von der Herrlichkeit des Tages und dem absoluten Wunder meiner selbst.

Die kalte Luft stach mir in den Augen, kämmte meinen Pelz nach hinten; sie schmeckte wie Nektar auf der Zunge. Bäume, Wurzeln und formlose Schneegebilde rasten an mir vorüber. Ich jagte ein Kaninchen, packte es unter einem Gestöber aus Blut und Schnee und schlang es gierig hinunter. Ich zerbrach das Eis über einem flachen Bach und stillte meinen Durst. Dann roch ich einen Werwolf in der Luft.

Ich spitzte meine Ohren nach dem Geräusch seines Herzschlags, und meine Nackenhaare sträubten sich, bis ich ihn identifiziert hatte. Hundert Sinneseindrücke überschwemmten mich, als ich seine Spur suchte, sie schließlich fand und ihr folgte. Die Hitze seines Bluts, das Geräusch seines Atems, der Geruch, den seine Pfoten im Schnee hinterlassen hatten – alles wohlbekannt, eine willkommene Einladung. Und nun schloß sich ihm ein anderer, weiblicher Werwolf an; ich kannte sie nicht, und sie erregte mich. Einen Augenblick später hatte ich ihre Fährte aufgenommen, auch sie erfaßte meinen Geruch und rief mir einen Gruß zu. Ich kündigte mich an, und da ich keinen Widerspruch vernahm, rannte ich ihr nach.

Denis lag hinter einem schneebedeckten umgestürzten Baum auf der Lauer. Am liebsten würde ich mir einreden, ich hätte ihn entdeckt, wäre ich nicht von dem Weibchen so abgelenkt gewesen; aber er hatte sein Spiel schon immer besser beherrscht als ich. Er griff an und warf mich um, bevor ich mich auch nur darauf einstellen konnte. Wir rollten uns immer wütender im Schnee, und ich bekam ihn am Nacken zu fassen. Er schüttelte mich ab. Ich rannte davon. Er holte mich ein und stieß mich zu Boden. Wie verrückt schlug ich mit den Hinterbeinen, kratzte mit den Vorderpfoten und warf ihn ab. Ich sprang und packte ihn an den Läufen. Schnee und Fellstücke flogen durch die Luft, und das Weibchen schlich aufgeregt um uns herum, setzte sich schließlich in Positur – während wir miteinander rangen, nacheinander schnappten, einander anknurrten und auf den Boden warfen. Er ließ zu, daß ich seine Kehle zu packen bekam, wenn auch erst nach hartem, muskelzerreißendem Kampf. Die Wölfin sprang dazwischen und kniff mich spielerisch in die Schulter. Ich jagte ihr ebenso nach wie Denis.

Seit Jahren hatte ich nicht mehr soviel Spaß gehabt.

Aus Höflichkeit ließen wir sie davonrennen, und holten dann in einem Wettlauf zwischen Rüden das Äußerste aus uns heraus. Wir übersprangen Bäche und hohe Baumfallen; wir duckten uns unter umgestürzten Bäumen hindurch und pflügten uns vorwärts. Unser Atem bildete Nebelströme, und unsere Körper bebten. Es war herrlich.

Wir wendeten, um wieder die Witterung der Wölfin aufzunehmen, die uns zu einem Sommerhaus führte – ein Steingebäude mit dicken Mauern, das um eine heiße Quelle errichtet war. Denis hielt vor dem Gebäude an, und die Luft knisterte, als er sich mit einer Eleganz, um die ich ihn immer beneidet hatte, um die eigene Achse drehte, sich schüttelte und seine menschliche Gestalt annahm. »Komm«, rief er mir zu, »schwimmen wir 'ne Runde.«

Ich trat nach ihm ein und wechselte im Eingang meine Gestalt, bevor ich über den Steinboden rannte und ins dampfende Wasser sprang. Denis war bereits im Becken mit dem Weib – einer geschmeidigen Brünetten, die goldene Augen und feste, hohe Brüste mit blaßrosafarbenen Brustwarzen hatte. Ihre Körper waren glitschig vom Wasser und vom Dampf, als sie sich liebkosten; sie stand mit dem Rücken zu Denis, während er seine Hände über ihren Körper und ihre Brüste gleiten ließ, reckte ihre Arme nach hinten, um ihm Hals und Schultern zu streicheln, und fing mit einer kleinen rosa Zunge winzige Wassertropfen auf, die von seinem Arm tropften.

Es gefiel mir, sie einen Augenblick lang zu beobachten, diese beiden starken, schönen Werwölfe in ihrem lautlosen Tanz träger Sinnlichkeit. Dann ließ ich mich ins Wasser sinken, bis es mir an den Hals reichte, und sog die feuchte, heiße Luft tief in meine Lungen ein. Es kribbelte und pulsierte noch in mir vom Gestaltwechsel; alle Sinne waren hellwach, alle Muskeln schmerzten. Die schwere Wärme des Beckens sickerte in meine Poren und füllte mein Blut mit einer bleiernen, fließenden Hitze. Ich streckte mich, glitt wie ein Otter durchs Wasser und faßte die Werwölfin an der Hüfte, während ich mit der Zunge ihre Brüste liebkoste. Sie lachte und packte unter Wasser mein Glied, noch immer prall und fest von der Gestaltumwandlung. Ich genoß das Gefühl, von geschickten Händen so gestreichelt zu werden, während das dampfende Wasser um mich wirbelte und ich ihr weiches, salziges Fleisch auf der Zunge spürte.

»Ich rieche keinen Gefährten an dir«, neckte ich sie und leckte ihr das Wasser aus der Innenseite des Ellbogens.

»Das kommt wohl daher, daß ich keinen habe«, antwortete sie.

Ihre Augen glitzerten vor Wollust, als ich ihre Schenkel mit den Händen teilte und über das zarte Fleisch dazwischen strich.

»Vorsicht, Alana«, warnte Denis, »das ist ein verantwortungsloser Taugenichts, der dir nur das Herz brechen wird. Und außerdem …« Seine Augen funkelten mich an, als er sich herabbeugte, um ihre Schulter zu küssen. »… außerdem glaube ich kaum, daß er unser Klima zu schätzen weiß.«

»Es gefällt mir allmählich besser«, murmelte ich, und als Denis untertauchte, hob ich ihre Beine um meine Taille und drang in sie ein. Sie legte mir die Arme um den Hals, und ich ließ mich tief ins Wasser sinken, so daß wir beide vollständig bedeckt waren, Arme und Brustkorb und Nacken, Hitze außen und Hitze innen. Ich warf meinen Kopf zurück und bog meinen Rücken durch, um noch mehr von ihr zu spüren. Ich liebkoste ihre Hinterbacken, und sie massierte mit den Handflächen meine Brust. Nasses Fleisch gegen nasses Fleisch, es war phantastisch! So küßten und liebkosten und streichelten wir einander, bis wir dem Augenblick die höchste Wollust abgerungen hatten und unsere Körper so gesättigt waren, daß sie sich von selbst trennten. In Menschengestalt bleibt der Blutandrang im Penis nach der Umwandlung nur für kurze Zeit erhalten, und dann auch nur, wenn wir es wollen. Doch während dieser Spanne ist das Empfinden von einer ungeheuren Intensität.

Unsere Zungen vereinigten sich langsam und genüßlich, hinterließen den Geschmack des Partners in unseren Mündern. Ich lächelte sie an und sagte: »Es war mir eine echte Freude, dich kennenzulernen, Alana.«

»Du bist sehr schön gebaut«, gab sie das Kompliment zurück und ließ ihre Hand noch einmal über den betreffenden Abschnitt meines Körpers gleiten, bevor sie das Becken verließ.

Ich dankte ihr für die netten Worte und sah zu, wie sie sich zu Denis hinabbeugte, um ihn zu küssen, und sich dann in einen Mantel hüllte, bevor sie das Gebäude verließ. Mit einem Seufzer tiefster Zufriedenheit legte ich mich auf den Rücken, bis ich von Kopf bis Fuß untergetaucht war. Ich blieb so lange unten, wie es ging, und stieß dann blitzartig unter großem Gespritze an die Oberfläche, schnappte nach Luft und schüttelte mir das Wasser aus dem Haar. Widerstrebend schloß ich mich dann Denis an, der schon auf den von Kohlen erwärmten Steinplatten lag.

»Eines muß man dir lassen«, gestand ich, während ich mich neben ihm ausstreckte. »Schlecht lebst du hier wirklich nicht.«

Er lächelte breit und sah mich an. »Sag mal, Alex, hast du dir eigentlich schon mal Gedanken über eine Gefährtin gemacht?«

»Nicht sehr intensiv.«

»Die Auswahl in Paris muß ja überwältigend sein.«

»Allerdings. Das ist ja mein Problem. Die Auswahl ist so überwältigend, daß mir ganz schwindlig wird und ich mich einfach nicht entscheiden kann.« Ich blickte ihn an. »Und wie steht's mit dir? Du bist schließlich der Ältere von uns beiden, und deine Auswahl scheint mir auch nicht gerade übel, wenn ich mal so sagen darf.«

Demonstrativ schloß er die Augen. »Stimmt schon! Aber schwierig ist es trotzdem, in einem begrenzten Umfeld wie hier. Wahrscheinlich werd' ich mich wohl im Ausland umsehen müssen.«

Das erregte für einen Augenblick meine Neugier, und ich stellte mir vor, was für ein merkwürdiges Bild das abgäbe – Denis in der gehobenen Gesellschaft auf Brautschau. Doch die Hitze sickerte in mein Bewußtsein und erschwerte das Denken. Denis war schon eingenickt, und im nächsten Moment ging es mir ebenso.

Als er das Thema erneut ansprach, hatte ich es schon wieder vergessen.

Wie in sibirischen Wintern nicht unüblich, folgte dem herrlichen Morgen gegen Mitte des Nachmittags ein heftiger Sturm. Dennoch blieb mir dieser Tag als einer der schönsten in Erinnerung, den ich je unter meines Bruders Dach verbracht habe. Wir spielten Schach, genossen ein hervorragendes Abendessen aus Lammeintopf und Winteräpfeln; anschließend saßen wir am Feuer, wo wir dem vor unseren dicken Steinmauern heulenden Wind lauschten und uns einen exquisiten Bordeaux munden ließen. In dieser Situation stellte er mir seine letzte und – hätte ich das damals nur erkannt! – wichtigste Frage, diejenige, auf die alle anderen hinausliefen: »Was weiß du von der Devoncroix-Königin?«

Ich wußte eine ganze Menge über sie, hatte aber keine besondere Lust, dieses Wissen mit ihm zu teilen. Mit bewußt gleichgültiger Stimme und lockerer Körperhaltung schlürfte ich meinen Wein und antwortete: »Elise? Sie ist ein starker Werwolf, hat ihren Haushalt gut im Griff und führt ein intaktes Unternehmen. Natürlich ist sie noch jung, braucht eine gewisse Reifezeit – und den richtigen Gefährten –, aber ich denke, sie schafft das schon.«

Wie beiläufig fragte Denis: »Irgendwas zu erwarten auf diesem Gebiet?«

»Was? Du meinst ein Bewerber?« Ich schüttelte den Kopf. »Nicht, daß ich wüßte. Natürlich hat sie bis vor kurzem nicht besonders intensiv gesucht; aber ich schätze, sie wird das Kandidatenfeld in der nächsten Saison deutlich einengen.«

»Kann sie ihre Position so lange halten?«

»Sie ist ein starker Werwolf.«

Er hatte schon recht – das war genau das Problem. Ein neuer Rudelführer, ob männlich oder weiblich, ist in der kritischen Zeit zwischen dem Tod des alten Herrschers und der Wahl eines Partners immer recht anfällig gegenüber Umsturzversuchen. Es war schon Jahrhunderte her, daß letztmals ein unvermählter Werwolf den Thron bestiegen hatte, und wir alle hegten gewisse Befürchtungen bezüglich der Frage, ob sie sich in der Zwischenzeit behaupten würde.

Denis fragte: »Kennst du sie?«

»Selbstverständlich. Wenn auch nur flüchtig. Wir kennen dieselben Leute, gehen zu denselben Einladungen. Insofern …«

»Speist du mit ihr?«

»Bisweilen.« Allmählich bekam ich ein ungutes Gefühl, ohne genau zu wissen, warum.

»Hast du was mit ihr?«

Verärgert wehrte ich ab. »Lieber Himmel, nein! Natürlich nicht! Hab' ich dir nicht gesagt, daß ich sie kaum kenne?«

Denis blickte mich amüsiert und zugleich fragend an, und die Andeutung eines Lächelns spielte auf seinen Lippen. »Komisch. Ich hab' was anderes gehört.«

Meine Wangen brannten, und das machte mich noch wütender, als ich es ohnehin schon war. »Dann hast du eben was Falsches gehört. Was, zum Teufel, erwartest du eigentlich aus dieser Entfernung zu hören?«

»Oh, du würdest dich wundern. Zum Beispiel hab' ich gehört, daß ihr beiden euch vor einigen Jahren bei Sancerres großem Ball beim Tanzen anscheinend ganz prächtig verstanden habt.«

Ich verbarg mein Stirnrunzeln hinter dem Weinglas. »Sie war ein blutjunges Ding, und ich wollte nett zu ihr sein.«

Er lachte in sich hinein. »Komm schon, Alexander, du brauchst mir doch nichts vorzumachen. Du bist doch schon seit deiner ersten Verwandlung in die Kleine verknallt, gib's endlich zu!«

Ich starrte ihn an. »Um was geht's hier eigentlich?«

Das Bruderherz antwortete nicht sofort. Statt dessen stand er auf, füllte mein Glas nach und dann das seine. Nun nahm er wieder Platz und beobachtete mich mit ernster Miene. »Es geht«, sagte er alsbald, »um die Zukunft des Rudels.«

Denis beugte sich in seinem Sessel ein wenig vor, und eine intensive Glut glomm in seinen Augen: »Schau uns an, Alex, schau dir das Rudel doch mal an – oder besser das, was heute so als Rudel durchgeht. Was erbt diese Königin? Einen weit verstreuten Haufen von Werwölfen, aufgetakelt in menschlicher Kleidung, mit menschlichen Beschäftigungen ... Werwölfe, die alt und träge werden durch Fleisch, das sie nicht einmal selbst erlegen müssen, die miteinander zanken, aber nicht den Mut aufbringen für einen echten Kampf ... jeder beschränkt sich auf seine eigenen lächerlichen Interessen und lebt sein erbärmliches Leben in den engen Grenzen, die er sich selber gesetzt hat. Wo *ist* denn bitteschön das Rudel? Wo ist die Größe, die Erhabenheit, die *Macht*, die uns im Grunde zusteht? Wir sind unsichtbar, Alex, genau das sind wir, in die Bedeutungslosigkeit versunken auf einem Planeten, der vor Schmarotzern nur so wimmelt.«

»Sag mir eins«, drängte er weiter und setzte gerade lang genug aus, um Luft zu holen. »Wenn sie das Rudel rufen würde, diese Devoncroix-Königin, würde es auch kommen? Würde überhaupt jemand auf sie hören? *Würde sie wissen, ob sie es täten?* Wer sind wir, das ist meine ganze Frage! Und warum sind wir nicht mehr all das, was wir sein könnten – und was wir einmal waren?«

Er atmete tief durch, und die Macht seines Blicks hielt mich gefangen. Dann sagte er: »Wir müssen uns wieder vereinen, kleiner Bruder. Und dazu braucht es einen starken Führer.«

Eines muß man Denis lassen: Er war ein überzeugender, begnadeter, geradezu unwiderstehlicher Redner. Die persönlichen Suggestivkräfte, die von ihm ausgingen und ein großes Publikum zu Wahnsinn oder Entschlossenheit peitschen konnten, waren nirgendwo effektiver als in seiner Rhetorik. Denn wenn er sich für ein Thema begeisterte, hatte er keine Ruhe, bis alle um ihn herum diese Begeisterung teilten; das alles machte seine Ausstrahlung, seine Erhabenheit aus.

Diese Größe spürte ich, und obwohl ich seine Argumentation und deren Schwachstellen kannte, *wollte* ich mich einfach davon überzeugen lassen. Denn im Grunde hatte er ja recht. Während sich das Jahrhundert seinem Ende zuneigte, hatten wir uns weit von unseren Wurzeln entfernt. Der Begriff ›Rudel‹ war ein Anachronismus, der Rudelführer nur noch eine Galionsfigur.

Ich fragte: »Willst du damit etwa sagen, daß die Königin nicht die richtige Führungspersönlichkeit ist, um uns zu vereinen?«

Mit schweren Lidern lehnte er sich zurück. »Da die Devoncroix diejenigen waren, die es zugelassen haben, daß das Rudel zu seinem gegenwärtigen Zustand degenerieren konnte, würde ich das bezweifeln.«

Genau das hatte ich fast von Anfang an befürchtet. Denis war zu dem Schluß gekommen, daß es höchste Zeit für die Antonows war, die Macht wieder an sich zu reißen. Und er als Kopf der Familie würde die Ansprüche der Bruderschaft vertreten.

Jetzt, wo der Augenblick gekommen war, fühlte ich mich ganz ruhig und beherrscht. Meine Stimme war ebenso fest wie mein Blick, und ich sagte klar und deutlich: »Denis, selbst wenn es dir gelingen sollte, die Königin zu stürzen, wirst du an deinem Sieg keine Freude haben. Das Rudel, das sind nun einmal die Devoncroix; für die Antonows hegt man leider prinzipielle Verachtung. Außerdem bist du vogelfrei und ein Symbol für alles, was wir mit Mühe überwunden haben. Selbst wenn du an die Macht kommen solltest, wird man dich nie akzeptieren, und am Ende wirst du das Rudel, das du vereinen wolltest, endgültig vernichten.«

In seinen Augen flackerte etwas Unangenehmes auf – vielleicht hatte er nicht erwartet, daß ich so direkt sein würde –, doch schon war es wieder verschwunden und von einem zustimmenden Lächeln verdrängt. »Genau«, räumte er ein und nippte an seinem Wein. »Da haben wir den einen Grund, warum ich nie auf die Idee käme, die Königin mit Gewalt zu stürzen. Der andere ist natürlich, daß ich verlieren könnte.«

Ich starrte ihn nur noch an.

Er lachte leise, und obwohl dieses Lachen nicht bösartig klang, mischten sich in seinen Augen Arroganz und so etwas wie Enttäuschung. »Für wie dumm mußt du mich wohl halten, Brüderchen, daß du glaubst, meine Phantasie reiche nicht weiter als bis zu einer traditionellen Herausforderung? Hab' ich dir jemals Grund gegeben, mir einen solchen Mangel an Intelligenz zu unterstellen?«

Jetzt war ich der Dumme, weil ich nur an das scheinbar Nächstliegende gedacht und einen Moment lang angenommen hatte, daß Denis ein grobschlächtiges, unkultiviertes Vorgehen wählen würde – oder eines, dem es an Originalität fehlte. Die sprunghafte Zunahme meiner Neugier hinterließ einen beißenden Geruch, und meine Demut war echt, als ich sagte: »Entschuldige, daß ich dich falsch eingeschätzt habe.«

Denis' Blick richtete sich fest und scharfsichtig auf mich. »Wir haben uns im Laufe der Jahre auseinandergelebt, du und ich, falls wir uns überhaupt jemals ähnelten. Mir ist natürlich nicht entgangen, daß die Überzeugungen, die mein ganzes Leben bestimmen, für dich allenfalls ein vorübergehender Zeitvertreib sind – du brauchst gar nicht erst zu versuchen, deine Augen zu verdecken – ich habe es in ihnen schon vor Jahren gesehen. Hier geht es nicht um unsere weltanschaulichen Unterschiede, weil wir etwas weitaus Wichtigeres gemeinsam haben und immer haben werden. Wir sind Antonows«, betonte er und beugte sich ein wenig vor – wieder schlug er mit seinem inneren Feuer und dem tiefen Klang seiner Stimme den ganzen Raum in seinen Bann. »Durch unsere Adern strömt das Blut von Königen. Vor einem Jahrtausend führten wir das Rudel durch die Schneewüsten. Wir wehrten wilde Tiere und wilde Menschen ab; wir nährten das Rudel mit der Kraft unserer Muskeln und unserem scharfen Verstand. Wir waren diejenigen, welche das Rudel aus der finsteren Nacht ins helle Licht des Tages führten, und alles, was wir heute genießen, existiert nur, weil wir es möglich gemacht haben! Herrje, Alexander, verstehst du denn nicht, daß das Rudel uns heute mehr braucht denn je?«

Er sprang auf, eilte mit zwei riesigen Schritten zur Weinkaraffe und füllte erneut sein Glas. »Wir stehen auf der Schwelle zu einem neuen Jahrhundert«, beschwor er mich, »und wer weiß schon, was es für uns bereithält? Wie sollen wir es überleben ohne einen Führer, der das Rudel vereint?«

Alles in mir war im Gleichklang mit seiner Leidenschaft; ich spürte die Hitze in meinen Wangen und das Funkeln in meinen Augen – am liebsten wäre ich mit erhobener Faust aufgesprungen und hätte gerufen: »Ja, mein Gebieter, führ mich in den Kampf! Befiehl mir, und ich folge!« So groß war seine Macht über andere, so zwingend sein Anliegen.

Doch ich kannte Denis und wußte deshalb, daß er auf etwas anderes hinauswollte. Nur aus diesem Grund beherrschte ich mich unter größten Anstrengungen. »Die Geschichte hat gezeigt, wie schwierig es ist, ein Volk zu mobilisieren ohne ausreichend konkretes Ziel«, wandte ich ein. »Es stimmt, daß wir vergessen haben, was uns als Rudel verbindet. Einige sind sogar richtiggehend faul geworden, aber geht es uns etwa schlecht? Fehlt es unseren Kindern an Nahrung oder Schutz vor der Kälte? Fehlt auch nur einem von uns irgend etwas, was er nicht bekommen könnte, wenn er sich nur genügend anstrengt? Vielleicht«, argumentierte ich – zum Teil, weil er das von mir erwartete – »ist ja die Zeit für die alten Sitten und Gebräuche des Rudels und sogar für unsere Definition dessen, was das Rudel ausmacht, einfach abgelaufen. Wir ernten die Früchte eines Friedens, der wohlverdient ist, weil wir gesiegt haben. Und ohne Feind ist es schwer, eine Armee auszuheben.«

Denis' Augen glitzerten in den langen Schatten der Lampen und des windgepeitschten Kaminfeuers. »Gut gesprochen, junger Freund. Aber du übersiehst eine wichtige und offenkundige Tatsache. Der Feind ist hier, überall, und zwar derselbe Feind wie seit je, der einzige Feind, der für uns eine Bedrohung darstellt: der Mensch.«

Auch wenn ich schon fast damit gerechnet hatte, machte mich die Absurdität seiner Äußerung doch für einen Augenblick sprachlos. »Der Mensch? Eine Bedrohung für uns?« Es gelang mir nicht, Ungläubigkeit und Belustigung aus meinem Tonfall herauszuhalten. »Das kannst nicht einmal du wirklich ernsthaft glauben – und falls doch, solltest du besser heute abend keinen Wein mehr trinken. Vielleicht solltest du überhaupt nichts mehr trinken.«

Aber Denis lächelte nicht. »Benutz deinen Verstand statt deines lockeren Mundwerks, und versuch zu denken, bevor du redest«, mahnte er mich. »Wenn du wirklich darüber nachdenkst, wirst du erkennen, daß die Menschen uns erstmals in der Geschichte zweifellos gefährlich werden können. Sie haben einen Apparat, der es ihnen ermöglicht, über große Entfernungen zu hören, genau wie wir. Sie können ihr Fleisch ohne Eisschollen frisch halten, ihre Häuser ohne Holz heizen und trinken, ohne zum Bach zu gehen – all das, was wir seit Jahrtausenden gewöhnt sind. Sie haben sogar gelernt, sich sauber zu halten, oder jedenfalls sauberer als früher, so daß sie jetzt länger leben und mehr Kinder zeugen; und diese ganze Brut kommt durch und verbraucht immer mehr von dem, was für das Leben auf dieser Erde nötig ist. Ich will dir hier keine Predigt halten. Du bist selber intelligent genug, um die Wahrheit zu erkennen, wenn sie dir ins Gesicht springt. Die Menschen verschaffen sich Vorteile, von denen sie stets träumten, und im neuen Jahrhundert wird das noch schlimmer werden. Noch nie hat es eine gefährlichere und zugleich wichtigere Zeit gegeben.«

Seine Worte waren ernüchternd, und ich konnte sie nicht einfach mit Spott abtun, so sehr mir auch danach zumute gewesen wäre. Daß die Menschen trotz all ihrer bescheidenen Errungenschaften jemals zu einer ernsthaften Bedrohung für Werwölfe werden könnten, war natürlich undenkbar und in höchstem Grade absurd. Aber daß sie Anlaß zu Besorgnis lieferten ... das stand auf einem anderen Blatt. Denis hatte recht, und deshalb war mir ganz flau im Magen. Ich und all jene, die wie ich fröhlich und vergnügt unseren jahrhundertelangen Sommer in der Sonne genossen hatten, ohne einen Gedanken an die Zukunft zu verschwenden, waren in der Tat kurzsichtig geworden. Und jetzt, da wir an der Schwelle einer neuen Epoche standen, wurde uns dafür die Rechnung präsentiert.

Ich saß bequem in einem gepolsterten Sessel vor dem Kaminfeuer, ein halbleeres Glas Wein in der Hand. Als sähe ich ihn zum ersten Mal, starrte ich den restlichen Inhalt des Glases an, bevor ich es an die Lippen hob und austrank. Dennoch war meine Stimme noch immer ein wenig belegt, als ich in einem gekünstelt spöttischen Tonfall sagte: »Was schlägst du also vor? Sollen wir den Menschen den Krieg erklären?«

Nur der Hauch eines Lächelns spielte um Denis' Lippen, als er mit der Karaffe den Raum durchquerte, mein Glas bis zum Rand füllte und damit das Bukett erstickte. Trotzdem nahm ich einen gierigen Schluck.

»Das wäre voreilig«, meinte er. »Langfristig muß der Schmarotzer Mensch natürlich vernichtet werden, um unserer Art und jeder anderen auf der Erde willen. Du weißt das; darüber braucht man nicht zu diskutieren. Unsere erste Aufgabe aber muß sein, das Rudel im Hinblick auf unser gemeinsames Schicksal zu vereinen, und wie ich glaube, soeben bewiesen zu haben, gibt es nur einen Werwolf, der dieser Aufgabe gewachsen ist.«

»Dich.«

Er hob den Kopf.

Ich fühlte mich, als ob sich alles um mich herum drehte. Vielleicht kam es vom Wein. »Aber wenn du die Devoncroix entmachtest, wirst du damit nur eines erreichen: nämlich das Rudel in ein Dutzend Splittergruppen zu zerschlagen, die sich gegenseitig bekriegen. Eine derartig drastische Nachfolge überstehen wir nicht, jedenfalls nicht an diesem Punkt unserer Geschichte.«

Denis nickte ruhig. »Das ist genau der Grund, warum ich die Königin heiraten will.«

Das Kaminfeuer knisterte laut. Draußen heulte ein Windgeist um die Ecken des Hauses und schickte kleine Kältewellen durch Fenster und Türen. Drinnen war das Schweigen so massiv, daß man es fast hätte mit Händen greifen und damit all die Ritzen zustopfen können, um sie gegen den Wind abzudichten. Selbst mein Herzschlag war nicht mehr zu hören, und ich atmete kaum noch. Ich weiß das, weil Denis mich mit der Intensität einer Raubkatze vor einem Kaninchenbau beobachtete, und hätte sich mein Gesichtsausdruck verändert, dann hätte er das sofort mit einem selbstzufriedenen Funkeln in den Augen registriert.

Also blieb ich absolut reglos.

Schließlich erkundigte ich mich: »Und wie willst du das anstellen?«

Die Frage war berechtigt. In unserer Vergangenheit hat es nur sehr wenige politische Eheschließungen gegeben. Der Grund dafür ist einfach. Wir sind ein Volk von großer Leidenschaft und tiefen Gefühlen. Daher lieben wir nur einmal, aber intensiv und für immer. Auch wenn zufällige Paarungen wie die meine mit Alana für uns so alltäglich sind wie Tänze für Menschen, und obwohl wir uns unser ganzes Leben lang alle möglichen sexuellen Freuden mit allen möglichen Partnern gönnen, ist Sex für uns etwas ganz anderes als eine Paarung. Diverse sexuelle Handlungen können wir auch in Menschengestalt genießen, paaren hingegen können wir uns nur in Wolfsgestalt. Wir verbinden uns fürs Leben, denn sobald wir einmal durch den Akt der sexuellen Vereinigung und die Zeugung von Nachkommen unsere Gefährtin gewählt haben, bildet sich augenblicklich ein unsichtbares Band zwischen männlichem und weiblichem Werwolf, das beide bis zum Tod zusammenschweißt.

Schon oft habe ich mich gefragt, ob dies vielleicht ein grundlegender struktureller Fehler ist, den unser Schöpfer vielleicht sogar bereut – denn häufig kommt so etwas in der Natur nicht vor. Sicher würden wir uns schneller vermehren und ein bißchen mehr Abwechslung in das Erbgut bringen, wenn es keinen Zwang gäbe, die Familieneinheit aufrechtzuerhalten. Andererseits stellt sich die Frage, ob wir mit einer weniger selektiven Fortpflanzungsmethode auch wirklich in geistiger wie körperlicher Hinsicht so erfolgreich wären. Nehmen wir beispielsweise an, wir wären gezwungen, uns wie die Menschen wahllos zu paaren und auf ebenso zufällige Weise unseren Nachwuchs zu produzieren, noch dazu so überreichlich, daß wir ihn nicht mehr adäquat versorgen könnten – könnten wir uns dann moralisch jemals entscheidend über das Niveau der Menschen erheben? Das wäre eine Aussicht, vor der selbst der Liberalste unter uns zurückschrecken würde, und so ziehe ich alles in allem doch unsere Methode, die Art zu erhalten, vor – so unvollkommen sie auch sein mag.

Jedenfalls sind Eheschließungen aus Gründen der reinen Zweckmäßigkeit in unserer Gesellschaft wenn auch nicht ausgeschlossen, so doch äußerst selten; und was als gesellschaftliche Übereinkunft beginnen mag, bleibt nie lange auf dieser Ebene stehen. Bei uns gibt es kein Verlassen des Ehepartners, keine Grausamkeiten oder gar Morde zwischen Ehepaaren, und Betrug in einer solchen Zweisamkeit ist schon rein körperlich unmöglich. Wenn ein männlicher und ein weiblicher Werwolf merken, daß sie sich für ihr ganzes Leben mental wie emotional binden wollen, werden sie einen solchen Schritt nur aus tiefster Zuneigung heraus tun.

In diesem Zusammenhang muß wohl kaum erwähnt werden, daß niemand zu einer Ehe gezwungen werden kann; beide Seiten müssen aus freien Stücken dazu bereit sein. Genau deswegen war Denis' Plan ja so ungeheuerlich, so mutig und riskant – und so unvergleichlich genial.

Er beantwortete meine Frage auf die einzig mögliche Art und Weise. »Meinst du etwa, ich wäre nicht überzeugend genug?«

Und genau das war das Schreckliche an der Sache. Mein Bruder, stark, charismatisch, imponierend ... würde auch nur eine Werwölfin seinem Charme widerstehen, wenn er sich einmal entschlossen hatte, ihr den Hof zu machen? Und wie konnte die Devoncroix-Königin die Vorteile einer solchen Verbindung übersehen, einer Vereinigung der Antonows und Devoncroix nach Jahrhunderten des Zwists ... schon allein aus diesem Grund würde sie ihn in Erwägung ziehen; und war sie erst einmal dem Zauber seiner Sinnlichkeit und seines Intellekts erlegen, konnte man sich dann noch auf ihr Urteilsvermögen verlassen?

Vielleicht unterschätzte ich sie ja. Aber so sah ich die Lage nun mal.

Mein Blick fiel auf das Glas in meiner Hand. Möglichst unbewegt sprach ich die schlichte Wahrheit aus. »Sie wird dich nicht bei Hofe empfangen. Ihre Leibwächter lassen dich gar nicht erst in ihre Nähe.«

Da lächelte Denis. »Aber *dich* werden sie vorlassen. Du, mein charmanter und weltgewandter Bruder, wirst als Liebling bei Hofe mit offenen Armen empfangen. Du wirst liebenswürdig, witzig und unterhaltsam sein, mitfühlend, hilfreich und verläßlich. Du wirst ihr Vertrauen gewinnen und dich unentbehrlich machen. Und wenn du dann dein ausgestoßenes, aber reuiges Bruderherz bei ihr einführst, wird sie gar nicht anders können, als ihm ihre Gunst zu erweisen.« Er hob sein Glas an die Lippen und trank. Seine Augen und seine Stimme waren flach wie ein über Nacht zugefrorener See. »Den Rest erledige ich.«

Meine Kehle fühlte sich knochentrocken an, aber ich vermochte nichts zu trinken. Ich sah ihn nur an, diesen Werwolf, meinen Bruder, den größten Visionär, den ich je gekannt hatte. Nie hatte jemand so recht gehabt wie er und zugleich so unrecht.

Er war die geborene Führungspersönlichkeit, hätte eigentlich einem Rudel vorstehen müssen. Nur war er ein paar Jahrhunderte zu spät auf die Welt gekommen.

Ich beugte mich vor und stellte mein Weinglas auf das Tischchen neben meinem Sessel. Dann stand ich auf und erwiderte Denis' Raubtierblick: »Ein eleganter Plan, verblüffend einfach und absolut logisch! Es ehrt mich, daß ich darin eine Rolle spielen soll.« Genau so, wie ich es sagte, meinte ich es auch. Und es kostete mich keine Mühe hinzuzufügen: »Aber ich werde dir nicht helfen.«

Zuerst zeigte Denis keinerlei Reaktion. Er wartete, als käme noch etwas nach. Als er merkte, daß das alles war, fragte er sanft: »Hab' ich dich etwa falsch verstanden? Hast du nicht gesagt, daß du die Königin kaum kennst und nur aus Nettigkeit mit ihr getanzt hast? Oder könnte es vielleicht sein, daß du deine kindliche Vernarrtheit doch noch nicht ganz überwunden hast?«

Meine Antwort lautete: »Das ist keine persönliche Angelegenheit.«

»Aber für mich ist es lebenswichtig. Warum willst du mir nicht helfen?«

Ich hatte einen Kloß im Hals. Denis' Verärgerung konnte man riechen wie brennenden Teer, und auch meine Reaktionen würden von nun an unmöglich zu verbergen sein. Zum Glück mußte ich mich nicht mehr verstellen. Da ich überzeugt war von der Wahrheit, sprach ich sie tapfer aus.

»Weil das ein Betrug an mir, meiner Königin und dem ganzen Rudel wäre. Du würdest versuchen, deine Gefährtin für deine Zwecke zu mißbrauchen, Denis, und das ist nicht nur gefährlich, sondern auch verachtenswert. Du würdest sie ganz bewußt täuschen und mich dazu als Werkzeug benutzen. Aber der entscheidende Punkt ist, daß du unrecht hast: Du irrst, was die Menschen anbelangt … das Rudel … die Königin. Und du irrst dich in mir. Tut mir leid!«

Seine Augen flackerten auf. »Du weißt, daß ich ohne dich keine Chance habe.«

Die Stille zwischen uns dröhnte in meinen Ohren wie in den seinen.

»Verstehe!« Seine Stimme füllte den Raum mit Eis, vor dem selbst das Feuer zurückwich. »Das ist also alles, was ich von meinem Bruder zu erwarten habe.«

Es ist sehr schwer für einen Werwolf, dem Blick eines anderen, dominanteren Individuums standzuhalten. Die Mühe, die es mich kostete, nicht vor seinen glühenden Augen zurückzuweichen, löste ein Pochen in meinem Kopf aus und ließ im Luftraum zwischen uns Funken des Schmerzes aufflammen.

Äußerlich gelassen erwiderte ich: »Das ist alles, was du von einem loyalen Mitglied des Rudels und von einem Devoncroix erwarten kannst.«

Sein Blick war nun kalt genug, um mir das Blut in den Adern gefrieren zu lassen, und heiß genug, um Papier zu entzünden. Es war absolute Unversöhnlichkeit, ein Blick, der töten konnte. Und verschwand dann sofort wieder.

Glatt sagte er: »Nein, ich habe mich nicht in dir getäuscht.«

Wie beiläufig drehte er sein Glas in den Händen. Sofort hörte das Pochen in meinem Kopf auf, und für einen Moment wurde mir fast schwindlig vor Erleichterung.

Schließlich fügte er hinzu: »Ich kann nicht sagen, daß ich nicht enttäuscht wäre. Aber sonderlich überrascht bin ich auch nicht.« Dann sah er mich an, und die Grimasse, die seine Züge verzerrte, sollte wohl ein Lächeln darstellen. »Du bist ein starker Werwolf, Alexander. Ich habe dich unterschätzt – bin dir deshalb nicht böse …«

Er hob die Arme und ließ sie mit festem Griff auf meine angespannten Schultern fallen. Die Jovialität in seiner Stimme klang gekünstelt, aber sein Lächeln wirkte jetzt natürlicher. »Wir werden also noch einmal darüber reden müssen; gib mir die Chance, dich zu überzeugen. Wollen wir morgen laufen? Der Sturm ebbt ab, und die Karibus werden äsen.«

Ich rang mir selbst Zustimmung ab und sagte, daß ich das sehr gern tun würde. Doch ich roch den Haß in seinen Poren, der mit einem Gestank wie von verbranntem Fleisch an die Oberfläche stieg, und wußte, daß es eine Dummheit ohnegleichen wäre, noch eine weitere Nacht in seinem Haus zu verbringen.

Später habe ich oft darüber nachgedacht, wie die Geschichte wohl verlaufen wäre, wenn ich in jener Nacht eine andere Wahl getroffen hätte. Aus der sicheren Entfernung vieler Jahre ist es immer einfach, zurückzublicken und sich selbst mehr Schuld – oder Verdienste – zuzuschreiben in bezug auf das, was hätte sein können. Tatsache ist, daß ich damals die einzige Wahl getroffen habe, die ich hatte. So verlor ich meinen Bruder und Freund – und verließ jenen Ort mit einem Eisklumpen in meiner Brust an der Stelle, wo bis dahin mein Herz schlug.

Es war keine sonderlich günstige Nacht zum Aufbruch. Zwanzig Zentimeter Schnee über einer Eiskruste türmten sich bereits auf, und noch mehr wehte in einem dichten Gestöber heran. Der Wind brüllte und häufte hohe Wehen gegen Mauern und Flußufer; starke Äste brachen mit Kanonendonner unter dem Druck von Eis und Wind. Die Kälte drang durch Mark und Bein. In menschlicher Gestalt wären meine Finger und Zehen in kürzester Zeit erfroren und abgebrochen. Doch obwohl ich also in Wolfsgestalt reiste, schnitt der Wind durch mein Fell und ließ den Atem in meinen Lungen gefrieren. Es war eine gefährliche Nacht draußen in der Natur, gefährlich in mehr als einer Hinsicht.

Ich rannte auf die Wälder zu, die das Gut umgaben, und schlug den Weg ein, den wir als ›Große Straße der Wildnis‹ bezeichnen. In Wirklichkeit handelt es sich keineswegs um eine Straße; über weite Strecken ist es lediglich ein Pfad, und auch nur für vierbeinige Lebewesen begehbar. Trotzdem stellt er die kürzeste Verbindung über das sibirische Flachland dar. Mein Kopf war tief gegen den Wind gebeugt, und wegen des Eises, das auf meinem Pelz lastete und sich zwischen meinen Fußballen klumpte, kam ich nur langsam voran. Noch heute ist mir der Geschmack dieser Kälte in

Erinnerung, die mit jedem Atemzug die Zunge zu lähmen und die Knochen einzufrieren schien wie Zweige in einem Tümpel. Hoffentlich muß ich so etwas nie wieder erleben.

Unmöglich hätte ich vorhersehen können, was passieren würde. Ich war geblendet von peitschenden Schneenadeln und betäubt vom Heulen des Windes; das wirre Durcheinander der Böen aus allen Richtungen trieb Gerüche hin und her, und vereitelte jegliche Interpretation dessen, was sie bedeuten mochten. In diesem sensorischen Vakuum war ich verloren.

Als ich wieder aus dem Unterholz kam, wo ein zugefrorener Bach den Weg markierte, den ich einschlagen mußte, waren sie plötzlich da: ein Dutzend Augenpaare, nein, mehr, zwanzig; sie funkelten in der Dunkelheit und bildeten langsam und geräuschlos einen Kreis um mich. Ein Geruch von kaltem Pelz und Feuchtigkeit, von der Kraft und Entschlossenheit von Werwölfen! Es erklang wie ein Dröhnen fernen Meeres unter dem Wind; Herzen, die in fester, eindeutiger Absicht gemeinsam schlugen.

Ob sie mich töten oder nur verwunden wollten, weiß ich nicht. Aber da mein Bruder nicht zu leeren Drohungen neigte, war mir klar, daß sie mehr vorhatten, als mir lediglich eine Ohrfeige zu versetzen. In Sekundenbruchteilen faßte ich meinen Entschluß – einen jener Entschlüsse, die mehr aus dem Instinkt als aus der Logik geboren werden, und die man später meist bereut, sofern man sie überlebt: den des Angriffs.

Das Überraschungsmoment kam mir zugute. Ich warf den zu meiner Linken nieder und durchbrach den Ring. Ungefähr zehn Meter schaffte ich, bevor der Kreis sich wieder schloß, diesmal ernsthaft. Ohne Ende kämpfte ich, riß Fellstücke heraus und verdrehte Beine. Ich war jung und kräftig, aber hier handelte es sich um sibirische Werwölfe, aufgewachsen in der Natur und von Denis zu Kriegern ausgebildet. Obwohl ich mich gut hielt, hätte ich weitere fünf Minuten nicht mehr standgehalten.

Ich wußte, daß ich sterben würde und daß mir die große graue Bestie, die mir schon eine klaffende Wunde an der Schulter beigebracht und mich bereits zweimal an der Kehle gepackt hatte, den

Tod bringen würde. Meine Kräfte ließen nach, und mir war klar, daß ich mich nicht mehr würde losreißen können. Mit letzter Kraft bekam ich sein Ohr zu fassen und biß zu. Sein Schmerzgeheul mischte sich mit einem noch lauteren, noch wilderen Schrei und wurde bald von ihm übertönt. Aus den Augenwinkeln sah ich, wie sich der Rest des Rudels zerstreute. Wir beide aber ließen erst unmittelbar bevor ein riesiger, vom Wind entwurzelter Baum auf unser Schlachtfeld niederkrachte voneinander ab.

Etwa eine Meile mußte ich gerannt sein, bevor ich merkte, daß ich sein Ohr noch im Maul hatte. Ich spuckte den blutigen Lappen aus und schleppte mich weiter, immer den Kopf gegen den Wind.

7

Erst im Frühling traf ich zu Hause ein; es handelte sich um eine mühsame Reise, und ich mußte den Großteil der Strecke in Wolfsgestalt zurücklegen. Um ehrlich zu sein: Ich hatte es auch nicht sonderlich eilig. Sobald ich Sibirien – und damit die Gefahr, die mir von Denis' Rudel drohte – hinter mir gelassen hatte, genoß ich in gewisser Weise sogar meine situationsbedingte Einsamkeit, den schweren, herben Geschmack des Windes und die Weite der russischen Steppen. Ich übte mein jägerisches Geschick an dem wenigen Wild, das im Winter zu holen war, starrte lange dem kalten, fernen Mond ins Antlitz, schlief, wann immer ich müde war, und rannte, wenn mich der Drang wieder überkam. Für einen Werwolf ist es eine absolute Notwendigkeit, sich von Zeit zu Zeit seiner Natur zu ergeben und einfach nur zu *sein.* In dieser Hinsicht lebte Denis ein wahrhaftigeres Leben, als auch nur einer von uns zuzugeben bereit wäre.

Gault reiste mir mit dem Gepäck und dem Eisenbahnwaggon nach – wozu hat man eigentlich Diener –, während ich die letzten rund hundert Meilen in Wolfsgestalt zurücklegte. Vor meiner Ankunft in der Stadt legte ich im Haus eines Cousins noch eine Rast ein, um zu essen und zu trinken, mich anzukleiden und mir eine Kutsche für die Heimfahrt zu leihen. Der brave Gault hatte schon vor meiner Ankunft ein Telegramm geschickt, so daß alles vorbereitet war, als ich, abgekämpft von den Strapazen der Reise und gealtert von Enttäuschung, Paris erreichte.

Die Saison dort war in vollem Gange – die Straßen leuchteten in den Pastellfarben blühender Bäume und bunter Frauengewänder. Doch dieser Anblick, der früher unweigerlich meine Lebensfreude entfacht hatte, ließ mich an jenem Apriltag kalt. Einladungen und Visitenkarten quollen über auf silbernen Tabletts, doch nicht die leiseste Spur von Interesse erwachte in mir. Wie immer standen die Bediensteten in Reih und Glied auf der Treppe – doch ich ging an ihnen vorbei, ohne sie auch nur wahrzunehmen.

Ich erinnere mich auch nicht, Tessa an jenem Tag gesehen zu haben, aber das muß ich wohl; immerhin war sie die erste, die merkte, was ich brauchte, und mich damit versorgte.

Der Duft von Essen weckte mich – richtiges Essen, sorgfältigst zubereitet und ausgewogen gewürzt – und die plötzliche, intensive Erkenntnis, daß ich restlos ausgehungert war. Dampfendes Fleisch in köstlichen Weinsoßen schlang ich in mich hinein, Blätterteigpasteten und fettreiche, bunt gemischte Eintöpfe. Zum ersten Mal seit der Abreise aus dem Haus meines Bruders erinnerte ich mich wieder daran, was es hieß, zivilisiert zu sein.

Als ich, fast bis zur Besinnungslosigkeit satt, von meinem Mahl aufsah, lächelte Tessa wohlwollend. »Na also«, meinte sie, »jetzt sehen Sie sich schon wieder ähnlicher.«

»Ah, *chérie*«, sagte ich und öffnete meine Arme. Sie sank neben mir aufs Bett, strich mir übers Haar und hielt mich wie eine Mutter ihr Kind. Ich vergrub mein Gesicht an ihrem Busen, und trunken vom süßen, berauschenden, rein menschlichen Geruch, der von ihrer Haut aufstieg, taumelte ich erneut hilflos in den Tiefschlaf totaler Erschöpfung.

So ging das drei Tage lang. Wann immer ich erwachte, war Tessa da und mit ihr eine Unmenge Essen, das sie hatte zubereiten lassen: ein gebratenes Lamm, eine Rinderseite, die fettigen Teile unzähliger Hühner und anderen Geflügels – ganz zu schweigen von den endlosen Servierplatten mit Körnern und Süßigkeiten, die erforderlich waren, um das natürliche Gleichgewicht meines Körpers wiederherzustellen. Es steht fest, daß die Natur uns nicht am Leben erhalten könnte, wenn wir uns immer im Wolfszustand befänden; unser Nährstoffbedarf ist so gewaltig, daß wir den Planeten bald kahlgefressen hätten. Berücksichtigt man zu diesen Grundbedürfnissen noch die zusätzliche Energie, die mir die Strapazen meiner Reise und das Verheilen meiner körperlichen Wunden abverlangt hatten, überstieg mein Kalorienbedarf jede Norm. Unablässig kamen Karren mit Nachschub; die Kaufleute glaubten bestimmt, ich wolle ein Bankett geben. Erst später wurde mir klar, daß großenteils aufgrund von Tessas Tüchtigkeit diese gewaltige Wiederherstellungsphase so reibungslos vonstatten gegangen war.

Genaugenommen hätte ich überrascht sein müssen, daß sie immer noch da war. Schließlich hatte ich sie überstürzt und nach nur kurzer Bekanntschaft verlassen, war eine Saison lang weg gewesen und hatte keinerlei Vorkehrungen für sie getroffen. Doch mein Selbstvertrauen – meine Überheblichkeit, muß ich wohl sagen, was Menschen anbelangt – war so gewaltig, daß ich erstaunt gewesen wäre, hätte sie nicht, notfalls sogar jahrelang, geduldig und klaglos auf meine Rückkehr gewartet. Am liebsten würde ich jedesmal meinen gesamten Haushalt bis zu meiner Rückkehr in einem Glas konservieren – und wahrscheinlich stellte ich mir sicher vor, daß dieser sich ungefähr auch so verhielt. Ich war der Mittelpunkt meines Universums und jetzt wieder zu Hause. Sie erwartete mich. So sollte es eben sein!

Zwischen Gelagen schamloser Völlerei schlief ich wie ein Toter, und als ich endgültig erholt und nüchtern genug erwachte, um zu baden, nahm Tessa wie immer alles in die Hand.

Während ich mich in Duftwasser einweichen, meine Haare

shampoonieren und mir von einer jungen Werwölfin namens Mercedes die Nägel schneiden ließ, beauftragte Tessa eine ganze Armee von Dienstboten damit, mein Zimmer zu reinigen und zu lüften. Als ich eine gute Stunde später aus der Wanne stieg, war die Bettwäsche gewechselt, das Federbett ausgeschüttelt und gelüftet; statt der Wintervorhänge hingen die für den Sommer an den Fenstern, die Teppiche lagen aufgerollt an der Seite und das Parkett glänzte von Bohnerwachs. Alle Fenster standen offen und ließen die frische Aprilbrise herein. Selbst für einen Werwolf wäre das alles keine schlechte Leistung gewesen. Mich amüsierte und verblüffte zugleich, mit welchem Humor mein Personal Tessa tolerierte. Sie benahm sich wie ein Schoßhündchen, das jedem auf die Nerven ging – für das aber zugleich jeder eine heimliche Zuneigung entwickelte und auf das sie wider jegliche Vernunft sogar ein wenig stolz waren.

Ich fand sie in meinem Wohnzimmer vor, wohin sie ein Tablett mit Tee und Kuchen gebracht hatte. Persönlich bevorzuge ich zwar Schokolade, nahm aber Rücksicht auf ihre britische Herkunft. Die Arme vor der Brust verschränkt und einen Fuß lässig über dem anderen gekreuzt, stand ich in der Tür und betrachtete sie mit einem nachsichtigen Lächeln, hinter dem sich eine tiefe Zufriedenheit verbarg.

»Wie es scheint, *chérie*«, sagte ich, »hast du in meiner Abwesenheit nicht allzusehr gelitten.«

Sie ließ vom Teetischchen ab, drehte sich zu mir um und machte mit strahlenden Augen einen tiefen Knicks. Angetan war sie mit einem reich verzierten gelben Spitzenmorgenrock, der am Saum ein paar provozierende Zentimeter des Unterkleids freigab. Der Farbton stand ihr ausgesprochen gut. Ihr dunkles, lockiges Haar wurde von einer Spange nach hinten gehalten und fiel ihr lose über die Schultern, ihre braunen Augen hüpften schelmisch hin und her. Sie war, mit einem Wort, für mich so erquickend wie Sonnenschein und ebenso lebensnotwendig.

»Und Sie, Monsieur«, erwiderte sie, »wie sind Sie denn ohne mich ausgekommen?«

»Nicht sonderlich gut, fürchte ich.« Ich durchquerte den Raum, nahm meinen Platz ihr gegenüber am Tisch ein und holte mir ein Stück Kuchen.

»Geschieht Ihnen recht! Sie hätten mich eben mitnehmen sollen.«

In diesem Augenblick hätte ich sie in den Arm nehmen und mit Küssen ersticken mögen. Am liebsten hätte ich mich in ihrem Duft, ihrer geschmeidigen, seidigen Haut, ihrem nachgiebigen jungen Leib verloren. Es war gut, wieder zu Hause zu sein, sehr gut sogar.

Mir schwoll die Brust. »Hast du mich vermißt, *chérie*?«

Sie hielt mit der Teekanne über meiner Tasse inne und versicherte mir inbrünstig: »Ganz schrecklich!«

In diesem Augenblick wurde mir mehr als in meinem ganzen bisherigen Leben klar, was mit Denis und seiner ganzen Gefolgschaft nicht stimmte – ich war ungeheuer froh darüber, daß ich den Mut aufgebracht hatte, die andere Richtung einzuschlagen.

Ich biß vom Kuchen ab, lehnte mich zurück und genoß die Süße auf meiner Zunge und Tessas Anblick, ihren Geruch, das Geräusch ihres Pulses und ihren seufzenden menschlichen Herzschlag, als sie mir gegenüber Platz nahm und Tee in Porzellantassen goß. Verschwommene Rechtecke blassen warmen Lichts aus dem geöffneten Fenster huschten über den schimmernden Fußboden, und genauso wirkte ihre Gegenwart auf mich: breitete sich langsam aus und erfüllte mich mit Licht und Wärme. Ich genoß es sehr.

»Du siehst ganz bezaubernd aus«, sagte ich.

»Danke«, gab sie zurück. »Diese Sachen habe ich mir alle gekauft.«

Was ich großartig fand! »Dann hast du dich also nicht gelangweilt, während ich weg war.«

Sie riß die Augen auf, jene unendlich ausdrucksstarken braunen Augen, und hielt erneut in ihrer Tätigkeit inne. »Wie könnte man sich in einem solchen Haus jemals langweilen?

Erfreut stimmte ich ihr zu. »Du bist in der Tat ein glückliches junges Menschenkind. War mein Personal auch nett zu dir?«

Nachdenklich füllte sie meine Tasse. »Nett nicht gerade«, gestand sie schließlich, »aber nachsichtig. Und ich habe gelernt, mit ihnen umzugehen.«

Wieder brachte sie mich zum Lachen. Da lebte sie – ein weibliches Geschöpf von gerade mal zwanzig Jahren – einen ganzen Winter allein in einem Haus voller Werwölfe, und was hatte sie getan? Sie hatte ›gelernt, mit ihnen umzugehen‹. Wie konnte Denis diese Kreaturen *nicht* bewundern? Wie konnte überhaupt jemand ihrem Charme widerstehen?

Ihr Gesichtsausdruck war beinahe zärtlich, als sie die Kanne absetzte. »Es freut mich, Sie lachen zu sehen. So, wie Sie bei Ihrer Ankunft ausgesehen haben, war ich mir nicht sicher, ob wir Sie jemals wieder heiter sehen würden.«

Schlagartig ernüchtert, versuchte ich, vom Thema abzulenken. »Sind das Sesambrötchen?«

Sie legte mir mit der silbernen Zange eines davon auf den Teller. »Jetzt fangen Sie doch endlich an«, insistierte sie. »Erzählen Sie mir von Rußland und alles, was Sie dort gemacht haben. Und von Ihrem Bruder – warum ist er nicht mit Ihnen zurückgekommen? Verstehen Sie sich gut mit ihm? Besucht er uns mal? Was haben Sie mitgebracht? Oder kommt Gault vielleicht deswegen erst später nach – weil er Ihre ganzen Schätze ordnen muß?«

Wie hatte ich doch dieses pausenlose Geschnatter, diese endlose Fragerei vermißt! Ihre Worte umschwirrten mich wie Kolibris, leuchtend und farbenfroh, und lockten mich in ihr spielerisches Netz. »Ich habe keine Schätze mitgebracht«, wies ich sie zurecht, »denn du bist sowieso schon viel zu verwöhnt. Und ich werde dir von all meinen Abenteuern erzählen, aber zuerst will ich deine hören. Wie hast du deine Tage verbracht? Warst du zufrieden? Hast du in meiner Abwesenheit etwas dazugelernt?«

Sie lachte fröhlich über meine Imitation ihrer Angewohnheit, Fragen im Schnellfeuertempo abzuschießen, und ihre Wangen röteten sich. »Ob ich zufrieden war?« wiederholte sie mit vorgetäuschter Nachdenklichkeit. »Lassen Sie mich mal überlegen. Ich lebe in einem der prächtigsten Häuser von ganz Paris inmitten von Luxus, wie ihn die wenigsten Menschen auf dieser Welt je zu

Gesicht bekommen, unter Lebewesen, die so phantastisch sind, daß es mir niemand glauben würde, selbst, wenn ich das Bedürfnis verspürte, meine Geschichte zu veröffentlichen ... In diesem letzten Jahr bin ich Zeugin von so großen Geheimnissen geworden, wie sie sich die Menschheit nie vorstellen könnte, und Sie fragen, ob ich zufrieden bin?«

Mittlerweile hatte ihre Stimme jegliche Frivolität verloren, und ihre Augen leuchteten in kindlichem Staunen, das so charakteristisch für sie war. Sie verschränkte die Finger im Schoß und fuhr fort: »Als ich noch klein war und – halb ehrfurchtsvoll, halb ängstlich – den Berichten meines Vaters über seine phantastischen Abenteuer lauschte, hätte ich mir nie träumen lassen, daß ich eines Tages das Privileg genießen würde, wie er inmitten dieser geheimnisvollen Kreaturen zu leben, sie kennenzulernen und ihr Vertrauen zu gewinnen. Während all der langen Jahre – als ich Sie für einen Mörder und ein bösartiges Ungeheuer hielt – weinte ich, weil ich nicht nur meinen Vater verloren hatte, sondern auch etwas, das mir in gewisser Weise sogar noch wichtiger geworden war ... das Geschenk, das er mir all die Zeit machte mit seinen Geschichten, und dazu die Hoffnung, daß irgendwie, irgendwo solche Wesen, wie er sie beschrieben hatte, tatsächlich existierten. Leider drücke ich mich ungeschickt aus, aber vielleicht verstehen Sie mich trotzdem? Hier zu sein, Sie zu kennen – jetzt endlich kann ich meinem Vater folgen, sehe, was er an Ihnen so geschätzt hat, begreife die Freundschaft, die er für Sie empfand; und teile nun seine Freude. Sie haben mir meine Kindheit zurückgegeben«, endete sie schlicht und schien mit einer hilflosen Geste ihrer offenen Hände sagen zu wollen, daß ihr inzwischen doch die Worte ausgingen. »Kann jemand mehr verlangen?«

Ich empfand eine tiefe Freude über das, was sie da gesagt hatte, und mich rührte das Licht innerer Überzeugung, das aus ihren Augen zu mir herüberstrahlte. Dieses kleine menschliche Wesen mit den dichten, dunklen Locken und den Sommersprossen auf der Nase, den großen Augen und dem Lächeln, das dem ihres Vaters so ähnlich war, diese junge Frau, die noch vor nicht allzu langer Zeit versucht hatte, mich im Schlaf umzubringen, wurde für mich in diesem Augenblick zur Essenz all dessen, was einfach und richtig war in der Welt. Es tat mir unglaublich gut, daß sie das alles sagte, und ich glaubte ihr aus vollem Herzen.

Eilig umrundete ich den kleinen Tisch. Ich nahm ihr Gesicht in beide Hände, drehte es mir zu und sah ihr in die Augen. »*Chérie*, sagte ich, »*je t'adore.*«

Vor Freude preßte sie meine Finger, ihr Puls raste, und ihr Atem purzelte ihr nur so aus den Lungen. Mit schelmischem Blick und einem freudigen Lachen erwiderte sie: »*Moi, aussi! Je t'adore, Monsieur le Loup-garou!*«

Ich lachte, nahm ihre Hände und zog sie hoch. »Tessa, du hast recht! Es war idiotisch, dich hier zurückzulassen, und ich werde es nie wieder tun. Nicht ein einziges Mal hab' ich so vergnügt gelacht, seit ich mich von dir verabschiedete, ich schwör's. Komm jetzt.« Ich legte den Arm um ihre Hüfte und führte sie zum Sofa in der sonnenüberfluteten Ecke des Raums. »Setz dich eine Weile zu mir, und ich erzähle dir die traurigen Ereignisse. Laß mich dich fest im Arm halten und mein Kinn auf deinen Kopf legen, damit ich den Mut aufbringe zu sagen, was nie ein menschliches Ohr vernehmen sollte.«

Sie setzte sich zuerst, und ihre hübschen Röcke breiteten sich um sie mit dem Geruch von frischer Wäsche und menschlichem Moschus, von Lavendelwasser und schwach salzigem Schweiß. Nun zog sie mich neben sich, und ihr Gesicht war zärtlich vor Besorgnis und voller Neugier. »Raus mit der Sprache«, befahl sie. »Erzählen Sie mir, was da mit Ihnen geschehen ist.«

Ich drückte sie an mich, dort im Sonnenschein vor dem offenen Fenster; ihr Kopf lehnte an meiner Schulter, und meine Arme lagen um ihre Hüften. Ihr Duft stieg zu mir auf, und ich badete in den musikalischen Geräuschen ihres Körpers – im Fließen des Blutes durch ihre Adern; in den sanften Tönen von Klappen, die sich öffneten und schlossen; im Gemurmel der Magensäfte; im Flüstern ihres Atems. Es war die Symphonie des Lebens, und sie tröstete mich.

Nach einigem Schweigen bekannte ich schließlich: »Mein Bruder wollte mich töten lassen.«

Jetzt, da es gesagt war, sprudelte die ganze Geschichte aus mir heraus, manchmal schroff, dann wieder leidenschaftslos, bisweilen in langsamen, mit Bedacht gewählten Worten oder in einem Ausbruch von Wut. Ich berichtete ihr von der Bruderschaft und ihrer finsteren Mission, die Menschen zu unterjochen oder gar zu vernichten. Anschließend schilderte ich Denis' genialen, aber perversen Plan, durch Verführung unserer Königin an die Macht zu gelangen und von der Rolle, die er mir dabei zugedacht hatte. Auch meine feige Flucht mitten in der Nach schilderte ich, und den Kampf um mein Leben, den ich ausgefochten und nur durch ungeheures Glück gewonnen hatte. Ich glaube, ich war mir noch nicht richtig bewußt gewesen, wie sehr mich diese Erlebnisse mitgenommen hatten, bis ich sie in Worte faßte. Und das ist am Ende der einzige Wert, den ich Worten beimesse.

Es gab Momente, da ich vor Scham am liebsten im Erdboden versunken wäre, denn ich wußte, daß sie mich jetzt, nachdem ich ihr das Schlechteste an unserer Spezies verraten hatte, nie mehr so idealistisch sehen würde wie zuvor. Aber wem sonst hätte ich die ganzen Begebenheiten erzählen können, wenn nicht einem Menschen? Nicht einmal Gault durfte ich mein Wissen über die Bruderschaft anvertrauen, und welchem Werwolf hätte ich meine tiefe Verunsicherung beichten können, ohne befürchten zu müssen, von ihm dafür verachtet zu werden? Eine Zeitlang vergaß ich sogar, daß ich all das einer beinahe fremden Person darlegte; mit Tessa zusammenzusein war fast so, als hätte ich meinen alten Freund Stephen wieder.

»Jetzt weißt du also«, schloß ich deprimiert, »daß wir keineswegs so edle Wesen sind, wie du geglaubt hast. Auch wir haben unsere Schattenseiten. Und unglückseligerweise bin ich mir noch immer nicht sicher, ob ich die richtige Entscheidung getroffen habe.«

Mit einer sonnenwarmen Brise kamen die Gerüche der Stadt angeweht: Kastanienblüten und Pferdeäpfel, Burgunder, frisch gebackenes Baguette und das Aroma von Mandeln, das Parfüm einer Dame, ein totes Tier in einer Gasse, der Fluß, dunkel und feucht. Und die Geräusche: ein schriller Pfiff, das Klirren von Pferdegeschirr, Maschinenlärm aus einer fernen Fabrik, die gutturale Stimme eines fluchenden Bauern, Musik aus einem Grammophon. Ich dachte an Züge, die Menschen über große Entfernungen transportieren konnten, und Telephone, die ihnen ermöglichten, sich über so weite Strecken zu verständigen, wie es jahrtausendelang allein unser Privileg gewesen war.

Und ich hörte Tessas Herzschlag. Tessas Atem. Alles andere war nur gedämpfte Ferne. Sie war mein Anker, und ich wartete, voller Vorfreude und Angst zugleich, darauf, was sie wohl jetzt von mir halten würde.

Sie meinte: »Eure Königin – ist sie so charakterschwach, daß sie sich von Ihrem Bruder gegen ihre Prinzipien zu einer Heirat überreden lassen würde? Oder ist sie derselben Meinung wie er, was die Rolle Eurer Art auf dieser Erde anbelangt?«

»Nein«, sagte ich entschieden, obwohl ich keine Ahnung von Elise Devoncroix' persönlichen Überzeugungen hatte. Es handelte sich nur um eine Annahme. »Sie stimmt nicht mit ihm überein. Und charakterschwach ist sie auch nicht.«

»Aber dann hätte sie ihn vernichtet«, schloß Tessa durchaus folgerichtig. »Also haben Sie durch Ihre Weigerung praktisch das Leben Ihres Bruders gerettet. Sie haben absolut die richtige Entscheidung getroffen.«

Et voilà! In der Welt der Menschen und junger Frauen läßt sich selbst das komplizierteste moralische Dilemma auf eine einfache Gleichung reduzieren. Genauso hat sie es mit mir gemacht! Mein Herz schmolz dahin vor Dankbarkeit, ein solches Wesen zu kennen.

Aufgrund eines lästigen Kloßes im Hals konnte ich erst einmal gar nichts sagen. Stumm küßte ich ihre seidenweiche Lockenpracht. Und dann küßte ich den süßen weichen Bogen ihres nach oben geschwungenen Munds; schließlich schob ich meine Finger in ihr Haar und küßte sie hart und hungrig, bis mir das Rauschen ihres Blutes wie eine Symphonie in den Ohren klang und sie nach Luft rang. Und ich fand es herrlich. Ich genoß die Hitze des erwachenden Verlangens eines jungen Mädchens, den Geschmack ihrer Lippen und das feuchte, samtige Fleisch im Innern, das Brennen ihrer Haut und die strahlende, benommene Erwartung in ihren Augen. Überdies fand ich es herrlich, daß sie, aufgeregt und ängstlich zugleich, auf die Erfüllung durch mich hoffte.

Und ich liebte die Art und Weise, wie sie eine Erfahrung vortäuschte, die sie nicht hatte. Sie sah mir lange und fest in die Augen, obwohl ihr Herz weiterhämmerte und ihre Muskeln nach wie vor zitterten.

Schließlich fragte sie mit einer Stimme, die ihr Bemühen verriet, ihre Atemlosigkeit zu überwinden: »Erklären Sie mir doch mal dieses – dieses Band zwischen Gefährten, von dem Sie gesprochen haben – zwischen zwei Werwölfen. Was genau bedeutet das?«

Daß Tessa intellektuell ihren Zeitgenossinnen weit voraus war, zeigte schon die Tatsache, daß sie eine solche Frage überhaupt stellte, und ich bewunderte sie dafür. Auch wenn manche mir vorwerfen mögen, mich in bezug auf Dinge, die zu unserem innersten Wesen gehören, einem Menschen gegenüber viel zu offen geäußert zu haben, konnte ich einfach nicht anders, als ihre Frage nach bestem Wissen zu beantworten. Es erwies sich als schwierig, eine so komplizierte und wichtige Materie für einen Menschen in Worte zu fassen; also mußte ich erst einmal meine Gedanken ordnen.

»Es gibt zwei Anlässe in unserem Leben, bei denen ein Werwolf sich mit einem anderen verbindet und die Grenze zwischen zwei Gehirnen aufgehoben wird, so daß die Gedanken ungehindert vom einen zum anderen fließen können.« In meinem Bemühen, mich verständlich zu machen, runzelte ich unwillkürlich die Stirn, denn Sprache ist in gewissen Zusammenhängen ein recht plumpes Instrument. »Bei diesen Anlässen *wird* jeder zum anderen. Jeder erlebt den anderen, weiß, was der andere weiß, sieht dasselbe wie der andere – jeder vollzieht jeden Gedanken, jeden heimlichen Wunsch, jeden großen Traum und jede kleine Schmach des anderen nach – und das alles innerhalb weniger Augenblicke. Das Band, das durch dieses Verschmelzen entsteht, durch dieses Eintauchen in den tiefsten, intimsten Teil der Seele, bleibt für immer bestehen, im wachen Zustand wie im Schlaf, bis zum Tod und darüber hinaus. Das erste Mal findet es statt, wenn ein männlicher und ein weiblicher Werwolf sich im Geschlechtsakt vereinen. Das andere Mal ergibt sich, wenn ein Werwolf einen anderen tötet.«

Ich lächelte schwach, erschöpft von der Anstrengung, ihr diese Gegebenheiten in verständlicher Form zu erklären – die so tief in unserer Natur verwurzelt sind, daß man nicht nur niemals über sie sprach, sondern nicht einmal darüber nachdachte. »Jetzt weißt du, warum wir im Leben nur einmal einen Gefährten wählen und weshalb es unter uns so wenige Morde gibt.«

Vor lauter Aufregung verströmte ihre Haut einen Geruch, und das Staunen in ihren Augen überraschte mich nicht. Es war schon verwunderlich, so etwas zu hören, und selbst mich erfaßte bei solchen Eröffnungen immer wieder eine tiefe Ehrfurcht vor dem Wunder, das wir darstellten.

Doch als sie mich so ansah, mit geröteten Wangen und leuchtenden Augen, gelang es ihr doch noch, mich mit einer Frage in die Enge zu treiben. »Dieses Band, das bei der Vereinigung entsteht, dieses Teilen von Gedanken und Gefühlen – könnte das nicht auch bei einer Vereinigung zwischen einem Werwolf und einem Menschen entstehen?«

Auf mein verblüfftes Schweigen folgte ein leises Seufzen, und ich versicherte ihr: »Nein. Das ist unmöglich.«

Sie schwieg ein paar Sekunden lang, doch die Falten auf ihrer Stirn verrieten, daß etwas sie ungeheuer beschäftigte. Dann entspannten sich ihre Züge, sie hob die Arme und schlang sie um meinen Hals. »Trotzdem«, verkündete sie, »dürfen Sie ruhig mit mir Liebe machen!«

Mir drehte sich der Kopf. »O nein, du kleine Verführerin!« Ich packte ihre Hände und löste sie unter Küssen von meinem Hals. »Denn ich bin schlecht genug, es wirklich zu tun, und dann wärst du für menschliche Männer auf ewig verdorben.«

»Menschliche Männer langweilen mich«, beteuerte sie.

Ihre Augen waren glänzend und groß und funkelten wie tausend Sterne in einer windigen Nacht. Ich betete sie an. »Wie willst du das wissen? Hast du je mit einem geschlafen?«

»Hab' ich nicht.«

»Siehst du! Du sprichst von etwas, das du nicht kennst, *chérie.*« Ich wickelte eine ihrer Locken um meinen Zeigefinger und zog spielerisch daran.

Sie lachte auf eine süße, ein wenig rauhe Weise und wand die Locke aus meinem Griff. »Sehen Sie, wie Sie meine Erziehung vernachlässigt haben.«

»Du brauchst unbedingt einen Liebhaber«, stimmte ich zu. »Ich werde mich darum kümmern, dem so schnell wie möglich Abhilfe zu schaffen.«

»Ich hab' Ihnen doch gerade gesagt, daß ich an menschlichen Männern nicht interessiert bin.«

»Dann werd' ich dir eben eine hübsche Freundin suchen.«

Ihr Blick war direkt und ernst. »Ich möchte, daß Sie mein Liebhaber werden.«

Was für ein wunderbares Mädchen! All die Unschuld und Bewunderung in ihrem Gesicht, all die freudige Erwartung! Mein Herz floß über vor Liebe zu ihr. Es hätte eines stärkeren Werwolfs bedurft, als ich einer war, einer so süßen Verlockung zu widerstehen.

»Aber meine Liebste, das kann ich nicht«, wehrte ich ab und küßte sie zärtlich auf den Mund. »Aber ich kann dir soviel Freude bereiten, wie nur irgend möglich; und gerne führe ich dich ein wenig in die Wonnen der fleischlichen Liebe ein, die noch vor dir liegen.«

Ich knöpfte die obersten Knöpfe ihres Morgenmantels auf und sah zu, wie ihre Wangen immer heißer wurden und ihre Pupillen sich verdunkelten. Das ist jedesmal wieder der beste Teil – zu sehen, wie ihnen das Blut zu Kopfe steigt und zu hören, wie ihre kleinen Herzen schneller schlagen in Erwartung all der Freuden. Nein, der beste Teil ist der Geschmack des festen weichen Fleisches auf der Zunge, die zu Perlen anschwellenden Brustwarzen, die sanften Konturen der weiblichen Brust, wenn sie einem den Mund füllt. Vanille und Honig – eine Kombination, die mich immer an den Geschmack Tessas erinnert, und es wäre eine Lüge zu behaupten, ich hätte keinen Spaß daran gehabt.

Ich schob die Falten ihres Morgenrocks beiseite und massierte ihren Bauch, bevor ich meine Finger zu jenem haarigen Gestrüpp hinabgleiten ließ, wo sie noch immer ihren zottigen Vorfahren ähnelte, und tiefer noch zu jenem Zentrum der Lust zwischen ihren sich öffnenden Schenkeln. Ihre Erregung wuchs mit dem schnellen, heißen Rhythmus ihres Herzens, den kurzen, stoßweisen Atemzügen, und ihr Duft war exquisit. Ich saugte an ihren Brüsten, bis sie laut aufstöhnte, und ich spürte, wie ihr kleiner Bauch sich zusammenzog in Erwartung meiner Finger, die ich sanft in sie einführte, bis ich den Widerstand spürte und ihren kurzen, hohen Schrei des Erstaunens vernahm. So schmerzlos wie es ging, durchstieß ich ihr Hymen und öffnete den Korridor ihrer Lust; ich streichelte sie, liebkoste sie, leckte und saugte an ihren vorgereckten Brüsten und trank ihre gepreßten, kleinen Schreie der Ekstase, als wären sie meine eigenen, bis sie schlaff und feucht und völlig erschöpft quer über meinen Knien lag.

Ich küßte die nassen Haarlocken, die ihr im Gesicht klebten, und fuhr ihr mit der Zunge über die Augen, bis sie sich öffneten. Vorsichtig zog ich meine Finger zurück, die befleckt waren von ihrem jungfräulichen Blut. Es rührte mich zutiefst. »Siehst du? Dein Liebhaber wird mir dafür dankbar sein. Diesen Dienst habe ich schon anderen erwiesen, und bisher hat sich keine darüber beklagt.«

Mit geöffneten Lippen und stoßweisem Luftholen sah sie mich aus Augen an, die fiebrig und verständnislos wirkten. Ich küßte sie noch einmal und hob sie auf den Diwan, bevor ich mir die Hände waschen ging.

Mit einem Tuch, das ich in warmem Wasser ausgewrungen hatte, kam ich zurück und benutzte es nun dazu, ihr die Feuchtigkeit von den Schenkeln zu waschen. Ich liebte ihren Geruch. Sex und Blut. Es war berauschend.

Hinterher zog ich die Falten ihres Morgenrocks über sie und setzte sie mir wieder auf den Schoß, um sie im Sonnenschein an mich zu drücken. Die ganze Zeit über hatte sie keinen Laut von sich gegeben und keinen Mucks getan; ihr Herz, das langsam wieder zu seinem normalen Rhythmus zurückfand, und ihr flüsternder Atem klangen wie Musik in meinen Ohren.

Sie legte ihren Kopf an meine Schulter und sagte: »Was wird jetzt aus uns werden?«

Diese Frage fand ich reichlich seltsam, aber Tessa überraschte mich immer wieder mit der Originalität ihres Denkens. Ich antwortete: »Wieso? Gar nichts, meine Süße. Wir werden so weitermachen wie bisher, abgesehen ...« Und ich küßte sie auf die Stirn, um ihr ein Lächeln zu entlocken. »... davon, daß ich verdammt eifersüchtig sein werde, wenn du deinen menschlichen Liebhaber mehr magst als mich.«

»Niemals, Monsieur«, versicherte sie mir leidenschaftlich und hob ihre großen dunklen Augen voller Bewunderung zu mir auf.

Ich war amüsiert und nachsichtig. Was für eine ungeheuere Bedeutung doch diese Menschen der sexuellen Freude beimessen, wo bei ihnen der Akt nicht viel länger als eine flüchtige Gefühlsaufwallung dauert. Wir, die ultimativen Gemütswesen, schätzen es als das, was es ist, und räumen ihm den entsprechenden Platz in unserem Leben ein – der nichts mit Liebe zu tun hat. Tessa aber, noch tief in der Magie der Sinne befangen, die unsere Spezies unwillkürlich – und oft genug ganz ohne Absicht – bei Menschen auszulösen pflegt, konnte sich selbstverständlich nur ihrer Natur gemäß verhalten. Und so war es an mir, Toleranz zu zeigen.

»Mach dir keine Illusionen, *chérie*«, sagte ich lässig. »Du wirst dich ganz schrecklich in einen attraktiven jungen Menschen verlieben und mich vergessen. Du wirst ihm ein Dutzend Kinder schenken und ich ...« – mein Finger erhob sich mahnend, als sie den Mund öffnete, um zu protestieren – »werde eine Gefährtin aus meiner Spezies finden. Die Freuden, die wir beide teilen, werden dann für dich nicht mehr bedeuten als eine schöne Erinnerung.«

Ihr Blick umwölkte sich. »Aber warum kann ich nicht Ihre Gefährtin sein? Warum können wir nicht wie Mann und Frau zusammen leben? Warum muß es überhaupt andere geben?«

»Versuch das bitte zu verstehen, *chérie*«, erklärte ich mit Nachdruck. »So etwas ist zwischen Werwölfen und Menschen unmöglich. Es hat einfach etwas mit Physiologie zu tun, und da du ein so intelligentes und neugieriges Schätzchen bist, will ich dir kein Detail vorenthalten. Im Augenblick der Erregung, sei sie sexueller oder emotionaler Natur, nimmt der Werwolf ganz von allein seine natürliche, tierische Gestalt an. Die einzige Ausnahme liegt vor, wenn wir gerade erst die Gestalt gewechselt haben – denn wir brauchen eine gewisse Erholungsphase, bis wir sie erneut verändern können. In menschlicher Form sind wir nicht in der Lage, die Kopulation lange genug aufrechtzuerhalten, um eine Frau zu schwängern. Verstehst du, was ich meine?«

Auf ihr scheues, unsicheres Nicken hin fuhr ich fort. »Keine menschliche Frau könnte je die Penetration durch einen Mann in Wolfsgestalt akzeptieren, selbst wenn dieser sich mit ihr paaren möchte. Und kein menschlicher Mann könnte eine Werwölfin in ihrer natürlichen Gestalt penetrieren, weil es schlicht körperlich unmöglich wäre. Dies liegt zweifellos in der Absicht der Natur, um eine Vermischung zwischen fremden Arten zu verhindern. Verstehst du das, Tessa? Oder habe ich für deinen unersättlichen Menschenkopf noch eine Frage offengelassen?«

Mit glasigen Augen flüsterte sie nur: *»Je t'adore, Monsieur le Loup-garou!«*

Ich streichelte ihre Wange mit Fingern, die noch immer ihren Moschusduft ausströmten. *»Et je t'adore, Mademoiselle l'Humaine!«*

Sie nahm meine Finger und küßte sie. »Ich werde nie einen anderen Liebhaber akzeptieren«, flüsterte sie. »Aber Sie ...« Mit dunklen, ängstlichen Augen blickte sie zu mir auf. »Was kann ich für Sie sein?«

Ich lächelte beschwichtigend. »Ein impertinentes Menschlein, das zu viele lästige Fragen stellt und nie vergessen sollte ...« – jetzt sprach ich in weicherem Tonfall weiter –, »daß sie mein liebster Schatz und meine beste Freundin ist.« Mit diesen Worten küßte ich noch einmal ihre geschlossene Hand, und sie schmolz unter meiner Berührung dahin.

Sie schob sich näher an mich und küßte mich auf den Kehlkopf. Eine solche Zärtlichkeit, eine solche Unschuld, ein so süßes Geschöpf, daß es einem das Herz bricht! Bei ihr zu sein, mit ihr im Sonnenschein eines Frühlingsnachmittags zu schmusen, war, als tauchte ich aus einem dunklen, schlammigen Teich auf und in einen kristallklaren Bergbach ein. Ich fühlte mich wie neugeboren.

Jetzt warf sie ihren Kopf zurück und schwärmte: »Ich bin so froh, Sie gefunden zu haben, Alexander Devoncroix. Was auch immer Sie sonst von mir denken mögen – das wenigstens müssen Sie mir glauben.«

Dann senkte sie ihren Blick und schlug einen völlig anderen Ton an: »Und weil ich Sie im Augenblick ganz gut leiden kann, denke ich, daß Sie jetzt endlich Ihre Überraschung erhalten sollen.«

Gerne ging ich auf ihr Spielchen ein. »Was, *chérie*? Du hast in meinem eigenen Haus Geheimnisse vor mir? Was versteckst du da? Laß mich sehen!«

Mit strahlenden Augen sprang sie auf und holte einen goldgeränderten Umschlag aus ihrer Tasche. Mein Herz setzte für einen oder zwei Schläge aus, als ich das Wappen sah und plötzlich aus der Fassung geriet; einen Augenblick lang hatte ich vergessen, daß sie meinen unregelmäßigen Puls ja gar nicht wahrnehmen, geschweige denn den Grund dafür verstehen konnte. Ich riß ihr den Umschlag aus der Hand und öffnete ihn mit dem Daumennagel.

»Er kam vor einem Monat«, schnatterte Tessa und rückte näher, damit sie ihn über meine Schulter hinweg lesen konnte. »Ich wollte ihn an Sie weiterleiten, aber Poinceau hat mir die Adresse nicht gegeben ... er ist von ihr, stimmt's? Was steht drin? Gibt es eine Krönung? Darf ich mitkommen?«

Die flüssige goldene Schrift verkündete schlicht: »Elise Devoncroix freut sich, Ihnen nach Ihrer Rückkehr ihre Gastfreundschaft im Palais Devoncroix anzubieten. In ungeduldiger Erwartung ...«

Unterzeichnet hatte sie mit ihrer persönlichen Signatur: einem kursiven großen *E*, durchkreuzt von einem verschnörkelten, flüssigen *X*. Ich hatte einen leicht trockenen Hals, als ich die Karte wieder in den Umschlag steckte. Mein Herz schlug wie wild.

»Nun gut, *chérie*«, sagte ich bewundernswert beiläufig. »Wir fangen am besten gleich mit dem Packen an.«

8

Mein Landsitz in Lyon war nicht so herrschaftlich wie das Haus in Paris, denn das Leben in der Provinz ist lockerer, und es bestand keine Notwendigkeit, andere zu beeindrucken. Zudem befand sich mein Anwesen gerade zwölf Kilometer vom Palais Devoncroix entfernt – ohnehin kein Ort, an dem ich je die Absicht hatte, formell Gäste zu empfangen. Dieses Recht stand ausschließlich der königlichen Familie zu, und nur ein ausgesprochen dummer – und gesellschaftlich kurzlebiger – Werwolf wäre auf die Idee gekommen, ihr Konkurrenz machen zu wollen. Natürlich unterhielt ich ein ständig anwesendes Personal, auch wenn es schon ein gutes Jahr her war, seit ich nennenswerte Zeit dort verbracht hatte. Die Vorbereitungen für einen Umzug bedeuteten allerhand Aufwand.

Zunächst sandte ich dem Palast ein Schreiben, in dem ich die Königin wissen ließ, daß ich den Sommer in meinem Landhaus zu verbringen gedachte; hinzu fügte ich, daß es mir eine Ehre wäre, sie nach meiner Ankunft aufsuchen zu dürfen. Diese Angewohnheit, einander formelle Mitteilungen, Karten und Einladungen zu schicken, war eine Sitte, die wir den Menschen abgeschaut hatten; und wir setzten sie so oft wie möglich ein, um unserem Tun den Hauch des Zeremoniellen zu verleihen. In dringenden Angelegenheiten sandten wir natürlich einen Läufer, der in jedem Fall schneller war als die menschliche Post; im allgemeinen aber zogen wir es vor, diese kleinen Botschaften schriftlich zu formulieren.

Ich schickte Poinceau und die Crollière mit den ihnen unterstehenden Hilfskräften voraus zur Unterstützung meiner Lyoner Leute. Gault, den Küchenchef Lavalier und natürlich Tessa behielt ich bei mir in Paris, um meine dortige Residenz zu schließen. Diese Situation schätzten weder Gault noch die Crollière sonderlich, denn gerade letztere betrachtete Tessa noch immer als eines ihrer ›Mädchen‹ und wollte meine Zuneigung zu ihr einfach nicht hinnehmen.

»Sie verwöhnen dieses Menschenkind ganz schamlos«, warf mir auch Gault gereizt vor. Verständlicherweise war er erregt – nicht, weil wir schon wieder packten nach unserer langen Abwesenheit, sondern weil er es als letzter erfuhr. »Die angesehensten Werwölfe von ganz Paris reden schon über Sie. Als nächstes werden Sie sie noch wie ein Kätzchen auf Ihrem Kopfkissen schlafen lassen. Abscheulich ist das.«

»Die angesehensten Werwölfe von Paris finden sie genauso amüsant wie ich«, stellte ich richtig. »Und wenn sie es nicht täten, wären sie es nicht wert, von mir beachtet zu werden.«

Soeben saß ich hinter meinem Schreibtisch und schrieb Nachrichten an Bekannte und Geschäftspartner; daher brachte ich wenig Geduld auf für Gaults Gemeckere. Aber im Grunde hatte er recht. Tessa war in den vergangenen paar Wochen tatsächlich fast ununterbrochen an meinem Arm gehangen, während ich meine Bekannten – Werwölfe wie Menschen – abgeklappert hatte, um mir den Klatsch eines ganzen Winters erzählen zu lassen und sie über meine Pläne für die kommende Saison zu informieren. Sie gab wirklich einen unverbesserlichen kleinen Quälgeist ab, den zu ertragen einfacher war als ihn ständig in die Schranken zu weisen – trotzdem genoß ich ihre Nähe. Immer noch machte sie sich einen Spaß daraus, die Werwölfe unter meinen Freunden zu identifizieren, und wenn sie glaubte, wir wären allein, flüsterte sie mir zu: »Ah, Monsieur, sie ist wunderschön – sie muß ein Werwolf sein!« oder »Olala, soviel Charme, nicht wahr? Zu charmant für einen Menschen, schätze ich.«

Die Werwölfe amüsierten sich natürlich auch über ihr ›heimliches‹ Spiel und begannen bald, ihren Verdacht gezielt in die falsche Richtung zu lenken, um das Rätselraten ein wenig interessanter zu gestalten. Trotzdem behielt sie mit ihren Vermutungen ziemlich oft recht, insbesondere hinsichtlich der männlichen Werwölfe. Schon häufig war mir aufgefallen, daß die Menschen beinahe so etwas wie einen Instinkt für Werwölfe des jeweils anderen Geschlechts besaßen – zweifellos wegen der ungeheueren Anziehungskraft, die von uns für sie auszugehen scheint.

»Sie ist ein Ärgernis und eine einzige Peinlichkeit«, maulte Gault. »Man sollte sie über offenem Feuer braten und als Würze in unsere Fleischtöpfe geben!« Natürlich sagte er derartige Ungeheuerlichkeiten nur in Gegenwart Tessas, und eine Zeitlang war es ihm auch gelungen, sie damit einzuschüchtern. Diesmal aber blickte ich rechtzeitig hoch, als Tessa über die Türschwelle kam, um mir zwei neue Sommerkleider zu zeigen; sie blieb stehen, schnitt ihm eine schauerliche Grimasse, zog die Nase hoch und streckte die Zunge heraus. Ich lachte, bis mir fast der Federhalter aus der Hand fiel, aber weniger über Tessas Gesicht, sondern über das von Gault.

Inmitten dieses ganzen Theaters und trotz Gaults Genörgel waren wir in jenem Frühjahr ein glückliches Häuflein.

Wir brauchten drei Wochen, um den Umzug vorzubereiten, und dies lag nicht nur an den Packereien selbst – Kuriere rasten zwischen Lyon und Paris hin und her mit Aufträgen für neue Vorhänge, Tapeten, Bettdecken und all den Plunder, der nie länger als eine Saison oder zwei zu überstehen schien –, sondern auch an den offiziellen Verabschiedungen und den geschäftlichen Angelegenheiten, die noch geklärt werden mußten.

Meine beiden Banken liefen auch ohne mich bestens, dank der hervorragenden Qualitäten der dort angestellten Werwölfe und meiner Großzügigkeit ihnen gegenüber – aber auch dank der Tatsache, daß ich sie trotz meines lockeren Führungsstils nie vergessen ließ, daß die letzte Kontrollinstanz immer ich blieb und innerhalb dieser Wände nie etwas vor sich ging, wovon ich nichts wußte. Schließlich ging es hier um Vermögen, sowohl von Werwölfen als auch von Menschen, und so legte ich größten Wert darauf, daß jedes Mitglied der Belegschaft diese Verantwortung ebenso empfand wie ich. Größtenteils funktionierte es recht reibungslos – ich habe nie verstanden, warum Menschen die Leitung eines Unternehmens als so schwierig erachten (und sich dabei meist auch noch so dumm anstellen) –, aber mitunter war doch ein wenig mehr an persönlichem Engagement erforderlich. Der Tod Sancerres brachte eine solche Situation mit sich, die Abreise aus Paris so kurz nach einem Winter in Sibirien und der sechswöchige Italienaufenthalt davor kamen dazu. Ich zeigte also, daß ich wieder da war, gab meinen Leuten entsprechende Anweisungen und machte ihnen klar, daß nach wie vor ich die Fäden in der Hand hielt.

Außerdem waren meine privaten Besuche und die Abende in der Oper, im Ballett und im Theater mehr als nur Zeitvertreib. Nach so langer Abwesenheit brauchte ich schließlich meine Informationen, und ich mußte sie schnell und akkurat bekommen. Mit Tessa, diesem charmanten Gör, das so unterhaltsam und entwaffnend auf meine Kollegen wirkte, fand ich unter anderem bald heraus, daß ein Teil des Rudels in den Vereinigten Staaten nach der Nachricht vom Tod Sancerres in Panik mehrere Werften und Fabriken geschlossen und damit die Wirtschaft des Landes mehrere Wochen lang in ziemliche Turbulenzen gestürzt hatte; daß sechs Familien aus meinem Bekanntenkreis gesunde Frühjahrskinder bekommen hatten, ebenso wie ein gutes Dutzend Familien, die mir nicht persönlich bekannt waren (ich wies Tessa an, ihnen allen Geschenke zu senden, wie es Brauch war); daß Micheline de Fortenoy einem Herzversagen erlegen war und als Familienoberhaupt von ihrem Neffen Philippe abgelöst wurde; daß der Maler Galgois eine Ausstellung in London gehabt und wie erwartet die mittelmäßigsten seiner Bilder für unglaubliche Summen an Menschen verkauft hatte (die besten seiner Werke gingen selbstverständlich an Werwolf-Sammler); und daß die junge Königin Elise in meiner Abwesenheit zwei Herausforderer, die sie keiner Beachtung für wert befand, in die Flucht geschlagen und einen weiteren im Kampf besiegt hatte. Die Knochen dieses Unglücklichen waren längst auf einem Müllhaufen verbrannt worden, und sein Name würde in der Versenkung verschwinden.

Mich überrollte eine Welle der Bewunderung und des Stolzes darauf, daß unsere Anführerin sich bislang so wacker schlug.

Aber es galt nicht mir, Informationen zu sammeln – dem, wie selbst Menschen begriffen haben, einzig unverzichtbaren Mittel zum Überleben –, meine Auftritte in der Stadt dienten noch einem anderen, nicht weniger wichtigen Zweck. Ich ließ alle wissen, daß ich, meinen langen Perioden der Abwesenheit und allen gegenteiligen Spekulationen zum Trotz, nicht nur am Leben und kerngesund war, sondern auch in der Gunst der Rudelführerin ganz weit oben stand. Nirgendwo vergaß ich, meine Einladung in den Palast zu erwähnen, die mich leider zwang, Paris schon wieder zu verlassen, und verlieh – manchmal eher pro forma, manchmal jedoch ganz ehrlich – meiner Hoffnung Ausdruck, meinen jeweiligen Gesprächspartner auch in Lyon irgendwann einmal zu Gesicht zu bekommen. Tessa fand das alles äußerst amüsant und ziemlich theatralisch; aber ich erwartete auch nicht, daß sie das nachvollziehen konnte.

Gesellschaftlicher Status bedeutet uns alles. Wer es nicht schafft, diesen Status aufrechtzuerhalten, wird anfällig gegenüber allen möglichen nicht wünschenswerten Entwicklungen.

Jedenfalls dauerte nach diesen wochenlangen Vorbereitungen die Zugfahrt nach Lyon selbst nicht länger als einen Vormittag. Aus Rücksicht auf Gault, der mechanische Transportmittel verabscheute und schon im Winter viel zu lange in ihnen hatte aushalten müssen, nahm ich Tessa als einzige Begleiterin mit; ihm erlaubte ich, in Wolfsgestalt vorauszulaufen. Tessa war einfach umwerfend – aufgeregt wie ein Kind über die Tatsache, endlich die langersehnte Reise anzutreten, und absolut erfrischend in ihrer Begeisterung über die vorüberziehende Landschaft. Ich denke, wir Werwölfe vergessen allzuoft, wie es sein muß, die Welt nur durch die armselig entwickelten Sinne von Menschen aufnehmen zu können – das Grün zu sehen, ohne es zu riechen, und den Flug eines Vogels zu beobachten, ohne das Schlagen seiner zarten Flügel in der Luft zu hören, – und so ist es nur gut, wenn wir gelegentlich mit ihren Augen zu sehen gezwungen sind; dann wissen wir wieder unsere eigene Überlegenheit höher zu schätzen.

Gault holte uns am Bahnhof mit einer Kutsche und mehreren Wagen für das Gepäck ab. Er und Tessa hatten ihr übliches Gezänk, das mit seiner feierlichen Erklärung endete, er weigere sich, mit einem stinkenden Menschen in ein und derselben Karosse zu fahren; so stolzierte er davon und zog die extrem unbequeme Fahrt über holprige Straßen auf einem der Gepäckwagen vor.

Tessa schmollte lange ob seiner Bemerkung und protestierte: »Ich stinke doch nicht!« Dann sah sie mich herausfordernd an und setzte nach: »Oder?«

Ich tätschelte ihr die Wange. »Ganz bestimmt nicht für jemanden, der dich am liebsten zum Mittagessen verspeisen würde, *chérie*!«

Solch unschuldige Freuden, solch glückliche Zeiten!

Die nächsten paar Tage verbrachte ich damit, mich in meinen Weinbergen umzusehen, mit meinem Kellermeister zu sprechen und den neuen Beaujolais zu genießen, während ich auf eine Einladung aus dem Palais Devoncroix wartete. Die Nachricht kam eine Woche nach unserer Ankunft: Die Königin freue sich, mich am nächsten Tag begrüßen zu dürfen.

»Endlich!« rief Tessa aus, und aus ihrer Stimme sprach eine Erleichterung, die ich teilte, aber niemals zugegeben hätte. »So ein Aufwand, so viele goldgeränderte Karten, die hin und her wandern – nur wegen einer so einfachen Sache wie einem Besuch in der Nachbarschaft. Ich schätze, daß nicht einmal die Königin von England so ein Theater veranstaltet, wenn sie den französischen Staatspräsidenten empfängt!«

»Die ist ja auch kein Werwolf«, erwiderte ich und ließ zu, daß sie mir die Karte wegschnappte und zum Fenster hüpfte, um die schöne, flüssige Schrift gründlich zu studieren.

»Da ist ja gar keine Zeit angegeben«, bemerkte sie verblüfft. »Kein Wort darüber, ob zum Tee oder zum Abendessen oder überhaupt zu irgendeinem Essen. Wie weiß ich da, was ich anziehen soll?«

»Du kannst anziehen, was immer du willst«, antwortete ich und setzte mich an den Schreibtisch, um die Nachricht abzufassen, die ich nachmittags zusammen mit einer Kiste Wein als Antwort zum Palast zu schicken beabsichtigte. »Weil du sowieso nicht mitkommen wirst.«

Ein tödliches Schweigen folgte. Ich war gerade mit einer Formulierung beschäftigt und registrierte es daher kaum.

Dann sagte sie: »Was meinen Sie damit, daß ich nicht mitkommen werde? Natürlich gehe ich mit! Wir sind von so weit hierhergereist und haben so lange darauf gewartet – absolut komme ich mit!«

Mit erhobener Hand brachte ich sie zum Schweigen. »Tessa, brüll mir nicht die Ohren voll. Ich muß mich konzentrieren.«

Sie kam schnell zu meinem Schreibtisch und sank in einer Wolke aus Röcken und Lavendelparfüm vor mir auf die Knie. »Aber Sie haben es mir versprochen! Vor Monaten schon haben Sie mir versprochen, mich ihr vorzustellen, erinnern Sie sich etwa nicht mehr daran?«

»Doch, doch, das werd' ich schon noch. Aber nicht im Palais, und nicht morgen.«

»Warum nicht?«

Ihr hübsches, zu mir aufblickendes Gesicht und die Enttäuschung in ihren Augen dämpften meine Ungeduld mit ihr ein wenig. »Weil du nicht eingeladen bist, *chérie*. Und weil das Mitbringen eines Menschen zur Königin ohne deren Erlaubnis« – ich suchte nach einem treffenden Wort auf Englisch oder Französisch und entschied mich für ein halbwegs passendes – »ein Affront wäre.«

Ihre großen Augen schlossen sich niedergeschlagen und wurden vielleicht sogar tränenfeucht. »Aber ...«

»Keine Diskussion bitte; wir sprechen darüber, wenn ich zurückkomme. Such jetzt bitte Gault, und schick ihn zu mir. Los, beeil dich.«

Einen Augenblick später stand sie mit unsicheren Beinen auf und verließ den Raum.

La fin du siècle. Welch interessante Ära für einen Werwolf! Ein Großteil der menschlichen Bevölkerung war all der königlichen Hoheiten und ihrer Rituale überdrüssig geworden; Prunk und Pomp galten entweder als passé oder als Prahlerei. Werwölfe hingegen wissen seit je den Wert einer strikten gesellschaftlichen Hierarchie zu schätzen und lassen keine Gelegenheit aus, so ausgiebig wie möglich die dazugehörigen Traditionen zu pflegen. Für uns sind Prunk und Pomp – und, zugegeben, auch eine Portion Prahlerei – immer in Mode, und das galt zu keiner Zeit mehr als um die Jahrhundertwende.

Der Besitz der Devoncroix lag unmittelbar vor den Toren von Lyon. Es war ein weitläufiges, von Mauern umgebenes Gelände mit mehreren tausend Morgen üppig grüner Parkanlagen und dichter Wälder, mit Bächen, Teichen und Gärten, aber auch unberührter Natur, in der ein Tierleben herrschte wie sonst nirgendwo in Frankreich. Der Durchschnittsfranzose würde staunen, wenn er wüßte, wie riesig der ganze Komplex war – aber mehr noch, wenn er wüßte, wer darin residierte. Hier lebte Mademoiselle Devoncroix genau so, wie ihre Familie immer schon gelebt hatte: königlich.

Aus der Sicht der Menschen in der Umgebung galten die Devoncroix als einigermaßen exzentrisch, jedoch derartig wohlhabend, daß diese Exzentrik keinerlei Rolle spielte. Das Palais selbst war ein imposantes Gemäuer, wie so viele Châteaus seiner Art in einem Jahrhundert entstanden, als es jederzeit erforderlich werden konnte, eine große Zahl von Leuten – in diesem Fall einen Großteil des ganzen Rudels – auf unbegrenzte Dauer zu beherbergen und zu ernähren. Doch anders als andere – menschliche – Châteaus war das Palais Devoncroix nie dem Verfall preisgegeben worden. Es galt noch immer als eines der schönsten der ganzen Provinz und vereinte das Beste der Architektur von Gotik und Renaissance in sich; erbaut war es aus exakt geschnittenen Blöcken eines blaßrosafarbenen italienischen Natursteins und Unmengen von Glas. Elegant und majestätisch thronte es auf einem Hügel, den weitläufige Parkanlagen umgaben, und es spiegelte sich in einem großen Teich am Fuße des Abhangs. Wer es zum ersten Mal sah, dem verschlug es buchstäblich die Sprache.

Das Palais verfügte über marmorne Korridore und römische Bäder, fließendes Wasser und Gasbeleuchtung. Die Tapeten und Wandbehänge wurden jedes Jahr gewechselt, und in mehr oder weniger regelmäßigen Abständen trafen extravagante Möbel aus aller Herren Länder ein. All das hielt natürlich eine Unzahl an menschlichen Handwerkern in Arbeit und Brot; dieser Umstand sicherte den Bewohnern genügend Wohlwollen, um das gelegentliche Gemurmel über merkwürdige Vorgänge hinter den Schloßmauern stets rasch verstummen zu lassen. Wie viele von uns beschäftigten auch die Devoncroix ein paar menschliche Bedienstete und viele hundert weitere Angestellte in ihren diversen Unternehmen, aber keinen von ihnen im Palais selbst. Der dreihundertachtzig Mitglieder zählende Haushalt bestand ausschließlich aus Werwölfen, denn immerhin war dies unsere letzte Bastion.

Wir, Gault und ich, bedienten uns, wie es sich gehörte, meiner schönsten Kutsche mit Familienwappen (als einer, dessen Vorfahren in den Jahrhunderten zuvor klugerweise ihren Namen gewechselt hatten, durfte ich auf der rechten Tür meiner Kutsche und meines Eisenbahnwaggons, aber nirgendwo sonst, einen fünf mal fünf Zentimeter großen blauen – nicht goldenen – Mond mit Pfeil führen). Gezogen wurde das schwarz glänzende Gefährt mit silbernen Beschlägen von einem Gespann schlanker Rappen, ebenfalls silbern aufgezäumt. Mein Kutscher trug eine kobaltblaue Livree, und der Federschmuck der Pferdeschweife tanzte fröhlich auf und ab. Natürlich hätte ich auch mein Automobil nehmen oder selbst einen offenen Landauer fahren können; denn da wir Nachbarn waren und uns schon seit Jahren kannten, wäre keins von beidem als Verstoß gegen das Protokoll empfunden worden. Aber ich liebte das Spektakel: die Art, wie die Bauern und Kaufleute mit ihren Wagen voller Waren zur Seite fuhren und vor uns den Hut zogen – beziehungsweise, um sich verwundert den Kopf zu kratzen. Ich liebte die Art und Weise, wie die Kinder aus ihren Häusern gerannt kamen und uns angafften, und wie die Angehörigen des örtlichen Landadels den Mund aufsperrten und uns nachstarrten. *La fin du siècle.* Zweifellos würde ich diese Zeit um die Jahrhundertwende später einmal vermissen.

Die Zufahrt zum Schloß bildete eine drei Kilometer lange Kastanienallee, von der aus man ab und zu einen Blick auf den ruhig dahinfließenden Ringkanal erhaschte, der den Palast umgab und das Wasser für den gesamten Komplex lieferte. Hin und wieder witterte ich – ohne sie zu sehen oder zu hören – das Vorhandensein der beiden Wachen in Wolfsgestalt, die in ein paar Dutzend Meter Entfernung zwischen den Bäumen zu beiden Seiten der Allee neben unserer Kutsche herliefen und deren einzige Aufgabe darin bestand, uns zur Vortreppe des Palasts zu begleiten und uns beim kleinsten Anzeichen von Verrat die Kehlen zu zerfetzen.

Als wir um die Kurve bogen, von der aus der Palast erstmals zu sehen war, stieg Gault vom Kutschbock und öffnete flink die Tür, um zu mir hereinzuklettern und einen letzten Blick auf mein Äußeres zu werfen. Er war ein unglaublicher Pedant, aber genau das machte ihn zu einem so hervorragenden Kammerdiener. Nun rückte er meine Krawattennadel zurecht und glättete mein Haar, weshalb ich ungeduldig abwinkte. Er aber rümpfte die Nase: »Sie riechen wie diese Person«, mäkelte er.

Tatsächlich verfolgte mich schon den ganzen Morgen der deutliche Geruch von Tessa, und so fragte ich mich nun, ob sie sich, weil ich sie nicht mitnahm, wohl schlecht behandelt fühlte. Ich beschloß, ihr bei meiner Rückkehr ein Geschenk zu überreichen – sie war ganz verrückt nach kleinen Geschenken – und vergaß die Sache dann.

Ich sagte: »Sie hat mir bei der Wahl des Jacketts geholfen. Wahrscheinlich hätte ich es waschen lassen sollen.«

»Allerdings. Sie können doch nicht der Königin unter die Augen treten, wenn Sie wie ein Mensch stinken.«

»Das werde ich wohl müssen, oder?«

Plötzlich versteinerte Gaults Miene. Er starrte auf den Raum unter dem gegenüberliegenden Sitz, unter dem ein Stoß zusammengefalteter Decken lag. »Außer«, schnarrte er laut und vernehmlich, »wir machen sie vorher kalt!«

Sein Blickwinkel hatte es ihn früher erkennen lassen: Die Decken verhüllten eine unübersehbare, aufgeschreckte Bewegung.

Ihr Herzschlag, den die klappernden Hufe der Pferde zuvor übertönt hatten, pochte, ihr Atem seufzte. Dann griff ich nach unten und zerrte sie an einem Knöchel und einem Handgelenk heraus, was nicht ohne Protestgeheul und Wehgeschrei vonstatten ging. Ich konnte mir nicht vorstellen, wie sie es geschafft hatte, sich unbemerkt in diesen winzigen Raum zu zwängen; daß sie in der Lage gewesen war, ihre Anwesenheit so lange vor mir zu verbergen, war eine Demütigung, die mich wütend machte.

»Du unmögliches Geschöpf!« Mit voller Wucht schleuderte ich sie auf den Sitz gegenüber. »Wie kannst du es wagen! Bist du wahnsinnig geworden?«

»Ich wollte doch nur den Palast sehen!« weinte sie und rieb sich ihr schmerzendes Handgelenk. »Nur ein bißchen umgesehen hätt' ich mich und wär' dann nach Hause gegangen. Sie hätten nie erfahren, daß ich auch dort war!«

Sie hatte sich in einen meiner langen Mäntel gehüllt, was erklärte, daß mir ihr Geruch so lange verborgen blieb, und auch die schweren Decken hatten ihren Teil dazu beigetragen. Aber sie muß in diesem engen, geschlossenen Raum vor Hitze schier umgekommen sein; ihr Gesicht war feuerrot und feucht, und unter den Achseln ihres hellgelben Kleids zeichneten sich dunkle Flecken ab, als sie den Mantel auszog und von sich warf. Ihr Haar war durcheinander, die Bänder schief, Gesicht und Kleid mit Staub bedeckt. Noch während ich sie auszankte, machte ich mir eine geistige Notiz bezüglich des Mangels an Sauberkeit, über den ich mit dem Stallknecht noch zu reden hätte. »Ist dir eigentlich klar, was du da angestellt hast? Willst du, daß ich vor der Königin wie ein Narr dastehe? Ist *das* vielleicht der Dank für all meine Freundlichkeit?«

Irgendwie schaffte sie es, zugleich kampfbereit und beleidigt dreinzublicken. »Ich hab' Ihnen doch gesagt, daß ich nur mal sehen wollte, wozu dieses ganze Theater gut sein soll. Ich wollte nicht einmal in die Nähe Eurer Königin kommen, die, wie wir beide wissen, gar keine richtige Königin ist, sondern nur eine sehr reiche Werwölfin, die über mich keinerlei Macht besitzt ...«

Da Gault sich geradewegs auf sie stürzen wollte, mußte ich ihn zurückhalten. »Werfen Sie sie zur Tür hinaus«, empfahl er knurrend. »Dann können die Wachen sie verspeisen.«

Ihre Augen weiteten sich wie so oft, wenn Gault eine seiner Drohungen ausstieß. Ich aber hatte kein Mitleid mehr mit ihr und erwiderte mit der gebotenen Nüchternheit: »Red keinen Unsinn! Wenn wir sie jetzt hinauswerfen, wird man uns anklagen, wir hätten sie aus weiß die Hölle was für einem ruchlosen Grund einschmuggeln wollen – und dann sind wir diejenigen, die den anderen auf den Stufen des Palasts zum Fraße vorgeworfen werden.« Ich warf einen kurzen Blick aus dem Fenster und traf eine schnelle Entscheidung. »Uns bleibt nichts anderes übrig, als jetzt das Beste aus der Sache zu machen. Also kein Wort mehr, Gault, und richten Sie sie um Himmels willen ein wenig her.«

Grollend blickte Gault mich an, aber es war klar, daß es keine andere Möglichkeit gab, als die Sache irgendwie durchzustehen. Und obwohl ich sie tausendmal verfluchte in den letzten paar Sekunden, bevor die Kutsche in den großen Innenhof des Palais Devoncroix einbog, machte mir in Wirklichkeit die Aussicht, Tessa der Königin vorzustellen, nicht annähernd so große Sorgen, wie es vielleicht angebracht gewesen wäre. Schließlich besaß ich einen gewissen Ruf für extravagante Einfälle, und außerdem war Tessa im großen und ganzen einigermaßen wohlerzogen und präsentabel. Trotzdem zerbrach ich mir den Kopf nach einer Strafe, die ihrer Unverschämtheit angemessen wäre – nach unserer Audienz.

Tessa gab einen gedämpften Schrei von sich, als Gault plötzlich auf sie zusprang und ihr Gesicht mit der Zunge ableckte. Dann wischte er ihr mit seinem Taschentuch den Staub und den Schweiß von der Stirn, während sie zeternd nach Luft rang, und riß ihr das

Band aus dem Haar – zusammen mit einer beträchtlichen Anzahl von Haaren, wie ich hörte –, um es auf eine mehr oder weniger vorzeigbare Art neu zu knüpfen. Wieder kreischte sie und versuchte, ihn mit Fäusten zu traktieren, als er begann, ihren Nacken und die Hände sowie den exponierten Teil ihres Busens abzulecken.

»Hören Sie auf! Alexander, sagen Sie ihm doch, daß er aufhören soll! Sehen Sie, was er ...« Weiter kam sie nicht, denn Gault hielt ihr die Hand auf den Mund, und ich belehrte sie kurz: »Ganz ruhig. Besser du riechst nach ihm als nach Staub und Schweiß, und vielleicht tröstet dich ja der Gedanke, wie unangenehm das für Gault sein muß.«

Ich nahm meinen Spazierstock in die Hand und machte mich bereit zum Aussteigen, als die Kutsche anhielt. Gault, dem Tessas Leiden eine ganz ungebührliche Befriedigung verschaffte, preßte ihren Mund fest zu und zischte ihr feindselig ins Ohr: »Noch ein Mucks von dir, meine Gute, und ich komm' in der Nacht zu dir und zieh' dir die Zähne einzeln aus. Das ist bei uns eine übliche Bestrafung für ungezogene Kinder!«

Abrupt ließ er sie los, und sie gab keinen Laut mehr von sich, sei es infolge seiner Drohungen oder meines nicht gerade freundlichen Gesichtsausdrucks. So verbrachte sie die nächsten paar Sekunden, bevor die Tür der Kutsche geöffnet wurde, mit dem Versuch, sich Gaults Spucke von der Haut zu wischen und über die roten Stellen zu fahren, die seine Finger um ihren Mund hinterlassen hatten.

Den verblüfften Blick des Lakaien ignorierte ich und bot Tessa meinen Arm, als sie aus der Kutsche stieg. Gault, der mich sicher zu meinem Ziel geleitet und damit seine Pflicht erfüllt hatte, zog sich in die Gesellschaft von Leuten seines gesellschaftlichen Rangs zurück – wo er zweifellos den verhaßten Menschengeschmack auf seiner Zunge mit einigen Litern Wein hinunterspülte –; also schritten Tessa und ich allein die breite Marmortreppe empor.

»Ich bin ausgesprochen wütend auf dich, *chérie*«, murmelte ich ihr zu, obwohl allein die Ehrfurcht, die diese heiligen Hallen in mir auslösten, meine Verärgerung bereits abkühlen ließ. »Falls du dich jedoch so benimmst, wie dein Vater es dir beigebracht haben muß, und dir bei jeder Frage, die dir in den Sinn kommt, auf die Zunge beißt, könnten wir es ohne bleibenden Schaden überstehen, *n'est-ce pas?*«

Tessa schluckte hörbar. Ihre riesigen Augen sogen im Gehen begierig alle Einzelheiten auf. »Wenn ich gewußt hätte, daß ich die Königin treffen würde«, flüsterte sie zurück, »dann hätte ich ein besseres Kleid angezogen.«

Den Eingang flankierten zwei dreieinhalb Meter hohe Marmorstatuen von Wölfen: rechts stand Armaden, unsere mythische Mutter, und links Silos Devoncroix, der vor vielen Jahrhunderten den Antonow besiegte. Bei ihnen hatte zu beiden Seiten die Palastwache Aufstellung genommen – die kräftigsten Werwölfe des ganzen Rudels, allesamt in Wolfsgestalt, und sie boten ein wahrhaft eindrucksvolles Bild. Ich fühlte, wie sich Tessas Finger im Vorbeigehen in meinen Arm gruben und sie etwas näher an mich heranrückte, denn noch nie hatte sie so viele von uns in natürlicher Gestalt angetroffen – vermutlich außer mir noch gar keinen –, und sie beobachteten sie, wie nicht anders zu erwarten, mit scharfen, mißtrauischen Blicken. Tessa aber schritt scheinbar unbeeindruckt weiter und hielt den Kopf hoch, was zweifellos ihr Glück war. Wäre sie in Panik geraten, dann hätte wahrscheinlich nicht einmal mehr ich sie vor einem Angriff schützen können.

Mein Vertrauen in sie war so groß, daß ich mir diese Gefahr gar nicht bewußt gemacht hatte, bis dieser Augenblick vorbei war.

Wir durchquerten die große Säulenhalle mit ihrer zwölf Meter hohen Decke, den herrlichen Wandteppichen, auf denen große Ereignisse unserer Vergangenheit dargestellt waren, den schönen Familienporträts, Skulpturen und gewaltigen Kronleuchtern. Erleuchtet war die Galerie durch eine hohe Kuppel mit vielen Glasscheiben, die das funkelnde Sonnenlicht bis in die hintersten Ecken des riesigen Raumes durchließen, und Tessa wandte, während wir weiterliefen, voller Bewunderung den Kopf, um diesen Anblick noch ein paar Sekunden länger zu genießen.

In der Galerie flanierten andere, manche in Wolfsgestalt und manche nicht. Ich nickte denen zu, die ich kannte, und reagierte auf ihre verblüfften Blicke und ihr gelegentliches Zurückschrecken mit demonstrativer Selbstsicherheit, als sei es in der Tat die neueste Mode, die Hallen des Palais Devoncroix mit einem Menschenkind am Arm zu passieren. Trotzdem – während ich mir bei jeder anderen Gelegenheit die Zeit genommen hätte, die hier ausgestellten Schätze zu bewundern, und es genossen hätte, sie Tessa zu zeigen, blieb ich diesmal nicht stehen. Im Gegenteil bewegte ich mich mit einer derartigen Entschlossenheit, daß wahrscheinlich Tessas Füße den Boden kaum mehr berührten.

Am Ende der Halle befanden sich eine Doppeltür sowie zwei Diener, einer in Wolfsgestalt und einer in menschlicher. Hier endete der allgemein zugängliche Teil des Palasts, und nur wer innerhalb zu tun hatte, wurde weitergeleitet. Mich erwartete man, und der Diener erklärte mir nach einem intensiven Blick auf Tessa, Mademoiselle Devoncroix werde mich im Gartenzimmer empfangen.

Nach der Doppeltür führte uns eine andere Begleitperson durch ein Labyrinth von Korridoren zum Gartenzimmer. Mein Mündel war von allem, was sie sah, so überwältigt, daß sie nicht einmal ein geflüstertes Wort herausbrachte.

Unser Begleiter öffnete eine Flügeltür aus buntem Glas, dann blieb er zurück, und wir traten hindurch.

Schon einmal war ich in diesem Raum gewesen und hatte ihn als ebenso atemberaubend empfunden wie Tessa jetzt. Es war ein großes Gewölbe mit einem Fußboden aus farbenprächtigen marokkanischen Fliesen, die ein Mosaik von spielerisch im Garten sich tummelnden Werwölfen in natürlicher und menschlicher Gestalt darstellten. In der Mitte stand ein Brunnen, dessen Plätschern, wie mir plötzlich klarwurde, die Stimmen ringsum sogar für schärfste Werwolfohren übertönte. An einer Wand befand sich ein hängender Garten, der den berühmten Terrassen von Babylon nachempfunden war, an einer anderen hing ein wunderschöner Fragonard – Spielende Mädchen – volle zwölf Meter hoch und zehn Meter breit. Die dritte Wand bestand abwechselnd aus transparenten und bunten Glasscheiben, und durch sie führten hohe Türen aus bemaltem Glas, die genau denen entsprachen, durch die wir eingetreten waren, in einen von Mauern umgebenen Garten.

»Oh, Monsieur«, flüsterte Tessa mit weit aufgerissenen Augen und vor Erstaunen geröteten Wangen, als sie sich umsah. »Ich habe noch nie etwas Schöneres gesehen!«

Gerade wollte ich ihr bestätigen, daß dies auch einer meiner Lieblingsräume sei, als sich die Gartentüren öffneten. Da stand Elise Devoncroix, die Herrscherin unserer gesamten Spezies, im strahlenden Licht der Sonne, und jetzt blieb mir der Mund offenstehen – angesichts dieser Märchenprinzessin.

9

Sie war groß und stark, und hatte glänzendes Haar von der Farbe des Sonnenlichts, das ihr in seidigen Wellen bis auf die Hüften fiel. An der schlanken und geschmeidigen Figur wirkten die Muskeln wie gehärteter, von Satin umhüllter Stahl; sie trug ein zartblaues Gewand, das ihre Rundungen so reizend verhüllte, daß jede Jungfrau von Botticelli sie darum beneidet hätte. Sie hatte edel geschnittene, lebhafte Gesichtszüge und strahlend blaue Augen, und ihre Haltung sowie ihre Bewegungen hatten die Grazie einer Gazelle.

Jederzeit konnte sie jedes Gedicht und jede Melodie von jedem beliebigen Menschen oder Werwolf aus dem Gedächtnis vortragen. Sie sang Arien mit einer so exquisiten Stimme, daß selbst Menschen weinend vor ihr auf die Knie gesunken waren. Auch spielte sie Etüden oder malte Landschaften, die es mit allem aufnahmen, was im Louvre hing, während sie ganz nebenbei im Kopf einen Logarithmus ausrechnete oder eine komplizierte chemische

Formel analysierte, wie andere Zeitung lasen. Sie rannte schneller als jeder Werwolf im Rudel, und auch beim Jagen machte ihr keiner etwas vor. Elise war die Vollkommenheit in Person – und deshalb die geborene Rudelführerin.

Als sie eintrat, ließ sie die Türen zum duftenden Garten hinter sich geöffnet. Ich trennte mich von Tessa und trat ein paar Schritte vor, um mit höflich gesenktem Blick auf ihre Begrüßung zu warten.

»Alexander«, sagte sie und kam auf mich zu. Ihre Stimme war herzlich und kehlig, und sie löste auf der Haut über meinem Rückgrat ein freudiges Prickeln aus. »Wie schön, meinen alten Tanzpartner wiederzusehen. Jetzt, wo Sie hier sind, muß ich unbedingt einen Ball geben, um mit Ihnen zu glänzen!«

Sie nahm meinen Kopf und zog ihn sanft zu sich heran, um den Geruch hinter jedem Ohr – unserer Überlieferung nach der Sitz der Wahrheit – zu testen; anschließend erlaubte sie mir, dasselbe mit ihr zu tun. Dann küßte sie mich nach Art der Menschen auf beide Wangen und trat lächelnd einen Schritt zurück.

Die Macht stand ihr gut. Sie hatte sich seit unserer letzten Begegnung eine Sicherheit angeeignet, ein Format, das aus dem bezaubernden jungen Mädchen von einst eine Königin hatte werden lassen, die diesen Titel wahrlich verdiente. Sie roch nach Entschlossenheit, Leidenschaft und Humor, frischer Luft und sauberen, lebendigen Dingen. Es war berauschend.

Mit einer leicht nach oben gezogenen Braue warf sie einen Blick auf Tessa. »Sie haben also Ihr kleines Schoßkind mitgebracht, Monsieur, damit ich es mir ansehen kann. Ich habe schon viel von ihr gehört.«

»Ich dachte, sie würde Euch Spaß machen«, erklärte ich mit gespielter Unbekümmertheit.

Der lachende Blick, den sie mir zuwarf, sagte mir, daß Elise Devoncroix ganz genau wußte, wie dieses Menschlein in ihren Palast gelangt war – ob sie es nun mit ihren eigenen Ohren oder über die ihrer Spione erfahren hatte – und die ganze Situation höchst amüsant fand. An mir zehrte die Demütigung, ausgerechnet vor den Augen meiner Königin von einem Zweibeiner an der Nase herumgeführt worden zu sein – aber ich wußte, daß mir nichts anderes übrigblieb, als es mit Humor zu nehmen.

Also setzte ich ein freundliches Gesicht auf und reichte Tessa die Hand. »Mademoiselle Devoncroix, darf ich vorstellen: Tessa LeGuerre, Mensch und Tochter meines Kindheitsfreundes Stephen.«

Tessa trat vor. Ihre Fingerspitzen berührten kaum die meinen, und mit dem anderen Arm quer über ihrer Brust vollbrachte sie den anmutigsten Knicks, den ich je gesehen habe. »Eure Majestät!« hauchte sie.

Elise faltete vergnügt die Hände, und ihre Augen funkelten. »Wirklich, Alexander, sie ist genauso charmant, wie man mir berichtete!«

»Manchmal schon«, bestätigte ich trocken.

Elise reichte Tessa die Hand und half ihr auf. »Hoch mit Ihnen, Tessa LeGuerre. Und die Anrede ›Eure Majestät‹ darfst du dir sparen, denn ich bin ja schließlich nicht deine Königin, stimmt's? ›Mademoiselle‹ genügt vollkommen.«

Die Kleine erhob sich und errötete auf besonders bezaubernde Weise. Aus ihren Augen strahlte die Bewunderung, die Elise aufgrund ihres Wesens mühelos bei jedem erweckte, ob Werwolf oder Mensch. »Entschuldigung, das war mir nicht klar.« Selten hatte ich Tessa so sprachlos erlebt. »Es ist nur, weil – weil – Sie – all das hier – weil Sie so wunderschön sind!«

Elise lachte entzückt auf, während es mir schwerfiel, ein Zucken um die Lippen zu unterdrücken. Die Königin zog Tessas Hand an sich und tätschelte sie freundlich. »Alexander, sie ist wirklich ein Schatz. Kommt, setzen wir uns gemütlich an den Brunnen. Tessa, behandelt Alexander dich auch gut? Wenn er jemals grausam zu dir sein sollte, brauchst du mir nur Bescheid zu geben, und ich lasse ihn öffentlich steinigen.«

Tessa merkte nicht, daß das ein Scherz sein sollte, und antwortete in vollem Ernst: »O nein, Mademoiselle, das möchte ich nicht! Obwohl«, fügte sie in leicht verändertem Tonfall hinzu, »ich gewiß nichts dagegen hätte, falls dasselbe für einen gewissen Diener gelten könnte.«

Wieder lachte Elise und wies uns zu den mit Kissen gepolsterten Bänken am Fuß des Brunnens, während sie selbst sich in ihrem Sessel niederließ, der auf dem Podium ein paar Stufen höher stand. Es war eine bezaubernde Ecke, umgeben von Grünpflanzen und dem Brunnengemurmel, und man konnte versucht sein zu glauben, daß es sich lediglich um einen idealen Ort für einen Plausch unter Freunden handelte. Doch abgeschirmt von fremden Blicken, Geräuschen und Gerüchen war die kleine Gartenlaube zugleich auch eine perfekte Untersuchungskammer.

Beinahe hätte meine Bewunderung für ihr Geschick, für die entwaffnend elegante Art, mit der sie das alles arrangiert hatte, meine Besorgnis verdrängt. Vielleicht waren es ja auch nur meine Schuldgefühle, die völlig überflüssige Ängste in mir auslösten. Aber ich hatte gerade erst einen Winter in Gesellschaft Ausgestoßener verbracht; dann, fast unmittelbar nach meiner Rückkehr, beorderte man mich zum Palais und verfrachtete mich in eine schalldichte Nische; vielleicht war mein Unbehagen irgendwie verständlich.

Die Königin berichtete: »Ich habe gestern abend eine Flasche von Ihrem Wein genossen, Alexander. Das wird vermutlich Ihr bisher bester Jahrgang.«

»Ihr besitzt einen exzellenten Gaumen, Mademoiselle«, erwiderte ich geschmeichelt. »Er wird noch in diesem Jahr und in der ersten Hälfte des kommenden seinen Höhepunkt erreichen.«

»Ihre Kostprobe lagert in meinem Privatkeller; wenn es möglich ist, würde ich gern mehr davon bestellen, zum Verschenken.«

Ich sagte, ich würde unverzüglich meinen Kellermeister beauftragen, sich mit ihrem Verwalter in Verbindung zu setzen, und wir redeten noch ein paar Minuten über andere unverfängliche Themen. Tessa lauschte andächtig jedem unserer Worte, ohne uns auch nur einmal zu unterbrechen. Manchmal, dachte ich, unterschätze ich sie wirklich, und alles in allem lief es weit besser, als mir zu hoffen zustand.

Dann fuhr Elise fort: »Wie schön muß es doch für Sie sein, nach soviel Reisen wieder zu Hause zu sein. Hoffentlich werden wir Provinzler Sie nach alldem nicht allzusehr langweilen.«

»Diese Gefahr besteht ganz gewiß nicht, Mademoiselle«, versicherte ich galant.

»Wie dem auch sei, jedenfalls können Sie uns unterhalten, indem Sie uns Ihre Abenteuer erzählen. Wo waren Sie zuletzt noch mal – Sibirien?«

Meine Stimmung erhielt einen Dämpfer. Sie wußte also Bescheid.

»Es ehrt mich, daß Ihr von meinen armseligen Bewegungen so aufmerksam Notiz nehmt.« Von nun an, befürchtete ich, würde jedes Wort von mir genau abgewogen und nach allen seinen möglichen Bedeutungen durchforstet und unsere Konversation ein einziger Tanz diplomatischer Raffinessen werden. Ich haßte solche Spiele. Und irgendwie liebte ich sie auch.

Aber sie äußerte sich direkter, als ich es erwartet hatte. »Und wie war es dort?« fragte sie mit höflichem Interesse.

Lächelnd gab ich Auskunft. »Sehr kalt.«

»Vielleicht ist der Winter auch nicht die günstigste Jahreszeit für einen solche Reise.«

»Das sollte ich künftig berücksichtigen.«

Ich versuchte, ihrem sanften, unverwandten Blick standzuhalten. Dann meinte sie: »Also wirklich, Monsieur, ich muß mir ernsthaft überlegen, ob ich Sie zu meiner nächsten Soiree einlade, wenn Sie keine spannendere Geschichte zu erzählen haben. Sie sind im tiefsten Winter nach Sibirien gereist, und Ihr einziger Kommentar lautet: Es war kalt! Haben Sie denn unterwegs überhaupt nichts erlebt, was einer Erwähnung wert wäre?«

Ich nahm meine ganze Selbstbeherschung zusammen, um meinen Herzschlag im Zaum zu halten und meiner Stimme einen beiläufigen Klang zu verleihen. In meinem Nacken spürte ich einen kleinen Schweißausbruch und war mir sofort darüber klar, daß sie es wittern würde. Ich wollte so wenig von der Wahrheit erzählen, wie ich verantworten konnte. »Sehr wenig«, erklärte ich. »St. Petersburg war ganz nett, aber von unseren Bekannten war niemand da. Ich habe dem Winterpalais einen Besuch abgestattet, aber der Zar und die Zarin weilten gerade nicht in der Stadt.

Dann bin ich für eine gewisse Zeit nach Norden gefahren, um Elche und Karibus zu jagen. Leider hatte ich eine kleine Auseinandersetzung mit ein paar Einheimischen, aber ich kam mit heiler Haut davon und eilte dann sofort zurück.«

»Wirklich? Wenigstens das klingt interessant.«

Ich konnte ihr nicht mehr in die Augen blicken. »Nicht unbedingt«, wich ich aus. »Allzu heldenhaft habe ich mich nicht aus der Affäre gezogen und fand die ganze Angelegenheit eher etwas peinlich.«

Sie hätte es dabei bewenden lassen können. Zumindest redete ich mir in diesem Augenblick ein, daß sie das hätte tun können. Aber kaum war ich verstummt, begann Tessa nervös neben mir hin und her zu rutschen, und bevor ich es verhindern konnte, sprudelte es auch schon aus ihr heraus: »Warum wollen Sie es ihr nicht erzählen?«

Der Schreck fuhr mir in die Glieder. Ich fühlte, wie mein Gesicht und meine Fingerspitzen kalt wurden, und abgesehen von dem entscheidenden Augenblick, als ich sie hätte zurückhalten können – falls überhaupt irgend etwas diesseits von Himmel und Hölle Tessa je zu bremsen vermochte – war ich zu nichts anderem fähig, als sie anzustarren.

Elises Augen verengten sich, während ihre Stimme denselben entspannten Konversationston beibehielt, als sie fragte: »Es gibt also doch eine Geschichte? Wirklich, Alexander, warum wollen Sie sie mir vorenthalten?«

Verzweifelt versuchte ich, mich von dem Schlag zu erholen. »Weil es nicht erwähnenswert ist. Eines, Mademoiselle, müssen Sie nämlich über dieses unselige Menschenkind wissen: Tessa neigt ganz schrecklich zu Übertreibungen ...«

»Das stimmt nicht!« verteidigte sich mein Plagegeist und sprang auf. »In Wirklichkeit, Mademoiselle, ist er nur bescheiden. Vielleicht möchte er nicht, daß Sie erfahren, wie er für Ihre Ehre kämpfte und dabei fast sein Leben verloren hätte ...«

»Für meine Ehre, tatsächlich?« Elises Augenbrauen wölbten sich, und sie lehnte sich in ihrem Sessel zurück; ihre Aufmerksamkeit war jetzt ganz auf Tessa gerichtet. »Dann erzähle du, mein liebes Kind!«

Ich konnte nur noch hilflos und resigniert Tessas ausführlichem Bericht zuhören. Eifrig und munter, fast ohne zwischen ihren Aussagen Atem zu holen, informierte sie die Königin – das weibliche Wesen, das ich mehr als jedes andere auf der Welt beeindrucken wollte – darüber, daß ich mit einem Verräter verwandt und in eine geheime Organisation von Ausgestoßenen verwickelt war, außerdem in eine Verschwörung mit dem Ziel der Übernahme der Macht eingebunden werden sollte. Sie ließ keine Einzelheit aus: Denis' ausgeklügelten Plan, sich mit Hilfe meiner Beziehungen in den Palast einzuschleichen und dann mit der Königin anzubändeln; meine ursprüngliche Bewunderung für diesen Plan und meine spätere Ablehnung; meine überstürzte Abreise aus dem Haus; die Falle, die Denis für mich bereithielt, und den Angriff seiner Leute. Natürlich stellte Tessa mich als großen Helden hin, denn sie wußte es ja nicht besser; in der Kultur der Menschen kann eine Einmischung in die Angelegenheiten anderer völlig akzeptabel und sogar bewundernswert sein. Hätte ich, nachdem ich mit anhören mußte, wie sie Wort um Wort meinen Status und meine Zukunft zerstörte, noch die nötige Kraft in den Armen gehabt, dann hätte ich sie erwürgt.

Eigentlich erwartete ich schon die Wachen, sobald sie mit der Geschichte fertig war; bestenfalls konnte ich hoffen, hinausgeworfen zu werden mit der Weisung, mich nie mehr im Palast blicken zu lassen. Doch noch während ich mich auf einen Angriff brutaler Hände – oder gar Fangzähne – gefaßt machte, wandte Elise sich mir zu und merkte mit einer gewissen Hochachtung an: »Was für ein loyales Wesen Sie doch in ihr haben, Alexander! Man muß wohl annehmen, daß ein Werwolf, der diese Art von Verehrung zu wecken vermag, weitere Aufmerksamkeit verdient, meinen Sie nicht auch? Und was für eine perfekte kleine Schauspielerin sie ist, auch wenn …« – sie wandte sich mit einem gütigen Lächeln wieder Tessa zu – »… ich glaube, daß du vielleicht ein oder zwei Kleinigkeiten ausgelassen hast, meine Liebe. Etwa die Art, wie Denis Antonow seinen Bruder so gnadenlos wegen seiner Liebe zu den Menschen hänselte und ihn ohne Worte verspottete, als er sich weigerte, sich den Mantel der Bruderschaft überzuziehen.« Bei letzterem sah sie mir voll in die Augen. Ihre Stimme war ruhig und voller Mitgefühl. »Und wie trotz allem sein Herz darüber brach, aus dem Haus seines Bruders vertrieben und in der Nacht von ihm verraten zu werden.«

Langsam erhob ich mich. Ich hatte nun keine Chance mehr, meinen Herzschlag vor ihr zu verbergen oder meine Atmung oder all die Gefühle, die aus jeder meiner Poren an die Oberfläche drangen: Erstaunen, Erleichterung, Angst – Schock. »Das heißt also, Mademoiselle ...« – meine Stimme klang seltsam rauh, meine Kehle schwoll an –, »... daß Sie meine Geschichte schon vorher kannten.« *Und abwarteten, ob ich sie erzählen würde,* war der unausgesprochene zweite Teil meiner Aussage. Damit hatte sie meine Aufrichtigkeit prüfen wollen. Hatte ich den Test nun bestanden oder nicht?

Es erfolgte leiser Tadel. »Ich wäre eine schlechte Königin, würde ich mir keine Sorgen machen, wenn sich jemand, der meinen Namen trägt, ins Lager des Feindes wagt. Sie sind ein loyaler Devoncroix und ein ehrbarer Werwolf«, gestand sie mir zu, »aber das wußte ich bereits vorher. Allerdings kannte ich nicht den Grad Ihrer Vertrauenswürdigkeit – oder vielleicht sollte ich besser sagen, ich wußte nicht, wie sehr Sie mir vertrauten.«

Sie lächelte und stand auf. Ich trat rasch hinzu und bot ihr meinen Arm, als sie die Stufen herunterstieg. »Zu Ihrem Glück hat Ihnen Ihre menschliche Freundin die Notwendigkeit erspart, diese Frage zu beantworten. Aber ich möchte doch gern Bescheid wissen.« Obwohl in ihrem Blick lediglich eine leichte Neugier zu liegen schien, lastete er schwer auf mir. »Hätten Sie es mir erzählt, Alexander, wenn sie es nicht getan hätte?«

Mit gesenkten Lidern sagte ich: »Ich wollte Euch nicht beleidigen.« Und weil sie Ehrlichkeit von mir erwartete, die sie auch verdiente, fügte ich hinzu: »Zudem wollte ich meinen Status nicht gefährden.«

Ihr Finger berührte meine Wange und lenkte meinen Blick so, daß er auf ihren traf: »Aber Sie hätten sie am Sprechen hindern können.«

Ich schnitt eine Grimasse. »Nein, Mademoiselle«, berichtigte ich, »nie und nimmer!«

Tessa blickte ängstlich vom einen zum anderen. »Hab' ich was falsch gemacht? War es vielleicht ein Geheimnis, Monsieur? Das hätten Sie mir sagen müssen!«

Elise ließ ihre Hand sinken, und ich verspürte dort, wo sie mich berührt hatte, ein angenehmes Prickeln. So schwer es noch vor wenigen Augenblicken gewesen war, ihrem Blick standzuhalten, so schwer war es jetzt, ihr nicht in die Augen zu sehen. Aber ich schaffte es gerade lang genug, um Tessa zu beruhigen. »Nein, *chérie,* du hast nichts falsch gemacht.«

Und ich erkannte an Elises Lächeln, daß ich die Wahrheit getroffen hatte. Sie streckte die eine Hand zu Tessa aus und ließ die andere unter meinen Arm gleiten. »Kommt mit, ihr beiden, wir essen zusammen zu Mittag, nur wir drei. Tessa, ich mag dich sehr und möchte, daß du weißt, daß du mich jederzeit besuchen kannst. Vielleicht bleibst du einfach ein paar Tage, wenn du gerade nichts anderes zu tun hast, und hilfst mir, meine Gäste zu unterhalten. Wir werden zusammen einen herrlichen Sommer verleben.«

Und das war der Anfang der besten Zeit, die ich je erleben durfte … aber auch der schlimmsten.

Vierter Teil

Lyon, Frankreich

Frühling 1898

Klugheit ist bei einem Menschen keine unbedingt wünschenswerte Eigenschaft.

AMADEUS SINGLETON, WERWOLF, 1763

Ohne Leidenschaft bleibt der Mensch bloßer ... Entwurf.

HENRI FRÉDÉRIC AMIEL, MENSCH, 1882

Tessa

10

Während jenes langen, einsamen und manchmal beängstigenden Winters der Abwesenheit Alexanders hatte Tessa mehr als einmal mit dem Gedanken gespielt, einfach das Haus in Paris zu verlassen. Niemand hätte sie davon abgehalten, niemand ihr eine Träne nachgeweint. Aber wäre sie gegangen, hätte sie eines Tages auch zu jenen Menschen gehört, die auf ein Leben ungenutzter Möglichkeiten zurückblicken, und nichts erschien ihr unerträglicher als das. Also wartete, beobachtete, lernte sie.

Sie lernte Nützliches wie Nebensächliches, Faszinierendes und Langweiliges. So fand sie beispielsweise heraus, daß Madame Crollière bei aller Strenge recht umgänglich sein konnte, wenn man sie beispielsweise nach ihrer Familie fragte. Sie erfuhr, daß Kindererziehung bei den Werwölfen höchste Priorität besaß, daß sie in den ersten Lebensmonaten die ungeteilte Aufmerksamkeit beider Eltern erforderte und das gesamte Rudel sich für das Heranwachsen der Nachkommenschaft verantwortlich fühlte. Dazu hörte sie, daß die Schwangerschaft eines Werwolfs nur sechs Monate dauerte, daß Werwölfinnen bis in ihre Siebziger hinein fruchtbar blieben und häufig ein Dutzend oder mehr Kinder zur Welt brachten – obwohl zwischen den einzelnen Schwangerschaften selten weniger als drei Jahre lagen; mit drei Jahren nämlich galten ihre Kinder als reif genug, ausreichend für sich selbst zu sorgen, damit die Eltern sich dem Aufziehen des nächsten Wurfs widmen konnten. Das Band zwischen Gefährten sollte angeblich unauflösbar sein und die Zärtlichkeit sowie Zuneigung ein ganzes

Leben andauern. Und sie erfuhr, daß die Crollière mit Poinceau vermählt war.

Als Tessa ihrer Verwunderung über diese Enthüllung Ausdruck gab und meinte, darauf wäre sie nie gekommen, tippte sich Madame Crollière mit einer Geste der Überlegenheit an den Kopf: »Es besteht auch keinerlei Notwendigkeit, daß du das weißt, Menschenkind. *Wir* wissen es.«

Die Madame behauptete, daß Werwölfe nicht selten einhundertfünfzig Jahre alt wurden, auch wenn Tessa das nicht so recht glauben mochte. Starb ein Partner eines verheirateten Paares aufgrund einer Krankheit oder hohen Alters eines natürlichen Todes, folgte der andere meist innerhalb weniger Stunden oder Tage nach. Außerdem würden die Kinder in Wolfsgestalt von einer Mutter in Wolfsgestalt geboren und blieben so, bis sie rund sechs Wochen alt waren; erst dann begannen sie damit, sich spontan in Menschen zu verwandeln und wieder zurück. Es war immer sehr aufregend für Familienangehörige und Freunde zu beobachten, über welche menschlichen Eigenschaften das Kind wohl verfügte, und nicht selten wurde damit geprahlt, wie früh ein Junges sich zu verwandeln begann und wie häufig es die Gestalt wechselte.

Die Kleinen entwickelten sich rasch, konnten schon mit weit weniger als einem Jahr laufen und spätestens mit zwei fließend sprechen. Die meisten jener berühmten Persönlichkeiten in der Geschichte, die von den Menschen als ›Wunderkinder‹ bezeichnet wurden, waren, wie man Tessa zu verstehen gab, in Wahrheit Werwölfe gewesen – wieder etwas, von dem sie nicht recht wußte, ob sie es glauben sollte oder nicht.

Sobald sie die willentliche Verwandlung hundertprozentig beherrschten, was meist mit rund drei Jahren der Fall war, verbrachten sie etwas mehr als die Hälfte ihrer Zeit in Menschengestalt. Dagegen war es üblich, wenn auch nicht unbedingt erforderlich, in Wolfsgestalt zu schlafen. Als Gipfel des schlechten Geschmacks galt es jedoch, sich in Wolfsgestalt Menschen zu zeigen, und ein Werwolf ließ es möglichst niemals zu, daß ein Mensch Zeuge seiner Verwandlung wurde.

Sie erfuhr, daß sie außergewöhnlich eitel waren und keine Gelegenheit versäumten, ihre natürliche Überlegenheit unter Beweis zu stellen. Als sie einmal sah, wie Marcel, der Stalljunge, einer Schlange, die die Pferde in Aufruhr versetzt hatte, das Rückgrat brach, fragte sie, warum er nicht einfach eine Pistole geholt und das Reptil erschossen habe. Verächtlich erwiderte er: »Weil ich jeder anderen Kreatur auf Erden überlegen bin. Nur menschliche Schwächlinge brauchen Waffen.«

Obwohl die Werwölfe, in deren Obhut Alexander sie zurückgelassen hatte, ihre Verantwortung durchaus ernst nahmen und Tessas ständige Fragen größtenteils beantworteten, bekam sie viele Einzelheiten nur durch Zufall oder eigene Schlußfolgerungen mit. Das, was sie am liebsten erfahren hätte – den genauen Ablauf ihrer Verwandlung, wie man sich dabei fühlte, was den Gestaltwechsel auslöste und was sie dabei dachten, welche Teile von ihnen die Form änderten und wie sie in den Besitz einer so wundersamen Fähigkeit gekommen waren – all das blieb für immer unbeantwortet; als sie dann allmählich begriff, daß schon das Fragen an sich als ungehörig und aufdringlich betrachtet wurde, ließ sie es allmählich sein.

Tessa hörte, daß sie äußerst geschickt mit Werkzeugen und mechanischen Geräten aller Art umgingen; schon die jüngsten von ihnen begriffen nach einem kurzen Blick auf einen Apparat, wie dieser funktionierte, um ihn anschließend innerhalb weniger Minuten zu zerlegen und so wieder zusammenzubauen, daß er besser ging als zuvor. Sie waren geradezu fasziniert von Maschinen und ständig auf der Suche nach neueren, einfacheren und schnelleren Methoden, gewöhnliche Tätigkeiten zu verrichten.

Obendrein waren sie gesellig und loyal, verteidigten ihre Nachkommen, die entzückend verspielt sein sollten, mit allen Mitteln, hatten einen trockenen Humor und ein hervorragendes – wenn auch oft selektives – Gedächtnis. Und Tessa erfuhr auch, daß sie trotz der Verachtung, die sie ihr und allen Angehörigen ihrer Art bei jeder Gelegenheit entgegenbrachten, ihre Gegenwart als durchaus anregend und sogar als eine gewisse Herausforderung empfanden. Herausforderungen liebten sie, und die Stunden, die sie damit zubrachten zu klären, wer von ihnen am jeweiligen Tag für Tessas Unterhaltung, ihre Erziehung oder ihren Schutz zuständig sein sollte, halfen ihnen, den trostlosen Winter zu überstehen. Daraus entnahm das Menschenkind, daß sie kaum etwas von ihnen zu befürchten hatte, und lernte von ihnen viel Staunenswertes. Doch sie wußte auch, daß sie sich niemals, so viel Wissen sie auch ansammelte, unter ihnen hundertprozentig wohl fühlen oder von ihnen akzeptiert werden würde.

Der Winter, den sie unter der Vormundschaft von Werwölfen verbrachte, war für sie eine gute Vorbereitung auf den Frühling im Palais – sofern überhaupt etwas sie auf dieses merkwürdigste Ereignis ihres bisherigen Lebens vorbereiten konnte. Sechs Wochen lang genossen sie die Gastfreundschaft der Königin – eine phantastische Mischung aus wunderlichen und großartigen Momenten, in deren Verlauf Tessa bei jeder Gelegenheit wie eine Marionette vorgeführt wurde, gehätschelt und umschwänzelt, beäugt und befragt. Zunächst mochte sie die hochgezogenen Augenbrauen gar nicht, dieses rituelle Umkreisen, die rüden Blicke und kritischen Anmerkungen; denn die Werwölfe, die das Palais besuchten, waren verständlicherweise extrem hochnäsig und aristokratisch in ihrer Art. Dann aber durchschaute sie allmählich den Zweck des ganzen Theaters. Indem Elise sie bei jeder offiziellen Gelegenheit allen wichtigen Gästen vorstellte, stellte sie klar, daß Tessa LeGuerre, ein Mensch, unter dem Schutz der Königin stand. Dies machte nicht nur sie zu einem außergewöhnlichen Lebewesen, sondern hob wegen ihrer Verbindung zu Alexander auch dessen Status in den Augen der Mitglieder seiner Spezies.

Was sie nicht wissen konnte – jedenfalls damals noch nicht –, war, daß Elise durch ihre Protektion der jungen Dame etwas Zusätzliches demonstrierte, das weit mehr ihren eigenen Interessen diente als denen Tessas.

Der Palast war ein weitläufiger, unendlich abwechslungsreicher Ort mit jedem nur erdenklichen Luxus und modernster

Technik – Tessa wurde nie müde, ihn zu erkunden. Es gab Badezimmer, in denen Wasser ohne Feuer erwärmt wurde und marmorne Wannen füllte, die groß genug für mehrere Personen waren. Elektrisch betriebene Lampen befanden sich in fast jedem Zimmer, die mittels Schalter angingen, und als Tessa staunend, aber verzweifelt ihre Ignoranz zu verbergen trachtend, auf das Genie des Mr. Edison zu sprechen kam (dessen Namen sie nur zufällig in einer Zeitung aufgeschnappt hatte), tauschten Alexander und Elise einen wissenden Blick und brachen in Gelächter aus. »Ja, ja, der gute Mr. Edison«, wiederholte Alexander und hob augenzwinkernd sein Glas, um dem naiven Dingelchen zu verstehen zu geben, daß Mr. Thomas Edison mit elektrischem Licht sehr wenig zu tun hatte.

Einer der letzten Orte, die Tessa erforschte, war die Kunstgalerie im dritten Stock. Im ganzen Palast hingen zahlreiche Bilder verteilt, denn die Liebe zu Farbe, Form und der inneren Vollkommenheit, die ein Gemälde zu einem großen Werk machen, war, wie Tessa wußte, allen Werwölfen gemeinsam. Die eindrucksvollsten Stücke jedoch wies die Galerie auf, die sich über die ganze Fläche des dritten Stocks erstreckte und auch noch die gesamte, über breite Wendeltreppen erreichbare vierte Etage einnahm. Diese obere Galerie war geradezu überwältigend groß, aber durch schwere Doppeltüren in mehrere kleine Räume aufgeteilt. Die Türen zu einigen dieser Kabinette am äußersten Ende hatte man wegen des prekären Zustands der ältesten Tableaus zugemacht.

Zu allen Tages- oder Nachtzeiten streiften stets irgendwelche Werwölfe einzeln oder mit anderen durch die Galerie, wo sie die herrlichen Stücke betrachteten, sich in tiefer Meditation vor ihnen niederließen oder auch nur im Vorbeigehen anerkennende Blicke auf sie warfen, als vermittle ihnen allein die Tatsache, von Kunst umgeben zu sein, ein tiefes Gefühl der Befriedigung. Niemand aber betrat jemals jene hinteren Räume, und wenngleich sie nicht abgeschlossen waren – Tessa hatte festgestellt, daß kein einziger Ein- oder Ausgang des Palasts über ein Schloß verfügte –, hatte man ihr erklärt, sie würden nur zu bestimmten Anlässen geöffnet oder um Restauratoren einzulassen. Natürlich waren genau das die Ziele, die die Jungfer Neugier interessiert ansteuerte.

Es gab kein elektrisches Licht in diesem Teil des Hauses, wofür Tessa im stillen dankte. Ihr waren diese neuen Errungenschaften der Technik immer noch ein wenig unheimlich. Sie ließ die Tür der Galerie lange genug offen, um ein Streichholz anzuzünden, und sah nach, ob jemand sie zurückhalten wollte. Der Korridor zeigte keine Seele, aber sie wußte schon lange, daß bei diesen Kreaturen der bloße Augenschein oft trog. Jemand hatte sie vielleicht gehört oder gerochen, und kam womöglich gleich um die Ecke, um ihr den Eintritt zu verwehren. Sie fürchtete sich nicht vor ihnen – schließlich bestand Alexander darauf, daß sie ihre Bildung im Bereich der Kunst vertiefte und fragte sie andauernd, warum sie nicht öfter die Gelegenheit ergreife, die sich ihr hier biete –, aber sie wollte nicht riskieren, womöglich getadelt zu werden, und nichts tun, was Elise Devoncroix' Meinung von ihr beeinträchtigen könnte. Also wartete sie eine Weile, aber der Korridor blieb leer. Dann durfte sie also eintreten.

Nacheinander zündete sie die Gaslampen an, und eins ums andere wurden die Porträts lebendig. Es waren nämlich ausnahmslos Porträts, alle von höchster künstlerischer Qualität, und allmählich dämmerte es Tessa, daß sie samt und sonders von Werwölfen stammten. Die Bilder zeigten attraktive Männer und schöne Frauen, und unterschieden sich abgesehen von der Schönheit der dargestellten Personen, nicht grundsätzlich von den Familienporträts anderer Adelshäuser Frankreichs. Jedenfalls auf den ersten Blick – bis man die Wölfe bemerkte …

Auf den jüngeren Gemälden – der Kleidung nach zu urteilen ungefähr zweihundert Jahre alt – war die Präsenz der Wölfe beinahe unauffällig: Sie rannten durch den Hintergrund, lugten hinter Sträuchern im Garten oder aus Waldwegen hervor oder spielten als Jungtiere inmitten elegant gekleideter Damen auf einer Lichtung oder im Wald. Auf einigen dieser verblüffenden Bilder fanden sich sogar ausschließlich Wölfe – ein Einzelgänger auf einem sonnenbeschienenen Hügel liegend, vor einem Feuer posierend oder im Triumphgeheul den Kopf zurückwerfend.

Je weiter Tessa aber in der Geschichte zurückging, desto unheimlicher wurden die Porträts. Auf dem Tableau einer rothaarigen Frau in einem Renaissancekostüm stellten die Gewitterwolken vor dem Fenster ihres Schlosses die Gesichter und Schlitzaugen von Wölfen dar. Woanders stand ein Mann auf einer mondbeschienenen Erhebung und sprach mit ausgebreiteten Armen vor einer Versammlung von Wölfen – die auf einer Wiese, so weit das Auge reichte, aufmerksam den Worten des Mannes lauschten. Auf dem nächsten Bild teilten sich Wölfe und nackte Kinder mit langem seidigem Haar blutiges, rohes Fleisch, und dann kam eines, wo eine nackte Frau mit seidig-blondem Haar, das ihr über die Brüste und Hüften fiel, aber ohne Schamhaar, einen mächtigen schwarzen Wolf liebkoste, dessen gebieterischer Blick das Porträt dominierte – und aus ihren Augen sprach pure Anbetung.

Die weitaus eindrucksvollste – und in vieler Hinsicht furchterregendste – Darstellung nahm die volle Länge und Breite einer speziell dafür gemauerten Wand im hintersten Raum ein, der abgesehen von dem einen Gegenstand vollkommen leer war. Auf diesem Bild schickte sich ein überlebensgroßer Wolf mit gewaltigem, erigiertem Penis und gelb funkelnden Augen gerade an, eine nackte menschliche Frau zu besteigen. Ihr dunkles, windzerzaustes Haar verlieh ihr ein wildes Aussehen, und die Genugtuung in ihren Augen ließ auf eine sorgfältig geplante Verführung schließen. Daß sie ein Mensch sein mußte, erkannte Tessa am dunklen Haar unter ihren Achseln und zwischen ihren Schenkeln. Im Hintergrund spielte sich auf der von Bäumen beschatteten Ebene ein Panorama der Geschichte ab – Scharen von Menschen und tote Wölfe, menschliche Leichname in Wolfsmäulern, ruhende Wölfe in einem grünen Paradies, kriegführende Menschen in schmutzigen Städten. Vom Himmel blickten in heiterer Gelassenheit die geisterhaften Gestalten von Kreaturen herab, jeweils halb Wolf und halb Mensch. Das Gemälde war überwältigend, abscheulich, angsteinflößend – aber auch unendlich faszinierend. Tessa vermochte den Blick nicht von ihm zu wenden, auch wenn sie bereits ahnte, daß sie es jahrzehntelang anstarren könnte, ohne jemals alle verborgenen Details zu erkennen oder all seine verschlüsselten Botschaften zu verstehen.

»Verstört es dich?«

Nach Luft ringend wirbelte Tessa zur Stimme hinter ihr herum. Elise Devoncroix saß auf einem mit blauem Samt bezogenen Sofa, keine zwei Meter hinter Tessa, die nicht begriff, wie sie unbemerkt von ihr dorthin gelangt war. Ihr Haar baumelte ihr als dicker Zopf über die eine Schulter, sie trug purpurrote Pumphosen und ein tailliertes, langärmliges Seidenhemd. Ihre Stiefel waren abgenutzt, und in der Hand hielt sie ein Paar abgetragener Gartenhandschuhe. Es waren Einzelheiten wie diese – die Handschuhe, die Stiefel –, die Tessa im Beisein der Königin immer irgendwie beruhigten, und ein- oder zweimal hatte sie sich sogar schon gefragt, ob Elise – die zauberhafte, allwissend scheinende Elise – solche Accessoires vielleicht bewußt arrangierte, um der Kleinen ihre Befangenheit zu nehmen.

Tessa wandte sich langsam wieder dem Gemälde zu und antwortete ehrlich mit ›Ja‹.

»Es heißt ›Die Empfängnis‹ und ist das wertvollste Bild in meiner Sammlung. Seinetwegen wurden schon Kriege geführt – seit über fünftausend Jahren.«

Dafür erntete sie einen ungläubigen Blick, aber Elise nickte. »Ja, das stimmt wirklich. Sie sind nur überrascht, weil Sie gewohnt sind, die Zivilisation aus menschlicher Sicht zu betrachten. Doch unsere Kultur ist viel älter, und unsere Entwicklung naturgemäß sehr viel bemerkenswerter. Übrigens«, fügte sie hinzu und stellte sich neben Tessa, »sind die Farbpigmente nicht so stabil, wie wir es gerne hätten, und besonders anfällig für Alterungsvorgänge, die nicht nur der menschliche Atem beschleunigt, sondern auch …«, sie warf einen bedeutungsvollen Blick auf die Lampen, die Tessa angezündet hatte, »Rauch.«

Instinktiv trat Tessa einen Schritt zurück und löste ihren Blick vom Gemälde. »Tut mir leid,« sagte sie hastig, »ich wollte nicht …«

Elise lächelte. »Ich denke, ein paar Minuten können wir ruhig noch bleiben. Außerdem bin ich neugierig. Was verstört dich am meisten an dem Bild?«

Im Gegensatz zu Alexander quälte Elise sie nie mit einer Sprache, die sie nicht voll und ganz beherrschte; statt dessen unterhielt sie sich immer englisch mit ihr – aus reiner Höflichkeit, wie Tessa annahm. Doch ebenso wie Alexander – und jeder andere Werwolf, den sie bislang kennengelernt hatte – wechselte auch Elise mit spielerischer Leichtigkeit die Sprache ohne auch nur die Spur eines Akzents.

Tessa wandte sich wieder dem Gemälde zu, obgleich die Antwort natürlich auf der Hand lag. »Ich habe gehört – das heißt, Alexander hat mir erklärt …« Schüchtern deutete sie auf das Bild. »… daß eine geschlechtliche Vereinigung zwischen Mensch und Werwolf unmöglich sei.«

»Das stimmt auch. Das Gemälde ist eher symbolisch zu verstehen.« Elises Stimme klang geduldig, doch Tessa glaubte eine winzige Spur Herablassung darin wahrzunehmen.

»Wenn ich ihn richtig verstanden habe, fand er schon die bloße Vorstellung … ekelhaft.«

»Beurteilst du die Darstellung, die du da vor dir siehst, auch als ekelhaft?«

Wieder betrachtete Tessa den mächtigen, erregten Wolf, die wild entschlossene menschliche Frau mit ihrem stechenden Blick, schluckte und nickte.

»Wie du siehst, haben unsere beiden Spezies etwas gemeinsam«, erwiderte Elise.

»Aber das hat kein menschlicher Künstler gemalt«, merkte Tessa an. »Keine Kriege zwischen Menschen wurden deswegen ausgefochten, und keine Menschen bewahren es wie einen Schatz auf. Wie können Sie so großen Wert auf etwas legen, das sowohl der Wirklichkeit widerspricht als auch moralisch anstößig für Sie ist?«

Elise lachte leise. »Wie heißt es immer – ist eine Frage erst einmal formuliert, befindet man sich schon auf halbem Weg zur Antwort, stimmt's? Leider bin ich mir nicht sicher, ob es in diesem Fall eine befriedigende Erklärung gibt, oder sagen wir eine, die ich in menschliche Sprache fassen kann. Nein, dafür hat weder das Englische noch das Französische ein treffendes Wort. Beherrschst du Latein? Nein? Na gut, nicht so wichtig. Es gibt einfach keine menschliche Entsprechung, obwohl der Begriff ›Ironie‹ der Sache einigermaßen nahe kommt. Wir schätzen das Bild, gerade *weil* es unwahr und anstößig ist, eine Aufforderung, uns die Frage nach unseren eigenen Werten zu stellen ... und natürlich auch, weil es ein wunderbares Kunstwerk ist und eine meisterhafte Geschichte erzählt.«

Tessa schüttelte hilflos den Kopf, und es fiel ihr sichtlich schwer, ihre Blicke zu lösen. »Das verstehe ich nicht«, sagte sie.

Elise nahm Tessas Arm und tätschelte sanft ihre Hand. »Dann hast du heute etwas sehr Wichtiges gelernt«, meinte sie voller Güte.

Das Menschenkind wandte sich vom Gemälde ab und schaute Elise Devoncroix in die Augen. Der Kontrast zwischen der grotesken künstlerischen Darstellung und der porzellanartigen Schönheit der Wirklichkeit war bestürzend und verwirrend.

»Du wirst uns nie verstehen, Tessa LeGuerre«, erläuterte Elise keineswegs unfreundlich. »Unsere beiden Arten sind einander fremd. Wir haben diese Wahrheit schon vor sehr langer Zeit zu akzeptieren gelernt, und wenn du jemals zufrieden sein möchtest, mußt du das ebenfalls tun.«

»Komm jetzt,« forderte sie Tessa auf und zog sie mit sich. »Löschen wir die Lampen, bevor noch irreparabler Schaden entsteht. Ich werde hier wahrscheinlich elektrisches Licht installieren lassen, sobald unsere Wissenschaftler eine Möglichkeit gefunden haben zu verhindern, daß die Hitze die Bilder zu stark austrocknet. Vermutlich richtet aber Hitze weit weniger Schaden an als Rauch.«

Über die Schulter warf Tessa einen weiteren unbehaglichen Blick zurück. Elise beobachtete sie nachsichtig.

»Abschließende Gedanken?« fragte sie. »Was wirst du Alexander über deinen Ausflug in die Kunstgeschichte unserer Spezies berichten?«

Tessa wog ihre Antwort sorgfältig ab. »Warum«, fragte sie, »wird sowohl in Ihren Legenden als auch in unseren – in Ihrer Kunst wie in unserer – die Frau immer als Verursacher aller Probleme dargestellt?«

Elise lachte vor Freude hell auf. »Ich freue mich schon auf die lebhafte Diskussion beim Abendessen!«

Sie verließen die Galerie Arm in Arm, und Elise machte Tessa keinerlei Vorwürfe, daß sie sich auf verbotenes Terrain vorgewagt hatte.

11

Die Familie von Elise Devoncroix bezog seit jeher ein beträchtliches Vermögen aus dem Schiffbau – denn obwohl die *loups-garous* keine übermäßigen Freunde größerer Gewässer und oft auch recht mäßige Schwimmer waren, verfügten sie, wie Tessa herausgefunden hatte, über ein außergewöhnliches seefahrerisches Geschick. Dies lag zum Teil an ihrem angeborenen Orientierungssinn, zum Teil aber auch an ganz simplen Eigenschaften wie der Hand-Augen-Koordination und ihrem großen Talent als Schiffbauer. Zudem hatte sich bereits Anfang des 13. Jahrhunderts ein geschäftstüchtiger Devoncroix die meisten Kohlevorkommen der Britischen Inseln gesichert, denn Werwölfe schätzten die Bequemlichkeit und Effizienz von Kohle schon lange, bevor die menschliche Bevölkerung begann, die Wälder derart auszubeuten, daß der Preis für Brennmaterial steil nach oben schnellte.

Ihr hochentwickelter Geruchssinn ermöglichte es den Werwölfen, unterirdische Öl- und Gasvorkommen zu lokalisieren, und so bot ihnen der Bergbau weitere Vermögensquellen. Dieselben Fähigkeiten setzten sie ein, um Lagerstätten von Mineralien – Gold, Silber, Edelsteinen – aufzuspüren, und ihr Besitz wuchs stetig weiter an.

Sie waren intelligent, mutig und phantasiebegabt. Auf diesen beiden soliden Grundlagen – Schiffbau und Bergbau – hatten die Devoncroix ein Finanzimperium errichtet, das sich von Europa bis nach Amerika erstreckte. Jede Generation brachte eine neue Komponente ein: im Fall von Sancerre, Elises Vater, waren es Eisenbahnen, bei Elise selbst Parfüm. Tessa, die sich wenig für das Wirtschaftsleben interessierte und keine Ahnung von seinen komplizierten Verflechtungen hatte, war dennoch beeindruckt von der ungeheuren Macht der Devoncroix und den Möglichkeiten, die sich daraus ergaben. Mitunter dachte sie, sie dürfe das eigentlich gar nicht alles wissen, und die meiste Zeit fand sie es ohnehin praktischer, einfach zu ignorieren, was sie nicht verstand. Eines aber wurde selbst ihr recht schnell klar: Während die Stellung des ›Rudelführers‹ eher symbolischer Natur war und die damit verbundenen Verantwortlichkeiten eher eine Frage der Tradition, bestand die wahre Macht der Devoncroix in ihrer wirtschaftlichen Potenz.

Was Elise Devoncroix im Jahr 1897 übernommen hatte, war mehr als ein Vermögen und fast ein Königreich. Jahrhundertealte Rituale und Gegebenheiten wurden ihr ebenso vererbt wie die moralische Verantwortung für bestimmte Wertvorstellungen, Fähigkeiten und Traditionen. Sie öffnete ihren Palast für das Theater und sportliche Wettkämpfe. Ihre Teiche und Bäche überließ sie anderen Werwölfen zur Erholung und ihre geschützten Waldgebiete zum Laufen. Obwohl theoretisch diese Flächen nach dem Motto ›noblesse oblige‹ natürlich allen Werwölfen offenstanden, fand Tessa heraus, daß in Wahrheit nur die hochrangigsten von ihnen hierher eingeladen wurden und ohne königliches Schreiben niemand an den Wachen vorbeikam.

Viele der Werwölfe, die den Palast besuchten, brauchten Elises Rat oder baten sie um finanzielle oder anderweitige Unterstützung – Dinge, die sie bereitwillig zur Verfügung stellte, wenn auch abhängig davon, wie begründet die Bitte war und wie sehr der oder die Betreffende Hilfe verdiente. Andere kamen, um sie einzuschätzen, ihre Stärken und Schwächen zu erkunden und eine Antwort auf die Frage zu finden, ob es sinnvoll wäre, sie zum Kampf herauszufordern. Tessa war entsetzt, als sie das hörte, und fragte, warum ihre Wachen solche Verräter überhaupt in ihre Nähe ließen. Elise aber lachte nur.

»Aber gerade die *will* ich doch sehen«, erklärte sie. »Wie soll ich denn sonst meine Feinde kennenlernen?« Dann zuckte sie die Achseln und fügte hinzu: »Wenn sie mich herausfordern, sterben sie, und wenn nicht, werden sie für ihre Klugheit und ihren Mut belohnt.«

Tessa kam das eher wie eine große Dummheit und reine Zeitverschwendung vor; aber sie hatte viel zu viel Respekt vor Elise, um das auszusprechen.

Die junge Königin erteilte ihre Zustimmung zu Eheschließungen, waltete bei Geburten ihres Amtes und hatte von jedem einzelnen Mitglied des Rudels den Familienstammbaum im Kopf. Was Tessa als erstaunliche Leistung erachtete, war für Elise ganz selbstverständlich, denn sie hatte das von Kindheit an gelernt – etwa so, wie Menschenkinder das ABC lernen und nicht weiter darüber nachdenken, wenn sie es erst einmal beherrschen. Alles, was mit Geburten, Todesfällen und Hochzeiten – oder Paarungen, wie sie genannt wurden – zu tun hatte, war in ihrer Gesellschaft von allergrößter Bedeutung und weitaus wichtiger als irgendwelche Streitigkeiten, Eroberungen oder der schnöde Erwerb von Reichtum. Tessa fand es merkwürdig, daß Familienbelange bei einer Spezies, die ansonsten doch so pragmatisch schien, derart hochgehalten, ja fast mit Ehrfurcht betrachtet wurden.

»Wir sind weit weniger als ihr«, erklärte Elise bereitwillig. »Vielleicht legen wir deshalb sehr viel mehr Wert auf solche Dinge.«

»Oder unter Umständen«, meinte Alexander mit einer Spur von Ungeduld in der Stimme, »ist es einfach so, daß wir mehr wert sind als ihr. *Vraiment*, Mademoiselle, ich verstehe nicht, warum Ihr noch immer die Neugier dieses lästigen Kindes ertragt, noch dazu in bezug auf Themen, die sie nicht das geringste angehen.«

»Weil es mich amüsiert«, gab Elise zu. »Brauche ich denn noch einen anderen Grund?«

Alexanders Augen verengten sich, als er seine eigenen Worte wiedererkannte, mit denen er dieselbe Frage von Gault beantwortet hatte. Tessa verkniff sich hinter vorgehaltener Hand ein Kichern, Elise lachte lauthals los, und einen Augenblick später schien auch ein Funkeln in Alexanders Augen anzudeuten, daß er Elises Schlagfertigkeit durchaus zu schätzen wußte.

Er faßte Tessa spielerisch um die Hüfte und zog sie an sich. »Verheerender als der Zahn einer Schlange ist ein verräterisches Weib«, erklärte er. »Allmählich wird mir klar, daß es ein schwerer Fehler war, euch beide zusammenzubringen.«

»Es ist prinzipiell ein Fehler, die Intelligenz einer Frau zu unterschätzen«, meinte Elise.

»Oder eines Menschen«, ergänzte Tessa.

Allseits herrschte Heiterkeit und Alexander ließ den Arm um Tessas Taille, als sie gemeinsam durch den Garten gingen. Tessa lehnte sich zufrieden gegen ihn, und wieder einmal wurde ihr bewußt, welch wundersame Wendung ihr Leben genommen hatte.

»Was für ein närrischer Werwolf Denis Antonow doch sein muß«, sagte Tessa gleich darauf zu Elise. »Ihr hättet ihn niemals geheiratet!«

Elisa warf Alexander einen vergnügten Blick zu und antwortete: »Ich weiß es nicht, Tessa. Vielleicht doch. Wie ich gehört habe, sieht er sehr gut aus und soll fast so charmant sein wie sein Bruder.«

»Auch nicht annähernd!« protestierte Alexander.

»Aber er hätte Ihnen nie weismachen können, daß er sich gebessert hat«, fuhr Tessa beharrlich fort, »und er hätte Sie nie dazu bringen können, Menschen zu hassen.«

Die Rudelführerin überlegte. Ein Sonnenstrahl fiel auf ihr Gesicht, als sie aus dem Halbschatten eines Blätterdachs von Bäumen traten, und sie kniff die Augen zu, zog sich ihren breitkrempigen Strohhut etwas weiter in die Stirn. »Vielleicht nicht«, räumte sie ein. »Aber vielleicht wäre mir das alles auch ganz egal gewesen.«

Als sie Tessas Schockiertheit sah, mußte sie lächeln. »Paarungen zwischen uns werden nicht unbedingt von der Leidenschaft bestimmt, Tessa. Denis ist ein starker Werwolf, und seine Zukunftsvision für das Rudel nicht völlig falsch. Er kann eine Meute beherrschen und viele Individuen zusammenhalten; das hat er bereits bewiesen. Er würde starke Nachkommen zeugen. Und außerdem wäre es sehr vorteilhaft, die Devoncroix und die Antonows wieder zusammenzubringen. Im Grunde trennt uns lediglich die Beurteilung der Menschen.« In gespielter Überlegung schürzte sie die Lippen. »Du bist wirklich ein kluges Mädchen, Tessa, daß du mich auf diesen Gedanken bringst ... Ich sollte vielleicht einmal gründlich darüber nachdenken.«

Alexander fand das gar nicht lustig. Er ließ seinen Arm von Tessas Taille fallen. »Ich mag es nicht, wenn Ihr so redet, nicht einmal im Spaß.«

Elise warf ihm einen herausfordernden Blick zu. »Weil das Ihre Verteidigung meiner Ehre abwerten würde?«

»Weil es einfach falsch ist«, korrigierte Alexander ernsthaft. Ihre Hoheit sah ihn einen Moment lang an und lächelte dann. »Ich bin froh, daß Sie so denken.«

Doch auch wenn sie einander anlächelten, und obwohl Elise Alexanders Arm nahm, als dieser ihr ihn anbot, wünschte Tessa, das Thema nicht angeschnitten zu haben. Sie plazierte sich an Alexanders andere Seite, doch die unbeschwerte Atmosphäre, die eben noch zwischen ihnen geherrscht hatte, war so leicht nicht wiederherzustellen.

Sie blieben eine Zeitlang stehen, um ein Tennisspiel auf dem Rasen zu verfolgen, und Elise und Alexander sprachen über das bevorstehende Fest des Sommermonds, das Werwölfe aus ganz Europa zum Palast locken würde. Tessa lauschte eine Weile ihrem

Gespräch, bis sie von einem impertinenten Jungen abgelenkt wurde, der sich splitternackt im Brunnen tummelte. Seine Gefährtin war eine kleinere, weibliche, karamelfarbene Version; sie jagte ihn, offenbar ohne wirklich die Absicht zu haben, ihn zu erwischen. Solche Anblicke überraschten Tessa immer wieder, denn Nacktheit galt unter ihnen als die normalste Sache der Welt und nicht im geringsten anstößig. In Wolfsgestalt in Sichtweite eines Menschen aufzutauchen, war dagegen nicht ganz so akzeptabel, und das hatte seit Tessas Ankunft zu gewissen Spannungen im Palast geführt. Elises Protektion hatte den anderen klargemacht, daß sie diesen Menschen durchaus respektierte; doch andererseits wäre es von den Besuchern im Palast zuviel verlangt, um Tessas willen ihre natürliche Gestalt zu verleugnen. Sie wußte, daß dies zu einer gewissen Abneigung der anderen Werwölfe ihr gegenüber führte, konnte es aber nicht ändern. Und jedesmal, wenn sie auf einen in seiner natürlichen Gestalt traf, fühlte sie sich dabei so unwohl wie er; einen kurzen, verwirrenden Augenblick lang kam sie sich dabei immer vor, als hätte sie eine unsichtbare Grenze von einer Welt in eine andere überschritten und müsse sofort zurück, um nicht das Gleichgewicht zu verlieren.

Der männliche Werwolf nahm Tessas Witterung auf und drehte sich um. Als er sie sah, zog er spöttisch die Nase hoch, bis er in ihrer Begleitung die Königin erkannte und plötzlich sehr konsterniert dreinschaute. Zusammen mit der karamellfarbenen Kameradin rannte er quer über den Platz und störte das Tennisspiel. Einer der Spieler warf ihm einen Schläger nach.

Stirnrunzelnd sagte Alexander: »Diese jungen Leute haben keinerlei Manieren mehr.«

»Das stimmt!« Mit mißbilligenden Blicken verfolgte Elise die Szene. »Aber wer sollte ihnen auch welche beibringen? Das Rudel ist aus den Fugen, Alexander; keiner hat mehr Anstand, keiner mehr Ziele. Ich trage dafür die volle Verantwortung.«

»Ihr seid doch noch gar nicht offiziell Rudelführerin«, widersprach Alexander. »Ich wüßte nicht, warum Ihr die Verantwortung für eine Entwicklung übernehmen solltet, die sich schon über Jahrhunderte erstreckt.«

Worauf Elise schlicht erwiderte: »Wenn ich das Oberhaupt werden soll, bleibt mir wohl nichts anderes übrig.«

Sie gingen eine Zeitlang still nebeneinander her. Tessa, die irgendwie das Gefühl hatte, an dem Stimmungstief schuld zu sein, folgte ihnen stumm.

Dann sagte Alexander unvermittelt: »Ich denke, wir reisen am besten Ende der Woche ab, bevor die ersten Gäste eintreffen.«

Elise hob überrascht den Ellbogen – auch wenn es Tessa vorkam, als sei diese Überraschtheit nur vorgetäuscht und als wisse Alexander das ganz genau. »Wollen Sie mich tatsächlich beleidigen, indem Sie vor dem Fest abreisen? Jeder wird glauben, ich behandelte meine Gäste so schlecht, daß sie nicht einmal die Aussicht auf unerschöpfliche Weinfässer und Unmengen von Gaumenfreuden zum Bleiben bewegen kann. Wie soll ich das erhobenen Hauptes überstehen?«

Er lächelte. »Ich komme zurück, falls Ihr dies wünscht. Aber wenn Ihr möchtet, daß ein guter Jahrgang Eure unerschöpflichen Fässer füllt, dann sollte ich mich schleunigst um meine Weinberge kümmern.«

Tessa wußte, daß das ein Vorwand war. Alexander hatte so gut wie nichts mit der Herstellung des Weines oder der Pflege der Weinberge zu tun; stets prahlte er, seine Angestellten seien so erstklassig und zuverlässig, daß er jahrelang von der Bildfläche verschwinden könnte und ihn trotzdem bei seiner Rückkehr ein verzehnfachter Umsatz empfinge.

Dann erkundigte sich Elise: »Und Tessa? Fährt sie mit?« Jetzt erst verstand diese das Ganze.

Alexander blickte auf, und ihm war anzusehen, daß er das Thema lieber nicht in ihrem Beisein erörtert hätte. Ebenso stand fest, daß Elise das wußte.

Er antwortete: »Ich halte es für das beste, wenn Tessa eine Weile auf meinem Landgut bleibt. Sie kann ja nach dem Fest wiederkommen.«

Tessa hatte nicht die Absicht, sich das so ohne weiteres gefallen zu lassen. »Wieso?« begehrte sie auf. »Ich hab' doch schon an einigen Abendgesellschaften hier teilgenommen und andere Gäste kennengelernt. Also bin ich kein Geheimnis mehr, oder? Schämen Sie sich meiner vielleicht? Was ist denn so außergewöhnlich an diesem Fest?«

»Sie hat recht, Alexander«, bestätigte Elise und fädelte ihre Hand durch seine Armbeuge, als sie den Rasenplatz verließen und den französisch angelegten Teil des Gartens betraten. »Erklären Sie uns bitte Ihre Logik.«

Die Verärgerung in Alexanders Stimme war unüberhörbar. »Unzählige Besucher werden kommen, die Elise noch nie zuvor gesehen haben«, belehrte er Tessa. »Da ist es wichtig, daß sie einen guten Eindruck hinterläßt. Außerdem wird es gewisse ... Aktivitäten geben, wo du sowieso nicht dabeisein kannst. Es würde dich zu Tode langweilen.«

Tessa starrte ihn verständnislos an. In Elises Mundwinkeln bildeten sich Grübchen, als sie genauer ausführte: »Mit ›Gäste‹, liebe Tessa, meint er ›Freier‹. Man erwartet von mir, daß ich einen aus der Crème de la crème der Saison zum Gefährten nehme.«

Tessa war so aufgeregt, daß sie darüber beinahe ihren Groll gegen Alexander vergaß. »Das ist ja wie im Märchen!« rief sie, und Elise mußte lachen.

Alexanders Tonfall aber blieb abweisend. »Wenn du deine Lektionen gelernt hättest, wie ich es dir geraten habe, dann wüßtest du, daß die Quelle der meisten eurer sogenannten Märchen in unseren heiligsten Traditionen liegt. Aber das ist gar nicht der Punkt ...«

»Wie werden Sie vorgehen?« erkundigte sich Tessa bei Elisa. »Wie werden Sie wissen, welchen Sie auszuwählen haben?«

»Nun, das ist immer dieselbe Frage, oder etwa nicht?« antwortete Elise amüsiert. »Wie kann man das je wissen? Vielleicht hilfst du mir ja, eine Entscheidung zu treffen, Tessa.«

Alexander klang ziemlich gepreßt, als er einwarf: »Ich finde, das geht entschieden zu weit, Mademoiselle.«

Elise wandte sich ihm zu. Ihr Gesichtsausdruck blieb ebenso freundlich wie ihre Stimme, doch in ihrem Blick lag etwas Hartes; etwas, das Tessa, obwohl sie es nicht wirklich sah, sofort als das erkannte, was es war – Elise fühlte sich in ihrer Autorität herausgefordert. »Was geht zu weit, Alexander?«

Er zögerte. Das allein schon ließ Tessa die Bedeutung dieses Augenblicks erkennen, und sie begriff, daß es hier um Wichtigeres ging als um ein Menschenkind bei einem privaten Fest dieser Art. Sie wußte, wann es angebracht war, den Mund geschlossen und die Ohren offen zu halten.

Alexander nahm Elises Arm, wandte sich ein wenig von Tessa ab und sprach leiser, um eine unsichtbare Mauer der Geheimhaltung zu errichten. »Elise«, begann er, »ich weiß, daß Ihr das Beste wollt und bewundere Euch dafür. Aber unter uns gibt es einige, die die Anwesenheit Tessas nicht verstehen werden, und Ihr könnt es Euch nicht leisten, Euch ausgerechnet jetzt Feinde zu schaffen.«

Ihre Augen blitzten. »Was für ein Glück, daß Sie mir beibringen, was ich mir leisten kann und was nicht, Monsieur!«

»Ich wollte Euch nicht beleidigen.« Aber aus den Bewegungen von Alexanders Kiefermuskulatur war deutliche Verärgerung abzulesen. »Zwar habe ich sie hergebracht; aber ich möchte nicht dafür verantwortlich sein, daß Ihr ihretwegen in peinliche Situationen geratet.«

»Peinlich!« stieß Tessa entgeistert hervor. Verletztheit und Wut veranlaßten sie, das Wort zu ergreifen, wo Klugheit eigentlich Schweigen verlangt hätte. »Bin ich Ihnen etwa *peinlich*?«

Elise hob eine Hand, um sie zu beruhigen, obwohl ihr Blick mehr als verstimmt auf Alexander geheftet blieb. »Du bist nicht peinlich, Tessa LeGuerre. Du bist ein perfektes Beispiel dafür, wie charmant und intelligent ein Mensch sein kann. Es wundert mich schon sehr, daß dein selbsternannter Vormund das noch nicht bemerkt hat!«

»Verdammt, Elise, Ihr wißt genau, was ich meine.« Alexanders Stimme war angespannt, und er sah Tessa nicht ins Gesicht.

»Richtig«, erwiderte Elise, »und Sie enttäuschen mich gewaltig! Ich habe Sie immer für jemanden gehalten, der den Mut hat, zu seinen Überzeugungen zu stehen. Aber vielleicht sind Sie Ihrem Bruder doch ähnlicher, als ich bis jetzt annahm.«

Die Zornesröte stieg Alexander zu Kopfe, und seine Augen verdunkelten sich. »Das ist unfair.«

»Tatsächlich?« Auch Elise lief rot an, als sie ihm gegenüberstand. Sie hielt das Kinn hoch und die Schultern nach hinten – ihre Haltung war keinen Deut weniger stolz und herrschaftlich als die Alexanders. »Dann beweisen Sie mir, daß ich mich irre!«

»Mir geht es nur um Euer Wohlergehen! Ihr habt doch selbst gesagt, daß das Rudel aus den Fugen ist – wollt Ihr es etwa auf diese Weise wieder auf eine gemeinsame Linie einschwören? Und wie wollt Ihr überhaupt regieren, wenn es Euch nicht gelingt, einen angemessenen Gefährten zu finden?«

»Sie wagen es, mir solche Fragen zu stellen?«

»Ich wage es, Euch zu *beraten,* Mademoiselle! Schließlich ist es ein Unterschied, ob man fest zu seinen Überzeugungen steht oder wegen einer Augenblickslaune seine Zukunft aufs Spiel setzt!«

»Und Sie kennen eindeutig diesen Unterschied, nicht wahr? Dann seien Sie doch bitte so gütig, mich aufzuklären!«

»Genau das versuche ich gerade.«

Tessa trat instinktiv einen Schritt zurück. Wenn zwei mächtige Werwölfe ihre Verärgerung zum Ausdruck brachten, war das eine furchtbare Sache; es schien der Luft den Sauerstoff zu entziehen, sie zum Knistern zu bringen und die Temperatur der Erde zu erhöhen. Unwillkürlich zog Tessa sich noch weiter zurück, während sie ausrief: »Mademoiselle, Sie täuschen sich!«

Elises Kopf schnellte herum; ihre blauen Augen funkelten, ihre Lippen waren aufeinandergepreßt, und ihr Haar wirbelte um ihren Körper wie ein Glorienschein. Tessa spürte, wie sie der Mut verließ, denn selbst ein Werwolf wäre vor dem Temperament der Elise Devoncroix erzittert. Doch so klein sie sich auch fühlte und so verängstigt, wußte sie doch, daß sie das, was sie angefangen hatte, auch beenden mußte.

»Er ist ganz und gar nicht wie sein Bruder«, beteuerte Tessa atemlos. »Ich gehe oder ich bleibe, ganz wie Sie wollen, aber – Sie dürfen Alexander nicht mit dem anderen vergleichen, und seien Sie bitte nicht böse auf ihn!«

Allmählich entspannten sich Elises Züge. Der Hauch eines Lächelns kam über ihre Lippen, während sie ihren Blick von Tessa zu Alexander gleiten ließ. »Da haben wir es wieder, Monsieur«, bemerkte sie. »Auch wenn ich mir nicht sicher bin, ob Sie eine so glühende Verteidigung überhaupt verdient haben, kann ich nur wiederholen: Wer die Loyalität eines so unschuldigen Wesens genießt, der verdient eine zweite Chance.«

Alexander brachte es fertig, gleichzeitig verlegen, verärgert und stolz auszusehen. Doch die Verärgerung war völlig aus seiner Stimme gewichen, als er trocken erwiderte: »Tessa besitzt zweifellos ihre Qualitäten, Mademoiselle; aber ich weiß wirklich nicht, ob man sie als unschuldig bezeichnen kann.«

Elise wandte sich von ihm ab und griff nach Tessas Hand, um sie in einer Geste der Vertraulichkeit unter ihren Arm zu klemmen. »Also, Tessa, du mußt jetzt das abschließende Urteil fällen. Sag mir ehrlich, denn ich merke es, wenn du lügst – wie schätzt du Alexander Devoncroix' Charakter ein?«

Der ganz spezielle Humor der Werwölfe entzog sich Tessa noch immer, und sie wußte nie, wann Elise sie nur neckte. Sie war sich jedoch darüber klar, daß Elise sie ebenso leicht wie Alexander durchschaute, und zermarterte sich das Hirn nach etwas Positivem. Angesichts der Tatsache, daß sie innerlich noch immer wütend war über seinen Versuch, sie loszuwerden – ganz zu schweigen davon, wie sehr das Wort ›peinlich‹ sie verletzt hatte –, erschien ihr das gar nicht einfach.

»Ich denke, er ist sehr ehrlich«, leitete sie vorsichtig ein.

Alexander stöhnte leise.

Tessa holte kurz Atem und sprudelte dann heraus: »Aber oft ist er gedankenlos und egoistisch. Er kann arrogant und voreingenommen und hinterhältig sein, wenn es seinen Zwecken dient – außerdem eitel und autokratisch. Offen gestanden, Mademoiselle« – sie sagte das nicht ohne eine gewisse Genugtuung – »hatte ich oft den Eindruck von einem ziemlichen Pfau.«

Die Grübchen um Elises Mund kamen wieder zum Vorschein, als sie Alexander ansah.

»Und trotzdem«, schloß Tessa, »ist er gütig gegenüber seinen Untergebenen, und man kann sich darauf verlassen, daß er sein Wort hält. Ich habe ihn nie anders erlebt als fair.«

Sie hätte noch mehr hinzufügen können, fürchtete aber ohnehin schon, zu weit gegangen zu sein. Daher wagte sie es nicht, Alexander anzuschauen.

»Na schön, meine Liebe! Soeben haben Sie den klassischen Werwolf beschrieben. Vielleicht sollte ich Alexander auf meine Liste potentieller Herausforderer setzen.«

Der Betreffende trat einen Schritt vor und sah ihr kühn in die Augen. »Vielleicht solltet Ihr das wirklich!«

Elise hielt seinem Blick ein paar Sekunden lang stand und murmelte dann: »Ehrgeizig ist er auch noch. Eine höchst bewundernswerte Kombination von Eigenschaften. Wie schade, daß Sie so schrecklich festgefahrene Meinungen haben!«

Aber statt sich zu verteidigen, lächelte Alexander nur. »Ja, wirklich schade, nicht wahr?«

Und das war's dann: ein Sturm, der sich ebenso schnell wieder legte, wie er aufgezogen war – typisch für das lebhafte Temperament dieser Spezies. Tessa aber, die weder den Grund für den Streit verstand noch sein überraschendes Abflauen, konnte nicht so rasch vergessen.

Als die beiden Kampfhähne Arm in Arm ihren Spaziergang fortsetzten, begab sich Tessa zurück zum Haus. Sie schienen ihren Fortgang nicht einmal zu bemerken.

12

Das Menschenfräulein war mittlerweile im Palast ein gewohnter Anblick, und wo immer sie auftauchte, traf sie auf eine Haltung, die zwar alles andere als ehrerbietig oder gar herzlich war, aber doch zumindest tolerant. Hätte sie zu würdigen gewußt, wie absolut ungewöhnlich – ja sogar unerhört – ihr Aufenthalt hier empfunden wurde, dann hätte sie die Situation vielleicht besser überblickt. So aber war sie ständig auf der Hut und fühlte sich nie ganz wohl in ihrer Haut, wenn nicht gerade Alexander oder Elise sie begleiteten.

In Alexanders Haus verhielt es sich nicht anders. Im Unterschied zum Palast gab es da zwar menschliche Bedienstete und Kaufleute und Bekannte Alexanders, die regelmäßig zu Besuch kamen; doch diese verstärkten in Tessa eher das Gefühl, isoliert zu sein. Keiner von ihnen wußte um ihr Geheimnis. Und keiner von ihnen würde sie begreifen – oder ihr etwa Glauben schenken –, wenn sie ihn in dieses Geheimnis einweihte. So hatte sie sich damit abgefunden, nie mit jemandem darüber sprechen zu können. Ein Geheimnis zu verraten, hatte ihre Mutter immer gepredigt, setze sowohl das Geheimnis selbst als auch den herab, der es verriet. Jetzt erst verstand Tessa, was sie damit gemeint hatte ... und merkwürdigerweise ahnte sie nun auch, warum ihr Vater sein Wissen vor allen verborgen hatte – mit Ausnahme eines staunenden Kindes, das noch zu jung gewesen war, um den Unterschied zwischen Märchen und Realität zu begreifen.

Infolgedessen war Tessa nicht nur allein, sondern auch einsam. Sie hatte keine Freunde, keine Vertrauten, niemanden, dem sie ihre Gefühle hätte gestehen oder den sie um Rat hätte bitten können. War sie mit Alexander zusammen, spielte das alles keine Rolle; er füllte ihre Zeit mit so vielen Unternehmungen aus, daß sie wunschlos glücklich war. Ohne ihn jedoch wurde ihr ihre Einsamkeit um so mehr bewußt.

Auf die Frage, ob sie im Palais Devoncroix glücklich sei, hätte sie nicht mit einem uneingeschränkten Ja geantwortet. Sie war ehrfürchtig, fasziniert, demütig, verblüfft. Aber sie fühlte sich oft auch unbehaglich, häufig unsicher und manchmal auch verängstigt. Niemals würde sie sich an Anblicke wie den an jenem Nachmittag gewöhnen, als der nackte Junge und die Wölfin zusammen über den Tennisplatz jagten. Ebensowenig konnte sie sich an die Wachen gewöhnen, die – oft in Wolfsgestalt – Elise feierlich überall hin begleiteten. Die fremdartige Schönheit der Gäste im Palast, ihr seltsames Verhalten, ihre schmaläugigen Blicke, ihre Angewohnheit, von ihr zu sprechen, als sei sie gar nicht vorhanden, … all das gemahnte sie ständig daran, daß sie ein Eindringling auf gefährlichem Terrain war.

Aber weggeschickt werden wollte sie auch nicht. Ohne Alexander gefiel es ihr nicht in seinem Haus in Lyon. Sie wollte nicht allein gelassen werden an einem fremden Ort, in der Gesellschaft von Wesen, die sie abwechselnd amüsant und lästig fanden, und mit ihr ebenso wenig anfangen konnten wie sie mit ihnen. Und nun schickte man sie wie ein Kind ins Bett, bevor die Feier der Erwachsenen beginnt!

So verbrachte sie den Nachmittag damit, ihre Argumente zu ordnen. Alexander, das wußte sie aus Erfahrung, konnte absolut halsstarrig sein, wenn er sich einmal zu etwas entschlossen hatte – Elise war da schon vernünftiger. Ob das den Unterschied zwischen männlich und weiblich ausmachte oder einfach nur ihrer Führungspersönlichkeit zuzuschreiben war, wagte Tessa nicht zu beurteilen; sehr wohl wußte sie hingegen, daß Alexander viel daran lag, der Königin zu gefallen. Somit blieb es ihr selbst überlassen, Elise dazu zu bringen, sich stärker für sie einzusetzen.

Tessa LeGuerre war zwanzig Jahre alt und ein Mensch. Das Leben hatte sie schließlich noch vor sich.

Nur selten speiste Tessa allein, denn wenn Elise sie nicht gerade irgendwelchen Gästen vorstellen wollte, schloß Alexander sich ihr an mit der Bemerkung, allein zu essen sei ein Affront gegen jede

Kultur. Es gab jedoch Zeiten, da das Protokoll, dem sie sich zu unterwerfen hatten – so unverständlich es Tessa manchmal vorkam –, es erforderte, daß sowohl Alexander als auch Elise bei einem Anlaß gegenwärtig sein mußten, zu dem Tessa nicht eingeladen war. Sie fühlte sich dann immer sehr stolz, wie reif und nachsichtig sie solche Umstände hinzunehmen pflegte.

Bitter enttäuschte sie allerdings jener Abend, als Alexander ihr durch einen ausgesprochen selbstgefälligen und abweisenden Gault ausrichten ließ, daß sie das Abendessen in ihrem Zimmer einnehmen müsse. Falls der Botschaft eine Entschuldigung oder eine Erklärung beigefügt worden war, so teilte Gault sie ihr nicht mit. Er geruhte auch nicht, ihre wiederholten Fragen zu beantworten, was Alexander denn anderweitig zu tun habe, und wies sie sogar mit scharfen Worten wegen ihrer Neugier zurecht – etwas, was er in Gegenwart seines Herren niemals gewagt hätte.

Zu Tessas Verteidigung muß angemerkt werden, daß sie trotzdem keineswegs die Absicht hatte, unangenehm aufzufallen. Alexanders Bemerkung, daß sie Elise ›lästig‹ werden könnte, tat noch mehr weh, als sie zuzugeben bereit war, und mitnichten wollte sie seine lieblose Unterstellung rechtfertigen. Wahrscheinlich hatte Elise zum Essen wichtige Gäste, und Alexander war wohl damit beschäftigt, diese entweder zu unterhalten oder zu beeindrucken – zwei Dinge, auf die Werwölfe viel Wert zu legen schienen. Und da sie Alexanders Wohlwollen benötigte, war nun wirklich nicht der richtige Zeitpunkt, eine Szene zu machen – nur weil er sie zum Abendessen allein ließ.

Sie wartete, bis ihr Tablett und die Teller auf dem Tischchen standen, das sich in der mit einem Vorhang versehenen Nische beim Fenster befand. Tessa knabberte am Brot, rührte in der Suppe, stocherte mit der Gabel in den Fisch. Sie trank ein halbes Glas Wein und probierte das Huhn. Dann schob sie den Vorhang beiseite und schaute auf den dunklen sommerlichen Garten hinaus.

Es war nicht völlig finster. Am Nachthimmel stand ein heller Dreiviertelmond, in dessen Schein die in großer Höhe dahintreibenden Wolken ihre Schatten auf die Springbrunnen und Statuen warfen. Die nachtblühenden Pflanzen waren in einem komplizierten Muster über den ganzen Garten verteilt, das, wie Alexander ihr erklärt hatte, speziell dazu diente, die Sinne von Werwölfen anzusprechen und somit nur von diesen gewürdigt werden konnte. Die alabasterfarbenen, duftenden Blüten hoben sich deutlich gegen das üppige Grün des Blattwerks ab. Fast zu jedem Zeitpunkt der Nacht durchstreiften den Garten einige seiner Bewunderer, die meist in menschlicher Gestalt, gelegentlich aber auch als Wölfe unterwegs waren. Aus diesem Grund wagte sich Tessa nach Einbruch der Dunkelheit nie allein ins Freie.

Heute aber sahen die Anlagen verlassen aus.

Tessa erhob sich und zog den Vorhang ganz auf, um die nächtliche Landschaft nach Leben abzusuchen. Alles war ruhig. Sie öffnete eine der Terrassentüren und trat hinaus.

Eine Zeitlang blieb sie noch im Rahmen stehen, und das Licht aus dem Zimmer erhellte die Nacht um sie her. Der Boden unter ihren mit Pantoffeln bekleideten Füßen war feucht vom Tau. In der Luft hing der Duft von Jasmin. Aus einiger Entfernung klang ein schwaches Geräusch herüber wie der Ruf eines Vogels. Sonst rührte sich nichts.

Dann aber hörte sie eine Stimme. »Elise!« Es war Alexander, und er lachte, gleich hinter einer Hecke; erleichtert erkannte sie seinen Bariton. Sie raffte ihre Röcke und ging den vom Mondlicht beschienenen Weg entlang.

Eine Gestalt schoß an ihr vorbei, quer über ihren Weg, und ließ sie zurückschrecken, so daß sie nur mit Mühe einen Schrei unterdrückte. Es war ein heller Wolf, schlank, stark und schnell – so rasant, daß er schon wieder im Schatten verschwunden war, ehe Tessa ihn überhaupt als Wolf identifiziert hatte. Im nächsten Augenblick tauchte er wieder im Mondschein auf, während er zum Sprung über eine hohe Hecke ansetzte. Mit gestreckten Gliedern und glänzendem Fell schien er einen Moment lang auf den Flügeln des Mondes zwischen Himmel und Erde zu schweben, und schon war er außer Sicht.

Auf der anderen Seite erklangen Stimmen, gedämpfte Rufe und Geräusche freudiger Erregung. Dazu gesellte sich noch ein anderes Geräusch: ein Aufheulen, ein Schrei der Macht und der Leidenschaft und des absoluten Triumphes. Die Stimmen wurden vom Ruf dieses Wolfs übertönt, während aus der Tiefe der Wälder und von fernen Wiesen, von den Bergen und aus den Tälern der Umgebung das Echo antwortender Artgenossen herüberhallte. Weit weg, noch weiter weg, und jetzt immer näher. Das Rudel war auf dem Weg nach Hause.

Instinktiv wollte Tessa sich zum Licht umdrehen und so schnell sie konnte darauf zulaufen. Doch in den wenigen Sekunden, als sie dies hätte tun können, blieb sie vor Schreck wie angewurzelt stehen. Und dann brachte ein Schrei sie zum Schaudern, ganz nah, wild und ohrenbetäubend. Alexander war hinter dieser Hecke – hatte er ihn ausgestoßen?

Während sie noch dastand, unsicher und unschlüssig, erhob sich plötzlich Bewegung und Gelächter ringsum, und bevor sie reagieren konnte, brachen sie auch schon in den Garten ein – vier oder fünf von ihnen, nackt, verspielt tollend und rangelnd wie Kinder. Und in vorderster Front Elise.

Nie zuvor hatte Tessa eine nackte Frau gesehen. Und von all den schockierenden, unglaublichen Dingen, die ihr im vergangenen Jahr – und zu guter Letzt in dieser Nacht – unter die Augen gekommen waren, schien dies hier am erschreckendsten. Elise, die anmutige, stattliche Königin, diese Verkörperung von Haltung und Souveränität, war ohne ihre Kleidung langbeinig, geschmeidig und muskulös, ihr Körper so schlank und unbehaart wie der eines Mädchens. Um Unterleib oder Taille gab es nichts Weiches; Gesäß und Oberschenkel strotzten vor Sehnen und Muskeln. Das Haar fiel ihr in wilden Kaskaden über Schultern und Rücken, blieb im Schweiß an den Schläfen und Brüsten kleben. In ihrer Nacktheit strahlte sie eine urtümliche Kraft aus, verführerisch und selbstsicher – Tessa wußte ohne jeden Zweifel, daß der blonde Wolf von kurz zuvor niemand anders gewesen war als Elise Devoncroix.

Vor ihr entfaltete sich eine Szene sinnlicher Hemmungslosigkeit, ein hedonistisches Bild aus Mondlicht und nacktem Fleisch. Elise rannte den anderen nur um eine Körperlänge voraus; aber es war klar, daß sie den Abstand zu ihren Verfolgern jederzeit hätte verdoppeln können. Alexander war ihr dicht auf den Fersen, und plötzlich sprang er mit einem gewaltigen Satz nach ihren Füßen, packte einen ihrer Knöchel und riß sie zu Boden. Sie stieß einen schrillen Schrei aus, der eher übermütig als besorgt klang – ein fast menschliches, mädchenhaftes Geräusch vorgetäuschter Ängstlichkeit, und schon wälzten sie sich im weichen Gras, lachend, keuchend, ihre nackten Gliedmaßen in wildem Durcheinander.

Ein anderer männlicher Werwolf schloß zu ihnen auf und stürzte sich auf Alexander. Miteinander ringend und tobend bildeten die drei ein dichtes Knäuel, und die Laute, die aus diesem Gewirr emporstiegen, waren nur noch zur Hälfte menschlich – kehliges Knurren und Grunzen, halb-verbale Warnungen und siegreiches Gurgeln. Alexander stieß den Rivalen beiseite und begann, mit einem anderen zu ringen. Elise tat, als wolle sie wieder weglaufen, aber Alexander packte sie an der Taille und zog sie, selbst noch auf den Knien, zu sich her. Er drückte sein Gesicht in ihren Bauch und sie bekam sein Haar zu fassen; sie lachte wie ein Kind, als sie es in den Wind hielt und wieder auf seine Schultern fallen ließ.

Das war das Bild, das Tessa für ewige Zeit in Erinnerung bleiben sollte. Alexander, nackt im Mondlicht, mit breiten, schweißnassen Schultern, glänzendem, vom Wind zerzausten Haar, die Hände auf Elises perfekt geformtem Gesäß, sein Gesicht lachend zu dem ihren erhoben. Jetzt schlang sie ein Bein um seinen Hals, und er strich ihr mit der Zunge den ganzen Oberschenkel hinauf, vergrub sein Gesicht zwischen ihren Beinen, als wolle er den Geruch in sich einsaugen. Sie kicherte und drehte sich von ihm weg, um ihn gleich wieder zu umfangen und, hinter ihm auf die Knie fallend, ihm spielerisch die Zähne in die Schulter zu graben. Er packte ihr Haar und drehte sich, um sie anzublicken – sie nahm sein Gesicht zwischen ihre Hände und schaute ihm lange in die Augen. Alexander erwiderte ihren Blick. Ihre Gesichter neigten sich vor, aber kein Kuß folgte; lediglich ihre Nasen rieben sie aneinander. Dann ließ Elise plötzlich ihren Kopf in seinen Schoß fallen und nahm mit einem verruchten Blick zu ihm hinauf seine Genitalien in den Mund.

Auf einmal rief jemand: »Das ist genau der Grund, warum wir keine Menschen in den Palast lassen sollten!«

Und nachdem diese Stimme den Bann gebrochen hatte, schien Tessa alles wie in Zeitlupe abzulaufen, verzerrt und aus dem Rhythmus – ein Schattentheater aus dem Stoff einer anderen Realität. Alexander sah sie nachsichtig an und sagte: »Da haben wir doch nur Tessa!«

Ein anderer jammerte: »Das heißt wohl, daß wir sie jetzt töten müssen. Wie schade. Ich war gerade dabei, mich an ihren Geruch zu gewöhnen.«

Allgemeines Gelächter.

Elise stand anmutig auf und sagte: »Macht dem Kind doch keine Angst! Wir hätten nicht in den Garten gehen sollen. Was, glaube ich ...«, fügte sie mit einer koketten Kopfbewegung zu Alexander hinzu, »... nicht meine Schuld war. Kommt, ich rieche Hammelfleisch. Sollen wir etwa verhungern?«

Mehr Geplapper, mehr Stimmen, mehr Bewegung. Aber Tessa blieb nicht länger. Sie wandte sich um und stolperte auf dem Gartenweg zurück zum Haus, schlüpfte taumelnd in ihr Zimmer und tapste blind in den Ankleideraum, wo sie sich ins Waschbecken erbrach und auf dem Fußboden zusammensank.

Alexander kam etwa eine Stunde später. Er sah sehr gepflegt aus; sein glänzendes, ins Platinblond spielende Haar lag weich schimmernd auf seinen Schultern, und sein mächtiger Leib war nun von einer rubinroten Smokingjacke und einer leichten Wollhose bedeckt. Doch Tessa konnte die Umrisse seiner Beine durch den Stoff erkennen und den Moschusduft der Nacht auf seiner Haut riechen.

Auch Tessa hatte gebadet und ein frisch gebügeltes Nachthemd angezogen; dann kam die Kammerzofe, um sauberzumachen und die Teller vom Abendessen wegzuräumen. Trotzdem hielt Alexander inne, als er den Raum betrat, schnupperte kurz und stellte fest: »Du hast dich übergeben. War der Fisch nicht in Ordnung? Ich werde wohl mit dem Koch ein Wörtchen reden müssen.«

Tessa wandte sich ab. Ihre Stimme klang teilnahmslos, als sie erwiderte: »Mir geht's gut.«

»Unsinn. Du bist weiß wie Marmor und genauso kalt.« Er trat auf sie zu, und die Besorgnis ließ seine Stimme sanfter werden. »He, *chérie* ...«

Sie riß sich los und verkroch sich in eine Ecke, als er ihr die Hände auf die Schultern legen wollte; sein Murmeln ging in einen Ausruf der Ungeduld über: »Was ist denn jetzt schon wieder! Worüber denkst du nach?«

Tessa wirbelte zu ihm herum, mit wilden Blicken. »Was *war* das?« schrie sie. »Hab' ich da ein – ein Paarungsritual gesehen? Wie können Sie zu mir kommen und so unschuldig tun, nachdem – nachdem ...« Das nächste Wort blieb ihr im Halse stecken, und sie wurde einfach das Bild nicht los, wie er eine nackte Elise umarmte, wie Elises Kopf in seinen Schoß tauchte ...

Alexanders Gesichtsausdruck spiegelte totale Verwirrung wider. »Um Himmels willen, was plapperst du da? Ein Paarungsritual? Bist du völlig verrückt geworden? Meine Leute hatten wohl doch recht – wenn man sich mit Menschen einläßt, gibt's nur Ärger!«

Tessas Herz schwoll in ihrer Brust an wie ein großer Ballon und drohte zu platzen, nahm ihr den Atem und erlaubte ihr nur noch ein Krächzen. Aber sie vermochte nicht zu schweigen. Nicht einmal, wenn es ihren Tod bedeutet hätte. »Wie können Sie zu mir kommen, nachdem Sie mit ihr zusammengewesen sind?« Ihre Finger gruben sich in ihre Kehle, um den Schmerz zu lokalisieren und ihre Augen brannten. »Nach allem, was Sie getan haben – und sie auch – wie *können* Sie nur!«

Alexander starrte sie verständnislos an. »Ich schwöre bei allem, was ich kenne, daß ich bezweifle, ob ich dich je verstehen werde.

Manchmal frage ich mich, ob der Versuch überhaupt der Mühe wert ist.«

Tränen ergossen sich über ihre Wangen, aber Tessa weigerte sich zu schluchzen. Alexander merkte es, und räusperte sich betreten. »Tessa, mein Herz ...« Sein Tonfall war zärtlich, aber er machte keinen Versuch, sich ihr zu nähern. »Warum lebst du eigentlich unter uns, wenn du nicht bereit bist, uns so zu nehmen, wie wir sind?«

Wie in einem Echo hörte sie Elise sagen, *Du wirst uns nie wirklich verstehen* ... Und wieder sah sie Elises gebogene Zunge, wie sie um Alexanders Geschlecht fuhr.

Tessa hob ihre zitternden Finger an die Lippen und wandte sich ab. »Ich weiß es nicht«, flüsterte sie, »... weiß doch auch nicht, warum ...«

Obwohl die Worte nur geflüstert und kaum ausgesprochen waren, hatte Alexander sie gehört. Er ging zu ihr, stellte sich dicht hinter sie und nahm sie in die Arme. »Komm, *chérie*, ich wollte dich doch nie und nimmer verletzen. Warum weinst du denn? Nein, sag's nicht, sonst weine ich auch noch. Sei einfach ganz still und laß mich dich wärmen.«

Er nahm sie hoch und trug sie zu einem großen Sessel am Kamin, wo er sie an seine Brust drückte, ihr übers Haar strich und sie ihre Tränen vergießen ließ.

»Du weißt doch, daß ich dich anbete, spürst du es nicht?« murmelte er schließlich und küßte ihr Haar. »Aber du darfst nicht albern sein. Du stellst meine Geduld auf eine harte Probe.«

»Sie meine auch«, erwiderte sie mit belegter Stimme und wischte ihr Gesicht mit einem Seidentaschentuch ab, das er ihr in die Hand gedrückt hatte.

Er lächelte. »Das ist schon besser. Aber jetzt keine Tränen mehr. Nun hast du schon dieses Jackett ruiniert, und ich möchte kein Kleidungsstück mehr deiner menschlichen Dummheit opfern.«

Sie sah zu ihm auf, das Taschentuch fest in der geschlossenen Faust. »Ich kann nichts dafür, daß ich ein Mensch bin, und Sie müssen mir bitte erklären, warum ich dumm sein soll.«

»Weil du einen ganz gewöhnlichen Rudellauf für ein Paarungsritual hältst«, antwortete er, wieder eine Spur ungeduldig. »Weil du anstößig findest, was uns einfach nur Spaß macht, und weil du zuläßt, daß deine eigene Ignoranz dich zum Heulen bringt. Wir unterscheiden uns halt, du und ich, und mehr brauchst du nicht zu wissen.«

Vorsichtig erkundigte sie sich: »Dann sind Sie – und Elise – also keine ... Gefährten?«

»Natürlich nicht.« Sie meinte, ein leichtes Erröten in seinen Wangen zu bemerken. »Allein schon die Vorstellung ist völlig absurd. Und selbst wenn, würde es bestimmt nicht vor dir als Zuschauerin geschehen.«

Ernst sah er ihr in die Augen. »Tessa, du gehörst einfach nicht hierher. Es war ein Fehler, dich so lange hierzulassen. Was du heute nacht beobachtet hast, hat dich aufgewühlt, und ich verstehe nicht einmal, warum. Weil ich dich aber nicht vor dem schützen kann, was ich nicht verstehe und nicht vorhersehe, gibt es nur eine Lösung: Du wirst zum Gutshaus zurückkehren. Ich bleibe während des Fests im Palast, aber danach komme ich zu dir, und vielleicht fahren wir dann nach Capri – würde dir das gefallen?«

Schon lange, bevor er geendet hatte, schüttelte Tessa den Kopf, das Taschentuch zusammengeknüllt in der einen Hand und einen Revers seines Jacketts in der anderen; aber sie war sich nicht ganz sicher, warum sie das tat. Sich weiterhin solchen Ungeheuerlichkeiten auszusetzen, wie sie sie heute miterlebte, Elise erneut gegenüberzutreten ... ins Landhaus nach Lyon verbannt zu werden, eine Fremde unter fremdartigen Wesen, und ihn hier mit jener Dame zurücklassen ...

Tessa schniefte: »Die Königin ...« Plötzlich konnte sie diese Kreatur nicht mehr beim Vornamen nennen, wie eine Freundin das getan hätte. »... will, daß ich bleibe. Sie haben es ja selbst gehört, und können mich gar nicht wegschicken.«

»*Ich* bin für dich verantwortlich, und sie hat da gar nichts mitzureden«, erwiderte Alexander streng. »Du warst niemals ein geladener Gast. Sie kann dich nicht hierbehalten.«

»Aber ich will nicht weggeschickt werden.«

»Das ist ja auch nicht der Fall. Du wirst nur dahin zurückgebracht, wo du hingehörst. Beruhige dich endlich; dein Herzschlag macht mich noch ganz taub. Wenigstens bist du jetzt wieder wärmer.«

Sie wollte sich nur in seine Umarmung kuscheln, wollte, daß seine Wärme in ihre Seele drang, seine Kraft ihr Frieden gab. Trotzdem zwang sie sich, ihn wegzustoßen und aufzustehen. Sie brachte sich in sichere Entfernung und knetete sein Taschentuch.

»Warum wollen Sie, daß ich gehe?« fragte sie mit einigermaßen beherrschter Stimme.

»Das habe ich dir doch erklärt. Dies hier ist weder die Zeit noch der Ort für Menschen. Es gibt eben Dinge, die wir genießen können und du nicht, und manches, was wir tun, ist dir unangenehm. Du wirst dich viel wohler fühlen zu Hause mit den menschlichen Bediensteten, und vielleicht kannst du ja von D'Avagnon etwas über die Weinproduktion erfahren. Es würde deinen Vater stolz machen.«

Daß er ihren Vater ins Spiel brachte, störte sie plötzlich sehr. Sie drehte sich um und sah ihm ins Gesicht. »Ich habe nicht Ihre Ohren, um eine Lüge herauszuhören, und nicht Ihre Augen, um eine zu sehen«, sagte sie mit schlichter Würde. »Aber trotzdem möchte ich Sie bitten, mir die Wahrheit zu sagen. Ich bin heute nacht schon einmal gedemütigt worden.«

Er zog die Stirn in Falten, und seine Augen verrieten einen Augenblick des Unbehagens. »Ich habe dir die Wahrheit gesagt.«

»Aber nicht die ganze!«

Eine kaum merkliche Änderung auf seiner Miene deutete an, daß ihre Wahrnehmungsfähigkeit ihn doch überraschte. »Nein«, gestand er, »nur die halbe.«

Dann seufzte er und stand ebenfalls auf. Er ging zum Tisch am Fenster, goß sich Kakao aus der Kanne in eine Porzellantasse mit Blumenmuster, rührte um und trank. Dann sagte er: »Tessa, im Palast gehen Dinge vor, von denen ich nicht erwarte, daß du sie verstehst, und in die du besser nicht verwickelt werden solltest. Elise ... mag dich wirklich; daran darfst du nicht zweifeln. Aber ihre Pläne gehen weit über einen einzelnen Menschen hinaus, oder ...« – hier hielt er inne, senkte den Blick und schien sich einen Moment lang bei seinen Gedanken unwohl zu fühlen – »... oder über einen einzelnen Werwolf.« Er betrachtete sie prüfend. »Sie benutzt dich, *chérie*, um anderen aus unserer Spezies etwas klarzumachen, und ihre Schachzüge sind gefährlich. Ich würde mich erheblich wohler fühlen, wenn du woanders wärst.«

Und das war das Ende der Diskussion, welches von Anfang an feststand. Mochte Tessa ihn auch noch so flehentlich beschwören, seine Meinung zu ändern – wenn Alexander sie um etwas bat, was für seinen inneren Frieden unabdingbar war, dann gab sie es ihm. Das lag in der Natur ihrer Beziehung; hatte sie das nicht schon immer gewußt?

Doch jetzt zu gehen bedeutete, ihn einem Leben zu überlassen, das sie nicht verstand und gegen das sie sich nicht wehren konnte. Jene – ob männlich oder weiblich, gütig oder grausam – wollten ihn womöglich von ihr weglocken. Außerdem bedeutete es, aus dem Kreis seiner Gesellschaft und seines Schutzes heraus- und statt dessen in eine Welt einzutreten, die nicht gerade auf sie wartete und ihr nichts bedeutete – denn ohne ihn war sie nichts in dieser Welt. Warum wollte er partout nicht begreifen, was er da von ihr verlangte?

Sie kam zu ihm herüber und legte eine Hand auf seinen Arm. »Ich werde gehen,« sagte sie, »wenn Sie meinen, daß es unumgänglich ist. Aber erst müssen Sie mir eines gestehen.« Sie blickte ihn feierlich an, und es gelang ihr nicht zu verhindern, daß Besorgnis ihren Tonfall färbte. »Bin ich immer noch Ihr liebster Schatz und Ihre beste Freundin?«

Geschwind stellte er seine Tasse ab, nahm ihr Gesicht zwischen beide Hände und sah ihr tief in die Augen. Der Schauder, der sie bei seiner Berührung und seinem Blick überrieselte, war wie hypnotisierend. Keinen Augenblick fragte sie sich, ob er seine Macht kannte, die er mit solch unschuldigen Mitteln über den menschlichen Willen auszuüben imstande war; sicher wußte er es gar nicht.

»*Toujours, chérie*«, sagte er sanft und küßte sie zärtlich auf die

Lippen. Dann glitt er mit der Zungenspitze über die Rundung ihres Nackens, über das zarte Fleisch an ihrem Augenwinkel und die weiche Haut ihrer Schläfe. Tessas Augen schlossen sich unter dem Ansturm äußerster Sinnenfreude, und ihr Atem setzte einen Moment lang aus.

Mit seinen starken Armen zog er sie näher an sich. Er legte seinen Kopf auf ihren. »Immer«, wiederholte er.

Und so geschah es, daß Tessa eine knappe Woche später hinter den Wäldern auf dem Hügel von Alexanders Landgut bei Lyon stand, auf die endlosen Weinberge, die kurvige Straße und die Blumenwiese unter ihr schaute und sich fragte, ob sie nicht vielleicht doch einen Fehler gemacht hatte. In sehr weiter Ferne konnte sie, wenn der Wind die Blätter der Bäume zur Seite drückte, die Spitzen der großen Eisentore vor dem Palais Devoncroix erspähen. Wehmütig erinnerte sie sich, daß die Ornamente auf diesen Toren schmiedeeiserne Wölfe darstellten; aber diese Details waren aus solcher Ferne natürlich nicht sichtbar.

Zu Fuß könnte sie den Palast in einer oder zwei Stunden erreichen, so nah war er – und doch auch wieder so weit weg wie der australische Kontinent oder der Abendstern.

Als sie da so stand, schmerzerfüllt und nachdenklich ins Weite schaute, vernahm sie plötzlich hinter sich eine Stimme. »Was für ein rührendes Bild. Tessa LeGuerre, ein Mensch, vertrieben aus dem Paradies!«

Nach Luft ringend wirbelte sie herum, sah aber nichts. Mit pochendem Herzen trat sie ein paar Schritte zurück.

Und dann kam aus dem Schatten des Waldes eine Gestalt auf sie zu. Er war groß, hatte feuerrote Haare, ultramarinblaue Augen und ein Lächeln, das das Gestein in den Tiefen der Erde zum Schmelzen bringen würde. Er war der prächtigste Werwolf, den Tessa je gesehen hatte.

Mit leicht spöttischem, unwiderstehlichen Blick stand er einfach nur da. »Du Ärmste«, näselte er. »Was soll jetzt aus dir werden?«

Alexander

13

Wie mein Bruder vor Monaten bereits angedeutet hatte, war ich ziemlich vernarrt in Elise Devoncroix, und das schon seit Jahren. Ich wußte, daß ich mich auf meinen angeborenen Charme und meinen Esprit verlassen konnte, um Einladungen zu allen wichtigen Festlichkeiten und vielleicht ein paar informellen Essen zu bekommen; aber trotz allem Ehrgeiz hätte ich nie erwartet, in dieser kurzen Zeit einer ihrer engsten Vertrauten zu werden. Daß dies so gekommen war, hatte ich allein Tessa zu verdanken.

Manchmal drängen sich mir Gedanken über die unvorherseehbare Ironie des Schicksals geradezu auf. Hätte ich vorher gewußt, wie sehr die Anwesenheit eines Menschen in Elises Haushalt in deren politisches Kalkül passen würde, hätte ich umgehend einen solchen Menschen mit einem Netz eingefangen und ihn ihr auf dem Tablett serviert. So aber lebte dieses Medium, das ihren Beifall finden sollte, die ganze Zeit über schon unter meinem Dach, und ich Narr hatte mein Möglichstes getan, das nicht bekannt werden zu lassen. Nur der Zufall und Tessas aufsässiges Wesen hatten mir – beinahe gegen meinen Willen – die Gunst der Königin eingebracht.

Warum ich dann Tessa nach Hause schickte? Die Frage ist berechtigt, die Antwort kompliziert.

Offengestanden war ich in jener Zeit an guten Weinen und schönen Beinen weit mehr interessiert als an höherer Politik und Philosophie. Genaugenommen hatte ich kaum jemals einen Gedanken darauf verschwendet, ob das Rudel überhaupt eine Weltanschauung besaß, und da war ich nicht der einzige. Aus ebendiesem Grund schwebten wir zur Jahrhundertwende, als die Menschen bereits die wirtschaftlichen Schachfiguren aufstellten, mit denen sie in den Weltkrieg ziehen sollten, in größerer Gefahr als je zuvor.

Nur eine Person im gesamten Rudel hatte die Weitsicht, die möglichen Folgen unserer Apathie richtig einzuschätzen und zu begreifen, was getan werden mußte, um dieser Apathie ein Ende zu bereiten. Zum Glück war sie unsere Anführerin!

Wenn man das Rudel von damals überhaupt charakterisieren kann, dann vielleicht durch die Einteilung in drei Gruppen: Da gab es zum einen die Radikalen wie Denis, die fanden, daß man den Schmarotzer Mensch grundsätzlich ausrotten sollte; zweitens Kontrahenten wie ich, die die Menschen insgesamt als mehr oder weniger unterhaltsam und als charmante Gesellschafter empfanden; und schließlich gab es die überwiegende Mehrheit dazwischen, für die die Menschen ein notwendiges Übel darstellten und die einfach in Ruhe gelassen werden wollten, um ungestört ihren Geschäften, ihren Paarungen und ihren kleinen Streitereien nachgehen zu können. Nie zuvor hatte ein Herrscher es für nötig erachtet, seine oder ihre Meinung über die Menschen öffentlich zu äußern, falls er oder sie sich in dieser Hinsicht überhaupt Gedanken machte. Selbst ich, der ich zuerst über Elises Offenheit in dieser Frage sehr erfreut war, konnte nicht verstehen, warum jemand in ihrer Machtposition – und mit so vielen anderen wichtigen Dingen im Kopf – ausgerechnet dieses Thema jetzt so bewußt erörtern wollte.

Aber genau das tat Elise. Sie benutzte Tessa, um offen zu zeigen, welchen Standpunkt sie zum Menschen einnahm, und sie tat es in der radikalsten, revolutionärsten Weise, die man sich überhaupt denken konnte: Sie warf jedem, der es wagte, eine andere Meinung zu haben als sie, den Fehdehandschuh hin. Dies war zunächst ausgesprochen sympathisch, ja sogar bewundernswert – denn wer hätte keinen Respekt vor einem Werwolf, der einmal nicht den Weg des geringsten Widerstands ging? Schließlich kann

Macht letzten Endes niemandem verliehen werden; sie will vielmehr errungen sein, und da Elise sich entschlossen hatte, die Loyalität ihrer Freunde und Berater anhand ihrer Reaktionen auf Tessa auf die Probe zu stellen, kam ihr diese gerade recht.

Erst, als sie erwähnte, sie wolle der Kleinen erlauben, am Sommerfest teilzunehmen, bekam ich endgültig ein ungutes Gefühl. Ein solches Verhalten konnte man schon nicht mehr als Mut bezeichnen. Es war mehr eine grandiose Herausforderung, eine riskante Demonstration von Stärke oder Eigensinn – in der Tat pure Tollkühnheit.

Hunderte von Werwölfen aus allen Berufsgruppen sollten für die zwei Wochen um die Sommersonnenwende in dem von der Außenwelt abgeschiedenen Palast zusammenkommen, und verglichen mit ihrem Verhalten zu allen Tages- und Nachtzeiten würde unsere unschuldige Spielerei im Garten vor Tessas Zimmer als ebenso harmlos erscheinen, wie sie es tatsächlich war. Bei diesen sehr privaten Feierlichkeiten einen Menschen dabei zu haben, sähen die anderen weit mehr als nur exzentrisch an, nämlich beleidigend und geradezu unerhört. Hier mußte ich eine Grenze setzen.

Also erzählte ich Tessa die Wahrheit: Elise nutze sie zu ihren eigenen Zwecken aus, und das gefiele mir nicht. Als eine Außenstehende wäre sie bei unseren intimen Zusammentreffen fehl am Platze; ich wollte nicht, daß man ihr weh täte. Noch wichtiger aber war mir, daß man Elise nicht weh tat. Und Elise war mit ihrem mehr als kühnen Plan, vor dem Sommerfest Tessa öffentlich als willkommenen Gast anzukündigen, auf dem besten Weg in den politischen Selbstmord – wenn nicht gar in eine konkretere Form von Tod.

Aus diesem Grunde mußte ich Tessa aus dem Palast entfernen. Der zweite Grund lag ein wenig tiefer. Elise und ich waren echte Freunde geworden und die ganze Zeit über zusammen – Tessa band uns aneinander wie ein reizendes Kind. Ich fragte mich natürlich, ob etwas Gemeinsames übrigbliebe, wenn sie erst einmal weg war.

Der dritte Grund fiel eher unter die Kategorie ›niedere Beweggründe‹, und ich hätte ihn nie eingestanden, hätte nicht Elise – die meine Entscheidung, Autorität über Tessa auszuüben, ohne sie vorher zu fragen, ganz und gar mißbilligte – mir diesen Grund auf den Kopf zu gesagt.

»Ich glaube«, verkündete sie über ihrem halb zu den Lippen erhobenen Weinglas, »Sie waren eifersüchtig.«

Wegen dem Chaos im Palast genehmigten wir uns ein ruhiges Mittagessen in der Stadt. Wir fanden einen Tisch in der Sonne, nicht weit von einem plätschernden Brunnen entfernt, aßen Kaninchen und schlürften dazu einen Roten von Devoncroix. In der Luft hing eine Ballung von Lavendel, die tausend üppigen Aromen des Regens der vergangenen Nacht und der moschusartige Duft von Elises sonnenwarmem Haar. Ich machte in einem leichten Sommeranzug aus Kammgarn mit einer tiefblauen Krawatte eine ausgezeichnete Figur, und Elise sah in ihrem Blaßlila ganz reizend aus. Sie trug einen Strohhut mit Veilchen, der ihr tief über das eine Auge hing, sowie Perlen am Handgelenk. Die Leute drehten sich nach uns um, und wir hatten unseren Spaß. Es war, kurz gesagt, ein perfekter Nachmittag.

Bis sie das Thema aufs Tapet brachte, das seit Tessas Abschiebung wie ein ungewaschenes Stück Wäsche zwischen uns gelegen hatte.

Galant antwortete ich, weil ich keine andere Wahl hatte: »Mademoiselle, ich wäre ein Narr, wenn ich nicht eifersüchtig wäre auf jeden, der mich auch nur für einen Augenblick Eurer Gesellschaft beraubt.«

Sie lüftete eine Braue. »Natürlich! Aber ich glaube, Sie waren ebenso eifersüchtig auf die Zeit, die Tessa ohne Sie verbrachte.« Sie nippte an ihrem Wein. »Das Kind ist ganz verliebt in Sie, merken Sie das eigentlich?«

Gelassen gab ich zurück: »Alle Menschen lieben mich. Ein wahrer Fluch …«

Ihrem ruhigen und beharrlichen Blick konnte ich nicht lange standhalten. »Sie sind grausam, Alexander; erst ermutigen Sie sie, und dann lassen Sie sie fallen.«

»Ich habe niemanden fallenlassen!« Mittlerweile fühlte ich mich ziemlich unwohl, weil mich der Verdacht beschlich, sie meinte es ernst. »Wovon redet Ihr überhaupt?«

»Tessa LeGuerre ist eine Frau«, sagte sie leicht gereizt. »Ein Mensch, aber trotz allem weiblich – und sie hat die ganzen Monate mit einem kräftigen, attraktiven Mann zusammengelebt. Die Köpfe junger Menschen stecken selbst im günstigsten Fall voller Phantasien, und natürlich erwartet sie mehr von Ihnen, als Sie ihr zugestehen.«

Langsam wurde es wirklich ungut. »Macht Euch nicht lächerlich. Sie ist doch nur ein Mensch! Vielleicht benimmt sie sich nicht ganz typisch – aber ich versichere Euch, sie weiß es. Was Ihr da unterstellt, ist wirklich absurd und beleidigt sowohl meine Intelligenz als auch ihre.« Ich schaute weg in der Hoffnung, damit das peinlich gewordene Gespräch beenden zu können. »Ein so kindliches Gemüt hätte ich Euch nicht zugetraut, Mademoiselle. Das steht Euch gar nicht.«

Sie zuckte die Achseln. »Und ich sag' Ihnen noch was. Es hat Sie gestört, daß sie von mir genauso begeistert war wie von Ihnen. Vielleicht hatten Sie Angst, sie könnte sich so daran gewöhnen, mit uns beiden zusammenzuleben, daß Sie in ihren Augen nicht mehr ganz so einmalig wären.«

Mir gefiel das immer weniger, zumal mehr als nur ein Körnchen Wahrheit darin steckte. Aber ich behielt meinen sanften, desinteressierten Gesichtsausdruck bei. »Nie würde ich mir anmaßen, Euch zu widersprechen, Mademoiselle!«

»Ach, Alexander, tun Sie nicht so ergeben! Es wäre schließlich nicht das erste Mal.«

Die Versuchung, meine Stirn zu runzeln, war groß. »Ich wollte doch nur den nachmittäglichen Frieden noch ein Weilchen bewahren. Wenigstens, bis ich mit meinem Wein fertig bin.«

»Dann trinken Sie ihn aus.« Ihr Gesichtsausdruck verriet ebensolche Ungeduld wie ihr Ton. »Was glauben Sie eigentlich, warum ich Sie hierher gebracht habe, weg von den anderen – wenn nicht, um ungestört und unbelauscht mit Ihnen zu reden?«

Ich wisperte: »Geheimnisse, Mademoiselle?«

»Es geht um die Wahrheit«, sagte sie lakonisch und durchbohrte mich mit einem Blick, der auch den letzten Werwolf in die Knie gezwungen hätte. »Ich erbitte sie von niemandem, außer von Ihnen, Alexander.«

Verstört setzte ich mein Glas ab. »Ihr braucht mich um nichts zu bitten, Mademoiselle«, beteuerte ich ihr in vollem Ernst. »Für Euch würde ich mein Leben geben, und ich denke, das wißt Ihr.«

Das war natürlich die angemessene Antwort eines Untergebenen gegenüber dem Rudelführer, aber ich wollte damit viel mehr ausdrücken als nur das – und war im selben Moment unangenehm berührt von der Intensität meiner Gefühle.

Die leichte Entspannung ihrer Züge war fast schon wieder gute Laune, und das beruhigte mich ein wenig. »Wenn ich Ihr Leben benötige, Alexander, werde ich es Sie wissen lassen. Im Augenblick allerdings brauche ich etwas, das Sie vielleicht nicht ganz so bereitwillig herausrücken.«

»Die Wahrheit«, half ich ihr.

»Warum haben Sie Tessa weggeschickt?«

»Das meiste habt Ihr schon erraten.«

»Dann erzählen Sie mir den Rest.«

Sie brauchte mir nicht zu sagen, daß es nicht um weitere persönliche Gründe ging; die meisten davon hatte sie ja schon selbst genannt, und auf dieser Ebene weiterzumachen, wäre eine Beleidigung ihrer Klugheit gewesen. Ich wußte, daß ich, wenn ich das Thema ansprach, ihre Gunst aufs Spiel setzen würde – aber sie hatte mich um die Wahrheit gebeten.

»Ihr seid eine starke und schöne Königin«, begann ich. »Das Rudel wird Euch um Eurer selbst willen lieben und Euch uneingeschränkt akzeptieren, sobald Ihr erst einmal verheiratet seid.«

Ich sah die wachsende Ungeduld in ihren Augen und beschloß, die Diplomatie zu überspringen und gleich offen zu sprechen. »Aber Ihr seid jung und, wie ich meine, in mancher Hinsicht noch ein bißchen naiv. Das Fest ist für den überwiegenden Teil des Rudels die erste Gelegenheit, sich einen Eindruck von Euch zu bilden, und das, was sie hier mitbekommen, werden sie anschließend in die ganze Welt hinausposaunen – so oder so. Aufgrund dessen, was man über Euch verbreitet, werdet Ihr einen passenden Gefährten finden – oder auch nicht. Das Rudel wird Euch Respekt entgegenbringen – oder auch nicht. Ihr werdet es wieder auf eine Linie einschwören oder es noch weiter in hoffnungslose Klüngeleien treiben. Ich glaube, daß Ihr gut beraten wärt, keine drastischen Maßnahmen zu ergreifen; oder Ihr macht Euch Gedanken über mögliche Konsequenzen.«

Sie sah mich nachdenklich an. Ich versuchte nicht einmal, ihr länger in die Augen zu schauen, als es den Gesetzen der Höflichkeit entsprach. Da ich jetzt genug riskiert hatte, mußte ich ihr nichts mehr beweisen. Ich nahm mein Glas wieder auf.

Schließlich sagte sie: »So. Es geht Ihnen also um das Rudel.«

»Natürlich. Euch nicht?«

Abrupt stand sie auf. »Kommen Sie mit.«

Rasch stürzte ich den Rest meines Weins hinunter und legte ein paar Scheine auf den Tisch für den menschlichen Wirt des Cafés, dessen Essen mir geschmeckt hatte und dessen Etablissement ich noch öfter besuchen wollte. Als ich Elise einholte, hatte sie schon die Straße überquert.

»Sagen Sie mir,« forderte sie mich auf, »was Sie riechen.«

Es ging eine leichte Brise, und die Straßen, Gehsteige und Läden waren voll von Menschen und deren Trödel. Mit einem einzigen Atemzug schnupperte ich Menschenschweiß und Pferde, Leder, Baumwolle, Seide, Brot aus Hefeteig, Mist, eine verwirrende Palette unterschiedlichster Weine, gebratenes Fleisch, frisches Gemüse, in einer schwarzen Pfanne brutzelndes Fett; Rauchschwaden aus der Fabrik am anderen Ufer der Rhône, fauliges Wasser, Maschinenöl, Rosmarin in einem Tontopf, sauer gewordene Milch, umgegrabene Erde, Terpentin, Tabak und Elise … Elise, Elise aus Seide und Körperölen, aus schwachem Salz und scharfen Gewürzen, aus starken Muskeln und samtiger Haut – Elise. Es kostete mich einige Anstrengung, mich auf das zu konzentrieren, was ich ihrer Erwartung zufolge riechen sollte.

»Da«, sagte sie ungeduldig und nickte in Richtung einer Frau, die zwei Türen weiter vorne gerade aus einem Laden trat.

»Ah«, sagte ich anerkennend. »Zitronenthymian, Zimt, und die Basis – Ambra? Eines Eurer Parfüms.« Natürlich hatte ich vor meiner Ankunft im Palast einen Schnellkurs in Parfümherstellung absolviert. »Ausgesprochen verführerisch!«

Sie nickte kurz. »Die menschlichen Frauen können gar nicht genug davon bekommen. Und wenn Sie jetzt noch so freundlich wären, mir den Namen jenes hervorragenden Weins zu nennen, den wir zum Essen hatten?«

Ich grinste. »Château Devoncroix natürlich. Keiner in der Stadt würde es wagen, etwas Geringeres aufzutischen.«

Elise setzte sich in Bewegung. »Und nun, Monsieur, sagen Sie mir, was Sie sonst noch riechen – der Wind steht günstig.«

Allmählich durchschaute ich ihr Spielchen. »Die Fabrik auf der anderen Flußseite. Soviel ich weiß, stellt sie Wagenräder her.«

»Und wissen Sie auch, wem die Fabrik gehört?«

»Natürlich. Frederick Parçon, *loup-garou.*«

Nun wechselte sie das Thema. »Haben Sie genug Geld, Alexander?«

Ein überraschtes Kichern entfuhr mir. »Ja, danke. Es reicht so.«

»Manche würden Sie sogar als wohlhabend bezeichnen?«

Nonchalant pfiff ich vor mich hin. Das Thema interessierte mich nicht sonderlich.

»Die meisten Menschen würden Sie sogar als äußerst wohlhabend bezeichnen. Ebenso wie beispielsweise Monsieur Parçon, dessen Familie Kutschenräder in London, Brüssel und Philadelphia herstellt. Und Sie beide zusammen besitzen nicht einen Bruchteil des Vermögens, über das ich verfüge.«

Jetzt wußte ich wieder nicht mehr, worauf sie hinauswollte, war aber klug genug, den Mund zu halten.

»Schauen Sie sich doch mal um, Alexander.« Ihr Gesicht und ihre Stimme waren angespannt vor Frustration und sie gestattete sich eine herrische Handbewegung. »Sagen Sie mir, was Sie sehen, was Sie hören, was Sie riechen. Sie sind überall!«

»Menschen«, antwortete ich, endlich fiel der Groschen.

»Können Sie auch nur einen einzigen Werwolf innerhalb eines Kilometers ausmachen?«

»Natürlich nicht. Die sind doch alle im Palast und genießen das Fest.«

Sie gab ein Knurren der Verbitterung von sich und rannte los, doch der enge Rock verkürzte ihre Schritte. Ich sah ihr einen Augenblick lang nach, lief dann auch, um sie einzuholen und hielt mein Lachen zurück. »Irgendwann im Laufe Eurer Erziehung, Mademoiselle, hat Euch sicher jemand erklärt, daß die menschliche Bevölkerung in so ziemlich jeder Stadt der Welt der unseren zahlenmäßig weit überlegen ist.«

»Ganz genau«, erwiderte sie und drehte sich nach mir um. An ihren Augen war abzulesen, daß sie das keineswegs lustig fand. Es ging ihr nur um Tatsachen. »Und muß ich Sie erst auf etwas hinweisen, Monsieur Devoncroix, was man vielleicht bei *Ihrer* Erziehung vergessen hat, Ihnen zu erklären? Menschen trinken Wein. Sie kaufen Kutschenräder, verheizen Kohle, fahren Zug und erwerben Schiffsbillette. Außerdem sitzen sie in den Regierungen der Länder; sie erlassen Handelsbeschränkungen, besitzen Banken und Eisenbahnen, bauen Städte, Büchereien, Fabriken und Werften.«

Mittlerweile sprach sie in schnellem, flüssigem Französisch, und der Klang ihrer Stimme war eine solche Freude für die Sinne und so aufwühlend, daß es mir schwerfiel, mich auf den Inhalt ihrer Worte zu konzentrieren. Besänftigend erwiderte ich: »Genau so, wie sie es immer getan haben, Elise. Nichts davon geht uns etwas an.«

Ihre Augen durchbohrten mich schier, und selbst wenn ich es gewollt hätte, hätte ich den Blick nicht von ihr wenden können. In ihren Augen lag das ganze Gewicht einer Verantwortung, das schwerer wog, als ich es ahnen konnte, die Traurigkeit hart erarbeiteter Weisheiten und eine Reife, die ihr Alter weit überflügelte. Aus ihrem Gesicht sprach Mitgefühl für ganze Generationen, die noch nicht auf der Welt waren, und das Wissen, daß ihr Schicksal in ihrer Hand lag. Außerdem zeigte sich darauf die Erkenntnis, daß sie, und nur Elise allein, für deren unerfüllte Träume verantwortlich sein würde.

»Wen sonst sollte es etwas angehen?« fragte sie schlicht.

Vor jenem Tag hatte ich sie verehrt und angebetet. Aber in diesem Moment begann ich, sie zu lieben.

Schweigend gingen wir zum Fluß und schauten über das Wasser. Wir sahen Ausflügler in bunten Booten, die in der Strömung kleine Wellen schlugen, hübsche Mädchen in weißen Kleidern unter hellen Sonnenschirmen, kräftige junge Männer mit Strohhüten und hochgekrempelten Hemdsärmeln. Weiter flußaufwärts schob ein schwerer Lastkahn seine Ladung gen Süden. Ich muß zugeben, daß mir dazu nichts Passendes einfiel. Mein Herz lief über und in meiner Kehle steckte ein Kloß. Alles, worauf ich in meiner Welt je Wert gelegt hatte, war dabei, sich zu verändern.

Elise sprach mit ruhiger Eindringlichkeit weiter. »Wir stehen am Beginn eines neuen Jahrhunderts, Alexander. Die Spielregeln werden neu festgelegt. Es genügt nicht mehr, einfach so zu sein, wie wir sind, unsere Kinder großzuziehen und unsere Pläne zu verwirklichen in hochmutiger Mißachtung all derer, die diese Welt mit uns teilen. Wir sind zu wenige, und sie sind zu viele.«

Sie sah mich an. »Wissen Sie, wie lange es her ist, daß jemand das Rudel zusammengerufen hat? O ja, wir haben unsere Feste und Versammlungen, unsere regionalen Feierlichkeiten; aber wir sind über die ganze Welt verstreut und da ist nichts, aber auch gar nichts Gemeinsames außer der Zugehörigkeit zu unserer Spezies. Schon seit der Zeit der Antonows sind wir doch kein richtiges Rudel mehr.«

Bedächtig antwortete ich: »Damals hatten wir ja auch einen Grund zusammenzuhalten. Nahrung, Unterkunft, Schutz ... die Zeiten waren schwer und wir primitiv. Wir hatten gemeinsame Feinde zu bekämpfen – das Wetter, den Hunger, Raubtiere ...«

»Und Menschen«, ergänzte sie, während ich mich noch dagegen sträubte. »So schrecklich lange sind wir noch nicht zahm, Alexander.«

Noch immer war ich auf der Hut: »Ihr meint damit doch wohl nicht, daß es besser wäre, wieder in die alten Zeiten zurückzufallen?«

Abwehrend schüttelte sie den Kopf. »Unser größter Stolz besteht darin, daß wir nie wieder zu dieser Zeit zurückkehren müssen. Aber möglicherweise haben wir dadurch, daß wir unsere rauhe Vergangenheit zugunsten von Schlössern am Fluß, vornehmen Tischgesellschaften und Gaslampen an jeder Straßenecke hinter uns ließen, vielleicht auch unsere größte Stärke aufgegeben.«

Ich fühlte mich etwas unbehaglich, weil ich zum ersten Mal in der Zeit unserer Bekanntschaft nicht einmal ansatzweise wußte, an was Elise gerade dachte. Und weil mich das an diejenigen erinnerte, die in ihrem Glauben, Zivilisiertheit bedeute Schwäche, es vorzogen, ihre Stärke in der sibirischen Wildnis unter Beweis zu stellen ...

Sie witterte es an mir, die Frage und die Angst, und schenkte mir ein ermutigendes Lächeln. »Haben Sie eigentlich je darüber nachgedacht«, fragte sie völlig unerwartet, »wie es meinem berühmten Vorfahren tatsächlich gelang, den Antonow zu stürzen?«

»Durch Intelligenz und Entschlossenheit«, antwortete ich, erleichtert, bei einem Thema angelangt zu sein, bei dem ich mich auskannte. »Das weiß doch jeder.«

Mahnend erhob sie einen Finger. »Richtig, aber da war noch eine Komponente, denn mit Intelligenz und Entschlossenheit allein wäre die Rechnung nicht aufgegangen. Soll ich Ihnen sagen, was es war? Oder kommen Sie selber drauf?«

Ich schüttelte den Kopf.

»Weitsichtige Planung«, sagte sie nur. »Der Zeitpunkt war zweifellos ideal, als der alte Valkyn sich den Hals gebrochen hatte und der kleine Leo an die Macht kam. Aber da spielte noch ein wichtigeres Element eine Rolle. Es war *Zeit* für das Rudel weiterzuziehen. Über unsere Jagdgründe waren wir hinausgewachsen, hatten die Menschen an Schlauheit längst übertroffen und entwickelten in unserer immer reichlicher werdenden freien Zeit immer breiter gefächerte Interessen. Wir befanden uns bereits auf dem Weg in eine Zeit der Aufklärung und der Expansion – wenn dem nicht schon so gewesen wäre, dann hätten uns auch keine Anstrengungen der Devoncroix dahin gebracht.«

In ihren Augen flackerte ein stilles Feuer, als sie über das Wasser schaute. Und obgleich ihr Blick auf das ferne Ufer gerichtet war, sah sie sehr viel weiter. »Wir stehen an der Schwelle eines neuen Zeitalters, Alexander. Es genügt nicht mehr, nur schneller, stärker und klüger zu sein als andere Lebewesen, um die Erde zu erobern; denn jetzt sind genauso Starke und Schnelle da – auch mit weniger Intelligenz als der unsrigen werden sie das nutzen, was wir ihnen beigebracht haben, und darauf aufbauen. Wir müssen jetzt näher zusammenrücken, wenn wir in der künftigen Welt überleben wollen.«

Zögernd sagte ich: »Ich bewundere Euren Ehrgeiz, Mademoiselle, und bin ganz Eurer Meinung. Aber ich muß zugeben, daß ich nicht sehe, wie das zu bewerkstelligen sein soll – oder welche Rolle Tessa, ein einfacher Mensch, in Euren Plänen spielt.«

Ihr Lächeln war geheimniskrämerisch und voller Zuversicht. »Nicht nur Tessa«, korrigierte sie, »sondern alle Menschen.«

Auf meine Verblüffung hin marschierte sie weiter, ihre Rede und ihre Bewegungen voller Energie, ihre Stimme eine Symphonie für die Ohren. »Da wäre beispielsweise Marcionetti, der beste Schuhmacher im ganzen Rudel, der alle menschlichen Schuster in Italien weit in den Schatten stellt. Und warum? Weil er schneller, intelligenter, einfallsreicher ist und ein besseres Auge fürs Detail hat, ein ausgeprägteres Gefühl für Perfektion, als es irgendein menschlicher Handwerker je erreicht. Aber kommt er etwa auf die Idee, seine Produkte an Menschen zu verkaufen? Höchstwahrscheinlich nicht, und wenn, dann nur zähneknirschend und nebenbei. So konkurriert er lediglich mit einem Dutzend anderer Schuhmacher – alle sehr gut und allesamt Werwölfe –, um das Rudel zu versorgen, was ihm vielleicht für drei Monate im Jahr Arbeit verschafft. Das restliche Jahr muß er etwas anderes arbeiten – vielleicht als Buchbinder oder Segelmacher, und wieder konkurriert er mit anderen Buchbindern und Segelmachern im Rudel, die sich immer kleiner werdende Stücke desselben Kuchens teilen. Sie ernähren ihre Familien, gewiß; sie haben Arbeit, sicher. Aber erreichen sie jemals so etwas wie Größe?«

»Aber wenn sie sich zusammenschließen würden ...«, fing ich den Ball auf.

Sie führte meinen Gedanken mit beherrschter Erregung in der Stimme zu Ende. »Wenn sie die ganze Welt statt nur das Rudel als Absatzmarkt sähen – das ist ihre Stärke, Alexander. *Unsere* Stärke!«

»Aber sicher, Mademoiselle, niemand macht daraus ein Geheimnis. Wir treiben seit Jahrhunderten Handel mit Menschen und haben immer schon davon profitiert.«

»Nur unsere besten Mitglieder«, stimmte sie ungeduldig zu. »Ihre Familie, meine, vielleicht ein gutes Dutzend andere, und wir konnten unsere Vermögen vervielfachen. Aber was ist mit den übrigen? Was mit den Schuhmachern, den Schmieden, den Buchhaltern? Wofür arbeiten sie, was können sie über ihr eigenes kleines Leben hinaus erreichen? Verdienen sie nicht auch einen gewissen Aufstieg?«

»Und deshalb wollt Ihr das Rudel zusammenrufen«, schloß ich. Meine Stimme war sanft vor Ehrfurcht und demütig vor Bewunderung. Da tat sich etwas, das seit der Zeit der ersten Devoncroix nicht mehr stattfand. Die potentiellen Folgen dessen, was sie vorhatte, waren, falls es denn gelang, atemberaubend.

»Mehr als das«, eröffnete sie mir kopfschüttelnd. »Das Rudel zusammenzurufen ist nur der erste Schritt. Oh, Alexander, verstehen Sie denn nicht?«

Jetzt erkannte ich den Nachdruck in ihrer Stimme, die Unruhe in ihrem Geruch. Sie ergriff meinen Arm und sah mich mit flammendem Blick an, das Strahlen leidenschaftlicher Überzeugung in den Augen. »Zum ersten Mal in der Geschichte haben die Menschen die Möglichkeit, mit uns in Bereichen zu konkurrieren, die wir bis jetzt allein beherrschten. Schon einmal sind sie auf unser Territorium vorgedrungen, in der finsteren Urzeit; aber damals war es ein leichtes, sie zurückzuschlagen. Sie hatten nur primitive Waffen, wir dagegen Zähne und Klauen. Ihre Kraft konnte sich mit der unseren nicht messen, wir waren schneller und beweglicher. Wir belauschten ihre Pläne und rochen ihr Kommen.

Aber mit dem Davonlaufen ist es vorbei, denn bald schon werden ihre Züge noch schneller sein als wir. Sollen wir etwa mit Zähnen und Klauen gegen Gewehrkugeln kämpfen? Seit Jahrhunderten wissen wir, wie absurd das wäre. Jetzt sind wir eine zivilisierte Art und haben gelernt, mit den Menschen in Frieden zu leben, sie möglichst zu meiden, uns aber auch mit ihnen zu beschäftigen, wenn es angebracht ist. Ignorieren können wir sie nicht. Wir dürfen nicht vergessen, daß sie aufgrund ihrer Brutalität stets eine Gefahr für uns darstellen.« Beschwörend hob sie die Arme.

»Wenn wir ihnen also weder davonlaufen noch sie ignorieren können, bleibt uns nur eine Wahl, falls wir unsere Vorherrschaft auf Erden behaupten wollen: cleverer zu sein als sie.

Wir müssen unsere Sinne einsetzen, um ihr Kommen zu wittern und ihre Absichten zu belauschen. Wir müssen es gemeinsam tun – und um des Profits willen.«

Es war so wunderbar einfach – der Machtkampf. In alter Zeit bedeutete Macht Territorium – ein Stück Land, in dem es reichlich Wild gab, genug Wasser floß und Unterschlupf vor Wind und Wetter zur Verfügung stand. In diesem neuen Jahrhundert des Industriezeitalters jedoch bedeutete Macht in erster Linie Geld – eine Tatsache, die mir mit meinen gewinnbringenden Weinbergen und meinen Banken seit langem klar war. Nur ein wahrer Visionär aber schaffte es, diese Erkenntnis auf eine breitere Grundlage zu übertragen.

»Laßt die Kaufleute, die Wissenschaftler und die Techniker, die Ingenieure alle unter einem Namen zusammenkommen«, fuhr sie leuchtenden Auges mit Enthusiasmus in der Stimme fort. »Unter dem Namen des Rudels. Laßt uns ihre Ressourcen und Talente bündeln und eine Machtbasis aufbauen, von der aus wir den Markt der Menschen beeinflussen, ja sogar manipulieren können. *Das* ist unsere Zukunft, Alexander – unsere Berufung!«

Sie war schön, brillant. Ich bewunderte sie von ganzem Herzen.

Zutiefst aufrichtig gestand ich: »Es ehrt mich, Euch zu kennen.«

Das war eines der höchsten Komplimente, die ein Werwolf einem anderen machen konnte; es implizierte eine unendlich tiefe, Körper und Seele umfassende Bewunderung, die die eigene Eitelkeit zurücktreten ließ. Diese Bewunderung ist nur für ganz wenige Momente reserviert: für den Sieg im Kampf, einen Akt selbstlosen Heldentums, eine lebensverändernde Idee oder Entdeckung beziehungsweise einen Durchbruch in der Wissenschaft. Ich hatte diese Worte nie zuvor in den Mund genommen und konnte mir nicht vorstellen, sie jemals ernster zu meinen.

Mit leuchtendem Blick gewährte sie mir einen kurzen, festen Händedruck. »Ich hab' gewußt, daß Sie mich verstehen.«

Sie hängte sich bei mir ein und schlug den Rückweg ein. »Natürlich gilt es, das erste Hindernis zu überwinden, und zwar die angeborene Abneigung des Rudels gegen Geschäfte mit Menschen.«

»Und dafür kam Tessa gerade recht.«

Das bestätigte sie. »Ich muß ihnen meinen Standpunkt zu diesem Thema demonstrieren. Sie sollen ruhig einen Menschen auf dem Gelände des Palastes sehen, um zu begreifen, daß die Zeiten sich geändert haben, daß das Rudel sich ebenfalls ändern muß und wird.«

»Ihr seid falsch an die Sache herangegangen«, beharrte ich. »Es wäre nicht richtig gewesen, Tessa – die schließlich nur einer von vielen Menschen und nicht unbedingt repräsentativ für ihre ganze Spezies ist – auf diese Weise zu benutzen: Man konnte sie nicht Mitgliedern des Rudels aufdrängen, die einfach noch nicht bereit sind, sich Eurer Meinung zu diesem Thema ohne Wenn und Aber anzuschließen. Wenn Ihr Tessa während des Festes im Palast behalten hättet, wäre das garantiert eine Katastrophe geworden, und das hätte Eurem Ansehen beim Rudel, von dem Ihr in den nächsten Jahren so viel verlangen wollt, nicht gerade gutgetan. Außerdem«, fügte ich hinzu, »glaube ich ohnehin nicht, daß noch ein einziger Stammesbruder Zweifel an Eurer Einstellung den Menschen gegenüber hegt; somit habt Ihr Euer Ziel erreicht, ohne jemanden in eine unangenehme oder peinliche Lage zu bringen.«

Eine Zeitlang dachte sie nach, und die leichte Wölbung ihrer Lippen deutete ein Lächeln an. Sie warf mir unter der Krempe ihres Huts hervor einen Blick zu. »Das war klug gesagt, Alexander, und wahrscheinlich haben Sie recht. Vielleicht sollte ich öfter Ihren Rat einholen.«

»... oder ihn auch hin und wieder befolgen«, schlug ich vor.

Sie lachte. »Ich bin sehr zufrieden mit Ihnen, Alexander. Sie würden sich wundern, wenn Sie wüßten, von wie wenigen meiner Bekannten ich das behaupten kann.«

Zur Antwort stellte ich die Frage, die mir schon seit Wochen auf den Nägeln brannte. »Habt Ihr mich deswegen bespitzeln lassen?«

Überrascht parierte sie: »Habe ich das?«

»Ihr besitzt ausgezeichnete Ohren, Mademoiselle. Aber auch Ihr dürftet kaum in der Lage sein, von hier aus Gespräche zu belauschen, die in Sibirien stattgefunden haben.«

»Hmm!« Ihr Tonfall blieb so freundlich wie zuvor. »Das ist wohl richtig.«

Mein Humor aber war erschöpft, und ich versuchte gar nicht erst, das zu verbergen. »Aber vielleicht schickt Ihr Eure Spitzel ja allen Euren Untertanen nach, wenn sie das Land verlassen.«

Sie spürte meine Verärgerung und sagte leiser: »Nein, ganz und gar nicht.«

»Nur denjenigen, die Ihr für Verräter haltet?«

Eine Zeitlang schwieg sie, und ich dachte schon, ich wäre zu weit gegangen. Aber dann antwortete sie ganz ruhig: »Nur denjenigen, die ich schützen will.«

Das kam nun doch unerwartet. Ein halbes Dutzend kernige Erwiderungen hatte ich mir zurechtgelegt für den Fall, daß sie meinen Verdacht bestätigte. Aber auf diese Enthüllung hin blieb ich unwillkürlich stehen, und alles, was mir einfiel, beschränkte sich auf die erstaunte Frage: »Und wo war Euer Schutz, als ich um mein Leben kämpfte?«

Sie lächelte. »Meine Diener haben Ihnen Flankenschutz gegeben, Sie Ignorant. Haben Sie das nicht gemerkt?«

Ich schüttelte stumm den Kopf.

Mit zur Seite geneigtem Kopf betrachtete sie mich, versteckt grinsend. »Spielt ohnehin keine große Rolle. Sie haben sich auch ohne die Leute ganz ordentlich geschlagen.«

Irgendwann im Laufe dieses Dialogs hatte ich ihren Arm losgelassen. Jetzt ging sie allein weiter, auf die Kutsche zu, die auf der anderen Straßenseite wartete.

Ich überholte sie schnell und versperrte ihr den Weg. »Warum?« wollte ich wissen.

Elise sah zu mir auf mit Augen, die mir die Seele aussaugten. Ich spürte weder meinen Herzschlag noch meinen Atem mehr – sondern nur noch ihren Blick, der sich in jedem Teil von mir widerspiegelte. »Oh, Alexander«, sagte sie sanft, »weißt du das nicht?«

Und da war es plötzlich – das, was alle männlichen Wesen, ob Mensch oder Werwolf, gemeinsam haben: die Fähigkeit, nur aufgrund eines Blickes der Frau, die sie lieben, geistig und körperlich völlig hilflos zu werden. Ich war verloren in so einem Blick, atemlos, geistlos, sprachlos.

Als keine Antwort von mir erfolgte, senkte sie den Blick und seufzte. »Vielleicht sollte ich Ihre Frage mit einer Gegenfrage beantworten. Können Sie sich vorstellen, warum ich Ihnen soeben Dinge anvertraut habe, über die ich noch mit keinem anderen gesprochen habe, nicht einmal mit meinem Vater, dem großen Sancerre?«

Zumindest wäre irgendeine lockere, oberflächliche Antwort fällig gewesen, um meine Sprachlosigkeit zu überwinden. Aber meine Kehle schien trocken wie Pergament, meine Gedanken zäh wie Sahnekaramellen. Die einzige Antwort, die ich herausbrachte, war infolgedessen völlig ehrlich: »Nein, Mademoiselle, das kann ich nicht.«

»Weil«, erklärte sie, »Ihre einzige Rechtfertigung dafür, daß Sie Tessa gegen meinen Willen weggeschickt haben, das Wohlergehen des Rudels war. Und als ich Sie fragte, ob Ihnen dieses wirklich so am Herzen liegt, haben Sie ohne zu zögern gesagt ›Natürlich‹.« Sie blickte mich ernst an. »Darum, Alexander!«

Dann nahm sie wieder meinen Arm, und wir bestiegen die Kutsche.

Tessa

14

Denis und seine handverlesenen Helfer hatten für die Anreise aus Sibirien einen ganzen Monat gebraucht. Sie bewegten sich langsam vorwärts, um nicht entdeckt zu werden, benutzten menschliche Fortbewegungsmittel und übernachteten in von Menschen geführten Gasthäusern, um die Gewohnheiten und Umgangsformen ihrer Feinde zu studieren – und sie sich, soweit erforderlich, selbst anzueignen. Er hatte weitere zwei Wochen in Paris verbracht, jener schwitzenden, dreckigen, menschenverpesteten Stadt, um sicherzustellen, daß der Geruch des Nordens aus seinem Fell verschwunden war; am Ende schloß er sich der Masse von Werwölfen an, die sich zum Fest nach Lyon begaben.

Meister Antonow nutzte seine Zeit gut. Ganz Paris sprach von Alexander und seinem menschlichen Schoßkind, davon, wie er sie einkleidete, ins Theater begleitete und am Arm führte wie einen neuen Manschettenknopf, und das sogar bei Empfängen, die von bedeutenden Familien gegeben wurden. Denis überraschte das nicht. Alexander trieb immer schon Unfug, und meist waren an seinen Eskapaden Menschen beteiligt. Einst hatte Denis mit der Nachsicht und Toleranz eines älteren Bruders glauben wollen, daß Alexanders Verhalten lediglich auf jugendlichen Leichtsinn zurückzuführen sei. Aber jetzt wußte er es längst besser.

Der Gute war auf einem gefährlich falschen Weg – ein Phantast, dessen Verstocktheit und krankhafte Ideen ihn leicht zum Revolutionär werden lassen konnten. Angesichts seiner herausragenden Stellung in der gesellschaftlichen Hierarchie konnte er großen

Schaden anrichten. Denis hatte immer gewußt, daß Alexander Eigenschaften besaß, die ihn zu einer gewissen Größe befähigten. Einst stellte er sich Alexander sogar als seinen zweiten Leutnant in der von ihm selbst befehligten Armee der Brüder des Verdunkelten Mondes vor. Es schmerzte ihn deshalb sehr zu wissen, daß dies nie eintreffen würde; daß Alexander seine Begabung nutzlos verschwendete in einem aussichtslosen Kampf.

Denis hingegen hatte noch immer eine Mission, ein Ziel, das nicht von Untertanenpflichten und falschen Bündnissen abhing. Und er würde es nicht zulassen, daß Alexander ihm dabei im Weg stand. Statt dessen wollte er ihn für seine eigenen Zwecke einsetzen, wie er es von Anfang an geplant hatte. Genau das machte schließlich den Unterschied zwischen einem großen Führer und einem kleinen Mitläufer aus.

Also kam, sah und lauschte er. Schon nach kürzester Zeit wußte er alles über die Schwächen seines Bruders, und so nahm sein Plan allmählich Gestalt an.

Tessa LeGuerre, das Menschenkind, das am liebsten sein Wesen geändert hätte. Es war geradezu lächerlich einfach.

Niemand erkannte ihn in Paris, und er achtete darauf, am äußersten Rand der *société loup-garou* zu bleiben, immer eine oder zwei Stufen unterhalb von Alexanders Gesellschaftsschicht, damit diesem eventueller Klatsch über den neuen Werwolf in der Stadt nicht zu Ohren kam – und falls doch, er keine große Notiz davon nehmen würde. Damals gab es – wie vielleicht immer schon – ein nonkonformistisches Element in Paris: Künstler, Philosophen, Radikale und Verrückte. Ihre Tage verbrachten sie auf den Stufen der Bibliothèque oder am Rive gauche; sie verteilten Pamphlete, die vor dem Weltuntergang warnten, oder malten mit Kreide üppige Nackte auf die Gehsteige, um dann zuzusehen, wie sie im morgendlichen Regen wieder weggewaschen wurden; auch in den Cafés drängten sie sich, um über die Weisheiten tausend verschiedener Zeitalter zu diskutieren, und schlichen durch die Flure der Universitäten. In diesen Kreisen beschloß Denis unterzutauchen, und er hatte sich selten mehr zu Hause gefühlt als hier.

Die Zivilisation bot doch gewisse Annehmlichkeiten, auf die er nur ungern verzichtete. Alexander hatte ihn bei seinem Besuch daran erinnert. Eine gute List: der Geruch von Druckerschwärze, der Geschmack von Beaujolais. Die ansteckende Spannung eines Ideenaustauschs zwischen jungen Köpfen. Und technische Geräte. Er war fasziniert von den technologischen Neuerungen, die ihm an jeder Ecke begegneten: Automobile, Grammophone, Kinofilme. Lediglich der Gedanke erregte ihn noch mehr, um wie vieles besser all diese Errungenschaften sein könnten, wenn nicht die Menschen dabei ihre Finger im Spiel hätten.

Alles, was er sah und roch und hörte, bestätigte seine Überzeugung, daß die Zeit reif war für eine Veränderung. Und daß er der Werwolf war, der dafür sorgen würde.

Selbstverständlich gab es gewisse Schwierigkeiten, als Alexander sein Menschlein in den Palast mitnahm – obwohl die Tatsache an sich nicht besser in Denis' Pläne hätte passen können, wenn er das selbst angeordnet hätte; deshalb war er über die Nachricht hocherfreut. Für kurze Zeit jedoch stockte dann der Informationsfluß, und Denis mußte sich in Geduld üben, bis genügend Klatsch aus dem Palast nach außen drang. Alles, was er hörte, half ihm, seine Pläne zu vervollkommnen, bis er schließlich jene Ereignisse in Gang setzte, die für alle Zeiten das Leben sämtlicher Angehöriger seiner Art – und überhaupt aller höheren Wesen auf der Erde – verändern sollte.

Diesen Augenblick der Geschichte, als er aus dem Schatten trat und Tessa LeGuerre ansprach, lenkte das Schicksal!

Fast auf Anhieb erkannte sie ihn, was er sehr schmeichelhaft fand. Ihre Augen wurden immer größer, und ihr Gesicht verlor einen guten Teil seiner Sonnenbräune, als sie mit fast erstickter Stimme sagte: »Sie – Sie sind Denis Antonow. Alexanders Bruder ...«

Und sie warf einen flüchtigen Blick über die Schulter, als wolle sie nach Wölfen in den Büschen suchen oder abschätzen, wie weit sie rennen konnte, bevor sie wie ein Reh zu Boden gerissen würde. Denis amüsierte sich köstlich.

»Der bin ich. Und ich bin gekommen, um dir die Gliedmaßen einzeln auszureißen und dich roh aufzufressen.«

Sie schluckte schwer und zog ihre Schultern hoch, sah einigermaßen unbehaglich aus. »Alexander ist nicht hier.«

»Was für ein Pech!«

Er stand weiterhin einfach nur da, ohne Kopfbedeckung in der Sommersonne, die Hemdsärmel hochgerollt und sein Jackett lässig an einem gekrümmten Finger über die Schulter gehängt. Alexander hatte ihn anders beschrieben, und doch auch wieder richtig. Tessa kämpfte einen kurzen, aber unübersehbaren Kampf, um ihre Fassung zurückzugewinnen.

»Sie wußten das natürlich«, sagte sie einen Augenblick später und schaffte es, ihre Stimme fast gleichgültig klingen zu lassen.

Denis nickte.

»Trotzdem sollten sie zum Haus kommen«, meinte Tessa. »Ich werde Ihrem Bruder eine Nachricht schicken ...«

Das wehrte er ab: »Danke, aber der Nachmittag ist so schön, daß ich lieber noch ein Weilchen auf dem Hügel sitzen möchte. Hast du vielleicht etwas Zeit, um mir Gesellschaft zu leisten?«

»Nein«, platzte sie heraus und brachte ihn damit zum Lachen.

»Anscheinend hat er mich als das absolute Ungeheuer dargestellt, stimmt's?« Denis breitete sein Jackett auf dem Gras aus und setzte sich mit seinen langen Beinen darauf. Die Hände um ein Knie gefaltet, schaute er zu ihr hoch, und seine Augen blinzelten in der Sonne. »Gestehe, Tessa LeGuerre – du bist neugierig! Möchtest du nicht wissen, warum ich gekommen bin?«

Er sah die Antwort in ihren Augen aufflackern, während sie mit scheinbar stoischer Gelassenheit erwiderte: »Sie möchten zweifellos Ihren Bruder besuchen.«

»Oder ihm an den Kragen?«

Sie holte tief Luft, aber er zuckte nur die Achseln. »Ich weiß, daß er es dir so aufgetischt hat. Er erzählt jedem, daß ich ein Brudermörder sei, und offen gesagt habe ich gar nichts dagegen. Das läßt mich doch gleich viel grimmiger erscheinen, und ich bin immer dankbar für alles, was meinen Ruf aufpoliert.«

Jetzt verdunkelte ein Schatten des Argwohns ihre Züge. »Wollen Sie mir etwa einreden, daß Alexander mich angelogen hat? Daß Sie gar nicht versucht haben, ihn umbringen zu lassen?«

»Wie ich sehe, weißt du sehr wenig über uns. Eine geschickt vorgebrachte Lüge ist für uns etwas durchaus Ehrenwertes, und warum sollte er nicht schwindeln, wenn es ihm Spaß macht? Ich bin mir nicht einmal sicher, ob Alexander überhaupt weiß, was in jener Nacht geschehen ist.«

Das klang ja interessant: »Und was ist geschehen?«

»Unter meinen Anhängern gibt es welche, die schon immer der Meinung waren, daß jemand, der nicht für uns ist, gegen uns sein muß. Als Alexander in jener Nacht aus meinem Haus floh, nahmen sie die Sache von sich aus in die Hand.«

»Sie haben es nicht angeordnet?«

»Denk doch mal logisch. Was würde es mir nützen, meinen eigenen Bruder zu vernichten? Warum sollte ich meine besten Kämpfer für eine derart sinnlose Sache aufs Spiel setzen?«

Mißtrauisch faßte sie ihn ins Auge. »Es stimmt schon«, bestätigte sie, »daß egoistische Motive für Angehörige Ihrer Spezies etwas durchaus Ehrenwertes sind. Und das gilt also auch ...«, ihre Augen verengten sich, »... für eine geschickte Lüge!«

Er brach in schallendes Gelächter aus, sie bereitete ihm erheblichen Spaß. »Du bist wirklich ein kluges kleines Ding, Tessa LeGuerre! Jetzt verstehe ich, warum Alexander ganz hingerissen von dir ist – ebenso wie halb Paris.«

Und wie jeder weibliche Mensch reagierte sie prompt auf die Schmeichelei, ob sie sie nun für ehrlich hielt oder nicht. Sie rückte ein wenig näher. »Wenn Sie nicht gekommen sind, um Alexander zu töten, warum dann?«

»Um dich zu sehen.«

»Warum? Was hat Alexander Ihnen von mir berichtet?«

»Genau genommen gar nichts. Er hat Sie in der ganzen Zeit, die er bei mir war, nicht ein einziges Mal erwähnt.«

Das kurze Stocken ihres Atems, das nur Werwolfohren überhaupt wahrzunehmen vermochten, ebenso wie die leichte Anspannung des Muskels zwischen ihren Augenbrauen interpretierte er korrekt als Gekränktheit, und war zufrieden. Dann fügte er noch hinzu: »Natürlich gab es auch keinen Grund, Sie zu erwähnen, oder?«

Sie verzichtete auf eine Antwort. Statt dessen fragte sie ein wenig scharf: »Warum wollten Sie mich also treffen?«

»Weil ich glaube, daß wir – du und ich – einen gemeinsamen Feind haben.«

Auf ihrer Stirn bildete sich eine Falte, die wohl Zorn, Neugier oder Ungläubigkeit – vielleicht auch alles zusammen – andeutete. »Und wen?«

»Elise Devoncroix«, gab er Auskunft. »Die Königin.«

Einen Augenblick lang starrte sie ihn verwirrt an. Dann gab sie einen Laut von sich, der nur als Ausbruch von Gelächter zu beschreiben war, bevor sie sich umdrehte. Die Falten am Saum ihres Rocks wirbelten herum und gaben einen kurzen Blick auf ihre Ziegenlederschuhe und einige Zentimeter ihres schneeweißen Unterrocks frei; die Krempe ihres Strohhuts bog sich zurück, als sie sich gegen den Wind zum Gehen wandte.

»Einen schönen guten Tag, Monsieur Antonow«, sagte sie und marschierte los. »Ich werde Ihrem Bruder erzählen, daß Sie hier gewesen sind.«

»Tu das lieber nicht.«

Seine Hand war an ihrem Arm, ohne daß sie eine Bewegung gesehen hätte. In einem Ausbruch von Wut und Angst versuchte sie, sich loszureißen, aber obwohl sein Griff nicht schmerzhaft war, konnte sie ihm unmöglich entkommen.

»Es wäre nicht sicher, weißt du«, ergänzte er sanft.

»Lassen Sie mich los!« Die Augen, mit denen sie nun zu ihm aufblickte, spiegelten Wut und Trotz wider, aber auch Unbehagen. »Nicht sicher für wen?«

»Für mich natürlich.« Er lächelte, und als sie diesmal zerrte und zog, ließ er sie tatsächlich los. »Um wen sollte ich mir denn sonst Sorgen machen?«

Tessa rieb sich die Stelle an ihrem Arm, wo er sie gepackt hatte, um sie nach einer Druckstelle abzusuchen oder auch nur, um das Gefühl seines Griffs zu entfernen. Es war nicht einfach, seine Berührung aus dem Gedächtnis zu tilgen, und so rieb sie weiter.

Dennoch blieb sie trotzig und herausfordernd, als sie verächtlich sagte: »Sie sind ein Narr. Alexander würde Ihnen nie etwas antun. Er ist viel zu zivilisiert. Und die Königin Elise ist nicht meine Feindin.«

Seine Verwunderung ließ sein Lächeln noch sanftmütiger erscheinen, als er sie mit schräggestelltem Kopf ansah: »Merkwürdig. Du warst ihm näher als jeder andere Mensch in der jüngeren Vergangenheit, du hast in unserer Mitte gelebt, hast uns regelrecht studiert – stimmt's? –, und doch weißt du nichts über uns.«

Er sah ihre Halsmuskeln arbeiten und hörte, wie sie ihr Unbehagen hinunterschluckte; und obwohl sie mit funkelnden Augen und geweiteten Nasenlöchern die Wütende spielte, roch er, wie das Selbstvertrauen durch ihre Haut entwich, und erkannte ihre Verwundbarkeit.

»Alexander wäre jedes Mittel recht, um mich umzubringen, wenn er es schaffen könnte, ohne sich selber zu gefährden«, fuhr Denis fort, »und er wäre ein schlechter Werwolf, wenn er sich eine gute Gelegenheit entgehen lassen würde. Und was Elise Devoncroix anbelangt – wie würdest du jemanden bezeichnen, der dir das wegnimmt, was dir am meisten bedeutet, wenn nicht als deinen Feind?«

Tessa reagierte mit einem angriffslustigen Stirnrunzeln, und ganz, wie er erwartet hatte, griff sie den letzten Teil seiner Aussage auf, nicht den ersten. »Was soll sie mir denn weggenommen haben?«

Gutmütig sagte er: »Ich kann es einfach nicht glauben, daß du das nicht weißt.«

Sie wandte ihre Augen kurz ab, und ihre Finger ballten sich zur Faust. Aber als sie wieder aufschaute, tat sie das mit entschlossener Miene, und erklärte verärgert: »Was für eine Ahnung haben Sie schon! Sie gehören nicht hierher. Verschwinden Sie jetzt, und ich halte vielleicht meinen Mund.«

Aber bevor sie weitergehen konnte, bohrte er mit sanfter Stimme weiter. »An wen willst du dich wenden, Tessa? Wenn du zum Haus zurückkommst, wen willst du dort um Hilfe bitten? Wem willst du Bericht erstatten? Da ist niemand, der dich vor mir schützen könnte, außer Menschen – Menschen, die dir deine Geschichte sowieso nicht abnehmen würden.«

Scharf entgegnete sie: »Und brauche ich Schutz vor Ihnen, Monsieur?«

Er lächelte – von jeher sein gewinnendstes Merkmal. »Was glaubst denn du?«

Einen Augenblick lang blickte sie unentschlossen drein: Dann sagte sie schroff: »Ich glaube, ich sollte am besten gleich die Wachen rufen.«

»Wenn du nur welche hättest!« Er überraschte sie, indem er seine Hand nach ihr ausstreckte, noch immer mit einem Lächeln in den Augen. »Komm, Tessa, geh ein bißchen mit mir spazieren. Ich habe nicht die Absicht, dir was anzutun, und wenn du überhaupt ein Gespür für uns hast, dann weißt du, daß das stimmt. Gib mir die Chance, dir meine Version mitzuteilen, und sag mir dann, was du von mir hältst.«

Sie schaute auf seine ausgestreckte Hand, nahm sie aber nicht. Dann sah sie ihm ins Gesicht, und ihre Mimik verriet Skepsis, Ablehnung – und Neugier. »Was für eine Version?« hakte sie nach.

Denis nahm sein Jackett und zeigte auf einen Weg, der sich den Hang abwärts durch den Weinberg schlängelte. Nach einem Moment des Zögerns kam sie mit.

Sie hielt einen gewissen Sicherheitsabstand beim Spaziergang durch die Rebstöcke; und als der Weg schmaler wurde, ließ sie ihn vorausgehen. Keinen Augenblick wandte sie ihren vorsichtigen, aufmerksamen Blick von ihm ab, als könne sie ihm tatsächlich davonlaufen oder ihn niederringen, falls er versuchte, ihr zu nahe zu treten. Allein das Wissen um ihre Gedanken machte Denis immer vergnügter.

Lange konnte sie nicht den Mund halten. Die wenigsten Menschen können das.

»Wieso kennen Sie mich überhaupt?« fragte sie, als sie inmitten der Cabernet-Trauben angelangt waren. Automatisch bewegte sie sich zur Seite, um eine Reihe schattigen Weinlaubs zwischen sich und ihm zu haben. »Wenn Alexander es Ihnen nicht erzählt hat, woher wissen Sie dann soviel?«

»Ich höre mich eben um und habe besonderen Wert auf Neuigkeiten über dich gelegt. Du interessierst mich, Tessa LeGuerre.«

Für derartige Schmeicheleien war sie hoffnungslos anfällig. »Warum denn?«

Er pflückte ein Blatt und zerquetschte es zwischen den Fingern, um den Duft einzuatmen. »Oh, ein feuchtes Frühjahr«, sagte er enttäuscht. »Aber wenigstens war der vorige Sommer gut. Der Jahrgang kann noch ganz brauchbar werden.« Das Blatt flog in hohem Bogen durch die Luft. »Vor nicht einmal einem Jahr hast du dich ins Haus meines Bruders eingeschlichen und versucht, ihn im Schlaf umzubringen. Jetzt nennst du dich seine ›Sekretärin‹, bist einigen der bedeutendsten Werwölfe Europas vorgestellt worden und hast sogar Zutritt zum Palast – was, soweit ich informiert bin, ein Novum für einen Menschen ist ... selbst unter der Herrschaft der Devoncroix. Wie könnte mich das nicht interessieren?«

»Warum nehmen Sie eigentlich nicht am Fest im Palast teil?« erkundigte sie sich plötzlich. »Gehen Sie zu Ihrem Bruder und erklären Sie ihm, daß er sich geirrt hat. Entschuldigen Sie sich bei der Königin für Ihr Komplott gegen sie, und bitten Sie sie um Gnade. Anstatt hier rumzuschleichen wie ein gemeiner ...«

»Verbrecher?« prustete er los. »Genau das bin ich. Ein Gesetzloser, ein Ausgestoßener, für immer aus der besseren Gesellschaft und der Regierung der Devoncroix ausgeschlossen. Trotzdem habe ich nicht die geringste Absicht, mich bei der Königin zu entschuldigen, da mir überhaupt nichts leid tut und ich auch weiterhin gegen sie kämpfen werde.«

Ihr Herzschlag beschleunigte sich, und ihr Atem roch nach Besorgnis. »Die Werwölfe auf dem Landgut können Sie riechen«, hielt sie ihm vor Augen, »oder hören ... und dann werden sie wissen wollen, warum Sie hier sind.«

»Wohl kaum«, erwiderte er nachsichtig, um sie nicht töricht erscheinen zu lassen. »Sie sind alle im Palast, und hier befinden sich nur noch Menschen. Sonst würde ich kein solches Risiko eingehen. Natürlich habe ich das überprüft, bevor ich mich dir näherte.«

»Und warum sind Sie zu mir gekommen?«

»Ah, endlich mal eine Frau, die beim Thema bleibt. Nicht gerade häufig bei eurer Spezies!«

Eine Lücke in den Reihen tat sich auf, und er sah zu ihr hinüber. Wieder blies ein warmer Windstoß den Rand von Tessas Hut hoch und fing sich in den Falten ihres Kleids. Sie blinzelte in die Sonne und bog ihre Hutkrempe zurecht; doch als sie weitergehen wollte, blieb ihr Rock an einem Stützpfahl hängen. Zwar wollte sie sich selbst befreien, aber Denis war schneller.

Sie zuckte zurück, als sich ihre Finger berührten, und aus ihren Augen blitzten Überraschung und Angst. Denis lächelte amüsiert, sah sie an, als wolle er um Verzeihung bitten, und zog dann vorsichtig einen Rest Spitze aus dem Pfahl, der sie immer noch festhielt.

Nicht sofort richtete er sich wieder auf. Er hielt das Stück Unterrock zwischen den Fingern, strich mit der Oberseite seiner Fingerknöchel über ihren Fuß und dann an der Achillesferse entlang höher. Auf der Stelle bemerkte er, wie sich sämtliche Muskeln in ihrem Körper unter dem Schock seiner Berührung verkrampften, ihr Herz zu rasen begann und ihr Atem mit einem erstickten Wimmern stockte. Er ließ den Rock über seine Hand fallen und umfaßte ihre Wade, strich über den zitternden Muskel und seine dünne baumwollene Hülle, roch ihre Angst und ihren Moschusduft. Erregung und Angst waren für sie eins, und wie ein Kaninchen vor dem Maul eines Raubtiers stand sie gelähmt in seinem Bann.

Dennoch brachte sie mit pochendem Herzen und hochroten Wangen ein kaum hörbares Flüstern zustande: »Bitte nicht!«

Seine Finger glitten in ihre Kniekehle, wo sich Hitze und leichte Feuchtigkeit sammelten. Er hörte, wie sie die Zähne zusammenbiß und ein Keuchen oder einen Schrei unterdrückte. Dann ließ er seine Hand weiter nach oben gleiten, bis er das nackte Fleisch ihrer Schenkel berührte. Er roch ihr Geschlecht, fühlte das Zittern der Muskeln. Begierde und panische Angst. Was für eine berauschende Mixtur!

Als er seine Hand zurückzog, sonderte ihr Rock einen letzten Hauch von Sex und Angst ab, bevor er wieder um ihre Knöchel schwang. Denis richtete sich neben ihr auf, sein Gesicht nah an ihrem.

»Angst, kleine Tessa?« murmelte er. Sein Atem umwehte sie, und sein Blick ließ sie nicht los. »Was hast du denn gedacht?«

Das Blut pulsierte in ihrer Halsschlagader und brachte ihr Gesicht zum Glühen. Ihre Lippen waren purpurrot, aber trocken, und sie schluckte, bevor sie sprach. »Gehen Sie«, krächzte sie, »lassen Sie mich in Ruhe!«

Er lächelte. »Mach doch du dich davon, Tessa LeGuerre. Niemand hält dich hier fest.«

Aber sie rührte sich nicht. Sie stand einfach nur da, hechelte ein wenig und musterte ihn unruhig. »Was wollen Sie? Was haben Sie vor?«

»Ich versuche lediglich, etwas zu beweisen«, beschwichtigte er. Er trat zurück, entließ sie aus seiner Nähe und spazierte weiter. Mit einer herrschaftlichen Geste forderte er sie auf, sich ihm anzuschließen. Fast ohne zu zögern eilte sie an seine Seite.

»Wie du siehst, Tessa, habe ich nicht die Absicht, dich mitten am Tage zu überfallen. Ich werde dir nicht das Genick brechen, kaum daß du dich umgedreht hast, oder dich für meinen Eintopf in Würfel schneiden. Wenn ich wollte, könnte ich das, und ließe mich nicht daran hindern. Der entscheidende Punkt aber ist, daß ich es gar nicht will.«

Sie zitterte noch immer, und ihr Herz schlug ruckweise. Er hörte es genau. Momentan verspürte er eine gewisse Bewunderung – wenn auch gemischt mit Belustigung – für die Anstrengung, die sie unternahm, ihre Stimme unter Kontrolle zu halten und sie verächtlich klingen zu lassen.

»Soll mich das etwa in Sicherheit wiegen?« begehrte sie auf. »Dafür soll ich mich überreden lassen, Ihnen zu helfen?«

»Habe ich gesagt, daß ich deine Hilfe brauche?«

»Was wollen Sie denn sonst von mir?«

»Eigentlich dachte ich eher, wir könnten uns gegenseitig helfen.«

»Sie haben mir bloß leider nichts zu bieten!«

»Du möchtest, daß er dein Liebhaber wird, stimmt's?« erwiderte Denis ruhig und ohne Veränderung in seinem Schritt. »Du möchtest, daß er nackt zwischen deinen Beinen liegt, sein Geschlecht in dir versenkt und seine magischen Säfte in deinen Leib spritzt, damit du ihn für immer an dich bindest und auf diese Weise ein Teil dessen wirst, was er ist. Aber er hat dir gesagt, daß das nicht möglich ist – daß unsereins nicht mit deiner Spezies verkehren kann.« Er machte eine wegwerfende Bewegung. »Noch so eine Lüge, oder vielleicht bloß ein Vorwand ... Es ist zwar nicht gerade etwas, das gefördert werden sollte oder über das man in Gesellschaft sprechen würde – aber trotzdem gibt es Werwölfe, die an fleischlichen Aktivitäten mit Menschen durchaus ihren Spaß haben – etwa genauso, wie sie gerne mit Menschen zusammen essen oder arbeiten oder sie gar zu sich nach Hause einladen.«

Mit blassen Wangen und funkelnden Augen wandte sie sich ihm zu.

»Sie sind ein wildes Tier, das sich als Mensch verkleidet hat. Wie können Sie diese Dinge wissen? Wie können Sie es wagen, sie mir ins Gesicht zu sagen?«

Er ignorierte sie und behielt seinen lässigen Gang und seinen zwanglosen Tonfall bei. Sie war gezwungen, entweder mit ihm Schritt zu halten oder zurückzubleiben – und nie zu erfahren, was er mitzuteilen hatte.

»Alexander ist ehrgeizig«, fuhr Denis fort, »und so soll es auch sein. Aber am ehrgeizigsten ist die Königin Elise, und ihretwegen werden deine eigenen Träume nie in Erfüllung gehen.«

»Glauben Sie etwa, ich wüßte nicht, warum Sie so etwas sagen? Sie, der die Menschen haßt und uns alle am liebsten ausrotten würde?« Ihre Stimme zitterte vor Wut und Schmerz, aber auf ihrer Haut roch er Angst – die Angst, daß er die Wahrheit sprach und ein schuldbewußtes Eingeständnis, daß sie tief in ihrem Innern diesen Verdacht selbst schon hegte. »Sie wollen die Königin stürzen und Ihre bösen Pläne in die Tat umsetzen und …«

Belustigt unterbrach er sie. »Böse Pläne soll ich also haben, was? Wie dramatisch das klingt – und selbst für mich ein bißchen zuviel. Sollte Alexander dir tatsächlich weisgemacht haben, ich wollte nur die Menschen ausrotten, bin ich wirklich sehr enttäuscht von ihm. Ja, ich strebe nach dem Thron, aber nur, weil ich glaube, daß das unserem Volk zugute kommt. Und trotz allem, was du über die Brüder des Verdunkelten Mondes gehört hast oder über sie denkst, wollen wir keine Spezies eliminieren. Wir streben lediglich ein Gleichgewicht an und die Wiederherstellung der natürlichen Machtverhältnisse. Auch wir sollten die Möglichkeit haben, unsere wahre Natur auszuleben und nicht gezwungen sein, ständig zu flüchten. Wir wollen eine Trennung zwischen unseren beiden Arten, auch in territorialer Hinsicht, und die Freiheit, unsere Angelegenheiten so zu regeln, wie wir es für richtig halten. Lediglich anerkannt möchten wir werden und in Ruhe leben. Ist das wirklich so böse?«

Schweigend ging sie neben ihm her, die Hände zu Fäusten geballt und die Zähne zusammengebissen. Er konnte das Zischen ihres Atems durch ihre Nasenlöcher vernehmen und das Pochen ihres Herzens.

»Aber du bist noch immer wütend auf mich. Nichts von dem, was ich dir eröffne, wird mir dein Mitgefühl einbringen – obwohl du tief in deinem Innersten weißt, daß mein Plan für unser Volk vernünftig ist. Ich sollte aufgeben, dich für heute verlassen und erst zurückkehren, wenn ich bessere Chancen sehe. Aber das werde ich nicht tun, Tessa. Du bist viel zu intelligent, als daß du dich weigern würdest, dir die Wahrheit wenigstens anzuhören.«

»Welche Wahrheit haben Sie denn, bitte schön, für mich?«

»Elise Devoncroix hat dich für ihre Zwecke mißbraucht. Sie tut so, als sei sie deine Freundin, aber sie stammt aus jahrhundertealtem Hochadel, und du wirst ihr niemals mehr bedeuten, als ein edles Pferd oder ein Jagdhund deiner eigenen Königin ... *Sie ist eine andere Spezies.* Du weißt das. Sie empfindet keinerlei Loyalität dir gegenüber, sie denkt keine Sekunde über deine Gefühle oder deine Bedürfnisse nach – und warum sollte sie auch? Du bist für sie völlig unwichtig, außer als Mittel zum Zweck.«

Er begriff, daß er mit seinen Worten einen geheimen Zweifel in ihr bestätigte, als sie ihn scharf ermahnte: »Kommen Sie endlich zur Sache!«

»Die Sache, mein liebes Menschenkind Tessa LeGuerre, ist die, daß Elise Devoncroix die Absicht hat, Alexander genauso zu benutzen wie dich – nämlich um das Rudel hinter sich zu bringen und dann aus uns allen Menschenfreunde zu machen.«

Patzig sagte Tessa: »Ich bezweifle, daß Alexander sich ausgenutzt fühlt, genausowenig wie ich.«

Jetzt blieb Denis stehen und schaute ernst auf sie herab. »Du hältst meine Pläne für teuflisch. Eigentlich müßtest du verstehen, daß es in dem Augenblick, wo es um das Wohlergehen des Rudels geht, keine Grenze gibt, die ein wahrer, gewissenhafter Führer nicht zu überschreiten bereit wäre. Elise wird Alexander ausnutzen, indem sie ihn zum Gefährten nimmt, und ist es erst einmal so weit, wird er nie zu dir zurückkehren.«

Er spürte die Temperaturänderung, als das Blut aus ihrem Gesicht wich, und hörte das Kratzen von Nägeln in Fleisch, als sich ihre Hände unwillkürlich zu Fäusten ballten. Ihre intensiven Gefühle drangen wie kalter Schweiß aus ihren Poren. Und er sah den dumpfen Schock und den Schmerz in ihren Augen.

Mit rauher Stimme sagte sie: »Woher wollen Sie das wissen?«

»Weil ich es genauso machen würde«, antwortete er schlicht. Und als er sah, wie ihre Starre allmählich wich, fügte er hinzu: »Und weil es unmöglich ist, Geheimnisse vor denen zu bewahren, deren Ohren Geflüster über viele Meilen Entfernung hören können und wissen, worauf sie lauschen müssen. Meine liebe Tessa, ich habe nichts weiter getan, als zu beobachten und die Ohren zu spitzen, seit ich nach Frankreich gekommen bin. Mein Ziel ist einfach zu wichtig, um es aus den Augen zu lassen.«

Sie wandte den Blick keine Sekunde von ihm, als sie fragte: »Ihr Ziel?«

Statt zu antworten drehte er sich lässig um und pflückte eine winzige Traube von einem nahen Rebstock. »Dieser Weinberg ist über tausend Jahre alt, hast du das gewußt? Schon lange, bevor die Römer nach Gallien kamen, haben wir hier Wein angebaut. Und lange nach ihrem Abzug bauen wir immer noch Wein an. Wir werden auch noch Wein machen aus Rebstöcken, die von diesen hier abstammen, lange nachdem deine Spezies vom Angesicht der Erde verschwunden ist – dem Himmel sei Dank! Etwas, über das es sich nachzudenken lohnt, meinst du nicht?«

»Ich verstehe Sie nicht.«

Denis zerdrückte die kleine Traube zwischen den Fingern. »Natürlich nicht«, antwortete er geduldig. »Und genau da liegt das Problem. Alexander ist ein Gewinner. Selbst die besten menschlichen Winzer sind Hunderte von Jahren davon entfernt, an die Weine heranzukommen, die er in seiner Freizeit erzeugt. Sie sind nicht einmal fähig, sich zu fragen, *warum* er ihnen so weit überlegen ist. Und daher rührt auch die Schwierigkeit, dir verständlich zu machen, was jetzt geschehen muß.« Denis legte eine Pause ein.

»Aber zuerst will ich dich etwas fragen. Warum hast du bei deinem Versuch, Alexander zu ermorden, keine Schußwaffe benutzt? Das ist doch viel sauberer und zuverlässiger, außerdem die Art von Waffe, die die Menschen am liebsten haben.«

Sie blinzelte; die Frage verwirrte sie. »Ich ... ich hatte keine.«

Er betrachtete sie aufmerksam. »Und ich dachte, du wüßtest nicht, wie man mit so einem Ding umgeht.«

»Alle Engländerinnen können schießen«, erwiderte sie ein wenig verächtlich. »Warum fragen Sie das? Welchen Unterschied würde das machen?«

»Sind Sie eine gute Schützin?« hakte er nach.

Ihre Augen wurden schmal, und sie entgegnete spitz: »Was meinen Sie mit gut?«

»Gut genug, um beispielsweise auf hundert Schritt einen Wolf zu treffen?«

Sie atmete heftig ein. »Was wollen Sie damit sagen?«

»Das weißt du ganz genau, Tessa.« Er sagte es völlig gelassen und hielt ihrem Blick stand.

Freilich verstand sie. Rasch blickte sie zur Seite, aber nicht schnell genug – nicht, bevor er ihre Schuldgefühle und Erschrecken sah – jawohl, in einem Aufblitzen, kürzer als ein Herzschlag, sogar Bestätigung.

»Sie wollen, daß ich die Königin töte.« Sie mußte es einfach laut aussprechen.

»Ich will meinen Bruder retten – und das Rudel.«

Mit offenem Mund starrte sie ihn an, Unglauben und Ablehnung weiteten ihre Augen. »Sie sind wahnsinnig!«

»Weil ich glaube, daß du es tun würdest«, fragte er, »oder weil ich den Vorschlag überhaupt mache?«

»Beides!« schrie sie.

Und wieder lächelte er. »Irrtum! Sie muß sterben, Tessa, du weißt das, um deinet- und meinetwillen. Nur noch offen steht, ob Alexander dieses Los teilen soll.«

Ihr Herz schlug schwer und schnell wie bei einem Reh, das in Panik durchs Unterholz fegt. Sie sagte nichts, und das war auch gar nicht nötig. Alles, was er wissen mußte, roch er auf ihrer Haut, hörte er in ihrem Puls.

»Gehen Sie endlich«, sagte sie heiser. »Und belästigen Sie mich nie wieder.«

»Ich werde nicht gehen«, versicherte er ihr, »bevor ich mein Ziel erreicht habe. Aber wenn du möchtest, daß ich dich allein lasse ... dann tu' ich dir den Gefallen. Es war nur, weil wir uns beide Sorgen um Alexander machen.«

»Gerade haben Sie gedroht, ihn zu töten!«

»Nur, wenn es absolut unumgänglich wird. Mir ist die Königin im Weg, nicht Alexander. Du könntest ihn retten – und behalten. Dazu mußt du nur diese eine Kleinigkeit erledigen, die deiner Art so leicht von der Hand geht.«

Mit flacher Stimme, in der Ungläubigkeit mitschwang, flüsterte sie: »Einen Mord begehen ...«

»Ist das nicht genau das, weswegen du vor etlichen Monaten zu uns gekommen bist?«

Schatten der Verwirrung verdunkelten ihre Züge, als sie sich abwandte. »Sie sind ja verrückt«, wiederholte sie, »wahnsinnig, wenn Sie glauben, daß ich das täte.« Aber ihre Stimme klang schon etwas weniger empört als noch vor einem Augenblick.

»Schon möglich.« Er trat näher zu ihr und legte ihr sacht die Hand auf die Schulter. Ihr Herz pochte und der Stoff ihres Kleides rutschte im Rhythmus ihrer Atmung über ihrem Busen auf und ab. »Aber es wäre nur vernünftig, Tessa LeGuerre, einmal darüber nachzudenken.«

Sie schreckte vor seiner Berührung zurück und verließ ihn ohne ein weiteres Wort; halb blind bahnte sie sich ihren Weg durch die Rebstöcke.

Er sah ihr gelassen nach, bis die Blätter sich nicht mehr bewegten, und lächelte vor sich hin. »Armes Menschlein«, murmelte er. »Was für ein Jammer, daß dich trotz all deiner Bildung niemand davor gewarnt hat, dich mit dem Teufel einzulassen.«

Als der graue Wolf mit dem einen Ohr geräuschlos auftauchte und sich neben ihn stellte, tätschelte Denis ihm kameradschaftlich den Kopf. »Keine Sorge«, sagte er zuversichtlich, »die kommt zurück. Wäre ich mir dessen nicht so sicher, hätte ich sie nicht gehen lassen.«

15

Alexanders Haus wirkte auf merkwürdige Weise leer, nachdem sich nur noch menschliche Bedienstete darin aufhielten. Poinceau, Lavalier, Madame Crollière – alle waren weg, und ohne ihre Aufsicht erwiesen sich die Menschen als faul und träge. Niemand wollte Tessa zum Palast fahren, und so mußte sie selbst ein Pferd satteln, was sie wertvolle Minuten kostete.

Denis Antonow! Allein der Name schien das Böse wachzurufen, wie ein über dem Feuer gemurmelter Fluch. Er *war* böse. Das bewies er mit seinem infamen Plan, die Königin zu ermorden – mit seiner arroganten Annahme, daß sie, Tessa LeGuerre, ihm dabei behilflich sein würde. Und als sie sich an seine Berührung erinnerte und daran, wie sie darauf reagiert hatte, wäre sie vor Scham am liebsten im Erdboden versunken. Die Königin hatte gesagt, er sei attraktiv, und das stimmte. Auch hatte sie ihn als charmant bezeichnet, was ebenfalls zutraf. Sie hatte jedoch nicht erwähnt, was für ein Schmeichler er war und welche Macht er auf andere ausüben konnte. Nicht einmal Alexander hatte sie darauf vorbereitet. Zwischenzeitlich schaffte Denis es fast, sie zu überzeugen, daß er absolut die Wahrheit sprach – sie hatte es beinahe glauben *wollen.* Seine Suggestivkraft machte ihr angst, ihre Reaktion darauf ebenfalls.

Das Pferd scheute und stellte sich auf die Hinterbeine, als sie in die lange Allee einbog, die zum Palast führte; es witterte die Wölfe, die sie aus dem Schatten beobachteten. Sie zog die Zügel fester an, schaute starr nach vorn und tat, als spürte sie die heißen Blicke nicht, die auf ihrem Rücken brannten.

Tessa stieg bei den Stufen vor dem Haupteingang unter den Augen Dutzender neugierig und verächtlich dreinblickender Werwölfe ab, die die breite Treppe hinauf- oder hinunterglitten oder auf dem vorderen Rasen herumtobten. Einige von ihnen schnupperten und traten näher; aber Tessa rannte an ihnen vorbei und geradewegs in die Eingangshalle.

Über einen Monat lang war sie hier wie zu Hause gewesen, aber jetzt flößte ihr der Palast Angst ein. Die Marmorböden hallten von den Stimmen fremder Werwölfe in farbenfroher Kleidung wider – transparente, fließende Gewänder in leuchtendem Scharlachrot oder Gelb, Federboas und hohe Hüte in Form von Tierköpfen. Mißtrauisch beäugten sie sie von der Seite, als sie vorwärtsstürzte, oder schreckten mit entsetzten, von Abscheu erfüllten Mienen zurück und knurrten drohend. Gesenkten Blicks hastete sie mit laut pochendem Herzen an ihnen vorüber.

An der Doppeltür, die zum inneren Wohnbereich führte, traten zwei Diener vor und versperrten ihr den Weg. Das hatte sie nicht erwartet.

»Bitte«, flehte sie außer Atem, »ich muß die Königin sprechen.«

Die beiden sahen versteinerten Blicks auf sie herab.

»Ihr kennt mich doch!« schrie sie. »Die letzten sechs Wochen habt ihr mich jeden Tag hier gesehen!«

Sie warfen sich einen Blick zu und schienen ein wenig nachgiebiger zu werden. »Sie stehen nicht auf der Liste«, bellte einer von ihnen. »Außer den geladenen Gästen darf niemand herein.«

Protest, das wußte sie, hätte keinen Zweck. Verzweifelt suchte sie eine andere Möglichkeit. »Alexander«, fiel ihr plötzlich ein. »Alexander Devoncroix – lassen Sie ihn bitte benachrichtigen. Er soll herkommen. Ich muß nur eine Minute mit ihm reden.«

»Monsieur Devoncroix ist nicht im Palast«, lautete die Antwort. Sie wollte schon fragen, warum er nicht da sei, wohin er gegangen wäre und wann er zurückkäme; doch das würde ihr überhaupt nichts helfen und nur die schlimmsten Erwartungen der Werwölfe bestätigen, die ihre Augen auf sie gerichtet hatten. Sie spürte, wie ihr der Schweiß ausbrach, was sie natürlich rochen.

»Könnten Sie dann die Königin benachrichtigen?« fragte sie und verlor allmählich jede Hoffnung. »Würden Sie ihr sagen, daß ich hier bin?«

»Die Königin ist ebenfalls nicht anwesend.«

Plötzlich mußte sie gegen einen Kloß im Hals ankämpfen. Denis' Worte über Elise und Alexander kamen ihr wieder in den Sinn, und sie schob sie wütend beiseite. Natürlich waren sie zusammen. Alexander galt schließlich als Günstling der Königin; jeder wußte das.

Irgendwie mußte sie ihm eine Nachricht zukommen lassen. Wenn er wüßte, daß sein Bruder hier war, wenn er wüßte, was Denis vorhatte, würde er eine Armee ausschicken, um ihn des Platzes zu verweisen. Aber wenn sie, Tessa, einem anderen als Alexander wissen ließ, daß sein ausgestoßener Bruder ihn in seinem Lyoner Haus erwartete – welche Folgen würde das für Alexander haben? Würde man ihn nicht irgendwie für Denis' Anwesenheit verantwortlich machen, für die Bedrohung der Königin? Nein, diese Information konnte sie niemand anderem anvertrauen als Alexander selbst oder Elise. Und wenn sie hier noch lange aufgehalten wurde, fand Denis womöglich heraus, was sie gerade vorhatte. Es gab schließlich keine Garantie dafür, daß er ihr nicht bereits auf den Fersen war.

Plötzlich fiel ihr etwas ein: »Gault. Der kennt mich. Sagen Sie ihm, daß ich eine wichtige Nachricht vom Landhaus habe.«

Eine der Wachen schob ein kleines Gitter in der Tür zurück und sprach leise mit jemandem auf der anderen Seite. Als er wieder seinen Posten einnahm, die Augen stur geradeaus, konnte Tessa nur hoffen, daß die Nachricht weitergegeben worden war. Unruhig tappte sie auf und ab.

Gault ließ sie fast eine Viertelstunde warten; dadurch war Tessa so aufgewühlt, daß sie fast mit der ganzen Geschichte herausgeplatzt wäre und sich ihm ausgeliefert hätte. Wenn er auch nur eine Spur von Entgegenkommen gezeigt hätte, wäre es sicher so geschehen; denn sie wußte, daß ganz unabhängig von seiner Einstellung ihr gegenüber seine Loyalität gegenüber Alexander außer Frage stand. Aber Gault kam aus der Doppeltür, schnupperte demonstrativ und sagte nur: »Ach, Sie sind's!« Dann drehte er sich wieder um und wollte sich davonmachen.

»Warten Sie!« Sie erwischte ihn am Ärmel, den sie aber auf seinen hochmütigen Blick hin sofort wieder losließ. »Ich brauche Ihre Hilfe. Es betrifft Alexander. Wo ist er?«

Jeder Werwolf im Gebäude beobachtete sie jetzt und hörte ihnen zu. Gault war sich dessen ebenso bewußt wie sie, was seinen Abscheu noch verstärkte. »Natürlich an einem Ort, der Sie nichts angeht. Vielleicht hat er das Land verlassen oder sich ins Meer gestürzt. Ich könnte es ihm nicht verdenken. Was muß ich noch tun, um Sie davon zu überzeugen, daß Sie hier nicht erwünscht sind?«

»Sagen Sie, was Sie wollen«, erwiderte sie und wich bewußt keinen Schritt vor ihm zurück. »Seien Sie so grausam, wie Sie es für nötig halten. Aber ich *muß* Alexander sprechen.«

»Damit er Sie wieder hinauswerfen kann? Sosehr mir das gefallen würde, möchte ich ihm diese Mühe doch lieber ersparen. Trollen Sie sich nach Hause, Sie närrischer Mensch. Dies ist der falsche Ort für Sie.« Und mit erhobener Stimme fügte er so deutlich, daß man ihn bis in die hintersten Winkel des Gartens verstehen konnte, hinzu: »Wie man Ihnen oft genug zu verstehen gegeben hat!«

Sie merkte, daß Gault vor allem deswegen verärgert über sie war, weil sie Alexanders Status in Gefahr brachte, indem sie seine Anordnung mißachtete und am Tag des Fests hier erschien. Denis hatte recht. Sie gehörte nicht hierher und war nur so lange willkommen, wie es den politischen Absichten der Königin entsprach. Aber sie konnte nicht gehen, ohne eine Nachricht hinterlassen zu haben.

Also trat sie dicht an Gault heran und zischte: »Jetzt hören Sie mir mal zu, Sie aufgeblasene Kröte! Was ich Alexander zu sagen habe, ist eine Sache von Leben oder Tod, und die Königin wird Ihnen nicht dafür danken, daß Sie ihn von mir fernhalten! Jetzt dürfen Sie mir verraten, wo ich ihn finde; andernfalls warte ich hier, bis er zurückkommt – und Sie sind schuld, daß jeder Werwolf im Palast mich sieht und von Eurer Sturheit erfährt!«

Er warf einen finsteren Blick auf sie hinab. »Ich lasse die Wachen kommen und Schweinefutter aus Ihnen machen!«

»Diese Leute werden mich nicht anrühren, und Sie wissen das ganz genau.«

Einen weiteren Augenblick gab er sich seiner Verachtung hin und verzog dann einen Teil seiner Oberlippe zu einem höhnischen Grinsen. »Sie können ja Ihr Glück mit ihnen versuchen, wenn Sie unbedingt wollen. *Mir* haben Sie den Tag jedenfalls genug verdorben.«

Erneut wandte er sich ab.

»Warten Sie!«

Tessa ging zum Gästebuch, das auf einem kleinen Podium in der Mitte des Vorraums stand, riß eine Seite heraus und kritzelte folgende Nachricht: »Ein Besucher aus dem Norden ist gekommen und hat Drohungen ausgestoßen. Sie sind in Gefahr. Ich weiß nicht mehr, was ich tun soll. Bitte kommen Sie sofort. Tessa.«

Sie faltete die Nachricht zweimal und dann noch einmal und drückte sie Gault in die Hand. »Ich gehe«, stellte sie in Aussicht, »wenn Sie mir versprechen, das hier Alexander zu geben, sobald er wieder da ist. Unverzüglich! Etwas – etwas Schreckliches wird geschehen, wenn Sie es unterlassen.«

Er musterte sie mit kaltem Blick, und sie fürchtete schon, ihre letzte Chance verspielt zu haben. Doch dann hob er den Kopf, als schnuppere er in der Luft oder höre etwas. Einen Augenblick lauschte er, mit einem sadistischen Lächeln um seine harten Mundwinkel. »Gib's ihm doch selbst, dummes Ding«, und hielt ihr die Nachricht hin. »Sie finden ihn im Westgarten gleich unterhalb der Treppe.«

Tessa war schon unterwegs, kaum daß er geendet hatte. Gault grinste zufrieden, als er ihr nachsah, warf dann ihre Notiz ins Feuer und schlurfte zurück in sein Privatgemach.

Tessa war unbewußt klar, daß etwas, das Gault solchen Spaß bereitete, nicht gut für sie sein konnte; aber sie dachte an nichts anderes als Alexander zu erreichen. Wenn sie nur zu ihm vordränge, würde alles gut werden. Sie floh hinaus durch ein Kreuzfeuer kalter Werwolfblicke und neugierig schnüffelnder Schnauzen, rannte die Haupttreppe hinunter über den Rasen und durch die Hecken, wo noch mehr Nasen und Augenpaare auf sie warteten. Dann schlug sie den Weg zum Westgarten ein, den man über einige Stufen erreichte, die in ein sonnendurchflutetes Dickicht von Weiden und hohen rosafarbenen Lupinen hinabführten.

In diesem Moment erblickte sie Alexander und Elise.

Alexander

16

Auf der Rückfahrt zum Palast schwiegen wir die meiste Zeit. Ich würde gerne sagen, daß es wegen des Fahrers war und wegen der Geheimhaltung der besprochenen Angelegenheit, die nicht in gewöhnliche Ohren gehörte. In Wahrheit aber drehte sich mir der Kopf in einer so wunderbaren Ekstase der Erwartung, daß ich kaum einen Gedanken formulieren konnte, geschweige denn ein Wort.

Angesichts des Fests, das aufgrund seiner ureigensten Natur jegliche Etikette als deplaziert hätte erscheinen lassen, wurde das Protokoll im Palast sehr viel lockerer gehandhabt als üblich; als daher die Kutsche vor der breiten Haupttreppe anhielt, bewirkte unsere Ankunft lediglich das Erscheinen eines Dieners mit der Tritthilfe. Einige Dutzend Werwölfe waren zu sehen, Hunderte weitere zu hören. In der träge machenden Wärme des Spätnachmittags lagen sie schlaff und nackt auf dem Rasen oder auf flachen Steinen in der Sonne, streichelten einander, leckten einander den Schweiß ab und lachten kehlig über die eine oder andere geistreiche Bemerkung. Werwolfkinder spielten im Brunnen oder kletterten auf den Pelz der älteren; Paare schlenderten mit Handschuhen und Sonnenschirmen über schattige Gartenwege, lasen einander aus Gedichtbänden vor und genossen das Versmaß und den Klang der Reime an diesem geruhsamen Nachmittag. Aus dem Innern des Palasts vernahm ich den Klang von einem Dutzend verschiedener Musikinstrumente, vom Piano über die Bratsche bis hin zur Singstimme, wo jeder seine eigene Melodie und zusammen für meine Ohren eine wahre Symphonie intonierte. In diesem Augenblick, als ich auf den Stufen stand und auf meine Königin und meine Liebe hinabblickte, verspürte ich eine so tiefe Freude, daß ich sie kaum für mich behalten konnte. Nie war ich so selig gewesen, ein Werwolf zu sein.

Ich nahm Elise beim Arm und geleitete sie die Stufen hinab zum Westgarten, wo weniger los und wenigstens ein gewisses Maß an Privatsphäre gewährleistet war. Meine Liebe machte mich egoistisch. Die Zeit, die wir zusammen hatten, suchte ich mit allen Mitteln auszudehnen und sie so lange wie möglich für mich zu behalten.

Unten angelangt, schlug ich vor: »Wollen wir ein wenig schwimmen?«

Andere tummelten sich bereits in den beheizten Becken in einer farnbewachsenen Grotte am hinteren Ende des Gartens. Ich roch den Dampf und die duftenden Blütenblätter, die auf dem Wasser schwammen – und fand die Aussicht äußerst verlockend.

Elise zog sich die Hutnadel heraus, die ihr Haar unter dem bezaubernden kleinen Veilchengebilde zusammenhielt. Anschließend schüttelte sie den Kopf, und ihr Haar fiel wie ein goldener Schleier über ihre Schultern. Sie durchkämmte es mit den Fingern. »Später vielleicht«, vertröstete sie mich. »Ich hab' versprochen, mit dem Küchenchef den Speiseplan der nächsten Woche durchzugehen, und die Gruppe aus Schottland ist eingetroffen – riechst du sie? Die muß ich erst begrüßen.«

Ergeben nickte ich und verbarg meine Enttäuschung. Wir schlenderten noch ein Stück weiter und ließen uns Zeit; denn sie schien ebenso wenig auf eine Trennung erpicht wie ich. Unsere Finger berührten einander beim Gehen, und wir genossen diese Berührungen ebenso wie den Duft des anderen.

»Du hast mir noch gar nicht gesagt«, brach sie schließlich das Schweigen, »was du von meinem Plan hältst.«

»Hab' ich das nicht?« Sorgfältig wägte ich meine Worte ab. »Aber er ist großartig! Ich halte ihn für kühn und in der Tat gemäß. Meiner Ansicht nach ist er unsere Rettung. Allerdings fürchte ich, daß es für einen einzelnen Werwolf nicht leicht sein wird, ein so hohes Ziel innerhalb einer Generation zu erreichen.«

»Schon möglich«, stimmte sie zu. Sie blieb im Schatten eines Maulbeerbaums stehen und sah mich offen an. »Aber nicht für zwei.«

Keine Sekunde wandte sie ihren Blick von mir. Selbst wenn ich blind gewesen wäre, hätte ich ihre Botschaft nicht mißverstehen können; unter dem zärtlichen Einfluß dieses Blicks bekam ich weiche Knie. Meine Welt kippte aus ihrer Achse, drehte sich unkontrolliert im Kreis und explodierte in Farbe und Licht. Heiser sagte ich: »Ich liebe dich, Elise.«

Ihre Augen glänzten. »Mein lieber, lieber Alexander«, flüsterte sie, »das weiß ich doch.«

Sie hob die Hand und streichelte mit den Knöcheln über meine Wange und mein Ohr; dann spreizte sie einen Finger ab und erkundete sanft und wissend jene sensible Rundung des Schädels unmittelbar hinter dem Ohr. Die Sonne, die Geräusche und die ganze Welt um mich her schwanden dahin.

Wir hatten die Liebesspiele schon vorher miteinander ausprobiert, und kannten unsere Zonen der Lust ebensogut wie die von Dutzenden anderer. Doch obwohl wir gut aufeinander abgestimmt waren, hatte sie mich noch nie so berührt wie jetzt, noch nie mit jenem hypnotisierenden Blick durchbohrt, und noch nie hatte sie die volle Kraft ihrer sexuellen Anziehungskraft eingesetzt. Ihr Geruch hüllte mich ein: die an Wein erinnernde Süße ihres Atems, der Duft der Sonne auf ihrem Haar, das Salz der Haut zwischen ihren Brüsten und der Moschusduft ihres Geschlechts. Als sie mit ihrer Fingerspitze wie mit erhitzter Seide zart das Zentrum meiner erogensten Zone berührte, traf es mich wie ein elektrischer Schlag. Denn mit ihrer Berührung, ihrem Geruch, ihrem Blick war die Frage verbunden: Würde ich sie begehrenswert finden? Konnte sie mich erregen?

Mein eigener Sexualtrieb reagierte spontan und mit einer Wildheit, die selbst mich schockierte. Ich rückte ganz nahe an sie heran und streichelte ihre Kehle, ihren Kiefer, ihr Ohr. Die Hitze ihrer

Lenden floß in die meinen über. Ihr Puls dröhnte in meinen Ohren und zwang mein Herz, in ihren Rhythmus einzufallen. Mit einer unendlich zärtlichen, gleitenden, fast flüssigen Bewegung berührte ich sie dort, unmittelbar hinter dem Ohr.

Meine Muskeln verkrampften sich, und Schweißperlen bildeten sich auf meiner Stirn, als ich gegen den Gestaltwandel ankämpfte, auf den sie mich mit jener erotischen Berührung zutrieb. Und zu meinem größten Triumph sah ich, wie auch ihre Gesichtszüge wächsern wurden, spürte ich den Hitzeschwall, der ihren Körper überkam und wußte, daß die Magie gegenseitig war – ob sie das nun bewußt provoziert hatte oder nicht.

Rasch griff ich nach ihrer Hand, bevor wir zu weit gingen, und hielt sie fest. »Du dummes Mädchen«, murmelte ich mit belegter Stimme und war selbst ein wenig überrascht, daß von meiner menschlichen Gestalt noch genug verblieben war, um Worte zu bilden. »Mußtest du das wirklich fragen?«

Ihr Bild brannte sich in mein Gehirn, die Sehnsucht nach ihr in meine Seele. Ich konnte meine Augen nicht von ihr wenden. Ihr ging es ebenso. Sanft sagte sie: »Du bist der Dumme, Alexander Devoncroix; machst dir Gedanken darüber, ob ich in der Lage bin, einen Gefährten zu finden ... wo es doch seit Wochen jedem klar ist außer dir, daß ich bereits meine Wahl getroffen habe.«

Wie soll ich meine damaligen Gefühle beschreiben? Muß man sie jemandem mitteilen, der selbst einmal geliebt hat? Zweifel, Unglauben, Verwunderung, Freude, die reinste Ekstase, die außerhalb des Gefährtenbands überhaupt vorstellbar ist. Die Entdeckung. Das Versprechen. Die Aussicht auf eine Zukunft, die nicht eines, sondern zwei Herzen umfaßt. Gibt es etwas Vollkommeneres in der gesamten Schöpfung? Kann es im Leben eines Menschen oder Werwolfs oder sonstigen Lebewesens einen schöneren Augenblick geben als den, wenn er die Liebe entdeckt?

Es wäre ein Leichtes gewesen, uns von der Leidenschaft hinreißen zu lassen – was in jenem Moment durchaus paßte.

Aber in Staatsangelegenheiten liegen die Dinge selten so einfach wie die Angelegenheiten des Herzens.

Ich nahm ihre Hand, führte sie an meine Lippen und krächzte: »Elise – du mein einziger Schatz!«

Dann witterte ich den Geruch, der schon die ganze Zeit da gewesen war und uns beiden so geläufig, daß keiner von uns ihn als ungewöhnlich registrierte; aber plötzlich erklang ein Geräusch – ein Rascheln, ein Schritt, ein stockender Atemzug. Synchron wandten wir, Elise und ich, uns zur Treppe um.

»Tessa!«

Aber sie war bereits in vollem Lauf davon und antwortete nicht auf meine Rufe.

Später ging ich verzweifelt daran, Stunde um Stunde die Ereignisse jenes Tages aus Tessas Sicht zu rekonstruieren. Wenn man die Zukunft kennen würde, heißt es oft, dann lebte man nur in der Vergangenheit. Kann sein. Vielleicht würde das Wissen um die Zukunft uns vollständig lähmen. Ich für meinen Teil weiß jedenfalls, daß dieses Wissen mich wachsamer gemacht hätte.

So verschwendete ich an jenem Nachmittag keine zehn Minuten auf Tessas unverhofftes – und lästiges – Erscheinen. Elise erkundigte sich bei den Türhütern und Wachen, ob Tessa speziell nach ihr gefragt hatte. Da sie darauf unwirsch reagierten – weil es wohl falsch gewesen war, Tessa nicht festzuhalten –, wies sie sie verärgert zurecht, sie sollten gefälligst ihren Verstand benutzen; der Mensch Tessa dürfe selbstverständlich ungehindert in den Palast kommen und gehen, wie sie es immer getan hatte.

Zu mir aber sagte sie leise: »Ich fürchte, wir haben ihre Gefühle verletzt. Bitte schick jemanden nach ihr, Alexander, damit wir es ihr erklären.«

Es ist kaum verwunderlich, daß ich weitaus wichtigere Dinge im Kopf hatte als die Gefühle von Tessa LeGuerre. Ich war hin- und hergerissen zwischen dem Wunsch, alles zu tun, um meiner geliebten Zauberin zu gefallen, und einer gerechtfertigten Wut auf Tessa, weil sie mich im wichtigsten Augenblick meines bisherigen Lebens gestört hatte.

Mühsam unterdrückte ich meinen Zorn, als ich sagte: »Sie ist ein verwöhntes Kind, und ich werde ihr keinen Dienst damit erweisen, wenn ich auch weiterhin ihren Launen nachgebe.«

»Aber die Einsamkeit langweilt sie. Dein Haus wird jetzt leer sein, nachdem sich alle Werwölfe zum Mittsommerlauf hier eingefunden haben ...«

»Es sind noch massenhaft Menschen da, die für ihre Unterhaltung sorgen können.« Doch auf Elises tadelnden Blick hin wurde ich unsicher. »Ich kann sie doch nicht ausgerechnet in der Nacht des Festlaufs zurückholen, das weißt du! Wir haben das ausführlich genug besprochen. Und Tessa wußte ganz genau, daß es ungehorsam war herzukommen – deshalb ist sie auch weggelaufen, als wir sie entdeckten. Es tut mir ja leid, wenn sie einsam ist, aber ich kann es leider nicht ändern. Morgen schicke ich ihr eine Nachricht. Vielleicht fahr' ich mit ihr in die Stadt, Süßigkeiten einkaufen.«

Elise lächelte und streichelte mir zärtlich übers Haar. »Das wäre nett von dir, Alexander.«

Ich sonnte mich in ihrer Zustimmung und im Glanz ihres Lächelns.

Dann sagte sie, während sie die Treppe hinaufging: »Und jetzt, glaube ich, folge ich dem Beispiel des übrigen Rudels und ruhe mich für den Lauf heute nacht noch ein wenig in der Sonne aus. Vielleicht sehen wir uns ja«, fügte sie mit einem vielsagenden Blick über die Schulter hinzu, »im Wald.«

Und ich erwiderte galant: »Da könnt Ihr sicher sein, Mademoiselle!«

So stand es also zwischen uns beiden; aber selbst in den tiefsten Angelegenheiten des Herzens dürfen wir nicht zulassen, daß unsere Leidenschaften unser Verhalten regieren, sei es zum Guten oder zum Bösen. Natürlich wollte ich sie nicht allein lassen, nicht einmal für einen Nachmittag, ebensowenig wie sie mich. Es gab Worte, die gesagt, Blicke, die getauscht und Liebkosungen, die geteilt werden wollten. Wie bedeutsam hätten diese Worte sein müssen – aber schließlich lag ja noch unser ganzes restliches Leben vor uns ... das Wissen, daß wir uns ewig auf diese Weise berühren würden, hätte die Vorfreude in der Tat noch gesteigert.

Ich muß offen gestehen, daß mich, als sie mich verließ, die Gefühle eines Jungverliebten trunken machten vor grenzenlosem Glück. Als ich ihren Duft auf einer Strähne meines Haars fand, hielt ich mir diese unter die Nase, inhalierte tief und ließ das Aroma wie ein Rauschmittel durch meine Blutbahn strömen. Eine wilde, besitzergreifende Freude, tiefstes Staunen und eine Begierde, die mich in Wallung brachte – dies waren nur einige der Gefühle, die in mir tobten, als ich auf den Stufen stand, so hilflos in meiner Ekstase wie ein junger Werwolf nach seiner ersten Verwandlung. Die Artgenossen, die an mir vorbeikamen, erkannten sofort den Grund meiner Euphorie und grinsten mich kameradschaftlich verständnisvoll an; dennoch verspürte ich den Drang, es jemandem mitteilen: Ich war der Auserwählte! Sie hatte mich berührt in der Absicht, mich zu erregen, und auch in ihrem Blut war Verlangen aufgeflammt. *Mich* wollte sie, meine Elise, meine Königin, die Personifizierung all dessen, was am stärksten, reinsten und vollkommensten war an unserer Art – sie hatte *mich* gewählt. Am liebsten wollte ich der ganzen Welt ins Gesicht schreien, vom höchsten Berg herabheulen; gerne hätte ich die nächstbeste Person bei der Hand genommen, um mit ihr im Kreis zu tanzen und ihr mein wundersames Geheimnis anzuvertrauen. Und merkwürdigerweise war die Person, der ich es am dringendsten berichten wollte, Tessa.

Natürlich behielt ich es für mich, obgleich Gault, der den Moschusduft von Elises Liebkosung an mir roch, es sofort erkannte und auf seine überhebliche Art den Anschein erweckte, als überrasche es ihn nicht im geringsten. Jedweder Kommentar wäre ohnehin grob unhöflich gewesen, und so begann er an meiner Toilette herumzufummeln, während ich meine Stadtkleidung abstreifte, und murmelte dabei etwas von diesem ›unseligen Menschenmädchen‹ und seiner Impertinenz. Ich erkundigte mich nach Einzelheiten, und er berichtete, sie habe nur mit mir sprechen wollen und einen großen Aufstand veranstaltet angesichts meiner Abwesenheit.

»Sie beschuldigte mich, Sie vor ihr zu verstecken«, fügte er naserümpfend hinzu. »Als ob ich mir die Mühe machen würde, ein Ungeziefer wie sie anzulügen. Als ich Sie ankommen hörte, habe ich sie zu Ihnen geschickt. Hat sie Sie nicht gefunden?«

Irgendwie hegte ich den Verdacht, er habe sie aus Bosheit zu mir geschickt – was für Gault nicht ungewöhnlich gewesen wäre, zumal im Zusammenhang mit Tessa. Seine Miene aber verriet nichts, während er eine Falte in meiner Hose glättete.

Als ich nackt zur Badewanne ging, fügte er noch hinzu: »Sie hat eine Nachricht für Sie gekritzelt, aber zu dem Zeitpunkt war ich bereits so aufgebracht, daß ich sie sofort ins Feuer warf.«

Beiläufig fragte ich: »Was stand drin?«

»Ich habe es nicht gelesen. Was konnte das schon Wichtiges sein ...«

An jedem anderen Tag hätte ich Gault vielleicht für seine Anmaßung getadelt, aber in diesem Augenblick war auch nicht die geringste Spur von Verärgerung in mir. Außerdem hatte er ja recht. Alles, was Rang und Namen hatte, war hier im Palast, und nichts, was in dieser Nacht jenseits seiner Grenzen geschah, konnte uns sonderlich beunruhigen. Die menschlichen Bediensteten würden jeden Notfall, der während meiner Abwesenheit auf dem Gut einträte, mehr oder weniger gut meistern. Am nächsten Morgen wollte ich Tessa treffen, und dann konnten eventuelle Probleme, die sie haben mochte, immer noch gelöst werden. Falls es überhaupt solche gab ...

Ich ließ mich in das dampfende, mit duftenden Kräutern versetzte Wasser sinken und blieb darin, bis meine Muskeln weich wie Sahnecreme waren und mein Geist frei von allem mit Ausnahme meiner reinsten, tiefsten Instinkte. Dann streckte ich mich auf den glatten, sonnenwarmen Steinplatten vor meinem Zimmer aus und schottete mich nacheinander von allen Geräuschen ab, bis nur noch ein Rhythmus, ein Pulsieren, ein Leben zu hören war. Mit dem Herzschlag meiner Geliebten als mein Mantra versank ich tief im Fluß der Seelen, in dem wir beide uns treiben ließen.

Tessa

17

Tessa merkte nicht einmal, wohin sie raste, bis sie im Hof vor den Stallungen von Alexanders Landgut vom Pferd glitt. Sie stolperte kurz, als sie aus dem Steigbügel stieg. Das Tier ließ sie einfach stehen und ging wie eine Schlafwandlerin auf das Haus zu, während die Scherben ihrer Welt ihr ins Herz schnitten.

Du bist mein einziger Schatz, hatte er gesagt. Elise. Sein einziger Schatz.

Was für eine Närrin sie doch gewesen war. Natürlich liebte er Elise. Und natürlich hatte er sie deswegen weggeschickt. Jene Nacht im Garten ... er hatte sie angelogen, als er sagte, das habe nichts zu bedeuten. Er und Elise keine Gefährten? Was für eine dreiste Lüge! Der edle Werwolf, dessen Hände und Lippen und süße Worte sie so geliebt hatten, verhielt sich am Ende nicht besser als jeder menschliche Schurke, der eine Frau fand, die er noch mehr liebte.

Tessa suchte nach Grimm in ihrem Innern. Aber sie fühlte sich nur wie am Boden zerstört..

Denis hatte recht gehabt. Alles, was er ihr im Weinberg einflüstern wollte ..., stimmte.

Es wäre von Vorteil, die Antonows und die Devoncroix wieder zusammenzubringen, hatte Elise gesagt. Und als Alexander sich geweigert hatte, beim Plan seines Bruders mitzumachen, waren seine Gründe hierfür womöglich doch nicht ganz so ehrenwert gewesen. Er muß schon damals gewußt haben, daß er Elise für sich allein wollte.

Ehrgeizig hatte Elise ihn genannt.

All diese Dinge schwirrten ihr durch den Kopf, stürzten auf sie herab, kreischten in ihren Ohren und zupften an ihr wie pinzettenartige Klauen. Tessa fühlte sich klein, jämmerlich und verloren ... als blute sie aus tausend Wunden.

Und doch lag über all dem eine unbestreitbare, einfache Wahrheit. Sie stand auf den Stufen zu Alexander Devoncroix' Haus, schaute auf seine leeren, gesichtslosen Fenster und wußte in diesem Augenblick, daß sie frei war. Frei, einfach die Einfahrt hinunterzulaufen, ohne sich auch nur einmal umzudrehen – und schon hätte sie alles hinter sich! Aber wenn sie es tat, würde ihr Leben nie mehr sein wie vorher. So oder so – alles, was sie geschätzt und geliebt und für wahr erkannt hatte, war dann Vergangenheit.

Vorbei! Sie sollte gehen, aber schaffte es nicht.

Wie in Zeitlupe erklomm sie die Treppe und stützte sich dabei schwer auf das Geländer. Sie durchschritt die Türen, zog ihren Mantel aus und hängte ihn an die geschnitzte Garderobe. Benommen wandelte sie durch das Haus mit seinen breiten, lichtdurchfluteten Korridoren und hohen, kühlen Räumen, und im Empfangszimmer erwartete sie Denis Antonow. Er erhob sich, als er ihre Schritte hörte, und begrüßte sie mit einem Glas Wein in der Hand. »Ich habe beschlossen, deine freundliche Einladung anzunehmen«, strahlte er. »Trinkst du ein Glas Wein mit mir?«

In Tessas Magengegend breitete sich eine Kälte aus, die nichts mit Angst zu tun hatte, sondern sehr viel tiefer ging. »Wer hat Sie hereingelassen?«

Auf ihren Tonfall hin lüftete er tadelnd eine Braue. »Ein Menschenmädchen. Hätte sie etwa dem Bruder ihres Herrn den Eintritt verwehren sollen?« Er sah sich um. »Ein schönes, wenn auch bescheidenes Heim – wohl fühlen könnte ich mich hier nicht.«

Irgendwie schaffte es Tessa, ihre erstarrten Gliedmaßen zu bewegen und ihrer Stimme einen beinahe normalen Klang zu verleihen. »Warum sollten Sie auch, wo Sie doch bald im Palast residieren werden?«

Grenzenloses Selbstvertrauen sprach aus seinem Blick, als er an seinem Wein nippte. »Wie ich sehe, hast du dir meinen Vorschlag durch den Kopf gehen lassen.«

Tessa zog ihre Handschuhe aus und nahm ihren Hut mit den hübschen grünen Bändern ab, die feucht waren vom Schweiß ihres Kummers und staubig von der Straße. Beides legte sie auf einem vergoldeten Tisch mit Beinen aus geschnitzten Engeln ab und schaute dann aus dem großen Fenster mit Blick auf die Weinberge. Alexander hatte ihr erzählt, ein Werwolf könne eine Lüge riechen, und sie wagte es nicht, diesen hier hinters Licht zu führen.

»Ich glaube, Sie hatten recht, was ...« – sie konnte kaum weitersprechen – »... die Königin und Alexander anbelangt.«

»Natürlich hatte ich das.«

»Sie will ihn heiraten.«

»Das überrascht mich nicht.«

»Ich kann nichts dagegen tun.«

»Absolut kannst du das!«

Es dauerte noch einen Augenblick, bevor sie sich stark genug fühlte, sich umzudrehen und ihn anzuschauen. Ihre Handflächen bildeten feuchte Flecken, wo sie gegen ihren Rock drückten.

»Diese Sache«, fragte sie mit monotoner Stimme, »wann muß sie geschehen?«

Sie sah über sein Weinglas hinweg die Gier aus seinen Augen funkeln. »Heute nacht«, bestimmte er. »Ich zeige dir, wo du warten sollst, wo sie ganz sicher vorbeikommen und niemand dich bemerken wird. Im Durcheinander des Rudellaufs kannst du leicht fliehen.«

»Aber für wie lange?« erwiderte sie scharf. »Sie bringen mich um, wenn sie mich erwischen.«

»Dummes Kind, sie werden dich nicht fangen. Für uns riecht mehr oder weniger ein Mensch wie der andere, und wie sollen sie wissen, daß du es warst? Komm.« Er ging zum Sofa vor dem Kamin und hob eine lange hölzerne Kiste hoch, die dort gelegen hatte. »Ich habe ein Geschenk für dich.«

Er öffnete das Behältnis und hielt es ihr entgegen. Innen lag in einem Futteral aus grauem Samt ein Gewehr mit einem Schaft aus messingbeschlagenem Walnußholz.

Tessas Kehle wurde trocken. Ein paar Augenblicke vergingen, bevor sie wieder sprechen konnte. »Falls ich mich weigere, Ihnen zu helfen,« brachte sie heraus, »weil Ihr Ansinnen nicht nach meinem Geschmack ist – was werden Sie dann tun?«

Seine Stimme und sein Gesicht wurden kalt. »Dann schicke ich eine Armee und töte sie alle im Schlaf. Auf die andere Weise wäre es natürlich weniger blutig, aber das kümmert mich wenig. Du solltest nicht vergessen, daß Alexander als erster stirbt, wenn ich zur Königin komme. Ich werde ihr nicht mehr erlauben, sich ihren Gefährten zu nehmen.«

Lange Zeit stand Tessa reglos da und starrte auf das Gewehr in der Kiste. Dann trat sie langsam vor, nahm es heraus und hielt es in den Händen. Denis lächelte.

Alexander, flehte sie innerlich, *laß mich jetzt nicht allein. Komm nach Hause, bitte ...*

Doch in einer winzigen Ecke ihres Kopfs wußte sie, daß die Geschichte dieser Nacht bereits in dem Augenblick geschrieben worden war, als sie vorhin Alexander Devoncroix' Haus betreten hatte, und daß sie nur eine Marionette war in einer Kette von Ereignissen, die ihre Vorstellungskraft weit überstiegen. Sie konnte zwar ihr Bestes tun, aber das war auch schon alles.

Und irgendwo in diesem selben stillen Hinterstübchen ihres Geistes wußte sie, daß ihr Bestes nicht genug sein würde.

Alexander

18

Wir sind ein Volk, das alle Arten von Festlichkeiten liebt und sich keine Gelegenheit dazu entgehen läßt. Die vier wichtigsten Daten des Jahres werden seit uralter Zeit zur Tag- und Nachtgleiche im Frühjahr und Herbst, sowie zur Sommer- und Wintersonnenwende gefeiert. Menschliche Heiden haben vor langer Zeit unsere schönsten Feste übernommen, sie mit Mondanbetung und Zauberei in Verbindung gebracht, weil wir für sie wohl als Magier gegolten haben wegen unserer Versammlungen in mondhellen Nächten. An die genauen Ursprünge dieser Zusammenkünfte kann sich niemand mehr erinnern. Da wir nie eine Agrargesellschaft entwickelten, kann der Wechsel der Jahreszeiten uns eigentlich nicht allzuviel bedeutet haben, und unsere einzige Beziehung zum Mond besteht darin, daß die Jagd in seinem Licht leichter ist. Trotz allem haben diese Feste nichts von ihrer Attraktivität verloren, und so werden sie heute noch mehr oder weniger genauso begangen wie seit Anbeginn.

Von allen Veranstaltungen zog das Sommerfest aus naheliegenden Gründen die meisten Besucher an. Der Juni ist in Zentralfrankreich ausgesprochen angenehm, und was könnte dem Rudellauf – einem unverzichtbaren Bestandteil jeder Feierlichkeit – zuträglicher sein als die milden, hellen Nächte, das üppige Grün und das Plätschern des Wassers im Sommer?

Ich nehme an, daß in alter Zeit die Sonnenwende noch weit ausgelassener gefeiert wurde als heute. Auch wenn wir in vieler Hinsicht eine zivilisiertere Spezies geworden sind, besteht der Sinn und Zweck des Laufs seit jeher darin, unsere niedrigeren Instinkte zu befriedigen. Und das tun wir mit größter Hingabe.

Mit dem Rudel zu laufen ist die vielleicht großartigste Einzelerfahrung neben dem Band der Gefährtenschaft. Es ist unser eigentliches Wesen, Stärke durch Einheit, Macht durch hierarchische Ordnung, die Herrschaft über den Fortbestand und die Natur. Ob das verfügbare Rudel nun aus einem halben Dutzend Nachbarn besteht, die sich zu einer Abendgesellschaft versammelt haben, oder aus einer förmlichen Zusammenkunft von Kandidaten, die sich um einen Arbeitsplatz oder eine Machtposition bewerben – der Lauf ist das ehrlichste, prägendste Element unseres Lebens.

Und die Festläufe sind gewissermaßen die Quintessenz dessen, was es heißt, Werwolf zu sein. Zwischen Mondaufgang und Monduntergang in der Nacht eines Festlaufs können Leben sich verändern: Alte Konflikte werden beigelegt und neue vom Zaun gebrochen, Gefährten gewählt und Junge gezeugt, Schuld vergeben und Freundschaften geschmiedet. Dies ist auch der Grund, warum wir zugrunde gehen würden, wenn wir gezwungen wären, unsere gesamte Zeit in Menschengestalt zu verbringen. Darum empfinden wir auch alle, ob wir es nun zugeben oder nicht, Mitleid mit den Menschen, die in ihrer einen Gestalt und ihrem einen Leben gefangen sind. Splitternackt haben wir nichts voreinander zu verbergen. Reduziert auf unsere primitivsten Instinkte und stolz auf sie, sind wir so, wie die Natur uns haben wollte, unerschrocken und ohne jede Scham. Wie kann man anders als eine Spezies zu bedauern, die niemals die Erhabenheit von gegenseitigem Respekt, Vertrauen und Kameradschaft kennenlernen wird, die uns immer dann vergönnt ist, wenn wir etwas so Schlichtes tun, wie uns in unsere ureigenste Natur zu ergeben?

Die meisten von uns ruhten sich an jenem Tag aus und sammelten Kräfte für die körperlichen Anforderungen der bevorstehenden Nacht; viele von uns fasteten sogar, um ihren Jagdinstinkt zu schärfen und die exquisite sinnliche Erfahrung der ersten Tötung eines Beutetiers voll auszukosten. Wir versammelten uns bei

Sonnenuntergang in den Gärten, Parks und Lichtungen um den Palast und bildeten je nach sozialem Status und familiären Verbindungen unterschiedlich große Gruppen.

Ich selbst erhob mich nackt von den Steinen, als diese abzukühlen begannen, und spürte, wie die Erwartung der zweifellos bedeutendsten Nacht meines Lebens in meinem Bauch ein Kribbeln auslöste. In der Luft lag der elektrisierende Geruch anderer, die ebenfalls ungeduldig waren, daß es endlich losging. Es durchfuhr mich wie sexuelle Erregung, und wie es beim besten Sex der Fall ist, hielt ich meine Begierde im Zaum, genoß das Gefühl und machte die Vorfreude zum Bestandteil der Ekstase.

Gault bekam die Erlaubnis, vor mir loszurennen, und er dankte mir für meine Großzügigkeit, indem er vor meinen Augen die Hosen fallen ließ und die Gestalt wechselte. War das ein Spaß! Er besaß ein dramatisches Flair und einen Sex-Appeal, der ihm zu Recht unter Männlein wie Weiblein unserer Art einen Ruf als Herzensbrecher eingebracht hatte. Sogar ich profitierte davon. Der Geruch nach verbrannten Kräutern, der seine Verwandlung begleitete, hing noch lange im Raum, und ich badete darin, schwebte mit ausgebreiteten Armen durch die intensivsten Duftkegel und ließ ihr Aroma wie Tau an mir abtropfen.

Gemurmel, Geflüster und unartikuliertes Stöhnen der Freude und der Ungeduld erfüllte meine Ohren wie ein beruhigendes Meer im Hintergrund, das auf und ab wogte wie die Gezeiten meines Pulsschlags. Ich nahm ein Glas Wein mit auf die Terrasse hinaus und beobachtete den Sonnenuntergang, lauschte den Wogen der Stimmen und fühlte das Anschwellen des aufgehenden Mondes in meinem Blut. Erst als ich das Schwellen ihres Geruchs in der Luft entdeckte, erreichten meine Gefühle ihren Siedepunkt. Ich mußte meine ganze Willenskraft zusammennehmen, um Zurückhaltung zu üben, als ich durch den Garten ging und der Verlockung des Mondes und der Frau folgte, die allein dadurch, daß sie die gleiche Luft atmete wie ich, mich wie ein hilfloses Insekt in den Kreis ihrer Flamme zog.

Die bereits dunkelpurpurne Nacht war am Ende der Dämmerung angelangt, und der aufsteigende Mond stand blaß und silbern über den geschwungenen Bergkuppen. Über allem schwebte eine schwache Andeutung von Nebel, der sich im Lauf der Nacht mit dem Temperaturausgleich auflösen würde, jetzt aber die Konturen schmeichelnd milderte und auch die Geräusche dämpfte. Ich trat in den Garten und hielt einen Augenblick inne, um die Schönheit der vor mir liegenden Szenerie zu betrachten, in der die Herrscher der Erde sich versammelt hatten, um ihre eigene Großartigkeit zu feiern. Einige spazierten wie ich nackt durch die Dämmerung, die Schultern und Hüften im blassen Licht silbrig glänzend. Andere waren in seidene Umhänge gekleidet, die anmutig in der Brise flatterten. Wieder andere – meist die Schwangeren oder diejenigen von mittlerem oder niedrigem Status – hatten sich bereits verwandelt; doch auch unter ihnen herrschte eine angespannte, konzentrierte Atmosphäre. In Wolfs- oder Menschengestalt versammelten wir uns und folgten dem stillen Ruf unserer Rudelführerin.

Sie stand auf dem alten Ruf-Felsen der Lichtung. Ein weiter seidener Umhang in dem ausschließlich für sie reservierten tiefen Königsblau hüllte sie ein, der an beiden Schultern befestigt war, um ihre Arme frei zu lassen. Mit hocherhobenem Kinn ließ sie die Augen ruhig über ihr Rudel gleiten. Nichts an ihr bewegte sich mit Ausnahme ihres Haars, das der Wind um ihre Schultern wehte.

Zu Hunderten sammelten wir uns um sie auf dem Platz, der eigens zu diesem Zweck angelegt worden war, und stellten uns nach Alter und Status auf. Ich war jung, unvermählt und von hohem Rang; selbst dann, wenn ich mein Herz noch nicht an die Königin verloren hätte, stünde ich in der vordersten Reihe des Kreises. Aber als ich in sehnsüchtiger Erwartung neben die anderen kräftigen jungen Aristokraten trat, die in jener Nacht um ihre Aufmerksamkeit kämpfen wollten, da erfüllte mich eine Sicherheit und Zielstrebigkeit, die alles übertraf, was ich – der ich wahrlich nie unter einem Mangel an Selbstvertrauen litt – je gekannt hatte. Hätte sie mich nur mit einem Finger herbeigewinkt, dann hätte ich die Schwerkraft überwunden und wäre durch die Luft an ihre Seite geflogen.

Aber sie bat mich nicht zu sich. Ihre Augen bewegten sich über die versammelten Edlen von einem zum anderen, und grüßten sie, woraufhin sie der Reihe nach die Köpfe senkten. Aber als ihre Augen die meinen trafen, hielt ich ihrem Blick stand und ließ sie mein Herz lesen, mein Versprechen, meine wilde Leidenschaft, meinen kühnen Geist – so kühn wie ihr eigener und stark genug, um neben ihr zu laufen. Es war ein Kraftakt, dieses Aufeinandertreffen unserer Blicke, und sie machte es mir nicht leichter. Mein Herz donnerte, meine Muskeln schmerzten und Lichtblitze zuckten durch mein Gehirn. Doch gerade, als auf meiner Haut der Schweiß ausbrach und meine Knie zu zittern begannen, schloß sie die Augen, und ihr Gesicht nahm den Ausdruck glückseliger Heiterkeit an. Eine unnatürliche Stille senkte sich über die Versammlung.

Sie hob die Hände und löste die Schulterklammern ihres Umhangs, der wie ein Wasserfall auf ihre Füße fiel. Nackt stand sie vor uns, das schönste weibliche Wesen auf Erden, das stärkste und weiseste, schnellste und wildeste unserer ganzen Art, und als wären wir ein einziges Ganzes, sehnten wir uns nach ihr und hielten in demütiger, unbeschreiblicher Bewunderung unseren kollektiven Atem an.

Nun hob sie die Arme und warf den Kopf zurück, streckte die Muskeln ihres Rumpfes und schob die Brüste nach vorn. Sie spannte ihre Gesäß- und Oberschenkelmuskulatur an und stellte sich auf die Zehen, bis die weichen Linien ihrer Waden zu harten Knoten kräftiger Muskeln wurden. Stramme Brustmuskeln hoben die beschattenen Einschnitte unter ihren Armen hervor, als sie ihre Hände bog und ihre Finger zum Himmel streckte. Unsere Herzen pochten, während wir sie beobachteten, sie fühlten. Das elektrische Feld, das sich um ihren Körper bildete, hob wie eine verspielte Windfee ihr Haar in die Höhe, wo es auf unsichtbaren magnetischen Strömungen zu schweben schien. Die Schönheit dieses Anblicks schnürte mir die Kehle zu.

Und dann – mit einem Schrei, der uns in die Seelen fuhr – sprang Elise Devoncroix in die Luft, wo sie in einem furchterregenden Strudel von Farbe und Klang die Partikel der Nacht um sich herum einsog und sie selbst, Herrscherin, wurde.

Mit Worten ist ein solcher Moment nicht zu beschreiben. Das Geheul von hundert Werwölfen, die auf ihren Ruf antworteten, die Dichte von Licht und Kraft und Magie, als überall um mich herum die Wesen sich der Verwandlung hingaben; die Flut anschwellender, herumwirbelnder, pulsierender Erregung. Das Lied des Werwolfs. Die Symphonie der Leidenschaft. Sie verankerte sich in meinem Solarplexus, in der Tiefe meines Schoßes, und breitete sich nach außen in einer Reihe heißer, sich wellenartig fortbewegender Schauer aus, die mir den Atem nahmen und fast den Verstand raubten.

Mein Glied wurde steif und heiß, und der Blutandrang ließ meine Hoden erzittern. Meine Adern schwollen an und pulsierten, überfluteten meine Haut mit Hitze, verschleierten meinen Blick und dröhnten mir in den Ohren. Meine Hände waren taub und schwer, meine Füße wie Keulen, meine Lippen dick und unfähig, einen anderen Laut von sich zu geben als den Schrei, das Lied, die unausweichliche, unvermeidliche, wilde und freudige Antwort auf den Ruf meiner Rudelführerin. *Mein Leben für dich,* lautete dieser. *Meine Seele für dich,* antwortete ich.

Und, oh, dieser Schmerz! Das süße, wilde Verlangen, der Aufschrei der Lust, der Schweiß, der wie winzige Blutstropfen aus meiner Haut drang und auf den Boden tropfte.

Zitternd heulte ich laut und lange in die klare Nacht hinaus. Meine Arme ragten gen Himmel, schwelgend überließ ich mich jeder Empfindung, jedem exquisiten Beben der Freude und dem Verlangen, jeder Kontraktion wilder Lust. Ich tauchte in den elektrisierenden Moschusduft von hundert Verwandlungen ein, sog die Leidenschaft großer und kleiner Werwölfe ein und unterwarf mich ihrer Marter, wurde durch sie stärker und kostete sie bis zum letzten aus. Und als ich endlich dem Augenblick jede darin enthaltene Empfindung entrissen hatte, schwitzend und schmerzverzerrt durch bloße Willenskraft an meiner menschlichen Form festhaltend, ließ ich meinem Wesen in einer fieberhaften Explosion freien Lauf und unterwarf mich der Leidenschaft der Verwandlung.

Als die Konvulsionen der Sinnenfreude nachließen und ich wieder voll und ganz bei Bewußtsein war, klarer im Kopf und körperlich stärker als je zuvor, war sie plötzlich da, meine schöne blonde Wölfin, ihre saphirblauen Augen auf mich gerichtet, herausfordernd funkelnd, anziehend wie Magneten. Ich sprang auf sie zu. Und wir rannten.

Könnte ich absolut detailliert sämtliche Ereignisse der nun folgenden Nacht wiedergeben, wäre ich wohl der größte Historiker aller Zeiten. Aber ich enthalte mich eines solchen Anspruchs. Es war alles eins: Sehen, Hören, Riechen, Schmecken, Fühlen, Wahrnehmen. Leidenschaft – ja, Leidenschaft. Muskeln, die sich streckten, Wind, der durch mein Fell stob, der Geruch von Grün, von Nacht, von Elise.

Die Witterung eines Stücks Wild erreichte uns durch die Dunkelheit, und Elise, die oberste Jägerin, gab das Zeichen zum Angriff. Sie kauerte sich nieder, und ich war als einer der vier Schnellsten bei ihr. In perfekter Harmonie kreisten wir unser Opfer ein, und als der Rehbock einen Satz machte, war ich in der günstigsten Position, ihn zu Boden zu reißen.

Während meines Angriffs kam mir plötzlich ein brauner Wolf namens Girare von links in die Quere und schnitt mir den Weg ab – entweder, weil er mich um jeden Preis übertreffen wollte oder weil er einfach nur von der Jagd übererregt war. Das Beutetier geriet in Panik, sprang hoch, und dieser Narr von Girare stürzte sich darauf, erwischte ihn an einem Hinterlauf, brachte ihn zu Fall.

Unter Schmerzensschreien und mit wild rollenden Augen schlug der Rehbock um sich, fast wäre er wieder auf die Beine gekommen. Elise sprang vor und brach dem armen Tier mit ihren Kiefern das Genick, um sein Leiden zu beenden. Im selben Augenblick packte ich Girare im Nacken und warf ihn zur Seite wie ein Junges. Er würde nie wieder mit uns jagen, noch würden wir je wieder mit ihm in der Welt des Tageslichts wichtige Geschäfte tätigen. Ein Werwolf, der sich bei der Jagd nicht beherrschen kann, wird auch nicht in einer Situation, die Urteilsvermögen, strategisches Denken und reibungslose Zusammenarbeit erfordert, als zuverlässiger Partner angesehen. So werden beim Rudellauf Vermögen gewonnen und verspielt, und dabei kommt nicht selten der wahre Charakter eines Werwolfs zum Vorschein.

Mit dem Geruch von Blut in der Luft und dem Feuer des Triumphs in den Adern waren wir alle kurz davor, jedwede Disziplin aufzugeben. In dem Augenblick, als Elise ihre Zähne in die Kehle des Tieres senkte, stürzte das Rudel vor; knurrend und beißend kämpfte jeder gegen jeden, um den ersten Bissen des noch warmen Fleisches von den Knochen zu reißen. Ich drängte mich ins Durcheinander und ließ mich auf kleinere Scharmützel mit einem oder zwei anderen ein, um meine Entschlossenheit zu demonstrieren – gelegentlich biß ich auch zu. Als ich den Kadaver erreichte, zeigte ich einem frechen jungen Werwolf die Zähne, der meinte, sich neben der Königin gütlich tun zu können. Widerspruchslos zog er ab.

Mit gesenktem Kopf riß ich den Brustkorb auf. Der Dampf und der Geschmack salzigen Blutes machte mich ganz benommen vor Freude und benebelte meine Sinne wie süßer Sommerwein. Es gibt keinen Augenblick wie diesen, keinen Geschmack wie diesen. Ich spürte, wie die anderen um mich vor Erregung zitterten und vor Hunger knurrten; ich fühlte, wie Elise mich mit schmalen, skeptischen Augen beobachtete. Wieder senkte ich den Kopf und riß das Herz heraus. Oh, dieses Gefühl, wenn sich die Zähne in den festen, blutgefüllten Muskel senken, das schlüpfrige Fleisch auf meiner Zunge, sein scharfer, wilder Geschmack! Wie sehr sehnte ich mich in diesem Augenblick danach, mit der Beute in meinem Maul zu fliehen, mich irgendwo zu verstecken und die Delikatesse bis zum letzten Bissen für mich allein zu haben. So intensiv war mein Verlangen, daß mein Magen sich verkrampfte und blutiger Speichel mir aus dem Maul tropfte.

Dann nahm ich das Herz und legte es Elise zu Füßen. Sie senkte anerkennend den Kopf und brachte mein Geschenk auf die Seite, um es in Ruhe zu genießen.

Ich fraß mit dem Rest des Rudels, und wir lauschten den Geräuschen anderer Gruppen, die anderswo Beute gemacht hatten – Triumph und Ekstase lagen in der Luft. Danach ruhten wir ein wenig aus, pflegten einander, tollten umher und veranstalteten Ringkämpfe auf der Lichtung. Ich muß zugeben, daß ich mich um meiner Königin willen recht gut schlug, obwohl kaum noch jemand mich herauszufordern wagte, nachdem ich an dem Beutetier meine Dominanz bewiesen hatte.

Der Mond stand schon hoch am Himmel und schien hell durch die Blätter, als Elise sich erhob und mit einem Ruf unsere Aufmerksamkeit einforderte. Wir waren kaum auf den Beinen, als sie mit einem Sprung und einem Aufblitzen ihres Schwanzes schon im Wald verschwunden war; ihre langen Muskeln trieben sie so flink dahin, daß ihre Pfoten kaum den Boden zu berühren schienen, und ihr blondes Fell glänzte wie das Mondlicht. Die Schönheit ihres Abgangs verblüffte mich so sehr, daß ich wertvolle Sekunden in staunender Bewunderung verlor, aber vielleicht sollte es so sein. Diese Art von Lauf ist ebensosehr ein Kampf gegen sich selbst wie gegen andere im Rudel, und als ich zu rennen begann, gab es nur noch mich und die Nacht und Elise.

Ich kann nicht sagen, wann ich die anderen hinter mir ließ. Angetrieben von ihrem Geruch und der Freude über meine eigene Stärke, sprang ich über Hecken und duckte mich unter Zweigen hindurch, bis ich sie schließlich einholte, wo der dichte Wald an einem breiten Bach lichter wurde – genau oberhalb eines kleinen Wasserfalls, der zu den darunterliegenden Wiesen hinabplätscherte.

Mit einer gewaltigen Anstrengung verringerte ich auch noch die letzten zehn Meter Abstand zwischen uns und zupfte sie schließlich an der Schulter. Zusammen stürzten wir zu Boden, beschnupperten einander an Hals und Schnauze, schmeckten den süßen Nachtduft im Pelz und vergruben unsere Nasen im betörenden Geruch des anderen. Dann, in einem plötzlichen Ausbruch von Übermut und Energie, sprangen wir wieder auf und rannten weiter.

Wir schlugen den Königspfad ein – einen Privatweg, der von vielen Generationen von Devoncroix getrampelt worden und ausschließlich für die königliche Familie und geladene Gäste reserviert war. Der Weg lag gerade und eben vor uns, frei von Hindernissen. Hier konnte ein Werwolf mit halb geschlossenen Augen einfach nur rennen und rennen, bis das Rennen sich wie Fliegen anfühlte und niemand mehr wußte, daß es in Wirklichkeit nur Rennen war – bis die Lungen nicht mehr zu atmen, das Herz nicht mehr zu schlagen vermochte und der eigene Körper die Grenzen signalisierte.

In jener Nacht hätten wir uns paaren können, in unserer ganz privaten Feier der Vereinigung, von der wir wußten, daß sie unausweichlich war. Die Nacht lag lang und süß vor uns, wir beteten einander an. Die Welt gehörte uns – uns ganz allein; mit all ihren Farben wollten wir die Geschichte unserer Liebe und das Wandgemälde unserer Herrschaft malen. Und so kam es, daß wir, euphorisch von der Anstrengung und die Gegenwart des anderen genießend, eine Pause einlegten, um am Bach zu trinken. Wir tauchten unsere Zungen ins Wasser, das vom Mondlicht wie geläutert schien, füllten unsere Nüstern mit dem feuchtwarmen Geruch des Partners und unsere Kehlen mit dem klaren, kühlen Naß – nicht im Traum hätten wir uns mehr wünschen können. Genau in diesem Augenblick explodierte urplötzlich der Boden zwischen uns.

Es war ein Gewehrschuß, und das Projektil hatte Elise nur um Zentimeter verfehlt.

In diesem Augenblick machten wir uns das nicht wirklich bewußt. Bis wir das Geräusch identifizierten und mit einer Welt in Verbindung brachten, die wir beinahe vergessen hatten – die Welt des Tageslichts, der Menschen, der Maschinen und der Grausamkeit –, hatte unser Instinkt uns schon weit vom Ort des Geschehens weggetrieben. Wir sprangen über den Bach, rannten in Deckung und stießen einen Warnruf für das Rudel aus.

Ein Gewehrschuß, und das im tiefsten Wald eines achttausend Morgen großen Grundstücks, das Tag und Nacht von Werwölfen bewacht wurde. Nur Menschen benutzen Waffen, und kein Mensch konnte sich ohne Hilfe der Königin so weit genähert haben. Überhaupt hätte kein Mensch so nah herankommen dürfen. Doch einer hatte es unleugbar geschafft.

Die Ereignisse jener Nacht erscheinen mir jetzt wie Bruchstücke einer zerstörten Erinnerung. Schon nach wenigen Augenblicken strömte das Rudel herbei und versammelte sich um seine Anführerin. Ein sechsfacher Kordon von Wachen begleitete sie zum Palast zurück. Das Rudel rannte in seiner Verwirrung und Wut ständig im Kreis. Als ich sicher war, daß Elise nichts mehr passieren konnte, ließ ich die anderen bei ihr und hastete zum Tatort am Bach zurück.

Auch wenn ich mich nicht rühmen kann, ein Fährtensucher zu sein, habe ich doch eine ganz passable Nase. Ich fand recht schnell das Geschoß und verfolgte seinen Weg zurück zu dem Baum, hinter dem der Angreifer sich in den Ästen hoch über unseren Köpfen versteckt und darauf gewartet hatte, daß wir im Bach trinken würden. Ich denke aber, daß ich es schon vor diesem Nachtarocken der Fährtensuche gewußt habe – definitiv.

Die Waffe, ein häßliches Metallgewehr, lag im Unkraut, keine zehn Meter vom Tatort entfernt. Ihr Geruch war überall, scharf vor Angst, säuerlich vor Verzweiflung und widerlich bekannt. Tessa. Meine Tessa hatte das auf dem Gewissen.

Ich wünschte, die Nacht möge mich und meine Seele verschlingen, denn nichts Geringeres würde jemals meinen Schmerz lindern.

19

Dieser Verrat, dieses Grauen, diese Wut! Tessa, meine Tessa, die ich wie eine Schwester, wie ein Kind, wie einen Freund geliebt hatte. *Tessa,* die meine Geheimnisse und meine Schwächen kannte, mein Vertrauen und meine Liebe hatte, mein Haus und meine Fürsorge … es war schlimmer als ein Messerstich durchs Herz – vorübergehend wünschte ich mir fast, sie hätte damals bei ihrem ersten Versuch ihr Ziel nicht verfehlt, denn mit diesem Schmerz zu leben war mehr als irgendwie zumutbar.

Ich hatte sie hierher gebracht. In meiner Arroganz und meinem dummen Selbstvertrauen hatte ich sie an diesen einmaligen Ort gebracht, wo kein Mensch je gewesen war. Niemand anderer als ich erlaubte ihr, sich die Zuneigung und das Vertrauen meiner Königin zu erschleichen – nein, ich hatte es geradezu provoziert und war auch noch stolz gewesen auf den Charme, den sie entwickelt und die Tricks, die ich ihr beigebracht hatte. Das ging alles zu meinen Lasten, und als Folge davon wäre die Frau, die ich aus tiefster Seele liebte, beinahe getroffen worden.

Dann kam die Wut! Und diese Wut – obgleich sie den großen Vorteil hatte, das schwarze Loch des Schmerzes zu verschlingen – stellte eine gewaltige Gefahr dar, die meine Selbstbeherrschung weit überstieg. Ich stand da neben dem Baum, der besudelt war von dem Geruch, den ich einst so gern gehabt hatte, übergossen vom Mondlicht, das uns noch vor wenigen Augenblicken in Seligkeit wiegte, und raste vor Zorn. Tief in meiner Kehle bildete sich ein Schrei brodelnder, blinder Wut. Hätte ich den Kopf gehoben und ihn herausgelassen, wäre Tessa innerhalb kürzester Zeit von Hunderten von Wolfsmäulern in Stücke gerissen worden. Doch ich hielt den Schrei zurück – nicht etwa aus Sorge um ihre Sicherheit, sondern weil ich sie als erster erreichen wollte.

Mühelos folgte ich ihrer Spur, denn sie führte zurück zum Palast, nicht weg von ihm. Hätte ich darüber nachgedacht, dann hätte mich das sicher eigenartig berührt; doch in jenem Augenblick steckte ich voll von zuviel Angst um Elises Sicherheit, um überhaupt irgend etwas zusammenzubekommen.

Im Grunde brauchte ich mir um meine Geliebte keine Gedanken zu machen. Das Palastgelände war lichtüberflutet und wimmelte von erbitterten, aufgeschreckten Werwölfen. Einige hatten menschliche Gestalt angenommen, andere nicht; alle aber warteten darauf, daß jemand ihnen erklärte, wie das hatte geschehen können und warum – und was nun aus ihnen werden sollte. In Sekundenschnelle würden die Jäger der Königin entdecken, was ich bereits entdeckt hatte; damit wären all ihre Fragen beantwortet.

Ich rannte die Stufen des Palasts hoch, vorbei an den Wärtern, die mich nicht aufzuhalten versuchten – ebensowenig wie sie Tessa aufgehalten hätten. Warum hätten sie das auch tun sollen? Hatten sie nicht erst heute Anweisung erhalten, Tessa LeGuerre ungehindert ein- und ausgehen zu lassen, wie den ganzen Sommer über, und stammte diese Anordnung nicht von der Königin selbst? Was für eine gerissene menschliche Schlange sie doch war! Wie teuflisch sie das geplant hatte!

Irgendwo im Chaos der inneren Eingangshalle nahm ich wieder meine menschliche Gestalt an. Ich tat das instinktiv und ohne darüber nachzudenken – vielleicht, weil ich fürchtete, was ich ihr antun könnte, wenn ich ihr jetzt mit den Waffen meiner natürlichen Form gegenübertreten würde, die noch weit stärker waren als ihre von Menschen fabrizierten; eher aber tat ich es, weil ich wußte, daß ich meine Stimme brauchen würde, und nicht Zähne und Klauen.

Ich streifte eine Hose und ein Hemd über, ohne zu wissen, ob es meine eigenen waren. Barfuß und nur halb zugeknöpft, das Haar voller Zweige von Dornengestrüpp, platzte ich in Tessas Schlafzimmer. Die schwere Tür wurde von der Gewalt meines Eintretens aus den Angeln gerissen; ich hob sie hoch und schleuderte sie in eine Ecke, wo sie einen Schrank umwarf und zahlreiche Flaschen und Porzellangefäße zu Boden krachen ließ. Tessa schrie auf und sprang zur Seite; als sie mich sah, drückte sie sich gegen eine Wand.

»Du!« brüllte ich. »Ist das der Dank für meine Liebe? Ist das die Belohnung für mein Vertrauen? Mit einem *Gewehr*?«

Nachdem ich diese Worte hinausgeschrien und ihr Gesicht gesehen hatte, das nichts leugnete, und auf meine Anschuldigung hin sich nur Schweigen ausbreitete, brachte ich einen Augenblick lang vor Wut nichts heraus. Ich bebte in hilflosem Zorn und ballte meine Hände zu Fäusten, kämpfte gegen die unwillkürliche Verwandlung an, die über mich zu kommen drohte.

»Du hast eine Waffe hierhergeschmuggelt!« Ich mußte es laut aussprechen, betonte jede Silbe einzeln, fixierte ihr Gesicht, durchbohrte ihre Gestalt. »Natürlich hat dich niemand aufgehalten. Vom Königspfad hast du erfahren – warum auch nicht? Nichts wurde hier je vor dir geheimgehalten – und bist dahin gegangen, wohin niemand außer ihr laufen würde; dort warst du sicher vor dem Rudel, und hast dich hinter einem Baum versteckt, wo der Wind deinen Geruch wegwehen würde, auf der Lauer wie ein gemeiner dreckiger menschlicher Jäger.« Meine Stimme zitterte, ich achtete nicht darauf. »Du kanntest meine Wolfsgestalt ebenso wie die von Elise, denn du hattest sie in jener Nacht im Garten gesehen, bevor sie sich verwandelte. Als wir stehenblieben und direkt unter dir waren, so daß du uns beide durch den Kopf hättest schießen können, da hast du deine Waffe abgefeuert.«

Ich wollte, daß sie es abstritt. Innerlich flehte ich sie an, etwas zu sagen, was mich veranlassen würde, den Wahrnehmungen meiner Sinne nicht zu glauben. *Noch eine intelligente Lüge, Tessa, von dir, die du so groß im Lügen bist, noch eine letzte Täuschung! Bring mich noch ein letztes Mal dazu, dir zu glauben; versuch's, ich bitte dich ...*

Aber sie schwieg. Sie kauerte einfach nur da, zitternd vor Angst, und aus ihren großen Augen sprach nicht etwa Reue wegen ihrer Taten, sondern Angst vor deren Folgen. Was sollte ich tun? Was von ihr halten?

»Sprich endlich, verflucht noch mal!« schrie ich sie an. »Leugne, wenn du willst! Wir haben deinen Geruch, wir haben deine Fußabdrücke! Die Wachen sind schon auf dem Weg zu dir und werden dich in Stücke reißen, wenn du dein Verbrechen nicht gestehst! Sag es endlich, verdammt!«

Und als sie stumm blieb – sei es aus Angst oder Trotz oder Unfähigkeit – ergriff ich ihren Arm und zog ihn grob zu mir, um sie zu schütteln, bis sie wieder zu Verstand käme. Ich hörte ein krachendes Geräusch, und sie schrie – ein entsetzlicher Schrei äußerster Pein –, während ich spürte, wie ihre Knochen wie Zweige unter meinen Händen zerbrachen. Vor Schmerz sank sie auf die

Knie, ihr Arm unter meinem Griff in einem seltsamen Winkel verrenkt, und erst einen Augenblick später ließ ich sie endlich los. Sie brach wimmernd und nach Luft schnappend auf dem Fußboden zusammen und hielt sich ihren zerquetschten Arm an die Brust. Ich betrachtete sie ohne jedes Mitgefühl, ohne Verständnis für ihr Leiden.

»Warum?« tobte ich. Und noch einmal: »*Warum?*«

Sie schaute zu mir auf mit einem Gesicht, das weiß und schmerzverzerrt war, naß und starr vor Anstrengung. Endlich sprach sie. »Weil«, antwortete sie mit leiser, geborstener Stimme, »ich Sie geliebt habe.«

Ach so, immer berufen sich die Menschen auf die Liebe! Sie veranlaßt sie zu den schlimmsten Übeltaten – zum Lügen, Betrügen, Stehlen und Morden –, aber diese reicht nicht einmal aus für die einfachen Prüfungen von Treue oder beispielsweise Kindererziehung. Oft genug zielt sie darauf ab, das eigene Ich zu befriedigen und die einem Anvertrauten einzusperren; sie entschuldigt jedes Fehlverhalten und setzt sich über Gerechtigkeit und gesunden Menschenverstand hinweg. Letztlich hat sie nicht die geringste Ähnlichkeit mit dem Gefühl, das wir unter Liebe verstehen, und scheint mir eine äußerst gefährliche Angelegenheit. Aber wir müssen wohl damit leben, daß sie für die Menschen in einer anderen Form existiert. Und für die arme Tessa, die nie auch nur im geringsten begriff, welche Folgen sie haben konnte, war Liebe die einzig nötige Erklärung.

Ich starrte sie lange Zeit nur verständnislos an; Übelkeit stieg in mir auf, und meine Energie war restlos erschöpft. Dann spürte ich die Wachen hinter mir und gab ihnen ein Zeichen, sie abzuführen.

Sie zerrten sie aus dem Raum, mittlerweile war sie nur noch halb bei Sinnen, und mein Herz wäre vor Kummer fast geborsten. Mehr als Vertrauen starb in jener Nacht – und mehr als Liebe. Als Tessa LeGuerre, Attentäterin, Menschenkind, aus jenem Raum und aus den tiefsten, geheimen Kammern meiner Zuneigung entfernt wurde, sah ich zu, wie ein Traum sich in Luft auflöste von einer Zukunft, die es so nie geben würde.

Tessa

20

Der Ort, an den man sie brachte, erinnerte an die Geschichten, die Tessa als Kind über tiefe Verliese gehört hatte; sie empfand ihn aber um vieles schlimmer. Schlimmer, weil er Wirklichkeit war, und schlimmer, weil das alles mit *ihr* geschah.

Sie trieb in einem Meer pulsierenden, anschwellenden Grauens dahin; in Schmerzen, die ihr die Fähigkeit zu denken raubten und sie völlig taub machten. An den größten Teil des Weges in ihre Zelle erinnerte sie sich nicht, außer daran, daß es mehrere Treppen hinabgegangen war; auch dies wußte sie nur, weil sie mehrmals gestürzt war, manchmal eine halbe Treppenflucht oder mehr, bevor irgend jemand sie wieder auf die Beine riß und der Schmerz so heftig explodierte, daß sie kurz das Bewußtsein verlor.

Der Raum erinnerte an eine Höhle, roch nach Alter und Erde und Tod. Es gab keine Gaslaternen, und als die Wächter ihre neumodischen Taschenlampen hoben, glaubte Tessa verschwommen Eisenstäbe zu sehen, die wirkten, als seien sie fünfzehn Zentimeter dick, und eiserne Ketten, so schwer, daß man an ihnen ein Schiff verankern konnte; sie erschauderte, als sie sich vorstellte, welche Art von Lebewesen diese Vorrichtungen wohl an der Flucht hindern sollten. Aber das Schlimmste waren nicht die Zellen oder die Ketten, sondern die enge Kiste, in die sie sie zwangen, obwohl sie schrie und sich verzweifelt wehrte – zum ersten Mal in ihrer Panik brach sie ihren persönlichen Schwur und röchelte Alexanders Namen. Sie warfen sie in den Verschlag, als sei sie ein

Bündel widerlicher Lumpen, und die Wucht des Aufpralls ließ hinter ihren Augen rote Lichter förmlichen Wahnsinns explodieren. Das letzte, was sie hörte, bevor sie in düstere Nacht versank, war der Widerhall der ins Schloß fallenden schweren Eisentür.

Danach kamen der Verlust jeglichen Zeitgefühls und unsägliche Schmerzen, absolute Finsternis und Kälte. Es war entsetzlich kalt. Mag sein, daß es nicht länger als wenige Augenblicke dauerte und doch so lang wie ein Leben. Als sie hörte, wie sich erneut ein Schlüssel drehte und ein Scharnier knarrte, dachte sie schon, sie habe Halluzinationen. Durch einen Schleier der Pein blickte sie auf, als die große Eisentür aufschwang, und einen Moment lang blendete sie das Licht.

Sie preßte ihre Augen fest zu, als könne dies den stechenden Schmerz mildern, und als sie sie wieder öffnete, kniete Elise Devoncroix vor ihr. Neben ihr stand auf einer Seite ein riesiger, zottiger, graubrauner Wolf, dessen Fellgeruch den engen Raum ausfüllte und dessen stechende gelbe Augen hellwach und gnadenlos blickten. Zu ihrer anderen Seite hatte sich ein großer Mann aufgebaut, der mit einem einzigen Handgriff Tessa mühelos das Genick hätte brechen können. Auch er sandte Blicke, die am liebsten getötet hätten.

Elise hielt ein blaues Fläschchen in der Hand, das sie entkorkte und Tessa anbot. »Trink«, befahl sie. »Das lindert den Schmerz.«

Aber Tessa starrte sie nur an und atmete schwer. Sie machte keine Anstalten, das Fläschchen zu nehmen.

Ein Flackern der Ungeduld und Verärgerung huschte über Elises Züge. »Ich werd' dich schon nicht vergiften«, raunzte sie. »Obwohl es für dich eine wahre Gnade wäre angesichts dessen, was dir bevorsteht. Wir exekutieren keine Menschen, Tessa«, fuhr sie kalt fort. »Wir sorgen nur dafür, daß sie sich wünschen, wir täten es.«

Einen Augenblick später nahm Tessa das Fläschchen mit zitternder Hand und hob es an die Lippen. Sie trank die süße Flüssigkeit aus und spürte, noch während sie schluckte, wie Wärme sich in ihr ausbreitete und die Schmerzen wegbügelte wie ein heißes Eisen die Falten eines Stoffes. Diese plötzliche Erleichterung war geradezu schwindelerregend.

Elise beobachtete, wie sich ihre Gesichtsmuskeln entspannten und ihre Augen klarer wurden; zufrieden nickte sie, da der Trank Wirkung zeitigte. Sie griff nach Tessas lädiertem Arm und hantierte ein paar Sekunden daran herum, um die gebrochenen Knochen zurechtzurücken. Tessa spürte nichts als den zarten Druck von Elises Fingern auf ihren Gliedmaßen, ihre Wärme und Geschicklichkeit. Als sie fertig war, schiente sie den Arm zwischen zwei flachen Holzbrettchen und band ihn mit einer Schlinge dicht an Tessas Brust. »Er wird irgendwann heilen«, sagte sie desinteressiert. »Auch wenn er dir nicht mehr so viel nutzen dürfte wie zuvor.«

Sie setzte sich auf die Fersen und betrachtete Tessa mit ruhigen blauen Augen und einer Miene, die nicht das geringste verriet. Ihr Haar war im Nacken zurückgebunden, sie trug ein rotes Wollkleid mit hohem Kragen und langen Ärmeln. Tessa schaute sie an und prägte sich diese Einzelheiten ein. Sie war noch immer das bezauberndste Wesen, das Tessa je gesehen hatte.

Schließlich setzte die Königin nach: »Meine Fährtensucher haben den Geruch eines fremden Werwolfs an dir festgestellt. Er ist sehr schwach und wäre sicherlich von niemandem bemerkt worden, der nicht danach gesucht hätte. Willst du mir verraten, um wen es sich handelt?«

Einen Moment lang schwieg Tessa. Die Anstrengung schien einfach zu groß. Sie lehnte den Kopf zurück an den Rand ihrer Kiste und äußerte benommen: »Ich wollte Euch nie etwas antun, Mademoiselle. Bitte glaubt mir das!«

Elise betrachtete sie eine Zeitlang unbewegt. »Du hast ein schweres Verbrechen gegen uns begangen, Tessa. Du hast unser Vertrauen mißbraucht, indem du die Geheimnisse, die wir mit dir teilten, gegen uns wendetest. Sogar eine Schußwaffe hast du auf unseren Grund gebracht und auf einen von uns abgefeuert. Was auch immer deine Absichten gewesen sein mögen und unabhängig vom tatsächlich entstandenen Schaden sind dies abscheuliche

Taten, die wir unmöglich vergeben können. Du wirst also bestraft werden, und ich würde es selbst dann nicht verhindern, wenn ich es könnte. Aber um meinetwillen und um Alexanders willen, der dich geliebt hat, möchte ich gern deine Beweggründe erfahren.«

Die kleine Sünderin wandte sich langsam zu ihr um, und sie hatte nicht mehr die Energie, die Verzweiflung in ihren Augen zu verbergen. »Niemand würde mir glauben«, flüsterte sie. »Keine Auskunft, die ich gäbe ..., würde das zurückbringen, was ich verloren habe.«

»Ich habe keinen Balsam für ein gebrochenes Herz«, sagte Elise kühl. »Und du hattest dich zweifellos schon mit deinem Verlust abgefunden, als du diese Tat vorbereitet hast.«

Bestätigend nickte die Angeklagte.

Und dann verzog sich ein wenig der Nebel des Selbstmitleids aus Tessas Augen, und sie schaffte es, Elise anzublicken. »Es war Denis Antonow«, gestand sie. »Er ist der Werwolf.«

Die steife Haltung der Königin entspannte sich ein wenig, und aus ihrem Blick sprach nur eine leichte Andeutung von Erstaunen. Nachdenklich sagte sie: »Das würde natürlich eine ganze Menge erklären.« Dann – nicht unfreundlich, aber mit einer Autorität, die keine Ausflüchte duldete – verlangte sie von Tessa: »Erzähl mir alles.«

Und Tessa redete sich die ganze Geschichte vom Herzen: Wie Denis mit seinem ungeheuerlichen Plan zu ihr gekommen war, wie er gedroht hatte, eine ganze Armee mitzubringen und sowohl die Königin als auch Alexander umzubringen, falls sie ihre Teilnahme verweigerte. Wie Tessa zum Palast geritten war, um Alexander zu warnen, und ihr der Zutritt verwehrt wurde.

»Und als ich ihn dann mit Ihnen sah, im Garten ...« An dieser Stelle senkte sie den Blick, ebenso vor Erschöpfung wie vor Scham. »Als ich Sie beide sah und hörte, was Sie zueinander sagten, da ... habe ich die Nerven verloren. Ich dachte ... einen Augenblick lang dachte ich, Denis habe recht mit seiner Unterstellung, daß Sie die Freundschaft mit mir nur heuchelten – und ich in Wirklichkeit weder Ihnen noch Alexander etwas bedeutete.

Daß Sie mich einfach haben fallenlassen, als ich Ihren Plänen in die Quere kam, und daß Ihre Pläne nur Sie beide umfaßten. Da bin ich weggerannt. Das war alles zuviel für mich und ... ich wollte nur auf und davon.« Tessa schöpfte kurz Luft.

»Dann wurde mir klar, daß es keine Rolle spielte, was Sie von mir dachten, oder ob Sie und Alexander – Geliebte waren. Weil Denis Sie beide töten wollte und es dann meine Schuld gewesen wäre. Ich dachte immer – den ganzen Nachmittag lang hoffte ich auf Alexanders Erscheinen –, daß er ganz sicher meine Nachricht lesen und kommen würde. Aber als ich Sie beide dann am Bach sah, genau wie Denis prophezeit hatte, da wußte ich, daß für Alexander nichts anderes mehr zählte. Und es war zu spät für eine Unkehr. Ich wußte, wenn Denis den Schuß hörte, würde er denken, ich hätte meinen Auftrag erfüllt, und Sie würden noch eine Zeitlang sicher sein. Es war meine einzige Möglichkeit Sie zu warnen. Also habe ich über Ihren Kopf hinweg geschossen.«

Elise sah sie an, und ihr Blick quoll über vor Mitgefühl und Güte. »Mein liebes, liebes Kind, was hast du da nur in Gang gesetzt?«

Tessa flüsterte mit belegter Stimme: »Ich hätte Ihnen nie etwas angetan. Niemals!«

Behutsam streichelte Elise ihre Wange. »Das glaube ich dir. Aber ich bin mir nicht sicher, ob ich dir jetzt noch helfen kann. Du hast eine der strengsten Regeln unserer Gesellschaft gebrochen, als du auf dem Palastgelände eine Waffe abfeuertest. Keiner wird dir glauben, daß du es aus einem edlen Grund oder gar aus Zuneigung getan hast. Du mußt vor unser Tribunal, was seit unzähligen Generationen keinem Menschen mehr widerfahren ist. Und du wirst nicht zu deiner Verteidigung sprechen dürfen. Nur ein Werwolf kann das für dich übernehmen. Ich darf nur die Tatsachen deiner Handlungen vorbringen, nicht aber die Gründe dafür. Es gibt niemanden, der dir helfen könnte.«

»Alexander«, schlug Tessa gequält vor. Verzweifelt suchte sie Elises Gesicht nach einem Zeichen von Hoffnung ab. »Er wird für mich sprechen. Bestimmt läßt er nicht zu, daß mir etwas Schlimmes zustößt, und hilft mir.«

In Elises Blick lag Güte, aber auch Bedauern – und widerwillig eingestandene Bestätigung. »Er fühlt sich getäuscht und verraten, Tessa, und ist sehr wütend. In diesem Fall darf auch ich nicht versuchen, ihn zu überreden – denn er wird zu deinem Richter bestellt werden. Versteh mich bitte richtig – Alexander ist ein Werwolf von hohem Status und Einfluß, und du hast sein Vertrauen vor dem gesamten Rudel mißbraucht. Ich bin mir nicht einmal sicher, ob er schon wieder klar denken kann.«

Tessa wiederholte: »Aber er wird mich nicht verurteilen!« Es klang wie eine flehentliche Bitte.

Elise senkte den Kopf und stand auf. Als sich die Eisentür hinter ihr schloß, murmelte Tessa: »Er wird es nicht zulassen.« Aber ihr Flüstern versank in der Dunkelheit.

Der Kerker des Palasts bestand aus zwei unterirdischen Stockwerken, die man in einer weniger aufgeklärten Zeit gebaut hatte, um Werwölfe einzusperren. Die Wände waren mehrere Meter dick, die steinernen Decken unter Hunderten von Tonnen gestampfter Erde begraben. Es gab weder Frischluftzufuhr noch Wasser; diejenigen, die hierher gebracht wurden, lebten ohnehin nicht lang genug, um eines von beidem zu vermissen. Die Räume waren selbst für Werwolfohren völlig undurchlässig, so daß die Schreie der Gefangenen die Bewohner in der Nähe nicht störten.

Diese Verliese gab es seit altersher, doch sie waren nicht annähernd so oft genutzt worden, wie man meinen könnte. Nur wenige Vergehen zogen eine derartige Bestrafung nach sich; zu ihnen gehörten Hochverrat, Vernachlässigung eines Kindes oder körperliche Angriffe gegen Menschen, die das Rudel als Ganzes in Gefahr brachten – in solchen Fällen wurde der Schuldige nur hierhergebracht, um auf sein Todesurteil zu warten.

Niemand teilte den grabähnlichen Kerker mit Tessa. Niemand erinnerte sich an den Ausgangstunnel, durch den die Toten in längst vergangener Zeit zur Verbrennung gebracht worden waren – zumindest wäre niemand mehr in der Lage gewesen, das Eindringen eines Fremden durch ebendiesen Tunnel zu verhindern. Ein Wächter paßte oben an der Treppe auf, die vom Palast in den Kerker hinabführte; um den brauchte man sich nicht zu scheren. Der andere Wächter stand in Menschengestalt vor dem eisernen Gitter, hinter dem sich die Gefangene befand. Denis Antonow brach ihm genau in dem Augenblick, als der Posten ihn witterte, mit einer einzigen Drehung das Genick.

Er zog den Bolzen aus dem Schloß und öffnete die Klappe. Tessa, verloren in der Welt der Finsternis und des Schweigens, merkte nichts, bis er über sie herfiel. Seine Hand schoß mit roher Gewalt unter ihr Kinn, und er schlug ihren Kopf nach hinten gegen den Deckel.

Sie war noch immer von vollkommener Dunkelheit umgeben, sah nichts, nicht einmal das noch dunklere Schwarz seiner Gestalt, die sich zu ihr herabbeugte. Aber sie kannte seine Stimme, seine Berührung. Und auch seinen Zorn.

»Du Närrin!« Seine Stimme war ein böses Gurgeln. »Wie konntest du bloß ein so leichtes Ziel verfehlen? Ich habe dich zu dem Platz geführt, dich in den Baum gesetzt, dir das Gewehr in die Hand gedrückt. Ich hätte schlauer sein müssen, als mein Schicksal in die Hände einer Tölpelin zu legen.« Seine Hand schloß sich, bis er ihren Hals preßte wie eine reife Frucht und ihr die Luft wegblieb. »Jetzt wärst du fällig ... nichts würde mir mehr Freude machen. Aber leider, leider brauche ich dich noch lebendig.«

Abrupt lockerte er den Griff um ihre Kehle. Mit einem rauhen Keuchen setzte ihre Atmung wieder ein. »Komm mit.« Grob zog er sie auf die Beine. »Uns bleiben nur ein paar Minuten.«

Tessa wollte sich von ihm losreißen, und kratzte und schlug um sich, als er sie wieder zu packen versuchte. Es war, als kämpfte sie um ihr Leben gegen einen Dämon. Er bekam ihr Haar zu fassen und riß eine Handvoll heraus. Sie warf sich gegen die hintere Wand und zischte in die Dunkelheit: »Sie sind verrückt, wenn Sie sich einbilden, daß ich mit Ihnen gehe! Lieber sterbe ich!«

»So weit sind wir noch nicht!« Jetzt spürte sie, wie er sein nächtliches Sehvermögen anstrengte, um sie zu lokalisieren, und immer näher kam. Sein Atem strich über ihre Wange, und sein

Körper strahlte eine Art Wärme aus, die irgendwie die Kälte der Steine abzuhalten schien. »Du wirst in einer Pfütze aus deinem eigenen Erbrochenen und deinem Urin sterben; du wirst dich vor Schmerz winden und darum betteln, daß man dich erlöst. Und das ist dir lieber, als mit mir zu kommen?«

Sie schreckte vor ihm zurück und drehte ihr Gesicht weg, doch er rückte ihr auf den Leib. Seine Kleidung berührte ihre Haut, sein Atem versengte ihr Gesicht. »Schau mich an, Tessa. Kannst du mich sehen? Nein? Aber ich dich. Ich sehe Entsetzen in deinen Augen, Blut auf deinen Röcken und rieche Verzweiflung an dir, Tessa LeGuerre. Glaubst du wirklich, sie werden es bei einem gebrochenen Arm belassen? Bildest du dir vielleicht ein, wenn du hier bleibst, brav deine Tat bereust und um Gnade bettelst, werden sie dir vergeben, dein geliebter Alexander und die edle Königin?«

In diesem Augenblick packte er sie an der Schulter und schüttelte sie kräftig durch. »Du weißt aber auch nicht das geringste über uns!« zischte er ihr ins Ohr. »Rein gar nichts!«

»Aber warum?« murmelte sie. Hektisch suchte sie die Dunkelheit ab. »Warum sollten Sie mich retten?«

»Für meine eigenen Zwecke, das kannst du mir glauben, und sobald ich habe, was ich will, kannst du meinetwegen in deinen Kerker zurücklaufen oder dich selbst den Hunden zum Fraß vorwerfen oder sonstwie zur Hölle fahren; das interessiert mich dann nicht mehr. Du hast doch wohl nicht angenommen, ich hätte nur einen einzigen Plan und würde mich dabei auch noch auf einen Menschen verlassen?« Er verlor die Geduld, packte sie, drückte ihr Gesicht gegen seine Schulter, um ihre Schreie zu ersticken, und trug sie wie ein Beutestück davon.

Ihre Flucht war nicht besonders spektakulär. Denis wußte, daß die Königin in den schützenden Wänden ihres Palasts von einem ganzen Regiment bewacht wurde – wer würde sich da schon um das Schicksal eines Menschleins kümmern, das weder die Kraft noch den Verstand zum Entrinnen besaß und sowieso verurteilt werden würde? Auf ein solches Subjekt würde man kein Personal verschwenden, denn von ihm war ohnehin nicht mehr viel übrig.

Beim Betreten des Palastgeländes mußte er ein gewisses Risiko eingehen; doch seine Vermutung, daß sein Geruch in der allgemeinen Verwirrung untergehen und er in der Menge nicht weiter auffallen würde, hatte sich bestätigt. Die Spurensucher würden ihn zwar erkennen, aber die mied er tunlichst. Die Königin würde ihn erkennen und Alexander sowieso – doch er hatte nicht die Absicht, ihnen so nahe zu kommen, daß sie ihn identifizieren konnten.

Mit Hilfe seiner Nase folgte er dem Tunnel, dem Geruch von Feuchtigkeit, dem Geruch der Kälte, dem Geruch von Wasser. Er kickte Haufen herabgefallener Steine beiseite oder zog Tessa einfach drüberweg, wo sie sie aufhalten wollten. In der Nähe des Flusses kamen sie aus der Erde, auf der dem Palast abgewandten Seite inmitten eines streng geometrisch angelegten Gartens. Die Lichter der Gebäude waren weit weg, die Wachen aber nicht. Denis hörte sie keine zwei Minuten entfernt in schnellem Lauf patrouillieren. Sobald eine Änderung ihrer Position und der Windrichtung seine Stimme von ihnen forttrug, setzte er Tessa auf den Boden, seine Hand fest auf ihrem Mund.

»Lauf jetzt«, blies er ihr ins Ohr.

Er ließ sie los und eilte auf den Fluß zu, während er sein Hemd auszog. Tessa rührte sich nicht von der Stelle.

»Es war dumm von Ihnen«, griff sie seine vorherige Bemerkung auf, »auch nur den kleinsten Teil Ihres Plans einem Menschen anzuvertrauen.«

Zuerst bemerkte er sie kaum, und ihre Worte klangen ihm wie das lästige Surren von Insekten im Ohr. Ihm war gleichgültig, was nun aus seinem Lockvogel für die Wachen wurde. Doch dann kam ihm irgend etwas merkwürdig vor an der Art und Weise, wie sie da stand mit ihrem unbeholfen an die Brust gebundenen Arm ... sie wirkte seltsam ruhig und auf unerklärliche Weise furchterregend: wie sie einfach so verharrte und ihm mit gleichmäßigem Herzschlag und ebenso natürlicher Atmung nachsah.

Er warf seine Stiefel in die Büsche, um die Fährtensucher wenigstens vorübergehend abzulenken. Sein Hemd schleuderte er in die andere Richtung. »Verschwende deinen Atem nicht auf Geschwätz, du dummes Ding! Du wirst ihn noch brauchen, um mehr Balsam zu erbetteln, wenn die Wirkung von dem nachläßt, den sie dir gegeben haben – auch wenn es bis dahin wahrscheinlich zu spät sein wird.«

»Ich bin eine ausgezeichnete Schützin«, verkündete Tessa LeGuerre laut und vernehmlich. »Wie kommen Sie eigentlich dazu anzunehmen, daß ich *versehentlich* daneben geschossen habe?«

Langsam drehte er sich zu ihr um. Ihr Lächeln war aufreizend gelassen; sie hielt die Schultern gestrafft und den Kopf hoch.

»Waaas?« fauchte er wie jemand, der die Wahrheit schon kennt, aber einfach nicht akzeptieren will.

»Sie wissen auch nicht das geringste über uns«, griff sie seine eigenen Worte auf. »Rein gar nichts.«

Dann hob sie den Kopf und schrie: »Hierher! Wir sind ...!«

Denis sprang sie an und würgte ihren Schrei ab, während er sie in den Fluß schleuderte. Nur halb ausgezogen, sprang er ihr in das gleichgültig dahinfließende Wasser nach. Aber es war zu spät. Schon hörte er die Wächter hinter sich.

Alexander

21

Wie es mitunter in Augenblicken schwerer seelischer Belastungen vorkommt, nahm ich meine natürliche Gestalt an, ohne es bewußt herbeizuführen oder mich auch nur um die Verwandlung zu kümmern. Darin liegt natürlich eine gewisse Gefahr, insbesondere für alleinstehende Individuen – die Gefahr nämlich, daß die Depression so schwer und das angenehme Gefühl, das die Wolfsgestalt vermittelt, so tröstlich wird, daß wir nie mehr die Energie aufbringen, wieder in die Menschengestalt zurückzukehren und den Problemen gegenüberzutreten, die uns vorher in die Depression gestürzt haben. Ich sollte in meinem späteren Leben noch viele Tragödien durchleben, und einige davon sollten – obwohl ich das damals nie für möglich gehalten hätte – mir noch mehr weh tun als diese. Jedenfalls war Tessas Betrug die erste, und ihr Verlust erzeugte in mir die schlimmste Leere, die ich bis dahin kennengelernt hatte. Ich flüchtete mich also in meine Wolfsgestalt, weil ich den Schmerz sonst nicht ertragen hätte.

Wie ich die verbliebenen Stunden jener Nacht verbrachte, habe ich vergessen; ich weiß nur noch, daß irgendwann nach Monduntergang irgendein Instinkt mich nach Hause rief. Und zu Hause war für mich überall, wo ich mich an der Seite meiner Königin befand.

An den Wachen vorbei eilte ich zu den Privatgemächern der Königin. Eine Spiralformation von Aufpassern war postiert – das heißt, eine Reihe immer enger werdender Kreise von Wächtern, zur Hälfte in Menschen- und zur anderen Hälfte in Wolfsgestalt, umgaben den Palast, die Privatgemächer, das Schlafzimmer und sogar das Bett der Königin –, was auf einen Zustand höchster Alarmbereitschaft hinwies ... eine eher symbolische als notwendige Maßnahme. Tessa war eingekerkert, die Bedrohung vorüber.

Das dachte ich jedenfalls.

Sämtliche Mitglieder des Rudels hatten sich angeboten, sich der Formation anzuschließen; es galt als Ehre, auf solche Weise seine Loyalität unter Beweis zu stellen, sich gegen einen gemeinsamen Feind zusammenzuschließen – in diesem Fall gegen die Menschen und alles, wofür sie standen. Ich fragte mich, ob es Elises Herz ebenso brach wie meines, mit ansehen zu müssen, wie ihr Traum, mit den Menschen zusammenzuarbeiten, auf so bittere Weise zerstört wurde. Eine einzige Kugel in der Nacht, und schon nimmt die Geschichte einen anderen Lauf. So ist das eben bei den Menschen, sagte ich mir. Aber es war eine Ungerechtigkeit sondergleichen, daß auch unsere Welt von den Launen ihrer Gewalttätigkeit erschüttert wurde.

Ich wußte nicht, ob ich überhaupt noch willkommen war oder man mich allein wegen meiner Beziehungen zu Tessa hinauswerfen würde – war aber bereit, meinen Platz in der Formation einzunehmen. Also überraschte es mich ein wenig, als die Spirale sich öffnete, um mich erst ins königliche Schlafgemach einzulassen und dann auch noch hinter die Vorhänge ihres Baldachins.

Sie kuschelte sich in ihrer natürlichen Gestalt in die Kissen und schlief naturgemäß nicht sehr tief. Als ich näher kam, öffnete sie die Augen, und ich sah darin keinen Vorwurf, keine Verachtung, keinen Zorn, nur Erleichterung und Willkommen. Sie bat mich zu sich.

Ich sprang aufs Bett neben sie, und der lange Seufzer, den sie von sich gab, sagte mir: *Endlich bist du hier. Jetzt fühle ich mich sicher.* Meine Elise. Das waren tatsächlich ihre Gefühle. Trotz des Unglücks, das ich über sie gebracht hatte, wollte sie mich noch immer. In diesem Augenblick wußte ich, daß ich dieses Grauen überleben würde, diesen Verlust ertragen konnte. Um Elises willen war ich zu allem fähig.

Wir lagen Rücken an Rücken und fielen irgendwann in einen mehr oder weniger gleichmäßigen Schlummer. Und nun kommt das Interessante an unserer Situation in jener Nacht: In Wolfsgestalt konnte sie mir nicht erzählen, was sie von Tessa erfahren hatte, oder mich vor Denis warnen; hätte sie es getan, wäre ich wohl besser vorbereitet gewesen. Aber hätte einer von uns damals in Menschengestalt geschlafen, dann hätten wir die nun folgenden Ereignisse erst recht nicht überlebt.

Die Wachen ums Schlafzimmer wechselten einander stündlich ab und rotierten zwischen dem Ring im Schlafzimmer selbst und dem um die äußeren Privatgemächer. Auf diese Weise blieb kein Wächter so lange auf ein und demselben Posten, daß die Gefahr des Nachlasses seiner Aufmerksamkeit bestand. Es war praktisch ausgeschlossen für einen Feind, eine solche Verteidigungslinie zu durchbrechen; und in Anbetracht der Tatsache, daß der Feind – so dachten wir jedenfalls – in diesem Augenblick in einem Gefängnis schmorte, aus dem nicht einmal ein Werwolf zu entkommen vermochte, hätte ich eigentlich ganz beruhigt neben meiner geliebten Königin schlafen können. Aber das traf nicht zu.

Jeden Wachwechsel bekam ich mit, auch wenn ich das zu verbergen suchte. Warum, kann ich nicht sagen; vermutlich jedoch verfügen selbst wir über Sinne, derer wir uns nicht vollständig bewußt sind, und in jener Nacht flüsterte mir eine innere Stimme zu, daß Gefahr im Anzuge sei. Erst beim vierten Wachwechsel erkannte ich, woher.

Das Bett, auf dem wir schliefen, stand auf einem Podest und war von zwei Schichten Vorhängen umgeben; schwerer Stoff sollte im Winter die Wärme in Innern halten, während im Sommer hauchdünne Gaze vor Insekten schützte. In dieser warmen Sommernacht umgaben uns nur die Gazevorhänge; doch am Fußende des Bettes befand sich eine Ecke, wo der schwere Samt zusammengeschoben war und eine perfekte Deckung für den Werwolf bot, der durch sie hindurchschlüpfte und unvermutet neben dem Bett der Königin aufragte.

Er war wohl etwas überrascht, mich zu sehen; doch ich lag so reglos da, daß er offenbar glaubte, seine Sache erledigen zu können, bevor ich etwas merkte. Und in der Tat wäre das auch möglich gewesen, denn ich bemerkte nicht den dünnen Draht in seinen Händen, mit dem er vermutlich die Königin erdrosseln wollte. Ich sah lediglich die Art und Weise, in der er sich auf die Mitte des Bettes zubewegte, wo Elise schlief, und wie er sich über sie beugte. Trotzdem hätte es sein können, daß er sich nur vergewissern wollte, ob mit ihr alles in Ordnung war, was bei großzügiger Auslegung seiner Pflichten noch als berechtigt anzusehen gewesen wäre. Doch als er sich über sie beugte, fiel ihm das Haar über den Kopf, und da sah ich noch etwas anderes.

Er hatte nur ein Ohr.

Das endlich war für mich der erste Hinweis darauf, was in dieser Nacht wirklich vor sich ging; auf eine Verschwörung gegen die Königin und den Drahtzieher dahinter. So weit dachte ich in diesem Moment natürlich noch nicht, überhaupt nichts dachte ich. Zwischen dem Augenblick, als ich ihn entdeckte, und dem, als ich mich in Bewegung setzte, lag kaum die Spanne eines Atemzugs. Vollkommen geräuschlos und im Fluge wie eine zustoßende Schlange sprang ich ihn an, schlitzte ihm mit einem Schlag meiner Klauen die Kehle auf.

Unvermittelt war Elise hellwach, verteidigungsbereit und sprang ihn ebenso an wie ich; Blut spritzte über das Bett, die Wand, Elises Fell und meines, als wir alle drei auf den Boden schlugen. Augenblicklich waren aufgeregte Wachen um uns herum, aber sie kamen zu spät; schon blutete der letzte Rest Leben des Attentäters zwischen Elises Kiefern aus.

Für mich aber war die Krise damit noch nicht ausgestanden. Angetrieben von einer namenlosen Wut und der Gewißheit, die richtigen Schlüsse gezogen zu haben, ließ ich Elise im Gefühl ihres Sieges zurück und rannte hinaus. Meine menschliche Gestalt anzunehmen, hatte ich weder Energie noch Zeit, und als Wolf war ich ohnehin schneller und stärker. Ich sprang durch das offene Fenster in die Nacht, um meinen Bruder zu stellen.

Aber auch hier kam ich zu spät. Selbst diese Rache sollte mir nicht vergönnt sein. Ich war noch nicht einmal über die erste Gartenmauer, als mich das Triumphgeheul erreichte und mir mitteilte, daß der Feind der Königin gefaßt war – sowie seine menschliche Verbündete.

Das Tribunal trat in der Morgendämmerung zusammen. In solchen Fällen wird schnell Recht gesprochen, und etwas anderes hätte das Rudel auch gar nicht zugelassen. In der Geschichte ist dieser vermeintlich so glanzvolle Augenblick in Liedform festgehalten, doch aus meiner Sicht war es eine ausgesprochen nüchterne und undramatische Angelegenheit.

Aber vielleicht ist meine Erinnerung nicht die zuverlässigste. Auf jene Nacht kann ich nie zurückblicken, ohne alles in den Grautönen zu sehen, die mein restliches Leben färben sollten. Mein Bruder und meine liebste Tessa hatten sich verschworen, die Rudelführerin zu stürzen und die Frau zu töten, die ich liebte. Als ich Tessas Geruch an der Waffe witterte, meinte ich, ab sofort die Verzweiflung zu kennen. Doch diese hatte noch nicht einmal begonnen.

Der riesige Innenhof mit seiner verglasten Decke und seinen hohen, schützenden Bäumen und Sträuchern war überfüllt von denen, die das Urteil miterleben wollten; tausend oder mehr Werwölfe von höchstem Rang standen in Sichtweite, während ihre Untergebenen sich in den Fluren und Gärten aufhielten, um sich mit Hilfe ihrer Ohren und Nasen ein Bild von den Vorgängen zu machen. Alle waren in menschlicher Gestalt, weil sie sich nicht dazu herablassen wollten, sich dem Verräter und dem Menschen in ihrer natürlichen Form zu zeigen, und alle trugen menschliche Kleider.

Elise nahm im königsblauen Gewand ihres Amtes den Richtersitz auf dem Podest unter der aufgehenden Sonne ein. Sie rief mich an ihre Seite, um dem Rudel ohne Worte klarzumachen, welche Rolle sie mir in dieser Angelegenheit zugedacht hatte. Ich stand zu ihrer Rechten, eine Stufe unter ihr. Meine Muskeln waren angespannt, meine Sinne hellwach, mein Herz voller Haß.

Denis wurde als erster herbeigeführt, in Hand- und Beinschellen und so fest mit schweren Ketten gefesselt, daß er, selbst wenn er in der Lage gewesen wäre, sich zu verwandeln, niemals hätte fliehen können. Er war noch immer naß vom Fluß, in den er sich hatte retten wollen; sein Haar fiel ihm dunkel in schlaffen, verfilzten Strähnen auf die Schultern, und die triefende Hose klebte an seinen Hüften. Trotz allem hielt er sich wie ein König, selbst dann noch, als die wütenden Anklagen der Menge den Innenhof erschütterten und von der Decke widerhallten. Ohne zusammenzuzucken oder die Augen zu senken, starrte er hoch erhobenen Hauptes und festen Blicks geradeaus, zeigte sich stolz und selbstbewußt der Menge. Mit verächtlich verzogenen Lippen forderte er sie alle heraus, denn obwohl sie ihn verstoßen, gefangengenommen und überführt hatten, war er in gewisser Weise der Gewinner dieser Nacht. Zwar würde er nie ihr Anführer werden, aber er hatte bewiesen, daß sein Standpunkt der richtige war: Die Menschen blieben der Feind, dem man niemals trauen durfte und der darauf aus war, uns alle zu vernichten. Die Lektion, die er uns in dieser Hinsicht erteilt hatte, würde noch während der gesamten Regierungszeit der Devoncroix-Königin weiterwirken und alles in Frage stellen, was sie entschied oder zu erreichen hoffte.

Am liebsten hätte ich ihn getötet. Aber das stand natürlich nicht in meiner Macht.

Als nun Tessa an die Reihe kam, konnte ich sie kaum anschauen. Auch sie war naß, nachdem Denis sie in den Fluß geworfen hatte, bevor er selbst hineingesprungen war – nie fanden wir heraus, ob er es getan hatte, um sie zu ertränken oder nur, um ihren Geruch vor den Wachen zu verbergen. Ich fragte mich noch, warum die Posten sich die Mühe gemacht hatten, sie herauszufischen; es wäre leichter für sie gewesen, hätte man sie ertrinken lassen.

Elise erlaubte den versammelten Zeugen, Denis voller Wut zu beschimpfen, solange sie wollten, und er ertrug es mit arroganter Verachtung. Hätte man ihnen gestattet, ihn zu steinigen oder zu zerfleischen, dann hätte sich seine Haltung – davon bin ich überzeugt – nicht geändert. Er hielt sich wie ein König. Aber seinen Stolz habe ich auch nie bestritten.

Als das Gebrüll allmählich nachließ, begann Elise mit lauter, klarer Stimme zu sprechen. »Denis Antonow, Sohn von Falquois und Chanson, Bruder von Charles, Minet, Lissom und Alexander, Enkel von Simon und Leonette ...« Sie mußte uns alle bis in die dritte Generation nennen, was sie auch tat – so teilten wir die Schande und Verantwortung dafür, daß ein Mitglied unserer Familie zum Verbrecher geworden war. Während sie sprach, stand jeder Anwesende unter den Genannten dem Ritual gemäß auf und wandte dem Übeltäter den Rücken zu – jeder außer mir. Ich war ausersehen, über ihn zu richten, und mußte alles mit ansehen.

Als die Aufzählung beendet war, fuhr Elise fort: »Sie werden beschuldigt, eine Verschwörung gegen dieses Regime unter Zuhilfenahme der niederträchtigsten und unwürdigsten Methoden betrieben zu haben. Sie haben mit dem Menschen Tessa LeGuerre konspiriert und sie mittels Drohungen und Versprechungen zur Zusammenarbeit gezwungen; Sie bedienten sich Ihres Verstandes und Ihrer Macht, sie zu Handlung zu überreden, deren Folgen sie nicht überblicken konnte, und mißbrauchten ihr unschuldiges Wesen sowie ihre Position in diesem Hause zu Ihren eigenen schändlichen Zwecken. Entspricht das der Wahrheit?«

Ich war verblüfft. Mit dieser sorgfältig formulierten Anklage, diesen brillant gewählten Worten hatte sie nicht nur für alle Zeiten potentielle Vorwürfe entkräftet, sie selbst hätte uns alle in Gefahr gebracht, als sie Tessa freien Zutritt zu diesem Haus gewährte. Sie hatte damit auch erreicht, daß Tessa ebenso als Opfer dastand wie jeder von uns, und sich zugleich selbst von einem eventuellen Vorwurf mangelnden Urteilsvermögens freigesprochen, den man ihr für ihr Vertrauen Tessa gegenüber hätte machen können. War ihr Traum womöglich doch noch zu retten? Ich wußte es nicht. Aber mit einem einzigen Geniestreich, mit einem einzigen, sorgfältig formulierten Satz hatte sie Denis seinen Sieg entrissen und sich wieder das Vertrauen des Rudels gesichert. Und sie hatte es auf eine Art und Weise eingefädelt, daß Denis nichts dagegenhalten konnte.

Er versuchte es auch gar nicht lange. Ich sah seinen Augen an, daß er ihre List durchschaute und seine beschränkten Möglichkeiten, sich gegen sie zu wehren, richtig einschätzte, offengestanden – das muß man ihm lassen – ein guter Verlierer war. Mit einem kaum wahrnehmbaren Nicken erkannte er an, daß sie ihm keine Chance gelassen hatte, und antwortete: »Ja, Mademoiselle, das entspricht der Wahrheit.«

Sie fuhr fort. »Sie werden weiterhin angeklagt, eine Waffe für diese Menschenfrau gekauft und sie ihr in die Hand gedrückt, ihre Gefühle aufgewühlt und ihr geholfen zu haben, während des Rudellaufs in dieses Gelände einzudringen – außerdem sie angeleitet zu haben, wie sie am besten der Rudelführerin auflauern und sie mit dieser Waffe töten konnte. Ist etwas davon wahr?«

Er antwortete: »Das trifft alles zu, Mademoiselle.«

Man muß sich vorstellen, wie das für das Rudel klang. Es waren scheußliche Verbrechen, feige und schändlich! Statt aufrecht zum Palast zu kommen, seiner Gegnerin gegenüberzutreten und auf seine Rechte zu verweisen, statt die Königin dem Gesetz entsprechend zum Kampf herauszufordern, wie es andere vor ihm getan hatten, hatte er einen Menschen als Werkzeug benutzt, mit einer Waffe ausgerüstet. Dieser Person hatte er geholfen, die Sicherheitskette des Rudels zu durchbrechen, indem er ihr erklärte, wie man den Königspfad erreichte. Und er hatte die Macht der Starken über die Schwachen ausgenutzt und menschliche Gefühle manipuliert, um dadurch den Mord an einem Mitglied seiner eigenen Art zu bewerkstelligen. Das war ein Verbrechen gegen uns alle und uneingeschränkt verachtenswert. Es machte mich krank, das zu hören, denn in diesem Augenblick erfuhr ich erstmals die Einzelheiten seines Vorgehens.

Zusätzlich mochte ich nicht darüber nachdenken, wie leicht meine Tessa, der ich so sehr vertraut hatte, sich gegen mich hatte einsetzen lassen ... wenn sie mir gegenüber überhaupt jemals loyal gewesen war. Das quälte mich noch Jahre danach.

Elise sprach weiter. »Und als Ihr Plan scheiterte und Ihre menschliche Marionette festgenommen wurde, hatten Sie da nicht bereits einen Ihrer eigenen Offiziere überredet, sich bei der Wache in meinem Schlafgemach einzuschleichen mit dem Ziel, mich im Schlaf mit einem Stück Draht, das Sie ihm aushändigten, zu strangulieren?«

Mittlerweile knisterte es im Raum geradezu vor Empörung und mühsam unterdrückter Wut von tausend Werwölfen. Es hätte dem Protokoll widersprochen, durch Stimme oder Verhalten eine Meinung zu den Anklagepunkten kundzutun, noch während diese verlesen wurden; aber das, was ihrer Königin angetan worden war, betraf sie alle. Und Elise gab Denis keine Gelegenheit zu einem Zwischenruf; ohne Atem zu holen fuhr sie fort: »Und haben Sie um dieselbe Zeit einen meiner Wächter ermordet und den Menschen Tessa LeGuerre befreit, damit man *ihr* die Schuld an Ihrem Verrat gab? Sie dürfen jetzt antworten.«

Gelassen antwortete Denis: »Ja, das habe ich getan.«

Die Wut, die sich nun im Innenhof zusammenbraute, war so intensiv, daß es mir eiskalt den Rücken hinunterlief und diejenige Stelle in meinem Gehirn aktivierte, die auf Wutgeruch von Werwölfen immer mit dem Bedürfnis reagierte, mich zu verwandeln und zu kämpfen. Ich war sicher nicht der einzige, der gegen diesen Instinkt angehen mußte. Hätten wir tausend Jahre früher gelebt, wäre Denis zu diesem Zeitpunkt bereits von uns zerrissen worden.

Es war schon eine Ironie des Schicksals, daß ausgerechnet das, was er unbedingt abschaffen wollte – unsere Zivilisiertheit – ihm letztlich das Leben rettete. Doch irgendwie erschien er mir dafür keineswegs dankbar. Ich glaube, er wäre lieber bei einem Blutbad verendet, um wenigstens im Tod jenes Maß an Wildheit und Brutalität zu erreichen, nach der er im Leben stets vergebens trachtete.

Schließlich rief Elise aus: »Denis Antonow, was haben Sie dem Rudel zu sagen?«

Hier ging sie natürlich ein Risiko ein. Doch das Recht des Verurteilten auf seine letzten Worte ist ein alter und ehrenwerter

Brauch, und wie wollte er schon mit Worten den Schaden wiedergutmachen, den seine Handlungen angerichtet hatten?

Er drehte sich um und wandte sich an die Menge. Es wurde still, als er sie mit seinem Blick fixierte, und es verursachte mir eine Gänsehaut, da ich so daran erinnert wurde, welch überzeugender Führer er hätte werden können. Seine Stimme war laut und klar und hallte wie eine Pauke.

»Ich leugne nichts. Ihr findet meine Verbrechen vielleicht ebenso abscheulich wie meine Methoden; aber nichts von dem, was ich getan habe, war grundlos. Ja, ich habe einen Menschen für meine Zwecke eingesetzt. Beweist das nicht letztlich nur, wie leicht sie sich zu allen möglichen Handlungen verführen lassen? Ich habe ihre Gefühle manipuliert und sie dazu überredet, ihre Prinzipien preiszugehen. Es ist mir leichtgefallen, und ich bin stolz darauf; denn damit habe ich bewiesen, wie schnell Menschen ihre Prinzipien verraten. Und meinen Verstand nahm ich hinzu, weil ich diese Kraft nun einmal *habe*, so wie jeder von euch. Sollte ich mich dessen etwa schämen? ... oder ihr euch?«

Er wartete ab, bis das Echo seiner Worte ausklang, damit ihre ganze Wucht jedem anwesenden Werwolf bewußt wurde. Sein Blick schweift über seine Zuhörer, schätzte sie ab und forderte sie heraus. In diesem Augenblick hatte er das Rudel im Griff. Und er genoß es sichtlich.

»Es stimmt, daß ich ihr die Waffe zusteckte«, bestätigte er. »Aber *sie* hat sie auf eure Königin abgefeuert. Ich habe die Überlegung in ihr Gehirn gepflanzt, aber *sie* hat den Mord ausführen wollen. Innerhalb eines einzigen Nachmittags ließ sich diese Kreatur, die ihr in euren Salons empfangen, der ihr eure Geheimnisse anvertraut habt, die ihr verhätschelt, aufgeputzt und wie ein Haustier herumgezeigt habt, von einer bewundernd zu euch aufschauenden Speichelleckerin zu einer Attentäterin umkrempeln. Schwierig war das nicht. Schließlich hatte sie auch schon versucht, den ersten von uns, der ihr jemals zu Gesicht kam, im Schlaf mit einem Küchenmesser zu erstechen, und ausgerechnet dieser schwingt sich nun zu meinem strengsten Richter auf.«

Schweigen. Viele hatten das nicht gewußt. Doch erstaunlicherweise nutzte Denis seinen Vorteil nicht weiter aus. Er war ein geborener Redner, ein Meister der Dramatik, und als solcher wußte er genau, wann er aufhören mußte. Er hatte sein Ziel erreicht.

»Dies ist die ganze Wahrheit«, ließ er seine Stimme erschallen, »und die Lektion, die ich euch mitgeben möchte. Macht mit mir, was ihr wollt, verurteilt mich, wie ihr es müßt. Aber seid euch darüber im klaren, daß ich heute nacht mein Leben für euch aufs Spiel gesetzt habe.«

Was war er doch für ein faszinierender Demagoge! Sein Auftreten hinterließ einen tiefen Eindruck. Selbst in mir, der ich ihn so gut kannte, brachte diese Rede etwas zum Schwingen, und warum auch nicht? Immerhin wußte ich, daß er jedes Wort genauso meinte, wie er es gesagt hatte. Ihm war klar, daß er keine Chance hatte, der Gerechtigkeit zu entgehen. Nichts auf der Welt konnte er sagen, was an seinem Schicksal etwas ändern würde. Aber er hatte seinen letzten Auftritt dazu benutzt, seinem Leben eine Bedeutung zu geben, seine Niederlage in eine Denkwürdigkeit zu verwandeln. Was hätte er doch für ein großartiges Oberhaupt abgegeben!

Und tatsächlich war sein Opfer nicht umsonst. Noch heute gibt es welche, die sich an seine Rede erinnern und gierig die Botschaft in sich aufsaugen, die er uns in jener Nacht hinterlassen hat.

Elise stand auf. »Denis Antonow, Sie werden der Verbrechen der Feigheit und des Hochverrats für schuldig befunden. Das Urteil über Sie wird jemand fällen, den Sie am tiefsten verletzt haben: Ihr Bruder Alexander Devoncroix.«

Das hätte sie nicht mir überlassen müssen. Es war eine außerordentlich großzügige Geste. Denn die Drohung erging an ihr Leben, ihre Herrschaft; sie war diejenige, die sein Verrat um Haaresbreite alles gekostet hätte. Doch sie kannte meinen Schmerz und mein Gefühl, verraten worden zu sein; daher gestand sie mir die letzte Rache zu.

Sie sagte: »Sie können diese Verbrechen mit dem Tod oder mit Verbannung bestrafen – beziehungsweise Gnade walten lassen. Wie lautet Ihr Urteil?«

Ich trat vom Podest herab. Meine Schritte verursachten laute, knarzende Geräusche auf dem Steinboden, die in der Todesstille des Innenhofs widerhallten. Vor meinem Bruder angelangt, schaute ich ihm zum letzten Mal in die Augen.

Gnade kam nicht in Frage, das wußte er. Er erwartete den Tod, war darauf gefaßt.

Doch für einen Werwolf gibt es Dinge, die weit schlimmer sind als ein ehrenvolles Sterben. Vom Rudel abgeschnitten zu sein, ein Leben ohne Gefährtin, ohne Freunde, ohne Schutz oder Jagdpartner und ohne den schlichten Klang einer zum Gesang erhobenen Stimme verbringen zu müssen ... das Leben ist in solchen Fällen nur noch kurz, scheint aber eine Ewigkeit zu dauern.

Also zwang ich mich, mitleidlos und unüberhörbar das Urteil zu fällen: »Verbannung!«

Ich wandte mich von ihm ab, aber erst, nachdem ich die Genugtuung gehabt hatte, die Überraschung in seinem Blick zu bemerken. Damit hatte er nicht gerechnet. In dieser Situation hatte er nicht geglaubt, daß ich den Mut dazu aufbrächte.

Das Rudel brüllte seine Zustimmung heraus.

Als der Lärm nachließ, wandte sich Elise Tessa zu. Ich hatte gerade meinen Bruder zu einem langsamen, qualvollen Tod verdammt, aber bei ihr fehlte mir der Mut. Den Richtspruch zu äußern, der nun vor mir lag, war mehr, als durchzustehen man von einem Werwolf fordern sollte.

Aber mir blieb nichts anderes übrig.

Die Königin erhob ihre Stimme: »Tessa LeGuerre, Mensch, du wirst äußerst schwerwiegender Vergehen gegen ein Volk beschuldigt, das nicht dein eigenes ist. Du hast niemanden verletzt, sondern dein Bestes gegeben, als du vor eine Wahl gestellt wurdest, deren Tragweite du nicht überblicken konntest. Aber du hast das in dich gesetzte Vertrauen enttäuscht. Du hast eine Waffe auf diesen Grund und Boden gebracht und sie abgefeuert, also mit einem unserer Feinde gemeinsame Sache gemacht. Diese Dinge sind ebenso unbestreitbar wie unverzeihlich.«

Sie hielt einen Augenblick inne, um ihre Worte wirken zu lassen. Als Mensch sollte Tessa nicht dasselbe Recht zur Verteidigung bekommen, das man Denis eingeräumt hatte, und kein hier anwesender Werwolf würde für sie Partei ergreifen. Erst später kam mir der Gedanke, daß sie dies womöglich nicht recht verstanden hatte und bei erstbester Gelegenheit etwas zu ihrer Verteidigung sagen würde. Aber der letzte Fall eines Menschen, der vor ein Werwolf-Tribunal gestellt wurde, lag schon Generationen zurück, und keiner von uns war wirklich auf das vorbereitet gewesen, was sich in jener Nacht abgespielt hatte. Vielleicht kann man uns aus diesem Grund Fehler und Versäumnisse nachsehen.

Oder aber es gibt Fehler, die einfach unverzeihlich sind.

»Ich überlasse das Urteil dem, dem du am meisten Schmerz bereitet hast, dem, der dich einst liebte und in unsere Mitte einführte.«

Elise wandte sich von ihrem Podest herab an mich. »Alexander, dieses Tribunal kann nicht über menschliches Leben entscheiden. Sie haben die Wahl zwischen Verbannung, Rehabilitierung oder Begnadigung.«

Es schien eine Ewigkeit zu dauern, bevor ich mich umdrehen und ihr ins Gesicht sehen konnte. In Wahrheit waren es höchstens ein paar Sekunden.

Und hier hatte ich, meine Tessa, mit der Nase und dem Mund ihres Vaters, ihren großen braunen Augen, die mich so oft bezaubert hatten ... da stand sie nun, zitternd in ihren nassen Kleidern, ihren dünnen, gebrochenen Arm an die Brust gebunden, mit aschfahlem Gesicht und unendlicher Hilflosigkeit. Wie konnte ich den Blick von ihr wenden? Wie konnte ich ihr böse sein?

Ich trat vor und sah auf sie herab. Die ganze Umgebung voller Gesichter, das Geräusch von tausend klopfenden Herzen und tausendfacher Atmung – all das registrierte ich plötzlich nicht mehr. Der Bruder, der mich verraten hatte, die Frau, die ich liebte, die Wut und die Leidenschaft, all das hatte sich verflüchtigt. Was blieb, waren nur Tessa und ich, die Erinnerungen und eine tiefe Traurigkeit beim Gedanken daran, wie es hätte sein können.

Ich hob meine Hand und berührte ihre kalte Wange. Eine tropfende Haarsträhne nahm ich von ihr und wickelte sie zum letzten Mal um meinen Finger. Wie unschuldig sie doch aussah, selbst jetzt noch. Wie vertrauensselig …

»Ach, *chérie*«, sagte ich sanft, »habe ich dich nicht gut erzogen, *wie*? Ich habe dich in die Geheimnisse unseres Wesens eingeführt, dich Kunst, Musik und Philosophie gelehrt. Du hast gelernt, deinen Standpunkt zu vertreten und deine Meinung zu sagen, und in der Tat hast du bei Diskussionen gegen die besten unter uns recht geschickt argumentiert.« An dieser Stelle lächelte ich fast, weil ich daran denken mußte, wie sehr sie mich stets amüsiert hatte und wie stolz ich auf sie gewesen war. Doch der Impuls zu lächeln verschwand augenblicklich, wenn er denn überhaupt vorhanden gewesen war. »Und jetzt …«, unwillkürlich wurde meine Stimme heiser, »habe ich dich auch noch gelehrt, mein Herz zu brechen.«

Effektiv hatte sie niemandem Leid zugefügt. Sie hatte nichts weiter getan, als ihrer ausgelieferten menschlichen Natur zu gehorchen. Ihre Schreie, das stimmte wirklich, hatten die Wächter auf den Plan gerufen, um Denis gefangenzunehmen; allein aus diesem Grund hätte mir das Rudel ihre Rehabilitierung vergeben. Es wäre für mich ein leichtes gewesen. Ich schaute in diese großen, flehenden Augen und wußte, wie leicht es gewesen wäre.

Meine Hand fiel herab, mein Kopf erhob sich. Mit lauter, klarer Stimme sprach ich es abermals aus: »Verbannung.«

Schock und Entsetzen sprangen aus ihren Augen, und ein Aufschrei wurde hörbar. Sie hatte Gnade von mir erwartet. Offensichtlich war selbst Elise überrascht, denn hatte sie nicht alles in ihrer Macht Stehende getan, um mir ein gefühlsmäßiges Urteil zu ermöglichen?

Aber Tessa hatte mich verraten, und, schlimmer noch, das Leben der Person in Gefahr gebracht, die ich liebte. Ich konnte ihr nie wieder vertrauen – wandte mich von ihr ab.

Unter dem donnernden Beifall der Menge hörte ich Elise besorgt flüstern: »Alexander …« Und Tessa kreischte, wand sich in den Händen der Wächter, die sie festhielten, und schrie in meine Richtung: »Nein, das können Sie doch nicht tun! Verstehen Sie –

Sie können mich nicht einfach fortschicken! Alexander – ich liebe Sie und werde Sie immer lieben, verbannen Sie mich nicht in die Fremde!«

In diesem Augenblick fiel mir ein, daß sie sich immer schon vor nichts mehr gefürchtet hatte als davor, weggeschickt zu werden. Einen Moment lang drehte sich die Erinnerung wie die Klinge eines Messers in meiner Brust, bevor ich eine Hand hob, um ihr Geschrei abzuwehren. Dann machte ich auf dem Absatz kehrt.

Elise begann wieder zu sprechen. »Die Gefangenen werden auf einem Frachter der Familie Devoncroix in ein Land namens Alaska gebracht, wo keine Mitglieder unserer Art leben. Sie werden einen Tagesmarsch von der nächsten menschlichen Siedlung entfernt freigelassen. Der Mensch bekommt Verpflegung und Wasser für zwei Tage, Streichhölzer und dem Klima angemessene Kleidung ausgehändigt. Der andere erhält einen Mantel, in dem er sich verbergen kann. Sie werden heute nacht von diesem Ort weggeschafft und …«

Mehr hörte ich nicht. Den Blick stur nach vorn gerichtet, zwängte ich mich durch die Menge. Ich ließ den Innenhof, den Palast, das ganze Gelände hinter mir. Ohne mich zu verwandeln und ohne zu rennen ging ich und ging einfach unentwegt geradeaus, bis das Geräusch von Tessas Schluchzen in meiner Brust verebbte.

Fünfter Teil

Alaska

1898–1899

Nur in der Wildheit kann die Seele überleben.

Grigorij Antonow, Werwolf, 1237

Es gibt nur ein grundsätzliches Streben – das Streben nach Glück.

Denis Diderot, Mensch, 1782

Denis und Tessa

22

Denis' erste Reaktion, als er im Laderaum eines Schiffs mitten im Nordatlantik aufwachte, war absolutes Erstaunen. Man hatte ihn gleich nach der Urteilsverkündung mit einem Beruhigungsmittel versehen, was ihn nicht überraschte. Offenbar hatten sie ihn betäubt gehalten, bis das Schiff durch alle Häfen gelaufen war, um die Sicherheit der Mannschaft an Bord ebenso zu gewährleisten wie die der Menschen im Hafen. Und sie hatten gut daran getan. Bei der erstbesten Chance wäre er geflohen – im Falle eines Scheiterns hätte er zumindest soviel Schaden wie nur irgend möglich angerichtet.

Erstaunen. Das war das Letzte, woran er sich erinnerte, bevor man ihn aus dem Gerichtssaal geführt hatte. Seinen Plan hatte er auf Sieg gesetzt. Er war genial und leicht auszuführen – hätte daher problemlos gelingen müssen. Aber dank dieser unzuverlässigen Menschenfrau war er dennoch gescheitert. Verflucht noch mal!

Und obendrein gefangengenommen zu werden! Daß auch sein zweiter Plan gescheitert und er seinen Feinden in die Hände gefallen war, und das ausgerechnet wegen dieser Gans, die er aus dem Verlies befreite ... Und sie hatte den Auftrag so seelenruhig angenommen. Eigentlich müßte er schäumen vor Zorn, doch er empfand einfach nur ... Erstaunen.

Nein, nichts davon hatten seine Pläne vorgesehen, aber schließlich war keine wirklich große Unternehmung frei von Risiken. Zwar tat ihm das Scheitern weh, doch erwischt zu werden war noch viel schlimmer. Insgesamt hatte er sich darauf vorbereitet, für seine Sache zu sterben, und die einzige Herausforderung, die ihm in jedem Fall blieb, bestand in einem Tod mit Stil und Würde. Das konnte ihm keiner nehmen. Und doch hatte sein Bruder genau das getan. Sein eigener Bruder.

Danach machte das Erstaunen allerdings einer Wut Platz, die ein wildes Tier in einem Käfig packt; eine Wut, die aus tiefster Seele kommt und das Gehirn ausschaltet, eine Wut bis zur Weißglut, die alles vernichtet, was ihr in die Quere kommt, also tödlich ist. Es war genau jene grenzenlose, blinde Wut, die nur ein Wesen empfinden kann, das seiner eigenen Natur treu ist und die keiner Erklärung oder Rechtfertigung bedarf; sie war auf ihre Art erhaben, reinigend und befreiend. Sie trieb ihn an den Rand der Verwandlung, und hätte er nicht so stark unter Drogen gestanden, dann wäre es wohl geschehen.

Er umklammerte die Eisenstäbe des Käfigs, in dem er eingesperrt war, und zerrte daran, bis er selbst glaubte, das Geräusch sich biegenden Metalls zu hören. Zähneknirschend unterdrückte er das Heulen, das sich in ihm aufstaute, spannte seine Muskeln bis zum Äußersten an und drückte die Stäbe auseinander, bis ihm der Schweiß in Strömen über das Gesicht lief, sein Haar naß wurde und sein Blick verschwamm. Dann gab er auf und brach völlig ausgepumpt in einer Ecke des Käfigs zusammen.

Allmählich wurde er sich anderer Dinge bewußt, des Stampfens der Maschinen und des durchs Wasser gleitenden Schiffes. Die Gischt der hohen Wellen und den Geruch von Dieselöl nahm er wahr. Den Geruch von vielen, vielen Dingen, allesamt wenig angenehm: die aus Werwölfen bestehende Mannschaft, deren Blut offenbar aus Salzwasser bestand und deren Haut zäh wie Leder war; er konnte sie nicht ausstehen. Die hölzernen Frachtkisten, die Fracht von Wolle, Porzellan, Kerosin und Wein, von in Zeitungspapier verpacktem Glas und Uhrwerken aus Messing. Salz und tote Fische, sonnengebleichte Planken, Schimmel im Holz. Kaltes Meer. Trockenes Brot und Rattendreck. Sein eigener ungewaschener Körper und seine feuchten, modrigen Kleider. Menschliche Fäkalien, menschlicher Schweiß, menschliches Blut, menschliche Krankheit. Die Menschenfrau Tessa lag auf dem Boden eines Käfigs, der stark dem seinen ähnelte und eine Wolfslänge von ihm entfernt an der Wand befestigt war; sie beobachtete ihn durch zugeschwollene Augen, die wie die Augen einer Leiche wirkten.

Es war dunkel und staubig im Laderaum, in den einzig Licht durch die Spalten zwischen den Planken des Decks über ihnen fiel. Das Schiff aber war solide gebaut, deshalb gab es nur wenige solcher Spalten. Denis hatte mit seiner Sehschärfe im Dunkeln kaum Probleme, alles zu erkennen, was er wollte; aber er wußte, daß die Menschenfrau kaum mehr als Formen und Bewegungen ausmachen konnte. Wie ist das wohl, fragte er sich zerstreut, wenn man nicht einmal die Ratten sieht, bis sie einem die Zehen und Finger annagen? Hatte sie diese Unfähigkeit bereits in den Wahnsinn getrieben? Das hoffte er nicht. So billig sollte sie nicht davonkommen.

Er hörte das Rauschen des Meeres, die Stimmen und Bewegungen der Werwölfe auf dem Schiff, konnte beiden jedoch nichts Nützliches entnehmen. Wie viele seiner Art verspürte auch Denis eine instinktive Abneigung gegen große Wassermassen, die ihre Ursachen sowohl in Aberglauben als auch in praktischen Überlegungen hatte; also war ihm jeder verdächtig, der die See nicht nur ertragen konnte, sondern sich auf ihr auch noch wohl fühlte. Die ständigen Winde brachten die Witterung durcheinander, und der Ozean tat das Seinige dazu. Das akustische Chaos von Strömungen und Wellen, das Spritzen und Donnern des Wassers war eine nie endende Geräuschkulisse, die Herzschläge überdeckte und Geflüster unverständlich machte. Was sollte man unter solchen Umständen von seinen eigenen Sinnen halten? Die mächtige Königin hätte sich keine schlimmere Strafe für ihn ausdenken können, als ihn für Wochen oder gar Monate seines Wegs ins Exil auf dieser feuchten Hölle treiben zu lassen. Denis fragte sich, ob er vielleicht selbst dem Wahnsinn nahe war.

Im nächsten Augenblick fiel ihm wieder die Menschenfrau ein, und er drehte sich abrupt zu ihr um. Sie hatte sich nicht bewegt, und ihre Augenschlitze waren noch immer auf die Stelle fixiert, wo er sich befand.

»Wie lange?« fragte er.

Sie schwieg.

»Wie viele Tage sind wir schon unterwegs, Menschenmädchen?« wiederholte er schroff, aber erhielt noch immer keine Antwort.

Sie war krank, er wußte das, und sehr schwach, doch sie atmete noch. Es erfüllte ihn mit einer guten Portion Schadenfreude, sich die Schmerzen vorzustellen, die sie gehabt haben mußte, sobald die Wirkung des Betäubungsmittels für ihren verletzten Arm nachgelassen hatte und man sie in dieses enge, finstere Loch zu den Ratten geworfen hatte. Wie sie gegen den Schmerz angekämpft und in der Dunkelheit geschrien haben mußte, bis sie so schwach war, daß sie sich willenlos vom Seegang des Schiffes zwischen den Gitterstäben hin und her werfen ließ ... weinend, um Erlösung von den höllischen Schmerzen wimmernd und schließlich in halbe Bewußtlosigkeit fallend, in der sämtliche Alpträume sie quälten, die Menschen in den tiefsten Tiefen ihrer Verzweiflung überfielen. Er roch noch immer das Fieber an ihr und überlegte, ob sie wohl sterben würde. Und wieder hoffte er auf das Gegenteil.

Plötzlich flüsterte sie: »Ich weiß es nicht. Ich weiß nicht, wie lange wir unterwegs sind.«

Dann schloß sie die Augen und sprach lange kein einziges Wort mehr.

Die Seeleute kamen einmal täglich, um ihnen Essen und etwas zu trinken zu bringen und ihre Eimer mitzunehmen, was Denis in die Lage versetzte, das Verrinnen der Zeit zu messen. Er versuchte gar nicht erst, sie in ein Gespräch zu verwickeln oder sie gar um Hilfe zu ersuchen; es wäre auch Zeitverschwendung gewesen. Ebensowenig versuchte er zu fliehen, denn selbst wenn er in der Lage gewesen wäre, jedes einzelne Mitglied der Mannschaft zu überwältigen und ganz allein das Schiff zu steuern, hätte er, keinen Hafen anlaufen können, wo er weniger ein Ausgestoßener wäre als in Alaska. Das stand fest, und diese Tatsache zu verdrängen oder etwas daran ändern zu wollen bedeutete höchstens einen weiteren, unsinnigen Kraftaufwand.

Das Leben, das er gekannt und die Zukunft, die er sich vorgestellt hatte, waren nun auf Nimmerwiedersehen verschwunden. Vielleicht würde er eines Tages ja eine Möglichkeit finden, das alles neu zu erlangen, aber ganz bestimmt nicht auf diesem Seelenverkäufer.

Da es kaum praktikabel gewesen wäre, genug Nahrung mitzuführen, um eine ganze Mannschaft von Werwölfen wochenlang zu ernähren, wurde der Speiseplan mit zusätzlichen Eiweißrationen angereichert – kleine Tafeln aus Seetang und getrocknete, in geschmacklose Laibe gepreßte Tierteile. Denis bekam täglich einen dieser Laibe, was gerade zum Überleben reichte. Tessa erhielt einen noch fürchterlicheren Fraß, der aus Brot bestand, das in jeder Art von Haferschleim- oder Mehlsuppe, Brühe oder Fett, Reste aus der Kombüse, eingeweicht war. Doch so sehr ihn ihr Essen auch ekelte, gierte Denis doch immer mehr nach den Schüsseln, die sie unberührt stehenließ.

Seit Wochen hatte er sich gezwungen, seine menschliche Gestalt beizubehalten, und die Belastungen der Verhältnisse hier an Bord ließen ihm diese Zeit noch länger vorkommen. Seine Muskeln waren verkrampft, und er konnte nicht mehr schlafen. Es gab Zeiten, in denen er sich sehr zusammennehmen mußte, um sich nicht einfach in die Verwandlung sinken zu lassen, die er so dringend ersehnte; die Anstrengung, die ihn das kostete, war derart groß, daß er hinterher vor Schwäche zitterte, keuchte und schwitzte. Doch seine Wächter wußten nur zu gut, wie sie ihn gefügig halten konnten; sie gaben ihm gerade genug zu essen, daß er in menschlicher Gestalt am Leben blieb. Falls er sich aber in einen Wolf zurückverwandelte, eingesperrt und hilflos wie er war, dann würde er innerhalb kürzester Frist verhungern.

Eine schlimmere Folter gab es nicht: in diesem finsteren, stickigen Raum mit dem Geruch nach Mensch und Unrat eingesperrt zu sein – von Wasser und taub machenden Winden umgeben, zusehen zu müssen, wie die eigene Muskulatur infolge von Bewegungsmangel in einem Käfig verkümmerte, wo man sich nicht einmal zum Schlafen ausstrecken konnte; stets am Rand des Verhungerns und gezwungen, einen Teil der ihm gerade verbliebenen Energie darauf zu verwenden, diejenige Gestalt beizubehalten, die nicht seiner Natur entsprach. Werwölfe waren schon in geringfügigeren Nöten verrückt geworden.

Doch weder einer dieser Umstände noch alle zusammen machten den eigentlichen Grund seiner Qualen aus. In seinen wirren Träumen riß er Fleisch von Knochen, und fraß es roh und dampfend. Er jagte den Wind, rannte durch Bergbäche und witterte unbeweglich Tausende von Gerüchen, die sein Gehirn anregten und sich in seinem Fell festsetzten. Er sah den Sonnenschein und roch das Grün. Und als er erwachte, war der Schmerz des Heimwehs so intensiv, daß in seinen Eingeweiden Koliken entstanden. Aber auch das war nicht der Grund dafür, daß er im Schlaf aufschrie oder sich herumwarf und stöhnte in Alpträumen, denen er nicht zu entkommen vermochte. Die wirkliche Qual fraß Tag und Nacht an ihm und wurde zu einer Besessenheit, die ihn ganz und gar beherrschte, alles andere in den Hintergrund drängte: Warum war das passiert? Wie konnten seine Pläne scheitern?

Denis Antonow war zu Höherem geboren. Schon immer hatte er das gewußt. Aber erst gegen Ende seiner Jugend, als er sich mit dem Leben seines berühmten Vorfahren Mikal Antonow befaßte und es mit der Bedeutungslosigkeit seiner eigenen Familie von heute verglich, hatte er erkannt, in welche Richtung seine Größe tendierte. In Wahrheit aber spielte es kaum eine Rolle, um welche Sache es ging bei einem geborenen Führer. Daß die Bruderschaft des Verdunkelten Mondes seiner eigenen Lebensanschauung entsprach, war nicht viel mehr als ein glücklicher Zufall, der ihm eine gewisse Zahl von Anhängern bescherte. Ein Führer war nichts ohne ein Rudel. Aber kein Führer, so entschlossen er und sein Rudel auch sein mochten, konnte allein mit Wunschdenken seine Position behaupten. Er mußte mit Intelligenz, Phantasie, Weitsicht, Weisheit, Machtinstinkt und Willenskraft begabt sowie von einem Sinn für Gerechtigkeit, einem Gespür für das Unvermeidliche und einer Vision für die Zukunft erfüllt sein, mit einem Wort: Er mußte in der Lage sein, die Dinge richtig einzuschätzen.

Zuvor hatte Denis sich noch nie geirrt. Nie war ihm eines seiner sorgfältig ausgetüftelten Vorhaben mißglückt. Negative Folgen wogen immer sehr schwer; deshalb ging er keine unnötigen Risiken ein, brach nie alle Brücken hinter sich ab und stürzte sich nie, ohne sich zuvor gründlich informiert zu haben, in eine Unternehmung, aus der es kein Entrinnen gab.

Er haderte nicht etwa mit seiner Strafe, war ja tatsächlich gescheitert, an der Devoncroix-Königin und einer Menschenfrau; auf seine Kappe ging es, wenn seine Getreuen nun in alle Winde zerstreut oder die einzelnen Mitglieder wie Herdentiere eingefangen wurden, wann immer die Devoncroix Lust dazu verspürten. Seinetwegen würden Familien auseinandergerissen, Kinder den ganzen Winter über hungern müssen. Vielversprechende junge Werwölfe würden wegen ihm keine Lieder mehr lernen, die sie singen konnten. Er hatte ihre Zukunft auf dem Gewissen.

Keine Strafe konnte hart genug sein für ein derartiges Versagen. Aber nicht einmal zu wissen, *warum* ... nicht einmal deutlich die eigenen Fehler auszumachen, nicht genau zu wissen, welche Fehleinschätzung oder Fehlmeldung zum Sturz geführt hatte ... das war die wahre Folter und fast unerträglich.

In seiner ich-bezogenen Marter vergaß er Tessa fast völlig. Sie sagte nie auch nur ein einziges Wort, weder zu ihm noch zu den Seeleuten, die sie versorgten. Gelegentlich aß sie ein wenig von der Suppe, die sie ihr brachten, und trank ein wenig Wasser; dann wich der Geruch des Fiebers von ihrer Haut, so daß es schien, als würde sie vielleicht doch nicht sterben. Aber sie rührte sich kaum. Sie war leicht zu vergessen.

Und dann eines Tages, als die sich rückbildenden Muskeln so sehr schmerzten, daß der Klang seines eigenen heiseren Schreis und sein keuchender Atem ihn aus den Tiefen eines finsteren Alptraums rissen, begann sie plötzlich zu sprechen.

»Was haben Sie denn? Sind Sie krank?«

Denis schlang die Arme um die Knie, um sich gegen das Frösteln, das ihn überfiel, zu schützen, und preßte die Schultern in eine Ecke des Käfigs nahe der Wand, von wo ein wenig Wärme abstrahlte. Er trug noch immer dieselbe Kleidung, in der er verurteilt worden war – lediglich eine Hose und Baumwollsocken, ein Hemd und Schuhe, die er vor einem ganzen Leben am Flußufer zurücklassen wollte. Je mehr sein Stoffwechsel verkümmerte, desto schwerer fiel es ihm, seine normale Körpertemperatur aufrechtzuerhalten, und sein häufiges Frösteln war ein Zeichen dafür, daß es mit ihm bergab ging.

Barsch sagte er in seine Knie hinein: »Bedaure mich nicht, Mensch.«

Sie antwortete mit einer plötzlichen Wildheit, die ihn verblüffte. »Ich bedauere Sie nicht. Wenn ich die Möglichkeit dazu hätte, würde ich Ihnen die Adern aufschlitzen und mit dem größten Vergnügen Ihr Blut vom Boden auflecken.«

Lethargisch hob er den Kopf. »Tut mir leid, daß ich damit nicht dienen kann.«

Er roch die Reste in ihrer Schüssel, das Essen von fast drei Tagen. Das Wasser lief ihm im Mund zusammen. »Ich habe Hunger«, raunzte er.

»Freut mich.«

»Schieb mir deine Schüssel rüber.«

»Nein.«

»Du läßt mich also hungern, obwohl du was übrig hast?«

Darauf entgegnete sie nichts. Wahrscheinlich wurde sie allmählich schwächer.

Er setzte sich auf die andere Seite des Käfigs, um näher an sie heranzukommen. »Schieb deine Schüssel durch die Öffnung«, versuchte er es mit Überredung. »Laß sie dann so weit wie möglich über den Boden gleiten, damit ich rankomme.«

Sie bewegte sich in der Dunkelheit, und er sah, wie sie sich umdrehte und in seine Richtung blickte. Deutlich vernehmbar sagte sie: »Lieber sollen Sie in der Hölle braten.«

»Das Vergnügen, meine Liebe, werden wir beide bald haben«, erwiderte er geduldig. »Aber bis dahin stellt sich die Frage, ob du gar nichts von dem Mitgefühl in dir hast, für das die Menschen – meiner Ansicht nach ungerechtfertigterweise – berühmt sind?«

»Nein.«

Zum ersten Mal, seit man ihn in diesen Käfig geworfen hatte, vergaß er sein Elend so weit, daß ihn die Situation schon fast amüsierte. Er lehnte sich wieder gegen die Gitterstäbe zurück und vertagte sein Ansinnen vorübergehend.

Schließlich sagte er: »Du haßt den falschen Mann. Daß du hier bist, ist die Schuld deines geliebten Alexander, nicht meine. Ich hab' mich nur meiner Natur entsprechend verhalten. Er ist derjenige, der dich betrogen und verraten hat.«

Wieder schwieg sie einen Augenblick, um dann loszuprasseln: »Sie sind der Betrüger und haben sich gegen Ihren eigenen Bruder gestellt. Er hat Sie verehrt, hatte großen Respekt vor Ihnen. Und Sie haben es ihm mit einem Mordkomplott vergolten.«

»Ich soll der Verräter und der Betrüger sein? Aber nicht mein Bruder ist in einem eisernen Käfig auf kalter See eingesperrt!« Plötzlich machte es ihn wütend, daß er sich von ihr hatte provozieren lassen, und er befleißigte sich bewußt eines neutraleren Tonfalls. »Du bist ganz schön dumm, ihn nach allem, was er dir angetan hat, auch noch zu verteidigen.«

Sie sagte nichts. Natürlich hatte er recht.

Er aber konnte die mit Mißverständnissen angefüllte Stille nicht länger ertragen, weil sie ihn fast so sehr ärgerte wie ihre Worte. »Ich habe Alexander geliebt, wie du es nie verstehen wirst. Alles war nur aus Liebe zu ihm ... deshalb tut mir sein Verrat so weh.«

Tessa erwiderte: »Sie wollten die Königin für sich, aber die hat sich in ihn verliebt. *Deswegen* hassen Sie ihn so.«

Ein unartikulierter Laut der Verachtung ertönte. »Wie einfach die Dinge in deiner engstirnigen menschlichen Welt doch sind! Dieses dumme Weib ist mir völlig egal, und ich hätte sie getötet, wenn ich die Chance dazu gehabt hätte. Es ging wirklich um wichtigere Dinge als um die Romanze eines kleinen Mädchens, das zufällig Königin geworden ist.«

In ihrem Käfig erfolgte eine Bewegung, denn er hatte ihr Interesse geweckt. Er war froh, diese Worte ausgesprochen zu haben, denn es schmeckte süß, sie zu verletzen. »Du hast meine Absichten schon richtig eingeschätzt. Es stimmt, daß ich die Menschen ausrotten möchte oder zumindest neunzig Prozent von ihnen, denn einige brauchen wir wohl noch als Dienstpersonal. Wenn es mir gelungen wäre, das Rudel zu übernehmen, dann wäre das mein Hauptziel gewesen, und das wird es auch wieder, wenn ich hier rauskomme.«

»Aber als Sie Alexander erklärten, Sie wollten Gefährte der Königin werden ...«

»Das war nur eine Herausforderung, um seine Loyalität auf die Probe zu stellen.«

»Sie hatten also von Anfang an vor, sie zu töten.«

»Natürlich.«

»Und Alexander?«

»... hat seine Wahl getroffen. Er wußte, womit er rechnen mußte, falls er sich gegen mich stellte; ich wäre übrigens mit ihm nicht anders verfahren als er mit mir.«

In aller Ruhe bestätigte sie: »Dann sind Sie genau so schlecht, wie ich dachte.«

Er kniff in der Dunkelheit die Augen zusammen, um ihr Gesicht besser zu erkennen. »Ich bin ein Werwolf«, sagte er. »Nicht mehr und nicht weniger. Du tätest gut daran, das nicht zu vergessen.«

Dann fügte er noch hinzu: »Und ich glaube, du mußt mittlerweile zugeben, daß ich gar nicht so falsch liege. Deine Spezies und meine kommen am besten zurecht, wenn sie voreinander Abstand wahren. Wenn du nicht die Trennlinie zwischen unserer Welt und deiner überschritten hättest, wäre diese ganze Tragödie vermeidbar gewesen.«

Mit gedämpfter Stimme, die weniger energisch klang als noch einen Augenblick zuvor, erwiderte sie: »Sie wurde ja abgewendet.«

Das kam unerwartet. »Was?«

»Sie wollten, daß ich meinen Freund und Ihre Königin ermorde. Sie wollten, daß ich Alexander verrate, den ich liebte. Wenn ich das getan hätte, wäre es eine Tragödie geworden. Aber ich habe es nicht getan.«

»Mach dich nicht edler, als du bist! Du warst doch ganz verrückt vor Eifersucht. Indirekt hast du mich doch gebeten, dir bei der Planung deiner Rache behilflich zu sein. Dein Fehler war nur, daß du nicht richtig zielen konntest. Das bezeichne ich als die Tragödie!«

Aber im selben Augenblick erinnerte er sich daran, wie sie mit seltsam stolz erhobenem Kinn gesagt hatte: »Wie kommen Sie darauf, daß ich *versehentlich* daneben geschossen habe?« Eine schauerliche Kälte breitete sich in seinem Magen aus. Konnte die Sache so einfach sein? War *das* vielleicht sein Fehler gewesen?

Sie wissen gar nichts über uns …

»Neugierig bin ich ja schon. Warum hast du die Wachen gerufen? Tu mir den Gefallen und erzähl's mir! Warst du vielleicht so dämlich, dir einzubilden, sie würden dich zum Dank für deine Mithilfe bei meiner Ergreifung verschonen?«

Wieder bewegte sie sich in der Dunkelheit und legte sich in ihrem Käfig nieder, den Kopf auf den Ellbogen gestützt. Er dachte schon, sie wolle nicht mehr reden. Gleichzeitig aber war er auf ihre Antwort sehr gespannt.

Dann murmelte sie: »Nein. Deswegen habe ich es nicht getan.«

»Weswegen dann?«

»Weil ich wußte, daß Sie Alexander nicht am Leben lassen würden. Wenn Sie entkommen wären, hätte Ihr Bruder dran glauben müssen. Also konnte ich nicht zulassen, daß Sie entkamen.«

»Du sagst jetzt, was dir gerade in den Kram paßt, um dein Gewissen zu entlasten. Aber als du die Waffe in die Hand genommen hast, warst du fest entschlossen und wolltest töten.« Tessas Stimme wurde dünn, geschwächt von der Anstrengung. »Ich bin zum Palast gegangen, um sie zu warnen. Ihre Spione hätten Ihnen das mitteilen müssen. Äußerlich tat ich so, als würde ich bei Ihrem verrückten Plan mitspielen – weil mir keine andere Möglichkeit eingefallen ist, Sie am Töten zu hindern. Ich wußte, daß bei einem Schuß das ganze Rudel alarmiert und man Sie aufhalten würde.«

Ungläubig starrte er in die Dunkelheit. »Das hast du getan? Für einen Mann, der dann deinen Arm in hundert kleine Splitter brach und dich mitten im Meer aussetzte?«

In ihrer Stimme lag ein Frösteln, Angst und unterdrückte Tränen. »Er hat das nicht verstanden, hat es falsch gedeutet. Elise wird es ihm erklären, und dann holt er mich zurück.«

Denis fand ihr blindes Vertrauen so unglaublich, daß es ihn einigermaßen empörte. »Niemand wird dich holen, du dummes Ding!« schrie er sie an. »Du bist auf einem Schiff tausend Meilen von zu Hause entfernt, und niemand kommt dir nachgefahren! Die Königin war froh, dich endlich los zu sein, kapierst du das nicht? Du hast dein Leben für nichts und wieder nichts geopfert!« Sie verstummte endgültig, und der seelische Schmerz, den er an ihr witterte, vermittelte ihm keinerlei Befriedigung.

Er hatte seine Antwort bekommen und haßte sie dafür. Eine Schlacht zu verlieren war schon schlimm genug. Aber sich von seiner Unterschätzung des Feindes besiegen zu lassen … das war geradezu ungeheuerlich. Das Menschenmädchen besaß ein anderes Format, mehr, als er ihr zutraute. Da lag der Fehler in seinem Plan …

Die ganze Angelegenheit nahm ihn mehr mit, als er sich eingestehen wollte, und so mied er weitere Gespräche mit ihr, um nicht noch mehr unerwünschte Wahrheiten zu erfahren. Was das Essen anging, so gab sie seinem Drängen nie nach; im Gegenteil schien sie sich zu zwingen, selbst mehr zu essen, während er immer schwächer wurde – fast so, als täte sie es ihm zum Tort. Auf diese Weise wurde der Mythos vom menschlichen Mitgefühl abermals widerlegt.

Zumindest in dieser Hinsicht hatte er sich nicht in ihr getäuscht.

In Alaska gingen sie vor Anker, dort, wo der Norton Sound einen Arm des Beringmeers bildet, unweit einer Stadt namens Anvil

City. Die ›Stadt‹ war nicht viel mehr als ein Goldsucherlager, das im wesentlichen aus schlammigen Wegen, Zelten und habgierigen Glücksrittern bestand, die aus den Stränden und den Flußbetten gerade so viel des Edelmetalls herausholten, um nicht die Hoffnung auf mehr aufzugeben. Die Ankunft des Schiffes hatte sich schnell herumgesprochen. Weil sie das erwartet hatten, hatten die Seeleute Unmengen von Grundnahrungsmitteln mitgenommen, und innerhalb weniger Stunden entwickelte sich ein schwunghafter Handel mit Mehl, Bohnen und Kaffee, die hier den zehn- bis zwanzigfachen Preis brachten. Inmitten all der Aufregung wurden die beiden Gefangenen in aller Ruhe vom Schiff in die Wildnis verfrachtet.

Das heißt aber nicht, daß sie unbemerkt geblieben wären. Der Mann mit dem wilden Blick und dem langen, wirren Haar, dem nackten, gekrümmten, von wunden Stellen bedeckten Oberkörper und dem mühselig, schleppenden Gang, auf dessen Brustkorb sich jede Rippe einzeln abzeichnete, hätte selbst dann von sich reden gemacht, wenn seine Hände nicht hinter seinem Rücken gefesselt gewesen wären. Und die Frau konnte man, abgesehen von ihrem zerrissenen, schmutzigen Rock, kaum mehr als solche erkennen. Ihr Haar war verfilzt, ihre Augen eingefallen, und ihr Mund spannte sich so fest über die Zähne wie bei einer Toten. Sie hielt einen geschienten Arm unnatürlich angewinkelt und stolperte beim Laufen.

Die Goldsucher hörten zahlreiche Geschichten über das Paar: daß er eine Meuterei angezettelt habe und sie, seine Geliebte, die Frau des Kapitäns sei. Daß sie Mörder und aus den Vereinigten Staaten verbannt worden seien. Daß sie einfache blinde Passagiere seien. Das Gerede ging emsig weiter, nachdem die beiden auf Maultiere verladen und von vier stiernackigen, ungeschlachten Seeleuten in die Berge gebracht worden waren. Noch abenteuerlicher wurden die Gerüchte an den Lagerfeuern am nächsten Tag, als die Maultiere und die Seeleute zurückkehrten, aber ohne das seltsame Paar. Eine Stunde später lief das Schiff aus dem Hafen aus.

Die meisten Männer nahmen an, daß die beiden erschossen oder – falls ihre Henker weniger gnädig waren – einfach in der Wildnis ausgesetzt worden waren. Manche hatten bemerkt, daß sie keine nennenswerten Vorräte bei sich führten. Andere bedauerten den Verlust der Frau. Niemand schlug vor, in irgendeiner Weise einzugreifen, noch stellte man den Matrosen allzu hartnäckige Fragen. Dies war schließlich Alaska, das hinterste Ende der Welt, und kein Ort, wo Männer hinkamen, um Erklärungen abzugeben.

Außerdem wollte niemand mit dieser Mannschaft mehr Zeit verbringen, als absolut unvermeidlich war. Irgendwie hatten die Leute etwas Beunruhigendes an sich.

Ein Goldsucherlager war von Natur aus keine allzu enge Gemeinschaft, und so legte sich bald die ganze Aufregung um das Schiff, als die Kunde aufkam, ein weiterer Dampfer sei in Sicht. Vergessen waren damit auch die beiden Gefangenen.

Sei es wie es sei, im Urteilsspruch hatte es geheißen, daß sie einen Tagesmarsch weit von jeder menschlichen Siedlung weg gebracht werden sollten, was auch geschah – so weit, wie ein Werwolf in Menschengestalt, der ein Maultier führte, zwischen Sonnenaufgang und Sonnenuntergang an einem Spätsommertag im Nordwesten Alaskas laufen konnte. Mit jedem Atemzug reiner, nach grüner Natur riechender Luft fühlte Denis, wie er stärker wurde, klarer im Kopf und körperlich aufrechter. Ob er wohl einen weiteren Tag im Käfig an Bord des Schiffes überlebt hätte? Er wußte es nicht. Aber jetzt stand ohne den geringsten Zweifel fest, daß er überleben würde.

Mit den Beinmuskeln hielt er sich auf dem Maultier, während er sich umsah, und saugte das gewaltige Panorama um sich herum ein wie lebenspendende Kraftbrühe. Das Blau des Himmels machte ihn schwindlig, und das scharfe, borstige Grün turmhoher Tannen schmerzte in seinen Augen. Er roch das Wasser der Seen, Flüsse und Bäche sowie das heiße Blut von Elchen und Rentieren. Kaninchen hausten in ihren Löchern wie Ameisen in einem Nest, so daß er sie nur herauszuholen brauchte, und wilde Enten und Gänse warteten nur darauf, aus ihren leicht erreichbaren Nachtlagern gefischt zu werden. Er war so hungrig, daß er sich auf den Boden hätte werfen und sich den Bauch mit Gras hätte vollschlagen können wie Nektar. Aber er beherrschte sich; schließlich konnte er warten. Für all die Versprechen, die er mit jedem Atemzug einsaugte, konnte er das momentan Erforderliche ertragen. Die Tortur hatte bald ein Ende. Dies war keine Verbannung – sondern das Paradies.

Als er zu Tessa hinüberschaute, die sich verzweifelt auf ihrem mühsam dahintorkelnden Maultier festhielt, sah er das Entsetzen in ihren Augen und die Angst, während sie in die Endlosigkeit des Himmels starrte, die Wildheit des Raums und die Leere der wie neugeboren wirkenden Natur. Denis hätte am liebsten über diese Ironie des Schicksals laut gelacht, über diesen herrlichen Scherz, den das Schicksal mit dem verhängten Urteil bewirkt hatte.

Alexander nahm sicher an, die Verbannung würde für Denis ein weit schlimmeres Los darstellen als der Tod, während er es im Fall von Tessa zweifellos als Gnade betrachtet hatte, ihr Leben zu verschonen. Die Wirklichkeit sah nun ganz anders aus. Das Menschenmädchen konnte froh sein, wenn sie auch nur eine einzige Nacht in dieser Wildnis überlebte, während ein Werwolf ewig von der Überfülle des Landes zehren konnte. Ja, amüsant war das schon. Geradezu köstlich. Denis bedachte das Mädchen, das ihm ihre Suppe verweigert hatte, mit einem breiten Grinsen und hatte das Gefühl, daß sie den Grund dafür verstand. Rasch wandte sie den Blick ab.

Als der Himmel einen purpurnen Farbton annahm, erörterten die Seeleute kurz die Lage und hielten, unübersehbar erleichtert, an. Dann zogen sie Tessa von ihrem Maultier. Denis sprang locker herab und bewahrte trotz seines geschwächten Zustands und seiner gebundenen Hände problemlos das Gleichgewicht.

Einer der Seeleute schloß seine Ketten auf. Denis schüttelte seine Arme und rieb sich tastend die wundgescheuerten Stellen an den Handgelenken. Die Seeleute zeigten keinerlei Angst vor ihm – warum sollten sie auch? Er war viel zu schwach, um gegen die vier viel ausrichten zu können, und zu klug, um auf ein so sinnloses Unterfangen Energie zu verschwenden.

Einer nahm einen dicken, mit Schaffell gefütterten Wollmantel aus der Satteltasche seines Maultiers. »Dem Werwolf ist ein Mantel auszuhändigen, mit welchem er sich bedecken kann«, rezitierte er und überreichte Denis das Kleidungsstück.

Denis nahm es höflich an. Er hielt dem Blick des anderen Werwolfs stand. »Unter anderen Umständen hättest du mich angebetet«, sagte er. Und dann fügte er lächelnd hinzu: »Eines Tages tust du das vielleicht wieder.«

Der Seemann hatte Schwierigkeiten, seinen Blick abzuwenden, bevor er sich umdrehte und die übrigen Sachen aus der Tasche packte. »Der Mensch soll Nahrung und Wasser für zwei Tage erhalten, Streichhölzer und dem Klima angemessene Kleidung, die sie bereits am Leib trägt.«

Sie ließen zwei Beutel mit Wasser und ein in Ölpapier gewickeltes Päckchen Eiweißkonzentrat vor Tessas Füßen auf den Boden fallen. Dann ergriffen sie die Zügel der Maultiere und machten sich auf den Rückweg.

»Wartet!« schrie Tessa und hastete ihnen nach. »Laßt mich hier nicht zurück! Bringt mich zur Küste, dort wird ein Schiff kommen, laßt mich nicht zurück! Ich finde doch nie allein den Weg! So wartet doch!«

Einer der Matrosen drehte sich um und versetzte ihr einen harten Stoß, der sie niederwarf. Ob sie dabei das Bewußtsein verlor oder ihr einfach nur die Luft wegblieb – jedenfalls war sie plötzlich still, und die Seeleute zogen lachend ihrer Wege.

All das registrierte Denis nur an Rande, und es interessierte ihn nicht im geringsten. Er hatte bereits seine ganze Selbstbeherrschung dafür verbraucht, sich nicht noch in Gegenwart seiner Schergen zu entwürdigen und hilflos und voll bekleidet in seine natürliche Gestalt sinken zu lassen. Kaum aber hatten sie sich umgedreht, ließ er den Mantel von den Schultern gleiten und rannte ein paar Schritte weit, wobei er bereits an den Knöpfen seiner Hose fummelte.

Die Socken flogen zu Seite, und die Hose fiel in Lumpen von ihm ab. Splitternackt streckte er sich in der Abenddämmerung, schwach und hager, zitternd und bis zum Äußersten angespannt. Er hob seine Fäuste gen Himmel, warf seinen Kopf zurück und mit einem Urschrei überließ er sich der Verwandlung.

Freiheitstrunken und fast irre vor Hunger fiel er auf alle viere und rannte davon.

23

Tessa beobachtete ihn, mehr oder weniger unbeabsichtigt; während sie am Boden lag und aus Lungen keuchte, die nicht mehr willens schienen, Luft einzusaugen, während sie gegen das Dröhnen in ihren Ohren ankämpfte und gegen den Grauschleier vor ihren Augen, schaffte sie es schließlich doch, sich auf einen Arm zu stützen und ihn in ihr Blickfeld zu bekommen.

Er stand nackt vielleicht zwei Dutzend Schritte von ihr entfernt, und sein Körper hob sich strahlendweiß gegen den sich verdunkelnden Himmel ab, auch wenn seine Haut von Druckstellen und offenen Wunden entstellt war. Den Armen, die er zum Himmel hob, war wenig Muskulatur geblieben; er bestand nur noch aus Haut und Knochen. Sein Bauch war eingesunken, Rippen und Hüftknochen zeichneten sich deutlich sichtbar unter dem mageren Fleisch ab. Die verzerrten Sehnen seines Nackens, die bedenklichen Einbuchtungen in seinen Gesäßmuskeln, die Peitschenschnüren ähnelnden Adern und Sehnen an seinen Waden – das alles waren die äußerlichen Kennzeichen des Verhungerns, und Tessa zuckte erschrocken zusammen.

Aber sie hatte vergessen, daß er ja kein Mensch war.

Er warf seinen Kopf zurück, hob seine Fäuste, und sein Körper begann zu zittern; sie sah sein scheinbar angstverzerrtes Gesicht, bis sie merkte, daß es gar nicht Angst war, sondern reiner Triumph. Sie fühlte es in der Luft, in seiner Anspannung; sie sah es im Lichtschein und im Pulsieren seines Blutes. Ihre Seele öffnete sich, als er mit einem Schrei, der ihr wie ein Messer ins Ohr drang und im Zwielicht widerhallte, den Zauber vollzog.

Tessa fiel nach hinten und warf eine Hand hoch, um sich die Augen zuzuhalten, denn sie wollte das nicht sehen, nicht hier und nicht jetzt; sie konnte es nicht ertragen. Aber es war bereits zu spät und ihr unmöglich wegzuschauen. So mußte sie hilflos mit ansehen, wie Denis Antonow, dieser Mörder, Betrüger und verrückt gewordene Usurpator in den Himmel griff und in einer Herrlichkeit badete, die er nicht verdiente, um anschließend als die prächtigste Kreatur vor ihr zu erscheinen, die je auf unserem Planeten wandelte.

Feuerrot stand der Wolf vor dem Sonnenuntergang, struppig und langgliedrig mit eisblauen Augen. Tessa hätte eigentlich um ihr Leben fürchten müssen, aber sie konnte ihn nur anstarren in lauterem Erstaunen und dem bitteren Gefühl der Ungerechtigkeit. Er ließ sie links liegen, streckte sich und rannte los, seine Freiheit genießend – der reinste Hohn für sie.

Das war der Augenblick, als die Einsamkeit Tessa traf wie ein vergifteter Pfeil, der eine lange Strecke bis zu seinem Ziel zurückgelegt hatte; sie drang in ihr Herz und verbreitete ihren eisigen Schmerz Zentimeter um Zentimeter über ihren gesamten Körper. Nicht, weil Denis weg war. Nicht einmal weil, als sie sich mühsam aufrappelte und verzweifelt um sich blickte, sie keine Spur von den Seeleuten oder den Maultieren mehr entdeckte, die sie hierhergebracht hatten, geschweige denn, in welche Richtung sie gegangen waren. Es lag auch nicht an der endlosen Wildnis, die sie umgab, nicht an ihrer Fremdartigkeit und Abgeschiedenheit. Es kam daher, weil sie sich einen kurzen Augenblick lang während Denis' Verwandlung zurückversetzt fühlte in die Vergangenheit, zu Alexander. Erneut spürte sie den Zauber, und ihr wurde fast schwindlig vor Ehrfurcht, derer sie sich gleichzeitig schämte. Sie hatte das Wunder gesehen; sie hatte immer geglaubt, es sei möglich. Und hatte sich geirrt!

Das war die neue Erkenntnis durch Denis' Inszenierung. Es gab gar kein Wunder, keine großartige magische Zauberei, die diese Wesen hervorbrachte. Sie waren weder vollkommener noch geringer als sie selbst, sondern einfach nur anders. Und sie kannte sie in der Tat kein bißchen.

Aber um dieser Wesen willen, um der Liebe zu einer Person willen, die diese Andersartigkeit in sich trug, würde sie hier einsam und allein einen langsamen, grausamen Tod sterben. Bis zu jenem Augenblick hatte sie das noch nicht in seiner ganzen Tragweite erkannt. Es war vorbei. Niemand würde kommen, um sie zu retten. Alexander würde niemals seinen Fehler einsehen und seine Meinung ändern, denn schließlich war er kein Zauberer und konnte die Ereignisse nicht ungeschehen machen. Er war fort und sie allein – mit ihrer Angst vor dem Tod.

Dann begann sie zu weinen. Sie sank auf die Knie, wandte das Gesicht zum Himmel, schluchzte und schrie sich ihre Verzweiflung aus dem Leib; jedoch hörte niemand sie.

Die erste Nacht verbrachte sie auf dem Boden, in den Mantel gehüllt, den Denis zurückgelassen hatte, zu erschöpft und betäubt von ihren Gefühlen, um Kälte oder Unbequemlichkeit zu spüren. Als sie erwachte, war das Gras steifgefroren, und auf ihrem Mantel und ihrem Haar lag wie Puderzucker eine dünne Schneeschicht. Sie hustete. Sie versuchte, nicht weiter über die wilden Tiere nachzudenken, die in der Nacht über sie hätten herfallen können. Nicht einmal auf den Gedanken, Feuer zu machen, kam sie. Sie legte sich die beiden Beutel mit Vorräten über die Schultern und ging der Sonne entgegen, um nicht völlig auszukühlen.

Der Weg war beschwerlich und sie selbst sehr schwach. Als sie die störende Schiene abnahm, mußte sie feststellen, daß die Knochen ihres Arms auf der Reise schlecht zusammengewachsen waren. Verkürzte Bänder hatten ihr Handgelenk so verdreht, daß die Hand fast unbrauchbar geworden war. Ihr Arm schmerzte die ganze Zeit, und wenn sie ihn einmal unvorsichtig bewegte, erinnerte ein schlimmes Stechen sie daran, daß einige der Brüche noch nicht ganz verheilt waren. Sie brauchte lange, um mit nur einer Hand Holz für ein Feuer zu sammeln, und als es dunkel wurde, mußte sie sich ein notdürftiges Lager herrichten nahe eines Stapels von Holzstöcken und abgebrochenen Ästen, die sie warm halten sollten.

Später gelang es ihr, ein Feuer anzuzünden; sie zitterte aber vor den Schatten, die es warf und verbiß sich bei jedem neuen, furchterregenden Geräusch, das aus dem Wald kam, einen Schrei. Das waren Geräusche, wie sie sie noch nie gehört hatte: Grunzen und Knurren, das Fauchen von Wildkatzen, und als sie das Geheul eines Wolfs vernahm, sprang sie auf, wirbelte herum und starrte in die Finsternis – erst hierhin, dann dorthin, ohne sagen zu können, ob sie fürchtete oder ersehnte, was sie da entdecken würde. Doch keine blauen Augen funkelten sie aus der Dunkelheit an, keine Gestalt zeichnete sich als Silhouette im Mondlicht ab, und wenn Denis ihr Feuer gesehen hätte, wäre sein Geheul eine Warnung gewesen oder ein erbarmungsloser Spott, aber kein Gruß.

Falls die Stimme, die sie gehört hatte, tatsächlich die von Denis war.

Bei diesem Gedanken überkam sie neues Entsetzen, und sie drehte sich um zwanzig Grad weiter, starrte angestrengt ins Dunkel – bis sie etwas ganz Wunderbares erblickte. Das Licht von Laternen. Zwei, drei, und als der Wind die Zweige der Bäume bewegte, vielleicht sogar noch mehr. Das Licht von Laternen oder Feuern, oder vielleicht auch nur der Schein von Kerzen, in dem die Goldsucher bei Tagesende ihre Ausbeute begutachteten; es war gleichgültig. Das Zeltlager befand sich im Tal unter ihr, und jetzt wußte sie, in welche Richtung sie gehen mußte.

Tessa zerbrach sich nicht den Kopf darüber, was sie tun würde, wenn sie dort ankam, welche Verbündeten sie in jenen rauhen Männern wohl finden würde oder wie sie es in ihrer gegenwärtigen Lage schaffen konnte, an Bord eines Schiffes zu gelangen – falls der unwahrscheinliche Fall eintrat, daß tatsächlich wieder eines vor Anker ging. Ihre Seele war ebenso geschunden wie ihr Körper, und logisches Denken hatte in diesem wilden Land keinen Platz. Wie alle Ausgestoßenen hatte sie nichts anderes im Sinn, als die Nähe von Wesen ihrer eigenen Art zu suchen.

Sie verbrachte die Nacht damit, Holz ins Feuer nachzulegen, um die wilden Tiere abzuhalten, und zwang sich bei Sonnenaufgang dazu, einige der geschmacklosen Eiweißtafeln zu essen, die ihr die Seeleute hinterlassen hatten. Gut, daß die Männer zu ihrem, Tessas, Glück offenbar ahnungslos waren, wieviel ein Mensch für zwei Tagen zu essen brauchte; so hatten sie ihr weit mehr gegeben als erforderlich.

Der Morgen war feucht und bitterkalt, aber es schneite nicht mehr, und ihr Husten wurde ein wenig erträglicher. Sie löschte das Feuer und lief den Hang hinunter, dorthin, wo sie die Lichter gesehen hatte.

Schon bald merkte sie, daß sie einem Bachbett folgte, das zum Lager und schließlich zum Meer führte. Später wurde ihr klar, daß sich ihr Weg aus genau diesem Grund mit dem von Denis kreuzte; denn trotz seiner Fähigkeit, bei der Jagd ein großes Gebiet zu durchmessen, hielt ihn das Wasser in ihrer Nähe. Wenn Tessa an Wasser dachte, so überlegte sie sich allenfalls, die schweren Wasserbeutel zurückzulassen, die auf ihren Schultern schmerzten und ihr Vorwärtskommen behinderten. Sicher würde sie bis Sonnenuntergang im Lager sein. Ganz bestimmt. Aber da sie sich auf nichts mehr verließ, am allerwenigsten auf ihr eigenes Urteilsvermögen, schleppte sie das Wasser doch weiter mit.

Ungefähr eine Stunde war sie unterwegs, als sie den Schrei hörte, der ihr durch Mark und Bein ging. Abrupt blieb sie stehen, und einen Augenblick lang – einen aberwitzigen Augenblick lang, der ihr Herz stillstehen ließ – dachte sie, er käme von einem Menschen.

Sie drehte sich in die Richtung, aus der er laut geworden war; ihr Herz klopfte, ihr Inneres zog sich zusammen, und dann hörte sie es wieder – nur diesmal deutlicher, durchdringender, erkennbar als der Schrei eines Tieres, das schreckliche Schmerzen litt. Es war nah, so nah, daß sie eine Gänsehaut bekam und ihr das Blut in den Adern gefror.

Dann ging sie weiter, schneller sogar, und wieder gellte es in ihren Ohren. Es war hier, unmittelbar hinter dem kleinen Bestand an Fichten zu ihrer Linken. Ginge sie geradeaus weiter, würde sie daran vorbeigehen; schwenkte sie aber nach links ...

In ihr war gerade noch genug Menschlichkeit übrig, um sie zu bewegen, sich durch das hohe Gras nach links zu schlagen, vorbei an den im Schatten liegenden Fichten, wo der Nebel sich hob, und vorsichtig ins Unterholz nahe dem Bach einzudringen.

Da lag er, der große rote Wolf, mit glänzenderem Fell und besser genährt, als sie ihn zuletzt gesehen hatte, aber offenbar Qualen leidend. Seine Brust hob und senkte sich unter raschen, keuchenden Atemzügen. Die wilden blauen Augen ließen das Weiße erkennen, als er sie auf sie richtete. Sein rechtes Hinterbein steckte in einer stählernen Falle.

Er hatte eine Menge Blut verloren. Die Laute, die er ausstieß, drangen ihr in die Seele. Sie stand nur da und schaute eine ganze Weile.

»Wer hätte das gedacht, mächtiger Werwolf«, sagte sie schließlich leise, »der Großartigste eurer ganzen Art, am Ende besiegt von einem Stück Stahl und einer Feder aus Menschenhand.«

Sie hatte das Gefühl, jetzt lächeln zu dürfen; Alexander hätte das sicher getan. Denis ebenso. Aber sie brachte es nicht fertig. Sie sah ihn noch einen Moment an, drehte sich dann um und ging.

Die Sonne hatte den Nebel schon fast bezwungen, als sie zurückkehrte. Er war schwächer geworden, das Blut um die Wunde geronnen und in den Boden gesickert. Seine Atmung ging schneller und flacher, die Augen waren geschlossen. Tessa kam immer näher. Da er sich nicht bewegte und sich nicht einmal anmerken ließ, ob er sie überhaupt bemerkte, wagte sie es, sich neben ihm niederzuknien. Dort verharrte sie, die Hände um die Knie, bis seine Augen sich einen Schlitz weit öffneten.

»Sie möchten jetzt vielleicht wissen, warum ich das tue«, sagte sie bewußt deutlich. »Die Antwort lautet: weil Sie das für mich *nicht* tun würden.«

Das war nicht die ganze Wahrheit. Den Rest hätte sie sich nicht einmal selbst eingestanden. Sie nahm die obere Klemmbacke der Falle in ihre gesunde Hand und drückte die untere mit einem Fuß auf den Boden. Langsam und mit größter Mühe zog sie die Falle auseinander.

Ein leises Knurren drang aus seiner Kehle, und er fletschte die Zähne. Auf Tessas Stirn bildeten sich Schweißperlen, ihre Oberschenkelmuskulatur zitterte angesichts der ungewohnten Haltung. Als die scharfen Zähne der Falle sich aus seinem Fleisch hoben, öffnete sich die Wunde erneut, und er fauchte so böse, daß sie fast losgelassen hätte. Endlich gelang es ihr, das Oberteil der Falle ein paar Zentimeter über dem Bein hochzuheben, und keuchend stieß sie hervor: »Machen Sie zu! Sie müssen sich schon selbst befreien – lange kann ich das nicht mehr halten!«

Mit einem kräftigen Ruck riß er sich heraus, sein gebrochenes Bein hinter sich herschleppend. Tessa hatte kaum ihren Fuß losgelassen, als ihre Armmuskeln plötzlich erlahmten und die Backen der Falle zuschnappten. Erschöpft fiel sie auf sie, und als sie wieder hochsah, war Denis ins Unterholz verschwunden.

Sie suchte kurz mit den Augen das Dickicht nach ihm ab, unternahm aber keine weitere Anstrengung, ihn zu finden. Nachdem sie wieder zu Atem gekommen war, wischte sie sich mit schmerzender, noch immer zitternder Hand den Schweiß aus dem Gesicht und schrie: »Nichts zu danken!«

Dann nahm sie ihre Bündel wieder auf und ging weiter ihres Weges.

Sie kam nicht sonderlich schnell voran. Immer wieder blickte sie umher, denn sie zweifelte, ob die Richtung noch stimmte. Das Gras war hoch und das Unterholz stellenweise undurchdringlich; bisweilen mußte sie umkehren und einen Bogen schlagen. Einmal hörte sie den Schrei eines Raubtiers, der ihr eisige Schauder über den Rücken jagte.

Endlos war sie schon unterwegs, als sie Aasfresser mit gewaltiger Flügelspannweite über sich schweben sah. Weit konnte sie also nicht gekommen sein. Sie blieb stehen und beobachtete sie eine Zeitlang – trotz des Sonnenscheins fröstelte sie bei ihrem Anblick.

Sie brauchte fast den gesamten Rest des Tages, um ihre Spuren zurückzuverfolgen und herauszufinden, wo Denis sich versteckt hielt. Noch immer in Wolfsgestalt, war er unter die tief herabhängenden Zweige eines dichten Busches mit stachligem Laub gekrochen, wo er sich einen gewissen Schutz vor Raubtieren versprach. Sein Atem ging schwer und schnell, seine Augen waren geöffnet, aber glasig. Fliegen surrten um das geronnene Blut auf seinem Bein. Falls er Tessa überhaupt registrierte, ließ er sich das nicht anmerken, und sie zog sich stumm wieder zurück.

Sie brachte ihm Wasser in einem Stück gebogener Rinde und stellte es vor ihn, zusammen mit einigen der Eiweißplatten ihrer Ration. Als die Schatten länger wurden und sie sah, wie sein Atem in der Luft dampfte und es ihn krampfartig schüttelte, kroch sie so dicht heran, wie sie sich traute, und warf ihm seinen Mantel über.

Unermüdlich sammelte sie abgesplitterte Zweige und tote Äste, und als die Nacht hereinbrach, hatte sie genug beisammen, um ein Feuer zu entzünden, das groß genug war, um wilde Tiere auf Distanz zu halten und warm genug, daß sie auch ohne seinen wärmenden Mantel hin und wieder einnickte.

Als sie erwachte, kauerte er ihr gegenüber am fast erloschenen Feuer und legte Holz nach. Mit Mühe unterdrückte sie ihren Schrecken und krabbelte auf allen vieren davon, bis sie sich mit ihrem Rock verhedderte und keuchend liegenblieb. Nicht einmal sah er hoch zu ihr.

Das orangeblaue Flackern des Feuers glättete auf groteske Weise sein Gesicht, so daß man seine eingefallenen Wangen und seine dunkel umrandeten Augen kaum wahrnahm. Er hielt den Mantel mit der einen Hand fest um seine Schultern geschlungen, während die andere Hand, die Äste ins Feuer warf, noch ein wenig bebte. Sein verletztes Bein, das er von sich streckte, war zwischen Wade und Knöchel gut auf das Doppelte seiner normalen Dicke angeschwollen und sah unter den Streifen verklumpten Blutes aus wie dunkel marmoriert. Doch die Wunden, die die scharfen Zähne der Falle geschlagen hatten, waren nur noch bläuliche Einkerbungen, die Knochen völlig gerade.

Er stocherte im Feuer, bis Funken sprühten und die Flammen aufloderten; dann warf er das letzte Stück Holz hinein. Nun stützte er sich mühsam auf einen Arm und lag in dieser Stellung eine Zeitlang reglos und schwer atmend da.

Schließlich flüsterte er sehr leise, als koste ihn das mehr, als es die Mühe wert war: »Warum bist du zurückgekommen?«

Tessa näherte sich langsam wieder dem Feuer und bedachte ihn mit einem mißtrauischen Blick. Sie reckte ihre Hände nach den Flammen. Einige Zeit später antwortete sie: »Ich hab' die Vögel gesehen. Und dann hab' ich mich gefragt ..., ob Sie stark genug sein würden, um sich vor den Gefahren der Nacht zu schützen.« Und dann fügte sie langsam und sanft, beinahe zu sich selbst, hinzu: »Weil es wirklich vorbei wäre, wenn Sie sterben würden ... es gäbe gar nichts mehr, was mich an die Ereignisse in Frankreich erinnerte, keinen Beweis mehr für die Wahrheit all dessen. Es gäbe nichts, was erklären würde, warum ich hier bin.«

Denis schwieg, doch sie sah, wie seine Augen sie aus dem Schatten musterten. Das Feuer knisterte und die Flammen tanzten; schließlich schlossen sich seine Augen, er schlief ein.

Als der Himmel im Vorspiel zur Morgendämmerung allmählich indigoblau wurde, lief Tessa so weit, bis sie das Tal sehen konnte und den schwachen Lichtschein eines Lagerfeuers, das ein Frühaufsteher zum Kaffeekochen entfachte.

Sie ließ Denis das Bündel mit den Eiweißtafeln und füllte am Bach ihre Wasserbeutel auf. Vor Einbruch der Dunkelheit wollte sie wieder bei ihren Artgenossen sein und würde die Nahrungsmittel nicht mehr brauchen.

Erneut folgte sie dem Bach, und diesmal gab es keine Hindernisse. Die Sonne schien, und obwohl die Luft kalt war, ging kein Wind, so daß sie auch ohne Denis' Mantel nicht fror. Sie trank das ganze Wasser aus ihrer Feldflasche.

Als der Abend dämmerte, bildete sich in ihrem Magen ein kleiner Knoten der Angst. Was war, wenn sie doch die falsche Richtung verfolgt hatte? Was, wenn das Lager weiter entfernt war, als angenommen? Sie hatte die Streichhölzer bei Denis gelassen, in den Taschen seines Mantels. Was sollte sie tun, wenn es dunkel würde und sie in dieser Wildnis allein wäre ohne Feuer?

Endlich roch sie den Rauch eines Holzfeuers, und ihr wurde ganz schwach vor Erleichterung. Die Richtung stimmte. Das Lager war nicht mehr weit.

Sie beschleunigte ihre Schritte und bahnte sich einen Weg durch das Unterholz auf die Lichtung zu, die sich in der Ferne abzeichnete. Hastig durchquerte sie den flachen Bach; doch als sie das ansteigende Ufer auf der anderen Seite hochkrabbeln wollte, rutschte sie aus und landete hart auf den Knien.

Schwere Hände fielen auf ihre Schultern und zogen sie in den Stand. Schon wollte sie losschreien, denn ihre anfängliche Erleichterung verwandelte sich rasch in nackte Angst, als sie in die bärtige, tabakfleckige Visage eines Mannes starrte.

Er grinste und bleckte seine gelben, abgebrochenen Zähne. »Na so was«, meinte er, »wen haben wir denn da?«

Tessa versuchte sich loszureißen, doch er hatte sie fest im Griff. Sie keifte: »Lassen Sie mich los!« und trat nach ihm, doch er lachte nur.

Ein zweiter Kumpan trat aus dem Schatten, dann ein dritter.

Tessa begann zu schreien.

24

Der Hunger war es schließlich, der Denis den Abhang hinuntertrieb. Hunger – ein in seinem früheren Leben ihm praktisch unbekannter Zustand – war nun zu der Achse geworden, um die sich seine Welt drehte. Alle seine Wege bestimmte das Trachten danach, den Hunger zu stillen. Er war zum Sklaven seines Überlebenskampfes geworden.

Als er zum ersten Mal dieses wilde Paradies durchstreift hatte, war er überwältigt gewesen von seiner Schönheit. Hier gab es

Beute genug für hundert Werwölfe, ein gewaltiges Rudel, und er verstand nicht, warum sich nicht längst Mitglieder seiner Spezies hier angesiedelt hatten. Hier konnte man sein ganzes Leben in Wolfsgestalt verbringen, hatte er gedacht, ohne sich jemals über so etwas wie Hunger Gedanken machen zu müssen; man konnte, ungehindert von Zäunen, rennen und jagen und nach Herzenslust fließendes Wasser aus kristallklaren Bächen trinken. Hier, wo die Menschheit noch kaum vorgedrungen war, ließe es sich als Werwolf wie ein König leben. Ein ganzes Rudel konnte von hier aus die Welt regieren.

In diesem Moment begriff er erstmals, daß sein Leben keineswegs vorbei war. Im Gegenteil, es hatte gerade neu begonnen, und vor ihm tat sich eine Zukunft auf, von der er nie zu träumen gewagt hätte.

An jenem ersten Tag nach seiner Freilassung durch die Seeleute hatte er sich an einem erbeuteten Hirsch gütlich getan; er fraß sich satt, und als sein ausgemergelter Körper alles verschlungen hatte, tötete er erneut, schnell und mit spielerischer Leichtigkeit – und fraß, bis er nicht mehr konnte. Ausschließlich nach dem Instinkt lebend, halb betrunken vor Schlemmerei, dachte er in seiner Wolfsgestalt nicht weiter als bis zur nächsten Beute, dem nächsten genüßlichen Trank kalten Wassers, dem Lauf, der seine Muskeln stärken und seinem Geist guttun würde. Er hätte ewig so weiterleben mögen.

So kam es ihm vor wie eine bittere Ironie des Schicksals, daß an diesem, von der menschlichen Zivilisation entfernten Ort ausgerechnet er, ein Herrscher der Wildnis, einer der primitivsten Erfindungen des Menschen zur Unterwerfung der Natur zum Opfer fiel. Und daß er deswegen inmitten des Überflusses erneut an den Rand des Verhungerns geriet.

Sein Selbsterhaltungstrieb hatte ihn unmittelbar nach Abschluß des grundlegenden Heilungsprozesses gleichsam automatisch in seine menschliche Gestalt zurückverwandelt und ihm so das Leben gerettet; denn die Energiereserven, die er nach zwei Tagen der Völlerei aufgebaut hatte, waren allein aufgrund der Verletzung bald erschöpft. In Menschengestalt wiederum konnte er nicht jagen; er konnte nicht einmal weit oder schnell genug umherstreifen, um sich an den Opfern anderer Raubtiere zu bedienen.

In Menschengestalt verlangsamte sich außerdem der Heilungsprozeß seines Beines ganz erheblich. Die Knochen waren empfindlich und die frisch zusammengewachsenen Bänder dünn wie Häutchen; fast eine Woche verging, bevor sie in der Lage waren, sein Gewicht zu tragen. Das bißchen Energie, das ihm noch blieb vom Kampf gegen sein Fieber und von der Mühsal, sich Trinkwasser zu beschaffen, verwendete er auf die Suche nach Brennholz, das er brauchte, um seine menschliche Gestalt warm zu halten. Und nachdem auch Tessas Eiweißtafeln aufgegessen waren, sah er sich gezwungen, im fast gefrorenen Boden nach Maden und Raupen zu wühlen oder zu versuchen, mit bloßen Händen Fische aus dem Bach zu fangen. Manchmal hatte er Erfolg, manchmal nicht. Als die Nächte kälter wurden und er immer schwächer, nagte seine Niedergeschlagenheit immer mehr an ihm; er haßte seine menschliche Form und die Zwänge, die ihn an sie banden, haßte die Menschen mit ihren mörderischen Werkzeugen – und vor allem haßte er Tessa LeGuerre, weil sie ihm einfach nicht aus dem Kopf gehen wollte.

Unaufhörlich machte ihm eine simple Wahrheit zu schaffen, sie falsch eingeschätzt zu haben. Er hatte fest damit gerechnet, daß jene typisch menschlichen Merkmale – Eifersucht, Begierde und Rachegelüste – ihm in seinem Kampf gegen die Königin einen mühelosen Sieg bescheren würden; doch irgendwie hatte Tessa ihre Natur überwunden und in einer Weise gehandelt, die ehrenwertem Verhalten beunruhigend nahe kam. Ihre Loyalität war unerschütterlich. Sie hatte sich geweigert, jemanden auszumerzen, den sie liebte. Vielleicht hatte sie so lange unter Werwölfen gelebt, daß sie sich nach und nach einige ihrer Charakterzüge aneignete.

Sie wissen über uns auch nichts, hatte sie gesagt. Die Möglichkeit, daß das stimmte, erbitterte Denis.

Und jetzt hatte sie ihm sogar noch das Leben gerettet. Er verstand in etwa, warum sie es getan hatte, aber grundsätzlich war sie ihm dennoch ein Rätsel: ihre Rückkehr, ihr Feuer für ihn, der Verzicht auf ihre Nahrung. Sein ganzes Leben lang hatte Denis an bestimmte Wahrheiten bezüglich der Menschen geglaubt. Jetzt beunruhigte ihn der Verdacht, daß er sich in diesem Punkt womöglich geirrt haben könnte, zutiefst.

In Wolfsgestalt würde ihn kein derartiges Unbehagen heimsuchen. Werwölfe bedurften keiner Analysen, Motivationen spielten keine Rolle, und was sie nicht verstanden, ignorierten sie. Deshalb ergrimmte es ihn, daß ihn jetzt eine solche Unsicherheit plagte; überdies hatte Tessa ihn hier in einer Situation zurückgelassen, die ihn zwang, in Menschengestalt zu leben oder zu sterben; insgesamt kosteten ihn die Fragen über Tessa, die ihm durch den Kopf gingen, mehr Energie, als er erübrigen konnte.

Trotzdem – ohne den Geruch des Fleisches, das im Goldsucherlager über dem Feuer brutzelte, hätten sich ihre Wege wohl kaum mehr gekreuzt.

Etliche Tage hintereinander, als der kalte Wind blies und harte, trockene Schneeflocken einen Vorgeschmack auf den eisigen arktischen Winter lieferten, bevor sie in der Luft vergingen, hatte Denis hilflos die Geräusche vorbeiziehender Herden mit anhören müssen. Er hatte keine Angst vor dem anstehenden Winter; schließlich war er ein ausgezeichneter Winterjäger, der gerade in rauhem Gelände besonders gut zurechtkam. Aber wenn er den Anschluß an die Herden verlor, waren seine Überlebenschancen in dem Wetter, das, wie er wußte, auf ihn zukam, allenfalls noch halb so groß. Und er konnte nicht jagen – nicht einmal gut genug, um sich die alten und kranken Tiere zu schnappen, die sich mühsam hinter den Herden herschleppten –, bis sein Bein verheilt war.

Natürlich würde der Hormonausstoß einer einzigen weiteren Verwandlung die Heilung seines Beines abschließen. Befand er sich dabei aber nicht nah genug an einer Futterquelle, würde der dazu erforderliche Energieverbrauch ihn so sehr erschöpfen, daß er zur Jagd nicht mehr fähig wäre. Während er sich das vor Augen hielt, drehte plötzlich der Wind und brachte den Geruch eines nahenden Sturms – und von gebratenem Fleisch. Da erinnerte er sich an das Lager der Menschen.

Er warf sich den Mantel über und begann mit Hilfe eines kräftigen Asts, der sein geschwächtes Bein entlastete, den Abstieg ins Tal. Der ›Tagesmarsch‹ stellte sich als etwas weniger weit heraus, und so erreichte er den Rand der menschlichen Siedlung bereits kurz vor Sonnenuntergang.

Obwohl ihre erlöschenden Lagerfeuer und der Essensduft ihm Magenkrämpfe verursachte und das Wasser im Mund zusammenlaufen ließ, war er umsichtig genug, sich zunächst einmal hinter Bäumen zu verstecken, die Lichtung mit zusammengekniffenen Augen abzusuchen, ausgiebig zu schnuppern und aufmerksam zu lauschen. Bereits in meilenweiter Ferne hatte er begonnen, ihren Gesprächen zuzuhören; dabei stellte er fest, daß es sich um ordinäre, ungebildete Wilde handelte, deren einzige Sorgen darin bestanden, wieviel Gold sie wohl vor dem ersten Schnee noch fänden und wie sie am besten der Schwellung zwischen ihren Beinen Abhilfe schafften. Viele von ihnen waren bereits vor dem Sturm abgereist; so blieb dieses halbe Dutzend Männer, die in einer aus Holz und Lehm errichteten Hütte überwinterten. Genau aus dieser Richtung kam auch der Geruch von gebratenem Fleisch.

Tessa war dabei; er hatte ihren Geruch schon vorher gewittert, ihre Übelkeit und ihren Schmerz. Da lag noch etwas anderes in der Luft, neben dem Gestank menschlichen Unrats und Schweißes, ungewaschener Wolle und fauligen Schuhleders; er schnupperte kratzigen jungen Whisky und Sex. So wurde ihm klar, daß die Männer, grölend und betrunken, sich Tessas bedienten. Das interessierte ihn weniger, als es das hätte sollen, weniger als unter sonstigen Umständen vielleicht. Menschliche Männer, die vom Alkohol geschwächt und von Sex abgelenkt waren, griffen nicht so schnell zur Flinte. Das war alles, was er wissen mußte.

Er ließ den Mantel fallen und ergab sich der Leidenschaft der Verwandlung in dem Bewußtsein, daß dies womöglich das letzte Mal war.

Noch Jahre später erzählte man sich Geschichten darüber, was in jener Nacht geschah, und mit jedem neuen Bericht wurde die Legende immer mehr ausgeschmückt, bis sie keinerlei Ähnlichkeit mit den tatsächlichen Begebenheiten mehr aufwies. In Wahrheit passierte es in so rasender Geschwindigkeit, daß man bezweifeln darf, ob auch nur einer der Betrunkenen, die Zeugen des Geschehens wurden, einzeln oder auch gemeinsam jemals in der Lage gewesen wären, es genau wiederzugeben.

Mittels eines gewaltigen Prankenhiebs zerfetzte Denis das Segeltuch, das als Tür diente, und stürzte sich in den Raum. Er brauchte nur Sekundenbruchteile, um unter haarsträubendem Knurren die Szene zu überblicken, bevor die Männer auf sein Eindringen reagieren konnten: Einer mit einem verfilzten Bart voller Kautabakflecken kauerte am Feuer, fummelte sich zwischen den Beinen herum und grinste dümmlich, während er ein fettes Wildschwein auf einem Spieß drehte. Ein zweiter schlief auf seinem Stuhl, einen Krug mit übelriechendem Inhalt im Schoß. Auf einem Tisch, der aus einem entrindeten Baumstumpf bestand, türmten sich Werkzeuge, hastig abgelegte Kleidungsstücke und einige Blechteller mit Essensresten; neben ihm standen ein weiterer Stuhl und eine Bank, und auf dem Fußboden lagen etliche Haufen von Lumpen, die rochen, als würden sie als Betten benutzt. Die Gewehre hingen neben der Tür, in der Denis jetzt stand.

Tessa lag auf dem Boden, halb im Schatten des Feuers. Ihr Kleid war vorne aufgerissen, ihre Brüste waren voller blauer Flecken. Schwellungen bedeckten das aschfahle Gesicht, die aufgeplatzten Lippen bluteten; ein Auge war ganz zugeschwollen. Ihr Rock knüllte sich über ihren nackten Beinen, und ein Mann lag dazwischen; sein schlaffes Hinterteil hob und senkte sich unter wiederholten Grunzlauten, während er in sie stieß und ein weiterer, in hohen Tönen kichernder Kerl ihren Kopf festhielt, um ihr seinen Penis in den Mund zu zwingen.

Diese Männer waren genau zwischen ihm und dem Fleisch über dem Feuer.

Denis sprang auf den Rücken des Mannes zwischen Tessas Beinen, senkte seine Zähne in seinen Nacken und schleuderte ihn gegen die Wand. Der Mann an Tessas Kopf hörte auf zu kichern und kreischte wie ein Waschweib auf; sein Glied erschlaffte rasch, während er entsetzt zurückwich. Mobiliar krachte. Jemand rannte los. Denis wirbelte herum und sprang den Mann an, der auf die Gewehre zustolperte. Er warf ihn wenige Schritte vor der Tür zu Boden. Jemand fluchte brüllend auf russisch, ein anderer auf englisch. Ein weiterer schrie nur noch. Es roch deutlich nach Blut. Tessa kniete mittlerweile in einer Ecke des Raums, und die leisen, wimmernden Laute des Grauens, die sie von sich gab, galten nicht Denis, sondern den Männern, die vor ihm davonliefen.

Wieder wirbelte er herum und biß blind um sich; diesmal erwischte er einen Arm und riß ein Stück Fleisch heraus. Noch mehr Blut spritzte. Inzwischen rannten alle zur Tür und trampelten einander dabei nieder; sie griffen nach ihren Gewehren und ließen sie fallen. Jemand schoß in die Wand. Die Explosion ließ feinen Staub von der Decke rieseln und warf eine Lampe um. Ein strenger Geruch nach brennendem Kerosin breitete sich aus. Denis schnappte sich das Fleisch vom Feuer, flog an ihnen vorbei durch die Tür, und als Geschosse den Schnee unter seinen Füßen durchlöcherten, wurde ihm das kaum bewußt. Noch in den Schatten, die die brennende Hütte warf, schlang er das heiße Fleisch hinunter und spürte, wie es durch seine Muskeln zu strömen begann und ihm Kraft für die Jagd verlieh.

Während er da stand und sich das lebenspendende Fleisch einverleibte, nahm er kleine, leichte Fußabdrücke im Schnee wahr, die von der Hütte wegführten. Er spürte, daß sie von Bedeutung waren und ihm in gewisser Weise sogar gefielen. Doch er war zu sehr in sich versunken, um sich zu fragen, warum, und wieder ergab er sich seinem Hunger. So ließ er logisches Denken und alles Argumentieren hinter sich, was ihn mit der Welt der Menschen verband, um in die Wildnis hinauszupreschen.

Die Temperatur fiel, und es schneite; aber der Sturm, den der Wind ankündigte, war noch einen Sonnenaufgang entfernt. Das begrüßte er, denn so konnte er besser jagen und fressen; andererseits war es schlecht, denn während er jagte, wurde er selbst von Männern mit Gewehren gejagt.

Auch wenn sie miserable Schützen waren und nie in seine Nähe kamen, hielt er einen gewissen Sicherheitsabstand zum Geräusch ihrer Stimmen und zum Gestank ihrer ungewaschenen Körper sowie ihrer Rachsucht. Trotzdem kam er ihrem Lager unversehens wieder näher, als ihm lieb war. In dieser Situation kreuzten sich erneut seine und Tessas Spuren, verschwommene Erinnerungen stiegen in ihm auf.

In dem Wäldchen um die verkohlten, rauchenden Trümmer der Hütte fand er seinen Mantel, der nach ihr roch. Er roch auch nach Rauch und Erde und seinen eigenen Schmerzen, nach seiner Haut und seinem Pelz und den Blättern, auf die er sich gebettet hatte – aber eben auch nach ihr.

Der schlimmste Hunger war gestillt, nicht aber sein Jagdtrieb, und so stand er einen Augenblick lang unentschlossen schnuppernd im Wind. Zu seiner eigenen Verblüffung siegte die Neugier. Er hob den Kopf, schüttelte sich und nahm seine menschliche Gestalt an.

Keine fünfhundert Meter von der ausgebrannten Hütte entfernt hockte sie unter einem jungen Baum auf dem Boden zusammengerollt. Er setzte sich neben sie.

»Was ist los mit dir?« fragte er. »Warum liegst du da? Du hast keine Knochenbrüche und kein Fieber. Wieso machst du das?«

Sie bewegte sich nicht und sagte kein Wort; die Arme fest um die Knie geschlungen, blieb sie wie eine kompakte kleine Kugel unbewegt und starrte stumm in die Dunkelheit hinaus.

»Du möchtest wohl zu ihnen zurück, was? Vermißt du diese dreckige menschliche Gesellschaft schon? Vielleicht solltest du wirklich wieder zu ihnen gehen. Dann würdest du jedenfalls länger leben, als wenn du hier wartest, bis die Bären dich fressen.«

Schon auf seine ersten Worte hin drangen erstickte, verzweifelte Laute aus ihrer Kehle; ihre Augen schlossen sich, ihre Arme spannten sich noch fester um die Knie und sie begann, unablässig vor und zurück zu wippen und so erbärmlich, wenn auch leise zu stöhnen, daß selbst er es kaum ertragen konnte. Es war, als wäre das erlösende Schreien genau wie der Schmerz, so tief in ihrer Seele eingesperrt, daß ihr die Stimme ihren Dienst versagte.

Denis verspürte eine Wut, die ihm unerklärlich war, und Erstaunen zugleich. Schon die bloße Vorstellung von Vergewaltigung war ihm völlig fremd, obgleich er wußte, daß so etwas existierte. Er wußte, daß die Männer sie benutzt, verletzt und mit ihrer Gier erschöpft hatten, daß sie sie geschlagen und ihrem Willen unterworfen hatten, aber es überraschte ihn nicht sonderlich. Das war eben die Art von Verhalten, die man von Menschen erwarten durfte, und so nahm er an, daß auch Tessa damit gerechnet hatte. Aber daß sie jetzt, wimmernd und ins Leere starrend, dalag, den Elementen ausgesetzt und offenbar im unklaren darüber, daß sie bis hierher gerannt war und doch nicht weiter – das verstand er nicht und ärgerte ihn. Dieses Menschenweib hatte die Liebe eines Werwolfs und die Betrügereien eines anderen überlebt, eine Reise über den Nordatlantik und die Verbannung in die Wildnis durchgestanden, zweimal sein Leben gerettet und ihm und seiner Art gegenüber nichts als Mut bewiesen. Es mußten erst Menschen kommen, um sie unterzukriegen! Das verwunderte ihn schon sehr.

Schroff sagte er: »Sie werden dich hier finden, begreifst du das nicht? Sie werden dich finden und zurückschleppen und wieder als ihre Hure benutzen – wenn du das möchtest, brauchst du nur hier liegenzubleiben ...«

Sie krümmte die Schultern und preßte ihr Gesicht noch fester gegen die Knie. Ihre dünnen Schulterblätter wirkten, als wollten sie jeden Augenblick den abgetragenen Stoff ihres Kleids durchstoßen, und Krämpfe schüttelten sie. Diese Nacht würde ihr Ende sein.

Denis knirschte mit den Zähnen. »Ich kann hier nicht bleiben. Hier gibt es nichts zu essen. Sie machen bereits Jagd auf mich. Auf dich übrigens auch.«

Nichts deutete darauf hin, daß sie ihn überhaupt wahrnahm.

Denis stand auf. Er blickte eine Zeitlang auf sie hinab, verärgert und unentschlossen, und wartete auf irgend etwas, ohne zu wissen, worauf. Sie rührte sich nicht.

»Ich schulde dir nichts, Tessa LeGuerre«, bellte er.

Er zog seinen Mantel aus und warf ihn über sie. Dann schritt er in die Nacht davon und wartete, bis er außer Sichtweite war, um wieder seine natürliche Gestalt anzunehmen.

Die Wildnis verschluckte ihn, und er schaute kein einziges Mal zurück.

Alexander

25

Unsere Vermählungsfeier sollte unter dem traditionellen Erntemond stattfinden. Wegen meiner Beziehungen zu Denis und Tessa war ich ein wenig unsicher, wie das Rudel mich als Elises potentiellen Gefährten aufnehmen würde. Aber ich hatte beiden gegenüber Macht demonstriert und alles ehrenhaft hinter mich gebracht; im Rudel siegte dann wie immer der Pragmatismus. Ich war stark, besaß als Aristokrat den nötigen gesellschaftlichen Status, und die Königin wollte mich haben. Den meisten genügte das. Natürlich gab es hinter vorgehaltener Hand Geflüster bezüglich meiner unglücklichen Verbindung mit jenem Menschenkind und über meinen rebellischen Bruder – aber das ist in solchen Fällen immer so. Solange die Flüsterer nicht versuchten, meine Königin zu verunglimpfen, war ich bereit, solche Dinge zu überhören.

Weniger als eine Woche nach dem Urteil gegen Denis zog ich mit einem Bataillon unserer stärksten Kämpfer in den äußersten Nordosten, um die Nachricht von Denis' Niederlage zu überbringen. Obwohl es mir das Herz brach, als ich mich dem Palast Antonow näherte, tröstete mich ein wenig die Tatsache, daß das Rudel selbst mir keinen Widerstand entgegensetzte. Sie zerstreuten sich friedlich in alle Himmelsrichtungen; denn obgleich sie noch immer ihrer finsteren Weltanschauung huldigten und mir bewußt war, daß sich daran nie etwas ändern würde, waren sie ohne Führer machtlos. Einige zog es wieder in die Städte, andere verwilderten, und wieder andere kehrten mit mir nach Europa zurück.

So gewaltig ist die Macht eines einzigen Werwolfs unter uns, daß sie nichts waren ohne Denis, und so akzeptierten manche den einzigen Schutz, der ihnen geboten wurde – meinen.

Elise und ich sprachen nicht über Tessa. Es war keineswegs so, daß ich ihr verboten hätte, das Thema anzuschneiden; vielmehr kannte sie mein Innerstes gut genug, um zu wissen, wie sehr mich das alles noch immer schmerzte. So kam es, daß den ganzen Sommer über der Name des Menschen, den ich von ganzem Herzen gern gehabt hatte, in meiner Gegenwart nur ein einziges Mal ausgesprochen wurde – ausgerechnet von jemandem, von dem ich das zu allerletzt erwartet hätte.

Gault kam kurz nach meiner Rückkehr aus Sibirien zu mir. Ich machte gerade Inventur meines Herrenhauses in Lyon und wollte meine persönlichen Dinge einpacken. Denn während ich das Haus in Paris sowie einen kleineren Landsitz bei Bordeaux zu halten beabsichtigte, wäre es unsinnig gewesen, auch meine Residenz in Lyon weiterzuführen. Bald zöge ich ja für immer in den Palast ein. Seit Tagen herrschte ziemliches Chaos, und durch jeden Raum schwirrten fünf oder sechs Hausmädchen, die putzten, abstaubten und alle möglichen Gegenstände in Behältern verstauten, während ich versuchte, eine Liste meiner Bücher, meiner Sammlungen und meiner schönsten Möbelstücke zu erstellen. Mehr als einmal ertappte ich mich dabei, daß ich den Kopf hob, um ungeduldig nach Tessa zu rufen; denn das war genau die Art von Aufgabe, in die sie sich mit der größten Begeisterung gestürzt hätte. Jedesmal, wenn ich das tat, spürte ich einen Stich von Einsamkeit in der Magengegend, der mir fast den Atem nahm. Ich vermißte sie, und diese Erkenntnis beschämte mich.

Plötzlich stand Gault vor meinem Schreibtisch und sagte ohne Umschweife: »Ich werde Ende dieser Woche aus Ihren Diensten ausscheiden, wenn Sie es erlauben, Monsieur.«

Einen Augenblick lang starrte ich ihn einfach nur an. Dann warf ich meinen Füllfederhalter hin und brauste auf: »Das erlaube ich ganz und gar nicht! Haben Sie Grund zum Klagen, Gault? Sind Sie vielleicht nicht luxuriös genug untergebracht? Möchten

Sie eine Gehaltserhöhung? Oder haben Sie keine Lust, im Palast zu wohnen? So sprechen Sie schon, zum Teufel, denn ich habe keine Zeit für solchen Unfug!«

Mit unbewegtem Gesicht erwiderte Gault: »Ich habe Ihnen unrecht getan. Es ist meine Pflicht, immer in Ihrem Interesse zu handeln, und in diesem Punkt habe ich versagt. Unter solchen Umständen kann ich nicht mehr bei Ihnen bleiben.«

»Inwiefern haben Sie versagt? Was haben Sie denn getan?«

Er erklärte: »Ich bin schuld daran, daß Sie jetzt unglücklich sind. Absichtlich habe ich das Menschenmädchen zu Ihnen geschickt, als ich Sie zusammen mit der Königin hörte. Es sollte sie verstören. Aber wenn ich Ihnen ihre Nachricht gezeigt hätte oder sie zumindest gelesen hätte, dann wären wir vielleicht in der Lage gewesen, ihren närrischen Verrat zu verhindern. Sie war kein schlechtes Geschöpf, glaube ich. Nur ein wenig ... naiv.«

Ich wußte nicht mehr, was ich sagen oder fühlen oder mit welchem meiner Gefühle ich mich zuerst auseinandersetzen sollte. Zunächst einmal war ich überrascht, denn ich hatte keine Ahnung, daß man mir meine Depression ansah. Welchen Grund hatte schließlich ausgerechnet ich, Bräutigam der Königin und somit bald schon mächtigstes männliches Mitglied des ganzen Rudels, verheiratet mit dem atemberaubendsten weiblichen Wesen aller Zeiten und mit der Frau, die ich schon seit Jahren anbetete – welchen Grund konnte ich haben, unglücklich zu sein? Und ich fühlte mich schuldig, eben *weil* ich es war und nicht verbergen konnte. Und dazu kam eine noch größere Verblüffung, gemischt mit einem Anflug von Dankbarkeit, die ich darüber empfand, ausgerechnet aus Gaults Mund eine, wenn auch zurückhaltende, Verteidigung Tessas zu vernehmen. Außerdem war da der Schmerz, der rohe, ungeminderte Schmerz, als ich ihren Namen hörte, ihr Gesicht vor meinem inneren Auge auftauchte und ich mein Bedauern und meine eigene Ohnmacht bei Gaults Worten noch einmal durchlebte, so freundlich und aufrichtig diese Worte auch gemeint sein mochten.

Von alldem konnte ich nichts verdrängen, und versuchte es gar nicht erst. Daher griff ich wieder nach meinem Federhalter und wandte mich erneut meinen Listen zu. Zumindest tat ich so, als ob. »Nichts in Ihrer Macht hätte etwas geändert«, sagte ich ausdruckslos. »Unser Weg war ab jenem Augenblick vorgezeichnet, als sie in meinem Haus Einlaß fand.«

Ruhig erwiderte Gault: »Und doch trauern Sie um sie.«

Mein Federhalter hielt in seinem sinnlosen Gekrakel inne, und ich starrte einen Augenblick lang in die Gegend, ohne wirklich etwas zu sehen. »Nein«, korrigierte ich langsam. »Ich trauere ... um Unschuld. Meine und ihre.«

Gault nickte, und ich hatte den Eindruck, daß er mich wirklich verstand. Er wollte gehen, zögerte dann aber. »Monsieur ...«

Versunken in meine finsteren Gedanken, blickte ich abwesend auf.

Er sagte: »Ich möchte nur klarstellen, daß ... ich will nur sagen, daß ich weiß, wie es unter der Herrschaft der neuen Königin sein wird, und da Sie weitgehend dieselben Ansichten vertreten, hoffe ich, daß eventuelle unüberlegte Bemerkungen, die ich in der Vergangenheit womöglich geäußert habe ...«

Als die Ratlosigkeit auf meinem Gesicht immer deutlicher zutage trat, brach er ab und holte rasch Luft. »Sie wissen doch hoffentlich«, sagte er kurz und bündig, »daß das, was ich über die Menschen gesagt habe, nicht ernst gemeint war? Jetzt, wo so viel über die Brüder des Verdunkelten Mondes und ihre Absichten geredet wird ... möchte ich jedes Mißverständnis bezüglich meiner Einstellung zu dieser Thematik vermeiden.«

Ich zog eine Augenbraue hoch. »Sie glauben doch wohl nicht, daß Sie dann noch hier wären? Die Königin soll über einen äußerst effektiven Geheimdienst verfügen, wie man hört.«

Er schien erleichtert. »Ja, das trifft wohl zu.« Und nach einigem Räuspern fügte er hinzu: »Ich kann mit Menschen umgehen, wenn es sein muß. Zwar mag ich sie nicht besonders, jedenfalls nicht mehr als Katzen oder Spinnen in meiner Milch, aber ich ertrage sie notfalls.«

Nun konnte ich mir ein Lächeln nicht verkneifen. »Gault, Sie haben gemerkt, woher der Wind weht, und segeln jetzt mit ihm. Sie sind wirklich ein tadelloser Opportunist.«

Er verzog seine Mundwinkel und machte eine tiefe Verbeugung; mein Kompliment rührte ihn. »Ich danke Ihnen, Monsieur!«

Zu unserem Glück teilten die meisten im Rudel Gaults Einstellung, und ich hegte die Überzeugung, daß sich ihr noch mehr anschließen würden, sobald sie darin einen Vorteil sahen. Was mich anbelangt, so war ich nur noch aus einem Grund an den Menschen interessiert: nämlich, aus ihnen so viel Geld wie nur irgend möglich herauszuholen.

Somit war es mehr als ein glücklicher Zufall, daß ich in jenem Sommer Gelegenheit bekam, meine Beziehungen zu Alphonse Rothschild auszubauen, der seit langem schon daran interessiert war, meine Pariser Bank zu kaufen. Die Einzelheiten der Transaktion lieferten Stoff für ein Lehrbuch; ich möchte mich deshalb auf die Anmerkung beschränken, daß sich hinter den Kulissen weit mehr Manöver abspielten, als menschliche Wirtschaftswissenschaftler je entdecken werden, und daß mich die Verhandlungen weit genug ablenkten, um die Erinnerung an Tessa und den Schmerz, den sie mir bereitet hatte, zumindest vorübergehend aus meinem Gedächtnis zu verbannen. Auf diese Weise entwickelte sich eine Sache, die für mich als bitterböse Parodie der Menschen und all ihrer Eitelkeiten begonnen hatte, zur profitabelsten Unternehmung meines Lebens und zu einem Modell für die Art und Weise, wie das Rudel in Zukunft seine Geschäfte tätigen sollte.

Unnötig zu sagen, daß Monsieur Rothschild meine Bank nicht bekam.

Womöglich hat meine Darstellung der Ereignisse den Eindruck erweckt, daß Eheschließungen zwischen derart hochgestellten Persönlichkeiten leidenschaftslose, bis ins letzte Detail geregelte Angelegenheiten sind. Ich schwöre, daß nichts der Wahrheit weniger entspricht. Je näher das Datum unserer Paarung rückte, desto mehr ähnelte meine Angst der eines menschlichen Bräutigams – nicht etwa, weil ich Zweifel an meiner Fähigkeit gehabt hätte, den Akt zu vollziehen – meiner Mannhaftigkeit war ich mir absolut sicher, und Elise hatte mehr als einmal unter Beweis gestellt, daß sie mich erregen konnte; nein, ich vermochte einfach nicht zu fassen, daß es nun wahr werden sollte, und spürte einen Druck, den sowohl die Last der Verantwortung erzeugte als auch die Erkenntnis der Unauflöslichkeit unserer Verbindung.

Von Kindheit an lehrt man uns die Endgültigkeit des Bandes zwischen Gefährten. Wir wissen, daß es ein Wunder ist, eine alles verzehrende Unterwerfung des Willens und der Individualität unter einen einzigen, höheren Zweck: Junge zu zeugen und großzuziehen. Doch man erklärt uns nie genau, wie diese ehrfurchtgebietende Angelegenheit abläuft, wie sie unser Leben verändert oder wie wir uns darauf vorbereiten können. Der Grund dafür ist ganz einfach der, daß man es niemandem erklären kann, der es nicht selbst erfahren hat; es ist definitiv nicht möglich, sich auf den einen Augenblick vorzubereiten, der das eigene Leben für immer verändern wird. Das macht ein wenig angst.

Doch gab es auch noch eine öffentliche Perspektive, die zu ignorieren weder Elise noch ich uns leisten konnten. Unsere Vermählung galt als Staatsangelegenheit, dessen waren wir uns beide bewußt. Dabei hatte ich nie den Ehrgeiz gehabt, Gefährte einer Königin zu werden; ich wollte einfach nur eine Frau lieben. Elise, die ihr ganzes Leben damit verbracht hatte, sich auf die Übernahme der Herrschaft vorzubereiten, hätte das alles für mich aufgegeben. Das weiß ich genau. In Herzensangelegenheiten betrügen Werwölfe einander nie. Und im Bewußtsein dieser vollkommenen, unerschütterlichen Gewißheit konnten wir unsere Aufmerksamkeit dem Rudel widmen und der Frage, was unsere Verbindung für das Rudel bedeuten sollte.

Wir beide waren in tragische Ereignisse verwickelt worden, aber im Hinblick auf das Rudel hätte sich kaum eine günstigere Gelegenheit für Veränderungen ergeben können. Einmal hatte Elise sich in meinem Beisein gefragt, ob überhaupt noch jemand reagieren würde, wenn sie in dieser modernen Zeit das Rudel zusammenriefe. Aber sie brauchte das dann gar nicht mehr zu tun; innerhalb eines Jahres waren wir durch ein Begräbnis, die Unterbrechung eines Fests wegen Mordversuchs und nun durch eine Paarungszeremonie und Krönung miteinander verbunden. Schon ein einziges dieser Ereignisse wäre innerhalb einer Generation bemerkenswert gewesen; aber alle drei Ereignisse in kürzester Zeit erzeugte ein einzigartiges Zusammengehörigkeitsgefühl im Rudel, eine Art Patriotismus, den nicht auszunutzen aus unserer Sicht ausgesprochen töricht gewesen wäre.

Und so begann Elise, während ich mich noch mit dem Hause Rothschild beschäftigte, ihren Plan umzusetzen: das Rudel und die Zukunft. Es gab da eine Diamantenmine in Australien, informierte sie ihren Juwelier, die gewissen Leuten gehörte; dort hatte man einen wunderschönen blauen Saphir gefunden, den sie gern für ihre Kronjuwelen gehabt hätte. Und bei ihrem letzten Besuch in Wien hatte sie in einem entzückenden Kaffeehaus gegessen, dessen menschlicher Küchenchef ihr ein Konfekt aus dunkler Schokolade und schwarzen Kirschen zubereitet hatte, das sie gern bei ihrer Paarungsfeier servieren wollte; ob ihr Personal wohl das Rezept beschaffen könne? Und dann war da noch ein menschlicher Uhrmacher in der Schweiz, den sie beauftragt hatte, ein Geschenk für ihren Gemahl anzufertigen – aber nur, falls er mit den von ihr vorgeschlagenen Holzschnitzern zusammenarbeiten würde. Aus so kleinen Anfängen, solch einfachen Dingen, werden manchmal große Ideen geboren.

Nicht ein einziges Mal, weder im privaten Kreis noch in der Öffentlichkeit, kam sie auf Tessa LeGuerre oder den mörderischen Denis Antonow zu sprechen, um keinen Schatten auf unsere Verbindung fallen zu lassen. Elise wußte bereits perfekt zu herrschen.

Schon Wochen vor dem großen Ereignis trafen Gäste aus Europa, Asien und Amerika ein. Während dieser ganzen Zeit erfüllte den Palast eine festliche Atmosphäre, und allabendlich fanden sportliche Wettkämpfe, Symphoniekonzerte oder Aufführungen der schönsten Ballette und Opern statt. Die berühmtesten Köche der Welt bereiteten das Hochzeitsmahl vor, und einige von ihnen waren sogar Menschen – ebenso wie, erstmals in unserer Geschichte, einige der Veranstalter, Musiker und Bediensteten. Ob sie das aus politischen Erwägungen machte? Aber natürlich. Doch zugleich war es die schönste Paarungsfeier aller Zeiten.

Drei Tage vor dem Erntemond hatte man sämtliche Gäste auf die Räumlichkeiten verteilt und den Palast hermetisch abgeriegelt. Die Menschen hatte man selbstverständlich vorher wieder entlassen. Dann gab es die beste Musik, das beste Essen, die beste Stimmung. Es wurde getanzt, Serenaden erklangen bis tief in die Nacht, und unter dem Mond kopulierte und freite man, tauschte Versprechungen aus. Die Luft war geschwängert von Moschusduft und dem Klang der Werwolfstimmen; Elise und ich wurden von allen Seiten umsorgt, mit exotischen Ölen massiert und mit den zartesten Fleischstücken und den besten Weinen verwöhnt. Jedermann genoß es in vollen Zügen.

Zur Nacht des Höhepunkts versammelte sich das Rudel auf der Wiese um den Ruffelsen. Elise und ich wurden in unseren zeremoniellen Umhängen hinaufgeführt, während tausend zum Gesang erhobene Stimmen uns umgaben. Kein Augenblick, so dachte ich, konnte schöner sein als jener: Die Musik war so volltönend und komplex, daß sie ein Eigenleben anzunehmen und uns beinahe vom Boden zu erheben schien; im Hintergrund leuchtete der gelbe Mond, so riesig, als wolle er den halben Himmel einnehmen, und meine Braut ... ach ja, meine Braut! *Das* war der Augenblick, als ich ihr in die Augen sah und unsere Blicke sich trafen, der Moment, in dem mir bewußt wurde, daß dieses großartige Wesen mich erwählt hatte, daß ich nun für den Rest unseres gemeinsamen Lebens zu ihr gehören würde und sie zu mir – ein Augenblick von solcher Demut und Erhabenheit, daß seine Schönheit mich fast zum Weinen brachte. Meine Nervosität schwand, meine Unsicherheit wurde vom Wind davongetragen, und absolute Verehrung ergriff mich.

Wir legten unsere Umhänge ab. Nackt standen wir voreinander, mit dem Wind im Haar und dem Gesang in den Ohren, und als unsere Fingerspitzen sich berührten, waren wir wie elektrisiert. Wir ließen unserer Leidenschaft freien Lauf.

Wie unbeschreiblich es doch ist, sich in vollkommener Harmonie mit einem anderen Werwolf in die Verwandlung zu ergeben; unbeschreiblich und erotisch und unendlich erregend! Es befreit den Geist und ergreift alle Sinne. Noch nie in meinem Dasein hatte ich je Ähnliches erlebt, und man kann es niemandem erklären, der es nicht selbst erfahren hat. Ich wage nicht einmal, es zu versuchen.

Die Menschen bemühen sich seit Urzeiten, jenes blasse Gefühl zu beschreiben, das sie Liebe nennen, und haben damit lediglich erreicht, diese Empfindung herabzuwürdigen. Wir, die wir das Privileg besitzen, wirklich zu kennen, was für die Menschen immer nur eine verschwommene Sehnsucht bleiben muß, wissen auch um den Wert des Schweigens. Diese Vereinigung der Seelen, dieses nahtlose Ineinanderfließen zweier einstmals getrennter Wesen, geht weit über die Beschränktheit der menschlichen Wahrnehmung hinaus, und so soll es wohl auch sein. Dieses Phänomen wartet darauf, von jedem Werwolf für sich selbst entdeckt zu werden, als geschehe es das erste Mal von Anbeginn der Welt.

Und doch gibt es einen Teil davon, den ich erklären möchte, eine essentielle Wahrheit, die ich mitteilen muß. Da war die Jagd, das Einfangen, der Augenblick der Penetration, in dem ich, der männliche Part, ihren Körper beherrschte und sie, der weibliche, meine Seele ... und in dem wir beide uns in unserer neuen Ganzheit verloren.

Wenn zwei Werwölfe zum Paar werden, kommt es zu einem derartigen Austausch von Informationen, zu einem solchen Fluß von Gedanken, Emotionen und Erfahrungen, daß das Ganze weit mehr wird als die Summe seiner Teile. Oft dauert es Tage, ja Wochen, bis die Jungvermählten ihre Individualität wiederfinden. Dennoch erinnere ich mich sehr spezifisch an bestimmte Ereignisse innerhalb der Welle, in der die Essenz des Lebens von mir in sie und von ihr in mich überfloß: Ich sah Elise im Alter von zwei

Jahren, wie sie stolz ihr erstes Kaninchen nach Hause brachte, nur um anschließend von ihren Brüdern ausgelacht zu werden, die gerade ein Reh getötet hatten; das Herz schmerzte mir dabei. Mich selbst mit fünf, als ich das Lange Rennen gewann, aber mit meiner ersten symphonischen Komposition scheiterte; ihre Liebe umschloß mich. Denis, wie er mich verführte, an den finsteren Ritualen der Bruderschaft teilzunehmen; Elise, wie sie, einmal einen menschlichen Mann zum Sex verführte. O ja! Es gab keine Geheimnisse zwischen uns. Das ist das Phantastische daran. Und das Schmerzhafte.

Und dann war da noch Tessa. Ihre Geschichte kam über mich in einer wahren Sturzflut, einem gigantischen Durcheinander aller anderen intensiven Gefühle und fordernden Erinnerungen zweier Leben: Tessa und das, was ich für die Wahrheit über sie hielt, und Tessa und das, was Elise als die Wahrheit kannte. Dieser Schock, dieser Schmerz. Elise: *Mein Liebster, das wußtest du nicht!* Und ich: *Tessa … nein! Warum hast du es mir nicht gesagt?*

All dies spielte sich in einer tausendstel Sekunde ab, in einem kurzen Aufblitzen, in dem unsere Leben, unsere beiden vollständigen Leben, an uns vorüberzogen und einander absorbierten. Und dann kam das fleischliche Verlangen, die reine Freude, die Macht, Dominanz und großartige, einzigartige, triebhafte Lust, die uns verzehrte, uns beherrschte, uns unter ihrer Kontrolle hatte, bis schließlich mein Samen in ihr explodierte und ihr Schoß sich öffnete, um ihn zu empfangen – die Zeugung unseres Sohnes. Das war der Zweck von allem. Nur darauf kam es an.

Es sollte Wochen dauern, bis die betäubende Wirkung unserer Vereinigung allmählich nachließ und wir alles erkannten, was jetzt uns beiden gehörte. Dies war eine intime Zeit, während der wir unter ganz besonders intensiver Bewachung durch das Rudel die Tiefe unserer Gefühle erkundeten und erst allmählich unsere jeweilige Persönlichkeit wiederfanden. Wir lagen in der Sonne, machten Liebe und lauschten stundenlang dem Geräusch des immer kräftiger werdenden Herzschlags unseres Kindes. Wir staunten übereinander. Und schließlich sprachen wir auch über Tessa.

Tessa, die sich mit ihren jämmerlichen menschlichen Waffen und ihrem begrenzten menschlichen Verstand gegen Denis' List, so gut sie konnte, zur Wehr gesetzt und mich im Grunde überhaupt nicht verraten hatte. Sie war an jenem Tag zum Palast gerannt, um mich um Hilfe zu bitten und vor Denis zu warnen; das war der Inhalt der Nachricht gewesen, die sie Gault zugesteckt hatte. Und als sie von mir keine Antwort erhielt, hatte sie eben nach ihrem Gewissen gehandelt.

Sie fürchtete, Denis könnte mir etwas antun, falls sie sich offen gegen ihn stellte, oder womöglich eine andere, wirksamere Konsequenz ergreifen, die Königin auszuschalten. Indem Tessa vorgab, auf seiner Seite zu sein, und den Warnschuß abfeuerte, hoffte sie, Zeit zu gewinnen. Das hatte sie Elise erzählt – und auch mir, wenn ich ihr die Gelegenheit dazu gegeben hätte.

Denn das ist das Tragische daran und eine so wichtige Lektion in meinem Leben, daß ich sie hier wiederholen will. Die Tatsachen lagen alle offen vor mir, und in jener Situation hätte ich sie auch wahrnehmen können. Vor lauter blinder Wut aber gab ich Tessa nicht einmal die Chance, Fragen zu beantworten und sich gegen meine Unterstellungen zu verteidigen; statt dessen brach ich ihr den Arm. In meiner Verletztheit und Bestürzung ließ ich ihr keine Möglichkeit, sich vor dem Tribunal zu rechtfertigen. In meiner Arroganz mißtraute ich ihr auf einmal grundsätzlich – ausgerechnet ich, der ich mich immer meiner Vorurteilslosigkeit den Menschen gegenüber gebrüstet hatte, war ebenso vorschnell wie jeder andere bereit, die schlimmstmöglichen Schlußfolgerungen zu ziehen.

Ich habe zugelassen, daß meine Gefühle über meinen Verstand siegten. Dies ist der traurigste Fehler, den ein Werwolf begehen kann. Und in diesem Fall führte mein Fehler zu einer Katastrophe, deren Auswirkungen sich als schwerwiegender erweisen sollten, als selbst ich es damals ahnen konnte.

Elise hatte nie die Absicht gehabt, etwas vor mir zu verbergen. Wozu auch? Sie nahm an, daß ich, da ich Tessa als erster verhört hatte – und das intensiv genug, um ihr den Arm zu brechen – die

Wahrheit wußte. Hätte ich Elise gefragt, dann hätte sie mir von ihrem Gespräch im Kerker erzählt, doch warum hätte ich sie fragen sollen? *Wenn ich sie doch nur gefragt hätte!* Aber ich war jung und wütend und zutiefst verletzt. Gab es in jener schrecklichen, traumatischen Nacht des Verrats überhaupt einen Punkt, an dem ich meine Scham und meinen Schmerz hätte überwinden und mit Elise darüber offen sprechen können? Ich weiß es nicht. Jedenfalls war ich einmal mehr im Unrecht. Und wir alle bezahlten dafür einen schrecklichen Preis.

Elise war zwar in jener Nacht von der Härte meines Urteils gegen Tessa überrascht gewesen; doch wäre es ihr nie in den Sinn gekommen, dieses Urteil in Frage zu stellen – zumal sie annahm, daß ich es in Kenntnis sämtlicher Fakten gefällt hatte. Inzwischen machte sie sich fast ebenso schwere Vorwürfe wie ich, weil sie das Thema zu keinem Zeitpunkt angesprochen hatte. Tiefer Schmerz und Selbstvorwürfe – so etwas kann nur nützlich sein, wenn man daraus lernt.

Man stelle sich diese bittere Ironie des Schicksals vor: Ausgerechnet wir, die Herren der Erde, ausgestattet mit hochentwickelten Sinnesorganen und so unendlich stolz auf unsere Fähigkeit, selbst das ausgeklügeltste Täuschungsmanöver zu durchschauen, waren einem schlichten Kommunikationsfehler aufgesessen. Wut, Stolz, Unduldsamkeit und Arroganz hießen die Dämonen, die uns in der Dunkelheit auflauerten, uns ihre Macht spüren ließen und uns unserer Zukunft beraubten. Ich war ihnen zum Opfer gefallen und schämte mich dafür.

Lange vor dem Ende unserer Flitterwochen und ohne daß jemals ein Wort darüber fiel, wußten Elise und ich, daß wir Tessa suchen und nach Hause holen mußten.

Doch selbst wir, die mächtigsten Lebewesen auf Erden, hatten keine Macht über das Klima, aufgrund dessen die Häfen im Nordwesten Alaskas mit Ausnahme einiger weniger Wochen im Sommer das ganze Jahr über unzugänglich waren. Es würde noch Monate dauern, bevor wir die Reise antreten konnten. Dann, so fürchtete ich, konnte es allerdings bereits zu spät sein.

Tessa und Denis

26

Sie werden dich hier finden. Diese Worte klangen Tessa immer wieder in den Ohren. Jedesmal, wenn sie die Augen schloß, jedesmal, wenn sie zu müde war weiterzugehen, kam die Stimme wieder: *Sie werden dich hier finden und zurückschleppen* – daraufhin legte sie sich nicht nieder, sondern trottete dahin. Der Schnee wehte, erst wurden ihre Füße taub, dann brannten sie vor eisigem Schmerz; aber sie zog den Mantel fester um sich und kämpfte sich vorwärts. Der Wind stach ihr wie Eisscherben bis auf die Knochen. Er riß an ihrem Rock und zerrte an ihren nackten Beinen, bis sie sich nur noch in den Schnee legen, sich mit dem Rücken gegen den Sturm zusammenkauern und die Augen schließen wollte. Aber immer wieder hörte sie diese Stimme, und so rang sie mit ihren Kräften. Hätte sie das nicht getan, wäre sie vielleicht in jener Nacht gestorben.

In keinem Teil von Tessas Gehirn war das, was sie durchgemacht hatte, in auch nur halbwegs zusammenhängender Form gespeichert. Daß sie am Bach grob gepackt und zu Boden gedrückt wurde, während eine große Hand ihr Mund und Nase zuhielt und sie fast erstickte, andere Hände an ihrer Kleidung zerrten – das mußte eine häßliche Geschichte sein; die sie vor langer Zeit einmal gehört hatte. An die Schläge ins Gesicht als Reaktion auf ihr Schreien, an die Münder, die nach verfaulten Zähnen und Whisky stanken, an das Gelächter und die verschiedenen Arten, wie sie ihr weh taten, erinnerte sie sich fast nicht mehr; geblieben waren lediglich flüchtige, undeutliche Bilder aus Alpträumen. Derjenige

Teil von ihr, der denken, fragen und Ereignisse miteinander zu einem Ganzen verknüpfen konnte, war unter Erinnerungen begraben, die hervorzuholen sie sich weigerte.

Sie lief die ganze Nacht, und als der Morgen anbrach und der Wind aufhörte, fand sie eine Schneehöhle, die die tief herabhängenden, schneebedeckten Zweige einer Tanne bildeten. Wie ein Tier zog sie sich dorthin zurück und verfiel in einen traumlosen Schlaf.

Nicht anders verrannen die folgenden Tage. Sie war unterwegs, bis sie nicht mehr gehen konnte; danach schlief sie, vergraben unter einer isolierenden Schneedecke. Wenn sie an einem Busch Beeren fand, aß sie sie, und manchmal kamen sie ihr wieder hoch. Sie aß aus demselben Grund, aus dem sie weiterging: nicht, weil sie es gewollt oder etwa den Grund dafür gewußt hätte, sondern nur noch instinktiv. Denn ihr Instinkt war alles, was ihr geblieben war.

Die Frau, die einst Molière gelesen und mit einem Werwolf getanzt hatte, gab es nicht mehr. Das junge Mädchen, das von Wundern geträumt und den Zauber des Lebens erfahren wollte, war Vergangenheit. Und ihre Auffassung von Menschlichkeit hatte die Brutalität von Menschen ausgelöscht.

Mitunter, wenn sie im Schnee Spuren eines großen Tieres sah, regten sich in ihr verschwommene Erinnerungen, die ihr aber wie Spreu im Wind sofort wieder entglitten. Nichts, was sich im Wald bewegte oder vom Gipfel eines Berges herabschrie, konnte sie mehr schrecken. Weder die Schönheit des Sonnenuntergangs noch das wütende Geheul des Sturms beeindruckten sie. Ihr Körper schleppte sich weiter, doch ihre Seele hatte sich in eine finstere Ecke in ihrem Innern verkrochen, wie ein kleines hartes Samenkorn – das auf den Frühling wartet, um dann zu neuem Leben zu erwachen.

Und doch muß ein Teil von ihr gewußt haben, daß sie keinen neuen Frühling mehr erleben würde, und sich sogar auf den Tod gefreut haben. In der Innentasche des Mantels befanden sich Streichhölzer, aber sie machte kein Feuer. Als der zweite Schneesturm kam, konnte sie keine Beeren mehr finden. Manchmal fieberte sie und hustete blutigen Schleim. Von Tag zu Tag wurde sie schwächer.

Und dann, eines Tages, wachte sie auf unter den Blicken eines großen roten Wolfs. Zwischen den Zähnen trug er ein Stück Fleisch, das er zu ihren Füßen fallen ließ. Er ging ein paar Meter zur Seite, setzte sich und beobachtete sie. Sie schloß erneut die Augen und driftete in einen fiebrigen Schlummer ab; doch als sie wieder erwachte, hockte er beharrlich an derselben Stelle. Sie hatte weder Angst noch wunderte sie sich, und kam auch nicht auf die Idee davonzulaufen. In ihrer Schwäche vermochte sie nichts mehr zu tun, und ihr Husten war schlimmer geworden.

So verging Stunde um Stunde. Einmal schreckte sie hoch, und er war nicht da. Statt dessen sah sie einen kleinen Stapel von Ästen auf einem Stück schneefreier Erde. Als sie das nächste Mal die Augen öffnete, war er zurückgekommen und der Holzstapel größer geworden. Bei Einbruch der Nacht wurde der Wind schärfer, aber ihr fiel plötzlich auf, daß sie nicht mehr zitterte; zum erstenmal, seit sie sich erinnern konnte, war ihr wieder warm. Der Wolf lag neben ihr, und seine Körperwärme strahlte auf sie ab wie ein Kohleofen. Sie schlief unter dem Hauch seines rhythmischen Atems ein, und am Morgen hatte ihr Fieber nachgelassen.

Irgendwann – wie und wann sie darauf kam, wußte sie nicht mehr – besann sie sich auf den Zweck der Äste, die in dem freigelegten Erdkreis aufgeschlichtet waren, und erinnerte sich an ihre Streichhölzer. Sie briet Fleisch an einem Stock, bis sie in einem plötzlichen Anfall von Gier das heiße Fleisch mit bloßen Fingern abriß und aß, ohne aufzuhören. Der Wolf beobachtete sie aufmerksam, und als sie fertig war, trug er das restliche Fleisch davon, um es in aller Ruhe selbst zu fressen.

Eine Reihe von Tagen und Nächten vergingen auf diese Weise; sie aß das Fleisch, das er ihr brachte, stillte ihren Flüssigkeitsbedarf mit Schnee, und in der Nacht wärmte er sie. Ihr Husten ließ abermals nach, und sie wurde kräftiger.

Schließlich kam der Morgen, als sie erwachte und er nicht mehr da war. Viele Stunden lang tat sie gar nichts. Doch sie spürte etwas, und zwar ein merkwürdiges, beunruhigendes Gefühl – Einsamkeit.

Sie folgte den Spuren im Schnee.

Gegen Abend erreichte sie den Eingang einer Felshöhle, deren feste Wände den Wind abhielten und in deren Innern die Temperatur gut zwanzig Grad über der Außentemperatur lag. Vor der Höhle lagen ein Stapel trockenes Holz und zwei Wildkaninchen.

Und so bildete sich zwischen beiden allmählich ein mehr oder weniger regelmäßiger Tagesablauf. Denis jagte und suchte einen Unterschlupf – Tessa folgte ihm gehorsam, sammelte Brennholz, wenn sie gerade daran dachte, und hütete die Streichhölzer. Nachts wartete er mit schmalen Augen und hängender Zunge auf die Knochen, die sie übrigließ, das gebratene Fett und das verkohlte Fleisch. Wenn der Wind dann losheulte und Schnee fiel, begab er sich schläfrig in den Kreis des Feuers und streckte sich neben ihr aus. Sie schlief mit den Fingern in seinem Pelz.

Eines Morgens sah sie beim Erwachen einen splitternackten Mann neben sich sitzen, der ernst auf sie herabblickte.

»Tessa LeGuerre«, sagte er, »sprich mit mir.«

Hätte man ihn gefragt, warum er zurückgekommen war, hätte Denis eine einfache Antwort parat gehabt: Ein Führer ohne Rudel war ein Nichts. Einfach aus Instinkt sorgte man inmitten des Überflusses für die Hilflosen, besiegte Feinde und stellte bei erschwerten Bedingungen die eigenen Fähigkeiten als Jäger unter Beweis; das waren die Gesetze des Rudels.

Dazu kam noch ein anderer, älterer und noch stärkerer Instinkt; es fiel schwer, ihn sich einzugestehen, unverständlich, wie er war, aber unleugbar vorhanden. Er hatte sein Leben auf der festen Überzeugung aufgebaut, daß ein Werwolf so nahe an seiner Natur wie nur irgend möglich leben sollte; daß das einzige Paradies, das diesen Namen verdient hatte, eines ohne Menschen war, eines, in dem ein Werwolf für den Rest seiner Tage in Wolfsgestalt von der Fülle des Landes leben konnte. So lautete das Dogma der

Bruderschaft, ein Ideal, auf das sie alle hinarbeiteten und das zu erreichen sie nie zu hoffen gewagt hatten ... aber plötzlich hatte Denis es erreicht. Er hatte einen halben Kontinent für sich allein. Die nächsten Menschen waren so weit entfernt, daß selbst der stärkste Wind nur eine schwache Spur von ihrer Gegenwart herwehte. Und selbst angesichts zunehmender Schneehöhen und der nach Süden ziehenden Herden gab es noch mehr als genug Wild, um einen einzelnen Werwolf bei bester Gesundheit durch den Winter zu bringen.

Er aber suchte die Gesellschaft des Menschen. Der Geruch von Feuer, der Geschmack von gebratenem Fleisch – sie lockten ihn mit der quälenden Erinnerung an etwas, das er seit langem verloren, aber keineswegs vergessen hatte. Selbst wenn er nicht hungrig war, erfüllte ihn der Duft von Fett, das in den Flammen brutzelte, mit einem fast unstillbaren Verlangen. Und selbst wenn er nicht fror, reizte ihn die Schönheit des Feuers. Er brachte das Fleisch, sie machte Feuer. Ließ sich das Verhältnis zwischen seiner Spezies und ihrer, das vor unendlich langer Zeit begonnen hatte, auf einen so einfachen Nenner bringen?

Jetzt hatte er sogar seine menschliche Gestalt wieder angenommen. Es gab kein unbedingtes Muß, aber er *wollte* es. Noch etwas hatte er nicht vorhersehen können und verstand es auch nicht so recht. Aber daß es unmittelbar mit der Menschenfrau zusammenhing, die diese verschneite Weite mit ihm teilte, war unbestreitbar und in vieler Hinsicht beunruhigend.

Sie antwortete nicht, als er sie ansprach, und obwohl er das eigentlich auch nicht erwartet hatte, war er dennoch enttäuscht, nicht den Klang ihrer Stimme zu hören. Vielleicht war es das, was er brauchte und vermißte: den Klang von Stimmen. Werwölfe waren nicht dafür geschaffen, allein zu leben, und deshalb stellte die Verbannung auch eine so harte Strafe dar. Unter derart grausamen Bedingungen war selbst ein Mensch besser als überhaupt keine Gesellschaft.

Das könnte es treffen ...

Er sagte: »Du bist ein dreckiges Ding, und dein Gestank macht mich krank. Deine Dummheit und deine Schwachheit kann ich gerade noch ertragen, aber ich werde mein Schlafquartier nicht mit jemandem teilen, der solche Ausdünstungen hat.«

Dann hob er sie hoch wie ein Bündel Lumpen und trug sie aus der Höhle. Seine nackten Füße fanden auf den glitschigen Steinen ebenso festen Halt wie die einer Ziege, und trotz seiner Nacktheit bekam er in der kalten Luft fast keine Gänsehaut. Er näherte sich den dampfenden Quellen, wo zwischen den Felsen noch immer Grünpflanzen hervorragten und kein Schnee liegengeblieben war und wo eine Temperatur herrschte wie im Frühling. Dort stellte er Tessa auf die Füße, und dann begann er, ihr die schmutzigen Kleider abzustreifen.

»Soll ich dir sagen, was während der Pest die meisten deiner Artgenossen umbrachte? Der schlichte Mangel an Seife. Was für ein Pech für alle Beteiligten, daß dieses Hilfsmittel erst entdeckt wurde, als es zu spät war ...«

Sie reagierte nicht, weder auf seine Worte noch auf seine Handlungen. Ihre Glieder wirkten fast so biegsam, als wären sie ohne Knochen, als er sie zum Entkleiden in die erforderliche Position brachte, und ihr Gesichtsausdruck änderte sich nicht. Er blickte ihr in die Augen und sah absolut nichts.

Dann führte er sie zum Tümpel, über dem wie Nebel eine weiße Dampfschicht hing, und ging ins Wasser in der Erwartung, daß sie seinem Beispiel folgen würde. Als sie sich nicht rührte, raffte er sie in seine Arme und trug sie wie ein Kind hinein. Abgesehen davon, daß die Temperaturveränderung sich in der Beschaffenheit ihrer Hautoberfläche niederschlug, zeigte sie keinerlei Regung. Er führte sie tiefer hinein, bis das Wasser über ihre hervorstehenden Hüftknochen schwappte, über ihren eingefallenen Bauch und schließlich über ihre Rippen.

Solche spontan auftretenden, erwärmten Tümpel infolge vulkanischer Tätigkeit inmitten subarktischer Gegenden waren ein Phänomen, das Denis aus seiner Heimat kannte und nutzte, wann immer er Gelegenheit dazu hatte. Es gab nur wenige angenehmere Gefühle, als mitten im Schnee in warmes Wasser zu gleiten, die

Dampfschwaden einzuatmen, sich auf den Rücken zu legen, die Wärme in die Muskeln sickern zu lassen und zu genießen, wie die reichen Mineralien die Seele erfrischten. Er war dem Geruch dieser Quellen schon seit Tagen gefolgt.

Etliche Zeit hatte er darauf verwendet, aus einer Emulsion von Fischöl, Rinde und Asche eine einfache Seife herzustellen, die er anschließend in einen Beutel aus Tierhaut packte. Jetzt kratzte er ein wenig von dieser Seife mit den Fingern heraus und rieb seine Hände so lange, bis sie schäumten. Energisch verteilte er die Seifenlösung auf ihre Schultern, Brüste und Arme, auf ihre Hüften, Schenkel und zwischen ihre Beine. Sie stand einfach nur da, den Blick gesenkt und die Arme schlaff herabhängend; sie leistete weder Widerstand noch aktive Mithilfe.

Als er mit ihr allmählich die Geduld verlor, wandte er sich seiner eigenen Toilette zu; er rieb seinen Körper mit der Seife ab, schäumte sich das Haar ein, tauchte kurz unter und sah zu, wie die sanften Wirbel und Strömungen der Quelle die Seifenblasen wegschwemmten. Dann sank er auf die Knie, verloren im Nebel, und ließ sich vom Dampf bis ins Mark erwärmen. An Tessa dachte er dabei kaum mehr.

Doch als er aufstehen wollte, um das köstliche Naß zu verlassen, hielt ihre ausgestreckte Hand ihn auf. Verblüfft schaute er hin, bis er merkte, daß sie gerade nach dem Beutel mit der Seife greifen wollte.

Er nahm ihn vom Felsen, gab ihn ihr und sah zu, wie sie tiefer ins Wasser watete und sich dann hineinsinken ließ, den Kopf nach hinten beugte, um ihr Haar zu befeuchten. Dann begann sie, die Seife einzumassieren. Es war absurd, wie viel Freude es ihm bereitete, sie bei einer so einfachen Tätigkeit wie Haarewaschen zu beobachten. Er lächelte sogar.

»Siehst du, du Menschlein«, murmelte er, »der Geschmack von gebratenem Fleisch, der Geruch von Seife ... vielleicht ist das schon alles, was uns von den Tieren unterscheidet und uns zu unserem Wesen zurückführt, wenn wir uns zu weit davon entfernt haben.«

Stundenlang blieb sie in dem kleinen Teich und wusch sich wieder und wieder. Denis bereitete ein großes Feuer vor und reinigte ihre Kleidung sowie seinen Mantel, bevor er alles zum Trocknen aufhängte. Dann ging er jagen.

Er erlegte ein Wildschwein und häutete es mit den Zähnen, wobei er seinen Appetit zügelte, als er an das Feuer dachte und an den Geschmack knusprig gebratenen Fetts in unmittelbarer Nähe des Knochens. Kopf und Eingeweide überließ er den Aasfressern, bevor er die dicken Schultern für das Abendessen abtrennte und den Rest tief im Schnee vergrub – nahe genug an der Quelle, um das Fleisch bewachen zu können, aber wiederum nicht so nahe, daß es sie in eine gefährliche Situation hätte bringen können.

In menschlicher Gestalt kehrte er schließlich zu Tessa zurück, aus Gründen, die er sich selbst nicht so recht erklären konnte. Sie hatte sich wieder angezogen und Holz nachgelegt. Ihr Haar hing sauber und trocken auf die Schultern, auch wenn es dünner war als früher und den gesunden Glanz verloren hatte. Ihr menschlicher Geruch, in dem nur noch schwach Krankheit und Schmerz nachklangen, war erträglicher geworden. Auf eine bizarre Weise war er sogar beinahe tröstlich.

Ohne ein Wort nahm sie ihm das Fleisch ab und steckte es auf dicke Spieße, die sie über das Feuer legte. Sie arbeitete etwas schwerfällig mit einem Arm, wobei sie die verkrümmte Hand des anderen durchaus geschickt zum Festhalten benutzte. Er badete nochmals in der heißen Quelle, und als er herausstieg, war sein Mantel warm und trocken. Sie aßen zusammen und rissen das Fleisch mit den Fingern von dem Knochen, während der Schein des Feuers über ihre Gesichter flackerte.

Denis warf seine Reste in die Glut und sagte: »Wie liebend gern hätte ich jetzt eine Flasche von dem Devoncroix-Cabernet, für den mein Bruder verdientermaßen berühmt ist.« Er wartete auf eine Reaktion von ihr. Sie blieb aus. »Und Salz. Ich vermisse Salz. Vielleicht finde ich ja bald irgendwo eine Salzader. Und was ist mit dir, Mensch? Vermißt du vielleicht etwas?«

Sie schob weitere Fleischstückchen in den Mund, den Blick auf ihre Hände gerichtet.

»Nichts aus der Welt, die du hinter dir gelassen hast?« stichelte er. »Hübsche Kleider, glitzernde Steine, attraktive Männer mit weißen Handschuhen, die sich zu dir herabbeugen? Nein? Na ja, vielleicht hast du ja recht. Das ist alles stinklangweilig, stimmt's? Ich kann dir keinen Vorwurf machen, daß du froh bist, das alles hinter dir zu haben.«

Sie sah ihn nicht einmal an. Er lächelte trocken. »Genau das habe ich an euch Menschen immer so gehaßt. Ihr redet zu viel.«

Kurze Zeit später verließ er sie abermals, um zu jagen, und in der Nacht schlief er in Wolfsgestalt neben ihr an der Glut des verglimmenden Feuers.

Und so entstand ein neuer Rhythmus für ihre Tage. Tessa stieg wie besessen immer wieder in die Quelle, um sich und ihre Haare zu waschen. Denis versuchte nicht, sie davon abzuhalten, weil er wußte, daß das, wovon sie sich zu reinigen trachtete – was immer es auch sein mochte –, irgendwann weggewaschen sein würde. Gleichwohl fragte er sich mitunter, ob sie damit die Erinnerung an die Zivilisation loswerden wollte oder den Schmutz der Wildnis.

In der Wärme der Quelle wurde sie kräftiger, der Husten wich endgültig, und ihre Wangen nahmen wieder ein wenig Farbe an. Manchmal, wenn er tagsüber schlief, suchte sie in der Umgebung unter dem Schnee nach eßbaren Pflanzenteilen; sie grub Wurzeln und Knollen aus, die sie zusammen mit Wasser und Fleischstücken in einem Stück vom Stamm eines abgestorbenen Baumes, den sie zu einem Topf ausgehöhlt hatte, über dem Feuer garte. Denis säuberte Kaninchenfelle und trocknete sie sorgfältig; dann zeigte er ihr, wie sie ihre Stiefel mit ihnen auspolstern konnte, um die Kälte abzuhalten, und wie sie bei starkem Wind ihre Hände ins Fell stecken sollte.

Immer häufiger gesellte sich Denis abends in menschlicher Gestalt zu ihr, gehüllt in den Mantel, der wie sie roch, und manchmal redete er. Er sprach über *Othello,* die Verdi-Oper, die er während seines Aufenthalts in Paris gesehen hatte, und über eine Szene in *Giselle,* die ihm jedesmal den Atem raubte. Dann ließ er sich über Cognacs aus, die er gekostet hatte, Weine, die er liebte, und Bücher, die er gelesen hatte. Ein andersmal gefiel es ihm einfach, den tröstlichen Klang seiner eigenen Stimme zu hören, und nach einiger Zeit schien es ihm beinahe, als hörte sie tatsächlich zu. Dennoch war er ein wenig enttäuscht darüber, daß ihre stetige Reaktion aus Schweigen bestand.

Manchmal schlief er neben ihr in Wolfsgestalt, doch meist jagte er nachts, erkundete die Umgebung und hielt die Nase in den Wind. Er wußte, daß sie bald würden weiterziehen müssen, enthielt ihr das aber vor, so lange er konnte.

Eines Nachts, als sie gerade den letzten der von ihm erlegten Schneehasen verspeisten, erstarrte Tessa plötzlich, während sie über seine Schulter zum Spalt in den Felsen blickte, der die Quelle schützend umgab. Auf einmal machte sie den Mund auf.

»Wer ist das?«

Denis war so überrascht, daß es einen Augenblick dauerte, bevor er ihren Worten überhaupt Bedeutung beimaß; bevor er daran dachte, sich umzudrehen und nachzuschauen, wo sie so gebannt hinstarrte. Die Silhouette eines zottigen Alaska-Tundrawolfs zeichnete sich im Mondlicht ab; er saß keine fünfzehn Meter von ihnen entfernt und beobachtete sie. Natürlich hatte er gewußt, daß der Wolf in der Nähe war – aber ihm war nicht klargewesen, daß sie ihn sehen konnte. Er lächelte beinahe, als er merkte, was sie so schockartig aus ihrem langen Schweigen gerissen hatte.

»Und das passiert ausgerechnet dir – dem Menschen, der jeden Werwolf, den er sah, sofort als solchen erkannte«, spöttelte er sanft. »Nein, meine Liebe, es gibt an diesem Ort keinen Zauberer außer dem, der vor dir sitzt. Das hier ist ein ganz gewöhnlicher Wolf, der prüfen wollte, was wir Leckeres zum Abendessen haben.«

Ihre großen Augen waren immer noch auf die Gestalt hinter seinem Rücken geheftet.

Denis sagte ungeduldig: »Er wird dir nichts tun, da er nur meinetwegen neugierig ist. Sein Rudel hält sich in der Nähe auf, und ich teile manchmal meine Beute mit ihm.«

Jetzt blickte sie Denis an. »Kennt ... kennt er Sie?«

Also hatte sie ihr bißchen Verstand doch noch nicht verloren. Bis zu diesem Augenblick war er sich da nicht so sicher gewesen. Seine Erleichterung darüber stand eigentlich in gar keinem Verhältnis zur Schlichtheit ihrer Frage, und so bemühte er sich, bewußt beiläufig zu antworten: »Aber nein. Er ist mein Artgenosse – aber riecht an mir das, was uns voneinander unterscheidet. Er will nicht mit mir jagen und läuft weg, wenn ich komme.«

Tessa nahm die eßbaren Überreste ihres Hasen und legte das Fleisch in seine Hände, während sie noch immer über seine Schulter den Wolf fixierte. Nach einer Sekunde der Verblüffung begriff Denis, daß er dem Tier das Fleisch bringen sollte. Mit einem Achselzucken tat er es.

Erst einige Zeit später kam er wieder zurück, und sie lag dösend neben dem Feuer, den Kopf auf ihren angewinkelten Arm gelegt. Er setzte sich und deckte einen Teil des Mantels über sie, während er den Rest auf den Schultern behielt. Der Mantel war kalt und roch nach Nacht. Schließlich nahm er einen Anlauf: »Bald müssen wir hier weg. Die vorigen Wochen, der Schnee und der Wind, das war sozusagen erst der Herbst in Alaska. Aber jetzt kommt der Winter, und das Wild ist abgewandert. Wir sind allein übrig, wenn wir noch länger bleiben, und werden glatt verhungern.«

Im schwachen Schein des Feuers sah er, daß ihre Augen offen waren.

»In den Felsen Richtung Osten gibt es Höhlen. Am besten suchen wir dort Unterschlupf. Wenn die Wölfe den Winter überstehen, können wir das auch.«

Sie antwortete nicht.

»Wir sollten morgen aufbrechen. Ein Sturm ist im Anzuge, aber wenn wir uns nach Osten wenden, weichen wir ihm aus.«

Noch immer kein Zeichen. Er dachte schon, er hätte sie wieder verloren und der Funke von Geist, der zuvor kurz aufgeleuchtet war, sei nun erloschen angesichts der Aussicht, diesen Ort, an dem sie sich so wohl gefühlt hatte, verlassen zu müssen. Es machte ihm schwer zu schaffen.

Er ließ den Mantel über sie fallen, zog ihn fest um ihre Schultern und wollte gehen.

Leise sagte sie: »Ich mag Verdi auch.«

Mitten im Schritt hielt Denis inne und blickte zu ihr zurück. Dann ging er in die Nacht hinaus, um zu jagen.

Alexander

27

Es war ein ereignisreicher Winter für uns, voller Pläne und Hoffnungen. Wir reisten quer durch Europa, machten uns mit Mitgliedern des Rudels bekannt, denen es nicht möglich gewesen war, der Paarungszeremonie beizuwohnen, und stellten uns denen vor, die unsere Fähigkeit zu herrschen anzweifelten. Menschliche Könige und Staatsmänner empfingen uns, denen ich lediglich als wohlhabender Unternehmer und Elise als französische Aristokratin vorgestellt wurde, und die uns nach unserer Hochzeit gastfreundlich bewirten wollten. Jetzt, wo ich danach suchte, war ich überrascht, wie unglaublich viele Geschäfte sich aufgrund solcher Kontakte einfädeln ließen.

Wir erwarben Liegenschaften in Amsterdam und Paris, und traten in Verhandlungen mit Lipenstraum, dem Werwolf und Juwelier, der unsere Kronjuwelen entworfen hatte; schließlich vereinbarten wir, zwei Diamantenminen zu kaufen und sie von ihm verwalten zu lassen – ein Arrangement, das für alle Beteiligten sehr positive und weitreichende Resultate zeitigen sollte. Elise interessierte sich für eine Fabrik in New York, und so planten wir, im Frühjahr dorthin zu reisen. Es war eine schöne Zeit.

Ende Februar legte sich Elise ins Wochenbett und wollte in Wolfsgestalt bleiben, bis das Junge nach rund sechs Wochen entwöhnt war. Ich behielt natürlich die ganze Zeit über meine menschliche Gestalt bei, um sie und den Kleinen mit alldem zu versorgen, wofür man in menschlicher Gestalt aufkommen muß; auf diese Weise sicherte ich unserer Familieneinheit den traditionellen Vorteil, der daraus erwächst, je einen Elternteil in der einen und der anderen Gestalt zu haben. Für den Vater ist das immer eine schwierige, aber auch sehr glückliche Zeit, und die Verbindung zwischen Elise und mir wurde von Tag zu Tag inniger.

In einer solchen Phase benötigt man unbedingt verläßliche Assistenten in Schlüsselpositionen; denn wenn die Niederkunft naht, ist keiner der beiden Eltern in der Lage, sich groß um andere Dinge zu kümmern Elise und ich hatten unsere vertrauenswürdigsten Mitstreiter kommen lassen; deren Loyalität und die Beschützerinstinkte des Rudels schirmten uns von der Außenwelt ab. Seit fast dreißig Jahren hatte es keine königliche Geburt mehr gegeben, und das erwartete Junge sollte ein ganzes Jahrhundert in Händen halten. Es war für alle Beteiligten ungeheuer aufregend.

Elises Wehen setzten eine Stunde vor Sonnenaufgang ein, während draußen leicht und geräuschlos der Schnee fiel. Ihre und meine Schwestern waren zugegen, hielten sich jedoch in den Ecken des Raums, wo sie gedämpft miteinander flüsterten und schließlich junge Läufer losschickten, um die Nachricht zu verkünden; ansonsten ließen sie Elise und mich allein unser Kind zur Welt bringen, so, wie es sein sollte.

Ich lag bei ihr, streichelte ihr über den Pelz und ließ sie durch meine Anwesenheit in Menschengestalt auf traditionelle Weise spüren, daß ich eins mit ihr war, während sie sich auf die physische Energiesammlung konzentrierte, die nötig war, um unser Kind zu gebären. Im Gegensatz zu Menschenfrauen, die bei der Geburt so sehr zu leiden scheinen, erfreuen sich die weiblichen Angehörigen unserer Spezies in ihrer natürlichen Wolfsgestalt relativ kurzer Wehen und einer schmerzlosen Geburt. Wenige Minuten nach Sonnenaufgang holte ich unser Erstgeborenes eigenhändig ans Licht der Welt.

Sofort merkte ich, daß etwas nicht stimmte, und im Raum wurde es totenstill. Das Kind, dessen Geburt auf der Stelle im ganzen Palast freudig verbreitet werden sollte, wurde vom festen Griff seiner Mutter zurückgehalten. Niemand rührte sich. Allen stockte der Atem.

So war es in jener Sekunde, die ein ganzes Leben zu dauern schien, in dem Augenblick, der für immer in meinem Gedächtnis eingefroren bleiben sollte: das weiche Licht der Gaslampen, die zurückgedreht worden waren, um das Kleine in der Welt willkommen zu heißen; das Kaminfeuer, das sanft im Hintergrund flackerte, während bereits eine blasse, zitronengelbe Sonne durch die obersten Scheiben unserer Schlafkammer hereindrang. Die zerknitterte, mit Blut und Fruchtwasser befleckte Bettdecke aus Satin; Elise, die sich nach vorn beugte, um die Nabelschnur mit den Zähnen zu durchbeißen, während ich dieses zerbrechliche, schreiende Stückchen Leben streichelte ... so klein, so unendlich hilflos. Ich legte meine beiden Handflächen darüber; seine blinden Augen waren geschlossen und sein kleines Maul offen, während es instinktiv nach der Zitze suchte. Sein Pelz war von der Nässe des Körpers seiner Mutter noch glitschig und dunkel. Mein Herz füllte sich mit Liebe zu ihm ... und mit Entsetzen.

Denn in diesem Augenblick sah ich, was die anderen nur ahnen konnten. Seine linke Pfote, die es angewinkelt unter sein Gesicht hielt, war keine Pfote, sondern eine Hand wie die eines menschlichen Neugeborenen, und sein rechtes Bein war ein menschliches Bein. Seine menschlichen Lungen liefen mit Flüssigkeit voll, als sie versuchten, genügend Luft für seinen Wolfskörper einzusaugen, und sein unterproportioniertes Herz verdoppelte in einer verzweifelten Anstrengung, Blut durch die Wolfsadern zu pumpen, seine Schlagfrequenz.

In diesem Augenblick hätte ich ihr das Kind wegnehmen sollen. Ich hätte nie zulassen dürfen, daß sie es säugte. Aber ich war viel zu verzweifelt und verstört, und das Entsetzen kroch durch meinen Körper wie ein langsam wirkendes Gift. Mein ganzes Denken bestand aus Schmerz. Namenloser Schmerz.

Ich ließ das Kind neben Elise auf dem Bett und taumelte fort, meine befleckten Hände vor mir ausgestreckt. In den betroffenen Augen der Frauen erschien Mitgefühl, und ich glaube, eine von ihnen wollte mich in den Arm nehmen. Ich sah Elise, wie sie ruhig begann, das Kind zu säubern ... Mein Kind.

Dann warf ich den Kopf zurück und stieß ein wildes Geheul aus. Meine aus tiefster Seele kommende Pein hallte im Palast wider und verbreitete sich über das ganze Land, die ganze Welt. Ich wandte mich um und stürzte aus dem Raum.

Wir bezeichnen ihn als die Geißel – jenen Fluch, der uns die Jungen aus dem Leib ihrer Mutter reißt und sie zu einem langsamen, grausamen Tod verdammt. Selbst nach jahrhundertelangen Forschungen unserer engagiertesten Wissenschaftler ist es nicht gelungen, dieses Phänomen zu therapieren, ihm vorzubeugen oder es auch nur zu erklären. Je nach Schwere der Mißbildungen können diejenigen Kinder bis zu einem Monat am Leben bleiben, während ihre Körperfunktionen nach und nach aussetzen. Eine solche Grausamkeit würden wir natürlich niemals zulassen. In der Regel schläfert die Mutter ihr Kind in einer endgültigen, tödlichen Umarmung ein, so daß es zuletzt nur noch – falls die arme Kreatur überhaupt schon ein Bewußtsein besitzt – den Geruch des mütterlichen Pelzes und die Wärme ihrer Liebe wahrnimmt.

Mitunter kommt es vor, daß eine Mutter das nicht übers Herz bringt. Das ist keine Schande, denn die Hormone dominieren zu diesem Zeitpunkt derart, daß angesichts einer solchen Tragödie oft die Fähigkeit zu nüchternen Konsequenzen beeinträchtigt ist. In derartigen Fällen fällt diese Aufgabe dem Rudelführer zu, der, wer auch immer er oder sie sein mag, sich unverzüglich zur trauernden Mutter begibt, um dem leidenden Kind den Weg aus dieser Welt zu erleichtern. Wir sind für das gesamte Rudel verantwortlich und auch für jedes Neugeborene.

Wenn aber die Mutter des Kindes selbst die Rudelführerin ist, gibt es keine Alternativen. Das hätte ich begreifen müssen.

Doch der Schmerz – nicht nur meiner, sondern auch Elises – wirkte lähmend auf uns beide. Seit Monaten liebte ich dieses Wesen, dieses Wunder, das aus meiner Vereinigung mit Elise entsprungen war, diese großartige Geschöpf, in dem sich unsere Liebe spiegelte. Ich hatte seinem Herzschlag gelauscht und den leisen, süßen Geräuschen, die es von sich gab, während es sich in der Leibesflüssigkeit seiner Mutter bewegte. Es war unsere Hoffnung, unsere Zukunft, und ich liebte es von ganzem Herzen. Nun war mein Gemüt zerrissen, und mir blieb nur, den Kopf zwischen den Knien zu vergraben und laut zu schluchzen in grenzenlosem Schmerz über unseren Verlust, über die Unerbittlichkeit des Schicksals.

Am Rande des Frühlings senkte sich eine kalte winterliche Trübsal über unsere Residenz. Die Werwölfe, die gekommen waren, eine Geburt zu feiern, betrauerten nun einen Tod. Das Rudel, das in Freude und Hoffnung zusammengeströmt war, um das neue Jahrhundert in die Hand zu nehmen, fragte sich unter abergläubischem Geflüster, für welche Katastrophe wohl die Tragödie, die ihr Königspaar heimgesucht hatte, ein Omen sein mochte. Der Samen war verunreinigt, fürchtete man. Nie würde es lebensfähigen Nachwuchs geben. Es lag am Blut der Antonows, hieß es. Nein, es war das der Devoncroix. Oder die Vermischung von beidem. Die Vereinigung stand von Anfang an unter einem ungünstigen Stern.

Ich hörte sie alle, doch nichts konnte mich treffen, nichts verletzen, nichts mehr quälen, als ich ohnehin schon litt. Nicht einmal die Gestalt zu wechseln vermochte ich, so sehr lähmte mich meine Trauer. In dieser Weise zermalmt, saß ich in dem mit dunklem Samt ausgekleideten Raum, den ich als Arbeitszimmer nutzte, bei zugezogenen Vorhängen und weinte, bis mich selbst die Kraft zum Weinen verließ. Gault wartete mir in aller Stille auf, ohne sich aufzudrängen. Als ich ihn anblaffte, nicht die Lampen anzumachen, ließ er den Raum verdunkelt. Und als er im Kaminfeuer stochern wollte, gebot ich ihm erneut mit einer scharfen Geste Einhalt. Das Feuer erlosch. Ich ließ zu, daß die Kälte und Schwärze in meine Knochen drangen, bis diese sich anfühlten wie meine Seele.

Es war bereits mitten in der Nacht, als Evelyn, Elises älteste Schwester, sich leise hereinschlich. Ihr Kummer sprach aus dem salzigen Geruch ihrer Tränen wie aus ihren ruckartigen Bewegungen. »Bitte, Monsieur«, flüsterte sie, »Sie müssen unbedingt kommen!«

Widerwillig, mit verschwommenem Blick und unter größter Anstrengung erhob ich mich wie ein Mann aus einer Kapitulation. Sie fiel neben mir auf die Knie, und ihre dunklen Röcke wogten unter dem Geknister von Satin und der Bitterkeit ihrer Trauer. Sie ergriff meine Hand. Ihre Finger waren so kalt wie die meinen. Ich erkannte sie kaum wieder.

»Es geht um Elise«, hauchte sie. »Sie müssen ihr helfen.«

Nichts außer diesem Namen hätte mich zurückholen können, nichts anderes hätte in mir auch nur den geringsten Wunsch aufkeimen lassen, diesen Raum je wieder zu verlassen. Ich hob den Kopf, und Gault trat besorgt einen Schritt vor. »Was?« fragte ich. Meine Stimme klang angestrengt und heiser, und sie schien meine Ohren nur von weither zu erreichen.

Ihre Augen flossen über vor Schrecken und Angst. »Alexander, Sie müssen kommen. Elise kann nicht – sie will nicht tun, was getan werden muß. Sie müssen ihr das Kind wegnehmen.«

Ich brauchte lange, bis ich begriff, was sie damit meinte. Dann brachte ich irgendwie die Worte heraus. »Lebt es denn noch?«

Gault legte eine tröstende Hand auf meine Schulter. »Es ist erst ein paar Stunden her«, erklärte er.

»Sie läßt niemanden an sich heran.« Wieder benetzten Tränen Evelyns Wangen und Kinn. »Das erste Kind – die Trauer – sie hat einfach nicht die Kraft dazu. Alexander, helfen Sie ihr!«

Durchbohrt von Entsetzen und Furcht, stand ich schlotternd auf. »Nur der Rudelführer kann anstelle der Mutter handeln!«

Mein Diener packte mich fest am Arm und sagte: »Dann müssen Sie eben dessen Platz einnehmen.«

Ich schaute in meiner Verzweiflung von Gault zu Evelyn und sah in beiden Augenpaaren keinen Ausweg.

»Das Rudel wartet«, fuhr Evelyn fort. »Elise braucht Sie, damit Sie tun, was sie selbst nicht tun kann. Sie dürfen sie jetzt nicht im Stich lassen, Alexander!«

Meine feige Flucht von ihrer Seite in dem Augenblick, als sie mich am dringendsten gebraucht hätte, brannte in meinem Gewissen. Als ich die Kraft hätte haben müssen, ihr das Kind wegzunehmen, hatte ich kläglich versagt. Schon einmal hatte ich sie im Stich gelassen. Und nun auch noch meinen Sohn ...

In meiner Scham versuchte ich, mich von Evelyn abzuwenden. »Allein um des Rudels willen«, setzte Gault mit Nachdruck hinzu, »müssen Sie jetzt handeln!«

Und Evelyn ergänzte: »Um Elises willen ... und um Ihres Kindes willen.«

Ergeben schaute ich auf, aber was ich sah, war nicht ihr Gesicht. Es waren die Züge meiner Gefährtin. Meiner geliebten Elise, die mich so dringend brauchte. Das Gesicht meines Sohnes, dem ich nur ein einziges Geschenk würde machen können.

Und ich sah das ganze Rudel, das sich auf uns beide verließ.

Ich ging durch den Korridor zum Schlafzimmer. Die Versammelten bildeten für mich eine Gasse; gesenkten Blickes traten alle an die Wände zurück. Entschlossen und erhobenen Hauptes bahnte ich mir zwischen ihnen einen Weg, doch meine Bewegungen waren steif. Ich bemerkte, wie andere Werwölfe im Hof, auf dem Hügel und im verschneiten Garten vor sich hin murmelnd von einem Fuß auf den anderen traten und auf das Signal warteten, um mit uns trauern zu können. Um des Rudels willen. Die Worte klangen in mir noch immer nach.

Ich trat in die Kammer und schloß die Tür. Der Geruch von Schmerz und Leid, dick wie Wachs, erstickte mich fast. Elise lag in ihrem zerknitterten Bettzeug genauso da, wie ich sie verlassen hatte. Auf ihrem Pelz waren noch die Spuren der Geburt zu erkennen, und ihre Seiten hoben und senkten sich unter kurzen, schnellen Atemzügen. Als sie mich ansah, waren ihre Augen stumpf vor Verwirrung und Kummer. Aus ihrer Kehle drang ein leises, monotones Wimmern. Nie hatte ich sie mehr geliebt als in diesem Augenblick. Noch hatte ich mich selbst jemals mehr gehaßt.

Das Kind krümmte und wand sich an ihrem Bauch, klammerte sich an ihr Fell. Ich roch seine Schmerzen, hörte, wie sein kleines Herz sich bis zum Bersten abmühte, hörte die stummen Schreie aus seinem keuchenden, offenen Mäulchen. Elise beugte sich zu ihm hinab und versuchte, seine Schmerzen von ihm abzulecken, bevor sie sich erschöpft zurückfallen ließ. Sie sah mich an. Diese Hilflosigkeit in ihren Augen, diese unendliche, hoffnungslose Pein. Ich fühlte das alles in jeder Pore meines Seins – all das und mehr.

Über sie gebeugt, griff ich nach dem Säugling. Sie fletschte die Zähne und bedachte mich mit einem warnenden Knurren, in dem jedoch eher Resignation mitschwang als wirkliche Drohung. Ich streichelte ihren Kopf, legte mein Gesicht auf das weiche Fell ihres Nackens und ließ meinen Tränen freien Lauf. Und dann nahm ich ihr ruhig und sachte das Junge weg.

Ohne mich umzusehen verließ ich den Raum. Ich trug meinen Sohn durch die Korridore und auf den Balkon, von dem aus man den Hof überblickt. Ich wartete, bis das Rudel, still und verunsichert, sich versammelt hatte und alle Augen auf mich gerichtet waren. Jetzt hob ich das Kind hoch in die Luft – ein Opfer an den Himmel, aus dem es gekommen war. Und dann brach ich ihm das Genick.

Es stimmt schon, daß kein Herrscher je allein regiert und wir als Gefährten mehr eine einzige als zwei getrennte Einheiten sind. Doch es muß eine letzte Autorität, einen einzigen Anführer geben, und sei es nur um des Rituals willen. Bis zu jener Nacht war die Rolle des Rudelführers Elises Erbrecht gewesen. Indem ich tat, was sie zu tun nicht in der Lage war, übernahm ich ihre Macht. Der Übergang verlief glatt. Ich hatte die Stärke, es zu tun: Ich tötete meinen Sohn und wurde so zum Oberhaupt der Werwölfe.

Danach zerriß ich meine Kleider und versank in einen unbeschreiblichen Schmerz, der sich in meiner Verwandlung niederschlug, ohne daß diese es mir ermöglicht hätte, vor diesem Leid zu fliehen. Ich rannte in die Nacht, über die Hügel und tief in die Wälder und heulte und heulte, bis mir die Stimme versagte.

Tessa und Denis

28

Die Klage ließ Tessas Seele erschaudern, wie selbst die arktische Kälte es nicht vermochte. Wieder und wieder drang das Geheul eines einsamen Wolfs durch die Nacht, doch niemand antwortete ihm.

Sie kannte diese Stimme, denn sie war wie keine andere. Und sie wußte: Wenn sie in einer klaren Mondnacht zum Eingang der Höhle gehen und den Himmel absuchen würde, könnte sie ihn womöglich sehen, den Kopf zurückgeworfen vor Qual. *Ist da denn gar niemand?* schien der Schrei zu flehen. Und die einzige Antwort darauf war das Echo der Stille.

Oft hörte sie, wie einzelne Mitglieder des Wolfsrudels einander riefen, und sie hatte gelernt, die Nuancen auseinanderzuhalten, zu unterscheiden zwischen Triumph, Spiel, Erregung, Frage oder einfachem Gesang. Nie blieb ein Ruf unbeantwortet – mit Ausnahme des Rufs von Denis. Mittlerweile hegte sie die Überzeugung, daß das Geheul eines einzelnen Wolfs der einsamste, trostloseste Laut war auf der ganzen Welt.

Er kehrte in menschlicher Gestalt zur Höhle zurück und hüllte sich in das Fell eines Bären, den er, schon halb im Winterschlaf, in einer Höhle überrascht hatte. Die Narbe aus jenem Kampf zog sich auf seinem linken Oberschenkel vom Knie bis zur Hüfte; doch dafür hatten sie sich wochenlang vom Fleisch des Bären ernährt, und auch für das Wolfsrudel war etwas abgefallen. Und das dicke Fell bildete eine isolierende Schicht zwischen ihnen und der Erde, wenn sie sich nachts schlafen legten.

Ein Bärenfell als Unterlage zum Schlafen, Felswände, die sie sich mit Höhlenbewohnern aus der Tierwelt teilen mußte, ein Feuer aus Ästen, das nicht allzuviel Rauch verursachte ... früher hätte Tessa sich nicht vorstellen können, daß sie eines Tages für so etwas dankbar sein würde. Nun gab es für sie kaum mehr andere Wünsche.

Denis legte ein gefrorenes, noch mit Schnee bedecktes Stück Fleisch auf den Steinkreis, der die Feuerstelle umgab. »Das ist das letzte aus dem Versteck«, erläuterte er. »Das Wild ist hier bereits verschwunden. Morgen ziehen wir weiter, bevor die große Kälte kommt.«

Tessa schluckte schwer, nickte aber. Seit Beginn des subarktischen Winters waren sie bereits dreimal umgezogen – immer kurz vor einem Schneesturm, der sie so vollständig von der Außenwelt abgeschnitten hätte, daß sie verhungert wären. Und jedesmal war das Vorwärtskommen schwieriger geworden. Jedesmal nahm ihre Zuversicht ab, die Strecke bis zum nächsten Unterschlupf zu bewältigen.

Sie schwieg lange, legte Holz aufs Feuer nach und drehte das Fleisch um, damit es gleichmäßiger auftaute. Worte fielen ihr nach wie vor schwer, und oft fehlte ihr die Energie, sie zu formen. Denis sprach mit ihr immer so, als erwarte er eine Antwort, und tadelte sie nie, wenn keine kam. Allmählich begann sie, den Klang seiner Stimme zu mögen. Doch ein richtiges Gespräch mit ihm erforderte eine Anstrengung seitens einer Stelle in ihrem tiefsten Innern, deren Vorhandensein sie fast schon vergessen hatte. Manchmal aber mußte etwas gesagt werden, und dann war es die Mühe wert. Sie machte sich Sorgen um die Wölfe.

»Wir sollten Fleisch für das Rudel zurücklassen«, meinte sie.

»Nein«, erwiderte er schroff, und Tessa zuckte bei seinem Ton ein wenig zurück.

»Ich füttere sie nicht mehr«, erklärte er. »Das macht sie zu sehr von mir abhängig. Sie wären längst weitergezogen, wenn ich nicht meine Beute mit ihnen geteilt hätte.«

Eine Zeitlang schwieg Tessa. Dann hielt sie ihm zögernd vor:

»Sie sind doch nur ... wütend auf sie. Weil sie nicht auf Ihren Ruf antworten.«

Sein wildes Stirnrunzeln erschreckte sie. Er sah selbst eher wild aus als zahm, wenn er, nackt bis auf das Bärenfell, so vor dem Feuer hockte, sein dunkelrotes Haar nahtlos in das Fell überzugehen schien und das Flackern des Feuers die Kanten seines Gesichts betonten. Als er zu sprechen begann, klang seine Stimme hart.

»Wie könnte ich auf ein dumpfes Tier wütend sein?« fragte er. »Das wäre ebenso sinnlos, wie dir zu grollen.« Dann fügte er in etwas weniger barschem Ton hinzu: »Sie antworten nicht auf meinen Ruf, weil sie im Gegensatz zu den Menschen, die zu dumm sind, den Unterschied zu begreifen, mich als ein höheres Wesen respektieren und deshalb Angst vor mir haben. Das werde ich ihnen doch nicht verübeln!«

Er streckte seine Hände über der Glut aus und starrte lange in die Flammen. Tessa dachte daran, wie verzweifelt sie sich bemüht hatte, dieses kleine Feuer die ganze Zeit über, die sie hier waren, am Brennen zu halten, wie sie unter dem Schnee nach abgefallenen Zweigen und Ästen gegraben und sie tagelang getrocknet hatte, bevor sie brannten; wie sie mit bloßen Händen grüne Äste von rauhen Bäumen abgerissen und Stück für Stück Steine zum Eingang der Höhle geschleppt hatte, um die Flammen vor dem Wind zu schützen. Der Vorrat an Streichhölzern wurde gefährlich knapp. Was würde geschehen, wenn er aufgebraucht war? Und was, wenn am nächsten Ort, an dem sie halt machten, kein Brennholz zu finden war? Die Gegend wurde immer bergiger, Bäume immer seltener. Wenn sie nun in eine Region kämen, wo es überhaupt kein Holz mehr gab?

Leise sagte Denis fast im Selbstgespräch: »Es kann gar nicht sein, daß andere von meiner Art dieses Gebiet noch nicht entdeckt haben. Es *muß* hier noch welche geben. Manchmal bilde ich mir ein, ich könnte sie riechen ...« Er hielt inne und schüttelte den Kopf wie einer, der aus einem Tagtraum erwacht. »Aber dann wird mir klar, daß ich nur meine eigenen Erinnerungen herausbefördere.«

Tessa sagte zaghaft: »Wenn Sie ... wenn Sie könnten, würden Sie zurückgehen, nicht wahr?«

Überrascht blickte er auf und antwortete schroff: »Du dummer Mensch! Allein zu leben ist für einen Werwolf überhaupt kein Leben. Hast du auch nur einen Augenblick lang geglaubt, daß mein Bruder gnädig sein wollte, als er mich in die Verbannung schickte? Das war der grausamste Tod, zu dem er mich verurteilen konnte. Für alle Zeiten ohne den Klang einer anderen Stimme leben zu müssen, ohne die Wärme eines anderen Körpers, ohne Gefährtin ...«

Eine Weile starrte er vor sich hin. Dann vollendete er den Satz mit einem klaftertiefen, rauhen Tonfall, den er nicht unter Kontrolle zu bringen vermochte: »Das ist der grausamste Tod überhaupt.«

Er nahm den bereits völlig verkohlten Ast, mit dem sie immer das Fleisch über das Feuer hielt, und stieß ihn in das dicke, noch nicht ganz aufgetaute Stück. »Natürlich würde ich zurückgehen«, sagte er grob. »Du etwa nicht?«

»Nein!« Es war kaum mehr als ein erstickter Atemzug, und sie erbebte, als sei der bloße Gedanke daran bedrohlich. »Nein, niemals werde ich in die Welt der Menschen heimkehren. O nein!« Sie atmete hektisch bei den letzten Worten, und ihre Fäuste umklammerten den Mantel hoch oben an ihrem Hals.

Die Muskeln an ihrem verletzten Arm krampften sich zusammen, wie sie es immer taten, wenn sie versuchte, eine Faust zu machen, und schließlich entglitt ihr eine Ecke des Mantels wieder. Denis betrachtete sie neugierig einen Augenblick lang und sagte dann: »Du bist schon eine seltsame Person.« Er drückte ihr den Ast mit dem schweren Fleisch in die Hand. »Halt das mal!« Dann ging er zum Ausgang der Höhle.

Wenige Augenblicke später kam er mit weiterem Brennholz zurück, von dem er mehrere Stöcke in sorgfältig abgemessener Länge abbrach. Tessa sah zu, wie er daraus ein Gestell über dem Feuer baute, auf das er anschließend das Fleisch legte, damit sie es nicht mehr zu halten brauchte.

»Auf solche Weise erleichtern wir seit Ewigkeiten den Menschen das Leben«, merkte er an und betrachtete zufrieden sein Werk.

Sie schauten noch eine Weile in die Flammen und lauschten dem Zischen ihres Bratens. Und dann fragte Tessa mit leiser, angespannter Stimme: »Glauben Sie, daß es sehr weit ist bis zum nächsten Unterschlupf?«

Er zog eine Augenbraue hoch und murmelte: »Meine Güte, du bist heute nacht ja fast schon geschwätzig.« Dann fügte er hinzu: »Jawohl, das ist es. Aber ich habe heute den Geruch von viel Wild gewittert – vielleicht ein Teil einer Herde, die in einem Tal eingeschlossen ist.«

Stumm kauerte sie sich zusammen.

Sein Tonfall wurde schärfer. »Du stirbst, wenn du hierbleibst.«

Denis war selbst überrascht über die Anspannung, die sich in seinen Schultern breitmachte und seinen Brustkorb zusammendrückte, je mehr sich ihr Schweigen in die Länge zog. Und dann sah sie zu ihm auf. Ihr Gesicht wirkte müde, und die Höhlungen unter ihren Augen schienen deutlicher zum Vorschein zu treten als noch einen Augenblick zuvor. Bedauernd berührte sie den ausgehöhlten Stein, den sie diesmal als Kochtopf benutzt hatte – Überbleibsel einer längst vom Erdboden verschwundenen Menschensippe –, und Denis fiel wieder ein, wie sie sich gefreut hatte über seinen Fund.

Er genehmigte sich ein mildes Lächeln. Manchmal waren die menschlichen Ticks ja ganz rührend. »Ich schnüre dir ein Bündel. Du kannst deinen Topf und deinen Bratspieß mitnehmen, deine kleinen Symbole der Zivilisation – denn aus derartigen Nebensachen sind schon große Nationen entstanden. Wenn in einem Jahrhundert oder so die Menschen mit ihren Zügen und Äxten und ihren großen stinkenden Schornsteinen an diesen Ort der Wildnis kommen, werden wir das alles Tessa LeGuerre zu verdanken haben.«

Zitternd rückte sie ein wenig näher ans Feuer, aber ein Teil ihrer Angst war von ihr abgefallen.

Mit einem Arm winkte er ihr. »Komm her, Mensch, und wärme mich. Der Wind ist bitterkalt heute nacht, und ich sitze mit dem Rücken zu ihm.«

Sie blickte auf, rührte sich aber nicht von der Stelle. Aus ihren Augen sprach Mißtrauen, und das faszinierte ihn so sehr, daß er unnachgiebig blieb. »Du liegst nachts bei mir, aber am Feuer willst du nicht neben mir sitzen? Was für ein dummes Mädchen du doch bist! Weißt du nicht, daß ich dich nur am Leben halte, um mich an dir zu wärmen? Und wegen deiner Konversation natürlich. Jetzt komm schon.«

Seine Hand über ihrer Faust schließend, zog er sie zu sich. Zitternd und gesenkten Blicks näherte sie sich ihm widerstrebend. Er zog sie in den Kreis seiner Arme und Knie, und schloß sie in seine Nacktheit ein, so daß ihr Rücken an seiner Brust lag, und zog das Bärenfell über sie beide. »Verflucht sei die Notwendigkeit, in diesem Körper zu bleiben«, schimpfte er. »Ich werde nie warm genug.«

Denis nahm ihre steifen Finger zwischen seine Hände und rieb sie geistesabwesend. Sie erschauerte.

»Ärgerlicherweise«, fuhr er fort, »verbraucht die menschliche Gestalt weniger Energie als die Wolfsgestalt, und je weniger Energie ich verbrauche, desto weniger Nahrung brauche ich. Aber natürlich kann ich nur in Wolfsgestalt jagen. Das ist ein ewiger Teufelskreis, ohne den meine Spezies schon längst die Herrschaft über den Planeten übernommen hätte.«

Seine Körpertemperatur war meßbar höher als die ihre, und zuweilen verteilte sich ihre gemeinsam erzeugte Wärme im zeltartig aufgespannten Bärenfell auf recht angenehme Weise. Doch es schüttelte sie noch immer, ihre Muskeln waren angespannt, ihr Herz schlug schneller und ihr Atem ging unregelmäßig. Ihre Haut strömte den scharfen Geruch von Angst aus.

Leicht verstimmt erkundigte Denis sich: »Wovor fürchtest du dich eigentlich, du dummes Mädchen? Hast du Angst, ich könnte dir weh tun?«

Und dann begriff er, daß nicht seine Nähe sie in Panik versetzte, sondern seine Nacktheit. Das amüsierte ihn, bis er verstand, daß sie eben nur ein ignoranter Mensch war und deshalb seine Umarmung womöglich als sexuelle Annäherung interpretierte – ein ganz neuer Aspekt.

»Ach so«, sagte er, als er an die Männer in der Blockhütte dachte. »Du glaubst wohl, ich will dich benutzen, wie sie es getan haben. Eine merkwürdige Vorstellung, zumal in diesem Stadium! Alexander hätte dich besser über uns aufklären sollen.«

Er drehte sie in seinen Armen herum, bis er sie im Profil sah, und wenngleich ihre Muskeln noch immer steif waren, widersetzte sie sich nicht. Sie wandte den Kopf ab und weigerte sich, ihn anzuschauen.

»Hier bitte, sieh mal.« Ungehalten nahm er ihre Hand und schob sie an sein Geschlecht, das schlaff und ohne jede Reaktion an seinem Oberschenkel lag. »Ich giere nicht nach dir, bin kein menschlicher Mann und habe keine Waffe zwischen den Beinen.«

Ein unwillkürliches Stöhnen drang über ihre Lippen, und sie versuchte, ihre Hand wegzuziehen, aber er hielt sie an Ort und Stelle fest. »Siehst du? Berühr mich, wo und wie du willst. Er wird deinetwegen nicht steif, außer, wenn ich mich dazu zwinge. Ich bin doch keine Bestie, die sich nicht unter Kontrolle hat – und keine Bedrohung für dich oder irgendein anderes Lebewesen auf Erden, solange ich mich nicht bewußt dazu entschließe.«

Leise und erstickt weint sie vor sich hin. Er ließ ihre Hand los und wollte sie schon verärgert von sich stoßen, als sie ihr Gesicht an seine Schulter und ihre Hände an seine Brust legte. »Armer kleiner ruinierter Mensch«, murmelte er. »Ich frage mich, ob ich dich je wieder zahm machen kann.«

Er beugte seinen Kopf über den ihren, und das Aroma ihres Haares erfüllte seine Nase. Unverkennbar menschlich, voller Rauch und Schnee und Erde und Bärenfell und tausend anderen, mittlerweile schal gewordenen Gerüchen, die ganze Chronik ihrer gemeinsamen Odysee. Auch sich selbst roch er an ihr, und es kam ihm wie eine ganz natürliche Mischung vor, ja sogar beruhigend. Er schob ihr das wirre Haar aus dem Gesicht und wischte ihr mit den Fingerspitzen die Tränen aus den Augenwinkeln. Schließlich ließ ihr Schluchzen nach und hörte ganz auf, reglos lag sie in seinen Armen; ihr Atem, nur unterbrochen von einem gelegentlichen Stocken, wärmte seine Haut, und ihre Hände, zuvor zu angsterfüllten Fäusten geballt, lagen offen und entspannt auf seiner Brust. Daß das verängstigte Mädchen sich nun still seinen Armen überließ, vermittelte ihm ein Gefühl der Macht, aber auch eine tiefe, gänzlich unerwartete Freude.

Zum erstenmal verstand er, was seinen Bruder – und andere Werwölfe – zu menschlichen Begleitern hinzog. Diese Erkenntnis hatte sich derart stetig und natürlich in ihm gebildet, daß sie ihm nicht wie ein Schock erschien und er nicht vor ihr zurückschreckte, wie er es vielleicht hätte tun sollen. Es war das Gefühl von Haut, die der eigenen ähnelte, von Wärme inmitten der Kälte, ein Gesicht, das wie das eigene lächeln konnte, Augen, die wie die eigenen weinen konnten, das Geräusch einer Stimme wie der eigenen in der Dunkelheit. Alles in allem war es das Gefühl für dieses kleine, hilflose Wesen, das in seinen Armen lag, ganz ruhig jetzt und vertrauensvoll. Er gab ihr Sicherheit und sie ihm Kraft.

Genau das fühlte er, als er sie festhielt, ihre Wärme einsog und ihrem Herzschlag lauschte: eine Unterbrechung der Einsamkeit, eine Pause im Überlebenskampf. Eine momentane Zufriedenheit ... und sogar mehr. Eine subtile Neugierde, ein prickelnder Unterton der Verheißung brachte ihn dazu, seine Finger an ihren Hals zu legen und diesen sanft zu streicheln, bis Tessa zu ihm aufsah mit dunklem Blick, in dem keine Angst lag, nur Warten, nur Frage. Ihr Atem ging schneller, und ihr Herzschlag veränderte den Rhythmus, als er sie ansah; er erinnerte sich an den Tag im Obstgarten, daran, wie er sie angefaßt hatte und wie sie, ganz in seinem Bann, unter seiner Berührung dahingeschmolzen war. Damals hatte er das absichtlich getan, weil er von seiner Macht über andere wußte. Nun aber, da er sein Gesicht zu ihrem herabbeugte, den Geruch ihrer Haut einsog und ihren Atem in seinem Mund schmeckte, stiegen unwillkürlich andere Erinnerungen in ihm hoch – Erinnerungen an Werwölfe, die Menschen Sexspiele boten und sie praktisch zu ihren Geliebten machten: *Das könnte Ich auch für sie tun. Ich könnte ihr solche Freude geben, daß sie die Schmerzen vergessen würde, die jene Männer ihr zugefügt haben. Tessa, du süßer gebrochener Mensch, ich würde es dir schenken …*

Er breitete seine Finger über einer Seite ihres Gesichts aus und strich ihr über die Augenwinkel, über das zarte Gefieder ihrer Wimpern. Ihr Geruch war betäubend, ihr Herzschlag ließ sein Blut pulsieren. Er kam ihr mit seinem Gesicht näher und näher, und sog sie Zentimeter für Zentimeter, Millimeter für Millimeter in sich auf, bis sein Mund nur mehr einen Hauch von ihrem entfernt war und ihr Atem zwischen seine offenen Lippen strömte. Er schmeckte sie mit seiner Zunge, ihr Salz, ihre Süße, und ihr Geschmack ließ sein Herz so laut klopfen, daß der Atem in seinen Lungen rasselte, klopfen voller Angst, Vorfreude und dunklem, verbotenem Verlangen. Ihre Augen sahen ihn an, wie eine Mutter ein Kind ansieht, das es im Arm hält, und ebenso war auch er ihrem Blick ausgeliefert, wie unter einem Bann, dem er sich nicht entziehen konnte. Dann breitete sie ihre Finger leicht über seine Schulter und streichelte seine Kehle; die Sanftheit ihrer Berührung, die scheue Zärtlichkeit darin erzeugte ein freudiges Erbeben auf seiner Haut, das sich mit einer langsamen, köstlichen Wärme über sein Rückgrat bis in den Mittelpunkt seiner Seele ausbreitete.

Und genau das – seine eigene, bereitwillige Reaktion auf ihre Berührung – riß ihn schließlich schockiert aus seiner selbstgewählten Unterwerfung, erfüllte ihn mit Verlorenheit und erweckte in ihm den Argwohn, daß etwas dabei war, sich unwiderruflich zu ändern. Er stieß sie so grob von sich, daß sie nach hinten fiel und nach Luft rang; eilig erhob er sich. Einen Augenblick lang stand er mit geballten Fäusten über ihr. Dann entfernte er sich vom Feuer, verließ die Höhle und verschwand in der Dunkelheit.

Spät nachts kehrte er in Wolfsgestalt zurück und schlief neben ihr, um sie warm zu halten. Am nächsten Morgen brachen sie auf; er ging voran, und Tessa folgte seinen Spuren im Schnee.

29

Tagelang stapften sie dahin. Er nahm seine menschliche Gestalt nicht wieder an, und manchmal kam er überhaupt nicht zu ihr. Er ging nordwestlich einer Witterung nach, die er selbst nicht genau definieren konnte; aber so gelang es ihm, die Stürme zu meiden. Instinktiv suchte er Schutz in Felshöhlen, und wenn er den Rauch roch, wußte er, daß auch sie sie gefunden hatte. Und Instinkt war es auch, was ihn dazu bewog, Nacht für Nacht einen Teil seiner Beute vor ihren jeweiligen Unterschlupf zu legen.

Doch die Beute wurde immer weniger, sie mit jemandem zu teilen immer schwerer. Hagere Hasen, ein Polarfuchs, manchmal Nagetiere, die er aus dem gefrorenen Boden hatte ausgraben müssen ... dennoch machte er so weiter, und obwohl er in Wolfsgestalt wertvolle Energie verbrauchte, weigerte er sich, zu seiner menschlichen zurückzukehren.

Zuletzt kam der Tag, an dem er dem Sturm nicht länger davonlaufen konnte.

Der Schnee wehte und türmte sich, verklebte seinen Pelz und stach in seinen Ohren. Seine Pfoten sanken tief in den Verwehungen ein. Immer höher mußte er klettern, um auf glatten Felsen nach Beute Ausschau zu halten und eventuell die Witterung eines unvorsichtigen, vom Sturm überraschten Tieres aufzunehmen. Unwillkürlich hatte sein Körper begonnen, mehr Wärme zu erzeugen, um ihn vor dem bitteren Wind zu schützen, und in der Weise konnte er die Kälte überleben. Sein Hunger aber forderte so grimmig Tribut, daß er nicht mehr zu ignorieren war.

Schließlich kam ihm jedoch etwas zu Bewußtsein, das ihn sogar seinen Hunger vergessen ließ. Es war das Fehlen von etwas, von etwas so Gewohntem, daß es fast zu einer zweiten Natur geworden war – etwas, dessen Fehlen ihn so verwirrte, daß er eine Zeitlang nicht einmal sagen konnte, was es war. Und dann plötzlich wußte er es.

Der Mensch. Ihr Geruch war verschwunden.

Er drehte sich um die eigene Achse und schnupperte gründlich in den Wind. Danach krabbelte er eine Anhöhe hinauf und versuchte, mit seinen Augen den Schnee zu durchdringen; aber alles, was er sah, waren Schemen am weißen Himmel, Vorhänge von Schnee. In ihm stieg eine Angst auf, die er nicht ganz begriff. Er hob den Kopf und heulte.

Außer dem Wind antwortete niemand.

Nun rutschte er den eisigen Abhang wieder hinunter und begann, seine eigenen Spuren im Schnee zurückzuverfolgen.

Nach einer guten Stunde überkam ihn eine merkwürdige Verzagtheit, eine Kälte tief in seinem Innern, die nichts mit Hunger zu tun hatte. Der Schnee wehte so heftig, daß seine Spuren nur noch eisige Mulden unter einer Zentimeter dicken Schicht von Neuschnee bildeten; doch seine Nase hatte keine Schwierigkeiten, ihren Geruch zu erkennen – aber keinen anderen. Die ganze Zeit zuvor verliefen ihre Fußspuren immer kurz hinter ihm, ihr Geruch nah genug, um sich mit dem seinen zu vermischen. Wie lange war es her, daß er sie zum letztenmal wahrgenommen hatte? War es ein Tag oder nur ein paar Stunden? Mit seinen Augen, seinen Ohren, seiner Nase versuchte er, die Reihenfolge der Ereignisse seit dem Beginn des Sturms zu rekonstruieren. Aber da war nichts. Die Schwere seines Versagens verstopfte ihm wie ein Eisklumpen die Kehle. Erst hatte er hinsichtlich der Zukunft seines Rudels versagt und nun auch noch bei ihr.

Die Dunkelheit brach herein, und mit ihr eine so beißende Kälte und ein so wilder Sturm, daß er sich manchmal auf den Boden legen mußte, um nicht weggeweht zu werden. Er kam nur extrem langsam voran, und nach einigen Stunden war seine Suche zu einer Art Selbstzweck geworden und jede reale Hoffnung, an ihrem Ende etwas zu finden, in unendliche Ferne gerückt.

Aber dann nahm er einen bekannten Geruch auf. Er folgte ihm den Boden entlang unter den Schichten von Schnee und Eis, bis die Konzentration des Geruchs immer dichter wurde. Hier begann er zu graben und eine Gischt von Schnee hinter sich zu werfen, bis er auf den Gegenstand stieß, der in ihm warme Erinnerungen an Fleisch und Feuer weckte. Der verkohlte Bratspieß.

Sein Herz schlug schneller, und plötzlich war er wieder hellwach. Er suchte die Umgebung in immer größer werdenden Kreisen ab, die Nase am Boden, bis die Partikel ihres Geruchs zu einem Ganzen verschmolzen, und dann bohrte er sich erneut in die Tiefe.

Ihr Körper unter dem Schnee war kalt wie Eis, ihr Herzschlag schwach und langsam, unendlich langsam. Die Wärme ihres Atems hatte eine kleine Aushöhlung um ihren Mund gebildet, wo sich kein Schnee angesammelt hatte, und das Bärenfell schützte ihr Gesicht und ihren Kopf. Erschöpft und halb erfroren, war ihre zerbrechliche Gestalt einfach in den Schnee gesunken und hatte sich geweigert, wieder aufzustehen.

Er legte ihr Gesicht frei und schuf ihr einen Tunnel zum Atmen, bevor er sich in der Umgebung umsah. An einem Felsen befand sich eine Schneewehe, und er grub sich hinein. Er glättete mit Hilfe seiner Körperwärme die Wände und vergrößerte mit den Pfoten die Höhle, bis sie breit genug war für zwei und fest genug, um das Gewicht des Schnees auszuhalten. Die ganze Zeit über lauschte er Tessas Herzschlag und versuchte, sich gegen den Geruch des eisigen Todes zu wappnen, der sich ihr mit jeder Minute näherte.

Als es ihm endlich gelungen war, ihren Körper aus dem Schnee zu befreien und sie in die Höhle zu zerren, zitterten seine Muskeln vor Erschöpfung; sein ganzer Körper bebte, und er kämpfte verzweifelt, seine Körpertemperatur aufrechtzuerhalten. Mit letzter Kraft zog er die steifgefrorenen Schichten ihrer Oberkleidung ab und streckte sich über ihr aus, um sie zu wärmen und durch die Nacht zu bringen.

Am nächsten Morgen lebte sie noch. Frisch gefallener Schnee verdunkelte den Eingang zur Höhle, und er mußte sich erneut freigraben. Dabei entdeckte er einen Kaninchenbau und verschlang die drei ausgemergelten, sehnigen Dinger, fast ohne dazwischen Luft zu holen. Dann ging er auf die Jagd. Noch immer fiel Schnee, doch die Beute war ebenso hungrig wie die Räuber, also mehr als ein Lebewesen unterwegs. Er fand genug, um sich selbst vor dem Verhungern zu retten, und kehrte zu der eisigen Höhle zurück, wo er sich erneut über Tessa legte, um sie zu wärmen.

So ging es Tag um Tag. Er jagte, um selbst am Leben zu bleiben, und kam wieder, um sie am Leben zu halten. Sie schüttelte sich und stöhnte im Schlaf; er leckte ihr kaltes Gesicht, ihre Lippen und Fingerspitzen, bis keine Gefahr von Erfrierungen mehr bestand. Mitunter murmelte sie ihm etwas zu, aber er, in Wolfsgestalt, kümmerte sich nicht weiter darum. Und im Verlauf dieser Tage wurde ihm allmählich etwas klar, das ihn nicht mehr losließ: Dieses ausgemergelte Menschenkind würde niemals den Winter in dieser Gegend überleben, und das deprimierte ihn. Es deprimierte ihn sogar sehr. Seit ihrer Ankunft hatte er die verschiedensten Todesarten für sie beide ins Auge gefaßt: Raubtiere, Verhungern, Verdursten, umstürzende Bäume, einbrechendes Eis, ein Erdrutsch, Krankheit, Verletzungen – aber schlichtes Erfrieren hatte er dabei nie in Erwägung gezogen. Sie würde unweigerlich erfrieren, wenn nicht jetzt, dann später. An diese Möglichkeit hatte er einfach nicht gedacht.

Als es aufhörte zu schneien, machte er sich auf die Suche nach Brennholz.

Es kostete ihn Stunden, unter dem Schnee abgebrochene Äste freizubekommen, sie zum Trocknen zur Höhle zurückzuschleppen, genug Wild zu erlegen, um für seine Arbeit ausreichend Energie zu tanken und erneut nach Ästen zu suchen. Er grub einige Nager aus dem Boden, brach ihnen das Genick und trug sie in die Höhle. Noch immer in Wolfsgestalt, riß er sich Büschel aus dem eigenen Fell, um sie zum Anzünden des Feuers zu verwenden. Und dann, mit einem größeren Aufwand an Energie, als er zu besitzen glaubte, und gegen jeden inneren Instinkt, verwandelte er sich in Menschengestalt.

Er machte Feuer mit den Streichhölzern, die sie so eifersüchtig gehütet hatte, und garte über der Glut Fleisch. Die Wärme des Feuers glättete die Wände der Schneehöhle, doch die Kälte ließ sie sofort wieder gefrieren, härter und fester als zuvor. Er fing herabtropfendes Wasser in der steinernen Schüssel aus ihrem Bündel auf und zwang sie, es zu trinken; wenn sie dann wieder in unbekannten Träumen versinken wollte, schob er ihr rasch Stücke gebratenen Fleisches zwischen die Lippen. Sie konnte es nicht hinunterschlucken, also kaute er das Fleisch vor, steckte es ihr in den Mund und murmelte: »Iß schon, du dummer Mensch, oder willst du vielleicht an diesem elenden Ort abkratzen?«

Aus Stunden wurden Tage. Er jagte nach Brennholz und jedweder Art von Kleinwild, das ihm über den Weg lief, bewachte das Feuer, flößte ihr Wasser und vorgekautes Essen ein, das sie manchmal erbrach und manchmal schluckte. Mitunter öffnete sie die Augen und versuchte, ihm durch rauhe Lippen ein paar Worte zuzumurmeln. Einmal glaubte er, Alexanders Namen herauszuhören, und sein Herz verkrampfte sich vor Erbitterung und Gekränktheit. Ein anderes Mal machte sie die Augen auf und flüsterte ihm zu: »Das ist nicht Ihre Schuld ... Sie können nichts dafür – daß ich nicht fähig war ...«

Es machte ihn wütend, sie das sagen zu hören, und zugleich hätte er am liebsten geheult. Abrupt verließ er die Höhle, um zu jagen – wenn er zurückkehrte, wußte er nie, ob sie vielleicht in seiner Abwesenheit ihren letzten Atemzug getan hatte.

Sie bestimmte seine Tage, seine Nächte, seine Gedanken und Instinkte. Er haßte sich selbst deswegen, konnte aber nichts dagegen tun. Es widersprach jeder Logik. Sie zehrte an seiner Energie und seinen Ressourcen. Dies war nur ein Mensch, und er hatte sein Leben der Überzeugung verschrieben, die Welt wäre ohne Menschen schöner. Das wußte er genau, und er hielt es sich immer wieder vor Augen; aber keine bessere Einsicht konnte ihn davon abhalten, zu ihr zurückzukehren.

Natürlich war sie nur ein Mensch, aber eben *sein* Mensch, und er grämte sich um sie.

Doch er mußte befürchten, daß womöglich nichts von dem, was er zu tun vermochte, das Schwinden ihrer Kräfte aufhalten konnte, und dieses Gefühl der Ohnmacht ließ ihn ergrimmen.

»Kämpfe, du Schwächling von einem Mädchen«, herrschte er sie an. Er hob ihren Kopf und brachte sie dazu, einen Tee aus einer stark riechenden Rinde zu trinken, die, wie er wußte, Heilkräfte besaß. Sie hustete und versuchte zu schlucken, doch das meiste ergoß sich über ihren Hals und ihre Kleidung. »Du hast nicht aufgegeben, als du mit hohem Fieber in einem Käfig auf einem Schiff eingesperrt warst, und du hast auch nicht in der Blockhütte aufgegeben, wo die Menschen dich quälten. Warum dann jetzt?«

Als sie zu ihm aufsah, spiegelten sich Schmerz und Verwirrung in ihren Augen. »Gehen Sie bitte«, flüsterte sie. »Lassen Sie mich sterben. Das wäre am Ende weniger grausam.«

Seine Hand ballte sich krampfartig zur Faust, und er wandte sich von ihr ab, stellte die Schüssel mit dem Tee hin. »Ich werde dich nie verlassen, du dummes Ding«, erklärte er barsch, und kaum hatte er die Worte ausgesprochen, wußte er auch schon, daß sie der Wahrheit entsprachen. Das Eingeständnis wirkte in ihm wie ein Abführmittel, schmerzhaft zunächst, aber auf merkwürdige Weise befreiend – und irgendwie unausweichlich.

Erneut wandte er sich ihr zu, legte seine Hand an ihre Wange und streichelte sie. Ihr Gesicht entspannte sich, als nehme seine Berührung ihr einen Teil der Schmerzen, und in ihrem Blick sah er, daß sie verstand.

»Ohne dich«, sagte er schlicht, »wäre ich allein.«

Er legte sich neben sie auf den Boden und wärmte sie mit seinem Körper. Mit ihrem Kopf an seiner Schulter strich er ihr durchs Haar, und sie schmiegte sich in seine Umarmung. So blieb er liegen, bis sie einschlief.

Danach schien es ihr ein wenig besserzugehen, oder zumindest tat sie um seinetwillen so. Sie aß mehr und behielt es auch bei sich. Und nach so vielen Monaten, in denen sie ihre Worte gehortet hatte wie Edelsteine, versuchte sie ausgerechnet jetzt, wo sie kaum die Kraft erübrigen konnte, sie zu äußern, mit ihm zu reden. Dies war ihr Geschenk für ihn, und er wollte nicht so unsensibel sein, es zurückzuweisen.

»Erinnern Sie sich an den Tag, als Sie im Weinberg zu mir gekommen sind?« begann sie.

»Natürlich.«

»Sie waren so charmant.«

»Man hat mir das schon öfter gesagt.«

»Sie haben mir den Atem verschlagen.«

»Aber du fürchtetest dich doch vor mir!«

»Das schon.« Ihre Stimme war nur ein Flüstern, und ihre Augen schweiften über sein Gesicht. »Aber Sie haben mich auch ... verzaubert.«

Er senkte den Blick. »Mit Absicht!«

»Ich glaube, das war mir klar.«

»An jenem Tag habe ich dir viele Lügen erzählt.«

»Auch das war mir klar.«

»Und viele Wahrheiten!«

Sie schwieg.

»Ich bin jetzt ein anderer ...«

»Ist das gut oder schlecht?«

Er sah sie an. Die Ehrlichkeit seiner Antwort ließ seine Stimme heiser klingen. »Ich weiß es nicht.«

Sie nahm seine Finger zärtlich in die Hand. Er zog sie nicht weg.

Der Tag kam, den er nicht mehr hinausschieben konnte. »Ich muß woanders jagen«, erklärte er abrupt. »Hier ist nichts mehr zu holen, nicht einmal Eichhörnchen.«

Er hatte die Monde gezählt, seit sie in diese Gegend gekommen waren, und wußte, daß es für den größten Teil der Welt bereits Sommer war. Aber hier in der Hochebene würde noch einige Wochen lang Schnee fallen und die Rückkehr der Herden ziemlich auf sich warten lassen. Ohne Wild konnte er nicht hier bleiben. Noch nie war es ihm so schwergefallen, sie zu verlassen.

Tessa hatte damit gerechnet und nickte nur. »In welche Richtung wollen Sie gehen?«

Er zögerte. »Weiter nach Norden ...«

Sie schien beunruhigt. »Im Norden gibt es nur noch Berge. Warum ausgerechnet nach Norden?«

Unwirsch schüttelte er den Kopf, weil er keine Lust hatte, es näher zu erklären, beziehungsweise nicht dazu in der Lage war. »Ich glaube, dort könnte es Wild geben«, meinte er knapp.

Stumm lag sie in dem Bärenfell, das Gesicht zum Feuer gewandt und den Kopf auf den Arm gestützt. Leise – fast so, als denke sie laut – sagte sie schließlich: »Ich frage mich manchmal ... wenn die Wölfe Sie akzeptiert hätten, wären Sie dann jemals zu mir zurückgekommen?«

Er mußte nicht lange nachdenken. »Nein.«

Sie versuchte zu lächeln, aber die Anstrengung schien zu groß, und ihre Augen wirkten erschöpft. »Dann schulde ich wohl dem Rudel etwas.«

Keiner von beiden konnte ahnen, daß diese Schuld noch anwachsen würde, als Denis in jener Nacht auf die Jagd ging, die unter Umständen Tage dauern konnte. Die Nacht war klar und der Boden hartgefroren; er richtete seine Nase gen Norden und hielt leicht sein Tempo. Nach rund zehn Meilen nahm er die Witterung des Rudels auf – und mit ihr die eines frisch getöteten Opfers.

Er hätte gegen sie um die Beute gekämpft, wenn es nötig gewesen wäre, und stimmte ein wildes Geheul an, um sie das wissen zu lassen. Aber er mußte nicht kämpfen. Sie hatten den noch dampfenden Kadaver einer Karibu-Kuh bereits freiwillig aufgegeben.

Denis schlang das Fleisch in sich hinein, bis ihm schwindlig war; dann riß er einige Stücke heraus, um sie zu Tessa zurückzutragen. Den Rest vergrub er, weil er wußte, daß er ihn brauchen würde.

»Sie hätten ihre Beute nie verlassen dürfen«, erklärte er Tessa und versuchte dabei, seine Aufregung unter Kontrolle zu halten. »Wo sie doch noch hungriger sind als wir. Sie hätten mit mir um das Fleisch kämpfen müssen.«

»Vielleicht wollten sie es Ihnen zum Geschenk machen«, meinte Tessa. Der Geruch von Fleisch – richtigem, saftigen Fleisch, nicht knochigen Kaninchen oder Wieseln wie zuletzt – weckte ihre Lebensgeister wieder. »Nach all den Beutetieren, die Sie vordem mit ihnen teilten – vielleicht haben sie sich ja daran erinnert.«

»So sentimental kann nur ein Mensch. sein.« Nachdenklich schüttelte er den Kopf und drehte an dem Spieß. »Nein, so großzügig wären sie nie, außer sie könnten es sich leisten. Und wo kam das große Herdentier wohl her? Die sind alle nach Süden geflohen, seit dem ersten großen Schneesturm habe ich nichts dergleichen mehr gewittert.«

»Was wollen Sie damit sagen?«

Er sah sie an. »Die Wölfe sind nach Norden gezogen. Ich glaube, das bedeutet, daß ich recht hatte – daß es dort Wild gibt. Das ist weit, Tessa – so weit, daß ich nicht einmal abschätzen kann, wie weit genau. Aber ich muß dorthin.«

Sie schwieg eine Zeitlang. Dann sagte sie nur: »Ich kümmere mich so lange um das Feuer.«

Zwei Tage später hatte er Glück, nachdem er dem Geruch des Wolfsrudels und seinem eigenen unerklärlichen Instinkt gefolgt war. Er blickte in ein Hochtal hinab, so tief, daß es vor den schneidenden Winden und dem schlimmsten Schnee geschützt lag; ein rauschender Bergbach floß hindurch, der selbst bei diesen Temperaturen nicht zugefroren war. Im Tal befand sich nicht nur eine, sondern mehrere Herden zufrieden grasender Tiere, die nur wenige Zentimeter Schnee wegkratzen mußten, um sich an der darunterliegenden Vegetation zu sättigen.

Mittlerweile war Denis halb verrückt vor Hunger, zögerte jedoch trotzdem, voreilige Schlüsse zu ziehen. Es schien so unwahrscheinlich, daß ganze Herden in einem Tal oberhalb der Wolken sich den ganzen Winter über fettfressen konnten – wo ihr Instinkt sie doch eigentlich zusammen mit dem übrigen Wild nach Süden hätte treiben müssen. Deshalb also jagte hier das Rudel; ihr Geruch war eindeutig, ihr Bau nicht weit weg. Als Denis seinen Blick über das Tal schweifen ließ, fiel ihm auf, daß es von drei Seiten praktisch unzugänglich und der schmale Durchgang auf der vierten Seite durch einen Erdrutsch blockiert war. Jedes Tier, das größer war als ein Wolf, mußte erhebliche Schwierigkeiten haben, hinein- oder hinauszugelangen. Die Herden waren nicht hierher gezogen. Sie lebten immer hier, sommers wie winters, und das womöglich schon seit Generationen.

Seine Instinkte hatten ihn nicht getrogen. Er befand sich im Paradies!

Lautlos stieg er hinab, trennte geschickt ein herumstreunendes Tier von der Herde und schlug sich den Bauch voll. Das Wolfsrudel mischte sich nicht ein, und er erwartete das auch gar nicht. Schließlich gab es mehr als genug für alle, und wegen eines einzelnen Kalbs setzten sie nicht ihr Leben aufs Spiel. Zum erstenmal freute sich Denis, daß er seinen Brüdern Angst einjagte, auch wenn das bedeutete, daß er für immer von ihnen getrennt sein würde.

Nicht ein Stückchen Fleisch blieb für Aasfresser übrig. Satt und zufrieden wusch Denis sich im Bach und stillte seinen Durst, bevor er sich einen Schlafplatz suchte.

Er folgte seiner Nase zu einem engen Spalt in der Erde; nach wenigen Dutzend Metern stellte er verblüfft fest, daß der Tunnel sich weitete, bis er auf allen vieren stehen konnte, und daß er kein Ende zu nehmen schien. Die Neugier ließ seine Müdigkeit von ihm abfallen, und während er immer weiter in dem Tunnel vorwärtsdrang, sah er in gewissen Abständen Kammern liegen. Doch er bemerkte noch etwas anderes, etwas derart Erstaunliches und geradezu Unglaubliches, daß er lange brauchte, bevor er seinen Sinnen Glauben schenkte. Und als er endlich sicher war, daß er sich nicht täuschte, war er so aufgeregt, daß ihm fast das Herz stehenblieb.

Der Geruch dieses Ortes war alt und muffig, durchsetzt von Felsstaub und den Exkrementen von Nagetieren, winzigen ausgetrockneten Skeletten und dunkler, feuchter Erde. Aber verwoben mit alldem, so tief und so alt, daß ihn der Fels selbst auszuströmen schien; er war so tief verborgen, daß nicht einmal die empfindlichen Nasen des Wolfsrudels ihn hätten wittern können, und zwar der schwache, aber unverkennbare Geruch eines Werwolfs.

30

Denis kehrte so schnell wie möglich zu Tessa zurück, fast ohne zwischendurch auszuruhen oder etwas zu essen, und schaffte die Strecke in der halben Zeit. Wie zu befürchten gewesen war, hatte sich ihr Zustand in seiner Abwesenheit verschlechtert, und er hatte nichts von dem nährstoffreichen roten Fleisch der Herdentiere mitnehmen können, um sie zu stärken. Statt dessen kochte er ein Kaninchen und brachte sie dazu, es zu essen, während er ihr von seiner Entdeckung berichtete.

»Wir müssen dorthin«, bestimmte er. »Der Weg wird schwer, aber dort gibt es Unterschlupf und Wasser, und Wild in Hülle und Fülle. Es ist auch nicht so kalt da oben, vermutlich gibt es heiße Quellen. Unter dem Schnee liegt sogar Grünzeug, und die höheren Felsschichten schmecken salzig. Und Bäume wachsen dort – so viele Bäume, daß wir nie wieder nach Brennholz suchen müssen.«

Mit großen Augen hörte sie ihm zu. »Werwölfe«, flüsterte sie, »in dieser Wildnis. Aber ich dachte, es gäbe hier niemanden von Ihrer Art, und man hätte Sie gerade deshalb hierher verbannt.«

Ungeduldig über ihre Begriffsstutzigkeit schüttelte er den Kopf. »Sie sind längst weg, und ihre Anwesenheit liegt eine Ewigkeit zurück. Aber die Tunnel und Höhlen, die noch existieren, werden uns gute Dienste leisten. Und dann das ganze Wild, Tessa! Kein Jagen mehr und keine Kälte!«

Lange starrte sie in die Flammen und auf die eisigen Wände der Schneehöhle – ihrem einzigen Schutz vor dem Kältetod. Denis fürchtete schon, sie würde sich weigern mitzukommen. Verübelt hätte er es ihr nicht.

»Wie weit?« fragte sie schließlich.

Er war sich nicht sicher, ob in ihm die Erleichterung oder die Angst überwog. »Weit«, sagte er nur.

Kurz darauf nickte sie und richtete sich tapfer auf. Trotzdem dachte er, sie hätte sich nie auf den Weg gewagt, wenn an seinem Ende nicht die von Werwölfen erbauten Höhlen auf sie gewartet hätten. Und er wußte – wie sie zweifellos auch –, daß ihre Chance, die Reise zu überleben, sehr gering war. Aber eine andere hatten sie nicht.

Für die Strecke, die Denis als Wolf in wenigen Stunden hinter sich gebracht hatte, benötigte Tessa Tage. Er war gezwungen, den größten Teil in Menschengestalt zurückzulegen, um Energie zu sparen und Tessa zu helfen. Immerhin bereitete ihnen endlich einmal das Wetter keine zusätzlichen Schwierigkeiten; die Kälte war gerade noch erträglich, und einen ganzen Tag lang fiel kein bißchen Schnee. Denis folgte dem Weg, den er mit Fleischverstecken markiert hatte, und die Nächte verbrachten sie in hastig gegrabenen Schneetunneln. Als Tessa die Kräfte verließen und sie nicht mehr weiterkonnte, trug er sie.

Einzig Willenskraft brachte sie über diesen Berg. Auf seinen nackten menschlichen Füßen überwand Denis glitschige Stellen, die selbst einheimischen Wildziegen Schwierigkeiten bereitet hätten, während er Tessa wie ein Kind im Arm hielt oder sie auf dem Rücken trug. Wurde der Weg zu steil, kroch Tessa auf allen vieren und polsterte dabei mit ihrer Kleidung Arme und Knie ab. Sie hatten keine Energie übrig für Gespräche und bald nicht einmal mehr für irgendwelche Überlegungen. Denis folgte nur noch seinem Instinkt. Und Tessa leistete keinen Widerstand.

Als sie schließlich in jenem Tal anlangten, waren sie zu schwach, um auch nur Erleichterung zu spüren. Denis führte sie zu einem Höhleneingang, der hoch genug für ihre menschliche Gestalt war, und sie krochen hinein, bis sie genügend vor dem Wind geschützt waren. Dort brachen sie erschöpft zusammen und schliefen ein, erstmals seit Wochen vollständig vor den Elementen abgeschirmt.

Tage vergingen, bevor sie sich von der beschwerlichen Wanderschaft so weit erholt hatten, daß sie ihren neuen Unterschlupf richtig zu würdigen wußten – Tage, in denen der Aufwand, ein

Feuer zu entfachen oder sich zum Trinken zum Bach zu schleppen, ihre Kräfte überstieg; Tage, in denen Denis, jetzt wieder in Wolfsgestalt, mit schnellen, flachen Atemzügen fest schlief und nur aufstand, um Beute zu machen und zu fressen und in denen Tessa, verzweifelt gegen Schüttelfrost und ihre immer steifer werdenden Glieder ankämpfend, Stücke rohen Fleisches in sich hineinzwang – nur um einer verschwommenen Erinnerung willen an etwas, das sie unbedingt sehen wollte. Und allmählich kam sie wieder drauf, was das war.

Hätte sie aber nicht den knorrigen Holzknüppel am Höhleneingang gefunden, dann wären womöglich noch Wochen oder gar Monate vergangen, bis sie auf die Idee gekommen wäre, ihre Umgebung auf eigene Faust zu erkunden. Als sie mit dem Knüppel in der Glut des schon fast erloschenen Feuers herumstocherte, flammte es sofort hell auf, und nach einer Weile brannte die Flamme gleichmäßig wie eine Fackel, leuchtete bis in den Hintergrund. Überrascht stellte sie fest, daß der Raum größer war, als sie gedacht hatte, und als sie die dunklen Ecken untersuchte, schienen sie in weitere Gänge zu münden. Sie schaute zu Denis hinüber, der in Wolfsgestalt dicht am Feuer schlief, aber er rührte sich nicht. Langsam ging sie weiter.

In der hinteren Felswand war ein bogenförmiger Durchgang, der nicht so aussah, als habe die Natur ihn geschaffen – und hoch genug, daß sie sich vorwärts bewegen konnte, ohne sich zu bücken. Sie hielt die Fackel vor sich und leuchtete einen weiteren Raum aus – der, wie sie bald feststellte, seine eigene Lichtquelle besaß.

Helligkeit drang in einem diffusen Kreis aus einem Netz schornsteinartiger Löcher durch das Gestein der Höhlendecke, und darunter war ein Kreis aus Steinen, die einst wohl eine Feuerstelle begrenzt hatten. Auf dem Boden lag trockenes Brennholz für Wochen, und es gab erhöhte, in den Stein gehauene Schlafplätze. Verstreut im Geröll erblickte sie steinerne Schüsseln und Werkzeuge mit scharfen Spitzen, gehämmerte Metalltöpfe zum Kochen und gebogene Löffel aus glattgeschliffenem Hartholz.

Tessas Augen füllten sich mit Tränen der Freude angesichts dieser einfachen Zeugnisse von Zivilisation, als ihr klarwurde, was sie für sie bedeuteten. Sie hob einen der Metalltöpfe auf und drückte ihn an die Brust, ganz schwach vor Erstaunen und zugleich gestärkt von der Vorfreude. Ein Platz zum Schlafen oberhalb des kalten Erdbodens, eine Feuerstelle mit Rauchabzug und Töpfe zum Kochen von Fleisch und Rindentee ... das waren die Bausteine der Hoffnung, die eine Zukunft ermöglichten.

Sie hatte nicht die Absicht gehabt, sich weit vom Feuer zu entfernen; aber jetzt konnte sie nicht mehr umkehren, wo doch vielleicht noch weitere, nicht minder wunderbare Entdeckungen in anderen Räumen auf sie warteten. Und so war es dann auch. Während sie durch das Labyrinth großer und kleiner Kammern wanderte, die in einem willkürlichen Muster aufeinanderfolgten, fühlte sie sich wie auf einer Reise durch die Zeit, bei der sie die kulturelle Entwicklung eines Volkes nachvollzog. Die Kochsteine auf dem Boden wichen erhöhten Feuerstellen, kreisförmig und groß genug, den ganzen Raum zu wärmen. In die Wände waren Löcher für Fackeln gehauen, und diese wurden bald von Halterungen abgelöst, in denen noch das Wachs längst abgebrannter Kerzen klebte. Es gab einfache Holzmöbel, größtenteils schon vor langer Zeit zu Haufen von Pfählen und behauenen Stämmen zerfallen; aber dazwischen erkannte sie mal eine Tischplatte hier oder ein Bettgestell dort. Und während die Jahrhunderte an ihr vorüberzogen, fand sie Werkzeuge zum Enthäuten, Graben und Schnitzen, Kochgeschirr aus Eisen, Schüsseln und Teller aus gebranntem Ton. Entwicklung und Fortschritt.

Am meisten erstaunte sie aber die Malerei. Die Wände waren voll davon, in leuchtenden Farben, denen die Zeit nichts hatte anhaben können, primitiv zunächst, aber immer besser erkennbar, bis es Tessa sogar gelang, die dargestellten Geschichten zu interpretieren: Werwölfe bei der Jagd auf Wildschweine, Werwölfe beim Spiel in Menschen- und Wolfsgestalt, Werwölfe mit ihren Jungen, Werwölfe bei feierlichen Zeremonien, Werwölfe bei der Verwandlung. Es gab leuchtendes Blau, Karmesinrot und kräftiges Ocker, und teilweise phosphoreszierten sie mit der Glut zerstoßenen Gesteins – eines Gesteins, wie Tessa es noch nie gesehen hatte. Die Wandmalereien selbst waren so unglaublich detailliert und so liebevoll ausgearbeitet, daß es ihr den Atem benahm, wie kein Meisterwerk in keinem Museum es je vermocht hatte – nicht einmal die in der Kunstgalerie der Königin. Sie konnte Wolken am Himmel und hohe Berggipfel erkennen, den Schaum auf einem Bach und Werwölfe, die sich in ihrem friedlichen Tal ausruhten. Tessa war ganz hingerissen vor Erstaunen und Ehrfurcht, führte ihre zitternden Finger an die Lippen und flüsterte: »O Himmel!«

Ruhig sagte Denis hinter ihr: »Ja.«

Sie drehte sich um, und die Fackel begann wild zu flackern. Er nahm sie ihr ab, und mit feierlichen Mienen setzten sie gemeinsam die Erkundung fort.

»Wer waren sie?« fragte Tessa einmal verwundert. »Woher sind sie gekommen ... was ist aus ihnen geworden?«

Und Denis antwortete gedämpft, selber zweifelnd: »Wir haben keine Legenden von solchen Wesen. Keine.«

Und Tessa verstand, daß er mit Recht alles in Frage stellte, was er bislang über die Geschichte seiner Art erfahren hatte.

Leise fügte er hinzu, während er eine der glatten Steinwände berührte: »Dieser Ort hier ist sehr alt ... älter als deine ganze Spezies, Tessa. Älter sogar, als wofür ich meine hielt. Und sie sind schon seit Tausenden von Jahren tot.«

Tessa dachte an alles, was sie durchgemacht hatte, um an diesen Ort zu gelangen und diese wundersame, geheimnisvolle Welt zu entdecken; unmerklich begannen sich die Qualen der Reise schon in Erinnerungen zu verwandeln. Sie hatte dicke Steinmauern und Material für ein Bett, einen unerschöpflichen Vorrat an Brennholz und richtiges Koch- und Eßgeschirr. Hier eröffnete sich eine neue Welt.

Doch hinter der Steintür erwartete sie ein Wunder, vor dem alles andere verblassen sollte. Die Tür war an einem einzigen Drehzapfen befestigt, und als Denis probehalber gegen die obere Ecke drückte, schwang sie fast ohne zu knarren auf. Nun überquerten sie die Schwelle zwischen Vorgeschichte und Zivilisation.

Sie standen am unteren Ende einer steilen, staubigen Steintreppe, und vom darüberliegenden Raum drang Licht zu ihnen herab. Erstaunt blickten sie sich an und stiegen die Stufen hoch. Oben sahen sie sich atemlos um.

Der Raum war riesig, größer sogar als der Versammlungsraum im Palais Devoncroix, und wies eine hohe Kuppeldecke auf, die mit Hunderttausenden winziger blauer Fliesen verkleidet war; um das ganze Rund der Kuppel zogen sich abwechselnd Reihen transparenter Fliesen, durch die das Licht in weichen, staubigen Strahlen fiel. Der Boden unter ihren Füßen war rosafarbener Marmor, schmutzig zwar wegen langer Vernachlässigung, aber unter der Staubschicht glatt wie Seide.

Es gab aus Stein gehauene Bänke und ein Becken in der Mitte des Raums mit einer Skulptur spielender Wölfe, die offenbar Bestandteil eines Brunnens gebildet hatte. Vermoderte, in Fetzen von den Wänden hängende Stoffe vermittelten noch einen Eindruck von den Wandbehängen, die einst den Raum geschmückt hatten – denn einzelne glitzernde Fäden waren selbst nach all der Zeit noch zu erkennen. An den Wänden hingen riesige Leuchter und Bilder der majestätischen Landschaft ringsum, vor denen die Natur selbst verblaßte.

Denis steckte die Fackel in den leeren Brunnen. Schweigend gingen sie durch den Raum und betrachteten ein Wunder nach dem anderen, bevor sie in die angrenzende Kammer traten und in grenzenlosem Erstaunen unter Ausrufen der Ungläubigkeit und Bewunderung von Raum zu Raum eilten.

Hier war ein Schloß, das es mit allem aufnehmen konnte, was sie je gesehen hatten – endlose Fluchten von Räumen und Kamine, die groß genug waren, um ganze Baumstämme darin zu verbrennen, Badezimmer und Fußböden aus glänzenden Mosaiken und eingelegten Halbedelsteinen. Es gab gewaltige Leuchter und Fenster aus Buntglas, durch die das Licht in allen Regenbogenfarben drang. Denis untersuchte einen Mechanismus, in dem ein

Funke durch ein kleines Metallrohr flog und augenblicklich in jeder Lampe eine gasförmige Substanz entzündete, bis der Raum in gleißendes Licht getaucht war. Wunder über Wunder präsentierte sich ihnen, während sie den Staub der Zeit wegwischten und vermoderte Stoffe hochhoben, unter denen aus Gold gegossene Waschbecken, marmorne Bettgestelle, edelsteinbesetzte Spiegel und Trinkbecher sowie bemaltes Porzellan von unbeschreiblicher Schönheit zum Vorschein kamen.

»In diesen Rohren ist einmal Wasser geflossen«, sagte Denis verblüfft, während er seine Hand an eine Wand legte, »und ich denke, daß ich es wieder zum Fließen bringen kann. Ist dir aufgefallen, wieviel wärmer es hier drinnen ist? Ich glaube fast ...« Plötzlich erhellte pure Freude sein Gesicht; er lachte laut auf, nahm sie bei der Hand und rannte los. »Tessa, es stimmt wirklich!«

Er zog sie eine Treppe hinunter und durch einen Korridor, so daß ihr nichts anderes übrigblieb, als keuchend und stolpernd mit ihm Schritt zu halten, bis sie einen weiteren Raum betraten. Dort stand sie nun, die Hand an den Wangen, und staunte darüber, was er entdeckt hatte. Der Raum war weniger ausgeschmückt als einige der anderen. Der Fußboden bestand aus poliertem Stein und wurde von einem hochgelegenen Oberlicht erhellt; die Malereien an den Wänden zeigten verspielte, hedonistische, ja sogar erotische Szenen. Tessa vernahm ein Geräusch – musikalisch, klingelnd und einladend, zugleich aber so fremdartig, daß sie es nicht gleich identifizieren konnte. Und dann sah sie etwas schimmern und merkte, daß von hoch oben über eine der Wände Wasser herablief. Es spritzte auf den schrägen Fußboden und rann in ein riesiges Becken dampfenden Wassers.

Denis jubelte vor Begeisterung. »Ich hab's gewußt! Heiße Quellen! Welcher vernünftige Werwolf würde auch an einem solchen Ort einen Palast bauen, ohne wenigstens heiße Quellen zu haben?«

Er ging zu der Wand und streckte prüfend die Hand aus. Die durch seine Finger rinnende Flüssigkeit entlockte ihm einen Ausruf höchsten Glücks. »Es ist warm! Wärmer als ein Sommerregen!« Er ließ seinen zerlumpten Mantel fallen und stellte sich voll unter das herabplätschernde Wasser, das Gesicht nach oben gewandt und die Arme ausgebreitet, um möglichst viel abzubekommen. »Tessa, das mußt du auch machen!«

Etwas unsicher trat sie vor und tastete vorsichtig. Ein kurzes Lachen entfuhr ihr, als das warme Naß auf ihre Hand spritzte und ihren Ärmel benetzte. Sie wollte die Hand zurückziehen, doch Denis holte sie zu sich; dann spuckte sie und rang nach Luft, als das Wasser ihr ins Haar und übers Gesicht rann, ihre Kleider durchnäßte. Denis fing sie auf, als sie strauchelte, strich ihr die tropfenden Strähnen aus dem Gesicht und hielt dann eine Hand hoch, um ihre Aufmerksamkeit einzufordern, wobei seine Augen einen wachsamen Ausdruck annahmen: »Warte mal! Was war das für ein Geräusch?«

Tessa hielt die Luft an und lauschte. Aber sie hörte nur das Plätschern des Wassers, den Rhythmus der Fontäne.

Und dann lächelte er. »Es war dein Lachen«, sagte er. »Ich glaube, ich habe es noch nie zuvor gehört.«

Dies brachte sie erneut zum Lachen – zunächst schüchtern und dann lockerer, als Denis ihr mit den Händen übers Gesicht strich und ganze Ströme von Wasser von ihm ableitete.

Aus seinen Augen drang ein intensives Leuchten, so kräftig, daß es Wärme zu erzeugen schien; es strahlte bis in Tessas Knochen und erfüllte sie von innen nach außen mit Energie. Abrupt warf er den Kopf zurück und öffnete den Mund unter dem Strahl, ließ ihn sich über Gesicht und Schultern laufen, und schüttelte sein Haar in einem gewaltigen Sprühnebel, der Tessa vor Entzücken laut aufkreischen ließ.

»He, Tessa, ist dir klar, was das bedeutet?« rief er und ergriff ihre Arme. »Das alles gehört uns, und wir können damit machen, was wir wollen.« Er ließ seine Hände über ihre Schultern gleiten, unter das durchnäßte Haar in ihrem Nacken. Aus seinen Augen sprachen Hoffnung und Zuversicht. »Hier kann ich für dich sorgen. Ich werde dich warm halten und uns beide jahrelang, jahrhundertelang durchfüttern ... du wirst *leben*, kleiner Mensch.« Er sog kurz die Luft ein und verstärkte den Druck seiner Finger in ihrem Nacken, das Feuer in seinen Augen blitzte auf. »Du wirst leben!«

Sie nahm sein Gesicht in die Hände und suchte auf Zehenspitzen mit geöffneten Lippen seinen Mund. Zärtlich und lange küßte sie ihn – eine Geste, die ihn verblüffte, denn er hatte noch nie so etwas erlebt, einen menschlichen Kuß auf den Lippen, warm und sanft und so voller Zuneigung, daß ihm die Luft wegblieb.

Er hörte ihren beschleunigten Puls, die kräftigen Expansionen und Kontraktionen ihrer Lungen. Auch seinen eigenen Herzschlag nahm er wahr, tief und schwer. Der Duftnebel, der von ihrem Körper aufstieg, war gesättigt von Gefühlen und drang in jede einzelne seiner Poren; all das kannte er, und all das war gut. Mit dem Daumen entfernte er einen Tropfen aus ihrem Augenwinkel – vielleicht eine Träne, vielleicht Wasser von der Quelle über ihnen.

Erst ließ er seine Hände auf ihre Schultern fallen und dann auf die obersten Knöpfe ihres Kleides. Er öffnete es und schob das verschmutzte Gewand hinunter, über ihre Arme, ihre Taille, ihr Gesäß, hob sie aus dem Haufen zerschlissener Röcke und fleckiger Wäsche, drückte sie fest an sich und drehte sich mit ihr im Arm unter dem Wasserfall. Ihr gewichtlos scheinender Körper schmiegte sich an ihn, und sie tanzten im reinigenden Quellwasser, gaben sich, fest aneinander geklammert, ihren Gefühlen hin.

Er leckte die Tröpfchen von ihrer Schulter und schmeckte das Fleisch ihres Halses. Sie schob ihre Finger in sein nasses Haar, berührte sein Gesicht und seine Augenwinkel, und ihr Atem ging langsam, tief und ehrfurchtsvoll, seiner hingegen schnell und hitzig. Ihn erfüllte eine namenlose Freude und Staunen.

Zärtlich hielt er ihr Gesicht in seinen Händen und sah ihr tief in die Augen, als wolle er sich alle ihre Züge einprägen und gleichzeitig mit seinen Blicken verschlingen. Er fühlte, wie die Ekstase von ihm Besitz ergriff wie eine Fackel, die in seiner Seele brannte, oder eine Hand der Sehnsucht, deren Finger jede Faser seines Wesens durchdrangen und festhielten. Der Rhythmus ihres Atems war in seiner Brust, das Fließen ihres Blutes in seinem Puls. Er spürte, wie die Leidenschaft ihn allmählich überrollte, seine Adern füllte und seine Lenden schwellen ließ. Sein Fleisch stach, schmerzte und straffte sich, als wolle es bersten; es trieb ihn, zu fliehen, aber er war gefangen in ihrem Blick, ihrem Geruch und der Melodie ihres stockenden, hüpfenden Herzschlags. Er spürte, wie sich ihre kleinen heißen Brüste gegen seinen Brustkorb preßten, ihre Schenkel gegen seine. Als sich sein steifes Glied gegen ihren Bauch preßte, schreckte sie nicht zurück, und in ihren Augen war keine Angst.

Er wünschte, sie wäre eine Werwölfin, fast so sehr wie sie selbst es sich wünschte. Trotz ihrer anderen Existenz konnte er nicht von ihr lassen – aber ihm war klar, daß er das tun mußte.

Sein Atem flatterte, als sein Gesicht ihr noch näher kam, er ihren Duft einsog, naß und heiß und menschlich, zerbrechlich und süß. »Tessa«, flüsterte er, »ich muß ...« Aber seine Stimme war bereits belegt und rauh, die Worte versagten ihm den Dienst. Die Leidenschaft rief ihn, und seine Seele versank in ihren Augen. Wie konnte er sie jemals wieder loslassen?

Sie klammerte sich an ihn und preßte ihren Mund auf seine Brust und seine Kehle. Ihre Begierde verschlang ihn, denn sie war auch die seine. Sie hob ihr Gesicht zu seinem, ihr glühendes, atemloses, ihn verzweifelt beschwörendes Gesicht: »Verlaß mich nicht ...«

Und da war er, der ungeplante und unerwartete Moment, unerhört und unvorstellbar, aber dennoch unabwendbar. Ein Moment, in dem er ihr in die Augen sah und Feuer fing, ein Moment der Verzückung, in dem alles möglich schien. Ein Moment ohne jede Logik, für keinen von beiden, ohne Furcht oder Erwartung – weder Dämonen noch Engel waren zugegen. Sie handelten nur für den Augenblick, ergaben sich der lodernden Leidenschaft; arglos wie die ersten Geliebten auf Erden ließen sie sich erheben in Freude und absoluter Unschuld.

Er öffnete den Mund über dem ihren und nahm ihren Geschmack in sich auf, und bei diesem Geschmack und dem weichen, süßen Geräusch, das sie von sich gab, als sie sich an ihn preßte, erbebte er. Als er sie vom Boden hob, schlangen sich ihre Beine um seine Taille, und er sah den Glanz und den Triumph in ihren Augen – das Leben erfüllte ihn, schwoll an, pulsierte und barst in ihm; ihres und sein eigenes.

Sein übervolles Fleisch drückte gegen sie, und sie war weich und nachgiebig; es schien so einfach, so einfach und *notwendig,* dem Instinkt zu gehorchen, der sie beide trieb. Eine natürliche Bewegung, eine Kapitulation des Willens, und das ganze Mysterium jenes dunklen Geheimnisses würde sich vor ihnen entfalten, die ganze Magie nähme sie gefangen. Der Widerhall des Verlangens klang ihm in den Ohren, seines und ihres Verlangens. Der heiße, süße menschliche Moschusduft, die Ehrfurcht und die Verheißung, die Angst und die Erwartung. Im Grunde hatten sie keine Wahl. Nicht mehr.

Sie gab einen wilden, hohen, leidenschaftlichen Schrei von sich, als er in sie eindrang und wußte, daß er das nicht tun sollte; aber schon im nächsten Augenblick stieß er noch tiefer, und er sah Sieg und Verwunderung in ihren Augen, bevor er von ihr verschlungen wurde und ganz mit ihr verschmolz, jede Zelle und jede Faser, jedes Korpuskel und jede Winzigkeit von ihr aufgesogen wurde. Es war zu spät. Er konnte nicht mehr aufhören. Das Entzücken in ihren Augen ging in Entsetzen über, und sie spürte, wie auch in ihm das Entsetzen überschäumte; Entsetzen und Kraft, erhabene, hilflose Wildheit, und er wollte sie wegstoßen, schaffte es aber nicht. Endgültig zu spät! Es war falsch und ohne Ausweg – keine Macht im Himmel oder auf Erden hätte es verhindern können. Er hörte ihre Schreie und seine eigenen, als die Leidenschaft über sie kam und sie beide mit sich riß.

Alexander

31

Sommer 1900

Blicke ich auf jene finsteren Tage nach dem Tod unseres Erstgeborenen zurück, zieht sich meine Seele instinktiv zusammen, und ich erinnere mich kaum mehr an Einzelheiten. Nur an Verzweiflung, Verlust, Leere. Das Jahr 1899 ist mir abhanden gekommen; ich weiß nur noch, daß ich es als unerschrockener Jüngling begann, der glaubte, alles über das Leben zu wissen, was es zu wissen gab, und als alter Mann beendete, der gebrochen war.

Wie ich erholte sich auch Elise nur sehr langsam von dem Schlag. Manchmal erscheint mir dies als die größte Gefahr, die das Band der Gefährtenschaft mit sich bringt; denn jeder Schmerz wird nicht nur geteilt, sondern verdoppelt, und wir können so sehr in ihm aufgehen, daß wir einander vor Trauer innerlich verstümmeln. Verliefe nur die Genesung unseres Herzens ebenso schnell und reibungslos wie die unseres Körpers! Doch das ist wohl der Preis, den wir dafür bezahlen, daß wir so tief empfinden. Von einem Verlust erholen wir uns niemals wirklich.

Obgleich unsere gegenseitige Zuneigung durch die Krise nur noch tiefer wurde und wir auch weiterhin Sex hatten, fehlte uns doch der Mut, ein weiteres Kind zu zeugen. Die große und wunderbare Leidenschaft, die für eine echte Paarung Voraussetzung ist, wollte, erstickt durch Schuldgefühle und Angst, nicht in uns aufkommen. In der Tat sorgten wir uns schon, daß sie nie wiederkommen würde, und vielleicht trugen ja diese Sorgen ihren Teil zu ihrem Verlust bei. Wir wußten, daß wir Jahre Zeit hatten, bevor das Rudel den Glauben an unsere Fähigkeit verlieren würde, Nachwuchs hervorzubringen – und damit auch den Glauben an uns –; aber die Angst schwebte über unseren Häuptern und unseren Stätten der Paarung wie eine verschüttete Sonne, die nicht aufgehen will.

Wenn uns etwas vor der totalen Verzweiflung bewahrte, dann das Rudel: unsere Verantwortung und Pflicht ihm gegenüber, unsere Visionen für seine Zukunft. Die tägliche Routine großer und kleiner Erfordernisse und Entscheidungen zog uns aus der finsteren Betäubung unseres Geistes und erweckte allmählich wieder unser Interesse. Im Januar des Jahres 1900 segelten wir nach New York, das im Schnee mit seinen beleuchteten Geschäften prächtig aussah, und nach dem Schweiß und der Habgier der amerikanischen Industrie roch – wir verliebten uns in alles, was wir sahen. Elise kaufte ihre Fabrik und sorgte unverzüglich dafür, daß Werwolf-Ingenieure die plumpen und ineffizienten Maschinen, mit denen die Menschen arbeiteten, auf den neuesten Stand der Technik brachten. Ich erwarb etliche größere Grundstücke um den Central Park und gab ein Haus an der Fifth Avenue in Auftrag, wo wir, so stellte ich es mir vor, vielleicht einen Teil des Jahres verbringen würden.

Im Frühjahr bestiegen wir unseren privaten Eisenbahnwaggon und machten uns auf die Fahrt nach Westen, auf der wir immer wieder mit Mitgliedern des Rudels zusammentrafen und auf vielfältige Weise den Grundstein für das legten, was eines Tages in unsere große Vision für das Rudel münden sollte. Ständig waren wir unterwegs, auch wenn es manchmal scheinen mochte, als täten wir es nur um des Reisens selbst willen – bis wir uns eines Tages anschauten und wußten, wohin wir wollten. Aber wahrscheinlich hatten wir das immer schon gewußt.

Es soll nicht der Eindruck entstehen, ich hätte während dieser Zeit tiefster Trauer Tessa vollkommen vergessen. Die Tragödie ihres Verlusts war im Gegenteil so eng mit der Tragödie verknüpft, die uns unseren Sohn nahm, daß ich manchmal schweißgebadet von einem Alptraum erwachte, in dem ich erneut spürte, wie die zarten, eichhörnchenfeinen Knochen des Genicks meines Sohnes zwischen meinen Fingern zerbrachen, und das Gesicht dieses winzigen, sich windenden Körpers trug Tessas Züge. Auch wenn ich von Natur aus keineswegs zu Aberglauben neige, kam es mir mehr als einmal in den Sinn, daß der Tod meines Sohnes womöglich meine Strafe für das war, was ich Tessa angetan hatte.

Wir gingen in Seattle an Bord eines Schiffes und segelten im Juni Richtung Alaska – Elise, ich und ein rundes Dutzend unserer vertrauenswürdigsten persönlichen Bediensteten, Fährtensucher und Leibwächter. Es war nun fast zwei Jahre her, und ich weiß selbst nicht, was wir eigentlich zu finden erwarteten. Falls Tessa überlebt hatte, dann dadurch, daß sie den Schutz ihrer eigenen Leute gesucht hatte, und genau das war meine Hoffnung – sie zu finden, wo auch immer sie sich in dieser wilden Gegend ein kärgliches Auskommen gesichert haben mochte; sie nicht so verbittert vorzufinden, daß sie mir nicht mehr vergeben konnte, und sie dann nach Hause zu bringen.

Je näher wir der Küste Alaskas kamen, desto mehr redete ein Teil von mir sich ein, daß ich, wenn ich nur Tessa fände und zurückholte, damit irgendwie die schreckliche, mittlerweile zur Geschichte gewordene Vergangenheit ungeschehen machen könnte; daß meine Tage dann wieder so fröhlich und sorglos sein würden wie damals, als sie mir mit ihrem ständigen Geschnatter und ihren endlosen Fragen auf die Nerven gegangen war; daß Elise dann wieder so lächeln würde wie in jenem Sommer, als Tessa im Palast gelebt hatte; daß wieder Lichter im Garten leuchten und Musik uns erfreuen und die Fröhlichkeit zurückkehren würde.

Natürlich hatten wir von den Goldfunden in Alaska gehört, waren daran aber nur insoweit interessiert, als es unsere eigenen Unternehmen tangierte. Niemand ahnte damals, daß in der Zeit, seit unser Gefangenenschiff in dem provisorischen Hafen im Nordwesten Alaskas vor Anker gegangen war, eine wild wuchernde Zeltstadt mit Tausenden gewalttätiger, habgieriger, ungewaschener Individuen um jenen Hafen herum entstanden war, der heute Nome heißt. Der Anblick deprimierte uns sehr und versetzte unserer Hoffnung einen empfindlichen Dämpfer, jemals herauszufinden, was vor zwei Jahren aus einem einsamen Menschenmädchen geworden war.

Wir schickten unsere beiden besten Fährtensucher aus und – wenn auch ein wenig gegen unsere Überzeugung – Gault, der sich selbst nie verziehen hatte, welchen Anteil ihn traf hinsichtlich Tessas Verlust und der deshalb darauf bestand, an ihrer Rettung teilhaben zu dürfen. Elise überredete ihn, seine Manchesterjacke und seine gelbe Seidenkrawatte zurückzulassen; ich hatte den Eindruck, daß er es irgendwie genoß, sein Haar unter einem jener typischen Goldsucherschlapphüte zu verbergen. Allerdings bezweifelte ich, ob er es jemals schaffen würde, sich unauffällig genug zu verhalten, um sich in diese ganz spezielle Kategorie von Menschen einzufügen – zumal er seine sensible Nase bereits mit Hilfe eines parfümierten Taschentuchs gegen den Gestank schützen mußte, als wir noch eine Meile vom Ufer entfernt waren.

Er wurde jedoch wie ein Held verabschiedet und ruderte in der Abenddämmerung zusammen mit den Fährtensuchern ans Ufer. Elise und mir blieb nichts weiter übrig, als an Bord zu bleiben und die Nachrichten unserer Kundschafter abzuwarten.

Erstmals sprachen wir über Denis und unsere günstigsten sowie schlimmsten Erwartungen.

»All diese Menschen!« Elise klang besorgt, als sie über die Reling die flackernden Lichter der Zeltstadt betrachtete, die lärmende Musik und die betrunkenen Stimmen vernahm. »Wie weit haben sie sich wohl schon ausgebreitet, was meinst du?«

»Denis hat sich bestimmt so weit wie möglich von solchen Lagern entfernt«, versicherte ich ihr. »Sicher ist er bei der erstbesten Gelegenheit in die Wildnis geflüchtet, und nördlich von hier gibt es noch riesige menschenleere Gebiete.«

Leise sagte sie: »Er hatte allen Grund, auf Tessa wütend zu sein. Vielleicht hat er sie auch gleich getötet, sobald sie allein waren.«

Unglücklich nickte ich. Auch ich hatte immer schon an diese

Möglichkeit gedacht, und deshalb war ich jetzt hier. »Oder sie war klug genug, ihm zu entkommen.«

»An Klugheit mangelte es ihr nicht«, bestätigte Elise mit hoffnungsfroher Zuneigung in der Stimme; sie lehnte ihren Kopf an meine Schulter, und wir harrten der Dinge.

Gault kehrte mit der Morgendämmerung zurück und brachte uns, voller Stolz auf sich und seine Findigkeit, genau die Informationen, die wir brauchten, aber nie erwartet hätten. In der Tat, so stimmte er uns selbstgefällig bei einem Frühstück mit Tee und Lachssteaks zu, könnte man meinen, daß es so gut wie unmöglich sei, hier etwas über das Schicksal einer einzelnen menschlichen Frau herauszufinden – außer natürlich, man war ein ganz besonders cleverer Werwolf und die fragliche Frau bereits Legende.

»Dies ist die Geschichte, die sie sich erzählen, wenn sie ihre stinkenden Flaschen am Feuer herumreichen«, berichtete er uns und zog in Erinnerung an die Situation die Nase kraus, »und sie wiederholen sie mit dem größten Vergnügen für jeden Neuankömmling von vorn, auch wenn ich den Verdacht hege, daß sie mit jedem Erzählen ein wenig mehr aufgebauscht wird. Einige behaupten, hier gewesen zu sein, damals, als das Schiff anlegte und Kaffee und Bohnen brachte, wobei zwei halb verhungerte Gefangene vom Schiff auf Maultieren in die Wildnis geschafft wurden.«

Elise und ich sahen einander an, sagten aber nichts. Wir wußten exakt, wo die Seeleute Tessa und Denis ausgesetzt hatten; denn an dieser Stelle sollten unsere Fährtensucher mit Hilfe ihres Spürsinns versuchen, die darauf folgenden Ereignisse zu rekapitulieren. Was auch immer Gault uns mitteilte, würde allenfalls eine kleine Ergänzung sein – so dachten wir jedenfalls.

»Offenbar ward der Mann nie mehr gesehen«, fuhr Gault fort, »aber sie geben an, daß einige der Goldsucher die Frau einfingen und sie hierher zurückbrachten, damit sie ihnen zu Diensten war – damit prahlen sie auch noch, diese dreckigen Kreaturen – und wie in einer verschneiten Nacht ein großer roter Wolf …«, er blickte bedeutungsvoll in die Runde, während er eine Gabel Lachs elegant zum Munde führte, »... in die Blockhütte gesprungen kam, wo sie sie gefangenhielten, eine der Wände zum Einsturz brachte – so behaupten sie jedenfalls – und ein blutiges Gemetzel anrichtete. Er tötete zehn, manche sagen sogar zwanzig, Männer, bevor ...«, wieder eine dramatische Pause, »... er die Frau in seinem Maul davontrug und mit ihr in die Berge verschwand.«

Das Grauen, das sich bei mir gerade einschleichen wollte, löste sich in erleichterte Belustigung auf, der wiederum ein Augenblick des Erschreckens folgte. Ich lehnte mich zurück und griff nach Elises Hand. »Und wieviel an dieser Moritat – falls überhaupt etwas – ist deiner Ansicht nach wahr?«

Gault zuckte die Achseln. »Alle menschlichen Legenden tragen einen wahren Kern in sich. Ich sprach mit einem Mann, der mir weismachen wollte, er habe in jener Nacht beim Angriff des Wolfs einen Arm verloren. Ohne Zweifel handelte es sich dabei um Denis. Das Tier, das sie beschrieben, kann selbst in einem solchen Schauermärchen niemand anders gewesen sein. Zwar denke ich, daß zwanzig Menschen mit Gewehren sogar für einen Werwolf von Denis' Statur ein bißchen viel gewesen wären, aber einen oder zwei hat er sicher überwältigt. Es scheint eine Art Brand gegeben zu haben, und die Frau ist wohl in dem Durcheinander entwischt. Aber jetzt kommt der interessante Teil.«

Er legte die Gabel nieder und hob mit triumphierender Miene seine Serviette an den Mund. »Ich habe mit einem Fallensteller gesprochen, der an den Bächen und Flußbetten weiter im Norden arbeitet – noch so ein verdrecktes, abscheuliches Wesen, dessen Gegenwart ich nicht schnell genug entfliehen konnte –, und er erzählte mir allerhand über Spuren im Schnee und den Rauch von Feuerstellen bis weit in den Winter hinein. Wenn man ihm glauben darf, dann kommt kaum einmal ein Mensch so weit nach Norden; er jedoch interessierte sich für diese Spuren vor allem deshalb, weil sie klein und nicht sehr tief – also wie die einer Frau – waren und weil neben ihr hin und wieder die Fährte eines Wolfs zu verlaufen schien. Natürlich könnte man diese Variante als eine weitere Ausschmückung der Legende von der Frau betrachten, die angeblich im Maul eines Wolfs davongetragen wurde – wenn er nicht eine merkwürdige Einzelheit hinzugefügt hätte. In unmittelbarer Umgebung der Lagerplätze und Feuerstellen gesellten sich zu den Spuren der Frau bisweilen die eines barfüßigen Mannes.«

Anscheinend hatten wir beide den Atem angehalten, bis Elise hörbar ausatmete. »Denis«, führte sie mir vor Augen, »sie ist also den Menschen entkommen, nur um von ihm gefangengenommen zu werden.«

»Aber wie käme er dazu?« fragte ich mich laut, bevor ich, verärgert über mich selbst, den Kopf schüttelte. »Dumme Frage! Noch nie habe ich die Beweggründe meines Bruders verstanden, und das wird mir auch jetzt nicht gelingen. Wichtig ist nur, daß sie noch am Leben war, auch nachdem sie diesen Schandort hinter sich gelassen hatte – und wenn sie Feuer zum Kochen machte, hat sie offenbar gelernt, auf sich aufzupassen.«

Elise aber meinte langsam: »Die Winter sind sehr hart hier, Alexander. Vielleicht sollten wir besser keine voreiligen Hoffnungen schöpfen, die dann womöglich enttäuscht werden.«

»Die Menschen überleben den Winter schon seit Jahrtausenden, meine Liebe«, erwiderte ich, denn das wollte sie eindeutig hören. Ich wandte mich Gault zu. »Was ist aus der Person mit den Fußspuren geworden? Hat der Fallensteller noch mehr darüber gesagt?«

Gault schüttelte den Kopf. »Ein Schneesturm kam, und der löschte die Spur.«

»Weißt du, wo er zum letzten Mal ein solches Lager entdeckt hat?«

Mein tüchtiger Diener lächelte. »Aber natürlich! Ich kann Ihnen eine Landkarte zeichnen.«

Ich ließ ihn meine höchste Anerkennung von meinen Augen ablesen und wandte mich dann meiner Gefährtin zu. »Das wäre dann also der Ausgangspunkt der Suche.«

Am nächsten Morgen setzte sich unsere Karawane in Bewegung – mit Lasttieren, die wir Menschen abgekauft hatten, und allem Komfort, den die damalige Technik zu bieten hatte. Selbst, als wir noch in menschlicher Gestalt dahinzogen, war ich schon beeindruckt von der landschaftlichen Schönheit unserer Umgebung, von der kristallenen Klarheit der Luft, den überall herabstürzenden Bächen und den schneebedeckten Gipfeln. Sobald wir weit genug von der menschlichen Siedlung entfernt waren, streiften Elise und ich unsere Kleidung ab; wir verwandelten uns in Wolfsgestalt und genossen die schiere Schönheit der Natur und die Freude am Laufen.

Ich zweifelte keinen Augenblick, daß Denis dasselbe getan hatte. Allerdings verstand ich nicht, warum er bei all der Herrlichkeit um ihn herum zu Tessa zurückgekehrt war.

Nach einer ausgesprochen luxuriösen Reise mit Zelten zum Schlafen und Wein zu unseren erstklassig zubereiteten Mahlzeiten, mit Kerzenlicht, feinem Porzellan und Daunendecken, erreichten wir nach einigen Tagen die Stelle des letzten Lagerfeuers. Wir hatten nicht die geringste Vorstellung, wie lange Tessa für dieselbe Strecke gebraucht haben mußte, gegen den Schnee und die bittere Kälte ankämpfend, und gezwungen, unterwegs Brennholz zu sammeln – und das mit keinerlei Nahrung als der, die sie mit bloßen Händen erreichen konnte.

Unsere Fährtensucher bestätigten den Geruch nach Werwolf, der, obwohl zwei Jahre alt, von der Kälte so gut konserviert worden war, daß selbst ich ihn als den meines Bruders identifizieren konnte. Und ohne jeden Zweifel, ebenso deutlich und klar auszumachen an diesem entlegenen Ort, wo sich seither kein anderer Mensch hatte blicken lassen, erkannte ich auch Tessas Geruch.

Die Fährtensucher begannen mit einem kreisförmigen Suchschema, während wir übrigen Mitglieder unserer Gruppe wie zuvor in nordwestlicher Richtung weiterzogen. Jeden Abend fanden sich die Kundschafter im jeweils neuen Lager ein, um uns über ihre jüngsten Erkenntnisse auf dem laufenden zu halten. Und jeden Tag führten sie uns tiefer und tiefer in jene hohen, unwegsamen Berge hinein, bis die Hoffnung immer mehr schwand. Im tiefsten Winter bestand in dieser Eislandschaft für einen Menschen nicht die geringste Chance zu überleben.

Doch immer wieder berichteten die Fährtensucher, den Geruch eines Werwolfs, vermischt mit dem ihren, gefunden zu haben.

»Er hat sie schon vorher am Leben gehalten«, überlegte Elise laut, »aus irgendeinem Grund, den nur er kennt. Vielleicht tut er es ja immer noch.«

Wer wußte das schon ...

Schließlich wurde der Weg so schwierig, daß wir ein Basislager errichten mußten, an dem wir alle unsere Vorräte mit Ausnahme der tragbarsten Sachen zurückließen. Die Suche hatte sich auf eine vorhersehbare, aber nahezu unglaubliche Richtung konzentriert – geradewegs ins Herz jener Gipfel, die selbst mitten im Sommer noch schneebedeckt waren. Und dann, plötzlich, mischte sich mit dem Geruch Tessas der kräftige Geruch von Denis. Also war er diesen Weg mehr als einmal gegangen.

Mittlerweile befanden wir uns in einer fast undurchdringlichen Bergwelt, und bald schon wurde der Geruch so stark, daß die Fährtensucher sich nun erübrigten. Der Wind trug die Witterung von Herden zu uns, und ich dachte, Denis müsse hier jagen. Je weniger Leute ihm nachspürten, desto geringer war auch die Gefahr, daß er auf unser Kommen aufmerksam wurde. Daher schickte ich alle zurück mit Ausnahme zweier Leibwächter, die das Minimum dessen darstellen, was ein Rudelführer dem Gesetz entsprechend an Begleitschutz mit sich zu führen hatte. Dann verwandelten sich Elise und ich für den Rest der Strecke in Wolfsgestalt.

Ich wäre nie so leichtsinnig gewesen, mich ihm in seinem Bau zu nähern, hätte ich nicht einen sehr konkreten Grund gehabt: vermischt mit Denis' Geruch war, wenn auch schwach und nur gelegentlich wahrnehmbar, der eines Menschen. Tessa. Es handelte sich um einen sekundären Geruch, den der seine überlagerte, was den Schluß nahelegte, daß sie zwar nicht hier gewesen war, aber er bei ihr – so daß er anschließend ihren Geruch auf seinem Pelz, auf den Ballen seiner Pfoten oder gar in seinen Schweißdrüsen trug. Obgleich ich nicht verstand, wie Tessa es so weit geschafft hatte – denn selbst wir empfanden die letzte Etappe des Weges als schwierig, und waren immerhin Werwölfe – stimmte Elise mir zu; der Geruch war unbestreitbar da. Das ermutigte uns.

Keiner erwartete, was wir am zweiten Tag unserer einsamen Reise am Ende des schmalen eisigen Weges, dem wir folgten, finden sollten.

Wir umrundeten eine enge Kurve, die abrupt an einem Felsvorsprung endete, von dem aus man eine weitläufige Wiese überblickte. Zunächst dachte ich schon, wir wären in eine Falle getappt, bevor ich sah, daß der Pfad tatsächlich weiterführte, wenn auch so steil und eng, daß man ihn kaum mehr als Pfad bezeichnen konnte, hinab in dieses üppig grüne Tal. Die Witterung der Herdentiere war so stark, daß mir das Wasser im Mund zusammenlief, und bald sah ich auch, warum – das Tal quoll über von ihnen. Es gab auch einen breiten glitzernden Bach und zahlreiche Wildbeerenbüsche; augenblicks ertappte ich mich bei dem Gedanken, daß an diesem Abend ein wahres Festessen auf uns wartete.

Als ich mich gerade in Vorfreude zu entspannen begann, witterte ich einen Hauch dessen, was meine Begleiter schon vor längerer Zeit wahrgenommen hatten, und mein Fell sträubte sich, als sich meine Blicke zum bewaldeten Rand des Tals wandten. Rauch. Holzrauch stieg aus einem Kamin in einem Tal, das nach Werwölfen roch, und dieser Kamin gehörte zu einem Felsenbau, der perfekt und fast unsichtbar mit seiner Umgebung verschmolz. Erkannte man das Gebilde dennoch, konnte man nur staunen. Es war ein weiträumiges, unregelmäßig angelegtes Haus aus grob behauenem Stein und schweren Balken, bestehend aus vielen massiven Blöcken und vorspringenden Teilen, die ihm das Aussehen eines kleinen Berges verliehen, der von anderswo an diesen Ort versetzt worden war.

Instinktiv kauerte ich nieder und gab den anderen Zeichen, es mir gleichzutun. Dies alles bot einen unbeschreiblich seltsamen Anblick – ein künstlich errichteter Berg an einem abgeschiedenen, praktisch unzugänglichen Ort; ein Tal voller Herdentiere, die so fett und zufrieden aussahen, als würden sie die Härten des Winters gar nicht kennen, und der kräftige, frische Geruch meines Bruders auf jedem der unter uns liegenden Jagdpfade. Die Tatsache, daß er in Wolfsgestalt jagte, um dann zurückzukehren und seine Beute zu kochen oder zu braten, konnte nur bedeuten, daß Tessa noch immer bei ihm war.

Ich wußte nicht, warum er sie in seiner Nähe duldete, aber auf alle Fälle wollte ich sie zurückhaben. Und natürlich würde für Denis die schönste Rache darin bestehen, Tessa vor meinen Augen zu töten, wenige Augenblicke, bevor ich sie befreien konnte. Ich war hin- und hergerissen zwischen einander widerstrebenden Wünschen: dem Drang, sofort in das Tal zu stürzen und Tessa außer Gefahr zu bringen, und dem Zwang, Ruhe zu bewahren, unsere Gerüche und Geräusche vor ihm zu verbergen und abzuwarten.

Also verschafften wir uns erst einmal ein Bild von der Lage – eine Vorsichtsmaßnahme, die mir eine Ewigkeit zu dauern schien, aber in Wahrheit gerade genug Zeit in Anspruch nahm, um sicherzustellen, daß er nicht im Tal patrouillierte oder den Eingang des Gebäudes bewachte. Vielleicht hätte ich noch länger warten sollen – doch noch während wir da lagen, unsere Nasen in den Wind hielten und die Ohren spitzten, konnte er schon eine Falle für uns vorbereiten. Ich wagte keinen Aufschub mehr.

Auf mein Signal hin stiegen wir vorsichtig ins Tal ab, ohne uns die Mühe zu machen, unser Kommen zu verbergen. Eine heimliche Annäherung hätte einen Angriff geradezu herausgefordert, und wir hatten keine Möglichkeit herauszufinden, ob Denis uns aus dem Schutz jener ungeheuren Steinmauern heraus beobachtete oder nicht.

Die Mauern waren dick genug, um Geräusche und Gerüche abzuhalten, und abgesehen vom Rauch besaßen wir keinerlei Anhaltspunkte, ob jemand im Haus war. Diese absolute Ausschaltung unsere Sinnesorgane war nervtötend; aber trotzig krochen wir mit gesenkten Köpfen und Schwänzen über den grünen Talboden. Nichts regte sich, kein Atemzug eines Vogels oder Nagetiers oder Werwolfs war zu hören. Der Himmel leuchtete blau über uns, und die Sonne warf dunkle Schatten auf das üppige

Wiesengras – dunkel genug, um in den Augen Verwirrung zu stiften und jedes Wesen zu verbergen, das die Absicht hatte, aus dem Schutz dieser Schatten anzugreifen.

In stiller Übereinkunft näherten sich Elise und die Leibwächter dem Gebäude, während ich draußen blieb, um die Umgebung abzusichern. Elise war die bessere Kämpferin, und falls Denis sich im Haus befand, gereichte ihr das zum Vorteil. Wir hatten praktisch keine andere Wahl, und ich wollte mich nur für wenige Minuten von ihr trennen, um sicherzustellen, daß Denis nicht irgendwo auf der Lauer lag, wo wir ihn von oben nicht hatten sehen können.

Als die anderen rund zehn Meter vor mir durch die Tür traten, registrierte ich einen schwachen Geruch – Schmerz, Gefahr, Angst, sowohl von Werwölfen als auch von einem Menschen stammend – und hörte ein dumpfes Stöhnen. Meine Rückenhaare sträubten sich, und ich stürzte auf das Gebäude zu, denn ein Irrtum war ausgeschlossen: Das Geräusch, das ich gehört hatte, stammte von einem Menschen. Von Tessa.

Aber als ich blindlings vorwärtssprang, versperrte mir urplötzlich ein gewaltiger roter Wolf den Weg. Von wo er so schnell gekommen war, weiß ich nicht, und daß er es geschafft hatte, sich mir unbemerkt zu nähern, zeugte von seiner meisterhaften Fähigkeit des Anschleichens und bestätigte meine Einschätzung seiner Gefährlichkeit. Breitbeinig und mit gefletschten Zähnen stand er vor mir und gab ein gutturales, warnendes Knurren von sich. Er hatte Blut am Maul und Feuer in den Augen.

Ich zögerte nicht, dachte nicht nach. Nur das unterdrückte, schmerzerfüllte Stöhnen vibrierte in meinem Hinterkopf, da war das Blut am Maul meines Bruders, und mein Gehirn explodierte vor Wut und Angst um den Menschen, den ich selbst verstoßen hatte und für den ich nun mein Leben gegeben hätte. Also griff ich an.

Wir stießen in der Luft mit einem gewaltigen Aufeinanderprallen von Zähnen und Muskeln zusammen – ab diesem Augenblick stand fest, daß es ein Kampf auf Leben und Tod werden würde.

Vielleicht wäre dies auch der Fall gewesen, wenn ich nicht als erster angegriffen hätte, statt dessen zurückgewichen wäre in der Erkenntnis, daß das Blut auf seinem Fell nicht von einem Menschen, nicht von Tessa stammte, sondern von einem erjagten Beutetier. Aber Denis war tief in seinen Beschützerinstinkten verloren und vor Angst und Verzweiflung halb wahnsinnig wie jeder Werwolf, dessen Gefährtin Schmerzen erleiden muß.

Ja, ich wußte all das in einem plötzlichen Strom von Informationen, begriff es aber zu spät. Es war nicht Tessas Blut, *nein* – und schon gruben sich seine Zähne in meine Schulter. Ich brüllte vor Schmerz und wand mich, bevor ich seinen Vorderlauf zwischen die Zähne bekam und ihn zermalmte. Es war reine Selbstverteidigung, reiner Instinkt, nichts anderes mehr.

Wie eine Furie fiel er über mich her, wie ein rasender Dämon aus dem Schoß der Hölle. Zuerst dachte ich, es sei sein Haß auf mich, die Wut, die er zwei Jahre lang gepäppelt hatte, bis sie zu dieser bösartigen, mörderischen Kraft angewachsen war; ich stellte mir vor, wie er von diesem Augenblick geträumt haben mußte, ihn geplant und dazu benutzt, die harten Winter und die Einsamkeit des Exils zu überstehen. Fälschlicherweise glaubte ich, es sei eine persönliche Angelegenheit zwischen uns, und kämpfte mit derselben Entschlossenheit wie er.

Denis war der größere, stärkere und kampferprobtere von uns Brüdern. Schon als Werwolfjunges hatte ich im Spiel nie gegen ihn gewonnen. Sein hartes Leben hatte ihn zusätzlich gestählt, und so war er nun stärker, als ich ihn je gekannt hatte. Schon nach wenigen Sekunden kämpfte ich nur noch ums Überleben, und beide waren wir viel zu sehr von unseren Instinkten beherrscht, um aufzuhören.

Instinkt. Er ist das Risiko, das wir alle in unserer natürlichen Gestalt eingehen, unsere Rettung und unser Verhängnis zugleich. Durch ihn eröffnen sich uns Welten, von deren Existenz wir sonst nie wüßten, aber auch blind werden für Wahrheiten, die uns eigentlich ins Auge stechen müßten. Denis' Wut war diejenige, die nur einen Werwolf überkommt, der seine Gefährtin verteidigt –

aber dumm und stur dachte ich bei mir: *Gefährtin? Er hat keine Gefährtin!*

Ich spürte, wie seine Zähne mir in die Seite drangen und der Schmerz wie ein heißer elektrischer Strom zu meinem Gehirn floß. Zurückschnappend riß ich am Fleisch seines Rückens, hatte aber nur Fell zwischen den Zähnen. Er warf mich rückwärts ins Gras, und ich versuchte verzweifelt, einen Vorteil herauszuholen, als er mich erneut ansprang. Er war stärker, schneller, beweglicher. Selbst der ahnungsloseste Beobachter hätte leicht den Ausgang des Kampfes vorhersagen können.

Noch während ich wie toll um mein Leben rang, wußte ich bereits, daß ich keine Chance hatte.

Ein Kampf auf Leben und Tod zwischen zwei Werwölfen dauert nie sehr lange, gerade mal die Spanne eines Lebens. Die Spanne meines eigenen und desjenigen meines Bruders. Zweifellos hätte er mich erledigt, bevor die Wachen mich erreichen konnten. Aber mit einer plötzlichen Drehung, einem Sprung und einem Aufeinanderprallen von Zähnen war auf einmal ich im Vorteil. Er hätte mich leicht abschütteln können, ließ aber die Gelegenheit verstreichen, und so nutzte ich die Gunst des Moments – zumal ich nicht mehr allzu lange durchhalten würde und jede Chance beim Schopf packen mußte. Verzweiflung. Überlebenswille.

Aber erst, als ich ihn mit den Zähnen an seiner Kehle unter mir hatte und jeden Augenblick die plötzliche Bewegung von ihm erwartete, mit der er im Bruchteil einer Sekunde eine Umkehrung unserer Positionen bewirken konnte, und mich dagegen wappnete, merkte ich, daß etwas nicht stimmte. Irgendwie wußte ich es, aber bevor ich es voll und ganz verstehen konnte, holte Denis mit seinen scharfen Klauen nach mir aus; in einem reinen Reflex – so, wie wenn man blinzelt oder zurückzuckt oder zur Selbstverteidigung eine Hand hebt – schnappte ich zu.

Das hätte nicht passieren dürfen. Er war stärker und geschickter. Leicht hätte er mir entkommen können. Statt dessen aber zog er es vor, mich zu provozieren, im Augenblick meiner größten Verwundbarkeit nach mir auszuholen und auf diese Weise einen Instinkt zu provozieren, den ich nicht unter Kontrolle hatte. Und zu spät, viel zu spät, erkannte ich, daß er es absichtlich tat.

Wenn ein Werwolf einen anderen Werwolf tötet, geschieht folgendes: Die ganze Lebenskraft – Gedanken, Sehnsüchte, Sorgen, Erinnerungen und Träume – des Sterbenden fließen in einem Augenblick intensiver und schmerzlicher Vereinigung in den Geist des anderen ein. Darin liegt eine ungeheure Schönheit, eine ehrfurchtgebietende Symmetrie, und das ist gut so. Und dennoch ist es ein unendlicher Jammer. Es war geschehen, bevor ich es verhindern konnte; die Halsschlagader öffnete sich unter meinem Biß, der Todeskampf schüttelte seinen Körper, und gleich darauf brach sein Blick.

Als das Blut meines Bruders sich auf den Boden ergoß und seine Lebenskraft in mich überging, eröffnete sich mir die Wahrheit, schnell, deutlich und unwandelbar, die ganze Wahrheit eines Lebens, als sei es meines. Ich sah unsere Kindheit, schmeckte seine Liebe zu mir, seine Ungeduld und seinen Stolz. Da waren seine Jugend, seine Kämpfe, seine Triumphe und seine Niederlagen. Seine Leidenschaften erhoben sich, seine Verblendungen, seine Stärke und seine Entschlossenheit, und für die kürzeste aller Ewigkeiten *war* ich er. Ich erkannte seinen Ehrgeiz, seinen großen Plan für das Rudel und seine tiefe Enttäuschung über meinen Verrat. Und ich wußte, daß er so gehandelt hatte, weil er so, wie er war, nicht anders handeln konnte.

Auch erfuhr ich alles über Tessa. Ich erkannte die Leere, die ihn zu ihr hingezogen, die Zuneigung, die ihn an sie gefesselt hatte. Es kam der Augenblick, in dem er für seine Leidenschaft alles verriet, was ihn ausmachte – alles, woran er geglaubt und was er zu sein gehofft hatte. Da lag der Preis, den seine innere Glut ihn und Tessa gekostet hatte.

Ich hatte geglaubt, Tessa vor ihm zu schützen; aber in Wahrheit hatte er mich angegriffen, um seine Gefährtin zu verteidigen, und nichts verleiht der Seele eines Werwolfs eine größere Kraft. Diesen Irrtum, diese Fehleinschätzung hatte ich mir zuzuschreiben;

mir wurde klar, daß er nicht hätte sterben müssen ..., aber daß er es wollte.

Und das war die schlimmste Wahrheit von allen. Dieser große Anführer, mit all seiner Weitsicht und seiner Stärke, dieses einzigartige, unwahrscheinliche Wesen, das uns alle um ein Haar ins zwanzigste Jahrhundert geführt hätte, hatte mit ebenso absoluter Reinheit gehaßt wie geliebt, und war letztendlich an beidem gescheitert. Man konnte mit einem Menschen ein Band der Gefährtenschaft knüpfen, und ausgerechnet er hatte das bewiesen – er, der sein ganzes Leben der Menschenverachtung widmete. Doch ein solches Band, so fest und eindrucksvoll, trug auch ein großes zerstörerisches Potential in sich.

Tessa hatte in jenem kurzen Moment, als sie sich mit Denis in Leidenschaft vereinte und seine Gefährtin wurde, die ganze Herrlichkeit dessen erfahren, was es heißt, Werwolf zu sein. Endlich hatte sie ihren Traum wahrgemacht, den großen Zauber erlebt. Und es kam sie furchtbar teuer zu stehen.

Zwischen einem Werwolf und einem Menschen kann es keine Vereinigung geben; wir wußten das schon immer. Kein Mensch überlebte sie. Der Akt der Paarung selbst, in seiner ganzen Gewalt und Schönheit, war schon traumatisch genug, um Tessa den Verstand zu rauben. Aber das Band, das Überfließen von Informationen, Emotionen und Sinneseindrücken, für uns das eigentliche Wesen der Vereinigung – das können Menschen nicht fassen. Die ungeheure Macht dieser Eindrücke war mehr, als ihre zerbrechliche Psyche zu verkraften vermochte; Körper und Geist waren unter ihrem Ansturm zusammengebrochen. Tessa lag im Sterben.

Und Denis, der sich für wild hielt und sich doch nach der Zivilisation sehnte, hatte den letzten, äußersten Preis für seine Sünden bezahlt. Seine Liebe hatte das einzige zerstört, was er je gewollt hatte, gerade, als er im Begriff war, es zu erreichen. Der Schmerz, sie zu verlieren, so innig mit einer anderen Seele verbunden zu sein, die ihm zusehends entglitt, hatte Tag um Tag, Stückchen für Stückchen ihn seines eigenen Willens und seiner eigenen geistigen Gesundheit beraubt.

Diese bittere Erkenntnis, das Grauenhafte und Tragische an alldem, was sie für dieses kalte, dunkle Ende erlitten hatten, überkam mich mit solcher Intensität, daß auch ich daran hätte zugrunde gehen können; der Kummer schwappte wie eine schwarze Woge über mich und drang in meine Adern ein. Es war zu viel, einfach zu viel; der Schmerz wollte mich abermals zermalmen, und ich hätte ihn am liebsten aus mir herausgeschrien. Kein Verbrechen verdiente eine solche Bestrafung, keine Liebe war das Opfer wert, das sie alle beide gebracht hatten.

Aber dann kam es mir – eine Erinnerung von Tessa, eine Erinnerung von Denis, ein ganzer Strom von Erinnerungen, die sie miteinander geteilt hatten. Ein geschenkter Kochtopf, ein scheues Lächeln im schwachen Schein des Feuers. Die Stimme eines einsamen Wolfs, die sich in den Nachthimmel erhebt. Der Geruch eines Menschen, die Wärme ihres Atems. Worte in der Wildnis, die die Bestie in Denis in Schach gehalten hatten. Es war die Sache doch wert gewesen. Für diese Liebe hatte es sich gelohnt!

Ich schaute in die Augen meines Bruders und sah es: endlich erlöst, endlich Frieden. Seine gepeinigte Seele, die sich in so große Träume verstiegen hatte und so tief gefallen war, die Freude ausgerechnet an der einen Sache gefunden hatte, die ihm am strengsten verboten war ... jetzt hatte sie ihre Ruhe. Jetzt hatten beide Ruhe!

Aber auch diese Erkenntnis dämpfte nicht meinen Schmerz. Noch als sein Puls in meinen Ohren allmählich verebbte, sein Atem zum Stillstand kam und sein Blut eine große Lache bildete, schrie mein Innerstes auf, erschauerte mein Körper, und tausend Schläge hämmerten auf meinen Schädel ein – *Nein, verdammt, nein, das kannst du mir nicht antun, mein Bruder, stirb nicht!* Aber es war vorbei. Ich brach über seinem leblosen Körper zusammen, meine blutige Schnauze in seinem Fell, und bettelte um ein Lebenszeichen. Vergebens.

Meine Seele weinte.

Irgendwann spürte ich, wie ein Wächter mich behutsam mit der Schnauze anstieß und mich in die Gegenwart zurückholte, zurück zu denen, die mich brauchten. Ich taumelte fort, setzte mich nieder, hob den Kopf und heulte mein Leid in den Himmel.

Es dauerte lange, bis ich mich aufraffen konnte, menschliche Gestalt anzunehmen und das Gebäude zu betreten. Durch Denis' Augen hatte ich bereits all die Wunder gesehen, die sie entdeckt hatten: die Kunstwerke und die Pracht eines geheimnisvollen, längst vom Angesicht der Erde verschwundenen Stammes von Werwölfen. Nichts davon überraschte mich, und dennoch war ich tief beeindruckt.

Ich wußte auch schon, wo ich Tessa und meine Frau finden würde. Nackt erklomm ich eine Treppe aus schwerem, dunklem Holz mit Geländersäulen in Form Hunderter individuell gestalteter Wölfe. Zuletzt überquerte ich eine glatte Steingalerie und betrat eine Kammer, die ein prasselndes Feuer behaglich erwärmte, und wußte bereits, was mich erwartete: meine Tessa, abgezehrt und ausgelaugt von der Geburt eines Kindes im Sommer und kaum mehr am Leben. Elise stand in menschlicher Gestalt neben ihrem Bett, gehüllt in einen Umhang aus gebürsteten und gewalkten Tierhäuten. Tränen liefen ihr über die Wangen, ihre Augen glühten vor Erstaunen, und ihre mütterlichen Arme, die so lange leer gewesen waren, hielten die kleine Tochter meines Bruders und der von ihm geliebten Menschenfrau.

Unsere Blicke trafen sich, und ein Moment gegenseitigen Verstehens vereinte uns. Sie trug das Kind, dieses kleine, vollkommen gesunde Wesen, zum sonnenbeschienenen Fenster und wiegte es in den Armen. Ich setzte mich auf das Bett zu Tessa und nahm ihre Hand.

Chérie, sagte ich, aber meine Stimme versagte; ich konnte nicht weitersprechen, roch schon den Tod. Ihr Gesicht war wächsern, die Augen tief eingesunken und schwarz gerändert. Ihre kleine Brust bewegte sich beim Atmen kaum, und ihre Hand lag schlaff und eisig in der meinen. Wenn Denis noch gelebt hätte, vielleicht hätte sie sich dann um des Kindes willen noch ein paar Wochen ans Leben geklammert. Ohne ihn hatte sie keine Chance.

Mit letzter Kraft wendete sie den Kopf und öffnete die Augen. Es schien jedoch eine Ewigkeit zu dauern, bis diese Augen mich fanden und erkannten. Ich sah in ihnen das Bedürfnis zu lächeln, aber ihre trockenen, rissigen Lippen schafften es nicht mehr. »Alexander«, flüsterte sie nur.

Verzweifelt und ohne Hoffnung führte ich ihre Hand an meine Lippen. »Ich bin hier, *chérie,* um dich nach Hause zu holen.«

Ihr Schweigen vergab mir.

Nach einiger Zeit legte sich ein Schatten über ihre Augen, und Trauer ließ ihre Stimme klirren, als ein Moment der Klarheit ihre Verwirrung durchbrach. »Mein Kind ...«

»Wird für mich sein wie mein eigenes«, hauchte ich ihr ins Ohr. Ich streckte meinen Arm aus, und Elise kam zu uns, legte das eingewickelte Bündel auf das Kissen neben Tessas Wange, ohne es jedoch aus ihrer schützenden Umarmung freizugeben. »Von diesem Augenblick an wird es alles erhalten, was die Welt zu bieten hat. Ich verspreche es dir ...« Es kam als Krächzen aus meinem Hals, und ich streichelte ihr die Stirn. »Mein liebster Schatz und meine beste Freundin!«

Ihre Züge entspannten sich, die Augen fielen ihr zu. »Es war gut«, flüsterte sie noch, »was er getan hat ...« *Es war gut.*

Wie es unter uns so häufig geschieht, holte der Tod die beiden Gefährten innerhalb kürzester Zeit. Sie starb ruhig und in Frieden, und als sie von uns gegangen war, hob Elise dieses kleine, warme Bündel hoch, das nach Werwolf roch und so menschlich aussah, und legte es in meine Arme. Ich schaute in das schlafende Gesichtlein und verliebte mich.

Ja, es war gut.

SECHSTER TEIL

Central Park, New York

Die Gegenwart

32

Die Schatten wurden heller, als Alexander geendet hatte, und der Nebel zerfloß zu bleichen, vom Wind bewegten Schwaden. Der Lärm der erwachenden Zivilisation erreichte sie mit gedämpften Geräuschen: Autoreifen und -alarmanlagen, Kaffeekannen und Pferdehufe, das Donnern von Untergrundbahnen, das metallische Klappern von Kanaldeckeln. Stimmen von Menschen, Stimmen aus Rundfunk und Fernsehen. Musik. Die Großstadt reckte und streckte sich, murmelte noch verschlafen. Bald brach ein neuer Tag an.

Einen Augenblick später sprach Alexander weiter. Er klang müde und besiegt, als hätte ihn das Erzählen um Jahrhunderte statt um Stunden gealtert. »Sechs Monate später kam unser eigenes Kind zur Welt. Wir nannten ihn Matise.«

Nicholas sah ihn scharf an, aber Alexander reagierte nicht. Er fuhr fort: »Wie du weißt, konnten wir im Verlauf der nächsten beiden Jahrzehnte Elises Zukunftsvision für das Rudel verwirklichen und unsere unterschiedlichen Talente und Stärken in einem gemeinsamen Unternehmen bündeln, der heutigen Devoncroix Corporation. Als in Europa der Krieg ausbrach, verlegten wir das Hauptquartier des Rudels in den Komplex nach Alaska; du siehst also, daß wir selbst das – Symbol unseres Erbes und unserer Macht – einem Werwolf und einem Menschen verdanken, deren Geschichte niemals öffentlich bekannt werden sollte.« Er wischte sich über die Augen.

»Wir nannten das Kind Brianna. Für Elise war es selbstverständlich, daß sie ins Rudel aufgenommen und wie unser eigener Nachwuchs aufgezogen wurde. Da sie nach Werwolf roch, kam das Rudel nie dahinter. Nur ihr Blut mutete wie eine Mischung aus Mensch und Werwolf an. Sie erbte das leuchtendrote Haar ihres Vaters und die großen Augen ihrer Mutter, den Intellekt von Denis und den Charme von Tessa ... in der Tat eine außergewöhnliche Frau.« Ein Lächeln der Erinnerung glättete seine Züge, und die Anspannung wich aus seiner Haltung, als er sich in bessere Zeiten treiben ließ. »Zweifellos war sie außergewöhnlich klug für das Kind eines Menschen und verfügte über ein hervorragendes Gehör, einen bestens ausgebildeten Geruchssinn; in vieler Hinsicht war sie nicht weniger vollkommen als jeder Werwolf im Rudel. Aber sie erfuhr nie die Leidenschaft der Verwandlung, lernte nie, die Gestalt zu wechseln. Wie du weißt, kommen Anthropomorphe – die in jeder anderen Hinsicht Werwölfe sind, aber sich nicht verwandeln können – in der Natur gelegentlich vor, ohne daß jemand den Grund dafür wüßte. Also ließen wir das Rudel in dem Glauben, daß dies auch bei Brianna der Fall war, und nie erfuhr jemand die Namen ihrer Eltern.«

Indem er tief einatmete, löste er sich von den Erinnerungen an Brianna. »Es kamen noch weitere Kinder, zwölf insgesamt, und jedes war für uns eine größere Freude als das vorherige. Auch das wirst du verstehen, wenn du selbst eine Gefährtin findest.«

Sehr vorsichtig flocht Nicholas ein: »Ich habe nie einen Bruder namens Matise oder eine Schwester Brianna gekannt.«

»Sie wären jetzt auch sechzig Jahre älter als du.« Alexanders Tonfall blieb der gleiche, sein Gesicht schien wie aus Stein, während seine Augen ins Leere starrten. »Sie verließen beide das Rudel, bevor du auf die Welt kamst.«

»Verließen das Rudel? Aber warum denn?«

Alexander zögerte. »Brianna war – seelisch aus dem Gleichgewicht. Kein Wunder angesichts ihres Hintergrunds. Unter Werwölfen zu leben, aber selbst nie ein richtiger zu *sein* – wir beide können wahrscheinlich nie nachvollziehen, wie das für sie gewesen sein muß. Schließlich suchte sie ihren eigenen Weg und lebte ein Leben, das sowohl nach menschlichen Wertvorstellungen als auch nach denen von Werwölfen ausgesprochen skandalös aussah. Matise und sie, die altersmäßig so nah beieinander waren, verband von Kindheit an eine dicke Freundschaft, und als sie ihren eigenen Weg einschlug – nun ja, er hatte sie vor dem Rudel immer in Schutz genommen wie kein zweiter. Das tat er dann auch in der Welt der Menschen. Er starb vor einigen Jahren.«

Die Art und Weise, wie er das mit flacher und emotionsloser Stimme sagte, ließ Nicholas ahnen, daß diese Geschichte weiter ging, als sein Vater soeben angedeutet hatte – aber daß jetzt nicht der richtige Zeitpunkt war, nach Einzelheiten zu fragen. Ihm drehte sich ohnehin schon der Kopf angesichts dessen, was er in der vergangenen Nacht alles erfahren hatte; es war mehr, als er in so kurzer Zeit verarbeiten konnte.

»Brianna.« Nicholas fiel es wie Schuppen von den Augen. *Nur ihr Blut roch nach einer Mischung aus Mensch und Werwolf.* Also stammte der Blutgeruch im Labor von Brianna. Vom Mischlingskind seines Onkels und einer menschlichen Frau. Von seiner Cousine.

Einmal mehr spielte sich das entsetzliche Geschehen der vergangenen Nacht vor seinem inneren Auge ab, und die grausige Wahrheit kam ihm zu Bewußtsein. Es dauerte einen Augenblick, bis er wieder sprechen konnte. Als er das tat, war seine Stimme rauh und laut in dem Bemühen, sie nicht zittern zu lassen. »Sie ist mehr als nur ein Ungeheuer, ein Bastard – nie hätte sie geboren werden dürfen. Sie ist ein Mitglied unserer Herrscherfamilie. *Deine Nichte.* Und teilweise auch Mensch ... und vielleicht noch wichtiger: eine direkte Nachfahrin eines gefallenen Märtyrers der Bruderschaft.« Alexanders Stimme war leise geworden vor Ermüdung und Resignation. »Der menschliche Sproß des vielleicht kompliziertesten Menschenhassers in diesem Jahrhundert. Schon das Wissen um ihre Existenz könnte einer Sekte innerhalb unserer Bevölkerung, die eigentlich längst ausgestorben sein sollte, neues Leben einhauchen. Sie könnte zum Funken werden, der die ohnehin angespannte Lage zum Explodieren bringt.«

Endlich erkannte der Jüngere die Zusammenhänge. »Der Mörder ... der Werwolf, der das Labor angegriffen hat, war also hinter dem Mischling her?«

Alexander atmete langsam und tief durch. Der Geruch, der nun von ihm ausströmte, schien so gar nicht zu seinem Vater zu passen. Er war nicht weit entfernt von Angst.

»Ich habe ihn erkannt – nicht die Person, aber die Sorte; vor vielen Jahren sah ich sie einmal in Sibirien. Das alte Rudel, das ich aufgelöst habe ... wir wissen nicht von allen, was aus ihnen geworden ist. Im Lauf der Zeit gab es immer wieder einmal Gerüchte, einige von ihnen seien verwildert und uns nach Alaska gefolgt, als wir Europa verließen, und hätten sich dann im hohen Norden durchgeschlagen. Das war nicht weiter schlimm, solange sie niemandem etwas antaten und keine Aufmerksamkeit erregten, aber jetzt scheint es ... vielleicht haben sie ja damit begonnen, sich zu organisieren. Dieser eine zumindest hat von dem Lebewesen Brianna erfahren, und mit einer solchen Galionsfigur hätten sie unendlich großen Schaden anrichten können.«

Nicholas nickte, und seine Kehle war ganz trocken. »Ein Mischwesen aus Mensch und Werwolf wäre der lebende Beweis für genau die Art von Katastrophen, vor denen die Brüder des Verdunkelten Mondes seit Jahrhunderten warnen. Das würde ihnen voll und ganz genügen, um eine erneute Kampagne zur Vernichtung der Menschheit zu starten. Und wenn dann auch noch bekannt würde, das diese – diese Kreatur von einem Mitglied unserer Familie gezeugt worden ist, würden wir entmachtet und alles, was wir erreicht haben, zerstört.«

»Als Denis gefangengenommen wurde«, erläuterte Alexander nüchtern, »verloren die Dunklen Brüder ihre Macht. In diesem neuen Zeitalter waren sie nicht viel mehr als eine Art Krämerseelen – widerliche Personifizierungen der Unzufriedenheit hier und da an verschiedenen Ecken der Welt. Aber falls diese wilden Werwölfe sich der Sache angenommen und von der Existenz des Mischlings erfahren haben ...«

Alexander warf seinem Sohn einen ruhigen Blick zu. »Als ich

gesagt habe, du würdest uns alle in einen Krieg hineinziehen, meinte ich nicht einen Krieg gegen Menschen. Ich meinte einen Krieg unter uns!«

Der Jüngere hielt der Musterung seines Vaters für einen langen, feierlichen Moment stand. Die Verantwortung für die Zukunft lastete schwer auf seinen Schultern. »Du hast das Geheimnis über all die Jahre bewahrt. Wie viele müssen noch dafür sterben?«

Alexander antwortete: »Das hängt von dir ab.«

»Warum ist sie zurückgekommen, nach all den Jahren? Und wo ist sie jetzt? Diese Hybride, diese – Brianna?« Seine Cousine. Sein eigenes Fleisch und Blut. Entsetzlich, ja. Aber ein Mitglied *seiner Familie.*

»Sie ist tot.« Der Ältere faltete die Hände.

Nicholas starrte ihn an. Er verspürte eine Art Bedauern, das er sich selbst nicht recht erklären konnte. Im Verlauf der vergangenen paar Stunden war er in die Welt der Menschenfrau Tessa und seines Onkels Denis eingezogen; er hatte die Geschichte ihres Nachwuchses erschrocken und fasziniert zugleich vernommen ... dieser Cousine, einer Schwester, die er hätte kennenlernen können. Wunder oder Ungeheuer? Jetzt lebte sie nicht mehr, und nie würde er Gelegenheit haben, sich diese Frage selbst zu beantworten.

»Wo ist ihr Leichnam?« hakte er nach. »Im Gebäude war keine Leiche einer Hybride. Hast du sie beseitigt?«

Alexander sah zu den hohen Bäumen hinüber, deren Silhouetten sich im Morgengrauen gegen den Himmel abzeichneten. Wie alt er wirkte! Alt und ... irgendwie klein. »Sie ist nicht in diesem Raum gestorben«, sagte er, »aber tot ist sie. Ich schloß ihre Augen mit meinen eigenen Händen, ebenso wie die ihrer Mutter.«

Natürlich. Nachdem sie dem Angriff auf das Labor entkommen war, wo sollte sie da hingehen außer zu ihren Eltern – oder zu denen, die sie für ihre Eltern hielt, Alexander und Elise Devoncroix? Ihre Wohnung war nur einige Häuserblocks entfernt, und natürlich hatten sie sie hereingelassen ... zum Sterben.

Nicholas' unerklärliche Enttäuschung saß tief.

Tot. Die Hybride, diese Verirrung der Natur, dieser monströse Fehler, der sie alle vernichten konnte, war tot, die Bedrohung nicht mehr vorhanden. Aber tot war auch die Cousine, die er nie gekannt hatte, die Adoptivschwester, die seinen Familiennamen trug. Über ihr Leben oder Sterben sollten keine Verbrecher entscheiden – sie auslöschen, ebenso wie drei weitere … niemand hatte das Recht, so etwas zu tun!

Falls die Absicht des verwilderten Werwolfs darin bestanden hatte, Nicholas an der Spitze des Rudels gegen die ganze Menschheit aufzubringen, dann war er gescheitert. Falls es aber seine Mission gewesen war, einfach nur dieses Mischwesen zu vernichten, so war ihm das gelungen. Aber da draußen gab es noch andere, wenn Alexander recht hatte, und sollten diese intelligent genug sein, ein Verbrechen wie heute nacht zu wiederholen, konnte nur ein Narr sie einfach ignorieren. Es gab keine Garantie für die Zukunft.

»Wenn da draußen noch mehr sind«, sagte er leise, »ob sie nun in der Wildnis leben oder in den Straßen New Yorks … wenn die von dieser Sache wissen und ihre Finger mit im Spiel hatten, dann müssen sie zur Verantwortung gezogen werden. Ich werde sie finden und in Gewahrsam nehmen.«

»Die Brüder des Verdunkelten Mondes werden in der einen oder anderen Form immer unter uns sein«, seufzte Alexander. Seine Stimme klang jetzt sehr müde. »Etwas anderes zu glauben wäre eine Illusion.«

»Aber sie sind mit ihrem Vorhaben gescheitert.« Vorsichtig gestand sich Nicholas das ein – diesmal jedenfalls. »Die Hybride, die sie gesucht haben, ist tot, und es gibt keine Spur mehr von ihr. Also bleibt uns auch ein Krieg erspart. Es ist vorbei.«

Alexander blickte auf, und Nicholas sah ein Zögern in seinen Augen, eine Art Verwirrung und eine innere Zerrissenheit, die er nicht zu deuten wußte. »Du irrst«, meinte er.

Der Ältere ließ seinen Blick wieder zur Baumgruppe schweifen. »Ich bin alt und müde und habe die Last dieses Geheimnisses schon zu lange mit mir herumgeschleppt. Nicht Brianna waren sie auf den Fersen.«

Nicholas sah ihn scharf an. »Was willst du damit sagen? Was hast du mir verschwiegen?«

Alexander griff in seine Manteltasche und zog ein dickes Büchlein mit einem abgenutzten roten Ledereinband heraus. Er sah es lange an, als mache er sich Gedanken über die Bedeutung dessen, was er zu tun im Begriff war. Dann reichte er es dem Sohn. »Es steht alles da drin. Das ist der Nachweis unserer Taten ... von denen ich dir erzählt habe, und auch anderer.«

Nicholas starrte voller Entsetzen auf den kleinen Band. »Du *hast es aufgeschrieben*?«

Der Hauch eines Lächelns spielte um Alexanders Lippen. »Nicht ich. Aber aufgeschrieben wurde es trotzdem.«

Vorsichtig nahm Nicholas den Gegenstand in die Hand, als handle es sich dabei um einen Sprengkörper, der bei der leisesten Erschütterung in die Luft gehen konnte – was in gewisser Weise ja auch zutraf.

»Das muß vernichtet werden«, sagte er mit belegter Stimme.

»Vielleicht hast du recht. Aber erst wirst du es lesen. Hier findest du alle Antworten, mein Sohn. Und dann wirst du einige Entscheidungen treffen müssen.«

Nicholas betrachtete erst das Buch in seinen Händen und dann seinen Vater. »Ich werde es lesen«, versprach er.

Schweigend saßen sie noch eine Zeitlang da, Vater und Sohn, Herrscher und Erbe. Es gab noch mehr zu sagen, viel mehr. Aber Alexander konnte nicht mehr sprechen und Nicholas nicht mehr zuhören.

In ihren Käfigen begannen die Zootiere, sich zu bewegen und bemerkbar zu machen. Aus der Ferne, von der Fifth Avenue, drang das Anfahren von Taxis herüber, zusammen mit dem Geruch von gezuckertem, im Ofen backendem Brot, Frauenparfüm, süßlicher Seife und abgestandenem Zigarettenrauch. Und von noch weiter weg kam ganz schwach Werwolfblut und kalte Verwesung herüber.

Der Sohn steckte das Buch in seinen Mantel und stützte dann die Hände auf die Knie, um aufzustehen. Er war nicht mehr derselbe, der vor wenigen Stunden diesen Park betreten hatte. Er hoffte, weiser geworden zu sein. Zumindest war er in einer Nacht gealtert.

Einen Augenblick lang stand er da und starrte auf seinen Vater hinab. Auch wenn es ihn einige Mühe kostete, sagte er schließlich: »Sie hätte nicht sterben dürfen. Auch wenn sie halb Mensch war, und unser aller Leben durch sie nicht gerade einfacher, hätte sie nicht sterben dürfen. So sollte es nicht sein. Wir sind keine Mörder.«

Alexander schloß die Augen und nickte zustimmend.

»Aber jetzt ist es vorbei«, schloß Nicholas und fügte einen Augenblick später leise hinzu: »Dein Verlust tut mir leid.«

Ernst erwiderte der Vater: »Mir deiner ebenfalls.«

Nicholas ging fort, und seine Schritte hallten auf dem kalten, feuchten Pflaster wider. Alexander lauschte dem Geräusch, bis seine Werwolfohren es nicht mehr wahrnahmen, machte aber keine Anstalten aufzustehen. Er dachte an zu Hause, an weiches, gelbes Lampenlicht und ausgebleichte Teppiche, an glattes Leder und Daunendecken; er dachte an Elise, die dort auf ihn wartete, an ihre Angst und ihre Sehnsucht nach ihm, an ihre Stärke, die bereit war, ihn einzuhüllen. Auch an die Pflichten, die außerhalb dieses Ortes auf ihn warteten, dachte er, an die Vielschichtigkeit des soeben beginnenden Tages, und er rührte sich nicht. Noch immer klangen ihm die Worte seines Sohnes in den Ohren: »Es ist vorbei.«

Es ist vorbei.

Und nun antwortete er so leise, daß Nicholas es nicht hätte hören können, selbst wenn er noch im Park gewesen wäre, flüsterte die Worte mit einer Stimme, die alt und gebrochen und von Trauer niedergedrückt war: »Nein, mein Sohn. Es hat gerade erst begonnen.«

Epilog

Da wäre sie also: die Geschichte darüber, wie wir an den Punkt gelangt sind, an dem wir heute stehen, oder zumindest an einem Scheideweg. Was meinst du dazu, Mensch? Bist du belustigt, ungläubig, schockiert, oder macht es dir angst? Ich kann dir nichts davon verübeln. Vielleicht bist du sogar nur verärgert oder findest das alles reichlich abstoßend. Auch das geht in Ordnung. Einige von euch werden sich natürlich weigern, die Geschichte zu glauben oder auch nur zuzugeben, daß wir überhaupt existieren – denn das ist schließlich das einfachste. Würde es dich etwa überraschen, Mensch, wenn ich dir erzählte, daß es in der Weite der Antarktis oder in den tiefen Berghöhlen der Mongolei Artgenossen von mir gibt, die nicht an die Existenz *deiner* Spezies glauben?

Ob du nun meine Veröffentlichung mit Skepsis oder Ungläubigkeit aufnimmst, oder dich über sie amüsierst, meinetwegen lächerlich machst, kann mir egal sein. Dir allerdings sollte es nicht gleichgültig sein.

Aber warum, du großartige Krone der Schöpfung, solltest du dich überhaupt mit alldem befassen? Inwieweit könnten meine Legenden von Werwolf-Liebhabern und menschlichen Helden dein kleines, armseliges Leben schon verändern? Was gehen dich Geheimnisse und Aberglauben, Mythen und Wunder an? O ja, ich könnte dir darauf Antworten geben. Ich könnte dir endlose Predigten halten. Es gäbe Parabeln von Synergie und Lebenskreisen zu erzählen, von Arten großer und kleiner Lebewesen, die vor uns gekommen und wieder gegangen sind, weil sie sich weigerten, die entsprechenden Lektionen zu lernen. Da sind Geschichten von erfolgreichen Zivilisationen, verlorenen Stämmen und Hinweise darauf, daß wir uns immer an der edleren Seite unseres Wesens orientierten – andernfalls hätte es in der Tat noch schrecklichere Folgen gezeitigt.

Aber laß mich statt dessen die Dinge in Worte fassen, die zu verstehen dir leichter fallen. Wir mögen nur wenige sein auf dieser Erde, doch unsere Möglichkeiten sind gewaltig. Im Augenblick verfügen wir beispielsweise über Technologien, die Erde auf mindestens sieben verschiedene Weisen von ihren menschlichen Parasiten zu befreien. Ein Virus hier, ein artspezifisches Gift da ... Oh, es wäre kein Problem. Ganz und gar nicht. Und wie du gesehen hast, gibt es unter uns etliche, die der Meinung sind, es hätte ohnehin längst schon getan werden müssen. Aber noch mehr von uns sind überzeugt, daß wir nur, wenn wir – Menschen und Werwölfe – zusammenarbeiten und nach unseren Gemeinsamkeiten in der Vergangenheit forschen, eine Zukunft haben und das totale Chaos verhindern können. Also halten wir uns zurück – im Namen der höheren Einsicht.

Ihr seid das Beste von uns. Wir sind das Beste von euch. Was aus uns wird, das wird unweigerlich auch aus euch. Deshalb solltet ihr euch sehr wohl Gedanken um uns machen. Und darum schreibe ich.

Das Schweigen, große Schwüre habe ich gebrochen, Vertrauen hintergangen. Unsere Geheimnisse sind jetzt die euren; möget ihr sie nicht mißbrauchen!

Ich werde wieder schreiben, wenn möglich. In der Zwischenzeit könnt ihr ja nach mir Ausschau halten – auf der Straße, in der ersten Klasse bei eurem nächsten Flug, bei der Premiere einer neuen Oper. Denkt nach über das, was ich euch mitgeteilt habe, und haltet nach mir Ausschau.

Für meinen Teil behalte ich euch auf jeden Fall im Auge!